弦吒琴淙

XIANYI QINCONG

唐梅林 著

重庆大学出版社

图书在版编目（CIP）数据

弦呓琴淙 / 唐梅林著. -- 重庆 : 重庆大学出版社，2022.6

ISBN 978-7-5689-3291-2

Ⅰ. ①弦… Ⅱ. ①唐… Ⅲ. ①散文集—中国—当代 Ⅳ. ①I267

中国版本图书馆CIP数据核字（2022）第080085号

弦呓琴淙

唐梅林 著

责任编辑：周 晓　　版式设计：品木文化

责任校对：邹 忌　　责任印制：赵 晟

*

重庆大学出版社出版发行

出版人：饶帮华

社址：重庆市沙坪坝区大学城西路21号

邮编：401331

电话：（023）88617190　88617185（中小学）

传真：（023）88617186　88617166

网址：http://www.cqup.com.cn

邮箱：fxk@cqup.com.cn（营销中心）

全国新华书店经销

重庆市联谊印务有限公司印刷

*

开本：787mm × 1092mm　1/16　印张：23.5　字数：418千

2022年6月第1版　　2022年6月第1次印刷

ISBN 978-7-5689-3291-2　定价：98.00元

目录

2020年立秋寄徐立孙先生（自序）

尊敬的徐立孙先生：

您好！

是日立秋，而重庆的夏天似乎才刚刚开始。之前一直是连绵不断的雨，天气倒也还算清凉。直到这两天，突然连续串上40℃的高温，方才显出重庆夏日应有的威力来。不过既然立了秋，这酷暑的余威自然也不会太长久了。

伴随着秋天的到来，我的这一部书稿也进入了最终合成的倒计时。本来6月底的时候就应该全部完成的，但由于其中两篇文章的进展不顺，因而拖到了现在。想来9月份的时候总应该全部脱稿了吧。

在我的上一部书《琴路》中有一篇文章《天使在人间》，误将您的尊讳写作了“徐立逊”，成为无法挽回的遗憾。借着这部书稿的完稿之机，我要再次向您诚恳致歉。虽然当时发现这一错误后，也曾在网络上公开发布过一封致歉信，但我想设若这一部书能够顺利出版，于此致歉更能代表我的心意。希望这迟来的正式的公开致歉，能够弥补我些许的过失，并得到您的谅解。

同时，还有一点我必须向您坦陈。对于为何会将您尊讳中的“孙”字误写为了“逊”字，过去我一直是不敢正确面对的，在上一封致歉信中也没有能够完全讲得清楚明白。其实说起来也非常简单，就是不识字，就是一个打小就形成的、对某一个字根深蒂固的，乃至近于执拗的错误认知与记忆。由于“老八张”中将您的名字误写为了“徐立荪”，而对于那个“荪”字，我从小就念作“逊（音）”。川中多竹荪，但我不知为何从小便读为“竹逊（音）”，也没有人来纠正。记忆的种子就这样埋下了。以至于自己写文章的时候，那个“逊（音）”就自然而然地冒了出来，也就误写为了“逊”字。

徐立孙先生，我决心向您坦陈这一错误根源的原因，是近来我闹出的另一起乌龙事件。今年（2020年），裴老师打谱的《沙堰琴编》也即将付梓。正式发行的时候，西蜀琴人商议要以“复响”的方式来予以祝贺。日前，罗乐联系我让我报一个演奏的曲目，我便报了《樵歌》。电话里我对他说：“那我就报《焦（音）歌》吧。”“好，那你就定《樵歌》。”他不动声色地纠正了我。这使我突然意识到，这些错别字本来是构成我的一部分，并没有必要回避。我必须坦诚地去面对它们，也是面对自己。说起来，对于“樵”这个字，我并不是不认识。比如《渔樵问答》，我就绝不会读成《渔焦（音）问答》。但《刘海砍樵》，就一定会被读成《刘海砍焦（音）》，顺带着《樵歌》也受了牵连。这大约可以归结为一种乡音与官话混合，而未能彻底清除的记忆吧。想起当年《琴路》出版后，收到最多的反馈是“贵在真实”。我想令这份“真实”始终坚持下去。设若连“不识字”的问题都不能“真实”面对，又何以面对最“真实”的琴心呢?

想想过去，一直以来不肯承认的，不过是自己几十岁的人了，却犯了个连小学生都不一定会犯的错误。深恐别人也一定会连带着，把那好不容易写出来的几十万的字，也一并看轻了去。现在想起来，不仅甚是无谓，也是太高看了自己，太把自己当回事儿了。自己本来只是一个渺小的人，于那万千的琴人中，不过是普通得不能再普通的一个。那些文字不过是个人曾经走过的一段路。偶或有人读来有些感触，也不过碰巧有那么几个人曾和我一样，是正走在那条路上罢了。现在时过境迁，自己都不忍回头再去看它。偶尔有几次不得已，需要倒回头去核定一些事情。重新读到那些文字，只有少许的亲切，而更多的是惭愧。当年很多自以为是的想法，不过都是一知半解、似是而非的。甚至有一些认知和观点，现在看起来简直就是错的。所以说真的，徐立孙先生，一直到今天，对于要不要把这部书拿去出版我都还心怀疑虑。特别是今年借《秋鸿》的定调问题，再一次对琴律的体系做了一些梳理以后，更让我变得左右摇摆、举棋不定。古琴的律制本来就存在多个来源和计算方法不统一的问题，在其发展过程中，各种旧说、新论层出不穷，历代琴人又各执己见，争论不休。无论哪个时代，论家论律都可以拿出一整套看似可靠的体系来证明自己的正确。然而其后不久，总有后来者又拿出另一套理论来证明前人的不正确。再往后，就会令人悲哀地发现，结果否定谬误的还是谬误。这令整个琴律体系变得异常混乱而复杂，甚至除非专家，一般弹琴人也难以理解。这不是甚为荒诞的一幕吗？那么，我们又何须去“更添风浪向人间”呢？当我回头看到过去那些曾经自认为是正确的知见，最后有不少都变成了错误的时候，我很怀疑自己是否真的还有勇气再去生产它?

师友们却安慰我说，即使错误也是有意义的，这意义在于过程。你可能已经走过了那个过程，但还有很多人走在你曾经走过的那个过程里。正如你也走在前人曾经走过的过程里一样。所以，这本来也不是什么对与错的问题。走出那个过程你觉得是错的，在那个过程里它就是对的。又有人说即使荒诞也应该坚持走下去。因为这世界本就荒诞，但它却不会因为荒诞而停止转动。

如此说来，那便是一个人的宿命了。好吧，且将这些鼓励的话，拿来做一些对自己尚不能完全割舍的功利心与虚荣心的支撑吧。虽然荒诞，却也不废行。让这荒诞继续下去。但毕竟是越来越认识到这些文字的多余了。我们只是在不同的时间，重叠在前人走过的同一条路上。而这条路上的感受，达者自知。所以今天我突然决定，将这部书的名字定为《弦吃琴淙》。五年多来，我又做了一场梦。这一切不过都是这又一场梦中多余的吃语。

因为这一场梦，我暂还未如《琴路》最后一篇中所写“离古琴远去”，且再行一程去吧。古琴凡大曲结尾皆有“三入慢”，此《弦吃琴淙》权当作个人琴学之路上的第二次刹车吧。

然而我的决心，此刻实并未最终下定，设若这部书终于还是没有拿去出版，则仍然不能实现对您的公开致歉，徐立孙先生，但请您相信我的至诚之心。我的歉意是真诚的。这真诚是引我于路上的明灯。

关于这些，唯愿您能够收悉。顺祝琴安!

蜀中后学唐梅林遥礼

2020年8月7日立秋

于重庆江津

壹

竹山琴话

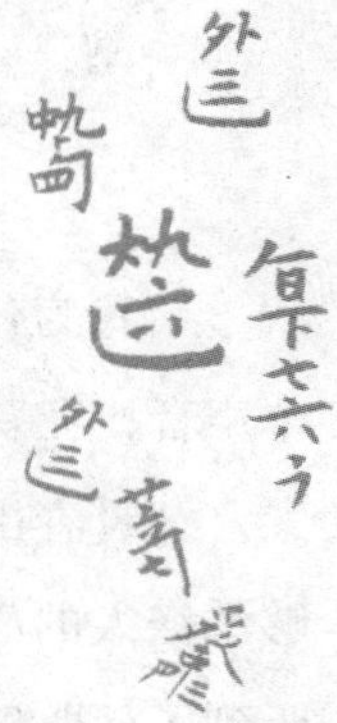

一 听我的歌

“我为什么会把它处理得这么慢呢？是因为我一直在听，一直在寻找！寻着这个声音，在森林里，我们似乎可以发现些什么！”

“《春山听杜鹃》是喻老晚年最爱弹奏的曲目之一。我个人认为这首曲子很能够洗涤人的心灵，特别是当一个人安静独处之时，很容易就可以走入其中，然后便听到了杜鹃鸟的歌唱。”

“这是清晨的薄雾……”

“这是森林的呼吸……”

“你听！你听到了吗？这是心的导引！”

时隔一年，终于再次听到了胡老师弹奏的《春山听杜鹃》。上一次是去年的6月，当时是在裴老师府上，相聚也不过唐老、杨孃、仲林、小石数人。时我与师均弹此曲，首尾相应。而师之轻灵，则完全出于喻老之深重、凄怆以外。关于此变，当时我虽也有所问，但却因时间所限，师未及详释。而今日师方道出个中原委，原来是深入山林、清心洗肺之意。劳尘之外，自有清音。

一般认为“杜鹃啼血，悲怆凄恻”是《春山听杜鹃》的基本调性，而师之此变，意料之外，却又是情理之中。

很多年前，师曾问过我，“那么了悟了以后又怎样呢？”答案是生“欢喜心！”此“欢喜心”亦是师近年常教学人之语。我想杜鹃本来凄怆，但那又怎样呢？过去的已然是过去了，自悲自怜，便是苦海！所以一样的声音，各人听来却是不一样的景味。

古琴曲中这样的例子还有很多。比如《潇湘水云》常常就有跌宕起伏和清微淡远之争。《流水》一曲亦有长河广流与浅吟清溪之别。同样曲目，各人所趣各自不同。其实这并无关乎境界的高低，也并非提起与放下的区别。只是你就是你，此刻的你，当下的你！这也是修行的一体两面，悲不悲，喜非喜。我之本来一面，众人所见却是千面。

师之此曲，变化由节奏生。速度的减慢和切分音符的自由重组，增强了演奏的灵活性，放下了深重，凸显了轻灵。师之此一变化由自性生，却亦由师承生。师承是一面镜子，照见的是每个人自己。在这变与不变之间，我们所听到的终不过是自己的歌声。

2014 年 7 月 12 日　阴

于成渝动车，车过潼南

二 弦外咖啡香

"待会儿你来弹琴，我来为你们煮一杯咖啡。"

"噢，对了，我还忘了问你，你喜欢喝咖啡吧？"

"对不起，我不喝咖啡的。因为睡眠不好，我喝茶都很少，咖啡就更不用说了。"

"没关系，闻一闻咖啡香也是好的。"

虽然遭到了我的拒绝，但李先生还是一脸微笑地为我们冲了一杯咖啡来。

李敏祥先生自台湾来。说来也巧，只因看到了筱琰朋友圈里的几张照片，便千里迢迢地从台湾经青岛跑来了重庆。在竹山，我们一起喝了一下午的咖啡。

李先生为我们冲泡的不过是一袋便携的旅行咖啡，但咖啡原豆却是他亲自精挑细选的。他冲泡和喝咖啡的方式也与我们惯常所见的不同。咖啡包有两个耳朵稳稳地架在杯口上。咖啡盛在咖啡包内，打开咖啡包，咖啡香就自然而然满满浓浓地溢了出来。

冲泡时也是分数次慢慢地冲，仿若浇花时般心细。按照李先生的说法，就是为了让这甘甜的泉水，好好地吸收咖啡的香气。而喝咖啡的时候则是分饮。先是一人一小杯以水稀释了的咖啡作引子，为的是清除我们口腔中多余的杂味。然后才是正饮。正饮是趁热喝的，可以充分感受到咖啡的浓香。再后来还有尾序。尾序时咖啡的温度已经变得微凉，口感也呈苦中返酸，然而却自成另一番景象。

显然这李式咖啡的冲调，还是吸收了许多中式茶道的仪轨。但他们看似相似的行仪，却蕴含着不一样的内在体味。茶是分次冲泡的，而且一泡泡冲下来都是热的。大家趁热饮，并且通常以数泡而不失其香为一壶好茶的评判标准。但咖啡却是一次冲好，然后随着时间的流逝任其慢慢变凉。

所以茶是凝固的，而咖啡则是流逝的。在这时光的流逝里，浮现出我们人生所有的热闹与繁华、孤独与忧伤。然而茶道所追求的似乎从来都与"热闹"无关。即使人多的时候，大家所分享的也不过是一种“永不变异”的温润之气。不过一个人独处时的孤独与丰富，二者倒是一致。或者这也是人类本身的精神世界使然，与一杯茶或咖啡倒并无什么实际的关系。

然而东西方文明的长期熏染，却使得我们在放下一杯茶或咖啡时的态度是那样的不同。我们走入一杯茶，并沉入其中，久久不愿放手。但我们却可以愉快地放下一杯咖啡，告别转身后，即刻走入当下实际的生活。

或者在中国，所有可以被贯之以“道”的事物，都自有其令人“痴迷”处。但“道”本身却不再让人“痴迷”，而是要令人“解脱”。可惜很多人并不明白这个道理。比如弹琴，本来想着是要修炼安静的，但却从未安静。外表越是安静，内心就越是炽烈和躁动。最后不是入了道，而是着了魔。

不过话又说回来，人生是一趟旅程，修行的路上，不入“痴迷”又哪里来的“解脱”？只是放下一杯咖啡在一瞬间，而放下一杯茶，或许就要长长的一生了。其实一生真若能得解脱，也算是了了了。怕只怕毕生执迷于“道”，至死不曾有觉，而此生就只好做了那“道”的殉道者。

于此，思量琴之一门。论琴者每每以“弦外之音”为境界。然而何为“弦外之音”？我以为除了那些漂浮于音符之外，又寄寓于音乐之中的情感与内涵，更为重要的还在于当我们停止弹琴以后，究竟要以怎样的一种态度走入生活？就像这咖啡，本来是苦的。因为这苦和酸，放下一杯咖啡的时候，我们才开始仿佛有了些甜的感觉？

我本不喝咖啡，但今天却和李生喝了一下午的咖啡。

2014 年 10 月 3 日

于竹山

（本文原刊于《西蜀琴刊》2015 年 4 月总第 6 期）

三 弥勒为何而笑？

“许久没听老师弹琴了，今日这《佩兰》与《高山》怎地变了？”

“怎地变了？”

“早年如霜雪……今日如和风……”

“许是近来常念及喻老的缘故吧！”

“想喻老16岁开始弹琴，85岁离世，抚琴70载，其间多少艰难！弹琴之于他一定是很舒服和愉悦的。”

“那种舒服和愉悦，就是一个人想停下来，想一想……”

老师的这番话，忽令我想起几年前一桩未了的“公案”。

那日与友人某君同游禅门。君本非释门弟子，而过弥勒殿忽然问及：“你看那弥勒笑得开心，你说他究竟为啥而笑呢？”

当时我便随口用那门前对联来答他：“门上不写着吗？大肚能容，容天下难容之事。笑口常开，笑世间可笑之人。”

“不对吧！你们佛家弟子常说我佛慈悲。佛法是平等法。慈悲、平等的佛祖，又怎会笑我这个进庙来朝拜他的众生呢？”没想到他却穷追不舍。

我只能答道：“实无一人可笑！”

他却又自言自语地说道：“也确实可笑！我想佛本来是欢喜的，但这世间那么多学佛之人，却竟都苦着个脸！为什么要苦着脸呢？若总苦着个脸，我就不去学他了！学他干嘛？”

后来我们又聊了些其他的话题，但于他的这一问，却总不着边际。今日老师的一席话，倒是令我忽然似有些分明。不是不想！只是力所不及！

弥勒为何而笑？我们为何笑不出来？答案只有一个，就是心量不够。说白了，就是肚皮没有弥勒大，心有余而力未及。

关于弥勒一笑，历来各家说法颇多。有说是笑众生愚痴的；也有说是笑迎众生，皆大欢喜的；还有说是证得道果，了然一笑的。然而这些终不过是盲人摸象，各表一端。按佛家所说，道是不可说。这弥勒笑亦是不可说。若非要着于文字，我想那也只能说是因缘而笑，相机而笑吧。

禅门有语云：你之所见，即是你心。释迦门前，人来人往。那么多人来来去去，你自弥勒殿前穿堂而过，与弥勒相视一笑。其心苦时便自苦笑，其心喜时便自喜笑，心无挂碍便莞尔一笑，自以为了然便要去拈花了。一切皆是因机而现。

然而有一点意见大家却格外统一，就是不管你心如何，都要先学了弥勒的肚皮。“大肚能容，容天下难容之事。”凡事皆一笑而过。但这一笑而过，过不过得去，却是功力所在、时间所在。放下那些高深的道法，趋利避害是人的本性。欢喜是修佛的起点，亦是修佛的终点。人人皆图欢喜，但却就是欢喜不起来。弹琴也是一样。人人都晓得“和静清远”，可就是“和”不进去、“静”不下来、“清”不干净，踯躅难行。此皆是力之不及。凡事过了便是过了，这话说起来容易。古琴这个东西最真切的就是，一个人独处时最知道自己却是过了，还是过不去了。若真是过了，指下便生出些暖意来，脸上也就自然好看了许多，甚而不经意间便有了些笑意。

道之修习，唯死魔可解愁容，唯霜雪可化春风。

2016 年 6 月 28 日

于重庆

四 再弹一遍

“我们并不能因为一个人的外在行为，就来简单地判定他的内心。不合我意的，皆斥之为不如法，甚而斥之为恶。事实上，我始终相信一个爱琴之人，无论他当前外在的行为看起来多么的离经叛道、荒诞不经，他的内心一定都有对‘合于道’的追求。然而这个道，既不是你的，也不是我的。他不在过去，也不在现在和将来。我们每个人都只是在这条道上的修行者。从觉知到行为的改变有一个过程。有些人悟到了，当下就可以转变，而另一些人，却可能需要很长的时间。”

“是的。几年前我曾经遇到一些问题，就跑去一个庙里问一个老和尚，有时我们明明感觉自己往前进了一步，可过不了多久又发现自己退了三步、四步，甚至五步，我们该怎么办？结果老和尚只赏了我两个字——‘重复’。当时我就傻在了那里，不能言语。”

“嗯，所以面对不同，面对那些所谓的行为不经，我们需要更多的包容。而这包容心的修炼，又岂是朝夕之功？或者也只有自你所讲的老和尚之‘重复’二字中出吧！”

2016年西蜀年会的前夕，与小石、右林和王勇哥，提前会于胡老处，聊起来关于当前琴界、琴人、琴事的一些问题。小石分享的老和尚之“重复”二字，令我等皆十分受益。此“重复”之用功，实为修行进步的阶梯。

说到“重复”，琴界一个比较极端的案例是梅庵王燕卿先生。燕卿先生教琴“极少解说琴曲来源、内容，学生如果以此相问，他就取琴再弹，仍然不做解说”[1]。关于此，一般可能会将之归于他的生性缄默。但我还是更愿意相信，这种缄默不只是他的生性使然，更是后天修行的结果。因为若从他身后数十年至今，围绕其作品、

1. 严晓星．梅庵琴人传［M］．北京：中华书局，2011: 20.

琴品、琴学渊源所引起的一系列琴界纷争来推想先生当年心行，这缄默背后的成因，就远不是“生性”二字可以尽解的了。

说起燕卿先生的缄默，这在梅庵诸弟子及相关人士的文章中多有记述，如徐昂《王翁宾鲁传》、徐立孙《〈梅庵琴谱〉风格》等。但考虑到先生的梅庵弟子们认识先生，皆已是在他任职南高师（南京高等师范学校的简称，下同）以后的事情，所以他们所认识的先生也只是南高师后的先生。他们所描绘的老师性格，也只代表那个时候老师已经形成的性格。那么在先生任职南高师之前，他的性格究竟又是怎样的呢？我们不是当年的亲事者，实难确知，但也可通过一些有限的资料分析而略知一二。

首先，据严晓星《〈龙吟馆琴谱〉补说：兼谈〈梅庵琴谱〉版本》一文的介绍，在《梅庵琴谱》正式刊行前，曾有一个原无题，后被查阜西先生称为《王燕卿传谱》的抄本。其中有一篇王燕卿先生自己所写的识语。这篇识语的前半部分与后来刊行的《梅庵琴谱·王燕卿原序》大同小异，而后半部分却“几乎完全不同”。其中“既不以他人为可法，又不以诸谱为可凭”的琴学态度，以及“爰定兹谱……愿后之学者传留一线，勿为腐儒与诸谱所误，则幸甚矣”的希望愿景，可以说是相当自信，又相当尖锐的。而此两段文字为《梅庵琴谱·王燕卿原序》中所没有。相比之下，《原序》仅谈了他的琴学、家学渊源和在琴学上的努力，总体上十分温和，并无针砭、批判之语。考之此两文的成文时间，“识语”标为丙辰二月朔日，即1916年3月4日，其时为王燕卿南下任职南高师前夕；而《原序》未落款，但因收于《梅庵琴谱》，故成文时间应在先生到任南高师以后。所以，“识语”在前，《原序》在后。可以说《原序》是在“识语”的基础上重新修订而成的，但情绪上却发生了明显的变化，过去的尖锐变得缓和[1]。

那么南高师以前的王燕卿为什么会有如此犀利、针砭之语呢？对他的过去，他到南高师后很少提及，弟子们自然也知之不详。这恐怕也只能回到他的老家山东去寻找答案。

关于燕卿先生在山东的活动，主要见于张育瑾先生的《山东古琴研究》和《对琴曲〈关山月〉的调查研究》两篇文章。虽然近年来也有一些学者做了进一步研究，对一些问题提出了不同的看法，并做出了澄清与修正，但关于王燕卿的生平事迹，

1. 严晓星．《龙吟馆琴谱》补说：兼谈《梅庵琴谱》版本［M］// 严晓星．七弦古意：古琴历史与文献丛考．北京：故宫出版社，2013: 202-206.

总体上还是以这两篇文章为骨干。尽管张育瑾与王燕卿并非同时代人，很多关于王燕卿的事迹都是从前辈琴家那里流传下来的，因此其文中所述事件的一些具体时间，以及各时间点之间的关联性、逻辑性并不一定完全准确，但就其事件梗概而言，应该还是具有较高真实性和可信度的。

具体来说，王燕卿生于1867年，卒于1921年，1916年或1917年离开山东往南高师任职时已年届五十。从他十余岁开始学琴算起，到他南下南京任教，其在山东的琴学活动横跨三十余年。在这三十余年中，我认为有两方面相互交织的原因，对他后期性格的形成产生了重大的影响，一是家道中落，二是琴学不被认可，甚至受到当地琴界的排斥和攻击。

按张育瑾先生《对琴曲〈关山月〉的调查研究》一文所讲，王燕卿出生于一个地主家庭。传说他家有土地六七百亩。他学琴阶段的社会关系，绝大多数是封建阶级的上层人物，壮年时家道才开始逐步衰落[1]。而于琴学，据《梅庵琴谱·王燕卿原序》自述，其可谓既有家学渊源，又刻苦钻研。这样一位翩翩琴公子，可能很早就形成了一些不同常规的琴学思想萌芽，并逐渐系统成型。然而这些特立独行的思想和见解，却没有得到当时琴界师友的认同。坊间即流传有王燕卿欲向王心源、王心癸学琴，后两者均因其爱自由发挥，恶而不授的故事。后期更生发出了像《对琴曲〈关山月〉的调查研究》中所描述的那样，琴界人士对王燕卿的琴学、琴品高度不满，甚至排挤、抨击的事情。联系这两方面的因素，我认为正是因为随着年龄的渐长和思想的成熟，而其在现实生存和精神生活两方面的环境却越来越差，才造成了后来王燕卿的“缄默”。

我们知道一个人的性格形成是既有先天因素又受后天影响的。后天的变化是慢慢养成的。我始终认为像王燕卿这样一位受琴学家学之风影响，出生家庭环境又好，琴学上又爱思考，有自己独立见解的人，早期性格不太可能是个“闷葫芦”。即使其天生内向，也不会缄默到哪里去。否则他“携琴访友”“纵横海岱”拿什么去与人交流？面对人家对他自由发挥、自我创新的质疑，又拿什么去辩驳和沟通？他到哪里去寻找知音？

我甚至也有几分相信，早年的王燕卿甚至是喜欢和乐于宣讲他的琴学见解的，否则何来的“恶而不授”之说？从人情常理来推想，如果他只是“好自由发挥”，

1. 张育瑾．对琴曲《关山月》的调查研究［J］．音乐论丛，1963（4）：152.

面对师友的质疑总是沉默不语，其所引起的反感度和反感面都会小得多。只有当他一次又一次阐释、宣示出自己的见解和思想，才能形成与传统的针锋相对，引起对抗，并进一步使自身所处境况每况愈下。

想想王燕卿离开诸城时已届天命之年，其在山东三十余年的人生境遇和古琴生涯造成了他后期的缄默。然而冰冻三尺非一日之寒，滴水石穿也非一日之功。这种缄默应该说是在这三十余年间外物与内心的此消彼长中渐渐形成的。从喜欢说，到不想说，再到无所说，这是一个漫长的修炼过程。这“无所说”的境界，王燕卿也是在他人生最后的光阴里才达到的吧？

按常理，饱受压抑的灵魂，在造成压抑的外力消失后，往往会形成一个汹涌的泄洪口。然而在王燕卿于南高师的晚期活动中却很难看到这个泄洪口的存在。王燕卿到达南京后，随着教学活动的开展，生活稳定了，琴学环境好了，社会地位也提高了，但今天坊间却很难听到有他对前期压抑的宣泄流出。不见质评、少有交代，更鲜有攻击诋毁和那些说三道四的流言蜚语。更加难能可贵的是，据《梅庵琴谱·邵森跋》所说，燕卿先生好酒。一个曲折压抑数十年，现在时常要喝上两杯酒的古濯琴翁，还管得住自己的嘴，不仅平时不说，酒后也不乱说，这沉默就已非常人境界，而是“得道仙翁”了。

如果说人生每经历一次伤害，就会有一根针扎在心头，那么“识语”中的这“腐儒”二字，便是燕卿先生心头，人生千针万针中的之一残留。所幸在人生的最后关头，燕卿先生连这最后残留的一针似乎也拔去了。我们比燕卿先生如何？不要让别人的针扎在你的心上。不要等事到临头。设若心隐隐作痛，那就学一学老和尚之语、燕卿先生之行。弹一遍，再弹一遍。

2017 年 7 月 18 日

于重庆

五 不知琴

“不好意思哈，刘源。可能下次还得麻烦你再跑一趟。我还有一张琴没拿上来刻。”

“没事儿，等这两张刻好了，回头你又拿上来就是。”

“那是我的第一张琴，声音不太好，形制上也有些问题，但于我却有特别的意义。所以还是想把他拿上来刻了。”

“其实这个真不太重要。最近我常常在想，琴本身的状态只代表当时斫琴人的状态而已。你能弹出什么来是你自己的事情。”

“一个人弹琴，是要尽可能通过它来表达好自己，而不是被它的声音束缚。”

……

刘源的这番话顿时让我来了兴趣，想起数周前曾于胡老处听闻的一些关于琴和琴器的故事来。说忽一日数位老先生相聚，却不知因何而起便闲扯到了对琴器的探讨上来。因有感于当今一些琴人，本身对琴还并不太了解，却总喜欢“断杀”器物。每每将自己技艺上的问题归之于器。嫌弃一张琴，这不对，那不对，其实到头来还是自己对琴的了解不够、认识不对，实可谓“弹琴而不知琴”。时何明威先生慨然有叹曰：“琴无罪啊！琴无罪！”并有“知琴善用”之语，以寄后来。今刘源所说，恰与此意同。

说到“知琴”，我想这无论如何都应该可算作是我们大多数琴人学琴的初衷吧。对有些琴人而言，甚而或可为一生的追求。因为我们爱琴，本是从那琴与心的相识相印开始的。不知是哪一年？哪一月？哪一天？因为哪一种机缘？哪一缕琴音便飘进了我们的耳朵里，触动了我们的心弦。于是顿感这茫茫世间，唯琴知我。随之心里便升起一个意念来，既然“琴知我”，那我定也要去知他（她）。这样，才便有了后来的种种琴事纠缠。

对于文人化的琴，这种“知”，往往又是始于“道”的暗合。然而道寄于器，转之于器，应于眼耳触息，便生出了变化、见出了高低。金庸先生《神雕侠侣》里独孤求败之剑境，从“凌厉刚猛，无坚不摧”到“重剑无锋，大巧不工”，再到“不滞于物，草木竹石均可为剑”，那是一个人数十年勤学苦练之功。参之于琴，亦不出此理。

老先生操琴，我们甚少闻有责琴之语。那是先生们功之所至，知不足，而能以身补正。由是推想，当日众师之言，并非要一干人等去缝起嘴巴，不准品评，不准挑剔。事实上品评、挑剔实为“知琴”的前奏，不品、不挑，不足以“知”。而是要我们去努力解决好“存心”的问题，知不足而进，不要过多地旁责于器。所谓“琴无罪”，器物它端端正正地摆在那里，“只有用心才能看得清楚。重要的东西用眼睛是看不见的”[1]。

那么何为知琴？又何为知琴善用呢？我以为总不出“知物我”“知忌宜”“知补正”这三个方面，而其中各自又包含着许多的“知”与“不知”，须得随着时间的推移，用心体会，方才得以慢慢浮现出来。好比这“知忌宜”，从前我便想得简单，以为懂得按照一张琴的音声去辨别，某琴适合弹某曲，某琴不适合弹某曲，这便是“知”了。后来多经历了些场合，才又发现，原来同一张琴在不同的场合发出来的音声，竟也是不一样的。更不用说不同能力的人弹同一张琴所发声之不同了。凡此种种，还有很多。今之所知，其显而易见者，计有心物、弦面、弦指、止息、琴桌、空间、客我等诸般。比如“弦面”，曾闻师言，有师于此中求之极细者，于琴张弦，往往数易。最后下来，一琴所张之弦竟然不是完整的一副，而是各种不同品牌弦的杂错。所以者何？乃求声之尽如意也。

其实，“知忌宜”而于琴有所分别的前提，便是“知物我”。所有的选择，皆是为了那“我”想要经由“器”而表达出来的心影。既然“琴知我”，与琴相许，就总盼着琴能“尽我”。然而习之越久，越觉琴难尽我。非不能尽我，实功之不及，我难尽我。而岁月流转，寒暑交替，终于有一天，发现琴终能尽我，那便可以说是于琴有所“知”，“我正”而器转了。所以“知物我”是“知忌宜”的前提，“知补正”则可以说是“知忌宜”之发展。“尽我”者非尽于器，而尽于物我相融，或相忘也。

1. 安托万·德·圣埃克苏佩里．小王子［M］．李继宏，译．天津：天津人民出版社，2013: 107.

其实，就算是那一张数易其弦而张就的琴摆在我的面前，我也是不能尽发其用的。因为我并不具备那样的操控和激发能力。所谓“不滞于物”，那是多么久远以后的事情了。我们现在需要一张“良琴”，那是现阶段自己力量所能及的，不过称手合意而已。所以品评即是发现，挑剔即是进步，然而却不当罪琴。因为琴无完琴，时过境迁，空间转换中，身可正之，心可尽之，知琴善用，物我乃合。

刘源推荐我一本书，是日本人详见知生写的《日日之器》。这本书是讲如何认知并体悟生活中的碗碟杯盘之器，其中有一句话讲得很好，“珍惜万物，便能取悦万物之神”[1]。当日刘源讲给我听时，凭记忆随口而出的是“如果你对万物充满爱，你就取悦了万物之神”。我喜欢这句话，因为它不仅道出了通达万物之理，还让我想起了我过世已久的爷爷。爷爷年轻时靠拉黄包车为生，后进入工厂做工，一生生活于社会的底层。虽没有什么文化，但至晚年，生活本身却已使他变得事事通达。记得小时候，他教我们一帮孙娃打麻将，小孩子总是藏不住，喜怒都形于色。牌好呢就开心，牌不好呢就骂牌。每当我们骂牌时，爷爷就会一本正经地教训道：“不要骂牌，得罪了牌神，所以你总是输。”今天想起来爷爷这麻将道与详见知生的器皿道，并与这琴道，虽雅俗各不相同，但道却皆一理。

2017 年 12 月 3 日

于江津

（本文原刊于《西蜀琴刊》2018 年 4 月总第 9 期）

1. 祥见知生 . 日日之器［M］. 陈令娴，译 . 北京：新星出版社，2015: 78.

六 尽皆天真

“东升，我想请你再帮我写几个字。”

“写哪几个字呢？”

“尽皆天真！”

“为什么写这个啊？”

“不知道……”

“也许是因为看着这雨一直下，这些绣球花儿却各自开得有趣的缘故吧。”

去年6月的一天，东升和他的“魏媛蕙女子魏碑研习社”来访，看着他送我的“琴韵芬芳”四字，突然想起要请他再写几个，便随口说出这四字来。话虽是随口而说，但却也并不算偶然。

自上竹山以来，这些年不多的几个学生来上琴课，我总是要跟他们说一番话：“我是不要求你们跟我弹得一模一样的。各人有各人的性情，甚至基本的用指，派别和师承之间也有差异。当然你们到我这里来，我只能讲我的。但每个人的性情都不相同，轻重徐疾是极个人的东西。你们跟着各人的性情去化。我只能给你们建议。不要违拗自己的气息，更不要抹杀自己的天性。”其实，讲这番话的时候，学生们基本都还在学琴之初。很难说他们理解了多少，又认同了多少，但我还是忍不住要讲。就这样不能自已地讲了几年，转眼便来到了去年春天。

去年的春天很是特别，天气间晴间雨，前年冬天对竹山进行了一次大的清理后，空间疏朗，气候适宜，便催生出许多活跃的生命来。先是四月间顽皮的竹笋如约而至，破土而出；后来又尝了山中野生柴胡的鲜；及至五月，萱草、杜鹃、野百合一起绽放，这烂漫争春的场景于向来幽闭的竹山却是少见的。待到东升他们到来，已是6月间。绣球花开成海，杜鹃、百合也一时尚未凋零。见如此美景，忽念及这天空、大地、阳光、雨水皆是视万物如一，而生出来的万物却自是万物，并不是一个统一的模板。

再被东升的“琴韵芬芳”一激，突然灵光一现，便有了这“尽皆天真”四字。一时间快慰无比，便邀了东升来写。东升写了几幅，第二天邀我来看。我向来是不懂字的，但见他这次所写，大不同于以往，头重脚轻、歪歪斜斜地有些“天真”，然而自己却踟蹰犹豫起来，大约是被他的如此“天真”给吓了一跳，而有些不大敢用了，于是便含糊其辞，胡乱搪塞了几句。东升大约也看出了我的犹豫，便不再说什么，这事儿就撂了一边儿去，一干人继续说笑喝茶。这几幅字至今还存放在山里。

时间过得真快，转瞬间2018年的春天就要来了，竹山的日常经营也已换了主人。然而那草木萌动、万物竞发的一派天真，想来却是不会变的。随着惊蛰的春雷一响，万物便都醒转了过来，秉承着天地的德泽，荣放了自己的生命。

去年岁末，写《阳春》写到了春雷，但却未及写各家之天真。其实，我们每一个人都是天真地站在世界面前。38家《阳春》，《松弦馆琴谱》屡用“急”；《大还阁琴谱》多“游吟”；《蓼怀堂琴谱》《德音堂琴谱》又悉改之，代之以“进复”与“一撞”；《西麓堂琴统》则执于“滚拂”和各种不同手法的同音位连作，而呈繁声；更有甚者如《秋水斋琴谱》，目之所及，尽皆一字一“省”，让人顿觉似要断气，却亦有人赞其气息沉稳、悠远绵长者。读古谱，从字法中便可看出一个人来。历代凡有所传者，哪一个不是天真尽显？看这些老先生，皆是鹤发童颜，尽皆天真。谁天真，谁就照亮了世界。

天真亘古如此，穿过历史的烟云，不觉莞尔。

2018年1月15日

于重庆

七 雅不成俗不就

“对不起，对于你的提议，我没有什么兴趣。”

“从我的经验来看，要拿个人的爱好去换取经营的业绩，这个真的是很累的。”

“当最初的欣喜散尽以后，他就会像虫子一样来啃噬你！”

“直至看见你自己的森森白骨。”

曾经的同事L君，在重庆近郊的山上，租下了一处农家的院子，自己又没时间打理，便跑来问我有没有兴趣和他一起“玩”一些富于雅趣的事情。我知他所谓的“玩”，其实就是经营；所谓的“雅”，也不过就是披着文化外衣的商业行为而已，于是便以自己的前车之鉴断然回绝了他。

很难说他这一番兴致勃勃的邀请，纯粹就是商业动机下的美丽幌子。从我自己在竹山走过的路来看，其实更大的可能是出自他真诚的幻想，以及初期尚未散尽的热情。一开始我们都相信自己是有能力在个人爱好与商业模式之间找到平衡的，到后来才发现商业模式并不受个人爱好所支配。生意就是生意。再文化的生意，它也最终只有回到生意本身才能实现盈收平衡和经营的可持续。而这本质上是与一个文人的孤独感背道而驰的。我很奇怪，L君与我也都算是有些历练的老市场人了，怎么事情临到自己头上，就反而看不清这一点了呢？非得走到自己伤痕累累，才会有所醒悟。其实我究竟有没有醒悟都可能还谈不上，不过是有些触痛罢了。

与L君比起来，我是更加彻底地厌倦商业活动的。弹琴以来，尤其加剧。所以，我一直很感激那些我曾经以及现在还在一起的合作伙伴们。感谢他们对我的包容，可以给我一个只专注于自己专业的空间，而不用太多地去耗散于纷繁的商业活动。但是当一处院子，甚至是一座大山摆在你面前的时候，情况就不一样了。你不得不去面对，如何才能扛起这座大山？这可是当初自己一念无明而贪求来的呀！所以我一度甚至认为，这是古琴在我心中种下的毒。琴确实可以给我们带来巨大的平静与欢喜，但它的副作用却是常常令我们与这个世界格格不入。因为对清雅的贪着而贪恋这山林，结果这山林就真的被扛在肩上了。要怎样扛起这座大山呢？所有起心动念的人都可以试一试。

现在，很多人在研究琴的疗愈作用。琴真的能疗愈吗？每个人都可以去寻找自己的答案。前些天，能琴善画的 W 老师来访我，谈到他也想寻一处寂静的山林。我依然是将这些故事讲与他听，但他似乎并没有如 L 君般有所醒转。

这些年，经济发展了，社会进步了，城里的人们便开始厌离。很多人都想拥有一处自己的山林。这样的山林，可能一次性的投入并不高，但长期持有中的管理和维护却是一个问题。于是大家都会给自己编出一整套美丽的逻辑来。但一切建立在个人情趣爱好基础上的“以商养文，以文怡情”都是纸老虎。所谓文化产业，文化就是商品（或服务）。任何商品都要到市场中去找出路。面对市场就是面对形形色色的消费者及其需求。不取悦市场就可以获得成功，而且在还没死去前就成功的，纯属凤毛麟角。热爱文化是一回事，将自己所热爱的文化当作商品推向市场是另一回事。等到要去看市场脸色的时候，绝大部分心怀文人梦想，如 L、W 君及我者，都是适应不下来的。这些年我们于竹山兜兜转转，“没有客人想客人，来了客人烦客人”已经沉积为一种长期的焦虑。

可能对于我所讲的这些，W 老师并不能完全理解吧。毕竟在琴棋书画的世界里，这是多么世俗而又令人讨厌的东西。对于这些迎来送往的事，我也是十分厌倦。可是几次放下了，又几次拾起来。最近的一次，竟然给自己编出一套“服务大众才是真修行”的魔咒。于是，便随着这魔咒走到了大众中去，也再一次走到了水深火热中去。事实证明，修行的路还很漫长，我孤独的灵魂还远远达不到舍己随众的程度。如果说古琴确有什么疗愈之功的话，我想这疗愈正在于此吧。清风明月是没有什么疗愈作用的！充其量止咳糖浆而已，略可修饰一下我们的生活。

所以，我也注定了进入不了文人雅好的圈子。虽然学了琴，但从始至终我都没有认为它有多么了不得的文雅，只不过时时伴我左右，疏导着我的情绪，照见着我的流动。至于书画、棋艺、茶道、香道种种，则更是一窍不通。曾经我也想把自己装扮得无事不晓，雅致风流，但所得来的往往是一顿当头棒喝。记得多年前的一次竹山雅集，因为念着每次西蜀雅集前，大家提着毛笔来题名是一件很雅的事情，便欲效法，要求大家都来写。最后，大家都写完了，轮到自己的时候就现了形，写出歪歪斜斜的几行鸡爪字来，成为那一夜朋友间的笑点。当时，一位在场的书家问我：

“为什么不学学写字呢？”我一时语塞，支吾着竟不知如何回答。后来想起来，也没有什么为什么的，就是没有那个兴趣！琴之于我也不是什么风雅之事，就是一段先中毒、再解毒的救赎吧！但是商业社会，眼下却也是进入不了。既上不了天，也入不了地，只能像一个中阴身的鬼魂一样，漂浮在这城市与山林之间，直到毒瘤尽脱，功德圆满的那一天。

又，对我的经验之谈，L君倒是十分明白并充满感激的。一听我说，当下即表示要断了念头，决心将他那一处院子只做一个自我消遣的逍遥地。只是希望他能够坚持下去才好，不要颠倒无际。

在我所知的文艺家的院子里，有一个是最令我感慨的，那就是法国艺术家文森（他给自己改名为“文森·漆”）在歌乐山的院子。那是他的漆画工作室与私人生活空间。很意外，一个艺术家的空间居然简朴得没有多余的装饰。那里基本还维持着农家院落的原始风貌，菜园子围绕着，猫儿、狗儿穿行其间，而文森这个老外，生活在其中居然也十分和谐。这院子就在歌乐山矿山坡精神病院的后门。这似乎是一个隐喻，里面没有什么风雅，只有工作与生活，而艺术的灵魂充盈其中。

2018年9月15日

于竹山

八 一二分之间

“我一直都无法全对。”

“我也是的。满身是伤！”

“6分钟三次瑕疵，15分钟就不用说了。”

“我都录懵了，还是错错错错错……生气到没脾气……”

“这次录音才发现演奏家的不容易。即使没出什么很明显的硬伤，录下来一听，音的强弱虚实这些，控制还是不尽如人意。稍微放松一点儿，那个音就控制不住了。注意一下，又立马显出刻意来，气息就不对了。”

“算了，我已经不去想它了。这些都不是短时间能够解决的。一个字，就是练练练练练……一句话，还是平时用功不够啊！”

“嗯嗯，再练再录，继续加油。”

在玉升与罗乐的倡议下，西蜀琴人决定联合制作一张专辑。曲目以去年春秋两季雅集，各人所奏为基础而略有增减，一共二十来个曲目吧。自年初任务发起以来，时间已经过去了大半年。不过看来各人手上均还有诸多问题未能解决，故近来有上述相互倾诉并打气之语。虽然只是一个内部资料留存性质的东西，但大家还是希望最终能有一个圆满的结局。

这次专辑录制，我的任务有二，一是《白雪》，一是《玄默》。昨日，以“大寒”录《玄默》，猛然间想起，当年打谱就是依此琴。而转眼间十年过去了，十年，人、物两非，这琴声也早已不复当年。

“大寒”之声，向来敏感而多变。想要控制好它，很多细节都要注意。又因有感于平素自己弹琴总是节奏过快，所以近来习操，便刻意放慢了来弹。结果出人意外。这次录下来，《玄默》的实际时长也就5分40秒。比去年年终雅集的现场演奏放缓了30秒，时值延长不足10%。但自我感觉，却好像延长了很多，气也顺了很多。因而有感，琴之用功，皆在一二分之间。一二分成缓急，一二分成音准，乃至吟猱、进复、轻重、指触，凡功力、流派、琴风种种，无不皆于一二分间现其差别。

音准就不用说了，音位左右游移一二分便要失准。而吟猱绰注表情性的一类，左右、上下一二分，加上缓急一二分，幅度的大小、速率的紧慢，往往形成个人以及地域琴风的差别。至于指触和轻重强弱的一二分之别，则更是功力所在。琴声有虚实，有饱满和干瘪，有挺立和萎靡，有清晰与含混，这些也往往多是一二分间事。比如“历”这个指法，本来应该是各自颗粒清晰又紧紧相连的两声。然而慢一二分，则成为连续的“挑”；快一二分，则前后粘连在一起，成为似一还二、似二还一的模棱两可、含混不清的音。再比如“滚拂”“拨剌”一类强劲的指法，少一二分则不足，多一二分则过暴。还有着弦的深浅和虚实问题，功力至者，虚实随心，因情而生，游弦于一二间，而恰得其所。功力不及者，虚实则多因错漏生，想如是却偏如彼，如人陷泥泽，尤深一脚、浅一脚可比。其他还有诸如虚音的出音问题、走音过程中随手带起的与演奏无关的客音问题等，这些于以前都不曾自觉。而这一次录音，像一个放大器一样，问题全都暴露了出来。我也曾努力尝试着各种调整，快的、慢的，重的、轻的，一录、二录、再录。但这又岂是朝夕之功！虽然将这些问题提出来各自解决，稍加注意和练习还尚可对付，然而贯通成曲，却终难免顾此失彼，或音准，或气息，或强弱，或出音，终觉满身是伤而不能为用。如此勉成一曲，也就真仅可做材料记录和参考保存了。

学琴十余年，今日方思演奏家的不易。为了录音，一个曲子翻来覆去地弹数十遍，已弹到我心生厌离，从此不想再听此曲。又是什么促使他们为了追求完美的演奏而弹千万遍，依然坚持面对呢?

前人早已有训：“曲不在多，而在精。”犹记得早年辛叔叔曾说，老先生弹琴都是非常准确的。手一搭就是那里，那个声音就有了。喻老亦有诗云：“苦磨巧弹成妙指，妙指飞舞出妙音。”这应该也就是雅玩爱好者与弹琴家之间的差别吧。

琴之用功，始于一二分之间，但其所成却不止于一二分间。

一二分即精微。一二分间可成十分差异。

于此，至心顶礼、赞叹那些“苦磨巧弹，妙手成音”的弹琴家们。感谢他们带给人间如此美好的声音与体会。

2018 年 11 月 5 日

于江津

九 琴难自知

“40% 的善良 +30% 的邪恶 +15% 的疯狂 +15% 的犹豫。”

“这是我的，我的内心构成。”

“你是‘医生’，我是‘哲学家’。”

“你不善良啊！”

“你的善良没得一半。”

“来者不善。”

“我看是呢。”

……

记忆中这应该是前年的事情了吧。当时玉升在朋友圈发了这条心理小测试，我也跟着玩了一把。本来网络社会，这种心理测试满天飞，真真假假谁也不必太在意。但这样的结果却还是真的让我有些难以放下。我当然不是要自己成为一个“圣人”，也没有精神洁癖到觉得自己的内心，就应该干干净净得一点儿邪恶的影子也找不到。我所疑惑的是，一直以来都认为自己还算是一个善良的人，但其实自己的善良还不到一半，而邪恶却有 30%。那么，一个人对自己的了解究竟又有多少呢？

无独有偶，也是几年前吧。忽一日听杨莉说起，她把我弹的《白雪》分享了出去，给朋友听。某师听后认为前面是痛苦的，后面又变得很开心了，甚至有一种在山间滑雪般的自由与畅快。当时她问我意下如何，我未置可否。其实，那时我弹这一曲，内心并没有什么痛苦与快乐的情绪设计。我始终认为，《白雪》就是“白雪”。一场雪，安安静静、飘飘洒洒地下完了就完了。它是少数我不想带入任何情绪设计去弹奏的曲子之一，至今还是如此。但某师却从中听到了痛苦与快乐。这痛苦与快乐，究竟是她的情绪附着，还是我内心深处某种最隐秘、最不为人知的东西的自然流露而不自觉呢？

老子说："知人者智，自知者明。"然而人要正确地认识自己，又何其困难？心理学有所谓的"个体不能觉察的意识"，即潜意识之说。佛家又讲"八识"，除眼、耳、鼻、舌、身、意外，更有末那和阿赖耶识。这些都告诉我们，在人们通常所理解的意识以外，还有一种更深层次的潜藏的"识"，而这种"识"并不易为人所觉知。若不能觉知，又何谈认清自我？

关于"八识"，《楞伽经》中说："略说有三种识，广说有八相……谓真识、现识及分别事识。"又说："不思议熏及不思议变，是现识因……取种种尘，及无始妄想熏，是分别事识因。"[1]也就是说，这分别事识生起的因，是包含过去、现在、累生累世，种种内外境长期熏染的结果的。因其万般纠缠，而不可思议。但人的选择却远没有那么复杂。既名分别事识，那也就是依心而取。即使一团乱麻，总不过依心而现，或选择让它也依心而隐蔽了。一般而言，正常情况下人的选择分别，倾向性是显而易见的。即我们总是倾向于选择去记忆和留住那些美好的、正向的东西，而希望把那些伤痛的、负向的东西清除干净。心理学认为，记忆忽视和自我免疫都是人的自我保护机制之一。但其实那种清除只是一种假象。尤其是那些创伤性的经历，即使经过长时间的清洗，有时候长到我们真的都认为它被清洗干净了，甚至我们已经可以很平静地去公开谈论它，但它其实只是被潜藏了起来，一遇境缘的激发，就会又显现出来。现代生物学研究也表明，人脑记忆的痕迹真实存在。它就像我们的电脑存储器一样，有内容、有空间、有路径、有痕迹。所以，所有这些潜藏起来的情绪、情感和经历都并不容易被抹去。如果截断业流，那是圣者的境界。

因此，过了这么多年，我必须承认，听见我所弹《白雪》并发表评论的那位师长，她所听到的痛苦与快乐之于我可能是真实存在的。虽然我并没有这样去主观构想，但它却一直潜藏在那里，并不以人的构想与言说为转移。但似乎艺术圈的朋友却并不太这样认为。我曾就我个人的这一案例与诸多包括琴人在内的艺术界人士进行探讨，收到的反馈几乎都是众口一词地认为，做好自己的创作就好，不要去管别人的评说。然而修行却可能不尽然如此。中国古琴所塑造起来的知音典范是"高山流水"式的，但"反向式的知音"却可能是一场道与悟的发现与冲撞。

又，今天我可以客观、冷静地来谈这一点，时隔当日已过去了许多年。如今再弹《白雪》，依然是那纷纷扬扬的飘絮，不想于其中寄入任何冷热的情绪。我一

1. 刘宋天竺三藏求那跋陀罗，译．楞伽阿跋多罗宝经[M]//本书编委会．乾隆大藏经：第36册．北京：宗教文化出版社，2010：147.

直认为，《白雪》是一首要用极轻的手法来弹的曲子，甚至凝神屏息，除雪落只可听到自己的呼吸之声。然而若是这呼吸之声过于重浊，那雪花便要于空中消融，忽而不见了。至于当日的痛苦与快乐还在否，我现在不得而知。如果在，就让它在那里，自然而然地随雪飞舞，时隐时现吧。

我很庆幸，此生虽然有很真实的痛苦缠身，但于这琴声的流转中却不失快乐与希望。

2018 年 11 月 12 日

于重庆

十　他山与独山

“麻烦各位再帮我听听，我中间那几个音究竟是要呢还是不要好呢？”

“如果没有特别的违和感，我还是想保留，因为可与前段仲林的相呼应。”

“没觉得哪里不对呀。”

“那就好。《他山》就是以胡老的音和仲林的音来琢我的音。”

“《他山》的源头取之于胡老的‘11165’，近则取之于仲林的‘331，221’。然后他们共同成就了我的音。”

“‘551，551’，其实我的就那几个音，不停地叮叮咚咚地打石头。做个打石匠，打得多开心。”

……

决定写这个题目，是因为多年前两段未竟的往事。

那一年，有客自贵州来，邀约于黔北松烟做项目之策划。其时，我们公司已基本完成了从地产策划向旅游策划的转型，对地产类的项目本已甚少涉足，但松烟这个如诗如画的名字却深深地勾起了我的兴趣。想象着小河婉转、翠霭如烟的画面，我便想要去看一看。谁知后来却因种种曲折而终未能成行，留下至今未了的遗憾。但总有一天，松烟我还是要去的。因为那里有柳湖，那里有他山。那是南明右佥都御史钱邦芑隐居的地方。那里有一代隐者辞官不授、纵情山水的峰岭。

钱邦芑字开少，号大错和尚，镇江人。南明永历六年（1652 年）抚黔。后孙可望入贵州，其便退隐松烟，屡招不就，孙可望又封刀索命相逼，钱邦芑仍不为所动。永历八年（1654 年）钱邦芑于修文潮水寺出家，从此隐迹，以诗文自娱。说起来，在中国璀璨的隐逸星河中，钱邦芑并算不上盛名，但那种刀架在脖子上亦不改其节的气度就没有几个人能做得到了。

又是一年，我和筱琰自邕归渝，车过独山，见独山站牌，甚觉有趣。黔桂交界处遍地皆山，究竟要一座怎样的山而竟可自居为“独”呢？后求之于“度娘”方知，所谓“独山”不过是县城东南处之一土坡，占地百余亩，高只百把米，却因其异峰凸起，独立于县城8平方公里的大平坝中央，便得了这个名。说白了也就没有什么新奇，然而独山历史上却出了一个独特之人，那便是清代大儒莫友芝。

莫友芝字子偲，号郘亭、紫泉、眲叟。贵州独山县人。晚清著名金石学家、目录版本学家、书法家，宋诗派重要成员。《清史稿》谓其“家世传业，通会汉、宋……乐易近人，癯貌玉立，而介特内含……在京师远迹权贵。胡林翼、曾国藩皆其旧好，留居幕府，评骘书史外，荣利泊如也。咸丰时，尝选取县令，弃去。至是中外大臣密疏荐其学行，有诏徵至，复谢不就。”[1] 如此说来，其身倒也还真可谓具足了“独山”之气息。

莫友芝著作等身，其与郑珍合撰之《遵义府志》被史学界认为可与郦道元《水经注》齐名，梁启超称之为“天下第一府志”。他的其他重要著述还包括《黔诗纪略》《声韵考略》《郘亭诗钞》《宋元旧本经眼录》《樗茧谱注》《唐写本说文解字木部笺异》等。后世誉莫氏为“西南巨儒”，而其“巨”怕不是出于“独”乎？

因为一直以来，我对这种“独”情有独钟，所以也想要去独山看看，然而几次路过亦皆匆匆，未有机缘步入其中，哪怕只是做片刻的逗留。

后又两年，有企业托我于贵阳做一以贵州文化名人为主题的商业项目，便顺理成章地将此二位“请”了出来，装进了项目里。策划进展得倒是颇为顺利，方案很快就过了，但惜亦终未能落地实施。这一次西蜀琴社九琴人联合创作《蜀山九畅》，我毫不犹豫地便报了《他山》为题，也算是以另一种方式完成心愿，并向二位先贤致敬了吧。

其实比起“他山”来，我更想要写的是“独山”。但初初却因为怕担上狂妄自大的骂名，又不敢写。“他山”就不同了，典出《诗经》，又浑身透着谦逊，总以为这样是安全的。等到曲子写完了，回过头来写这篇小记的时候，再重新审视这些材料，才发现其实都一样。中国传统文人内心深处的那种“独”是挥不去的，虽谦逊地以“他山”示人，但终不过伪装成他山的独山而已。试看松烟之钱氏，孙可望10余次诱逼而不就，纵然刀斧加身，亦宁可舍生取义，其内在的驱动力，本身就是数十年人生“独”的精神追求与修为。历来各家解《鹤鸣》说“他山”，多有言其

1. 赵尔巽，等．清史稿：第31册（卷四八六列传第二七三）［M］//许凯，等标点．简体字本二十六史．长春：吉林人民出版社，1995: 10183.

以喻招隐求贤者。而钱氏于柳湖岸指山为“他”，显然志不在此。或者在钱邦芑的脑海里，他山便是那自许由、巢父以来，至鬼谷、庄周、范蠡、林逋而绵延不绝的隐者的群峰吧。隐者即独者。皓首烟波，俯瞰山河，真隐者皆因其“独”而流光生辉。所谓他山，不过打磨之器，可君子可小人，照镜子以砺其“独”耳。

再说回到莫友芝。莫氏一生寄迹红尘，虽未归隐山林，但其弃官不就的气度倒是与历代隐者同出一脉。尤其《清史稿》载其“在京师远迹权贵”，着实不易。又谓其留居曾国藩幕府，“评骘书史外，荣利泊如也”。对于莫氏不仕的原因，论家各评不一，但无论“荣利泊如”，抑或“不取捷径”，皆足可证其“独”之人格与精神。钱邦芑与莫友芝，一隐一市，皆潜心著述，成果颇丰，若非“独”，而何能有此成焉？人之所成，又哪一个不是独立天地间独耕心田？至于先官后隐、先隐后官、居官思隐、隐而求官、不官不隐，凡此种种，皆各人机缘不同，不过潮起潮落，以砺“独”心，而推其趋于成也。试想，设若钱、莫二氏终不堪“独”而降于“群”，群则党，便也不可能有后来的成就了。

其实“隐”与“市”，不过是相对的外显的概念，唯有“独”才是文人的生死线。而当今各文化圈层，以文人自居者往往缺少的也正是这个。如是，立于“独”，则又有何惧哉？那是当代迷失的文人们回家的路！虽然立不立得住，立不立得起，要看一个人的修为跟能力，但只要此心不改，便不失正途。虽有退、堕亦无畏。诚如小石所言，修行之路本来就是重复再重复！

放下形外的负担，独山、他山，大地山河紧紧相连。山山本来不同，但峰无二致。山歌一唱，众山皆响。我们独立在高高的山冈，九山唱和。

2018 年 12 月 23 日

于江津

（本文原刊于《西蜀琴刊》2019 年 4 月总第 10 期）

十一 琴门十三障

“好吧，所有的生意都不要麻烦同行了，都来麻烦我吧。”

当无意中看到琴师A的这条朋友圈的时候，我不由得有些脸红。

前些时，一位想学琴的新朋友来拜访我。当他问起琴和琴的价格时，我给了他一些我的建议。

“我这里是不卖琴的。对于刚刚开始学琴的朋友，我不建议买太贵的琴。因为你不知道会坚持多久，也不知道什么样的声音是你真正想要的。如果条件有限，所谓的工厂琴亦无不可。好的琴等你坚持下来了，懂得分辨了，再自己去挑吧。现在琴的价格被拉得很高，其实很多利益纠葛在里面。做销售嘛，当然是卖什么就说什么好的。但那个声音真正好不好，却很难说。你也不懂得分别。”

我这样对他说，其实事后也有些懊悔。虽然现在琴价的虚高和混乱确也是事实，但那一句“做销售嘛，当然是卖什么就说什么好的”，却在貌似中肯的建议下露出了杀机。这杀机或潜藏已久。这是我应该检讨的。

早些年自己也曾做过一段时间销售，那时便深知对于销售人员而言，对自己产品的热爱，甚至顶礼膜拜是多么重要。当然，商业社会的营销模式里，充斥着太多巫术一样的对员工和顾客的价值洗脑，但其中亦不乏真心研发好产品与销售好产品的清流。我的同学，买保险的H君曾经这样对我说：“我是真的觉得人们需要保险才入的这一行，我也是发自内心地把我认为好的产品推荐给大家。”我相信他。我也相信，在世相的混乱之中，并不是每一个以琴为业的琴师都昧了良心，以次充好，将劣质的琴售卖给那些不明事理的学琴的学生们。一定也有很多琴师是在孜孜以求，把他们真心认为好的声音推荐给大家。至于琴价的虚高，那则是另一个话题，其中所涉问题太多。但无论如何，我们都不应该嘲笑一个人的职业，甚而去诋毁它。

现在早已是商业繁荣的社会，社会的分工令以琴为业的人越来越多。商业的法则，即使是在古琴的圈子里亦不可避免。无论任何事情，首要的都是态度的真诚。看着A君的这条朋友圈，其语虽戏谑，但亦不失坦率与真诚。这坦率与真诚，自然是要令那些遮遮掩掩、故弄玄虚，以文化为幌子的行为相形见绌的，亦可以直接去撕下那些强做清流的虚假面皮。这的确是我应该检讨的。

在商业社会的冲击下，对传统的“坚守与适变”的边界探寻，本来就是甚难之事，有可能耗费一代甚至几代人，我们才能最终求得答案。那么在这甚难之中，或者真诚就是我们唯一的利器了。

冷静下来想一想，其实这些道理亦早就知晓。可是一不小心，还是又露了一回马脚。这一回，这一障，大抵还是因求“清”而起。近来遇诸多事，皆是“浊”流。那蛰伏已久的、想要与那“浊”划清界限的妄念，便又陡然升起来了。话头虽是随机而起，内障却是从未断除。

然而，回首学琴这十数年来，所落之障，又何止这一门？由思己身而观整个琴坛，凡有所好必有所障。佛家早已有语言，“一念嗔心起，百万障门开”。唯琴有十三徽，故学说十三障：

① 风雅斯文障：琴为雅好，最多贪风爱月。

② 崇古非今障：琴谓古德，最是厚古非今。

③ 假圣自高障：琴出圣贤，常幻我亦圣贤。

④ 自赞毁他障：琴号文人，我是人非互戕。

⑤ 以道自缚障：所谓琴道，实是一堆乱索。

⑥ 琴遮商贾障：根性无价，输人做件衣裳。

⑦ 强为人师障：人称琴师，逢人便做师子。

⑧ 浊世清流障：我性清洁，世间浊流难当。

⑨ 不足懒进障：因我内涵，扯起一堆幌子。

⑩ 稀世奇珍障：遗有瑰宝，觅藏独霸一方。

⑪ 有心无胆障：梦想光大，却做他人绊石。

⑫ 心猿意马障：法求自然，上下两端无望。

⑬ 有所兴业障：忽然心念一涌，念念皆入谜障。

以上种种，或有因人而异者，亦有学琴通病者；或有一时兴起者，亦有迷糊一生者。所谓法有万法，琴亦何止千琴，障又何止十三？各人各路，各路各法，各法各门，各门各障。奈何奈何？门门皆障，且将那《佛说魔逆经》再来读读，放那真心大胆行去。

2019 年 3 月 3 日

于竹山

十二 新年一碗茶

“如此说来，这波旬倒是十分可爱的了。”

“是啊，这大约也可以算得上是佛经中最富轻喜剧特色的一部了吧！”

春节的前夕，老友羊沙来访。又是数年未见，也只将了那最寻常的桂花茶来待他，他却说好。我原本以为，写完《琴门十三障》后便再无话可说。谁知老友相见，话比茶浓，又牵出些陈年未了的话题来。

记得前一次与他相见也是多年未见。他来，原本是找我聊《琴路》的，后来话题转过，说起王家卫导演的《一代宗师》来。当时，他曾经问起我对《一代宗师》里宫二她爹说的那段，所谓武学的三重境界“见自己，见天地，见众生”的看法。那时，我还没有看过这部电影，便只将了自己素来的经验来答他，说第一重就已经把后面的两重都包含完了。“自己”是最不容易见到的，一个能见“自己”的人，必然也就早已能够见天地、见众生了。

近来，我把这部电影找来看了看。看完以后的感觉是，那个桥段恐怕被弄得有些反了，倒过来还差不多。仔细推敲一下，“墨镜王”在这里想要诉求的其实很简单，就是一个人从一开始的目中无人，到后来晓得了天有多大、地有多宽，再到后来有了一颗悲悯与济世之心的过程。但是这个思想套上禅话的哏，就有些不通。因为“见自己”就等于见了佛，而“见众生”才是最稀里糊涂，不知天高地厚的时候。《金刚经》里说“实无有众生如来度者”，因为“若菩萨有我相、人相、众生相、寿者相，即非菩萨”。“若有众生如来度者，如来则有我、人、众生、寿者。”[1]只有那些傍在门首的生徒，才会火急火燎地满世界找“众生”吧？而“自己”却不容易找到。还不要说“自性”，就是世俗一般意义上的“自己”，又有几个能搞得明白？所以说反了，一个能见“自己”的人，不是佛菩萨，恐怕也离得不远了。

---

1. 姚秦三藏法师鸠摩罗什，译．金刚般若波罗蜜经［M］// 本书编委会．乾隆大藏经：第 16 册．北京：宗教文化出版社，2010: 448, 456.

“其实比起这个来，更对我有所触动的是叶问最后总结的那句话，‘千拳归一路，到头来就两个字，一横一折’。”

“嗯，万法归一的事情。大道都是至简的。再清晰明白不过的道理，都被后人搞得无比玄妙了。”

“其实还不是这个，对我真正有所触动的是我们如何对待这‘一’与‘八万四千’的问题。”

“一直以来，我们都常把‘大道至简’‘万法归一’这些话挂在嘴边，以为这‘一’是极高明的，而与之相对应的‘八万四千’却都是极浅薄的。所谓‘八万四千’不过是通往‘一’的过程而已，属于应该要被修理掉的对象。可是现在看起来，竟有些错了。”

“这个怎么讲？”

“近来重读《佛说魔逆经》，叶问的这一席话，让我似乎开始有些明白，其实‘八万四千’就是‘一’。‘八万四千’并没有一个去处，‘一’也没有一个来处。”

《佛说魔逆经》是佛经中非常特别的一部。大意说的是文殊师利正在说法，向大众讲说“何为魔事？”结果魔王波旬就跑来捣乱了。文殊菩萨便将魔王波旬绑了起来，还令波旬也变做佛形，阐说佛理。结果讲得很好，很受欢迎。但面对大家的称誉，波旬却好像因为自己“魔说佛事”而失了一个“魔王”的尊严似的，赶忙撇清不是自己所说，甚至最后痛哭流涕起来，说这个经流行起来，自己的魔子魔孙就都要断绝了。

《佛说魔逆经》的篇幅不长，但是义理却很深。文殊菩萨也好，魔王波旬也好，他们对每一个问题的回答，少则十余条，多则二三十条。这些问题虽不能尽懂，但每次读来都给人一种排山倒海、滚滚而来的感觉，甚至让人喘不过气来。过去，每次读完这部经，我都会生出一个巨大的疑问：“这也不对，那也不对，那究竟什么才是对呢？”特别是有一些问题，诸如“求尽尘欲使无有余，度生死岸恶畏爱欲，则为魔业”“设无爱欲不兴佛事”[1]之类，更是令人瞠目结舌、肉跳心惊。然而这又是一部非常有趣的经典，它的佛魔双 CP 组合十分罕见；它的故事也并不是板起脸孔要来吓人的那种，而是十分风趣幽默；它的义理虽然精深，却也善权方便，直立于红尘中每个爱欲炽盛的生命个体。特别是其“魔说佛事”的戏剧化场景，极富寓意，

1. 西晋三藏法师竺法护，译．佛说魔逆经［M］// 本书编委会．乾隆大藏经：第 48 册．北京：宗教文化出版社，2010: 35, 37.

发人深省。关于这些，在我写《琴门十三障》的时候其实已略有些感触。“十三障”便是琴人之爱欲。既然“当于众生爱欲之中求于佛事”，既然条条路都有“魔事”在那儿候着而不通，那也就只能老老实实、认认真真地在自己的这条路上，把这不通修通呗。然而真正触动我，将这些联系起来，令我重新思考这“十三障”的性质的，却是叶问的那一句“千拳归一路”。

说到“千拳归一路”，其实就是万法归一的道理。回到古琴，亦可以说是千琴归一路。如果也是两个字，那么我认为便是一“进”一“退”。这是古琴的根性和器形结构决定了的。论心法，古琴讲精神志趣。而所谓的精神志趣，数千年的人文精神传承，不过就是人生的上下求索，全都在这“进退”二字里。论技法，古琴右手抹挑勾剔，左手吟猱绰注，并由此而生发出诸般的变化。但其实这万千的变化，也都不过是为“进退”服务的。古琴有效弦长很长，又没有“品”，除散音外所有的取音都要在点位上去获得。所以左手在弦上的移动是最基本的，这就是“进退”。“上、下、绰、注、午、淌、拖、走、缓、疾”这些都不过是“进退”的方式，好像一个人来去步伐的不同；而“吟、猱、逗、撞”之类也就是这“进退”中某一时点上的表情，犹如我们一路上遇人遇事时的心情变化。虽然的确也存在完全不用左手只奏“散音”的情况，而且即使是“按”“泛”的取音，也都要先由右手鼓出，但它们最终都要交到左手的“进退”中去，才能成为一个完整的乐章。就像一个人他本来有音容笑貌，但也只有走在人生的路上，才能成为一个有血有肉、丰满而立体的灵魂一样。所以“进退”是根本，而其余的皆是繁花。而个人和门派，最执着的就是固守和不断地去再生发这些繁花。

现在看来，这个是没错的。虽然曾经是那样地惧怕它，总觉得如果那样的话，就没能进入所谓“道”的根性里去，而只是停留在一个很轻浮的表面。其实那繁花即是千琴，那千琴便是一，繁花即是根性。不是千琴登峰造极后都将最终归一，而是如果没有千琴就根本没有一。所以千琴就是菩提。一要借着千琴开出来。去繁就简，直入“一”路，是需要很深的功力的。这个不是自己说一说就可以的，而是需要证明的。如果没有证明，就只能落入千分之一，而非一了。但是要命的是，有了千琴就多了杀伐。《佛说魔逆经》中所讲的“平等精进”非常难做到。大家都想按“我”的方式统为“一”路，都认为只有我这千分之一才是正路。练家子中，懂得并且安于我只是千琴的人已经很少了，更何况晓了千琴本身就是一，而不畏千琴，喜悦于其中呢？

羊沙说：“佛家讲‘即心即佛’，又说‘心魔难除’，这个‘心’又是佛又是魔，看来果然魔就是佛啊！”

“是啊！是啊！”我这样答他：“现在学禅的人很流行一句话，叫‘看住你的心’，我看叫‘看住你个鬼’还差不多。那个‘心’你哪里看得住？历代那么多高僧大德都说是‘羚羊挂角，无迹可寻’的东西。你看得住？看得住你就成佛了！”

“如果按《佛说魔逆经》的这个意思，佛、魔都看不住！”

“所以说只能看住个鬼啰。看住心中那个怎么都不对、不知要赶往何处去投胎的鬼！”

“既然看不住，那就没有必要看嘛。如果‘当于众生爱欲之中求’，那么这爱欲就是道场。正是修行处，又何必看呢？”

“不是看不住，而是看都不敢看，毕竟这‘爱欲’与‘魔’还是不同。‘爱欲’大家都乐于耽于其中，而‘魔’则人人都怕他。一看到他来了，便都‘哎呀’一声，赶紧跑掉了。”

“哪里跑得脱？只要在‘爱欲’中求，佛、魔随形，便都来了。”

“虽然过去我们会错了意，以为有个什么‘心’、什么‘佛’在‘魔’的另一边等你。其实哪有什么另一边，都只是在一边。但是‘一切皆放胆，只往那魔中求去’这样的话，也只有我们这些不知天高地厚的家伙，借着这喝醉了的茶没遮拦地说说而已。这琴门十三障、佛门八万四千障，障障皆是‘爱欲’中行、‘魔’中行。几人愿试去？又几人安心？”

2020 年 3 月 7 日

于江津禁足期间

贰 竹山琴论

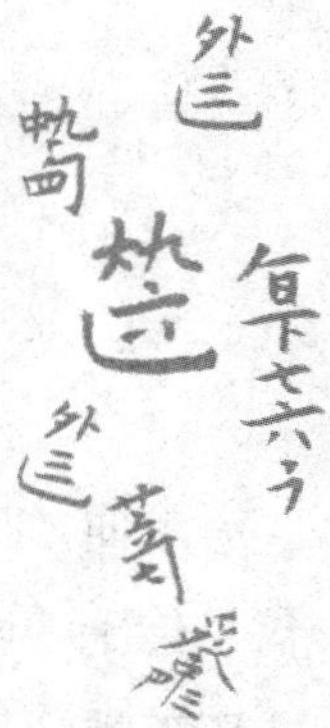

1. 转身遇见谁？——《孤馆遇神》他说

琴曲《孤馆遇神》，传为嵇康所作。据查阜西先生《存见古琴曲谱辑览》，其仅见传于《西麓堂琴统》（后文亦简称《琴统》）。关于是曲题解，《琴统》说是嵇康夜鼓琴于王伯林空馆中，见几魅跪于灯下，求为迁转尸骨之事。与此相应，分段标题中又有鬼见、怪风、雷电、喝鬼、鬼诉、鬼出等。因其曲中多了些鬼影，历来琴人对其好恶不一。爱之者因为其中所隐含的政治诉求而恒爱之。恶之者叱其鬼影幢幢、阴风惨惨，而恒恶之。近现代琴家中乐弹此曲者不多。

由于《孤馆遇神》为琴中孤本，过去《琴统》所言几为盖棺定论。然而一直以来，我都有些怀疑。为什么明明是"遇神"，到后来却变成"遇鬼"了呢？难道古人神鬼不分？更何况从我第一次听到这首曲子开始，就感觉不是阴魂不散，而是太阳升起！并没有一个鬼在那里跑来跑去！我的耳朵所听、心之所见，尽皆光明。没有阴影，一点儿也没有，就是朗朗乾坤的感觉。哪里有个"鬼"在？虽然"捻弦"一节，并其前后音律，确有些异响，但那不似勾魂、打鬼，却反倒似一种警醒。然而这些，过去都不过是我个人音乐感受上的一些想象。直到最近，无意间看到了晋葛洪的一篇文章，才算是找到了一些依据。这个生活于东晋、比嵇康稍晚的老神仙，告诉了我们一些完全不同于《琴统》所言的事情。

据葛洪在《嵇中散孤馆遇神》一文所讲，《孤馆遇神》和《广陵散》都是嵇康游天台山时，夜遇神巫所授。其大意为，嵇康游天台山，至女巫墓，见墓屋相连，人鬼同居，叹阴阳两界，实一墙之隔耳。后月夜闻琴，寻幽而至，与女巫相遇于谷中茅舍。知音对坐，一见如故，彻夜长谈。兴浓之际，康乃启问："神女始弹何曲？"答曰："情之所至，信手而弹，无名之曲。"康请教再三，神女乃授之，曲即今之《孤馆遇神》。后神巫又授康以《广陵散》。

以此两说进行比较，初看之下，即可见二者显在不同。比如，按《琴统》所说，《孤馆遇神》讲的是遇鬼求迁葬之事。很多人由此联想到嵇康所处的那个由魏入晋的特殊历史时期以及《琴统》成书的明嘉靖年间，都是所谓的政治迫害加剧的黑暗期，所以认为《孤馆遇神》鞭打黑暗，讴歌光明，具有很强的政治喻义。而葛洪所说，则更像是一出风花雪月的神人艳遇。没有迫害，也并不诡异。关于此曲的曲情，天台女巫自己就说是“情之所至，信手而弹”。这“无名之曲”该有多么的淡然而又随性呀！

由此观之，所谓“光明之象”“鬼神之别”二惑，此二者观点截然不同。然而仔细推敲，深入考量，其不同中有同，同中又有不同。二者实际关系，要远比简单前后划为两说复杂得多。为了弄清个中关联，我从对葛洪所说的故事发生地——天台山的资料梳理入手，进一步得到了一些有价值却又出于我们意料之外的线索。现先将这些资料中至关重要的几点简述如下，以便后面再详加讨论。

第一，天台山是太阳部落圣地。其太阳崇拜与图腾深刻影响着中华文明。

据《山海经》所说，天台山是“羲和之国”。这个“羲和”，就是中国神话传说中的太阳之母，就是生了十个太阳儿子，每天拉着其中一个儿子驾着太阳马车巡礼苍穹，其余儿子泡在甘渊中洗澡的那位神女。她是帝俊的妻子。而帝俊则是上古时代东方民族的祖先神。东夷人和殷人都以他为祖先崇拜。有观点认为，帝俊本人也极有可能是一只鸟首人身的独脚金乌。金乌即太阳。所以天台山是太阳部落圣地。

又，关于《山海经》中所说“天台山”的具体位置，一般认为是在今山东省日照市。日照天台山濒临东海之滨，是远古东夷人祭祀太阳神的圣地。东夷人以太阳为图腾，日照本身也因太阳而得名，现今山中仍保留有诸多遗迹。如太阳神石、太阳神陵，以及传说中商王到东海祭祀太阳时留下的石刻、岩画等。而天台山下约 3 公里处即尧王城。从尧王城遗址中发掘出的尸骨，全部头朝天台山。这些都印证了天台山正是东方太阳文化发源地的事实。

第二，天台山是修仙圣地，嵇康曾到访过天台山。

按《嵇中散孤馆遇神》中说，天台山为“神鳌背负之山”“有登天之梯，有登仙之台”，为“羽人所居”。历代在此证道升仙者包括河上公、安期生、于吉、葛玄等。山上有安期祠遗址、仙人讲经台、仙人捣药石、仙人居旧址等遗迹。因此，张行简赞其为“黄老成仙之乡”。而性好黄老、崇尚玄学的嵇康曾到访于此。这不仅在葛洪的文章里有记载，嵇康自己所写的《圣贤高士传赞》中也有相关记录。其在游历众仙家遗迹后，还留下了“大美不言，真人间仙境也！”的感叹。

第三，天台山有女巫墓。女巫累世修行，过去身为九尾白狐。其形象直接成为后世蒲松龄创作《聊斋志异》诸多狐仙故事的源头。

天台山有女巫墓，墓旁石碑甲骨文刻有：“女巫魂兮，灵游林兮；守我家兮，老祖尸兮。万年睡兮，帝俊生兮；子炅鸷兮，祖羲和兮。行人安兮，神赐福兮。”其真实年代虽未必可追溯至那么久远，但却道出了一直流传于这一地区的关于女巫的身世和氏系。而民间关于她的传说，却另有一番说法。

当地传说，女巫的过去身曾为九尾白狐，险难中被一男子所救，种下了后世的种种因缘。后来，女巫的后来身化生人间，与该男子的后来身相遇，并欲以情报恩，却又遇种种蹉跎之事，未能成其花好月圆。所以女巫谷中，每逢月夜又常有幽怨之声。这个故事，让我们想起了蒲松龄的《聊斋志异》。其似为后世诸多人鬼情未了篇目之源头。

然而远古时期的九尾狐，却并不如后世一样被妖化和鬼魅化，其是灵气十足的神兽，甚至还是太平盛世和祥瑞之兆的象征。今天天台山女巫谷仍遗留有一处由石块垒成的图腾柱。柱顶就是一块外形酷似九尾狐的石头。此图腾柱历史年代虽不能确定，但却反映了天台山附近太阳部落女巫和狐仙崇拜的遗风。

综合以上，对比葛洪和《琴统》两家所言，二者虽然故事线索各不相同，但在“光明之象”这个本质问题上却是高度相通的。按《琴统》题解和各段标题，虽然“鬼来”“鬼去”占了很大篇幅，但最终还是迎来了“曙景”和“鸡歌”。结尾时更“击鼓”以庆之，显示了光明终究战胜黑暗的浩然正气，也表达了对黑暗势力的有力鞭打。其中，漫长的黑夜再漫长，也只是一种铺陈。黑夜之后迎来的必然是曙光。

而关于葛洪所说，在《嵇中散孤馆遇神》一文中，虽通篇未着“光明”二字，但天台女巫既然为太阳部落的通灵之人和顶礼之神，其“情之所至，信手而弹”，个中又岂无光明邪？所以这一曲，即使从《琴统》的角度来理解，也应该是正气十足的。如果不见“曙景”，只见“鬼魅”就值得商榷。更何况“以邪压正”，不敢容情！此情此景，尤其令人嗟叹。是曲境遇，堪比佛之《地藏经》。明明通篇讲救赎，而世人却往往执于其中鬼事！

由此再说回到鬼神之别。《琴统》和葛洪所说，的确是存在很大差异的。先来看“葛洪说”。《嵇中散孤馆遇神》一文，在谈到与嵇康相遇的那位女性时，出现过“神”“鬼”“巫”三种指称。有时甚至是两个并用，比如“神巫”。但考虑到此文所言，本身是一段超时空的际遇。我们知道嵇康与女巫相遇时，该女巫作为“女巫”时的生命状态，不知已经逝去多少年了。所以按照后世的普遍观念，其阴阳相隔，自然分而为“鬼”。但王充在《论衡》中说：“阴气逆物而归，故谓之鬼；阳气导物而生，故谓之神。”[1]我们知道，这阴阳之气是可以转化的。尤其修行之人。虽人死，但不一定沦为鬼，或可为神。或始为鬼，经修行而为神。比如关羽，其阳光正义照破黑暗，即升而为神。

再联想到前述关于天台山的若干延展线索，说天台女巫不是鬼而是神，是有比较明确的依据的。白狐也好，女巫也罢，都是受人顶礼膜拜的神格化对象。甚至说其是太阳之母——“羲和”女神的转世再生，也并非为过。更何况“鬼”在古代有时本身就是指“神”。据张守节在《史记正义》中所讲“天神曰神，人神曰鬼”“鬼之灵者曰神也。鬼神谓曰山川之神也”[2]。张守节所言很有道理。屈原《楚辞》中不就有《山鬼》之题？杜甫不也有“山鬼吹灯灭，厨人语夜阑”之句？此二者都不宜作一般意义上的“鬼”来理解，而应该看作“神”。否则吓都吓死人了，哪里还来的美丽而诗意的相遇！所以此“鬼”非彼“鬼”。嵇中散天台所遇，虽偶也名“鬼”，但实非“鬼”也。

接下来再来看《琴统》所说。虽其题解和各段标题所言，皆以鬼事为主。但我们换一个角度来思考，这嵇中散是人？是鬼？还是神？我认为就《琴统》题解中所设定的境况而言，他是“神”！不然又哪来的力量救鬼于水火之中呢？这与关羽的神格化非常相似。他们皆因后世人们对正义的渴仰，而化身为神。所以嵇康成为后世被迫害者的救赎。然而“嵇康”若真已为神，其必不执于过去身自己所遭遇的那些“鬼事”。若还有所执，他就不可能为神！背着那么沉重的包袱，飞都飞不动，早就掉地狱里去了，哪里还能施作赈济之事？事实上，嵇康是有可能成为神的。其游天台，访女巫，所求大道，我猜他问的也正是这个。

由此可知，《琴统》和葛洪，此二者在这个问题上的观念差别是根本性的。《琴统》中的嵇康，虽是神格化的嵇康，但却也是受迫害的政治性人物“嵇康”，是后世受迫害者的身心投影。其虽早已转而为神，但世人却不肯脱了这鬼的皮，放了他去，并执于鬼事，甘愿在这人鬼间沉沦。而“葛洪说”中的嵇康则是面对种种人生困境，需要找解答的“嵇康”，是人性的“嵇康”，也是寻仙问道的“嵇康”。他不是救赎者，

1. 王充. 论衡［M］. 上海：商务印书馆，1934: 87.
2. 司马迁，撰；裴骃，集解；司马贞，索隐；张守节，正义. 史记三家注［M］. 扬州：广陵书社，2014: 29-30.

女巫才是。他只是"小学生"，由女巫将其带往光明之境。嵇康性好黄老，秉性聪明，经累世修行，或早已化为正神。然而世间之人却往往沉溺其事，难以解脱。

最后，沿着《琴统》题解的思路，我想说历来遇鬼求迁葬之事者，不外乎政治、爱情和证道三种。而此两说已三种全含。但从其中所隐含的不同结局来看，不禁令人唏嘘。爱情和仙道之术都可放下了，唯这"政治"放不下。看来要放下这"政治"，真比登天还难。然而沉浮世间，转身之际，你究竟选择和谁相遇，却全在于你自己！

人邪？神邪？鬼邪？心中有光明，"捻弦"又何惧？

参考文献

1. 袁珂 . 山海经校注［M］. 上海 : 上海古籍出版社 , 1980.

2. 袁珂 . 中国神话传说（上、下册）［M］. 北京 : 中国民间文艺出版社 , 1984.

3. 傅军龙 . 九尾白狐与中国古代的祥瑞观［J］. 北方论丛 , 1997（2）: 86-87.

4. 王充 . 论衡［M］. 上海 : 商务印书馆，1934.

5. 司马迁 , 撰 ; 裴骃 , 集解 ; 司马贞 , 索隐 ; 张守节 , 正义 . 史记三家注［M］. 扬州 : 广陵书社 , 2014.

2014 年 10 月 27 日初稿于竹山

（本文收录于唐中六主编，四川人民出版社 2017 年 9 月出版的《琴都流韵》）

2018 年 8 月日照天台山一行后再修订于大渡口

2.《孤馆遇神》打谱观察

《孤馆遇神》是只见于《琴统》的孤本琴曲。与《高山》《流水》《阳春》《白雪》《潇湘水云》《广陵散》这些广为流传的琴曲比起来，虽然其至今也算不上流行，但因其特殊的题材与技法，一直以来也受到部分琴人的喜爱。自 20 世纪 60 年代以来，目前公开可见的打谱谱本有三种，分别为姚丙炎、喻绍泽和陈长林三位先生的谱本。笔者所习弹的是喻绍泽先生的谱本，但近来因疫情期间复弹此曲，突然生出想要对"捻"这个指法做一翻探究的欲望，而将三位先生的谱本汇集到一起，并结合实际演奏，展开了一次对比观察。观察所得，不仅使对具体指法的认识更加清晰，同时也进一步明了自身所取流派的传谱特点，并引发了一些对琴曲打谱工作的新的思考。观察报告如下：

1）观察对象

观察对象	谱本	来源	类别
主体观察对象	《孤馆遇神》喻绍泽打谱	《怀园琴韵》（四川音乐学院民乐系、成都锦江古琴社，2006年7月编印）	琴谱
	《孤馆遇神》姚丙炎打谱	《二十世纪琴学资料珍萃·琴曲钩沉》（北京：中华书局，2018年12月第1版）	琴谱
	《孤馆遇神》姚丙炎演奏		音频
	《孤馆遇神》陈长林打谱	《二十世纪琴学萃编·陈长林古琴谱集》（北京：文化艺术出版社，2013年11月第1版）	琴谱
	《孤馆遇神》陈长林演奏	《陈长林古琴专辑》（中国文采声像出版公司，2013年12月出版）	音频
辅助观察对象	《孤馆遇神》曾成伟演奏	《蜀中琴韵（三）》（雨果唱片1996年发行）	音频
	《孤馆遇神》姚公白演奏	《Guqin, The Art of Yao Gongbai》（World Music Library唱片1998年11月9日发行，虾米音乐）	音频
	《孤馆遇神》何明威演奏	腾讯视频	视频
	《孤馆遇神》汪铎演奏	优酷视频	视频
	《孤馆遇神》郭瀚聪演奏	优酷视频	视频
	《孤馆遇神》戴茹演奏	搜狐视频	视频
	《孤馆遇神》李家祥演奏	虾米音乐	音频

2）参考材料

查阜西《存见古琴指法辑览》（北京：人民音乐出版社，1958年9月第1版，2001年8月第2次印刷）。

3）观察时间

2020年3月6日—2020年5月21日。

4）观察方法

谱本比对、影音比对、实奏比对。

5）观察结果

（1）总体情况：总体来看，本次观察的《孤馆遇神》三个打谱间无明显旋律结构上的差异，气韵差异十分明显，这应该是《琴统》原谱本身的音乐特点所决定的。《孤馆遇神》虽是外调琴曲，原谱除第七段外均无断句，谱字记写中又多有古字，但其在定调、弦法、主题、起音、落韵、分段以及旋律重复等方面却是清晰而较有规律的，故三个打谱间没有出现旋律结构上的大相径庭。从实际演奏来看，虽然三谱间速率的极差极大，但仍可明显听出为同一琴曲。然而受打谱者个人性情、琴学修为、琴学背景等诸多因素的影响，导致不同人在某些特殊字法的解读以及情绪、节奏、表情的处理上多有不同，而具差异。

（2）字谱转录：通过三个打谱与《琴统》原谱的对比观察可知，三谱均存在对原谱的谱字改写情况，其中“姚丙炎谱”对原谱谱字的改写最少，而“喻绍泽谱”对原谱谱字的改写最多，具体如下：

①“姚丙炎谱”的减字谱转录应是以保持原谱原貌为基本思路的，其对原谱的减字改写最少，虽涉及“减字异写”“指法改订”“加减谱字”和“变字改音”4种情况，但总的量很小，只13处，具体详见图1及表2。

②“陈长林谱”的减字谱转录也应是以保持原谱原貌为出发点的。其所涉及“减字异写”与“变字改音”两种情况与“姚丙炎谱”大致相同；“加减谱字”与“指法改订”较“姚丙炎谱”明显增多，主要包括左手省去用“绰”，右手“打摘”改“勾剔”、“历”改“挑”等。另，“陈谱”还涉及“同音换位”1处。综合来看，“陈谱”较“姚谱”对原减字谱的改写有所增加，但总量仍较小，全谱共涉及5种情况，23处，具体详见图2及表2。

③“喻绍泽谱”较“姚丙炎谱”和“陈长林谱”，对原减字谱的改写大幅增加，共涉及6种情况，276处，具体详见图3、表1及表2。根据表1的统计，在这些改写中绝大部分是不引起音乐变化的，如“减字异写”和右手“抹挑勾剔”改订等。而引起音韵变化的“字句增删”和左手“吟猱绰注”改订等，总体占比未超过20%。

（3）简谱记写：在减字谱的基础上增写五线谱或简谱是当代古琴曲打谱的重要组成部分。在此方面，本次观察的《孤馆遇神》三个谱本均按简谱记写，但记写的情况却各有不同。“姚谱”和“喻谱”较符合当代简谱记写的通行规范。虽然二者都没有标注西乐调号，但均按G调标准记写音高，并明确了节奏和节拍；“泛音”也进行了相应的标注，部分乐句还做了速度、强弱等的演奏提示。而“陈谱”则完全不同。首先，其不是按“先简谱，后字谱”的通行方案，而是以“字谱”居先，“简谱”列后的方式记写的；其次，其虽标注了西乐调号为G调，但实际音高却并非G调标准，而是混合了“八度互换”的音；再次，其虽定了节奏，但却未划分小节；最后，“泛音”也未记符号加以区分。对于这样处理的原因，陈长林先生在其《古琴谱集》的前言中有详细说明[1]，总体来看其对“减字谱”加写“简谱”或“五线谱”的态度，是作为一种附属的提示性的注释来考虑的。

1. 陈长林．陈长林古琴谱集［M］// 田青．二十世纪琴学萃编．北京：文化艺术出版社，2013: 3. 原文大意为：先列“减字谱”，次列“简谱”是为了强调“减字谱”的主体地位，而“简谱”只是相配合的注释。采用“八度互换”的方式记写音高，是为了便于“唱谱”。至于“分小节”、加“泛音符号”及“标示强弱”等，则认为没有必要。

指法改订：“姚谱”为盌，改“大指”为“名指”1处。

减字异写：“姚谱”改丿为乇6处。

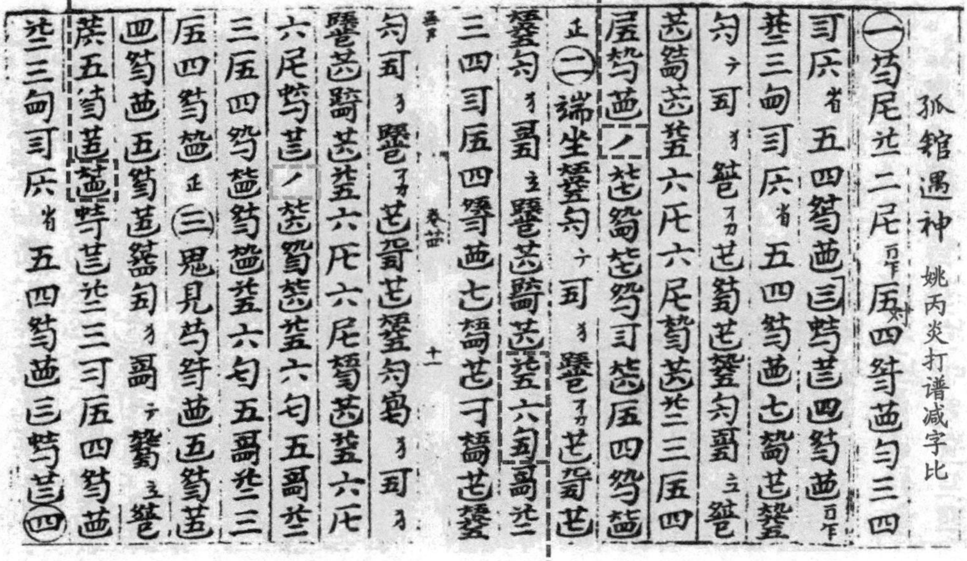

加减谱字：“姚谱”为苙六尾匀，加字“历七”。谱后自注：“为与本段泛音相对应，故加之。”

变字改音：“姚谱”为马，改“七徽”为“五徽”。谱后自注“为求和谐……也可不改。”

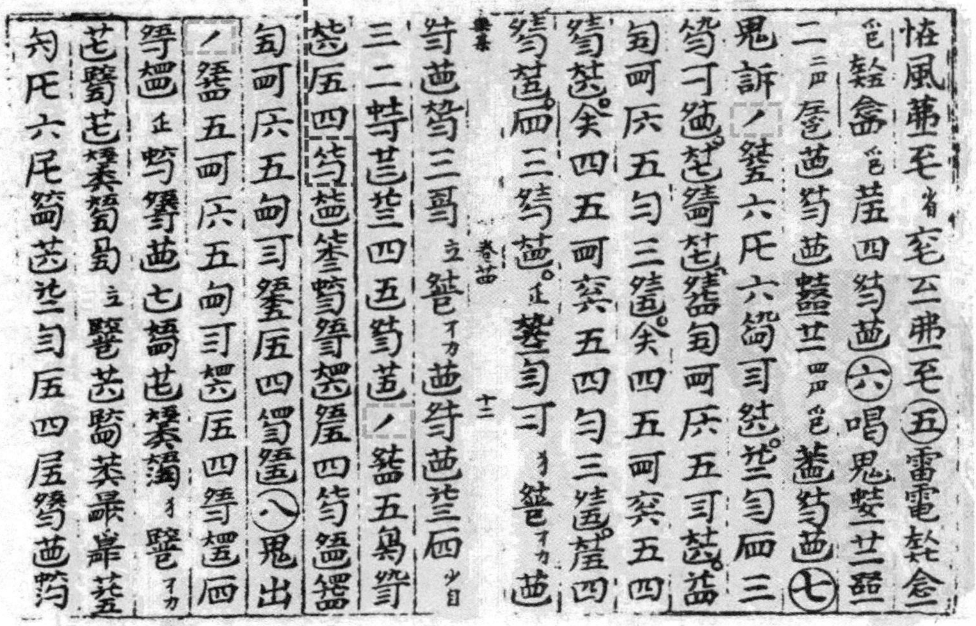

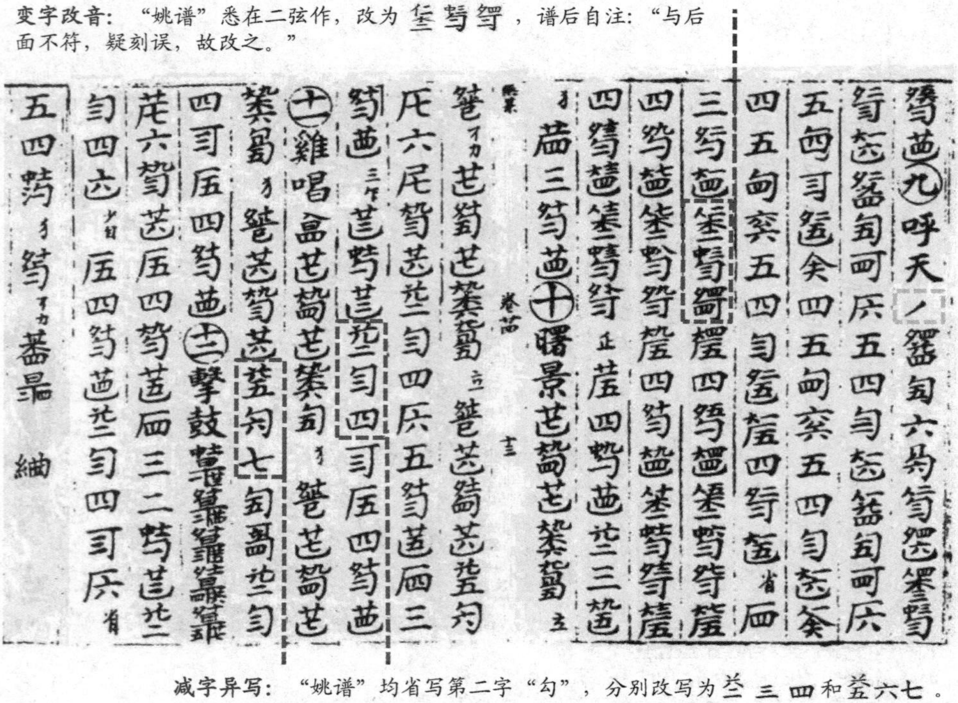

变字改音："姚谱"悉在二弦作，改为，谱后自注："与后面不符，疑刻误，故改之。"
减字异写："姚谱"均省写第二字"勾"，分别改写为三四和六七。

图 1　《孤馆遇神》姚丙炎打谱与《琴统》原谱减字比对

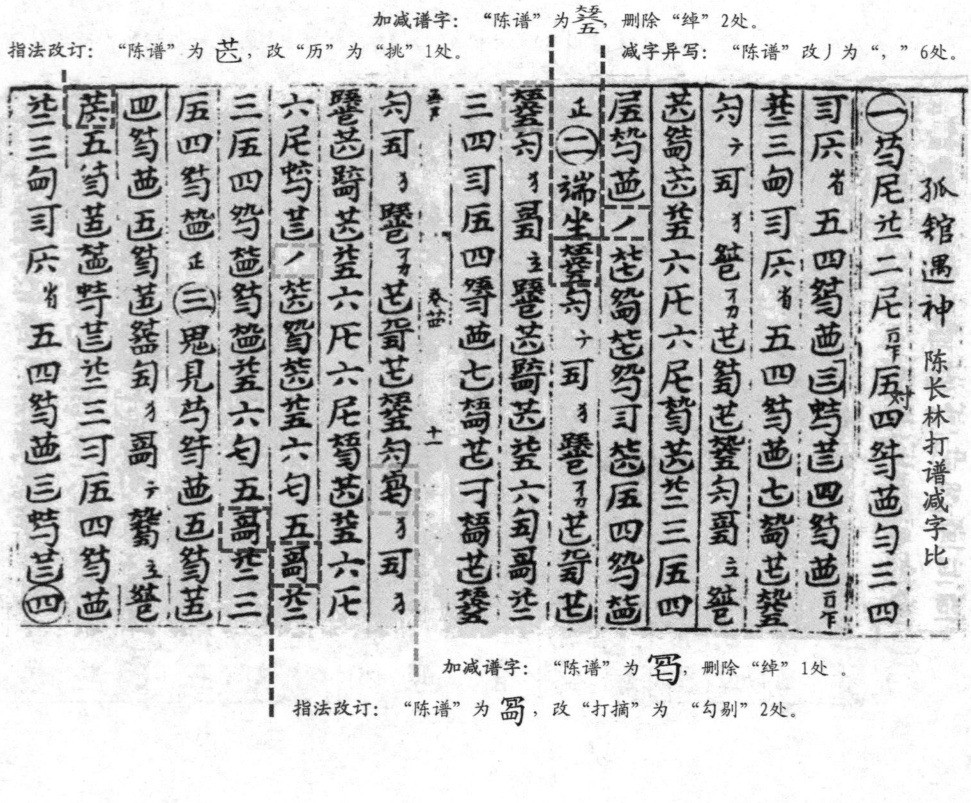

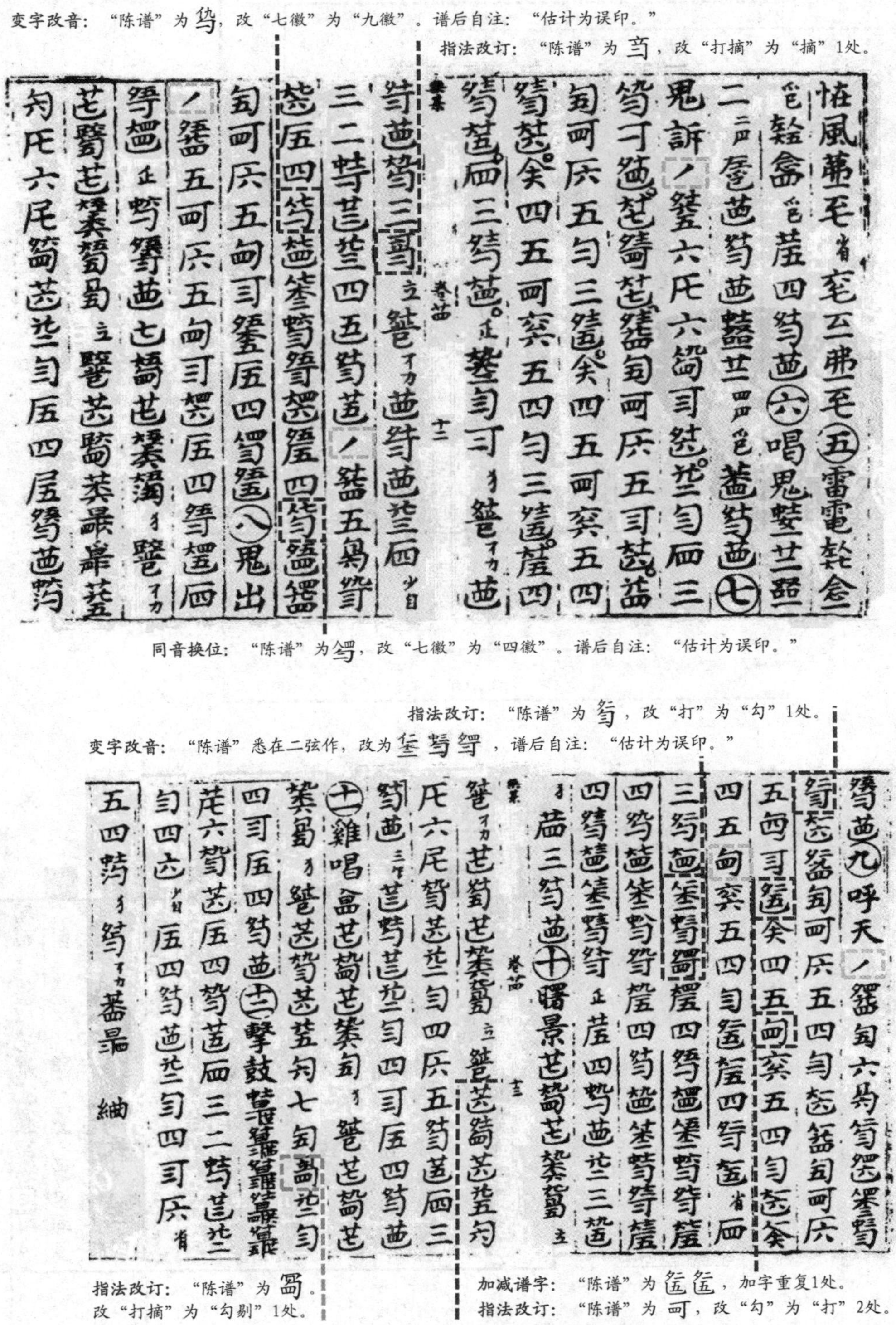

变字改音："陈谱"为，改"七徽"为"九徽"。谱后自注："估计为误印。"
指法改订："陈谱"为，改"打摘"为"摘"1处。
同音换位："陈谱"为，改"七徽"为"四徽"。谱后自注："估计为误印。"
指法改订："陈谱"为，改"打"为"勾"1处。
变字改音："陈谱"悉在二弦作，改为，谱后自注："估计为误印。"
指法改订："陈谱"为。
改"打摘"为"勾剔"1处。
加减谱字："陈谱"为，加字重复1处。
指法改订："陈谱"为，改"勾"为"打"2处。
加减谱字："陈谱"加字"不动"1处。

图2 《孤馆遇神》陈长林打谱与《琴统》原谱减字比对

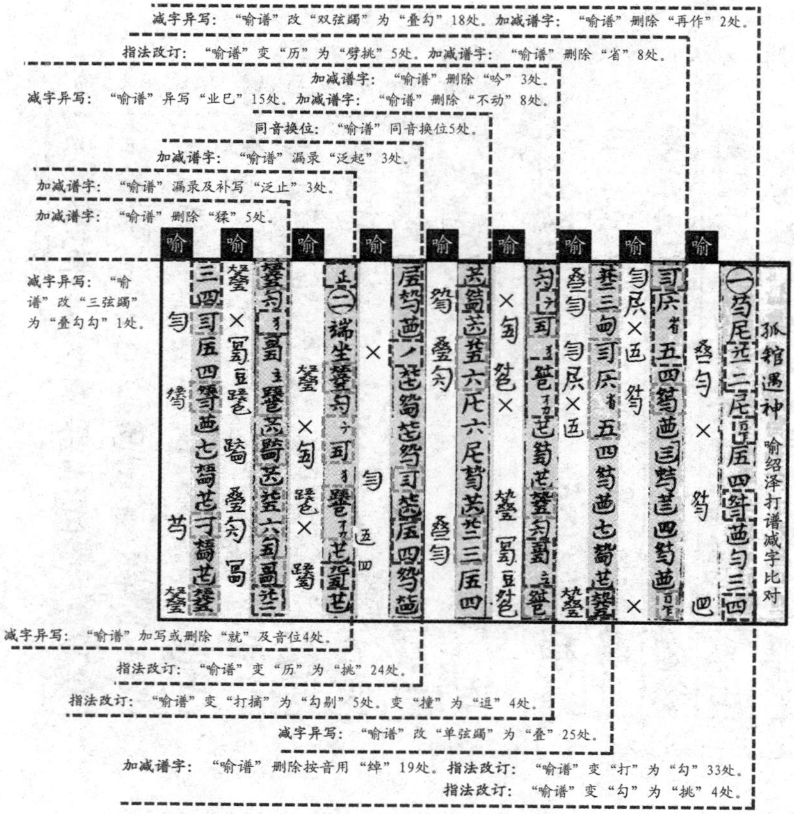
减字异写："喻谱"改"双弦踢"为"叠勾"18处。加减谱字："喻谱"删除"再作"2处。
指法改订："喻谱"变"历"为"劈挑"5处。加减谱字："喻谱"删除"省"8处。
加减谱字："喻谱"删除"吟"3处。
减字异写："喻谱"异写"业巳"15处。加减谱字："喻谱"删除"不动"8处。
同音换位："喻谱"同音换位5处。
加减谱字："喻谱"漏录"泛起"3处。
加减谱字："喻谱"漏录及补写"泛止"3处。
加减谱字："喻谱"删除"猱"5处。
减字异写："喻谱"改"三弦踢"为"叠勾勾"1处。
孤馆遇神
喻绍泽打谱减字比对
减字异写："喻谱"加写或删除"就"及音位4处。
指法改订："喻谱"变"历"为"挑"24处。
指法改订："喻谱"变"打摘"为"勾剔"5处。变"撞"为"逗"4处。
减字异写："喻谱"改"单弦踢"为"叠"25处。
加减谱字："喻谱"删除按音用"绰"19处。指法改订："喻谱"变"打"为"勾"33处。
指法改订："喻谱"变"勾"为"挑"4处。

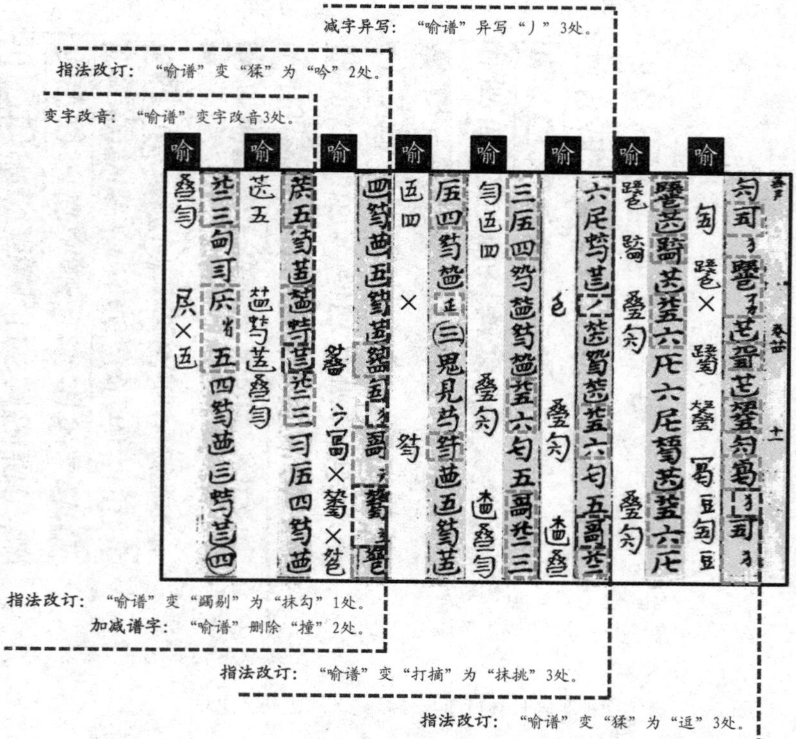
减字异写："喻谱"异写"丿"3处。
指法改订："喻谱"变"猱"为"吟"2处。
变字改音："喻谱"变字改音3处。
指法改订："喻谱"变"踢剔"为"抹勾"1处。
加减谱字："喻谱"删除"撞"2处。
指法改订："喻谱"变"打摘"为"抹挑"3处。
指法改订："喻谱"变"猱"为"逗"3处。

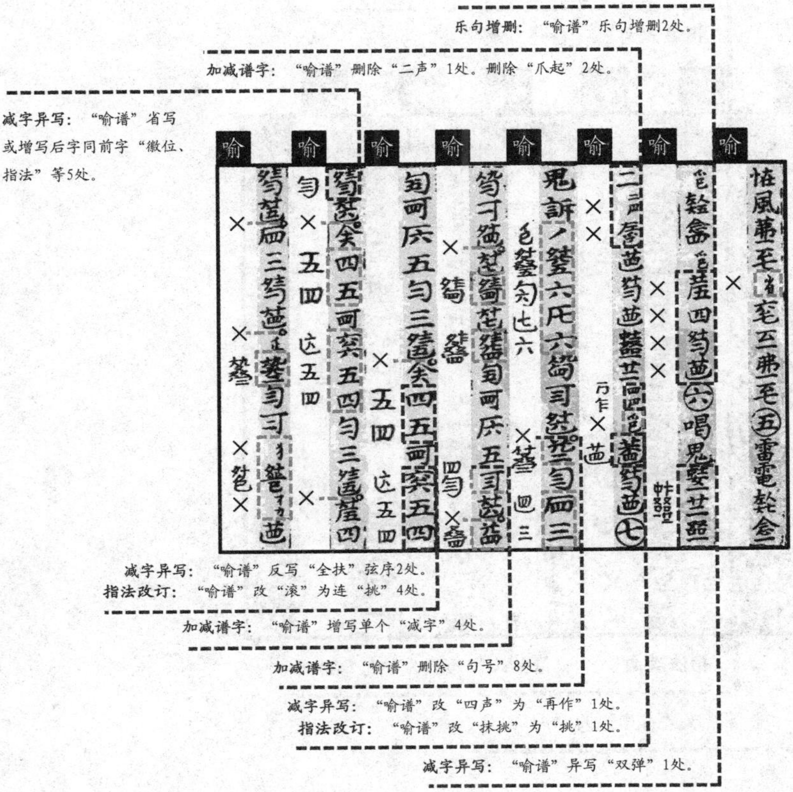
乐句增删："喻谱"乐句增删2处。
加减谱字："喻谱"删除"二声"1处。删除"爪起"2处。
减字异写："喻谱"省写或增写后字同前字"徽位、指法"等5处。
减字异写："喻谱"反写"全扶"弦序2处。
指法改订："喻谱"改"滚"为连"挑"4处。
加减谱字："喻谱"增写单个"减字"4处。
加减谱字："喻谱"删除"句号"8处。
减字异写："喻谱"改"四声"为"再作"1处。
指法改订："喻谱"改"抹挑"为"挑"1处。
减字异写："喻谱"异写"双弹"1处。

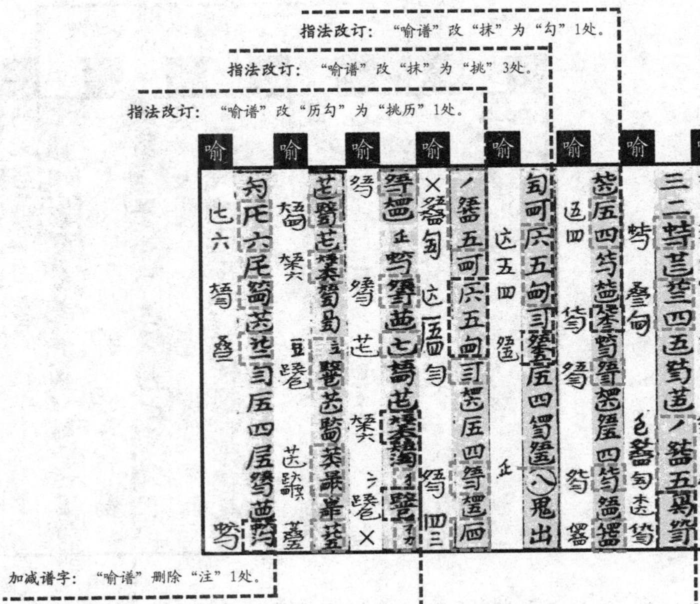
指法改订："喻谱"改"抹"为"勾"1处。
指法改订："喻谱"改"抹"为"挑"3处。
指法改订："喻谱"改"历勾"为"挑历"1处。
加减谱字："喻谱"删除"注"1处。
减字异写："喻谱"为古字"某徽上"明确音位5处。
指法改订："喻谱"改"勾剔"为"抹挑"1处。
指法改订："喻谱"左手"大食中名"用指变化14处。

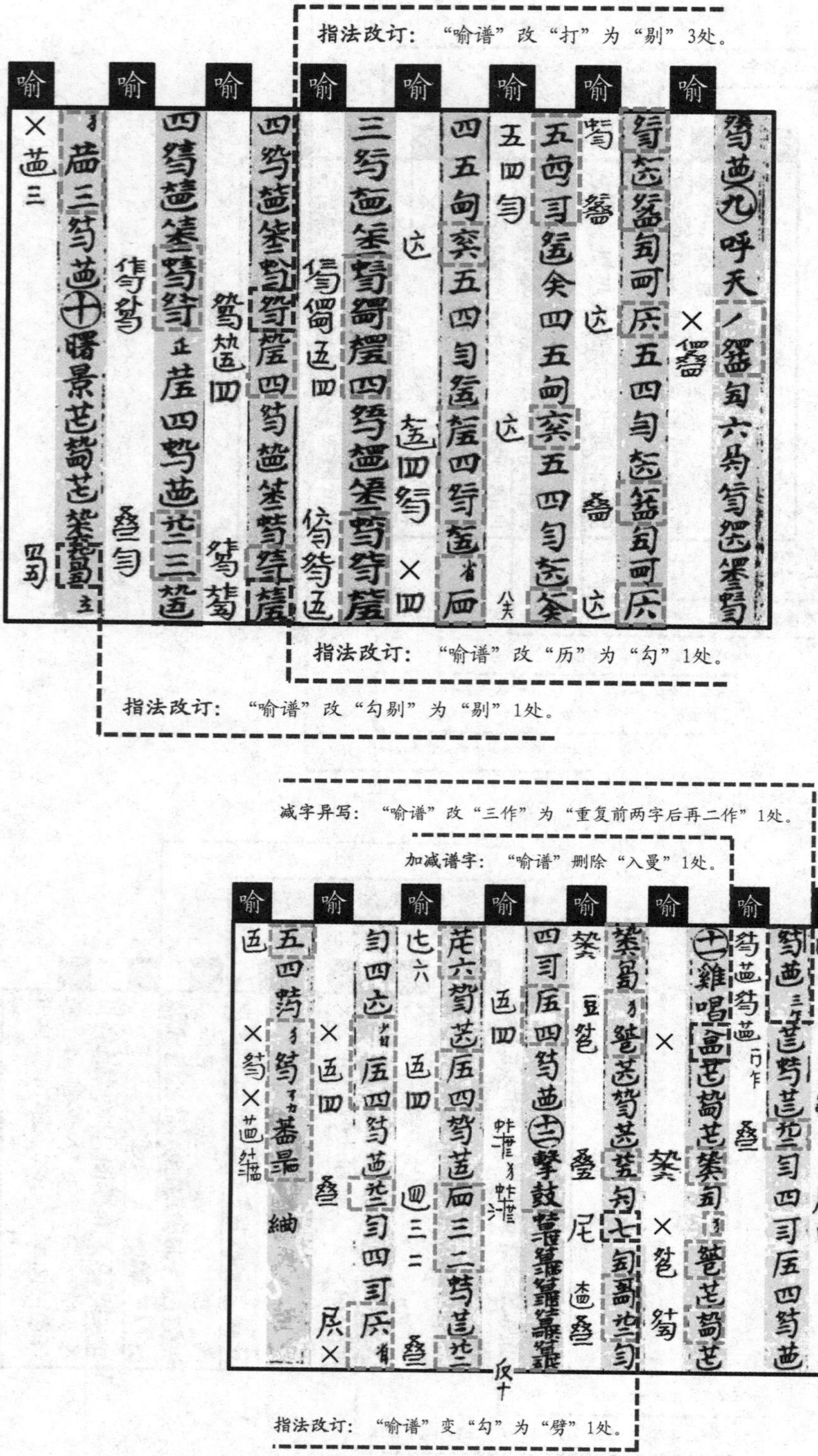
指法改订："喻谱"改"打"为"剔"3处。
指法改订："喻谱"改"历"为"勾"1处。
指法改订："喻谱"改"勾剔"为"剔"1处。
减字异写："喻谱"改"三作"为"重复前两字后再二作"1处。
加减谱字："喻谱"删除"入曼"1处。
指法改订："喻谱"变"勾"为"劈"1处。

图 3　《孤馆遇神》喻绍泽打谱与《琴统》原谱减字比对

表 1　喻绍泽打谱《孤馆遇神》减字改写情况详表

类别	减字变更	一段	二段	三段	四段	五段	六段	七段	八段	九段	十段	十一段	十二段	合计	是否引起音乐变化		
加减谱字	删除“再作”，仅简谱重复	2												2	不变		
加减谱字	删除“省”	2		1	1			1		1			2	8	不变		
加减谱字	删除“不动”	1	2					2	1		1		1	8	不变		
加减谱字	删除“绰”	3	5	2				2	3		1	2	1	19	韵变		
加减谱字	删除“吟”	1	1	1										3	韵变		
加减谱字	删除“猱”		1					1		1		1	1	5	韵变		
加减谱字	删除“撞”			1				1						2	韵变		
加减谱字	删除“注”								1					1	韵变		
加减谱字	删除双弹提示字“二声”						1							1	不变		
加减谱字	删除“爪起”						2							2	不变		
加减谱字	删除“句号”							8						8	不变		
加减谱字	删除“入曼”											1		1	韵变		
加减谱字	漏录“泛起”	1							1	1				3	不变		
加减谱字	漏录及补写“泛止”	1	1					1						3	不变		
加减谱字	增写单个“减字”							1	1		1		1	4	音变		
减字异写	考“双弦蠲”订为“叠勾”	4	7	2				3	1	1				18	不变		
减字异写	考“单弦蠲”订为“叠”	2	4	1				6	2	3	3	2	2	25	不变		
减字异写	考“三弦蠲”订为“叠勾勾”		1											1	不变		
减字异写	改写“业巳”	2	4	1				2	2		2	2		15	不变		
减字异写	改写“泛起”		1					2						3	不变		

续表

类别	减字变更	一段	二段	三段	四段	五段	六段	七段	八段	九段	十段	十一段	十二段	合计	是否引起音乐变化		
减字异写	删除“就”或加写音位		2								2			4	不变		
减字异写	改写“双弹”						1							1	不变		
减字异写	改写“双弹”“四声”为“再作”						1							1	不变		
减字异写	改写“全扶”弦序							2						2	不变		
减字异写	为古字“某徽上”明确音位								5					5	不变		
减字异写	省写或增写后字同前字徽位、指法等							2	2				1	5	不变		
减字异写	改写某字“三作”为“重复某字后再作”										1			1	不变		
指法改订	改“蠲剔”为“抹勾”			1										1	音变		
指法改订	改“打”为“勾”	5	10	2				7	4	5				33	不变		
指法改订	改“打”为“剔”									3				3	不变		
指法改订	改“打摘”为“勾剔”	1	2	1				1						5	不变		
指法改订	改“打摘”为“抹挑”		2									1		3	不变		
指法改订	改“勾”为“挑”	1						2		1				4	不变		
指法改订	改“勾”为“劈”											1		1	不变		
指法改订	改“勾剔”为“抹挑”							1						1	不变		
指法改订	改“勾剔”为“剔”										1			1	音变		
指法改订	改“历”为“劈挑”	2		1							1		1	5	不变		
指法改订	改“历”为“挑”	1	2	1				3	2	8	2	1	4	24	不变		
指法改订	改“历”为“勾”									1				1	不变		

指法改订	改“历勾”为“挑历”								1					1	不变		
指法改订	改“抹挑”为“挑”						1							1	音变		
指法改订	改“抹”为“勾”							1						1	不变		
指法改订	改“抹”为“挑”							1	1				1	3	不变		
指法改订	改“滚”为连“挑”							2		2				4	不变		
指法改订	改“撞”为“逗”	1	1						1		1			4	韵变		
指法改订	改“猱”为“逗”		2									1		3	韵变		
指法改订	改“猱”为“吟”			1					1					2	韵变	40	14.49%
指法改订	改左手“大食中名”用指							2	2	10				14	不变		
同音换位	同音换位	1							2		1	1		5	不变	224	81.16%
变字改音	变字改音			1					2					3	音变		
乐句增删	乐句增删					1							1	2	音变	12	4.35%
合计		31	48	17	1	1	6	54	35	37	17	13	16	276		276	100.00%

表2 《孤馆遇神》打谱三家对比摘要

观察指标		姚丙炎打谱	喻绍泽打谱	陈长林打谱	打谱说明
减字谱	定调定弦	○	○	○	《琴统》原谱为无媒调，慢三、六弦，三个打谱均录。
	分段标题	○	●	○	《琴统》原谱为12段，除首段外均有标题，“喻谱”未记分段标题，“姚谱”“陈谱”均录。
	字谱断句	●	●	○	《琴统》原谱第七段有断句，“姚谱”与“喻谱”均未录，“陈谱”录有断句。
	减字异写	●＝8	●≥81	●＝6	“陈谱”只涉及“泛起”的减字记写变化；“姚谱”除“泛起”外还涉及对“蠲勾”的改写问题；“喻谱”则异写变化较多，包括将谱中最重要的指法“蠲”变写为“叠”。
	指法改订	●＝1	●≥115	●＝8	“姚谱”只涉及1处左手“大指改名指”的用指变化；“陈谱”有较少的右手用指变化，如“打摘”变“勾剔”；“喻谱”则左右手用指变化均较多，涉及最多的是右手“打”变“勾”、“历”变“挑”；左手“撞”“猱”变“逗”等。
	同音换位	○＝0	●＝5	●＝1	“姚谱”不涉及同音换位；“陈谱”只涉及1处；“喻谱”为5处。
	变字改音	●＝3	●＝3	●＝3	三个打谱均涉及少量“变字改音”，“陈谱”与“姚谱”所改基本相同，均在第七段和第九段的疑似“刻误”处；而“喻谱”所改则与二者完全不同，在第三段和第八段，主要应是为了更顺应旋律。
	加减谱字	●＝1	●≥70	●＝5	“姚谱”只涉及1处“加字”；“陈谱”涉及2处“加字”和3处对“绰”的减除；“喻谱”则较多，主要涉及对部分左手“绰”“猱”的减除，以及对“不动”“省”“再作”“入曼”等提示性旁字的减除。
	乐句增删	○＝0	●＝2	○＝0	“姚谱”与“陈谱”均无乐句增删；喻谱删第五段尾句、增十二段一二小节重复用“撮”。
简谱	西乐调号	●	●	○	“陈谱”记录有调号1＝G，“姚谱”“喻谱”均未标明简谱调号。
	音符记写	○	○	●	“姚谱”“喻谱”实际均按G调标准记音高，“陈谱”未按G调音高，而是按“八度互换”记写。
	节奏节拍	○	○	●	“姚谱”“喻谱”均为2/4、3/4拍混合；“陈谱”未定节拍，未划小节线。
	音型提示	○	○	●	“姚谱”“喻谱”标有泛音符号，“陈谱”未标泛音符号。
	速度提示	○	○	●	“姚谱”第四、九、十段有“渐快”“稍快”等说明；“喻谱”第四段有散板符号“艹”；“陈谱”未标此类符号。
	强弱提示	●	○	●	“喻谱”第九段有渐弱符号“>”及弱奏符号“P”；“姚谱”“陈谱”未标此类符号。
演奏	演奏时长	9分33秒	6分23秒	5分19秒	
符号说明		○：代表打谱的减字谱转录同《琴统》原谱，简谱记写所涉信息相对符合通行规范。			
		●：代表打谱的减字谱转录与《琴统》原谱有异，简谱记写所涉信息不合通行规范。			
		○●后数字：代表打谱中出现相应情况的次数。			
		≥：“喻谱”减字谱转录变化较多，且存在一个减字涉及多重变化的情况，故虽经多次比多，但仍不排除遗漏的可能，实际数可能大于表中统计数。			

（4）演奏时长：从实际演奏来看，三个打谱中以“姚谱”最为宽展，演奏时长约9分33秒，“陈谱”最为紧促，仅5分19秒。“喻谱”6分23秒，近于“陈谱”而稍缓，但其节奏起伏、“紧慢”相间变化更为明显。

（5）打谱差异：总体来看，《孤馆遇神》的旋律是较为清晰的，也并不是存有大量难解古指法的遗谱，因此三家打谱虽有非常明显的紧慢之别，但旋律差异并不大，可以明显听出为同曲。其主要差异在气韵，而气韵差异在细节。概要而言，包括以下4个方面。

①对指法“㔸”的理解和处理不同：“㔸”是全曲使用量最大的骨干指法之一，全曲共45处，包括“单弦㔸”25处，“双弦㔸”19处，“三弦㔸”1处（详见表3）。对于这一指法的减字谱转录，“姚谱”和“陈谱”均是按原谱记写的，而“喻谱”则全部改记为了“叠（单弦）”和“叠勾（双弦）”。从表4对历代琴谱有关“㔸”这个指法的讲解说明来看，以宋为界，前后存在着明显差异。唐以前的材料全部指向“双弦”使用，为右手在两条弦上“抹、勾”或“抹、勾、打”的不同组合，少则三声，多则五声。而宋以后则绝大部分指向“单弦”使用，并以“抹、勾（即‘叠’）”为主流。唯一一个指向“双弦”使用的《琴苑心传全编》，也认为是首弦“抹、勾（即‘叠’）”与次弦“勾”的组合。由此，“喻谱”改写“㔸”为“叠”，大体上可以认为是按后代更为通行的字法对前代古字的“今译”。但是，这也只能说是“大体上”的，如果再深入观察的话，有一个问题就会显露出来。从表3的统计来看，《孤馆遇神》的“双弦㔸”只用于“散音”和“泛音”，但并不是所有的“散音㔸”和“泛音㔸”都用双弦。也有单弦使用的情况，而且还不在少数。同时，相同音位取音的记写，也既有写为“双弦㔸”的，也有写为“前弦㔸＋次弦勾”的。那么，这究竟是刻印时的讹误，还是原谱的意旨本来就是要强调实际演奏时的差异呢，这就很难定论了，只有全凭后人的个人理解来定夺。对于此，喻绍泽先生打谱时做何看法未做说明，而姚丙炎先生则肯定是经过了一番深入考量的。据姚丙炎先生《孤馆遇神》打谱后记及其整理者的说明来看，其初期对“双弦㔸”的理解为“与全扶只是缓急之分”，因此“作四声处理”，后来又改做“抹勾勾”三声处理[1]。“抹勾勾”即是“叠勾”，可见在这个问题上，三家最终都归为一致了。但用指的理解一致并不代表实际演奏的一致。“双弦㔸”按“叠勾”处理，三家大致相同，而原谱一、二段“按音”所使的“前弦㔸＋次弦勾”的节奏处理各家却不同（图4）。从简谱记谱来看，“姚

1. 姚丙炎．琴曲钩沉：二十世纪琴学资料珍萃［M］．姚公白，整理．北京：中华书局，2018: 259.

谱”和“陈谱”都是要求“叠、勾”两个指法在一拍中完成，但结合实际演奏录音，二者却有差别。“陈谱”保留了“叠”这一指法正常的轻捷，而“姚谱”则是放慢了来弹的，实际演化为“抹、勾”，而非一般所谓天马蹼蹄的“叠”。至于“喻谱”则是将整个“叠勾”这三声都是作为下一个音的装饰音来处理的，紧促连绵的音型使之从前后常规的节奏中跳脱出来，而有别于其他两谱。

②对指法“捻”的实际处理差异：“捻”这个指法在今天已是很少见到的古指法了，其在第五段“雷电”中的运用，常被认为是《孤馆遇神》最具记忆点的代表性指法之一。历代琴谱对这个指法的讲解基本趋同，即“大食二指捻弦放之有声”。但《孤馆遇神》的运用有些特别，为“”。分歧因对减字中的“左”及“捻”与其后附旁字“爪起”的关系理解不同而产生。“姚谱”与“陈谱”均认为是以左手做“捻”，而“捻”与“爪起”一体，故一弦与四弦各为一声。而“喻谱”则认为“捻弦”本来是右手做，“左”是提示左手按位，而“捻”与“爪起”是前后相继的两个指法，即在左手按位先“捻”后“爪起”。结合简谱来看，“喻谱”又强化再做“捻”一次，故各弦实际均得三声（图4）。

③“变字改音”和“增减字句”：为获得更称意的旋律，三家打谱均存在不同程度的“变字改音”和“字句增减”现象，然而取舍却各有不同。先说变字改音，“姚谱”和“陈谱”所改均在第七段和第九段，因疑原谱“刊刻有误”而改。对此，“喻谱”则不认为有误，未做改动。“喻谱”所改在第三段和第八段。前者直接将“散挑五（6）”改为“散挑三（2）”，而后者则是将残留的古指法徽位记写方式“五上（1）”改为“五徽（7）”（图4）。通过与前后旋律的对照，其改动的目的就是使前后更好地呼应。其实“姚谱”和“陈谱”的改动也是基于此，之所以判为“刊刻有误”，也是因为姚陈二人认为前后旋律在此不相协调而改之。如不觉不协调，便无须改动，自然也就不存在误不误的问题了。“字句增减”也是这样，“姚谱”对其唯一的一处增字即有关于此的明确说明。而“喻谱”不仅有单个减字的增删，还涉及两处乐句的增删。一个是对第五段尾句的删除，令“捻弦”后直接与“双弹”相连；另一个是最后一段首句重复用“撮”。这些都是为了强化相应的段落主题及音乐效果。

④另外，“喻谱”还涉及大量“吟猱绰注”等的增删和改订，前文相关图表中已有注明，于此不再详述。

⑤综合三家打谱来看，单个字法的处理不同，往往联合前后的节奏呼吸也产生变化，从而形成各家打谱各自不同的风格。

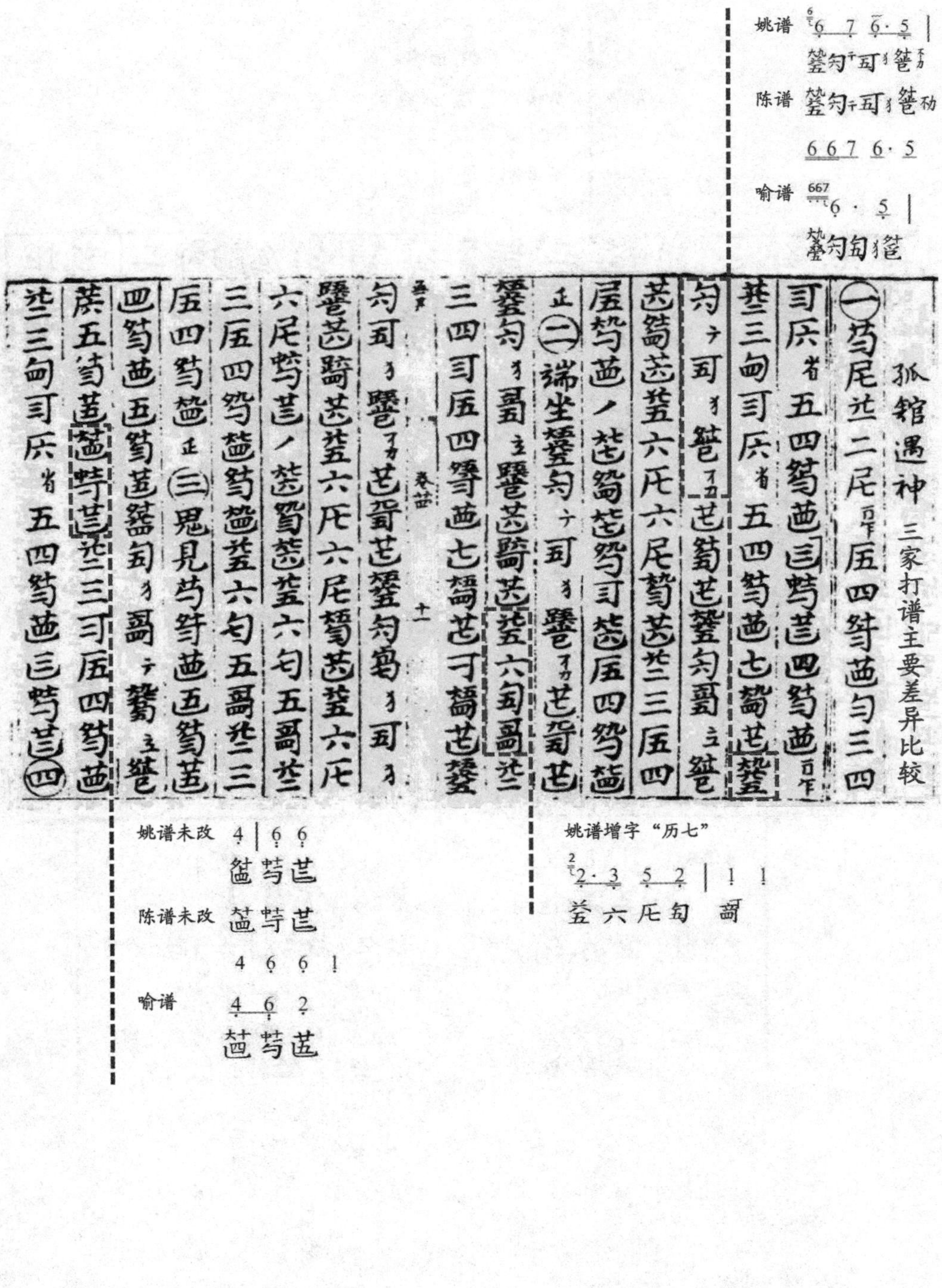
姚谱 6 7 6 · 5
陈谱
6 6 7 6 · 5
喻谱 667 6 · 5
孤館遇神
三家打谱主要差异比较
姚谱未改 4 6 6
陈谱未改
4 6 6 1
喻谱 4 6 2
姚谱增字“历七”
2 · 3 5 2 1 1

姚谱 2 1 1 | 1-

陈谱 2 1 1 1-

喻谱未改 2 1 4 | 1-

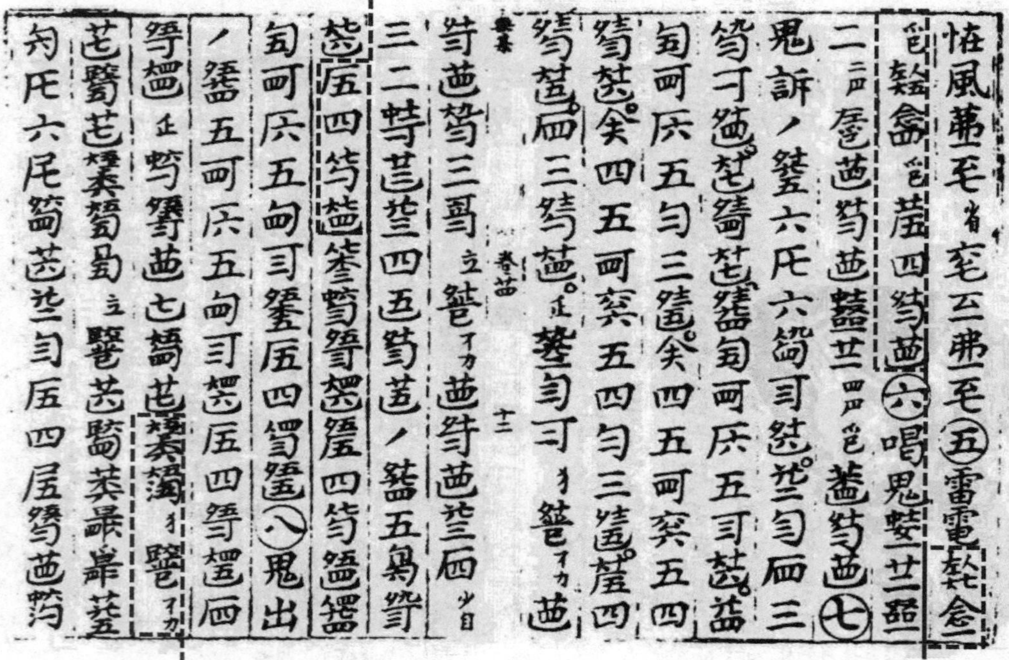

姚谱未改 1 6 5

陈谱未改 1 6·5

喻谱 7 6·5

姚谱 4 1 | 1 1 | 1- |

陈谱 4 1 2 1 1 1-

喻谱 444 4 551 1 后四字删减

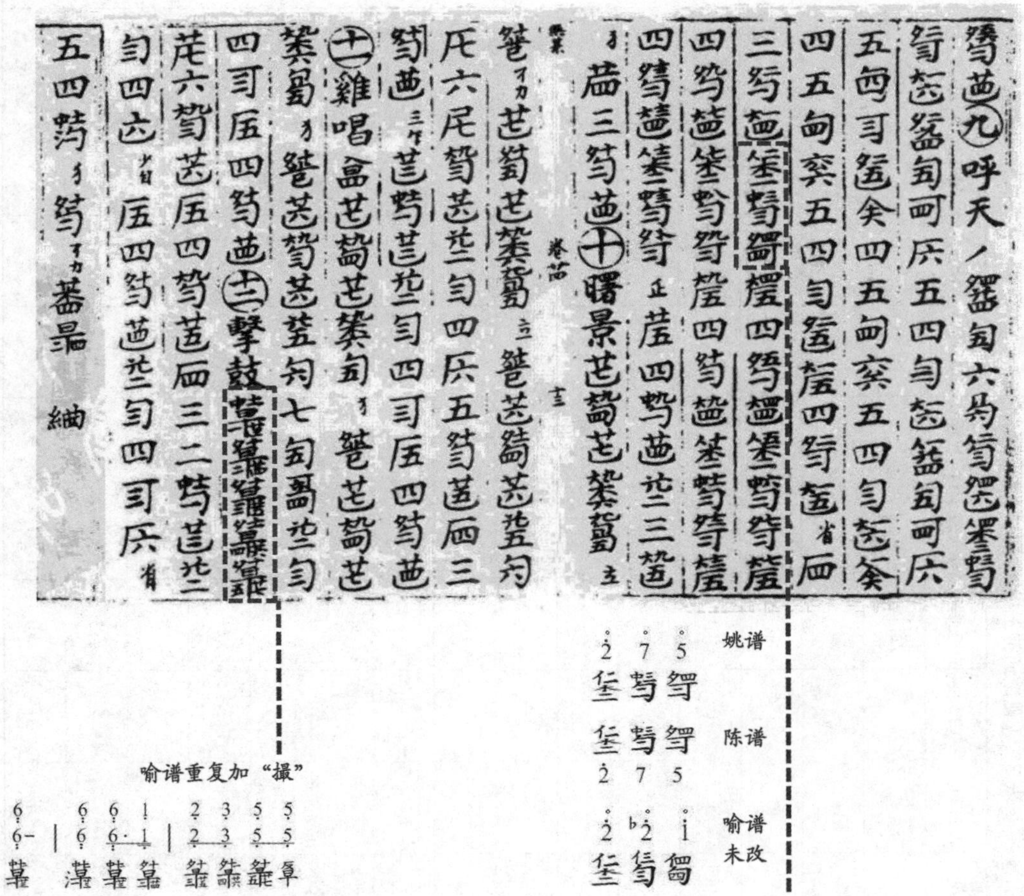

图4 《孤馆遇神》三家打谱主要差异对比

表3 《孤馆遇神》指法“蠲”使用情况详表

用弦	音色	后接指法	一段	二段	三段	四段	五段	六段	七段	八段	九段	十段	十一段	十二段	合计
双弦	散音	劈	1												1
双弦	散音	勾	1	1	1										3
双弦	散音	历	2	2											4
双弦	散音	打			1										1
双弦	散音	挑							1		1				2
双弦	泛音	勾		2					1						3
双弦	泛音	历		2					2						4
双弦	泛音	打								1					1
单弦	散音	历							1						1
单弦	散音	勾								2		3	2	2	9
单弦	按音	勾	2	4	1				1						8
单弦	按音	剔			1										1
单弦	泛音	勾							3		3				6
三弦	散音	打		1											1
合计			6	12	4	0	0	0	9	3	4	3	2	2	45

表4 "蠲"历代指法详解

序号	演奏方法				著录琴谱						
	用指	着弦	弹法	简谱	北魏	唐	宋	元	明	清	民国
1	食中名	双弦	食抹商，中勾宫商，名打宫	2121	陈仲儒琴用指法（《狛氏琴手法》）	赵耶利弹琴右手法（《乌丝栏琴谱》）					
2	食中	双弦	食抹宫商，中勾宫	121		赵耶利弹琴右手法（田芝翁《太古遗音》、杨祖云《琴书大全》《狛氏琴手法》《乌丝栏琴谱》）					
3	食中名	双弦	食抹宫商，中勾宫商，名打宫	12121		赵耶利弹琴右手法（杨祖云《琴书大全》）					《琴学丛书》
4						溯源唐代手势图					
5	食中	单弦	食抹，中勾	11			则全和尚节奏指法(《琴苑要录》)、《琴书》(《琴苑要录》)、成玉涧指法(《琴书大全》)、《名数发端》(田芝翁《太古遗音》)	《事林广记》、吴澄《学海类编》	《风宣玄品》《梧冈琴谱》《琴谱正传》《丝桐外篇》《文会堂琴谱》《绿绮新声》《思齐堂琴谱》《徽言秘旨》《徽言秘旨订》	《琴学正声》	《琴学丛书》

续表

序号	演奏方法				著录琴谱						
	用指	着弦	弹法	简谱	北魏	唐	宋	元	明	清	民国
6	中食	单弦	中剔，食挑	11					《杨抡太古遗音》	《琴学心声》《松风阁琴谱》《蓼怀堂琴谱》《诚一堂琴谱》《槐荫书屋琴谱》	
7	中食	单弦	中勾，食抹	11					《理性元雅》		
8	食中	双弦	食抹宫，中勾宫商	112						《琴苑心传全编》	

注：据查阜西《存见古琴指法谱字辑览》中对于“蠲”这个指法有具体用指说明者整理。

（6）对琴曲“打谱”的几点看法。

以上为对《孤馆遇神》三家打谱的观察所得。我通过本次观察对不同流派打谱的比对，不仅进一步清晰了蜀派传谱的特点，使自身演奏找到了一个归流的方向，同时也略以得窥前辈琴人在面对古谱时的不同态度，由此而引发个人对琴曲打谱的一些思考，摘要如下：

①所谓打谱，除了从打谱者的打谱行为角度对其概念进行诠释外，还可以放大到整个古琴的历史传承体系与流动性中来考察。这样，或可更具开放性与包容性。

②虽然现代意义的打谱概念到杨宗稷所在的清末民初才提出，但由于古琴传承的过程中，除了师传亲授还总是伴随着非师传而只有谱传的琴曲学习和继承情况，再加上不同历史时期记谱方式的变革，故打谱活动应是从琴曲诞生及其流传之初就有的。

③关于打谱活动中古谱能不能改的问题，如果放大到古琴曲的整个历史传承体系中来考察，“改”是主流，“不改一字一声”者只是极少数中的极少数。二者并无对错、高下之别，都是传承的形式。正是“改”的前进推力和“不改”的回溯拉力，使得古琴能够在始终保有“古”的特色的同时而生生不息。

④众所周知，琴曲绝对的、原初的“古”是回不去的，我们看得见的古谱的那个“古”已经经过了发展和改造。所以古琴的“古”并不是可以回溯到初始的那个历史瞬间，而是始终呈现出一种有别于“今”的可见的流动中的历史段落。比如现在我们经由古谱，可以回溯到的是清代或明代，尽管很多琴曲的源头超越了明代。

⑤即使是师传亲授的谱，也并不总是一字不改的。流传的过程中，后人总有订正。只是在师传体系中，打谱、改订是分时段完成的。而不得师传，只有谱传的情况，打谱、改订被集中在一个时期内，一次性完成了。

⑥所以“不改”是尊重古谱，“改”是尊重历史的流动性。如果失去了“不改”，我们就会渐渐失掉那个滚滚流动中的历史段落，并最终变得迷失。如果失去了“改”，我们就将失去古琴在“众”中的大多数复活，并终将渐渐死去。可以预见“改”与“不改”将一直伴随着古琴的传承与发展而不断“争吵”下去。

⑦打谱是古谱经由“我”的复活。从发展的角度，同一古谱可以千万次地复活。“打”的人越多，说明它越有活力。所以已有人打过的谱，哪怕是大家、名家，或已有高流行度的打谱，他人当然也可以再打。就怕无人“打”。只要你真的“打”了，哪怕高度趋同，也只能说明大家的共识，它就应该是那个样子。现代知识产权很难

界定打谱是否抄袭，只能灵魂拷问，你是真的“打”了还是真的“抄”了？

关于以上，具体分析如下：

打谱是古琴曲从一纸遗谱活化为音乐作品的必不可少的工作，也是大多数琴人在习琴生涯中或多或少都会面对的课题。关于打谱的概念，前人论述颇多，如“古谱发掘整理说”“琴曲考古”说等。这些论述，虽各有不同，但就其对打谱工作的内容诠释，却并无多大实质性差异，大抵都是指向令文字化的琴谱变为可演奏的古琴音乐。一直以来所争论不休的问题也非常集中，即究竟应以怎样的态度与方式来令那些沉睡的古谱复活？又或者已经复活过的古谱，还可不可以经由更多人的打谱无数次地再复活？直白地说，就是所谓打谱究竟允不允许对原谱有所改动？打谱工作中，打谱者个人的尺度究竟有多大？已有前人广为流传的打谱谱本的情况下，后人还可不可以再“打”？同一琴曲不同时期、不同打谱者打出具有高度趋同性的谱本，究竟是抄袭还是自打？对于这些问题，笔者过去曾经有过一些思考，但并不清晰。今天，经由对《孤馆遇神》三位大家不同打谱作品的观察，得出了于个人更加肯定的答案。总体来看，个人认为，对于上述问题的回答，应将打谱放到琴曲传承的历史流动性中来考察，放到古今琴人群体的整体性中来思考，或者可以找到更具开放性和包容性的答案。

过去我们谈打谱，多是着眼于打谱者展开打谱工作的那个历史瞬间来进行讨论。如果换一个角度，从古琴曲的传承来思考，有些问题或可得到更好地解决。对于古琴曲为什么需要打谱，古琴界是有共识的。即从古代流传下来的古谱是以文字形式记录的技法谱，音乐要素反映不全面，或者说比较模糊。比如按古谱记录的字法可以找到音位，但对于现代人来说并不能直观反映出音高，不利于学习、演奏和传播。还有，不同古琴指法虽各有其相对固定的节奏形式，但古谱对音乐节奏的呈现也是模糊而不直观的。因此，只有经过打谱，琴曲才能从视媒的“谱”变为可演奏、可聆听的“曲”。

进一步思考可以发现，所谓打谱实际包含两个关联环节的工作。一是从“谱”到“曲”，即通过对古谱的整理也好、破译也好、考古也好，使之成为可演奏的“曲”；二是从“曲”到“谱”，即将已复响的“曲”，按符合新时代的阅读理解习惯和规范，又重新记写为视觉化的“谱”。这个重新视觉化的打谱谱本，按照今天的习惯和规范，就是减字谱和五线谱，或减字谱和简谱的并行记录。如果回到晚清及民国初年那个时候，琴人们则致力于对减字谱和工尺谱并写的探索。如果再往前回溯到唐初，琴人们所努力的，恐怕则正是从文字谱到减字谱的转换。从这些不同历史时期琴曲记写方式的重大变化节点不难看出，新的时代新的记录元素的加入，古琴曲的记谱方式变化目的只有一个，即令琴曲可以更好地读取、演奏、固化和传承。所谓打谱，不可能脱离记谱而存在，没有“谱”，琴人们又向哪里去“打”呢？所以打谱实际上是从传承中来，又走向传承中去的。它本身就是琴曲历史传承中的一环。脱离传承，琴人就将既无谱可“打”，也无谱可奏！

那么考察古琴曲的传承，其实不外乎两线，一是有师亲传，二是无师谱传。有师亲传的情况肯定也是有谱的，这个谱是先师所打，先师传下来的，因此一般门人对已有师传谱的琴曲便多不再另行自打。后辈遇有不同见解，可以重修、改订，但很少再自称打谱。尽管对于师传，有的琴人也主张一字不变，但实际上传之久，演之大者也并不拘泥于此。比如历史上的“徐门正传”就多有“徐诸公累删”。由此可见，在有师承体系的情况下，打谱、重订、改订是分散于传承的各个不同历史时期来完成的。至于无师谱传的情况，因为不是从师传体系中来，没有老师亲授，只有别家留下来的一纸遗谱，所以只好挽起袖子自己上阵来“打”了。这种情况，由于时间跨度、地域流派和个人因素等综合作用形成的习得性差异，打谱者在面对所要打的古谱时几乎都会或多或少地面临一些困惑和障碍。于是争论产生。究竟要不要改一下谱，变得更符合自己的习惯呢？在此，我们暂不做道理的分析，先来看一下事实和结果。

首先，本次观察《孤馆遇神》的三家打谱没有一家是不改“一字一声”的。只有改动量多少的差别和改动原因出发点思考的差别。其次，困惑于“谱非改不可弹”而拜入“按弹古谱，不改一声一字”的黄勉之门下，也是最早提出现代意义上打谱概念的杨宗稷[1]，后来在其《琴学丛书》所刊的琴谱中也并未完全受制于当初“不改古谱”的理想。如其《琴镜》中所录《流水》出自《天闻阁琴谱》，但与原谱两相比对就会发现，虽然数量极少，但其实既有改字，也有改音的现象。最后，笔者在做《阳春》谱系源流研究时曾对从明清到民国的37个《阳春》可见谱本进行过详细比对，发现严格意义上完全不改一字一声的只有《梧冈琴谱》《琴谱正传》和《玉梧琴谱》《藏春坞琴谱》两组。即使把那些没有做其他更改，只是对琴谱进行了重新断句和对个别减字进行了同义改写的传谱纳进来，也没有超过总量的三分之一。

1. 杨宗稷．琴学丛书：琴粹自序，琴师黄勉之传，琴学问答［G］// 中国艺术研究院音乐研究所，北京古琴研究会．琴曲集成：第 30 册．北京：中华书局，2010: 11, 371, 378.

其余的谱本中，有三分之一存在不同程度的“抹挑勾剔”“大食中名”的指法习惯变化，“吟猱绰注逗撞”的韵味变化，以及小幅度的字句增删；另外还有三分之一存在较大幅度的乐句或段落性增删改编。这 37 个谱本，在我们今天看来都是前人遗留下来的古谱，但放到其刊刻乃至刊刻之前编纂者研学这个琴曲的那个阶段，由于并非总是出于系统明确的师传亲授，故大都具有打谱的性质。比如《沙堰琴编》本、《大还阁琴谱》本和《天闻阁琴谱》本、《蓼怀堂琴谱》本，组间具有明确的渊源关系，但由于时间、地域和流派的跨度，后代谱对前代谱的演奏复活只可能是伴随着打谱而获得，当然后代谱也都是对原谱做出了不同程度的“改字改声”处理的。

所以，从琴曲传承的历史流动性中来看，打谱活动中的“改”是普遍存在的事实，甚至可以说是琴曲、琴谱传承的主流形态。杨宗稷所述“每遇操缦之士，必询学谱之法，皆谓非改不可弹”“按谱寻声，不甚悬殊者，已难其人。至于不改一弦徽，不更一指法者更无论焉”[1]，也反映出至少在他那个年代，“改谱”也是客观存在的普遍现象。像黄勉之那样“不改一声一字”者，放到哪个朝代都属凤毛麟角。虽然如此，但是个人却认为这之中并无高下、对错之别。古琴数千年来就是这样，伴随着“不改”“小改”和“大改”三条线索，相互裹挟着、争论着滚滚而来，流传至今。如果从传承的量来说，“改”是主流，没有“改”，古琴就不可能存活到现成。因为“不改”就过不了大多数人的“我”这一关。古琴的传承是千万个“我”的推动而传续存活下来的。它不在千万个“我”的“众”中去复活，只在凤毛麟角的甚为稀有中去复活，那么等待它的也就只有和这世界许许多多的遗产一样被送进博物馆供人瞻仰的命运了。

而且，从古琴整体的历史发展脉络来看，一方面是对古韵、古意的追求，对古谱的“忠实”，使其始终能够保有自身独特的“古”的气质；另一方面，却是对琴谱、琴曲的“改动”在推动着它的不断生发和传演。这看似矛盾的关系，其实是并行不悖的。因为在“古”的传统影响下，可以说绝大部分的打谱者，当他们站到古谱面前的时候，都是本着一颗再现古谱、尊重古谱的心。可是为什么到最后，绝大部分打谱者又都只有做出这样或那样的改动，才能打出谱来呢？其实还是因为习惯势力的强大，一个人在内外环境的长期熏习下，所形成的心之所向及其习得的技法都很难改变。《琴学丛书》中，杨宗稷对其改天闻阁《流水》的说法是“《流水》音节

1. 杨宗稷．琴学丛书：琴粹自序［G］// 中国艺术研究院音乐研究所，北京古琴研究会．琴曲集成：第 30 册．北京：中华书局，2010: 11.

特奇，减字未尽善”“重修《流水》旧谱，是以付之剞劂用广流传”[1]。“未尽善”就是不完善，当然也包含用起来不顺手的意思。姚丙炎先生打谱《孤馆遇神》时，对“双弦𧾷蜀”的思考和先后处理变化，则更能说明这一问题。按姚氏在打谱后记中所讲，其在打谱定谱时对“双弦𧾷蜀”的处理是按“四声”来考虑的，而在这之前则也“曾用两声处理”，但“用来未能称意”。再等到多年以后，其子姚公白学此曲时，则又已调整为“正𧾷蜀”，即“抹勾勾”三声了[2]。姚丙炎先生所说的这个“未能称意”，即未称“我”意，过不了“我”的耳朵和心灵的那一关。当然，这个“未称意”，既有可能是不符合“我”的音乐听觉和审美习惯的，也有可能是“我”所认为不合“古谱古意”“原谱原意”，更有可能是二者兼而有之。

但所谓“古谱古意”“原谱原意”其实只是一种难以定论的相对性。就《孤馆遇神》的情况，结合表4对各个历史时期“𧾷蜀”的用法统计，姚丙炎先生打谱定谱时采用的“双弦四声”是唐以前的用法；而传到姚公白先生时的“打勾勾”，可以理解为前弦以“叠”为“𧾷蜀”，后弦用“勾”的组合，为宋元明时期这一指法的使用主流。载录《孤馆遇神》的《西麓堂琴统》是明代琴谱，而琴曲本身的渊源则可以追溯到嵇康的时代。那么作为当代的打谱者，虽然怀有尊古的初心，但在具体打谱实践中也一定会陷于是回到《西麓堂琴统》成谱的明代，还是回到琴曲可能产生的源头魏晋时期的困惑吧？魏晋是肯定回不去了，因为现在已看不到那个时候的原谱了。而且那个时候通行的还是文字谱，减字谱谱本是要再晚到唐代才会产生的。在那么长的历史流动中，从文字谱到减字谱，肯定经历过谱本的改动，所以即使回到现在可见的最早的唐代，也并不能说就是“原谱原意”了。所以“古”只有相对性，不可能回到“绝对性”，而且其也必然具有一种前赴后继的流动变异性。在琴曲、琴谱的流传过程中，那极少部分的固守“不改一字一声”的凤毛麟角之士，他们的意义在于与占绝大多数的“小改”“大改”者形成拉力，使整个古琴的精神志趣与韵味可以维系在一个当下可见、可追溯的历史时间段，而始终保有自身“古”的特质。那些看不见的历史源头，这个“古”是回不去的，因此其也只有在改动、变异中存活。

对《孤馆遇神》中“双弦𧾷蜀”指法的处理，姚、陈、喻三家打谱最终都归于符合明代用指习惯的“打勾勾”的弹法。然而虽然实际演奏方法趋于统一，但在转录古谱减字时是完全不改字、保持古谱原貌的转抄，还是改为当下更为通行的“同义

1. 杨宗稷．琴学丛书：琴谱自序［G］// 中国艺术研究院音乐研究所，北京古琴研究会．琴曲集成：第 30 册．北京：中华书局，2010: 107.
2. 姚丙炎．琴曲钩沉：二十世纪琴学资料珍萃［M］// 姚公白，整理．北京：中华书局，2018: 259.

异字”，各人却有各自不同的见解。从三家打谱来看，姚丙炎先生和陈长林先生是未改，沿用了古谱的“䜌”，喻绍泽先生则是改写为同义字“叠”。综合《孤馆遇神》喻绍泽打谱，及此前述及的笔者曾做过的对《阳春》37家传谱的研究来看，后来者对古谱的改动主要集中在“同义异写”“右手抹挑勾剔用指变化”“左手大食中名用指变化”“同音换位”“吟猱绰注逗撞韵味变化”“更正和增减减字”以及“乐句和落段性的增删”7个方面。其中前4种情况都不引起音乐变化，主要是受减字记写习惯和演奏习惯影响引起的改动；“吟猱绰注逗撞”的变化不影响旋律主干，但会影响琴曲韵味；“更正和增减减字”是从打谱者的角度为了更好地协调旋律；真正引起旋律较大变化的“乐句和落段性增删”则占比较少。综合这些情况，对打谱者来说，“不改一字”是尊重古谱，但改谱却使古谱能有更多机会，通过更多的“我心”复活。其中有一些改动，可能更符合当下的实际，而有助于琴曲、琴谱的传续。对于这个问题，由于不同人出发点不同，恐怕永远也不会形成统一的标准答案，只有继续争论下去。但在历史的流动性中，有一点是肯定不会变的，那就是“不改”“小改”与“大改”的三线并流。而一个打谱作品的影响力和流传度，和“改”与“不改”本身没有太必然的联系，是音乐本身的适生性和师尊流派可被及的广度决定了其生命力。

所以，各人在各人的流动线里，作为个人化的打谱“改”与“不改”都是没有问题的。而需要“不改”的群体性打谱活动，可以出台对参与者的规范性强制要求。然而它的未来，从来不会因为这个世界各执己见的争吵及其奉行者的多少而改变。

最后，还有一个小问题。那就是，现在有些琴人、琴家对后人再打已有名家、大家通行打谱谱本的琴曲持反对意见。特别是对那些后来打出来与前人打谱相似性很高的谱本，往往被斥之以抄袭。虽然现在是知识产权意识觉醒的时代，但个人以为这样的意见和做法都有待商榷。因为古谱本来是前人遗留下来的公共资源，打谱自然是人人皆可为之的事情，何况打谱也是琴学传承的必修课，是值得鼓励有志者都去尝试的功课。多一个人打谱，古琴便多一分生气。人人都选择某一首古曲去打，只能说明这个古曲深受琴人的喜爱，它的流播充满活力。人人打出来都一样，也只能说明这个琴曲的谱本记录和规范得很好，大家的共识一致，对这个琴曲的复原解读，可能就应该是那个样子。事实上，同一琴曲的不同打谱出现极大反差的情况是极少的。旋律主干古谱本身已规范好了，个性的差异多数反映在速率、韵味、气息和起落转承上。现代意义上的知识产权保护，之于古琴打谱似乎很难适用。因为首先工作目标的界定就令人左右为难，特别是在“古曲复原”的思想指导下。古曲本来肯定是有一个客观存在的状态的，既然追求“复原”，那目标自然就成了大家都尽可能地去靠近那个原貌。这样，打谱成果之间的同质化就不应该被质疑，反而应该令人感到欣喜。如果是要追求不同打谱成果之间的个性化和差异化，那则不是“复原”，而是“复活”。那个久远以来的灵魂，在当下，“我”这里的复活。在历史上，它曾经千万次地经千万人而复活，必然带有“我”的信息。然而，“我”的信息过量，恐怕又会招致“不改”拥趸的反对和非议。这样，在琴曲整体框架趋同的情况下，即使多个成果间存在差异，这种差异的量恐怕也是较小的。其次，再从实际操作层面来说，相同的打谱不一定出自抄袭，而不同的打谱也不一定不是来自抄袭。因为，对一个“成熟”的抄袭者来说，为了追求打谱的不同，避免烙上“抄袭者”的污名，只需要将前人的谱本直接拿来，对小节线和节奏、节拍做出适当处理就可以了。这实在是一件简单至极的事情。所以，一个琴曲打谱作品究竟是“打”的还是“抄”的，看成果的异同根本难以断定。在此，所谓知识产权的保护显得如此无力。唯一剩下的也许只有对打谱者的灵魂拷问，你究竟是真的“打”了还是真的“抄”了。

其实，回望整个古琴的传承发展史，打谱本来是极具开放性的。它的目的是令那些流传久远的琴曲，通过一次又一次地再复活迸发出生机，重新流传或更广泛地流传下去。就像一株跨越千年，生命力却依然旺盛的树，每一个春天它都要在那万千的节点中去发出新芽。那些新芽与新芽之间，今生与前世之间，是本来相似而又各自不同的。杨宗稷晚年在依《德音堂琴谱》重修《流水（简明谱）》时曾说：“此曲音节谓非古人之声不可也，谓皆古人之声亦不可也。”[1]往世的新芽已成往事，它们在天空中的另一处，一言不发地笑看着我们这些四季流转间初生的孩子，都曾经是那样地害怕看见自己的样子，也曾经害怕别人与自己相似的样子！兀自寻找着，不知哪一天才会豁然懂得，谁是谁的样子？

2020 年 5 月 21 日

于江津

1. 杨宗稷．琴学丛书：琴谱卷三，流水自序［G］// 中国艺术研究院音乐研究所，北京古琴研究会．琴曲集成：第 30 册．北京：中华书局，2010: 131.

1. 饭没了秀——从二十一、二十二段略探《天闻阁琴谱·秋鸿》大意

《饭没了秀》是深圳卫视的一档亲子娱乐节目，节目以三五岁的娃娃为主角，以他们的天真童趣博观众开心一笑。由于孩子们的思维往往出于成人之外，所以自开播以来一直广受追捧。可是一档电视娱乐节目与《秋鸿》的打谱又有什么关系呢？话还得从头说起。

2014 年年底，胡老师安排西蜀琴人对《天闻阁琴谱·秋鸿》进行联合打谱，我抽到第二十一、二十二段——“嗈嗈和鸣”和“往就稻粱”。当时，与其他兄弟姐妹拿到的一对比，我顿时觉得心里非常没底。传统琴曲题解认为，《秋鸿》写的是冲天之志或高逸之怀。而这“嗈嗈和鸣”和“往就稻粱”二题算是什么嘛！不就是飞累了，中途打个尖儿，吃个饭什么的吗？吃饭有什么好写的！吃多了就成了酒囊饭袋！简直没意思。但各人运气所在，抽都抽了，也只好硬着头皮打下去。

说实话，我是临到要汇报前一个月才开始着手打谱的。两段谱，也不长，凭着自己过去的经验很快就打完了，也弹熟了，但一直没有什么感情。不过是集体打谱，到我这里不至于开天窗罢了。就这样也顺利通过了汇报审定。再后来就干脆把它给忘了。直到前不久，因为和刘源的一段对话，才又激起了我对这两段谱新的热爱。乃至于又重新发起一个愿来，一定要趁热拿下《秋鸿》。

那日，因《西蜀琴刊》组稿的缘故，找刘源约稿要插画。刘源在微信那头“弱弱地”问我：《秋鸿》讲的究竟是什么啊？当时，我手上正在翻看胡兰成的《禅是一枝花》，想着胡兰成解禅总是用两小孩儿看似无厘头的问答来化解那些深奥的禅理，于是也学了胡兰成书中小孩儿的口气，顺口答了他一句：“不知道。”突然就灵光一闪。噫！都说秋鸿是归乡，是征程，是鸿鹄之志，如果是个小孩儿怕不会有这些！他可能也会牵着妈妈的羽翼，弱弱地问一句：“妈妈、妈妈，我们为什么要飞呀？”

啊！我们为什么要飞？我们虽已长大，但终究还是小孩儿！纵然拼尽所有的力气，于此一问也还是回答不上来。

于是就和刘源邀约："不如我们来画小孩吧！连大雁也不画！好像胡老在前面吹哨哨，说：'要飞了'。我们俩却躲在后头讲悄悄话：'为什么要飞呀？'一副极不情愿的样子。"

刘源躲在微信背后吃吃地笑着，而我还在喋喋不休。

"谁说《秋鸿》就要画大雁？前人早有《秋鸿图轴》，大雁已经画过了。他们整水墨，我们就来整涂鸦。儿童涂鸦！随便画……"

"戏水的小孩、做梦长翅膀的小孩、偷鸟蛋的小孩……"

关于插图一事，后来刘源究竟会画成什么样子，我现在也不得而知。但那些小孩儿，在我的梦里，手舞足蹈的，欢欣鼓舞的，却再也停不下来。

有人说《秋鸿》好像放大版的《平沙落雁》。我说不是。一开始我还以为是他不同于《平沙落雁》的大气象，抑或可称为史诗性。但其实也不全是。所谓"沧溟"之类，那也是未出既定思维的程序，不过是那些得志不得志的人们胡思乱想出来的天地。而这一刻，我却偏愿做一小孩。"妈妈、妈妈，我们为什么要飞呀？"妈妈也许会说："到南方去。南方的冬天有好吃的！"想这"好吃的"一句，即是人生起落、世间幻化的一大枢机。历史上多少的史诗性皆是依之而起！

古人说："食色性也。"今人又有句"唯美食与爱不可辜负"。其实这吃饭一事，在我们一天中所占的时间如此短暂，但它却是一切胡思乱想的缘起。吃饭不仅是为了填饱肚子，也是幻想的发动机。然而这好像与实际吃不吃得饱也没有太大关系。比如"高旷"这件事儿，锦衣公子在想，食不果腹的穷秀才也在想。只是各人境遇不同，将来做饭的材料和各自嚼出的味道大不相同罢了。不信，将这《秋鸿》，往朱权和云志高那里参去。

简单梳理一下，《神奇秘谱》是《秋鸿》现存最早的谱本。这个谱本的分段标题里是没有"嗈嗈和鸣"和"往就稻粱"二题的。谱本相应的地方安排的是"排云出塞"和"一举万里"。"嗈嗈和鸣"和"往就稻粱"二题，最早出现是在云志高的《蓼怀堂琴谱》里。《天闻阁琴谱》所依谱本就是《蓼怀堂琴谱》的这个版本。《蓼怀堂琴谱》本不仅在分段标题的取意上与《神奇秘谱》本不同，音律上差异也很大。细审《蓼怀堂琴谱·秋鸿》全篇，全曲的最高音出现在第二十二段"往就稻粱"。大量的四五徽间取音（最高上至四徽），个中岂无沧桑、悲喜邪？而反观《神奇秘谱·秋鸿》，第二十二段则全为泛音，第二十一段取音也是在中下准。二者之不同，是显而易见的。若再联系两位作者的身世来考察，一个是皇族贵胄，一个是一生颠沛流离之人，这种不同又自有其道理。

如此说来，这“稻粱间事”便是大有嚼头的了。但我们却不能据此得出豪门哪知世间艰辛的结论。共同的幻象是长期文化熏习的结果，不同的味道却是各人因缘的不同。稻粱间藏爱恨情仇，万世种种因由。如果嚼来嚼去，吐出来的还是些你你我我他他杀人的骨头，那就失去这一道美食的本味了。

但人们却总爱偏执于朱门酒肉和菜根寒儒的两端。小孩儿们怕是不会有这些瓜葛。“吃货”的孩子依然吃嘛嘛香，而脾虚胃弱的娃娃们，任你满地里追他，也自还是不吃、不吃、不吃。

妈妈说：“南方的冬天有好吃的。”我想想，如果我还是小孩儿，我定会说：“妈妈，我们不要去南方。就在这里，我们还是吃好吃的。”小孩儿不知世事，但这可难坏了妈妈。若不去，便是生死啊，所以只有飞走了。多年后，飞去南方便成了自然。但关于那“为什么要飞”的初问，我们于这来来往往中，却还是不知亦不知！

这稻粱间事就是这样，鸿蒙得不知所以，质朴得道不清。若还问《秋鸿》讲的是什么？石头剪刀布、棒子老虎鸡。

2016 年 2 月春

于江津

（本文原刊于《西蜀琴刊》2016 年 4 月总第 7 期）

2.《天闻阁琴谱·秋鸿》定调初探

《秋鸿》是传世琴曲中仅次于《广陵散》的大曲。据查阜西先生《存见古琴曲谱辑览》，明清载录该曲的琴谱共 29 家。根据表 1 的统计可知，对《秋鸿》一曲的弦法和定调，这 29 家存见传谱的意见多数是一致的，即弦法“紧二五七”，调定“姑洗（与古夹钟或清商同）”。只有极少数例外，而《天闻阁琴谱》所录《秋鸿》的定调就是这极少数的例外之一。

表1 《秋鸿》存见传谱曲调与弦法统计（据查阜西《存见古琴曲谱辑览》）

谱集名称	琴曲名称	曲调	弦法
《臞仙神奇秘谱》	秋鸿	姑洗调，与古夹钟同	紧二五七
《浙音释字琴谱》	秋鸿	姑洗意，与夹钟同	紧二五七
《风宣玄品》	秋鸿	神品姑洗意	/
《琴谱正传》	秋鸿	清商曲	紧二五七
《西麓堂琴统》	秋鸿	姑洗调	紧二五七
《杏庄太音补遗》	秋鸿	姑洗调	紧二五七
《重修真传琴谱》	秋鸿	/	/
《玉梧琴谱》	秋鸿	姑洗调	紧二五七
《琴书大全》	秋鸿	清商调	紧二五七
《文会堂琴谱》	秋鸿	清商调	紧二五七
《藏春坞琴谱》	秋鸿	姑洗调	紧二五七
《太古正音琴谱》	秋鸿	姑洗意，即清商调	紧二五七
《新传理性元雅》	秋鸿	别调蕤宾	紧五
《古音正宗》	秋鸿	清商调	紧二五七
《琴苑心传全编》	秋鸿	姑洗调，与夹钟同，亦即清商	紧二五七
《澄鉴堂琴谱》	秋鸿	姑洗调	/
《蓼怀堂琴谱》	秋鸿	姑洗调	紧二五七
《诚一堂琴谱》	秋鸿	姑洗调	/
《五知斋琴谱》	秋鸿	姑洗调	紧二五七
《卧云楼琴谱》	秋鸿	姑洗调	紧二五七
《琴香堂琴谱》	秋鸿	姑洗调	紧二五七
《自远堂琴谱》	秋鸿	商调宫音	紧二五七
《裛露轩琴谱》	秋鸿	姑洗调	紧二五七
《稚云琴谱》	秋鸿	姑洗调	紧二五七
《天闻阁琴谱》	秋鸿	夷则调	紧二五七
《天籁阁琴谱》	秋鸿	姑洗调	紧二五七
《希韶阁琴谱》	秋鸿	姑洗调	紧二五七
《琴学初津》	秋鸿	南吕均宫音	慢一三四六
《琴学丛书》	秋鸿	姑洗调，徵调宫音	紧二五七

《天闻阁琴谱·秋鸿》的弦法与其他绝大多数传谱是一致的，也是“紧二五七弦”，但定调却不同，为“夷则调”。这是很出人意料的。因为按当时乃至现在弹琴家的主流意见，“夷则调”的弦法应为“慢一三六弦”。定“紧二五七弦”为“夷则”，在现存历代各谱集中几乎是绝无仅有的。2015年，西蜀琴人联合打谱《秋鸿》的时候，艺书曾经提出过这个问题。当时有两种意见：一种认为是否应按“借姑洗调弹夷则”来处理，类似于“借正调弹黄钟”，即七弦唱名从“姑洗”的“6123561”变为“借调弹夷则”的“3567235”；另一种则认为这可能是琴谱编印或流通过程中出现的讹误，

毕竟受古代编审出版水平，以及后期流传中的散佚、重组等因素的影响，古籍中的这一类讹误还是时有发生的。由于那一次打谱是一人打一段再连缀成篇，不具备依个人意见自由发挥的可能性，因此必须统一思想。考虑到历代琴谱调名的变化关系十分复杂，而弦法与取音的关系却比较固定，本曲“紧二五七”的弦法是清楚的，因此最终统一为了按现今“紧二五七弦”的通行法则，即七弦唱名依次为“6123561”的“姑冼调”来打。调名“夷则”的问题就暂时搁置了下来。

写完《〈存见古琴曲谱辑览〉统计观察》以后，由于建立起了100多个存见谱集、3 000多个存见传谱的数据库，有了比较便捷的可以深入研究和反复横向对比观察的技术支持，个人便将这个陈年的疑问重新提了出来。从现在的观察结果来看，得出三点结论：一是《天闻阁琴谱》以“紧二五七”弦法，定《秋鸿》为“夷则调”，不是编印或流通过程中出现的讹误，而是编纂者对此曲曲调的分判本来如此；二是虽然该谱以“紧二五七”定“夷则调”，但并不意味着是寄通行的“夷则调”各弦音于“姑冼”，七弦唱名不是“3567235”，联合打谱时定的“6123561”是正确的；三是《天闻阁琴谱》对其为何以“紧二五七”弦，而非通行的“慢一三六”弦为“夷则”未做说明，但通过“旋宫”推演，或依“郑世子所定十二调”变化而来。具体如下：

（1）《天闻阁琴谱》以“紧二五七”弦法，定《秋鸿》为“夷则调”，不是编印或流通过程中出现的讹误，而是编纂者对此曲曲调的分判本来如此。

关于此，有三点理由如下：

①《天闻阁琴谱》的编排结构是按曲调的不同进行分类的，除书首有总目外，每个曲调类别还有分类目录，其后才是该调类下的具体曲谱。《秋鸿》一曲在总目和“夷则调”分类目录中都有目可查。同时，“夷则调”也并不是只有《秋鸿》一个曲目，每个曲目题名下都有“夷则调”“紧二五七弦”，也没有剜补痕迹，故应不存在编印和流通讹误的可能性。

②《天闻阁琴谱》有前后两版。两版比较，后版没有出现对前版的更正，而且两版中“夷则调”类在全书中所处的编排位序也是一致的。甚至后版“夷则调”所属曲目，在前版基础上还增加了唐松仙订正的《琴苑·佩兰》一曲，可进一步说明《天闻阁琴谱》以“紧二五七”为“夷则”，是编纂者对琴律的认知本来如此，而不是编印或流通中出现的讹误。

③通过对《天闻阁琴谱》的目录研究可知，编纂者对曲调分类编排的顺序非常严谨。首先是正调（即仲吕调）所属曲目，这部分曲目最多，故又细分依“宫商角徵羽”

各音进行排序。接下来是黄钟、太簇、姑洗、蕤宾、夷则、无射诸调。按这个顺序，“蕤宾”以前是所谓的“五音正调”。按其所标注的弦法，“五音正调”的宫位分别是“仲吕”三弦宫、“黄钟”一弦宫、“太簇”四弦宫、“姑洗”二弦宫、“蕤宾”五弦宫。以上各调宫位弦的变化顺序，以“仲吕”为基准，正是其“宫徵商羽角”五音相生的顺序。五音止于“角”，因此“蕤宾”以前为正调，以后为外调。虽然该谱集中，“姑洗”“夷则”均用“紧二五七弦”，但可以肯定“姑洗”为正音所出，而“夷则”则是外调转借而来，详见表 2 的分析。

表 2 《天闻阁琴谱》曲调分类排序分析

音律		弦法	宫位
五音正调	仲吕宫音	不转弦	三弦
	仲吕商音		
	仲吕角音		
	仲吕徵音		
	仲吕羽音		
	黄钟	慢三	一弦 + 六弦
	太簇	慢一三六	四弦
	姑洗	紧二五七	二弦 + 七弦
	蕤宾	紧五	五弦
外调	夷则	紧二五七	二弦 + 七弦
	无射	紧五慢一	一、五弦

（2）接下来再来谈谈《天闻阁琴谱》以“紧二五七弦”定“夷则”，七弦唱名不是“3567235”，而是“6123561”的问题。

如前所述《天闻阁琴谱》有前后两个版本，前版“夷则调”下收三曲，分别是《春草堂·平沙》《蓼怀堂·秋鸿》《德音堂·飞鸣吟》，而后版则在此基础上新增一曲，即唐松仙订正的《琴苑·佩兰》。联合打谱的时候，我们所取为前版，故不知有《琴苑·佩兰》一谱的存在。这次经数据库查询获知，并经《琴曲集成》进行核对后，有了一个全新的发现。在《琴苑·佩兰》谱后附有一则唐松仙的订正说明，全文如下：

“操见琴苑，原谱用正调忌散一三四六声，音蹇强，姑试以夷则，用紧二五七各一徽，不更一字而神韵疏畅，节奏和平，足见原刻之误，兹复更正，以待知音。”

这则说明非常清楚明白地反映出了这样两个方面的重要情况：一是在《天闻阁琴谱》编纂者的音律认知里，“夷则调”的弦法就是“紧二五七”；二是此“紧二五七”不同于“姑洗”的“紧二五七”，其实际是“慢一三四六”并于“紧二五七”而来。我们知道“慢一三六”弦法对应的七弦唱名是“3561235”，那么这个“慢一三四六”的七弦唱名究竟应该是“3567235”还是“6123561”呢？显然应该是后者。因为古琴紧慢弦所遵循的是“紧角为宫”和“慢宫为角”的法则。“慢一三六”宫在四弦，再慢四弦，也就是原来的四弦“宫”变为了四弦“角”，那七弦唱名自然也就变成了“6123561”。这也是其能与“紧二五七”并弦的原因。当然，并弦后的“夷则”与“姑洗”是存在音高上的差异的。

另外，如果是借“紧二五七”弦实际唱“3567235”的音的话，字谱通常会忌四弦散声。但考之《秋鸿》一谱，不仅通篇不避四弦散声，而且多有二、七弦十一徽取音，并与四弦散声相合的例子；又可见四弦八徽半取音，并与二、七弦散声相合的运用，这些都可明确锁定其是二、七弦为宫，四弦为角。因之，该曲虽调名“夷则”，蔚为特殊，但七弦唱名按“6123561”来唱应是正确的。

（3）最后再谈谈关于《天闻阁琴谱》以“紧二五七弦”为“夷则”是如何形成的。

由于《天闻阁琴谱》全书并未对此予以说明，又受笔者知识所限，在历代各家琴律论述中，似也未发现有明确提出此论者，因而只能粗做探问，合理猜想，并不能得其确切答案。《天闻阁琴谱》卷首的琴律论述全部转自《梅花庵琴谱》，其中“郑世子所定十二调”“姜白石所谓十二调”“赵子昂所谓十二调”是各家定弦法与琴调的主要依据。三者之说因对“黄钟何弦”“正调何宫”的看法不同，以及具体转弦变调时的“紧慢所取”不同，所得结论也多有不同。谱本在流播的过程中各家又互有渗透，造成后来实际通行的各调名称并不是只来自纯一的一家学说和一个体系，而是各家杂陈的。《天闻阁琴谱》也是这样，从表2所列的各调排序来看，以“仲吕”为正调、“慢三”为“黄钟”出自姜说；“紧二五七”为“姑洗”出自赵说；而“慢一三六”为“太簇”“紧五”为“蕤宾”则来自郑说。

观察表2，有一点特别值得注意，那就是《天闻阁琴谱》除以“紧二五七”为“夷则”外，还定“慢一三六”为“太簇”。而定“慢一三六”为“太簇”，是“郑世子所论十二调”所独有的。既然当时主流的观点是以“慢一三六”为“夷则”，而《天闻阁琴谱》独独采用了郑世子的观点，将“慢一三六”定为“太簇”，那么其将“紧二五七”定为“夷则”，是不是与“太簇”相对应，也源自“郑世子所定十二调”呢？然而从郑世子自己表述的转弦法与琴调的关系来看却并不是这样，他的转弦法是“夷则”与“林钟”同调，均以一弦为宫，即“慢三弦”的弦法，这与《秋鸿》以二、七弦为宫的实际取用不相符。

深入分析姜白石、赵子昂、郑世子三家所说可知，其在弦法与琴律、琴调的论证上存在两个方面的相同点和三个方面的不同点。

相同之处为：

①对十二律的相生关系和音的清浊高下排序没有异议，即十二律相生顺序为：黄钟、林钟、太簇、南吕、姑洗、应钟、蕤宾、大吕、夷则、夹钟、无射、仲吕；十二律生成后的音高排序为：黄钟、大吕、太簇、夹钟、姑洗、仲吕、蕤宾、林钟、夷则、南吕、无射、应钟。

②对古琴转弦变调所择的音位与弦位也没有异议，即通过某弦的调整，“慢宫为角”或“紧角为宫”，实现宫与角的转换，并带动其他弦位的唱名变化。

不同之处为：

①对“黄钟”和正调“宫音”所在弦位的认知不同：姜白石以一弦为黄钟，而正调宫音在三弦（即仲吕宫）；赵子昂以一弦为黄钟，同时一弦也是正调宫音所在；而郑世子却是以三弦为黄钟，三弦同时也是正调宫音所在。这就造成了三家转弦移宫换调的起点不同。

②转弦的方式不同，即“紧慢”所取不同：姜白石和郑世子的转弦换调均是有紧有慢，赵子昂的方法却是只紧不慢。

③十二律全部转出的紧慢所止不同：由于律有十二律，而音只有五音，即使“紧”“慢”并用，各转一轮，也不能将十二律全部转出。这个时候就出现了一个问题，第一轮未转出的“律”怎么办，是“再紧”还是“再慢”？姜白石和郑世子的选择就出现了差异。郑世子对第一轮未转出的“三律”是全部通过“再紧”来完成的，而姜白石则比较注重均衡性，对第一轮未转出的“三律”采取了“再慢一律”和“再紧二律”的方式。至于赵子昂，由于其“只紧不慢”，故要紧至第三轮才可将十二律全部紧出，详见表3—表5。

综合以上，由于转弦变调的起止不同、过程不同，因此造成了各家最终的弦法与琴调，以及共调关系的不同。结合明清以后，其他论家围绕此问题展开的讨论来看，对于紧弦过多，常见批评之声。因为琴的张力是有限的，特别是细弦，一紧再紧，多不能承受，恐有断绝，故空有律而不能为用。基于这一因素，笔者在姜、赵、郑三家学说的基础上，将其紧、慢各两轮，各弦的琴律与琴调变化逐一列出（表3—表5），发现的确有且只有按郑世子的方法，在第二轮“慢一三四六”弦法时，是“夷则”在二、七弦居“宫”位，即所谓的以“慢一三四六弦”为“夷则调”，而“慢一三四六”与“紧二五七”是共调关系，这与《天闻阁琴谱·秋鸿》所定琴调及其所用弦法，以及唐松仙在《琴苑·佩兰》谱后所做的说明相符合。这也是依笔者浅见，目前可以推演出来的，《天闻阁琴谱》以“紧二五七”为“夷则”的唯一有一定理论支撑的个人猜想。不过这样的猜想，除了进一步加深了对古代琴调及其名称变化复杂性的认识外，并无多少实际意义，原因主要有以下三点：

一是与紧弦至第二轮有断弦之忧，难以用于实奏的风险一样，慢弦至第二轮也会面临琴弦打板的问题，实际使用的可能性不大。

二是表3—表5，只是列出了紧慢各两轮的琴律与琴调变化情况，若依五音各弦均具十二律，转出六十调来，则不论按哪一家之说，都会出现“慢一三四六弦”时“夷则”当二、七弦为“宫”，只是紧慢至第二轮尚且都难以为用，更何况再继续紧慢，更是空有其调，不能实用的了。

三是某律与某律同调，是同转弦方法与转弦轮次紧密相连的。比如同在第一轮，紧、慢之间就是“错弦共调”，即“慢一三四六”与“紧二五七”同调、“慢一二三四六七”与“紧五”同调、“紧一二四五六七”与“慢三”同调、“紧二四五七”与“慢一三六”同调。而在不同轮次中则又会出现“同弦共调”的情况，即第一轮的“慢一三四六”与第二轮的“慢一三四六”同调。郑世子说“夷则”与“林钟”同调、“南吕”与“无射”同调，就是同在第一轮依紧慢形成的关系而言，而在同一弦法的不同轮次间，则变成了“南吕”与“夷则”同调，“无射”与“应钟”同调。

鉴于以上，早有论家提出过六十调、八十四声之类都只是理论算法，实际使用只有五调。而这首轮弦法就可转出的五调，无论依何家所说都不会出现“紧二五七”为“夷则”，所以它只是历史进程中，某人或某一群人一时的算法而已。这依一时的算法所安之名，可能流行也可能不怎么流行，但总是因对前人之说存疑，按自己的逻辑推演而起，然而到头来大多数又都会被新的后来者的算法所推翻。琴调之名也就这样一路乱下来，但弦法及其所存之音却是清晰的。如果排除后人为强合前人所定律、调而改动琴谱的情况，那么按琴谱中标识的那个弦法所奏出的音乐的旋律，本身就有明确的指向性，不在乎或“夷则”或“清商”，或“夹钟”或“姑洗”，或“太簇”或“南吕”。“紧二五七”曾有“夷则”之名，但那只是历史的一段剪影。如果它已经难辨难识，那就让它在时间的流沙里继续被抹平吧，以至于终为人所遗忘。

表3　按“郑世子所定十二调”转弦换调推演

	正调		慢三		慢一三六		慢一三四六		慢一二三四六七		慢一二三四五六七	
一弦	林钟	徵	林钟	宫	蕤宾	角	蕤宾	羽	蕤宾	商	蕤宾	徵
二弦	南吕	羽	南吕	商	南吕	徵	南吕	宫	夷则	角	夷则	羽
三弦	黄钟	宫	应钟	角	应钟	羽	应钟	商	应钟	徵	应钟	宫
四弦	太簇	商	太簇	徵	太簇	宫	大吕	角	大吕	羽	大吕	商
五弦	姑洗	角	姑洗	羽	姑洗	商	姑洗	徵	姑洗	宫	夹钟	角
六弦	林钟	徵	林钟	宫	蕤宾	角	蕤宾	羽	蕤宾	商	蕤宾	徵
七弦	南吕	羽	南吕	商	南吕	徵	南吕	宫	夷则	角	夷则	羽
			慢三		慢一三六		慢一三四六		慢一二三四六七		慢一二三四五六七	
一弦	前“慢一二三四五六七”实为慢一律之正调，此后接“应钟”宫再慢		蕤宾	宫	仲吕	角	仲吕	羽	仲吕	商	仲吕	徵
二弦			夷则	商	夷则	徵	夷则	宫	林钟	角	林钟	羽
三弦			无射	角	无射	羽	无射	商	无射	徵	无射	宫
四弦			大吕	徵	大吕	宫	黄钟	角	黄钟	羽	黄钟	商
五弦			夹钟	羽	夹钟	商	夹钟	徵	夹钟	宫	太簇	角
六弦			蕤宾	宫	仲吕	角	仲吕	羽	仲吕	商	仲吕	徵
七弦			夷则	商	夷则	徵	夷则	宫	林钟	角	林钟	羽
	正调		紧五		紧二五七		紧二四五七		紧一二四五六七		紧一二三四五六七	
一弦	林钟	徵	林钟	商	林钟	羽	林钟	角	夷则	宫	夷则	徵
二弦	南吕	羽	南吕	角	无射	宫	无射	徵	无射	商	无射	羽
三弦	黄钟	宫	黄钟	徵	黄钟	商	黄钟	羽	黄钟	角	大吕	宫
四弦	太簇	商	太簇	羽	太簇	角	夹钟	宫	夹钟	徵	夹钟	商
五弦	姑洗	角	仲吕	宫	仲吕	徵	仲吕	商	仲吕	羽	仲吕	角
六弦	林钟	徵	林钟	商	林钟	羽	林钟	角	夷则	宫	夷则	徵
七弦	南吕	羽	南吕	角	无射	宫	无射	徵	无射	商	无射	羽
			紧五		紧二五七		紧二四五七		紧一二四五六七		紧一二三四五六七	
一弦	前“紧一二三四五六七”实为紧一律之正调，此后接“大吕”宫再紧		夷则	商	夷则	羽	夷则	角	南吕	宫	南吕	徵
二弦			无射	角	应钟	宫	应钟	徵	应钟	商	应钟	羽
三弦			大吕	徵	大吕	商	大吕	羽	大吕	角	太簇	宫
四弦			夹钟	羽	夹钟	角	姑洗	宫	姑洗	徵	姑洗	商
五弦			蕤宾	宫	蕤宾	徵	蕤宾	商	蕤宾	羽	蕤宾	角
六弦			夷则	商	夷则	羽	夷则	角	南吕	宫	南吕	徵
七弦			无射	角	应钟	宫	应钟	徵	应钟	商	应钟	羽

说明：▭范围内为“郑世子所定十二调”转出顺序及其弦法与音律的关系，其余为笔者如其法的紧慢推演。

表4　按“姜白石所谓十二调”转弦换调推演

	正调		慢三		慢一三六		慢一三四六		慢一二三四六七		慢一二三四五六七	
一弦	黄钟	徵	黄钟	宫	应钟	角	应钟	羽	应钟	商	应钟	徵
二弦	太簇	羽	太簇	商	太簇	徵	太簇	宫	大吕	角	大吕	羽
三弦	仲吕	宫	姑洗	角	姑洗	羽	姑洗	商	姑洗	徵	姑洗	宫
四弦	林钟	商	林钟	徵	林钟	宫	蕤宾	角	蕤宾	羽	蕤宾	商
五弦	南吕	角	南吕	羽	南吕	商	南吕	徵	南吕	宫	夷则	角
六弦	黄钟	徵	黄钟	宫	应钟	角	应钟	羽	应钟	商	应钟	徵
七弦	太簇	羽	太簇	商	太簇	徵	太簇	宫	大吕	角	大吕	羽
	前“慢一二三四五六七”实为慢一律之正调，此后接“姑洗”宫再慢		慢三		慢一三六		慢一三四六		慢一二三四六七		慢一二三四五六七	
一弦			应钟	宫	无射	角	无射	羽	无射	商	无射	徵
二弦			大吕	商	大吕	徵	大吕	宫	黄钟	角	黄钟	羽
三弦			夹钟	角	夹钟	羽	夹钟	商	夹钟	徵	夹钟	宫
四弦			蕤宾	徵	蕤宾	宫	仲吕	角	仲吕	羽	仲吕	商
五弦			夷则	羽	夷则	商	夷则	徵	夷则	宫	林钟	角
六弦			应钟	宫	无射	角	无射	羽	无射	商	无射	徵
七弦			大吕	商	大吕	徵	大吕	宫	黄钟	角	黄钟	羽
	正调		紧五		紧二五七		紧二四五七		紧一二四五六七		紧一二三四五六七	
一弦	黄钟	徵	黄钟	商	黄钟	羽	黄钟	角	大吕	宫	大吕	徵
二弦	太簇	羽	太簇	角	夹钟	宫	夹钟	徵	夹钟	商	夹钟	羽
三弦	仲吕	宫	仲吕	徵	仲吕	商	仲吕	羽	仲吕	角	蕤宾	宫
四弦	林钟	商	林钟	羽	林钟	角	夷则	宫	夷则	徵	夷则	商
五弦	南吕	角	无射	宫	无射	徵	无射	商	无射	羽	无射	角
六弦	黄钟	徵	黄钟	商	黄钟	羽	黄钟	角	大吕	宫	大吕	徵
七弦	太簇	羽	太簇	角	夹钟	宫	夹钟	徵	夹钟	商	夹钟	羽
	前“紧一二三四五六七”实为紧一律之正调，此后接“蕤宾”宫再紧		紧五		紧二五七		紧二四五七		紧一二四五六七		紧一二三四五六七	
一弦			大吕	商	大吕	羽	大吕	角	太簇	宫	太簇	徵
二弦			夹钟	角	姑洗	宫	姑洗	徵	姑洗	商	姑洗	羽
三弦			蕤宾	徵	蕤宾	商	蕤宾	羽	蕤宾	角	林钟	宫
四弦			夷则	羽	夷则	角	南吕	宫	南吕	徵	南吕	商
五弦			应钟	宫	应钟	徵	应钟	商	应钟	羽	应钟	角
六弦			大吕	商	大吕	羽	大吕	角	太簇	宫	太簇	徵
七弦			夹钟	角	姑洗	宫	姑洗	徵	姑洗	商	姑洗	羽

说明：□范围内为“姜白石所谓十二调”转出顺序及其弦法与音律的关系，其余为笔者如其法的紧慢推演。

表 5　按“赵子昂所谓二十调”转弦换调推演

	正调		紧三		紧五		紧二五七		紧二四五七		紧一二四五六七	
一弦	黄钟	宫	黄钟	徵	黄钟	商	黄钟	羽	黄钟	角	大吕	宫
二弦	太簇	商	太簇	羽	太簇	角	夹钟	宫	夹钟	徵	夹钟	商
三弦	姑洗	角	仲吕	宫	仲吕	徵	仲吕	商	仲吕	羽	仲吕	角
四弦	林钟	徵	林钟	商	林钟	羽	林钟	角	夷则	宫	夷则	徵
五弦	南吕	羽	南吕	角	无射	宫	无射	徵	无射	商	无射	羽
六弦	黄钟	宫	黄钟	徵	黄钟	商	黄钟	羽	黄钟	角	大吕	宫
七弦	太簇	商	太簇	羽	太簇	角	夹钟	宫	夹钟	徵	夹钟	商
	前“紧一二四五六七”实为紧一律之正调，此后接“大吕”宫再紧		紧三		紧五		紧二五七		紧二四五七		紧一二四五六七	
一弦			大吕	徵	大吕	商	大吕	羽	大吕	角	太簇	宫
二弦			夹钟	羽	夹钟	角	姑洗	宫	姑洗	徵	姑洗	商
三弦			蕤宾	宫	蕤宾	徵	蕤宾	商	蕤宾	羽	蕤宾	角
四弦			夷则	商	夷则	羽	夷则	角	南吕	宫	南吕	徵
五弦			无射	角	应钟	宫	应钟	徵	应钟	商	应钟	羽
六弦			大吕	徵	大吕	商	大吕	羽	大吕	角	太簇	宫
七弦			夹钟	羽	夹钟	角	姑洗	宫	姑洗	徵	姑洗	商
	前“紧一二四五六七”实为再紧一律之正调，此后接“太簇”宫再紧		紧三		紧五		紧二五七		紧二四五七		紧一二四五六七	
一弦			太簇	徵	至此十二律全部紧出，此后不再紧							
二弦			姑洗	羽								
三弦			林钟	宫								
四弦			南吕	商								
五弦			应钟	角								
六弦			太簇	徵								
七弦			姑洗	羽								
	正调		慢一六		慢一四六		慢一二四六七		慢一二四五六七		慢一二三四五六七	
一弦	黄钟	宫	应钟	角	应钟	羽	应钟	商	应钟	徵	应钟	宫
二弦	太簇	商	太簇	徵	太簇	宫	大吕	角	大吕	羽	大吕	商
三弦	姑洗	角	姑洗	羽	姑洗	商	姑洗	徵	姑洗	宫	夹钟	角
四弦	林钟	徵	林钟	宫	蕤宾	角	蕤宾	羽	蕤宾	商	蕤宾	徵
五弦	南吕	羽	南吕	商	南吕	徵	南吕	宫	夷则	角	夷则	羽
六弦	黄钟	宫	应钟	角	应钟	羽	应钟	商	应钟	徵	应钟	宫
七弦	太簇	商	太簇	徵	太簇	宫	大吕	角	大吕	羽	大吕	商
	前“慢一二三四五六七”实为慢一律之正调，此后接“应钟”宫再慢		慢一六		慢一四六		慢一二四六七		慢一二四五六七		慢一二三四五六七	
一弦			无射	角	无射	羽	无射	商	无射	徵	无射	宫
二弦			大吕	徵	大吕	宫	黄钟	角	黄钟	羽	黄钟	商
三弦			夹钟	羽	夹钟	商	夹钟	徵	夹钟	宫	太簇	角
四弦			蕤宾	宫	仲吕	角	仲吕	羽	仲吕	商	仲吕	徵
五弦			夷则	商	夷则	徵	夷则	宫	林钟	角	林钟	羽
六弦			无射	角	无射	羽	无射	商	无射	徵	无射	宫
七弦			大吕	徵	大吕	宫	黄钟	角	黄钟	羽	黄钟	商

说明：▭范围内为“赵子昂所谓十二调”转出顺序及其弦法与音律关系，其余为笔者如其法的紧慢推演。

2020 年 8 月 6 日

于江津

三 弹琴唱谱二则

1. 弹琴唱谱议

今年夏天，西蜀琴社在玉升的引发下，做了一次关于“唱弦”的讨论。而至深秋，我的论文尚不知从何下手。刚好张毅与小杨来访，问起现今学琴能否唱谱一事，倒是意外激发起了我对所谓“唱弦传统与源流”做进一步探究的兴趣。虽然他们所问，指的并不是“唱弦”，而是唱简谱。但既有“唱弦”之传统，通过对这一传统的梳理与分析，或可通及“唱谱”之疑问。虽然争议之声终将不绝于耳，然而若能清晰个中来去，而于用心者有所助益，亦是值得一探的究竟。

所谓“唱弦”，就是将琴曲的减字谱进一步简化后再唱出来。其目的就是加强对弦位、音位及重难点指法的记忆。我们现在可以听到的，老一辈琴家中保留下来的唯一唱弦录音，是张子谦先生的《平沙落雁》。因此，“唱弦”也被认为是广陵派的一项“独有”的传统。有故事说，“文化大革命”中，张先生被发配“牛棚”，无琴可弹，便是仰赖凌空虚弹，佐以“唱弦”，时常温习，方不至于荒废。后来当古琴发还，再有琴可弹时，立刻就能上手弹曲[1]。可见“唱弦”之于强化和巩固记谱，确是有显而易见的作用，且已受到前辈琴家的重视。

那么关于这项传统，究竟是始自何处？现时又流传如何却很少有人问及。从张子谦先生的“唱弦”承袭来看，他自己说是来自其师承孙绍陶[2]。梅曰强《广陵琴派的第九代宗师——记古琴家孙绍陶》和孙冬生、孙金绥的《广陵琴派一代宗师孙绍陶》等诸多文章中，对于孙绍陶琴学的主要成就，皆记录有其“精研唱弦之术”一项。既言“精研”，而非创制，可见于此处应是有深入研究和较大的发展，然而自其往

1. 严晓星．张子谦牛棚唱弦［M］// 严晓星．近世古琴逸话（第二版）．北京：中华书局，2013: 188.
2. 雷巢（谢孝苹）．操缦扈言三则［EB/OL］// 雪堂．新浪博客．原文为：“子谦先生谓，唱弦之法，盖得之广陵琴派宗师孙绍陶先生云。”

上却也更有源头。关于孙绍陶的琴学源流，通行的介绍是源自家传，后又向广陵琴家解石琴、丁玉田学习，长期精研，得广陵琴派真传，琴艺一时称绝。孙绍陶父孙檀生及解石琴、丁玉田，琴学皆是出于秦维瀚。所以琴史称孙绍陶为广陵琴派第九代宗师。然“唱弦”之术，沿孙氏一脉往上，可以想见，但暂未能找到足资为证的材料。

至此，探寻陷入困境。因念“唱弦”一法，系出广陵，遂辗转求之于江浙一方琴友。后在无锡王烈兄的提示下，方知“唱弦”不仅见于张子谦先生的录音，尚有清末民初大琴家杨宗稷的记谱存世。杨宗稷《琴学丛书·琴镜》中所载曲谱，皆于减字谱外另列三行旁注，分别记录工尺字、板眼、弦数与指法，“弦数与指法”即“唱弦”谱。又因杨宗稷生年略早于张子谦、孙绍陶，《琴镜·例言》中又有“旧谱未之前闻”及“创为此谱”等句，所以初初便以为“唱弦”一法即是他所创制。但很快笔者就发现，在《琴师黄勉之传》中，杨宗稷又对他的老师黄勉之教人“唱弦”的教授方式做了直接的记录。黄勉之“教授有一定程式。两琴对张，其始各弹一声，积声成句，以至于段。学者不能弹，则唱弦字指法字，使寻声以相和，虽至拙未有不能习熟者。”[1]可见杨氏所谓“创为此谱”，应是指包括“唱弦”谱在内的四行谱记写方式而言，而并非指“唱弦法”出自他。

杨宗稷号九嶷山人，为九嶷派开山祖师。但他的老师黄勉之却一度削发为僧，向枯木禅——释空尘大师学琴。所以他的“唱弦”源头似亦归于广陵。至于《枯木禅》是否“唱弦”，目前亦未能找到实证，但有旁源可以为佐。

按照《枯木禅琴谱》之自序，空尘大师曾学琴于淮山乔子衡。而乔子衡的另一个弟子杨子镛是“唱弦”的。这在他的学生凌其阵所写《淮阳琴派》一文中有明确的记述：“杨老先生教人弹琴，以唱弦入手，待腔调唱熟后再上琴。”[2]可见乔氏一脉亦持“唱弦”之传统，且视为基本教学法。

至于乔子衡的师承，凌其阵《淮阳琴派》说是“与其弟子安同传其母氏琴艺”，而刘少椿《广陵琴学源流》及张子谦《广陵琴派的沿革和特点》等，却也将其列入秦维瀚弟子之列，或至少是“受其影响，得其渊源”[3]。可见此一脉往上溯源，亦与

1. 杨宗稷．琴学丛书：琴师黄勉之传［G］// 中国艺术研究院音乐研究所，北京古琴研究会．琴曲集成：第 30 册．北京：中华书局，2010: 378.
2. 凌其阵．淮阳琴派［M］// 中国音乐家协会辽宁分会，辽宁古琴研究会．秋声馆遗稿选．沈阳：［出版者不详］，1984: 20.
3. 张子谦．广陵琴派的沿革与特点［M］// 中国艺术研究院音乐研究所．琴学六十年论文集（1）．北京：文化艺术出版社，2011: 11-12.

孙氏同流，皆可归于秦维瀚。

秦维瀚，广陵派第七代宗师，有《蕉庵琴谱》传世。自其往上，至吴灴、徐祺父子，乃至清初广陵派开山祖师徐常遇等，是否“唱弦”，暂不能得知。但早于秦维瀚的浙江会稽琴人王仲舒却是力推“唱弦”的。在他的《指法汇参确解》一书中，针对古琴传习“曲调稍长，授之即忘，展谱温之，难同始学”的问题，将其缘由归结为“盖由不讲读谱之法也”。那么何为读谱之法呢？举例而言，“如大字是‘三’，系七徽按声，则口读‘三’，以喉准‘上’字之音；大字是‘四’，系七徽按声，则口读‘四’，以喉准‘尺’之音。”凡此等等，乃至“上下绰注”“爪起放合”，如何变通处理，王氏于其书中皆尽详解，并配有图例，十分明晰[1]。按这个方法，以“工尺”之音准唱“弦字”，即“唱弦”。

王仲舒，道光年间浙江人。据王世襄先生考证，其系出“金陶——王泽山——李玉峰”一派[2]。其琴学是否受广陵派影响？此“读谱法”传自何处？是否为其所创制亦暂未能考。但有一条资料，如将其所述亦视之为“唱弦”，则有可能将这一源头再大大提前至明末，并超越广陵派的范畴。那就是方以智的《通雅·乐器》。

方以智，安徽桐城人，明代著名哲学家、科学家，生于明万历三十九年（1611年），卒于清康熙十年（1671年）。方以智一生著述颇丰，内容广博。《通雅》与《物理小识》是其代表作。在《通雅·乐器》篇中有一条这样的记述：“大经教人先唱琴，如学箫先唱五六工之例，故易得节奏，方與诸乐器合。”[3]关于这个“唱琴”，谢孝苹先生认为即广陵之唱弦法[4]。谢先生此说，我个人认为有理。因在方文中，“唱琴”是相对于“唱五六工”而言。古琴之传统记谱为减字谱，对于无词之器乐曲，唱谱要么唱音，要么唱弦指。唱音，这在当时就是唱“工尺”。既与唱“工尺”相对，那当然只能是唱“弦指”了。设若如是，则“唱弦”之传统可上溯自明代，并有可能超越广陵派的范畴。

我们知道，广陵派虽源远流长，但有始可考的肇始应是清初之徐常遇[5]。徐常遇的生卒年不详，多数资料记述其为清康熙或顺治年间人。而方以智是晚明人士，其

1. 王仲舒．指法汇参确解：直指读谱法［G］// 中国艺术研究院音乐研究所，北京古琴研究会．琴曲集成：第 20 册．北京：中华书局，2010: 265-266.
2. 王仲舒．指法汇参确解：王世襄识文［G］// 中国艺术研究院音乐研究所，北京古琴研究会．琴曲集成：第 20 册．北京：中华书局，2010: 211.
3. 方以智．通雅［M］．北京：中国书店，1990: 363.
4. 雷巢（谢孝苹）．操缦扈言三则［EB/OL］// 雪堂．新浪博客．原文为：“杨大经授生徒所用唱琴之法，即广陵琴家之唱弦法。”
5. 刘少椿．广陵琴学源流［M］// 董玉书，徐谦芳．芜城怀旧录　扬州风土记略．南京：江苏古籍出版社，2002: 162. 原文：“其足资考证者，当自清始。清初徐常遇……学者尊为广陵宗派。”

虽至康熙十年才过世。但《通雅》却是成书于明崇祯十二年（1639 年）以前[1]，所以其书中所载杨大经教人唱琴之事，亦应发生在明代。

关于杨大经其人，方以智在他的另一部著作《物理小识》中还有另一条记录："万历时大内造琴五百张，具各种式，不过金玉宝石装之耳。其大腹者音洪。杨大经云：神隐曰：'范连州百纳非法也，为漆碍矣，桐木不宜太松。'"[2]其中所讲多为明朝事。再考之《物理小识》的成书年代，其初稿最晚也应完成于崇祯十六年（1643 年）以前[3]。所以两书所录杨大经其人及其琴事活动皆明朝事，应是无疑。结合任道斌《方以智年谱》，考虑到成年后的方以智，在明亡以前，主要活动于桐城、南京及北京等地，因此亦不排除杨大经为江淮吴越间人士的可能。然而无论如何，因其活动年代超越徐常遇广陵立派之前，所以"唱弦"之源头亦应非止于广陵。

当然，笔者做此说并不是为了否定"唱弦"为广陵之传统。事实上，所谓传统即世代相传的思想、行为等。源头只是传统的一个方面。以本文前述广陵琴派数代琴家的传承与发展，无论是代继师承，绵延时间，还是定谱定制、传唱教习，"唱弦"之于广陵，都是足以称为一项传统的。且孙氏以后，张子谦、刘少椿、刘蓉珍、梅曰强及后辈诸再传弟子亦有流传，至今绵延不绝。虽源头另有可能，今日之流播也亦已不限于广陵，如吴门裴金宝先生一脉，亦用"唱弦"一法。但纵观历史，在这一传统的整体继承和运用实践上，各门各派亦无出其右者。

笔者认为，上溯"唱弦"之源头，超越广陵之意义在于，可能于正统减字谱以外，历代琴人早已在探索如何让这"难学易忘不中听"的古琴更方便地记忆和传习的问题。"唱弦"对某些琴人而言，初初可能就是一种解决记谱难题的自发行为。谱记住了，也就过了，并没有人太在意这一经验的总结。关于此，这次西蜀的"唱弦"讨论会中，双双谈到的一个案例印证了这一点。她的一个琴友在习弹《神人畅》时，记不住谱了，就不自觉地跟着旋律唱起指法来，然而在此以前，该琴友是并不知道"唱弦"一法的。所以，"唱弦"之传统的最终形成，可能是多方汇集的结果。随着历史的演进，需求的累积，到晚清民国间，孙绍陶、杨宗稷等对其方法的定制与加大传播就成为一种必然。然而这在当时亦应只是一种探索，并未能得以形成统一的标准。细察杨宗稷与张子谦之"唱弦"谱，其法就可见不同。再往后，随着西学东渐，五线谱及简谱的引入，"唱弦"法及其定制，最终只能成为历史的遗响了。

---

1. 任道斌 . 方以智年谱［M］. 合肥 : 安徽教育出版社 , 1983: 95.
2. 方以智 . 物理小识［M］. 上海 : 商务印书馆 , 1937: 200.
3. 任道斌 . 方以智年谱［M］. 合肥 : 安徽教育出版社 , 1983: 115-116.

关于“唱弦”的目的，如前文所述，主要是帮助习操者加深记忆。这个记忆当然不止于指法，因为有唱相伴，所以也就包含了师承的气息与节奏等内容。诚如杨宗稷自己在《琴镜·例言》中所言：“唱弦者，既知弦位，更以声谐之，一弹即得。”又说他所创制的融减字、工尺、板眼和唱弦于一炉的四行谱是“专为初学而设……特以好古者多求师不易，创为此谱。庶几按谱寻声，能自得师”[1]。可见他殚精竭虑所思，亦包含如何固化标准、简便利行，有益于传承的一片苦心。然而“唱弦”毕竟只是趋于简便的教学方法，再好用，再有传统，也只是流传于琴人们代代相授的教学实践，而难觅于历代琴谱的大雅之堂。杨宗稷的《琴学丛书·琴镜》中的四行谱创制是很难能可贵的。在尊古、泥古的风气下，他为标准化、便利化的琴学传习和教学实践留下了宝贵的资料。

但是古琴传习中的问题，从来都不只限于指法难记这一端。历代琴家所批判的多有宫商乖舛的问题。由于古琴以减字谱为宗，工尺谱被认为是入于俗的，所以正统琴学往往视唱工尺为洪水猛兽。杨宗稷说：“板眼、工尺，古人或不屑道。”但显然板眼、工尺亦有其优点。比如“工尺谐声，较唱弦数、指法字精确”[2]。所以他所创造的四行谱亦是综合性的解决方案。非但如此，通过唱弦记音高，由于“上下进复”类字的音高总在不停地变化中，又同一音高会当于不同弦位和指位，与唱工尺记音高相比，其记忆量与记忆难度都要大得多，所以二者实不可偏废。纵观历史，历代琴家中亦多有主张指法与唱声两不误者。如明蒋克谦《琴书大全》所引宋赵希旷的《论弹琴》，就有“近世学者，专务喝声，或只按书谱。喝声则忘古人本意。按谱则泥辙迹而不通。二者胥失之矣。喝声、按谱，要之皆不可废”之语。然清以前，引工尺记之于琴谱者亦无实例。

与“唱弦”谱的发展相类，清末刊刻的琴谱中开始出现点拍与工尺谱的记写方式。道光元年（1821年），会稽琴人王仲舒编的《指法汇参确解》中所收琴曲已经出现点拍，并有《平沙落雁》和《潇湘水云》两首附了工尺谱的琴曲案例。道光二十五年（1845年），《张鞠田琴谱》自谓按“时曲”推广工尺、拍眼，其传统琴曲均注工尺。在这以后，张鹤、杨宗稷等也陆续采用了工尺谱记谱、点拍。然而“减字＋工尺”记谱方式的命运与“减字＋唱弦”的命运一样，在西学东渐的浪潮中，尚未走向完备，便已成为一项未能全面发育成熟的“传统”了。

1. 杨宗稷．琴学丛书：琴镜例言［G］// 中国艺术研究院音乐研究所，北京古琴研究会．琴曲集成：第30册．北京：中华书局，2010: 201.
2. 同1.

这是历史选择的必然。其亡并不在于传统势力的衰落，而在于新兴势力的崛起。五线谱和简谱不能替代减字谱，所以减字谱保留了下来。五线谱和简谱已经替代了工尺谱，所以工尺字现在也很难得以恢复了。既然音声与指法皆不可废，既然唱弦与工尺同起同落，唱弦落后，减字犹在，那么工尺歇处，又唱简谱又有何不可？

概言之，古琴传习，指出音，音寄指，二者互为表里。无论谁为表，皆不可失其另一端之里。诚如晚清有引“唱弦”与“工尺”两端以协减字一样，减字之基础性从未动摇，只不过便利的法门，随时代各有不同罢了。

传统之要在于传。历史是不可能中断的河流，更不会倒流。我们每个人、每代人都在历史的流向中成为历史。三五百年后，或唱功亦变，抑或有人再来探今日之源。然而无论唱宫商、弦数，抑或工尺、简谱，皆不过以为佐，不出弹琴唱谱之源流。

参考文献

1. 蒋克谦 . 琴书大全［G］// 中国艺术研究院音乐研究所，北京古琴研究会 . 琴曲集成 : 第 5 册 . 北京 : 中华书局 , 2010.（王仲舒的《指法汇参确解》，张鞠田的《张鞠田琴谱》，张鹤的《琴学入门》，释空尘的《枯木禅琴谱》，杨宗稷的《琴学丛书》分别见《琴曲集成》第 20 册、第 23 册、第 24 册、第 28 册、第 30 册）
2. 严晓星 . 张子谦牛棚唱弦［M］// 严晓星 . 近世古琴逸话 . 北京 : 中华书局 , 2013.
3. 戴晓莲 . 怀念我的长辈、导师张子谦［J］. 人民音乐 , 1993（1）: 21-23.
4. 戈弘 . 古馨远逸的“老梅花”——广陵派古琴艺术大师张子谦传略［G］// 扬州市政协文史资料委员会扬州文史资料 : 第 15 辑 . 扬州 :［出版者不详］, 1996.
5. 梅曰强 . 广陵琴派的第九代宗师——记古琴家孙绍陶［G］// 扬州市政协文史资料委员会扬州文史资料 : 第 15 辑 . 扬州 :［出版者不详］, 1996.
6. 孙冬生，孙金绶 . 广陵琴派一代宗师孙绍陶［J］. 扬州大学学报（人文社会科学版）, 2009, 13（1）: 92-96.
7. 雷巢 . 操缦扈言三则［EB/OL］.［2008-01-27］［2016-16-23］. 雪堂的新浪博客 .
8. 张子谦 . 广陵琴派的沿革与特点［M］// 中国艺术研究院音乐研究所，编 . 林晨，主编 . 琴学六十年论文集（1）. 北京 : 文化艺术出版社 , 2011.
9. 刘少椿 . 广陵琴学源流［M］// 董玉书，徐谦芳 . 芜城怀旧录　扬州风土记略 . 南京：江苏古籍出版社 , 2003.
10. 凌其阵 . 淮阳琴派［M］// 凌瑞兰 . 秋声琴馆遗稿选 . 沈阳 : 中国音乐家协会辽宁分会辽宁古琴研究会 , 1984.

11. 方以智 . 通雅［M］. 北京 : 中国书店 , 1990.

12. 方以智 . 物理小识［M］. 上海 : 商务印书馆 , 1937.

13. 任道斌 . 方以智年谱［M］. 合肥 : 安徽教育出版社 , 1983.

14. 杜双双 . 唱弦规律总结［J］. 西蜀琴刊 , 2017（8）: 15-19.

又，本文撰写过程中，先后就教于无锡王烈，如皋钱锋、李子安，重庆释宗琦，扬州苏菲诸师友，得到他们的热情帮助，在此一并致谢。

2016 年 12 月 23 日

于重庆

（本文原刊于《西蜀琴刊》2017 年 4 月总第 8 期）

2. 以《平沙落雁》为例略谈传统唱弦法规则

唱弦是旧时琴曲传习中，熟悉旋律、加强字谱记忆的一种方便法门，流传至今已很少有人再使用。2016 年，西蜀琴人曾就此展开过专项研学讨论，后形成论文 5 篇、学人自编唱弦谱 9 则，汇集于《西蜀琴刊》总第 8 期之中。当时玉升和双双，以张子谦先生《平沙落雁》唱弦录音为基础，结合自己在自制唱弦谱过程中的一些体会，对于如何唱弦都曾有过集中的论述。而彼时我的精力则主要集中在对唱弦源流的梳理上，未能就唱弦的具体方法展开更多的考察。近来得闲，想到目前还可见的前人唱弦材料并非仅止于张子谦一家，将这些材料集中起来相互参学，一可补此前研学材料单一之不足，二可更清晰和准确地掌握前人的唱弦方法，于是决定展开这方面的工作。

据笔者目前所见，前人遗留下来的唱弦材料共涉三家。最晚的是张子谦先生的《平沙落雁》，其只有唱弦录音和当代琴人据此整理的唱弦谱词，没有具体的唱弦方法说明。再往上推是杨宗稷，其《琴学丛书》在《琴镜》和《琴镜补》两部分中，以四行谱记写的琴谱均包括唱弦谱，计有《鹿鸣》《伐檀》《归去来辞》《平沙落雁》《渔樵问答》《梅花三弄》《潇湘水云》《广陵散》《流水》《幽兰》等 25 则。杨氏的唱弦存谱数量众多，其虽实例丰富，但对唱弦方法却没有进行详细的阐释说明，也没有录音资料留下。再往上最早的可见资料，是清代会稽琴人王仲舒留下来的。他在《指法汇参确解》中力推唱弦，其中《直指读谱法》对唱弦方法进行了系统的讲解和说明，但遗憾的是其实际收录琴曲中均没有附注唱弦谱词。只有《平沙落雁》和《潇湘水云》两个曲谱，以工尺谱和点拍的方式标注了唱谱时的唱准。由于按《直指读谱法》所讲，唱谱是以唱弦数和指法为词，依工尺之音为唱准，同时也因为编撰者很有可能认为其在《直指读谱法》中，对唱弦方法已经讲得十分清楚明白了，琴人对照减字谱就可以轻松唱出弦字，无须再累赘记写唱弦词，其读谱法中的范例《洞天春晓》第一段就是以这样的形式记写的，故此工尺谱或也可以认为是王氏唱弦谱的简化记录形式。

鉴于张子谦先生遗留下来的唱弦录音只有《平沙落雁》（后文亦简称《平沙》），故本次对传统唱弦法的规则观察仅选择三家之《平沙》进行比对。

首先来看王仲舒之法，根据《直指读谱法》，将其唱弦方法整理如下：

（1）唱弦以唱弦数为主，不唱徽分。

（2）大字后续走音的，不再另唱走音之徽位，亦不重复唱弦位。而继前读之弦，唱准依音位变化而抑扬。

（3）吟、猱、绰、注均不另读，依大字之弦位而行腔韵变化。

（4）一字多音，如涓、轮、锁、打圆等，仍读弦数，不读指法。

（5）爪、带、推出、掐、掩、放合、应合、同声、如一、滚拂、拨剌、齐撮、搂、扶、掐撮三声、掐拨剌三声等均读指法，而不读弦数。有清浊同声合音者，唱准为清音。

（6）一字多弦不同音，如滚、拂、历、度、索铃等，读指法而准以该字第一弦之音，后者任指而行，不必再读。

由于王仲舒《指法汇参确解》所录《平沙》并未直接标出唱弦谱词，故据上述方法，完善其唱弦谱见附谱1。

其次，杨宗稷之《琴镜》和《琴镜补》未对唱弦方法进行系统说明，但《平沙》一曲存有四行谱本。为便于比对，剔除工尺和板眼，仅保留减字谱和唱弦谱，见附谱2。

最后，张子谦只遗有唱弦录音，既无唱弦方法说明也无唱弦谱。今据录音，依其所传之《蕉庵琴谱》本，将唱弦词编入，见附谱3。张子谦先生唱弦与《蕉庵琴谱》原谱略有出入，本唱弦谱保留其所唱之原貌，未按原谱进行修订。

考三家之《平沙》，所依谱本虽各自不同，导致唱弦谱亦有出入，但梗概相同，故亦可汇集一处，形成对比观察如下：

《平沙》王仲舒、杨宗稷、张子谦三家唱弦对比观察

王：（第一段）七二七撮。 历～二 三四五六六。七二七撮。 三四
杨：（第一段）七二七五 五四 三四五六六 七二七二 四三二三四
张：（第一段）七二劈撮。 四三二，三四五六六。七二劈撮。五四 三四

王：五 五四三二七。（第二段） 七～ 爪 二
杨：五 五四三二 （第二段） 七猱猱猱猱猱猱猱猱猱猱注起 二
张：五，五四三二。 七退复退复退复上，进复 七进复掐六二。

王：七。～ 七～ 七 ～～ 七 掐六～ 五
杨：七猱猱猱猱猱猱猱猱猱猱注进 七进复七 猱猱猱七 掐六 五起
张：七退复退复退复 上，七进复七，上进复七进复掐六退复，五

王：二 七。～ 六 七～～七～ 六～～七～七～六～ 六
杨：二 七 猱猱猱六进七进进七退退 六进 六
张：二。（第二段）七 退复 六，七上上七退复， 六进复六

王：～～ 六～～七～ 七～～～六。～六～～～～ 六～掐 二 五～
杨：猱猱猱 六退复退 掐上二 五猱
张：退复上。六上，七进进七下下，六进复六退复，退复，六下掐 二。五退

王： 掩 六 七～～ 六～掐五～六～～ 三六。（第三
杨：猱猱掩 六退复七进七退掐上 三六
张：复 打，六，七退复上，六下掐， 六退复， 上上三六。

王：段）历～ 五 五。～～ 五 六 七 六 五 七。～
杨： 七撞六 五注 五注 五 六 七 六起 五 七注
张： 七上六，五退复，五退复， 五退复六上七，六撞退复五。七退复，

王：～～七七　二七。～　　　　　七七～六～七。～～～　　七　七～
杨：进进七七　二七注进（第三段）七七　　六　七注进撞　　七进　七退
张：上上七七　二七。　（第三段）七七　　六，七上，进复进复七退复七上

王：六～七。～～～～　　　　　　七七～～七～～　七～～～七七～七～～
杨：六　七注进撞　　七注　　　七七进进七　退　七　进进七七　七进七
张：六。七退复上进复　七退复上。撮撮进进撮，退复撮。上上七七，七上上

王：～　　七　　六　七。～～　　七　六　　五～～～五～掐四～～放
杨：进退退　七　　六　七　进　　　七退六进　五退复　五撞掐四退复
张：退复下，七退复六，七　退复上上，七上六撞，五退复。五　掐四

王：五　～～～四　五。　掩六～～七～　　七～　　六～　　五。～
杨：五　进进　四　五猱猱猱掩六进　七进进　七退退　六进复　五注退复
张：五，上上　四，五　　打六上，七进进，七下下。六进复，五　退复，

王：六～～～　　　　四　掐二　三。～　掩　四　　五～～　　五～
杨：六进六退五四进　四退掐二　三猱猱猱掩　四退复五　　进　五退
张：六　六　　四上，四下掐二。三退复　打，四　，五退复上进复五退复

王：掐　三四。　　掩六～　五　　四～～四～掐　二三。～　　（第四段）
杨：掐　三四猱猱猱掩六　　五进　四进　四退掐上二三猱猱猱注进（第四段）
张：掐上三四。　　　六退复五上，四上　四下掐，二三。　　（第四段）

王：七七～六～七。～～～七　七～六～七。～～～～　　　　七七～～
杨：七七　六　七注进撞　七进七退六　七注　　进撞　七注　进　七七进进
张：七七　六，　　　　　　　七退复，上进复七退复上，撮撮进进

王：七～～　七～～～　　　七～～～　　七　　六　七。～～
杨：七　退　七　进进七七　七进七进退退　七　　六　七　进　　　六七
张：撮，退复撮，上上七七，七上上退复下。七退复六，七　退复上上，

王：七　六　五～～～五～掐四～～带五。　　　　　　　　　掩六～　拨～剌
杨：七撞六　五注　　五撞掐四退复　五　进进四　五猱猱猱掩六进
张：七上六撞五退复，五　掐四　　　五，上上四。五　　　打六上，

王：～～～
杨：　　　七进进七退退　六进复五注退复六进六五进四进四掐二三猱猱猱掩
张：　　　七进进七下下，

王：
杨：四退复五进五退掐三四猱猱猱掩六五进四进四退掐上二三猱猱猱注进（第
张：

王：
杨：五段）七七六七注进撞七进七退六七注进撞七注进七七进进七退七进进七
张：

王：
杨：七七进七进退退七六七进六七七撞六五退复五撞掐四退复五进进四五猱猱
张：

王：　　　　　　　　　六。～六～～～～　　六～掐四五六　掐二　五。
杨：猱掩六进七进进七退复六进复六猱猱猱　　　　　　　　六退掐　　五
张：　　　　　　　　　六进复六退复，退复，　　　　　六下掐二。五退

王：～掩　　六　七～～　六～掐　　五～　　　　　六～～　　　　　三六。
杨：　掩　　　　　　　　六　掐上二五猱猱猱掩　六退复七进七退掐三六
张：复打。四[1]六，七退复上六下掐，　五退复，上上　　　　　　　　三六。

1. 或“四”为口误增字。

王：（第五段）七　六　五～～～　　一四　　一掩二～　　　一　四。一
杨：　　　　　七撞六　五注进进起　一四　　一掩二　　进复一　四　一退
张：（第五段）七上六，五退复上上，一　四，一上二退复进复一，四。一上

王：　　掩二～　　三～三～　　　二～　　　四　三　　一～～一　　掐
杨：复退掩二退复　三进三退　　　二进　　　　　　　　一进　一退复退掐
张：　　　二退复，三上三下进复，二退复，　四上三撞，一上　一下　　掐，

王：　　　　一一　　拨刺。伏一～推　　　　　二七三　六。掩七六　　七
杨：一二三一一一　　一一　　　　起（第六段）二七三　六　　七六起五七
张：　　　　一　一，　刺　伏。　　（第六段）七二三，六　打七六，　七

王：～～　　拨　　撮～　　拨～　撮～　掐撮。撮～～撮掐
杨：　　　　七撞起七注起　七撞起七注起　　　七起　七起七起
张：退复上。撮进复撮退复，撮进复撮进复掐撮，撮进复　掐撮退复，上上，

王：撮～　掩。撮　　撮～～　　撮　掐　撮～撮　　　　～～　三六。（第
杨：七起　　　七起　七起　　　七　　　刺　拨退掐　三进进　三六
张：撮退复打。撮带，撮上上，　撮下掐，撮　　退复，　上上，三六。（第

王：六段）历～五五五六　七　掩七掐　　五　七。～～～　七～七～～七～
杨：　　　七六五五五六　七　六　退复起五　七进　　　　七进七退
张：七段）七六五五五六上七，六撞退复　五，七退复，上上七　七。

王：七～掐六掩　　　　三～掩　四。～　　　　　　　　　五六五六～～五～掐
杨：　　　　　　　　　三退掩　四猱猱猱猱猱猱猱猱猱注五六五六　　五
张：七　掐六打七上。三　打　四。　　　　　　　　　　五六五六上，

王：　　　　　　　　　　　　　　四～～～～二七。　　　　　　　　历～二
杨：六五六五六进六　退掐五进进起四进　　　七三　（收音）　　五四三
张：　　　　　　六　下掐五　　　四，上上，二六[1]。　　　　七六

1. 或“六”为“七”之口误。

王：三四五五。　　　　　　　　　　　　　　　历～　　二七　撮。

杨：　四五　六六七四　七六三六五四三二　三四五六四三　　二七　七

张：　　五　六　七四，七六　　五　　二，　　　五　四三一　二劈，撮。

通过对以上三家《平沙》唱弦谱的观察，得出观察结果如下：

（1）三家均以唱弦数为主，不唱徽分。均不唱“缓、急、省、慢”等速率、节奏提示字和“泛起、泛止”提示字。

（2）三家在唱弦数为主的基础上，均加入了唱指法。对于哪些指法需要唱，三家大体意见是一致的，如左手之“掐、掩、带”，右手之“拨剌”等，但取舍仍小有不同。如王仲舒唱“历”，而杨宗稷、张子谦对此仍唱弦数；又如“撮”，王仲舒、张子谦均唱指法，杨宗稷则唱弦数；再如左手“爪、带”王仲舒分别各唱，张子谦则以“带”概之，而杨宗稷则通唱为“起”，且其“起”甚至还包括“推出”。至于“掩”，张子谦则唱为“打”，这或许是一种流派或方言使然的地方特色吧。

（3）关于“上下、进复”走音，王仲舒是主张不唱字的，只是继前已唱之弦数，随音而婉转。杨宗稷和张子谦则都唱，并均以唱“进复、退复”为主，亦有少量唱“上下”的情况，且“进退”与“上下”未进行严格区分，有的地方唱为“上下”实谱字为“进复”，反之亦然。

（4）关于“吟、猱、绰、注、逗、撞”等修饰音，王仲舒亦不唱，张子谦则往往据用指走向，唱以“进复、退复”代之。唯杨宗稷唱得极细，以“猱”为例，其在不同处，有唱三声者，有唱九声者，更有长达十声的情况，充分显示了其《琴镜》像“镜子”一样可还原的传习指导思想。相比之下，王仲舒和张子谦的唱法则要随意得多，大约本身主要是满足记忆的功能，而不是如杨宗稷一样主要是出于便于学摹复刻的目的。

以上便是经由对《平沙》三家唱弦谱的观察，可见的各家之异同。虽然由于《平沙》一曲所使用的指法有限，并不能完全涵盖古琴曲的全部指法，但通过此已可略知前人唱弦法则之梗概。王仲舒《直指读谱法》提出的唱弦法，作为至今唯一可见的唱弦规则阐述，通过与杨、张二氏唱弦案例的比对，其“唱弦数不唱徽分”“唱指法重在左手”的主体规则是各家所遵从、通行的。至于走音省唱的问题，个人觉得还是如杨宗稷、张子谦之法，以唱明“上、下、进、退”为佳。而关于“吟猱”如何唱的问题，个人觉得杨宗稷的连唱十“猱”的唱法也过于烦琐，而张子谦以“进退复”

尽代之的唱法又不太明确，不利于记忆。“吟、猱、逗、撞”之别，多是各家风格所在，故还是以唱明为佳。只是不必如杨宗稷一样“吟猱”几转便唱几声，而可参考王仲舒对于“滚拂”类唱法的规则制定，唱出“吟”或“猱”字后即随音婉转了。

鉴于三家之法互有所长，笔者不揣冒昧，综合三家之法，约为四点，并按左右手进行规则分类，以供学友参考。

（1）唱弦以唱弦数为主，结合唱指法名称。不唱音位徽分，不唱“大中名”用指，不唱“泛起止”，不唱“省”及诸旁字。

（2）“散、泛、按（不含走）”音从右手，右手以唱弦为主。一弦一音（如“抹、挑、勾、剔”）、一弦多音（如“叠、轮、锁”）、多弦音前后相续（如“双弦躅、滚拂、打圆”）均唱弦数。多弦齐作如一声者（如“撮、拨剌、双弹、剔如一”则唱指法）。又，“轮、锁、叠”等同音连作的，唱弦数一次，后尾音连绵即可，不必急唱数声。“滚、拂、历”等多音相续的，唱首弦，后尾音随弦婉转即可，不必每弦皆唱。

（3）左手皆唱指法。“走”音无论右手给音与否，均从左手。唱时化繁为简，“上、下、进、退、复、分开、往来、游吟、飞吟”，乃至实际处理为“进、退、复”的“吟、猱、逗、撞”等，皆以“上、下、进、退、复”统之。“缓急吟、大吟、细吟、落指吟”等各类“吟、猱”只唱为“吟、猱”。其余“掐、掩、爪、带、推出、放合、应合、同声”等均各依减字而唱。

（4）左右手多声复合指法，如“掐撮三声”“掐拂历”“掐拨剌”等皆依指法逐字而唱。右手原本唱弦数的，则在组合中均改唱指法。

又据以上做歌诀：

唱弦利记忆，唱弦不唱徽。
右手唱弦数，散泛按皆随。
除非撮拨剌，多弦做一声。
左手皆唱指，主唱进复退。
以代诸走音，纷繁归简易。
吟猱逗撞唤，掐掩爪带推。
同起放合应，一一如减字。
急连不全唱，首弦后逶迤。
此法非定法，唱明易传习。
唱即知指落，妙曲装在心。

其实对唱弦而言，正如琴曲流派有别一样，完全可以允许不同唱法的存在。唱弦的目的主要就是便于记忆，唱弦数搭建起整体框架后，什么容易忘、什么不好记就唱什么。那么知“唱弦不唱徽”“右手唱弦为主”“左手唱指”之法即已足够。回看前文，写如此，聊增趣味耳。

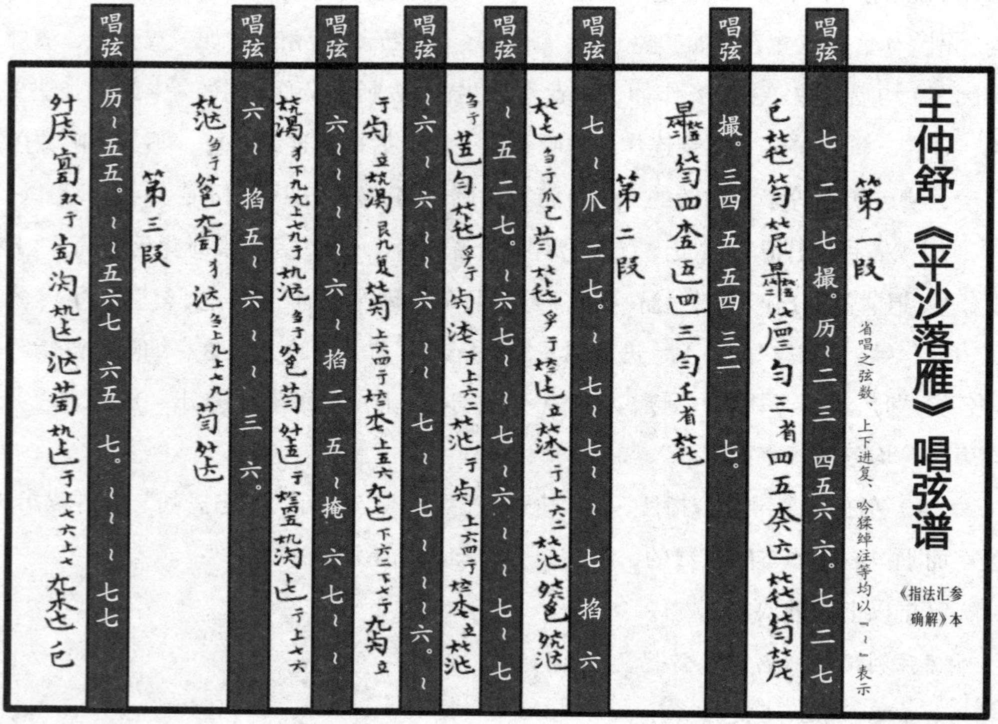

王仲舒《平沙落雁》唱弦谱
省唱之弦数、上下进复、吟猱绰注等均以「~」表示
《指法汇参确解》本

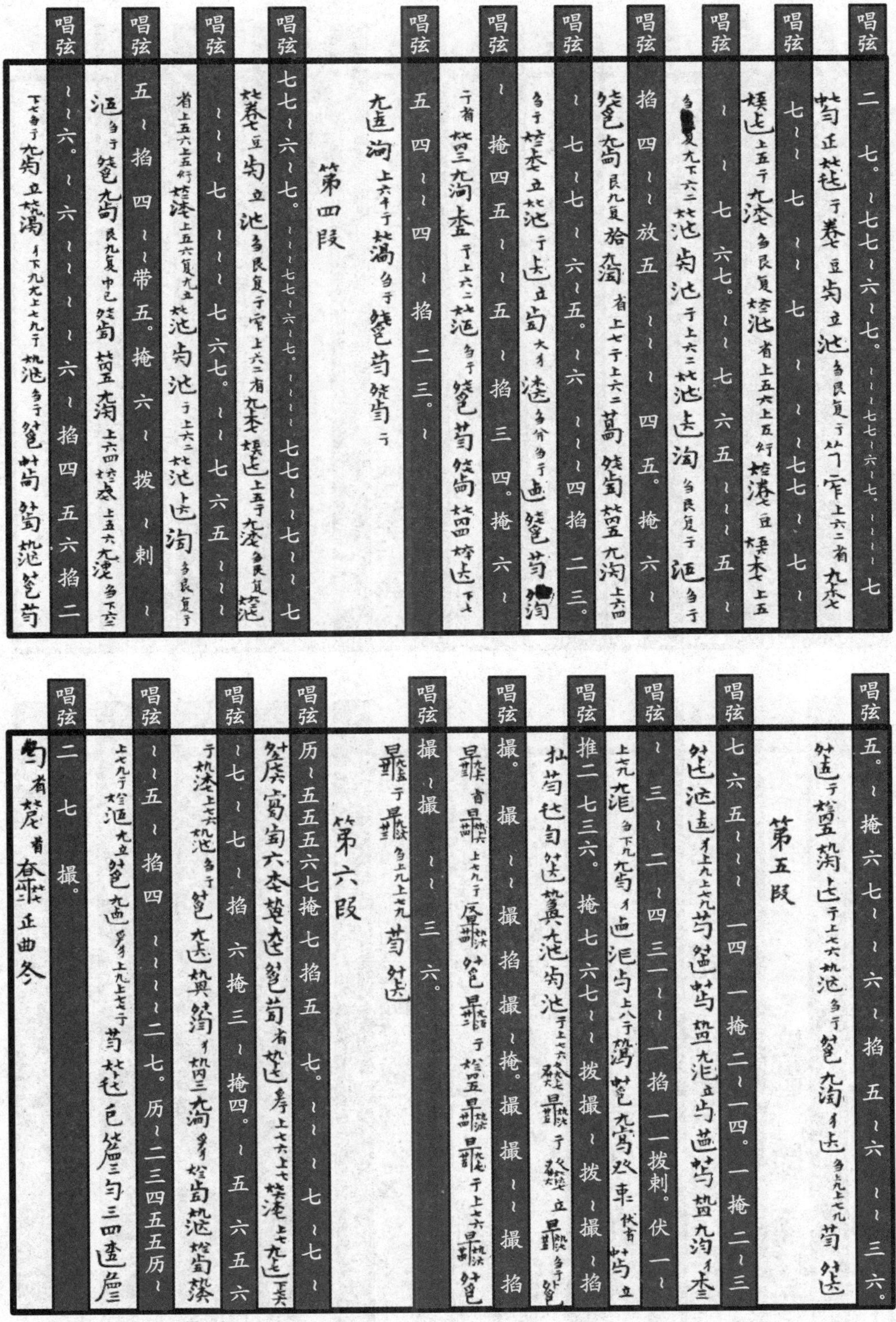

附谱 1：王仲舒《平沙落雁》唱弦谱

杨宗稷《平沙落雁》唱弦谱

《琴学丛书》本

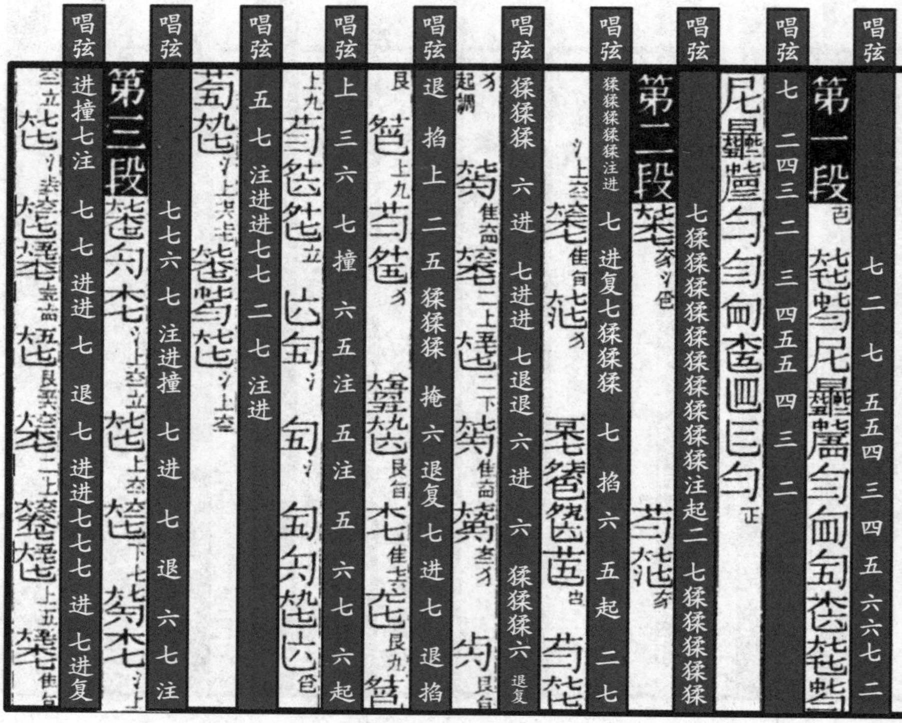

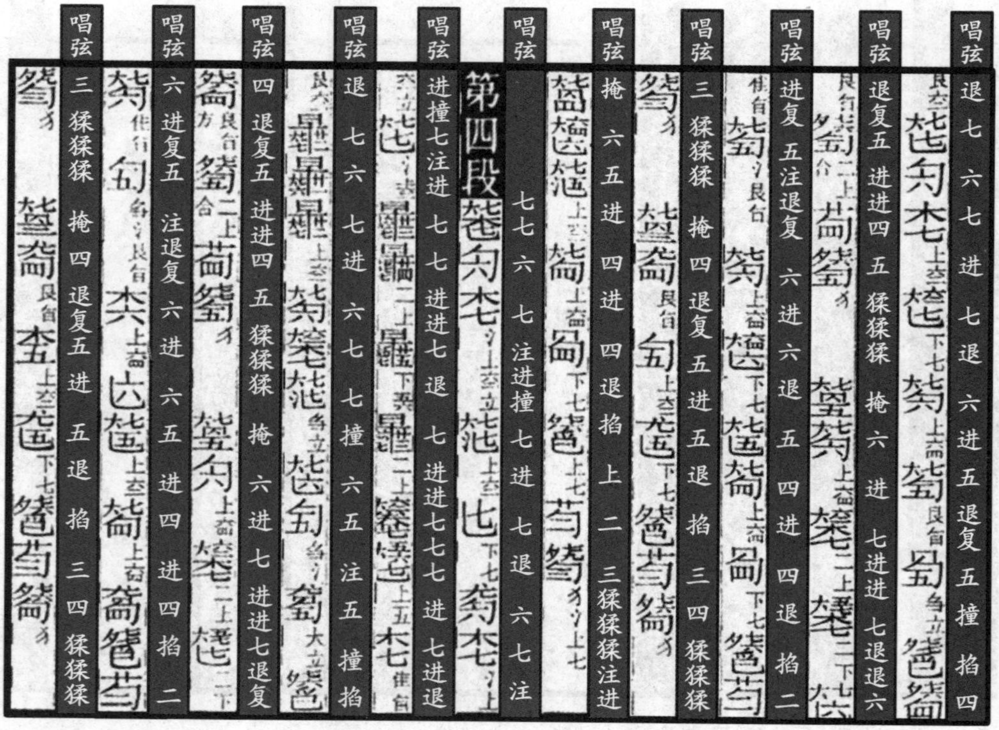

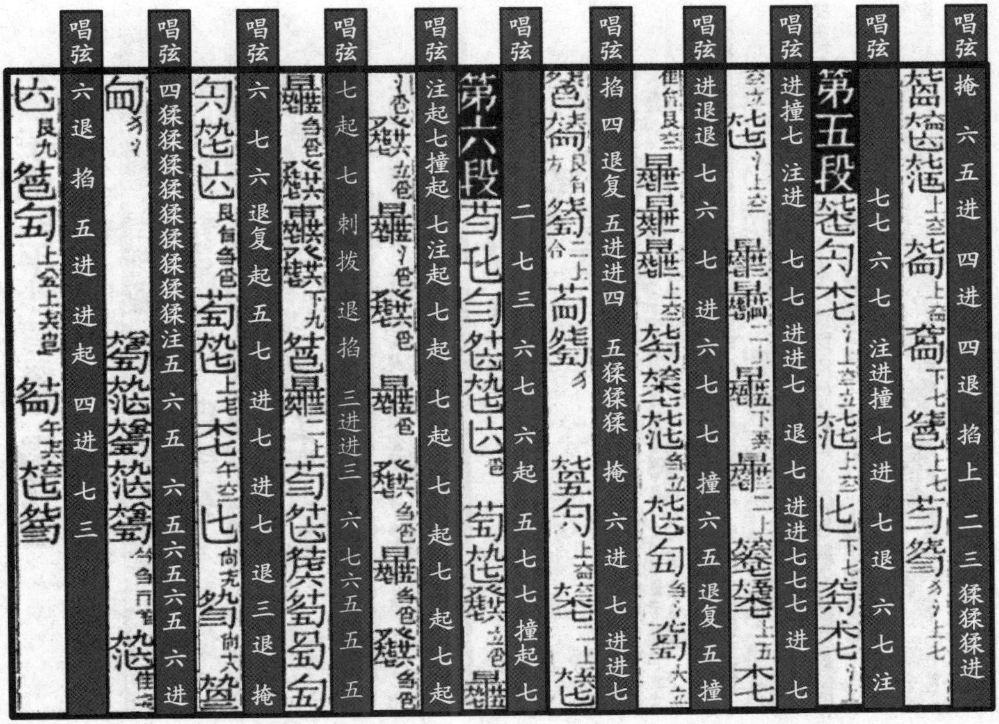

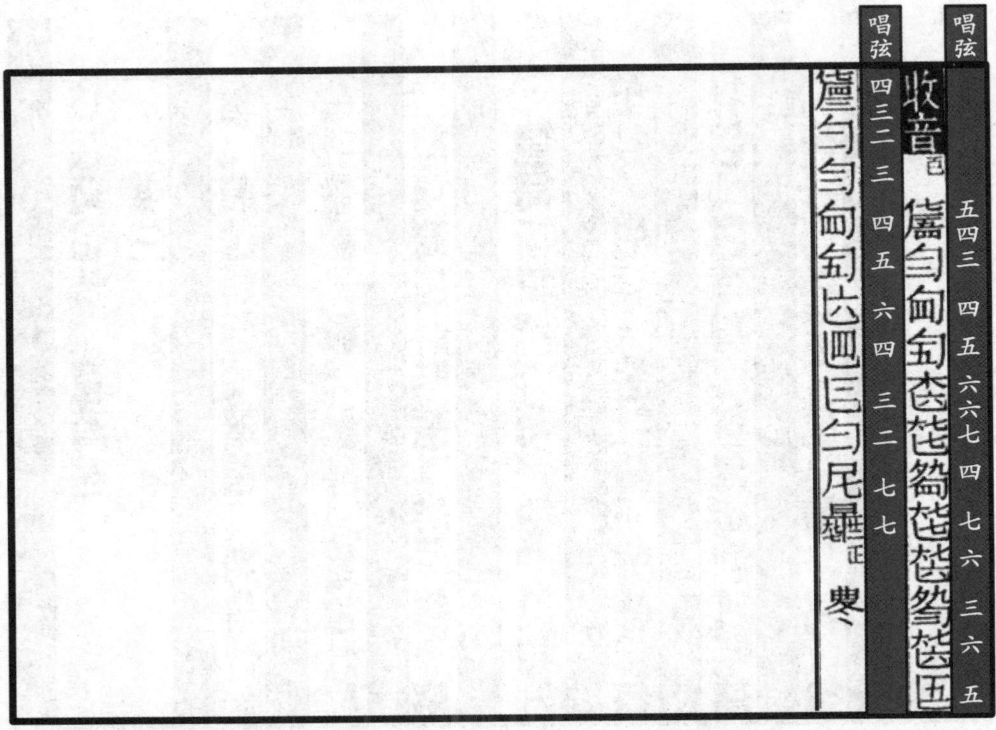

附谱 2：杨宗稷《平沙落雁》唱弦谱

张子谦《平沙落雁》唱弦谱

《蕉庵琴谱》本

张子谦的唱弦与蕉庵原谱有出入的地方，增字写在（）内，减字标为×，变字不做标记，直接参看唱弦词。

其一

唱弦　七 二 劈 撮。四 三 二，三 四 五六六。

唱弦　七 二 劈 撮。五四三 四五，五四 三 二。七退复退复退复

唱弦　上，进复 七进复掐（六）二。七退复退复退复上，七进复七，×上进复

唱弦　七进复 掐 六 退复，五 二。

其二

唱弦　七退复 六，七 上上 七退复，六进复六退复上，六上，

唱弦　七 进进 七 下下，六进复 六退复，退复，六下 掐

唱弦　二。五退复打，六，七 退复上，六下 掐，六 退复，上上

唱弦　三 六。七 上 六，五退复，五退复，五退复 六 上 七，

唱弦　六撞退复五。七 退复，上上 七 七七二 七。

其三

唱弦　七七× 六，七 ×上，进复进复 七（退复）七上六。七退复上进复

唱弦　七退复上。撮撮 进进 撮，退复撮。上上七七，七上上退复下，

唱弦　七 退复 六，七退复上上，七 上 六撞，五退复。五

唱弦　× 掐 四 × 五，×上上 四， 五 打 六上，

唱弦　七 进进，七 下下。六进复 五退复，六 六 × 四

唱弦　上，四 下 掐 二。三退复打，四，五 退复上进复 五

唱弦　退复掐 上 三 四。六 退复 五上，四上 四 下 掐，

唱弦　二 三。

其四

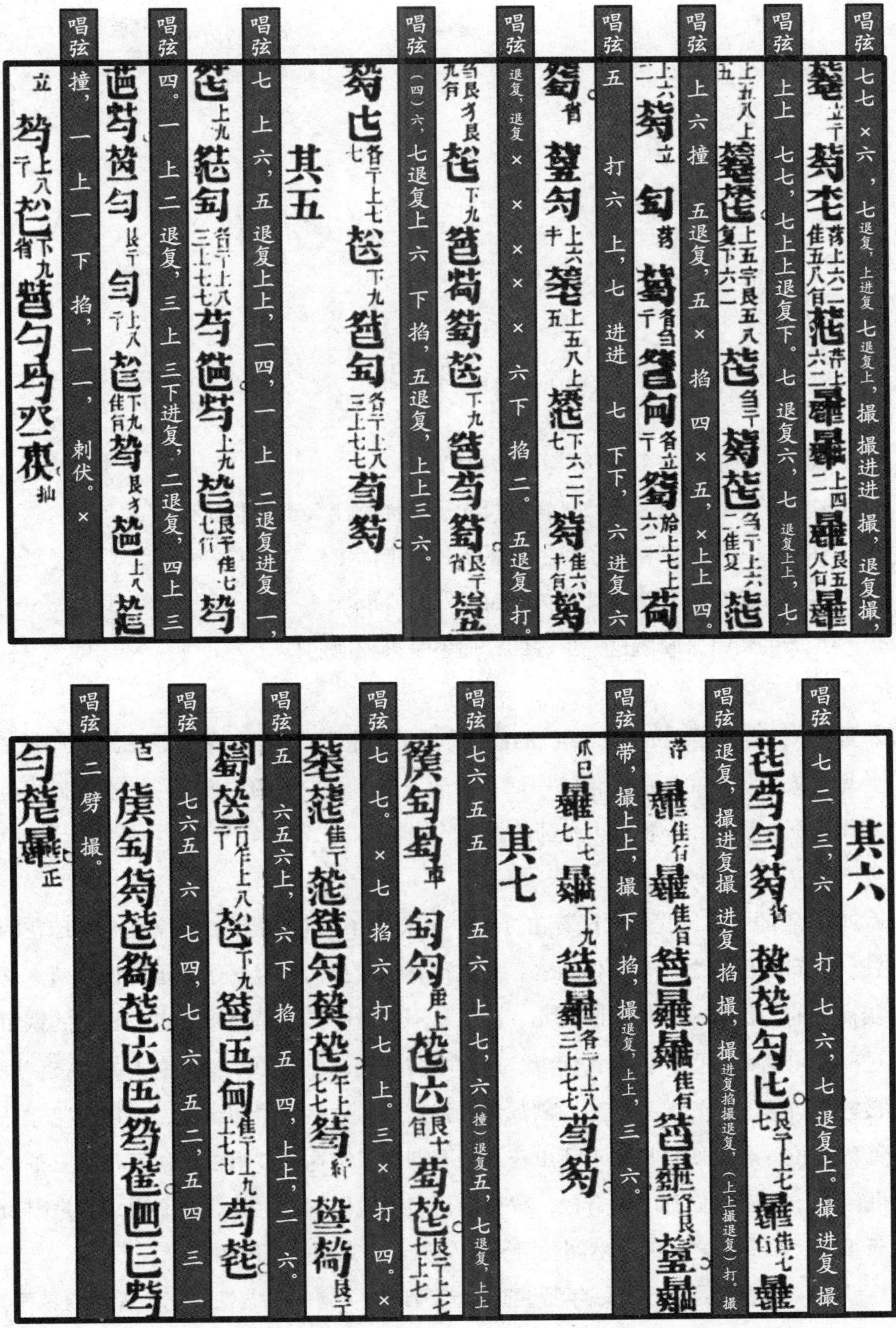

附谱3：张子谦《平沙落雁》唱弦谱

2020年10月18日

于江津

四 《阳春》三题

1. 醒雷记

“我们这到底是在养花还是养虫啊？”

“这花长这么多虫，都快把嫩枝折光了，你为什么还不准打药？”

“你听……你听到雷声了吗？打雷了！快下雨了！”

“可是，杀虫跟打雷有什么关系嘛？”

“春天的雷是来唤醒这些虫豸的，而不是灭了他们！”

……

那一刻，我相信工人们听了我的话，定然是心中无语的。从来都只见人“护花”，未曾见有人去护“虫”的。但这一回，我却偏做了个护虫的“痴人”。这大概也应该算作佛家所说的，一种无可救药的愚痴的执着吧。

2015年的开始，我们尝试着在竹山种绣球。山中气候湿润，非常适合绣球花的生长。但问题也随之而来。伴随着春回大地，锹甲虫们便也开始了迅速地繁殖。这些灰褐色的、长着一对长螯的虫儿，几乎从不吃嫩叶，总是直接将它们长长的铁钳插进刚长出的嫩茎里，去吸食汁液。这样不多几天，那些原本长势喜人的嫩枝，就都被它们折得七零八落了。工人们都说，就是因为这些甲虫的缘故，去年的花才开得稀稀拉拉。今年便早早备下了虫药，想要彻底了结这些“祸根”，但几次三番都被我阻止了。工人们都十分奇怪，我也懒得多跟他们解释。背后的原因，恰是因为我于重拾《阳春》之际，忽然间便听到了那隐于春光中的阵阵雷声。

我弹《阳春》是始于那一年帮裴晓秋老师记谱。弹的是裴铁侠先生《沙堰琴编》的版本。当时习弹该曲，纯粹是为了记谱的需要，后来谱记完了，很快也就放忘了，这一晃，过去也有五六年了。

今年因着西蜀的周年雅集，裴老师与我又相约合奏此曲。恢复的时候，正是雨水、惊蛰前后，正式的雅集则定在了清明、谷雨间。这一路走来，季候相应，便莫名其妙地生出了些感受。先是经由几段泛音，听到了春夜喜雨，润物细无声的声音。后来，又听到了那春风得意，百花竞相绽放的声音。再翻开《沙堰琴编》一看，原来关于这些，裴铁侠先生都早早地写在了那里。《阳春》的《沙堰琴编》版本，按裴铁侠先生所说是源自《大还阁琴谱》。从谱本对比来看，二者的确无异。但裴铁侠先生于每段前作词一首启意，段后、段间又有具体的演奏指引，这却是《大还阁琴谱》及其他各谱都没有的，足见先生当年用心之深、精耕之细。只可惜过去自已读谱不曾用心，而于这些竟未曾早早留意。

通览裴铁侠先生所作《阳春》各段词章，其所包含的景象是从初春寒消雪化始，至春残落花流水止，而并非仅止于狭义的“阳春”季令。其间所涉春景包括春雪、春雨、春风、春水、春花、春芽、春鸟、春山，以及小院、田野、江畔，春日活动的各色人事与心境，层次丰富，立体、饱满，场景也非常有画面感。而于“春雷”一节，虽未直接点明，但于词章中却也是隐隐可闻。试想全篇多次出现“春雨”，既有“春雨”，又岂能无“春雷”乎？更何况第二段的段前词，已明确写到“群蛰动，鸟声聪”。这群蛰依何而动？自然是因雷声而动了！所以全篇虽未明言一雷声，但却离不了这阵阵雷声。

我以为《沙堰琴编》版《阳春》写雷共有六处，而第二段独占三处，恰与裴铁侠先生所写“群蛰动、鸟声聪”相应。其写雷的主要表现手法有三：一是“四至一弦间的按散相间、挑勾拨剌往复连作”，即简谱呈现的“1155，5511”之句，这在第二段中相继出现了三次（详见图 1 之雷声①②③句），这声音的联想相当明显；二是第四段和第十五段的“四弦散音与二、一弦十徽按音的连续间作”，即简谱“2222，122”之句（详见图 2 雷声④句、图 4 雷声⑥句）；三是第十二段“四至一弦音的滚拂，连抹挑及长锁句”，即简谱“516，56155，555555543215”之句（详见图 3 雷声⑤句）。

然而《阳春》写雷，却并不是为写而写。《阳春》的主旨是生命的绽放。泉流土滋，鸟鸣花放，皆是一派生机活力。但其勃发的内力，却不能离一“融通”。冬去春回，可以说如果没有这气脉的“融通”，就不会有后来生命的萌动。而《阳春》一曲，多于段末有按音与走音的巧妙连接，形成音声的重叠与音位的连续递进，即简谱“112232355，61212111”相类之句。第二、四、五、六、十段皆是如此，虽各有变化，但大抵也不出其左右。此则正是全篇气脉融通处，呈冰消雪化、排山倒海、通经达脉之势。而“雷声”夹于其中，与之相互连贯呼应，其妙用正在于对这股融通之力的层层强化。仿若武侠小说里内力深厚的大师，前势未消，后势已至。如此垒垒相叠，终至打通了奇经八脉，方才迎来了生命的焕发。

若问是谁的神功？当然尽皆天地造化。然而造化平等，阳春并不单为人之色心而生。阵阵春雷所唤醒的也绝不只是人的血脉与情欲。郭茂倩说“阳春布德泽”。《琴普正传·阳春文》中又说“感乾坤生育之恩，各因其材而笃焉”“雨露均……由是万物增辉”。尝闻师言：“《阳春》，中和之声。”这阵阵惊雷，怕也可算作是于此中正平和中，最秘密的春之声了吧。

所幸我没有杀掉那些虫儿，后来他们更还了我一个花开成海的蓝色初夏。原来他们虽然折掉了不少嫩枝，但经由这些虫儿们的清理，肥力更集中地供给到存留下来的花枝上，反而开出了更多、更美丽的花朵。去年的花开稀落，并不怪这些虫儿们的折伤，而是工人疏于清理，那些残枝败叶过多消耗了养分的缘故。

春回大地，世人多爱那姹紫嫣红，而对蝼蚁螟蛉之命却往往置之不顾。昔宋玉对襄王曰“阳春寡和”，其“寡和”者竟非止于调乎？而至“寡”于“天地无私”间！

这便是我重拾《阳春》以来，耳闻雷声，突然被唤醒的一些特别的感受。

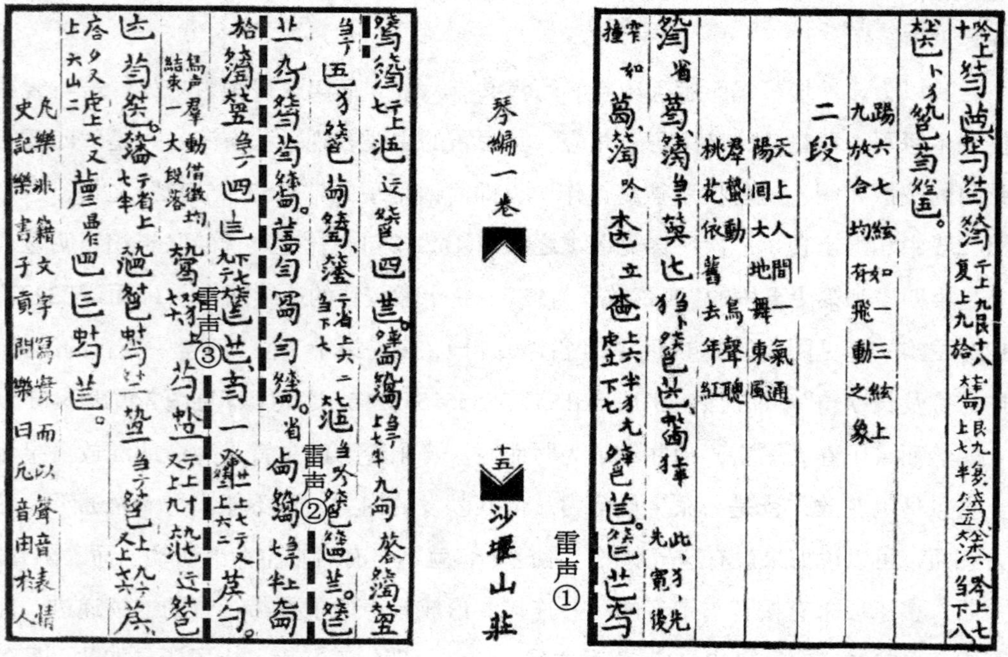

图 1　雷声①②③句

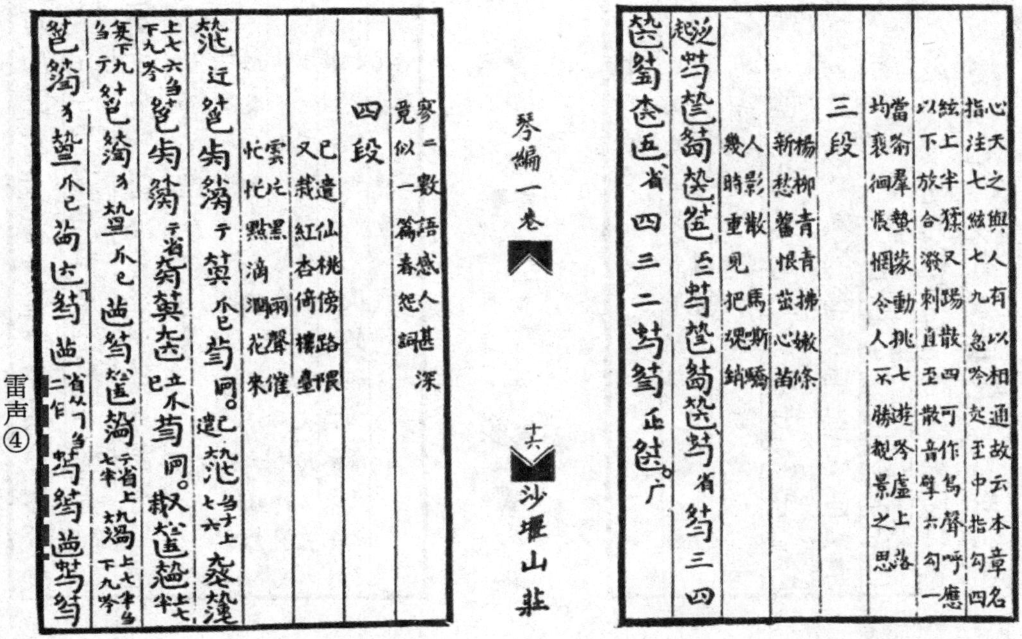

图 2　雷声④句

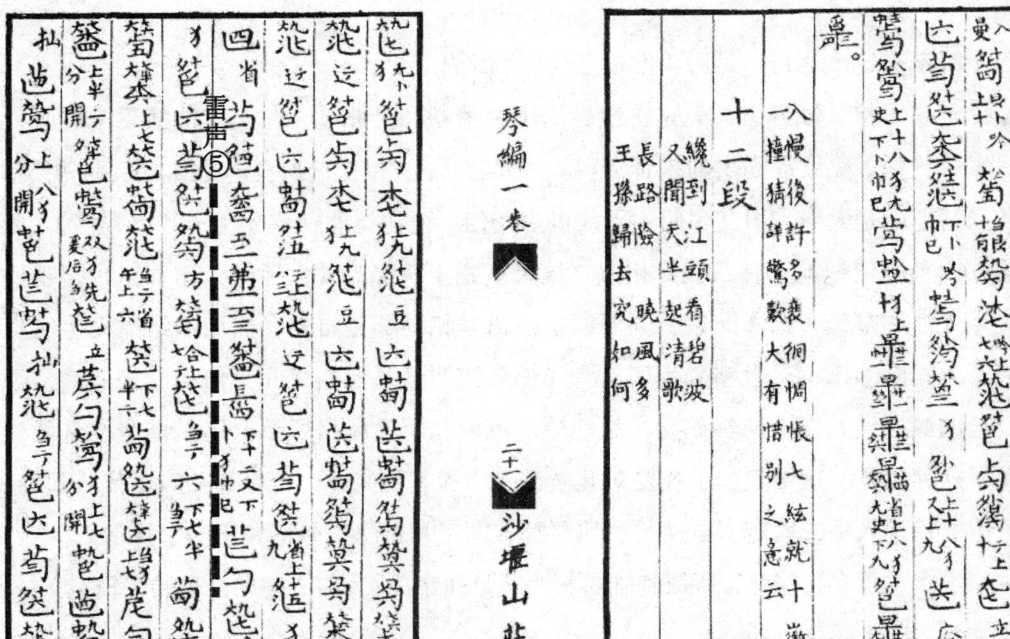

图 3　雷声⑤句

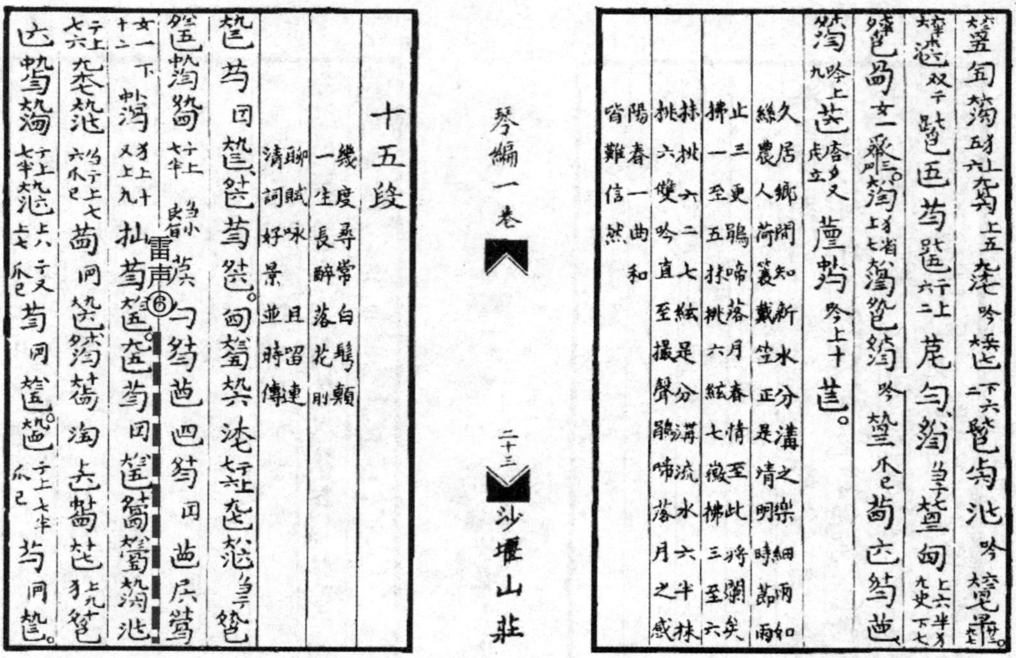

图 4　雷声⑥句

2.《阳春》疏源

决定写这个题目，是因为四位老先生的缘故。

今年重拾《阳春》，先是再次翻出了吴景略和吴兆基二位先生的演奏来聆听，后来又找到了喻绍泽先生的录音资料。一听之下，三位先贤所奏，虞山、吴门、川蜀，各家情趣虽是大异，但其琴曲主干却极为相似。再比对裴铁侠先生《沙堰琴编》[1]传谱，四老所依谱本竟有八九分相似。吴兆基先生所奏为《大还阁》谱，正是裴铁侠先生《沙堰琴编》谱本所宗，同源同本，谱本相同那是自然。然而喻绍泽先生所奏为《天闻阁》谱，吴景略先生所奏为《松弦馆》谱。他们之间为何如此相似？是否也是同源同谱？四老所奏差异，是地域、流派和个人风格所致？还是谱本本身就具有了这种差异？这便勾起了我要对此做进一步探究的兴趣。于是遂从对历代《阳春》传谱的梳理入手，而走入了从《沙堰琴编》向《神奇秘谱》的《阳春》探源。

本次《阳春》探源，所依基础材料为《琴曲集成》[2]和《存见古琴曲谱辑览》[3]。

1. 由于本文所论不同琴谱谱本之间的比较较多，为便于叙述，文中指称琴谱多用简称，如《沙堰琴编》简称《沙堰》，《大还阁琴谱》简称《大还阁》，《松弦馆琴谱》简称《松弦馆》等，后文不再逐一说明。
2. 版本为：中国艺术研究院音乐研究所、北京古琴研究会编，中华书局 2010 年 6 月第 1 版。
3. 版本为：查阜西编纂，人民音乐出版社 1958 年 9 月第 1 版，2001 年 8 月第 2 次印刷。

探源的方法主要有四：一是对历代谱本的摘要指标进行了分类对比。二是在此基础上经初步对比，筛选出几个重要节点的谱本后，再以这些谱本为中心谱本，将中心谱本时间节点前后的谱本与之作对比。筛选出来的中心谱本计有《神奇秘谱》《风宣玄品》《梧冈琴谱》《西麓堂琴统》《太音传习》《文会堂琴谱》《松弦馆琴谱》《大还阁琴谱》《德音堂琴谱》《蓼怀堂琴谱》《天闻阁琴谱》《沙堰琴编》，共12家。三是按器乐曲及其不同的分段，如8段本、15段本，以及琴歌本进行分类对比。四是对不同谱本中一些看似字法不同，但旋律却相近的段落进行了琴上试奏比对。由是基本清晰了《阳春》一曲在明清时期的发展源流，并对其在更早期的源头做了一些推想。同时，依此绘制出了阳春流源图，并将各谱本的相似度及其主要变化进行了简明的标注（详见图1），现将主要结论分述如下。

（1）《阳春》谱本存见概况。

根据新版《琴曲集成》，从1425年《神奇秘谱》到1946年《沙堰琴编》，五百余年间录《阳春》曲谱者共37家，其中明代22家、清代15家。然而从录《阳春》谱者分别占明、清及民国初存见琴谱的总量来看，却很悬殊。《琴曲集成》所收的明代谱本共32家[1]，录《阳春》者占比近70%，特别是《神奇秘谱》以后的明代各谱，可以说几乎是逢谱必录。相比于清及民国初，存见琴谱总数为94家，录《阳春》者占比仅15.96%，足见《阳春》一曲的流传在清以后的式微之势。尤其是在清康熙四十八年（1709年）《一峰园琴谱》，到清嘉庆七年（1802年）左右的《裛露轩琴谱》，近百年间整整一个乾隆朝只存见一个乾隆五十年（1785年）年《酣古斋琴谱》的抄本残谱（仅剩一段）。在这中断的一百年以后，清中后期该曲的流传就都屈指可数了。

从谱本的情况来看，《阳春》一曲共有5段[2]、8段、10段、11段、13段、14段、14段+尾、15段、15段+尾、16段等多种传本，又可分为琴歌本和器乐本两个大的系统。其中琴歌本5家，占比很少，《风宣玄品》以外，主要集中在明万历年间。器乐本33家，是该谱的主要流传形式。分段方面，琴歌本主要为15段；器乐本则在不同的发展阶段，有不同的分段版本流传，主要有8段本、13段和15段本。其余版本均为在此基础上的增删和改编本。

（2）二吴及喻、裴四老所奏皆是同源，同出虞山而趣味各异，除地域、流派、个人因素外，亦为各自所选版本本身的特点使然。

1. 不含只有琴论的谱本、又谱、续谱和单曲谱。
2. 仅见于康熙四十八年（1709年）的《一峰园琴谱》。从谱字、取音、用韵等来看，其应是以《德音堂》本为底本进行删节，保留《德音堂》本1至5段加尾音而成。

如前所述，吴景略、吴兆基、喻绍泽、裴铁侠四老所用《阳春》谱本分别出自《松弦馆》《大还阁》《天闻阁》和《沙堰》。其中《沙堰》本，裴铁侠先生自注说明是出自《大还阁》。对比两谱，除极个别地方的字法记写略有出入外[1]，几乎是相同的。《大还阁》为虞山派重要谱集，若依流派再往上溯，其《阳春》的源头自可追溯至《松弦馆》，而吴景略先生所奏《阳春》，所依谱本正是出自《松弦馆》。

对比《松弦馆》和《大还阁》所载二谱，同为15段，且在整体骨架上几乎相同。二者相较，差别主要有四：一是在同一音位上给音的用指习惯不同。即音位相同，但“抹挑勾剔”的指法不同。二是音位记写方式不同，如五弦宫音，《松弦馆》本还保留着明代记谱的特点，记为“八九”，《大还阁》本则记为“八三”。三是律制的运用上也有不同。《松弦馆》本中保留了“三弦十一徽按音”的纯律记写方式，而到了《大还阁》本则已更之为“十徽八分”的三分损益律记写方式。四是韵味的追求不同。根据表1的统计，《大还阁》本与《松弦馆》本相比，“吟”和“上下进退复”的运用呈明显增加之势。“吟”在《松弦馆》本中共约96处，到《大还阁》本则增加到了123处。再加上《松弦馆》本中所无，而在《大还阁》本中首开纪录的“游吟”13处，《大还阁》本中“吟”的运用较《松弦馆》本增加了41.67%。足见“吟”的运用，《大还阁》本明显多于《松弦馆》本。“上下进退复”方面也是，《松弦馆》本约为163处，《大还阁》本为197处，增加了20.86%。虽然《大还阁》本“急”的运用较《松弦馆》本也增加了15.79%，达到44处，但随着“吟”和“上下进退复”的增加，尤其是“游吟”和连续多音位的“上下进退复”增加，自然而然使《大还阁》本的节奏在整体上较《松弦馆》本显得更为宽和舒展。

再回到《松弦馆》本的“急”上来，虽然其总量较《大还阁》本少，仅有38处，但它的特点是一开始就是陡起，首段用“急”6处，而《大还阁》本则只有1处。通篇来看，第一至三段，《松弦馆》本的用“急”总量较《大还阁》本为多；而《大还阁》本用“急”，是待琴曲发展到中部的第四至九段才开始略有增加，至琴曲后部的第十至十五段，特别是第十二段才开始明显大幅度增加，所以其用“急”本身有一个渐次发展的过程。个人认为，这正是吴兆基先生的演奏整体较为舒缓，由宽和逐渐走向春光灿烂的谱本所依。而《松弦馆》本方面，是一开始就用“急”，往后则渐次减弱，再加上《松弦馆》本用“急”，除常规的“急吟”“急猱”“急上

1. 如9段《大还阁》本“注抹七弦五徽后”的“吟上四”，《沙堰》本改为了“吟上四三”；12段《大还阁》本“挑六弦十徽”后的“省午上九”，《沙堰》本改为了“省上九”。

下进退复”外，还多处用“急掩等”，所以其“急”是全方位的。因此不能不说，吴景略先生在老八张中的演奏录音一上来就绚丽多姿，谱本本身的特点也是其成因之一。

最后再来看喻绍泽先生所用的《天闻阁》本。《天闻阁》本《阳春》出自《蓼怀堂》，二者在琴曲主干上虽然基本相同，但也有一些差异。除“抹挑勾剔”的用指之别和琴曲谱字偶有一二字增减以外，二者最大的区别还是在“吟猱”和“上下进退复”的细节上。用《蓼怀堂》本参《大还阁》本，琴曲主干仍是基本相同的，主要的差异在于“吟猱”“上下进退复”和“省”的大幅减少。尤其值得注意的是《蓼怀堂》本将《大还阁》本的“游吟”改为了“细吟”，又将减下来的“吟猱”和连续的“上下进退复”以“进复”“退复”和“分开”来代之，收窄了韵长，所以显得方直。《天闻阁》本保留了《蓼怀堂》本的这种方直之性，“吟猱”用得很少，“进复”“退复”“分开”用得较多，却又将《蓼怀堂》本的“细吟”改回了《大还阁》本的“游吟”，而且用量上还有所增加，所以也可以说《天闻阁》本是《蓼怀堂》本和《大还阁》本的一个合参本。当然它的主体还是《蓼怀堂》本的，尤其是那少“吟猱”而多“进退”的方直之气，倒十分合蜀派的胃口，喻老的演奏更是在这种谱本的底色基础上，进一步放大了蜀派简劲、古朴的独特气象。

《天闻阁》本《阳春》源出《蓼怀堂》，而《蓼怀堂》本和《大还阁》本一样，皆是源自《松弦馆》。所以四老所依谱本，实是同源同谱。而由于谱本流变过程中各家细节处理的选择不同，因此形成了后来各自不同的特点。这就好像同胞兄弟，虽然是同一血脉，却终会形成各自不同的品貌与性格。演奏家的谱本选择，本来就是后来者的内心与前人传谱的气息相投，再经由后来者的千锤百炼，而终能成就我们今天所听到的、为我们所叹服的独特乐章。其中，地域、流派和个人因素固然重要，实则谱本本身早已具备了形成这种独特性的基础。这大概就是人们常说的“心之所向，身之所趋”吧！

表 1 《松弦馆》《大还阁》《天闻阁》谱《阳春》字法对比表

减字	吟			游吟			猱		
谱本	松弦馆	大还阁	天闻阁	松弦馆	大还阁	天闻阁	松弦馆	大还阁	天闻阁
第一段	7	10	2		1	4	4	2	
第二段	12	14	3		2	4	5	6	1
第三段									
第四段	10	8	8		1		2	2	4
第五段	4	5	3				5	6	

续表

减字	吟			游吟			猱		
谱本	松弦馆	大还阁	天闻阁	松弦馆	大还阁	天闻阁	松弦馆	大还阁	天闻阁
第六段	4	5	1		2	1	4	1	
第七段	6	4	3		2	3	6	7	2
第八段									
第九段	10	20	5		2	1	9	2	
第十段	4	3	1				6	7	
第十一段	2	4				1	3	5	
第十二段	14	10	5		3	3	4	11	2
第十三段	6	13							
第十四段	4	10				1	3	4	
第十五段及尾泛	13	17					3	3	1
合计	96	123	31		13	18	54	56	10

减字	上下进退复			省			急		
谱本	松弦馆	大还阁	天闻阁	松弦馆	大还阁	天闻阁	松弦馆	大还阁	天闻阁
第一段	16	17	16	1	2	2	6	1	
第二段	17	20	15	2	5		5	8	
第三段									
第四段	10	10	14	4	4		8	7	
第五段	14	14	11	3	1		4	6	
第六段	10	12	11	2	2			1	
第七段	12	13	11	2	2		2	3	
第八段									
第九段	11	17	12	3	3		4	3	
第十段	10	15	14	3	2		1	1	
第十一段	11	14	9		1		4	1	
第十二段	11	18	13	2	3		1	7	
第十三段	14	17	15					1	
第十四段	6	9	6	2	1		3	1	
第十五段及尾泛	21	21	21	3				4	
合计	163	197	168	27	26	2	38	44	

备注：上下进退复各算一次，二上算两次；双猱双吟算两次；分开、往来未计入。

（3）今之《阳春》，南宋以来，由浙而入虞山，晚清后散叶于川蜀、岭南、诸城。唯《神奇秘谱》本或可远溯于南宋《紫霞洞谱》以前。

如前所述，清末及民国初川派的两大重要谱集《天闻阁琴谱》和《沙堰琴编》所载《阳春》，均可上溯至明末清初的虞山派。其实不唯如此，应该说《大还阁》本以后的各谱，基本都与《大还阁》本有着高度相似的音乐骨干。各家所不同，多在于“抹挑勾剔”的用指习惯、“上下进退复”的音位走位和“韵味处理”的不同三个方面。《大还阁》本以后，形成了以《大还阁》本的细腻、韵长和以《德音堂》本、《蓼怀堂》本的简劲、方直为特色的三大传系。其后各家传谱多出于这三谱。而这三谱正是同源，皆出于虞山天池先生《松弦馆》本。所以晚清后，《阳春》一曲虽然在岭南、川派、诸城等各家开枝散叶，但其所宗皆不出虞山。

还有一点值得注意，那就是从分段上来看，《阳春》一曲有8段、10段、13段、15段等多种版本。在《大还阁》本以前，各种分段版本杂错。《大还阁》本以后，统一为15段本[1]。而且较《大还阁》本更早期的虞山派《松弦馆》本，也是15段本，那么我们是否可以据此而说，今日所见之15段本《阳春》是虞山派定制的呢？其实又有所不然。

根据图1的梳理，《阳春》一曲在明代的流传，看上去是各种不同分段谱本杂陈的局面，但其中亦有章可循。即琴歌本多为15段本，只有杨伦的《太古遗音》本例外，是13段本。器乐本的流传，则是嘉靖至万历中叶前以13段本为主干，万历中叶后以15段本为主干。其余的11段本、14段本、16段本均是在此基础上的增删。通过版本梳理和版本对比可知，13段本的流传是以明嘉靖二十五年（1546年）黄献编的《梧冈琴谱》为发端，其后的各13段本基本都与之有着相同的音乐主干。而《梧冈琴谱》明言自己是“浙派徐门正传”，后来的《太音补遗》《玉梧琴谱》等，皆是“浙派”一系，所以我们可以说13段本的流传是出自浙派徐门传谱。严天池参与编撰的《藏春坞琴谱》，其《阳春》一曲也是选用的浙派徐门13段本。然而器乐本15段《阳春》的出现，却并不是始自虞山天池先生的《松弦馆琴谱》，而是始自同样有着浙派血脉的《文会堂琴谱》。《文会堂琴谱》刊于明万历二十四年（1596年），比《松弦馆琴谱》早了近20年。对比《文会堂》本与《松弦馆》本，二者在音乐主干上也是几乎相同的，所不同者亦主要集中在“用指习惯”和“韵味细节的处理”上。再以《文会堂》本比对《梧冈》本，《文会堂》本主要是通过将《梧冈》本的一至三段，进行段落重组和乐句的增延后，将原来的13段增至了15段。《文会堂》本在重组分段和乐句增延，以及音乐处理的细节上有参《玉梧》本和《风宣》本的痕迹，其他则与《梧冈》本基本相同。因此，《文会堂》15段本《阳春》就是脱胎于《梧冈琴谱》13段本《阳春》。所以，器乐本《阳春》，从13段到15段的演进，皆是

1.“15段＋尾音”的版本，实则为将“15段”本的末段泛音独立为尾音而形成，所以亦可归于“15段”本。

在浙派体系内部完成的。后来虞山的谱本是继承了浙派的传谱，并在此基础上将之发扬光大。

那么再循《梧冈琴谱》往上，浙派徐门所传的13段本《阳春》，又是何时定制，如何生演而来的呢？关于此，尚需结合现存古琴曲谱集中另两个较早的谱集《神奇秘谱》和《西麓堂琴统》来加以考察。

首先，就此二谱的基本情况，及其与《梧冈琴谱》所载《阳春》的谱本对比梳理如下。

《西麓堂琴统》，明汪芝所撰，刊于明嘉靖二十八年[1]（1549年），其中所载《阳春》一曲为10段本器乐曲。以此谱比对《梧冈》本《阳春》，仍可见显著的同源性。二谱差异除“抹挑勾剔”用指之别、“吟猱逗撞”“上下进退复”韵味之变外，最显著的差异还在于乐句与段落的增删重组，以及主音取声的繁简两个方面。尤其是主音取声，《西麓堂琴统》本多有“滚拂”“双弹”“掐撮三声”等，且“同音位的连续再作”明显多于它谱。如第二段在“三弦散音”和“四弦八上”位“宫”音的持续连作，竟多达十余声，此手法可以说是《阳春》诸谱中所仅见。

《神奇秘谱》则是成书于明洪熙元年（1425年），宁王朱权所撰。其所载《阳春》为8段本器乐曲。以此谱比对《梧冈》本及后来的其他各谱，音乐主旋律及琴曲结构上都完全不同，仅有极少数乐句，如第一段倒数第二句、第八段一二句尚可见与后来各谱间的微弱联系。其与后来各谱差异之大，如果放下渊源关系不谈，仅就音乐本身，说《神奇秘谱》本是《阳春》之另一独立曲目亦不为过。

接下来，再回到《梧冈琴谱》。《梧冈琴谱》号称徐门正传，其直接的源头自可追溯至浙派徐门明永乐年间的徐和冲。徐和冲著有《梅雪窝删润琴谱》，因此说《梧冈琴谱》13段本《阳春》是源自徐和冲的传谱还是比较可靠的。然而徐和冲之谱既名“删润”，即对先辈所传曲目多有修订，那么13段本《阳春》是徐和冲修订的结果吗？如果是，更早期的《阳春》又是什么样的面貌呢？《神奇秘谱》本《阳春》和《西麓堂琴统》本是继承的更早期的浙派传谱吗？关于这些问题，由于历史资料的散佚，现在已经很难找到原始资料可资考察，于此仅能做一些推想。

我们知道，《神奇秘谱》是宁王朱权所撰，而朱权生于1378年，卒于1448年，可以说是与徐和冲同时。以当时徐和冲在琴界的巨大影响力，朱权不太可能不知晓

1. 唐宸《明汪芝〈西麓堂琴统〉成书时间考辨》（发表于《中国音乐学（季刊）》2014年第3期）认为其成书时间应为嘉靖四年（1525年），此处备注以供参考。本文暂从主流意见，仍沿用嘉靖二十八年（1549年）旧说。

徐和冲所传之《阳春》谱。然而他却在当时尊推徐门正传的琴坛背景下，舍徐门之谱而不用，去刊载一个大异于徐门的《阳春》谱，这不能不说是其自有更久远的源头。

再联系《神奇秘谱》的谱例来考察，《神奇秘谱》所收曲目分列于《太古神品》和《霞外神品》两部分。一般认为《霞外神品》所收曲目与早期浙派的《紫霞洞谱》和《霞外琴谱》有着渊源关系，而《太古神品》按朱权自己在《神奇秘谱序》中所说，却是源自"太古之操"。《阳春》便是列于《太古神品》，这个"古"极有可能超越《紫霞洞谱》，而达南宋以前。

事实上，浙派在兴起和发展的过程中，所传曲谱也是几经删润，较为人所知的除徐和冲时期外，还有早期《紫霞洞谱》集结时对所依母本的增删修订。《紫霞洞谱》是浙派琴谱的祖谱，由南宋时期杨缵及其门客徐天民、毛敏仲所撰。徐天民是徐和冲之先祖，亦是徐门正传之源头。从徐天民至徐和冲，虽历经近两百年，但以家学传身的徐和冲，纵对先辈所传琴曲有所删润，也不至于达到像《神奇秘谱》本比对《梧冈琴谱》本那么大差异的，几乎是重创的程度。所以《神奇秘谱》本《阳春》所来，不应该是止于浙派早期传谱。相反，徐天民及郭楚望、毛敏仲、杨缵等早期浙派琴家都有很强的创作实力，在《紫霞洞谱》长达20年的集结过程中，对传统曲目进行重大重创的可能性则要大得多。所以笔者推想浙派所传13段本《阳春》，在南宋徐天民时就已基本定制下来。分段及音韵上或与后来徐和冲所传有些差异，但琴曲梗概应没有不同。

对于此，另外还有一点可资参考。在《梧冈琴谱》《琴谱正传》《太音传习》等徐门正传谱集中，《阳春》题下还标有另一个曲名，即《龙门桃浪引》。这个名字仅见于浙派徐门所传之谱集。这个新曲名的出现，可能正是基于对原曲进行了重大改造而产生的。而这个重大改造的时间，不太可能出现在家学传承的末期，而出现在开创初期的可能性较大。因此，基于以上因素，笔者推测，《神奇秘谱》本《阳春》应更早于《紫霞洞谱》和徐天民的时代，或者就是徐天民等人当时对此谱的改造所依也未可知。

清晰了这一点，再来看《西麓堂琴统》本《阳春》，其与《梧冈琴谱》本虽有区别，但也有着显在的同源关系。那么，它是出现在徐和冲传谱以后还是以前呢？笔者的答案是倾向于后者，原因有二。第一，《西麓堂琴统》所收曲目与同期其他谱集相比多有孤本和异本，这在当时琴坛独尊浙派徐门的背景下反映出汪芝的一种择谱倾向，就是使不同的音声得以传承下来，《阳春》自然亦不离其宗。第二，更为重要的是，如前所述,《西麓堂琴统》谱较它谱一个显著的区别是同音位的连续再作，繁声很多。如果按历代琴家所论“江西谱声繁”，那么《西麓堂琴统》的这个版本或有可能是浙派兴起后，“江西声”与之合流的遗存。抑或是早期浙谱中留有“江西声”的印迹。当然，这些都还有待进一步考察，但已可以推想其较徐和冲所传有更久远的渊源。

最后，在明以后《阳春》一曲的流传中，还有一个问题需要说明，那就是琴歌本《阳春》的传演情况。在存见的37家《阳春》谱中，琴歌本是少数，仅有5家，且全部集中于明代。由于歌词的变化，为协词所需，各谱本均有较大的不同，但仍可见其同源性。《阳春》琴歌本中最早的是见于明嘉靖十八年（1539年）的《风宣玄品》。这个谱本还早于《梧冈琴谱》的13段本《阳春》，但由于《梧冈》谱可以追溯到更久远的浙派徐门传谱，所以并不能说15段琴歌本《阳春》早于13段器乐本之前就已经存在了,但后来15段器乐本的形成或多或少都受到它的影响却是实事。例如明嘉靖三十一年（1552年）《太音传习》中所载的“14段+尾音”本《阳春》就明显有《梧冈》本和《风宣》本合流的痕迹。再往后16段的《五音琴谱》本、15段的《文会堂琴谱》本均有其影子。

至此，南宋以后《阳春》一曲的流传便已基本清晰。后世所传各版《阳春》皆是出于浙派。今之《阳春》一曲，其音乐主干在南宋浙派形成初期应已基本成型。其源头或为现今《神奇秘谱》所收录之8段本，但早期浙派琴人只是以此为基础，对其进行了重新创作。至明永乐年间徐和冲时，现今可见的13段本《阳春》已基本定制，后经明中后期各家不断增删修订演为15段本，成为主流。其中唯《西麓堂琴统》本和《阳春堂》本差异较大，或分别存有“江西”及“闽派”之古声。再后，虞山兴起，从《松弦馆》到《大还阁》，15段本《阳春》成为琴坛所宗。至清康乾之际而广陵兴，《阳春》之谱独不见于广陵，而于乾隆100年间罕得见焉。清道光后岭南、川蜀、诸城始又有续传，但终不出虞山之谱也。

至于南宋以前《阳春》其谱的传续，明清以来各谱题解及《乐府诗集·琴曲歌辞》所讲，均不出“宋玉对楚王问”及“显庆二年吕才据琴中旧曲重制”的范畴。然而“宋玉对楚王问”中，所谓《阳春白雪》是指古歌而言，而并非定指琴歌、琴曲。“吕才重制”之说，据《旧唐书》及《唐会要》，也主要言明的是《白雪》歌的重制问题，其中所涉《阳春》亦不过是引“宋玉对楚王问”的内容，并未明言《阳春》之重制。但《初学记》引《琴历》之曲目中有《阳春弄》，故知至少唐时即确已有琴曲《阳春》的流传。至于《神奇秘谱》本《阳春》超越南宋，又是否可追溯至北宋，甚而远承唐之遗音，却又暂不可考了。然而纵不可考，又有何惜哉？岁岁年年，《阳春》终在；花开花落，《阳春》不改。

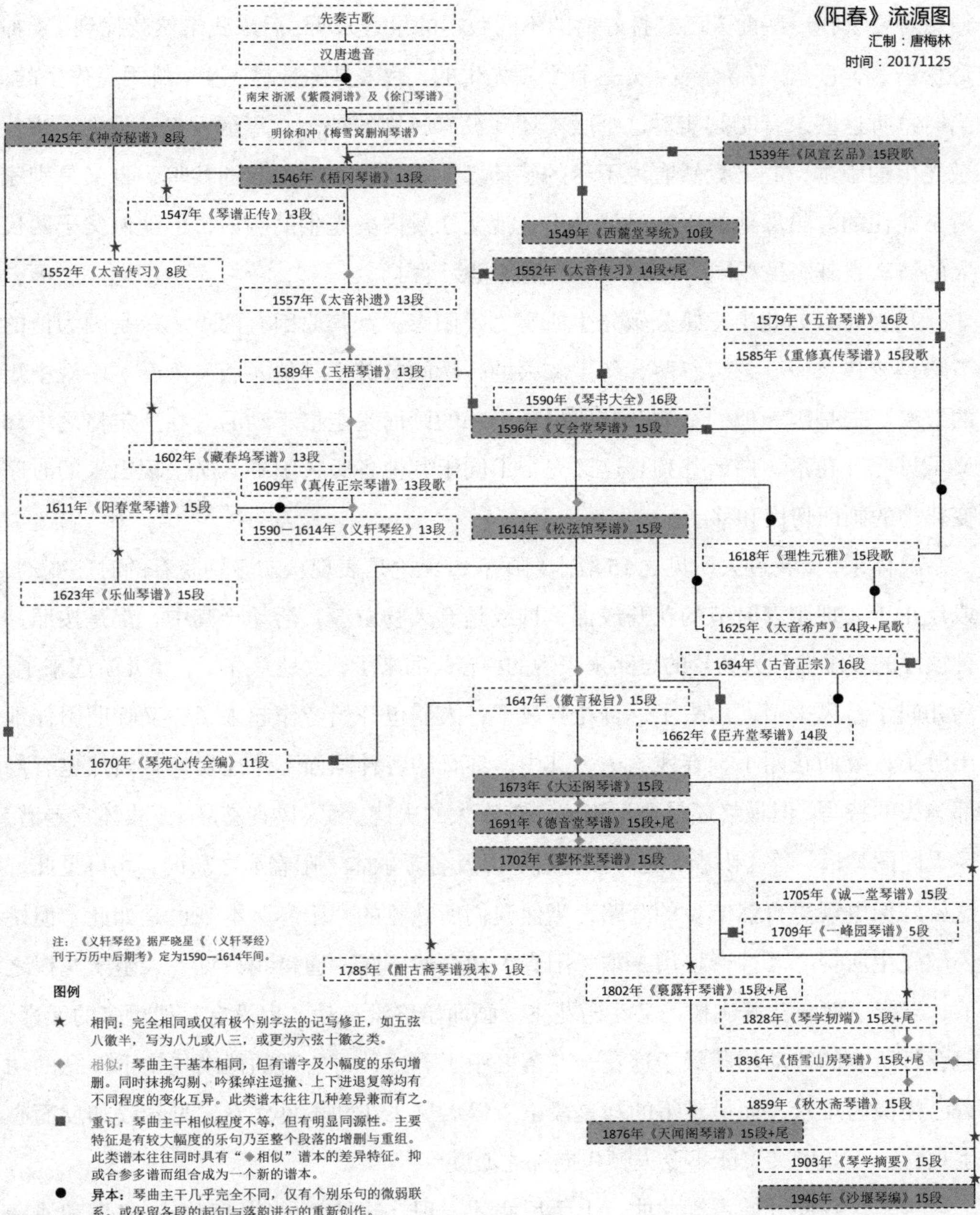
《阳春》流源图
汇制：唐梅林
时间：20171125
先秦古歌
汉唐遗音
南宋 浙派《紫霞洞谱》及《徐门琴谱》
明徐和冲《梅雪窝删润琴谱》
1425年《神奇秘谱》8段
1539年《风宣玄品》15段歌
1546年《梧冈琴谱》13段
1547年《琴谱正传》13段
1549年《西麓堂琴统》10段
1552年《太音传习》8段
1552年《太音传习》14段+尾
1557年《太音补遗》13段
1579年《五音琴谱》16段
1585年《重修真传琴谱》15段歌
1589年《玉梧琴谱》13段
1590年《琴书大全》16段
1596年《文会堂琴谱》15段
1602年《藏春坞琴谱》13段
1609年《真传正宗琴谱》13段歌
1611年《阳春堂琴谱》15段
1590－1614年《义轩琴经》13段
1614年《松弦馆琴谱》15段
1618年《理性元雅》15段歌
1623年《乐仙琴谱》15段
1625年《太音希声》14段+尾歌
1634年《古音正宗》16段
1647年《徽言秘旨》15段
1662年《臣卉堂琴谱》14段
1670年《琴苑心传全编》11段
1673年《大还阁琴谱》15段
1691年《德音堂琴谱》15段+尾
1702年《蓼怀堂琴谱》15段
1705年《诚一堂琴谱》15段
1709年《一峰园琴谱》5段
1785年《酣古斋琴谱残本》1段
1802年《裛露轩琴谱》15段+尾
1828年《琴学轫端》15段+尾
1836年《悟雪山房琴谱》15段+尾
1859年《秋水斋琴谱》15段
1876年《天闻阁琴谱》15段+尾
1903年《琴学摘要》15段
1946年《沙堰琴编》15段
注：《义轩琴经》据严晓星《〈义轩琴经〉刊于万历中后期考》定为1590—1614年间。
图例
★ 相同：完全相同或仅有极个别字法的记写修正，如五弦八徽半，写为八九或八三，或更为六弦十徽之类。
◆ 相似：琴曲主干基本相同，但有谱字及小幅度的乐句增删。同时抹挑勾剔、吟猱绰注逗撞、上下进退复等均有不同程度的变化互异。此类谱本往往几种差异兼而有之。
■ 重订：琴曲主干相似程度不等，但有明显同源性。主要特征是有较大幅度的乐句乃至整个段落的增删与重组。此类谱本往往同时具有“◆相似”谱本的差异特征。抑或合参多谱而组合成为一个新的谱本。
● 异本：琴曲主干几乎完全不同，仅有个别乐句的微弱联系。或保留各段的起句与落韵进行的重新创作。
各代供比对的中心谱本

图 5　《阳春》流源图

3. 春之塔

写《〈阳春〉疏源》的时候，因为版本比对的工作量实在太大，为了偷一个懒，便想着要去找一些前人已经打好谱的不同版本的录音来听，后来我果然就找到了《神奇秘谱》本的《阳春》录音。先是管平湖先生的，后来是陈长林先生、姚丙炎先生的。当时，听这些录音时其实对这个版本还并没有特别的钟情。直至后来又听到了姚公敬先生的版本，心下竟然有说不尽的感动。他于我内心中引起的共鸣，自又是别家所不能比的。虽然他的版本显然是出自他父亲姚丙炎先生的打谱，但他们父子两代人的演奏，其声虽相同，意韵却早已是各呈天地了。

我为什么如此中意姚公敬先生所奏之《阳春》？其原因有两点。一是因为他的节奏是忽快忽慢、忽起忽落、忽生忽灭的，瞬间打破了其他各版《阳春》中规中矩的节奏。二是因为他的意韵及其所呈现出来的画面是定格不动的。在这定格之中却又可见花开花落、白云苍狗。这又完全不同于其他各版《阳春》所呈现出来的时序变化中的画面切换和移动。

具体来说，我过去所见之15段本《阳春》，无论是表现从初春到晚春的时序变幻，或仅止于表现阳春时节的花开成锦，抑或是有人物游春，活动于其中，都是按照一种惯性的多维性和大场景的思路来表现的：春天回来了，大地解冻了，鱼儿游起来了，鸟儿叫了；风来了，雨来了，百花齐放了；人们也开始劳作起来了，又呼朋引伴地出游了；继而花谢了、春残了……其中，春日的各种画面不停地切换，当然也有局部镜头的特写，但最终还是要汇集成一首宏大的史诗。读《风宣玄品》《蓼怀堂琴谱》《天闻阁琴谱》等《阳春》之分段标题，以及各琴歌本《阳春》之歌词，均可见此。这就好像电视里自然节目的套路，当然我们所熟见的“阳春”本来也是如此。但姚公敬先生所奏之《神奇秘谱》本《阳春》却全然不同，通篇我只见一人坐于花树之下，云影飞渡，花开满树，又花谢花飞。画面始终没有动，也没有其他更多的元素，但春日所有的律动均蕴藏于这花开花落之中了。这种将所有的律动均定于一念的功力已是极为难求，而最难得的却是段末入慢后见飞花却不见伤春，见春残却反而心生欢喜，入此境又怎能不令人顿生向往之心呢?

于是，我便开始习操此曲。上手后我才发现，这种效果的呈现既有打谱和演奏的因素，也有谱本本身的因素。《神奇秘谱》本《阳春》本来与他本皆大不同，具体到乐曲编写上有两个特点。一是泛音的使用不是独立成段的，而是间插于按音走音之中。二是不少乐句都有连续的“二乍”，这就很好地营造出了一种春来花开不断、春去飞花不尽的效果。所以无论春来春去，总是让人意犹未尽。

当然姚丙炎先生的打谱和姚公敬先生的演奏也更加突出了这种效果。最显著的影响因素也有二：一是对“蠲”这个指法的处理，二是对琴曲节奏的处理。先来说“蠲”这个指法，按指法谱字的解释，“蠲”有两种处理方式：一种是如“叠涓”，即同弦抹勾两声；另一种是“食指连抹相邻两弦后，中指即勾前弦”共三声。以五六弦散音为例，如按前一种方式处理即只着五弦，为“33”；按后一种方式处理则为“353”。然而姚谱的处理却皆不同于此两种，而是“抹两弦后，又连勾两弦”，即“3535”。这多出一声的音效，就更加重了谱本本身所具的花开累累之气和飞花不尽之意。

再来看节奏，姚公敬先生的演奏是总体偏快的，但于快中又巧妙地利用了间植的泛音来“入慢”，并且在乐句的重复中又采用了快慢相递的方式来处理，这样就自然而然形成了忽快忽慢、忽起忽落的艺术效果。此则正合了春日的意气，同时伏于心性，亦见变化无端，思潮起伏。正是对境生情，睹花开花落，而思绪万千。这个过程行至末了已是春澜。乐曲六段以后便渐次入慢，尤其是第七、八两段，三度泛音飞花，又三度散走按音如思。几度起落后而至落尽，归于自然而然，虽春尽又何有伤怀？如非如此巧妙安排，若花事已尽，而意气不尽，则又怎能不堕泥沼，而能聚花成塔，心生欢喜呢？

桃李无言，下自成蹊。芸芸众生，于此花下，来来去去。公敬先生聚花成塔，而你我之辈却终不过是那花下痴、花下鬼乎？

2017 年 11 月 26 日

完稿于竹山

1. 上、进、拖、绰、午之别

琴用指法素来名目繁多、复杂多变，仅左手行进常见者就有“上、下、进、退、绰、注、飞、午、往来、分开”等十数种。这些指法之间，有的在一定条件下可以互换，比如“上、下”与“进、退”，有的却独具个性，与他法具有明显的区别，比如“绰、注、飞、午”之类。其实这些指法的使用异同，在各谱集的指法讲解中都多有所涉及，但讲解本身是概略性的，且各谱集间又多有各执一说的情况，因而从文字意义上的理解到实际灵活运用于手，还真不是一件简单容易的事情。比如《高山》，其曲本来工整、庄重，本门之法又少弄“吟猱”，要于其中弹出些趣味生动来，就全需在行法中求。然而将所有的行法均做“上、下”弹而不自觉，却是习操此曲最常见的问题。日前，因一学生来还《高山》的课，听他所有的行进不仅弹得整齐划一，而且拖泥带水，于是便想以上行的“上、进、拖、绰、午”为例，略谈一谈个人在这一类指法学习和使用中的一些感受。

首先来看“上”和“进”。“上”是左手使用频率最高的基础指法之一，就是左手从下位（焦尾方向）往上位（岳山方向）的行进。对此各家表述虽可能略有不同，但实无异意。而“进”，历代琴谱中单独讲到的并不多，多是合并于“进复”一起来讲。从各家的释义来看，主流的意见认为，某种程度上“进”就是“上”，如《枯木禅琴谱》“进也，或作上”、《松风阁琴谱》“进复也，即一上一下”。但在实际运用中，个人感受某些情况下二者还是会有一些差别的。其实从各家谱集多是以“进复”进行释义这一点也不难看出，“进”多是与“复”连用的，而“上”就是“上”，可以“弹上”，可以“虚上”，可以“一上”，也可以“再上”。由于有一个“复”的回拉力在，

1. 本题下两篇文章中所引各琴谱集的指法讲解均出自张子盛主编、中华书局 2016 年 11 月出版的《古琴指法谱字集成》。文中不再逐一说明。

"进"的力度和势头与"上"比起来，都要显得柔和一些。而"上"就比较硬朗，特别是连续多音位的"上"，弹奏往往疾而有节。伴随着左手的向上推进，声音虽越来越细微，但势头并不会减弱，反而是愈加按令入木，其势自然与"进"后需"复"的回环转折不同。因而二者之间是不能完全画等号的，具体要因使用环境而别。

再来说"拖"。"拖"并不是常用指法，按指法释义，大指掐起后名指带音拖上。虽然"上"和"进"也都可以各有其"缓""急"之用，但认真追究起来，"拖"和"缓上"大约还是应该存有一些顺畅和迟滞之间的差别吧。如《诚一堂琴谱》所言"拖上如引上而迟滞其音"。所谓"迟滞"，笔者认为就是不仅"慢"，而且当是由一些行进的阻力造成了这种"慢"。单纯从字面意义上也不难理解，"拖"即因物较沉重或是有一个不愿前往的反向力在，施行者需使较大的力来带动。因此行"拖"法，相较于"缓上"似应更具力度，手法也更"重"。《与古斋琴谱》和《琴学入门》对此法进行了一番形象的比喻，谓为"蝉鸣过枝"。夏天的蝉鸣当然是洪亮而噪热的。"过枝"便有一种其声远播的感觉。"拖"在"掐起"后本是虚上，既要缓慢，起首还要洪亮而实，那自然开始是要加强些力度的，其后方渐行渐远。这与常规的"上""进"相比，还是具有自身特色的，只是本来不是常用指法，偶一为之尚具趣味，若全方位地拖沓、沉重其节奏，就不是什么值得鼓励的事情了。

接下来再说一说"绰"。"绰"亦是左手行进的常用之法，历代琴谱对其基本都有解释。其说有两种，一是"自下而上至徽得音"（《诚一堂琴谱》），二是"得声急弹上"（《太音大全集》）。二者隐含有一定的差异，即究竟着弦是"虚入"还是"实入"的问题。持前说者中，宋《成玉磵指法》讲得十分清楚"如大九打三谓大指自十徽以来虚绰，至半徽以上方是实按"，所谓"自下引上作藏头"。"藏头"即音之起始并没有一个明确的起头，即"虚入"。清《与古斋琴谱》"由位下少许斜按上至位"大抵也同此意。而后者所谓"得声急弹上"，其意则有下指即"实"，实按实上的可能。如是，则与"上""进"有相似处，不易区别。为了排除可能存在的误导，明清两代的琴谱中，多有在"得声急弹上"之后再附加说明的，即"其声无头"。可见在言"得声上"的这一部分琴谱中，还是有不少认为应该是"虚入"，起首所得之声为"虚声"。这应是历代各家对"绰"这一指法运用的主流意见。然而我们也并不能排除其可以"令声有头"，实弹实上的可能性，因为毕竟历史上还是有那么多的琴谱并未就"有头""无头"的问题加以区别，只是简明地阐述了"得声急弹上"的要点。这一部分琴谱主要集中于明代，如《太音大全集》《梧冈琴谱》《杏庄太音补遗》《重修真传琴谱》《玉梧琴谱》等。未加区别，并不能说明他们不知区别，更有可能是认为二者皆可。正如对"绰"的指法运用，有的琴谱特别强调"急"上，而有的则并不强调一样。"缓""急"皆是随情而定，"有头""无头"亦如是。就个人所学及实际使用而言，笔者对"绰"这个指法的运用，是多取"虚入""劲疾"的弹法。所谓"运风而行"，仿佛指下生风，至徽位乃得实音。起首发指则较随意，非必一定隔下一位。

最后再来谈一谈"午"。"午"这个指法相对于"绰"，并不常见于谱中。各家对其所讲，有一个基本相同的主干，即"得音直疾而上"。所不同者主要有三：其一，强调得音后需"少息"，再"上"；其二，强调上至徽位后迅速过弦以接下声；其三，强调上至徽位后要略有"止"意，如"趋至水涯，急切回步之意"。依笔者个人的看法，比较认同的是《桐心阁指法析微》所讲，"按弹得声少息，走上一位以连他声。运指于虚，妙在有意无意间"。此说与它谱"直上""硬上"皆不同，主张"运指于虚"，是非常有道理的。试想"午上"后需过弦以接它声，则左手势必有一个略起移弦换位的过程。此与"绰"恰好相对应，"绰"是"虚入"而"实至"，"午"则是"实入"而"虚出"。联系实际演奏，凡"午"毕过弦后所接，多为"注"至下位。如此"虚出""虚入"，好似影像手法之"淡入""淡出"，独具美感。故于实际演奏中，"午"之运用远比谱中所明确标注的为多。笔者个人的习惯，是凡得音上行后又过弦注下的，大都会用到"午"。只是有"虚"起得早一些、高一些，还是晚一些、少一些的分别，这也是据实际曲情而定。"午""绰"皆是如此，因其情绪、气息均特异于"上""进"，故实际运用远多于谱中所记。

以上是笔者学琴以来对这些基础指法的一些浅见，也是经由这一次的系统梳理，对这些指法的再思考、再认识。弹琴指法就是这样，谱本所讲往往只能明其概要，而细节多据异说。尤其是下指远近、落指虚实、运指缓急之类，各家各说，都仅供参考。文字虽然写在那里，但本身具一定的弹性，唯需用时灵活处之，方得变化之趣。行有常法，有变化。无论如何，千篇一律不可取。

2017 年 10 月 29 日

于竹山

2. 两个或终将被遗忘的谱字

学《沙堰琴编》之曲，偶见两个生僻谱字。一个是“疒隹”，见于《梦蝶》第四段和第十段。一个是“仡”，见于《汉宫秋月》第三、五、六、十、十四段。现在已是资讯非常发达的时代，对于这些沉寂已久的古字，要搞清楚其意义和用法，已经不像古人那样困难。只要有大型谱字集解工具书在手，都可以顺利求解。事实上无论是20世纪中叶查阜西先生主持编纂的《存见古琴指法谱字辑览》，抑或是今人张子盛先生的《古琴指法谱字集成》都录有对这两个减字的解释。前者为“应”，“应合”之“应”；后者为“仰托”，“托”之向上起弦者，以取琴弦拍面之声。关于这两个字字义的求解本身并没有什么好说的，翻翻字典就可以查证。而依此无意中观察到的其他一些信息，串联起来却令人心生感慨，这两个古字或终将湮没于历史的洪流中。

先来说比较简单的“仡”。“仡”应该并不是历史传承很久的指法。据《古琴指法谱字集成》“集释”，其最早是见于清代王仲舒的《指法字母汇参确解》。清至民国，收录了这个指法释义的琴谱也只有7家，大意为“大指仰天而弹，取弦击琴面之声”。而且7家众口一词，此法“宜轻不宜重”。更有直指“其声粗历，不宜多用”者，且非止一家。既然其音不“雅”，那自然注定是要被淘汰的了，然而当初创造这个指法的人却可能并不这么想。某日与一琴友抚琴而论，其间总感觉三弦走音后的“爪”“带”不尽如人意，就突然想起这个指法来，于是稍稍调了下用指的位置，以略仰卧的角度向上起弦，但只是加强振动，不令其拍面，出声就中听了很多。恰说明这个指法在实用中还是有一定意义的。但这种意义是否足以支撑起一个指法的流传呢？其实很难！历史上因某个琴曲的创作或改编，甚至单纯就是依某人的个人喜好和习惯，而新创造出来的指法其实也不在少数。但真正保留下来的，也只有那些存录于影响较大、流传较广的琴曲中必须要使用的。比如七十二滚拂《流水》中的“转圆”和“摆猱”等。相比之下《汉宫秋月》就要冷门得多。一个琴用指法，无论你是多大的“腕”所创造，对创造者个人来说有多么的了不得，它都只可能随曲子而生灭。如若停止传播、停止流动，它就会死去。

接下来再来说一说“疒隹”。“疒隹”=“应”实在是理所当然的事情。“应”的繁体字为“應”。据《古琴指法谱字集成》，“應”在存见琴书的指法解释中可以查询到的减字写法共有“广、应、隹、㢊、痽、疒隹”6种。虽然“疒隹”并未被收入历代存见琴书的指法解释，但减字谱由汉字简化而来，“雁”当然可以等于“應”。“應”的另一个减字写法“隹”有三种指法释义：一是“应”，二是“推”，三是“进”。流传至今，“隹”的主流释义是“进”或“进复”。然而《梦蝶》[1]一曲这里用指则只可能是“应”。因为本曲“雁”之前皆是五、六弦散音，再往前则是与五、六弦散音具合音关系的按音，正是“应”的典型运用。

进一步观察历代存见《梦蝶》曲谱37家，保留“應”的只有10家，其中写作“雁”的只有3家，其余琴谱则多用“合”或“应合”。减字写为“雁”的，除《沙堰琴编》外，还有清代《蓼怀堂琴谱》和明代《五音琴谱》。三者间具有明显的同源关系，然而三谱在时间点的跨度上，均在百年以上。《蓼怀堂琴谱》和《沙堰琴编》之间的传续超过两百年。数代单传下来，即使今天得益于裴晓秋老师欲令家学复响的发心，其又在我们的眼前翻起了些微澜，但等待它的恐怕也只有终将被湮没的命运。

其实不唯如此，“應”这个减字的整体命运也是式微的。观察《梦蝶》37家琴谱，明代琴谱15家，用“應”者7家，占比46.67%；清代琴谱22家，用“應”者仅3家，占比则只有13.64%[2]。个中原因据笔者观察，主要还是与减字的实用意义和流派用谱的传播面及影响力有关系。观察10家用“應”的曲谱可知，其谱中基本都会于不同的乐句分别用到“應”字和“合”字。这说明一个问题，“應”与“合”是有别的。查《古琴指法谱字集成》可见，历代琴谱对“合”的解释基本统一，而且也十分明确，即“两弦合如一音”。而对于“應”则讲得相对比较模糊，基本都只提出了“两声相应”，至于“相应”是同如一声还是前后两声，则多未提及，只有少数明确为“前后二声”者。问题就此产生，如“應”“合”有别，“應”为前后两声，则这个字根本没有意义。因为假设前面的按音为“宫”，后面的散音也为“宫”，这是这两个减字本来就界定清楚了的，写不写“應”都不会影响二者音高及其关系的呈现。这是客观存在的实事。设若“應”“合”无别，则没有必要保留两个减字，留下一个就好了。那么谁能留下来呢？当然是流派、师承影响大，其所用之谱流传广的。《梦蝶》37家琴谱就是这样，清代虞山、广陵为盛，《大还阁》《五知斋》《澄鉴堂》《自远堂》此曲都用“合”，故此曲清代谱本中沿用此字者也最多。

跳出《梦蝶》一曲来看，在整个古琴曲的减字运用系统中，“合”的崛起恰正伴随着“應”的式微。根据《古琴指法谱字集成》的汇集，对“應”进行了指法讲

1.《沙堰琴编》此曲的名称为《梦蝶》，其他存见谱本多名为《庄周梦蝶》。因本文系与《沙堰琴编》比对，为简化行文，故均简以《梦蝶》而通概之。
2. 均指单纯用“應”字，不含“应合”。

解的琴谱共计35家，其中明及以前8家，清及以后27家；而对于“⿸广合”的讲解则共有52家，全部为清及以后。这52家对“⿸广合”的讲解，主流的观点已经统一为“應”“合”同声了。所谓“按弹后用指或上其徽或下其徽有音，以应次弦之声曰应，次弦合前弦之音曰合。如名按四弦十徽，弹一声即上九，与次弹散七应合同声也。（《大还阁琴谱》）”这样的解释，实际上就是在原来“合”的基础上，将相合的前后两个音分别进行了命名，前音为“應”，后音为“合”。前述清代影响最盛的《大还阁》等四家琴谱莫不如是。虽然仍有持“两声”说者，如《琴苑心传全编》，但实属凤毛麟角。“⿸广合”虽也言“應”，但其实质在“合”，而原来那个“前后两声相应”的指法“應”，却早已在濒临灭绝的边缘了。

再三思之，其实令人唏嘘的不是它为什么死了，而是它为什么活了？正如生命的传续追求家族的人丁兴旺一样，心灵的高峰远离尘嚣，然法之传续却难离热闹门庭。道心与教门，实是甚难、甚难。障者各执两端，而达者自然圆融于一。

2020年10月31日

于竹山

六 『少年团』四章

2018年的夏天，应某校国学夏令营之约，我曾为一帮十一二岁的少年讲过一次古琴。那次讲座面对的都是一些对琴一无所知的孩子，所以课堂所讲自然是一些最基础的知识。然而正因为是一些最基础的知识，却促使自己做了一次认真的、系统的回顾与思考。事实证明，这次讲座收获最多的可能并不是那些孩子，而是我自己。因为其中虽然很多素材都是网络上可以轻松找到的，当下关于"古琴"最基本的介绍，但认真追究起来，唯其基础，才往往被忽略，被认为理所当然。即使习琴多年，也未必透彻想过。其中有一些问题，于我个人而言，当时也只是概念性地提了出来。这两年，这些问题一直萦绕于脑际，直到最近，突然又有所触动，于是决定拿出来再捋一捋，或能于这些问题的思考更进一步。

1. 你的样子

这是我那次讲座总的题目。当初拟定这个为题，只是觉得对一帮完全没有接触过古琴的小朋友来说，他们可能需要从一个可识别的形象入手。而一个事物的样子，总是人们在从未接触或初次接触这个事物时，最先想要捕捉和感知到的信息。那么，古琴究竟应该是什么样子呢？虽然那次课堂上我带了好几张不同形制的琴，大家都可以看到实物，但我并不认为那就完全能代表琴的样子。

琴的样子是物质形态和意识形态的综合体。物质形态一目了然，但意识形态的附着却十分复杂。什么"天圆地方""琴长3尺6寸5对应一年365天""13徽对一年12个月加1个闰月"之类，数理与象形的解读还比较直观，而人在其中的投影却常常令人堕入迷茫。

琴是很特殊的乐器，它的形象是人琴一体的。所以有时候我们谈琴的样子，实际并不是在谈琴的物理形态的样子，而是在谈琴人的样子。当我们谈琴人的样子时，也并不总是在谈正在弹琴的那个人的样子，而是在谈古往今来，作为一个琴人应有的理想的楷模的样子。现代市场营销学有所谓“投影法”，用于找到和影响一个商品的目标消费群，即通过将典型消费者的人物形象、人生经历和生活方式等映射在商品上，从而达到建立群体归属，带动同类族群消费的目的。显然，古琴就是这样一件建立在深刻群体归属之上的乐器。数千年来，它不断累积，建立着群体的价值。早在商品经济繁荣以前，作为文化形态的古琴就形成了这样的传统，而且持之以恒地贯彻着，这是令人惊讶的，也可能是独一无二的。

那么，投影于琴上的那个典型的琴人楷模究竟应该是什么样子呢？我想一般而言，多数琴人脑海里浮现出来的都会是历代圣贤、高士的样子吧。的确，现在流传下来的很多琴曲，追溯其源头，所涉的故事与人物都是非圣即贤、非逸即仙的。然而于我个人的经历，却不总是这样。特别是在学琴的初期，脑海里常常浮现起来的，却是那些“十不准”“八不弹”的戒条。就好像旧时私塾里那个正襟危坐、手拿戒尺、形容枯槁的夫子，成天在人面前晃来晃去。那些圣贤本来是可爱可亲的，但终都变成了夫子手中，故纸堆里的一纸遗容。

但我并没有在那严肃、沉闷的氛围中死去，甚至后来也很少被那些五花大绑的准则缚住手脚。但我想那些圣贤的样子，本不是印在书本上用来吓人的。夫圣贤者，皆德智卓著、超凡拔类之人也。其德智流被后世，能令后世万千的种子，皆勃发出他们各自的生机来。因而明知十分好笑，所谓“自绳自缚”，所有的解脱也好，束缚也好，其实都是自心所造，但终究还是没有忍住自己的妄念，生怕那些倚在门首、初入门庭的琴学生们，被那些“陈腐”的妖怪掳了去，封了印，就再也动弹不得了。于是便拟了这个题目，这在当时，也算是对那一帮十一二岁自我意识开始觉醒的少年的投其所好吧。

其实，也并非完全的投其所好。或者，也更可以说是投自己所好。表面的投其所好下，一直堆积着的是过去10余年来，自己从未真正化去的执念。那便是对古琴因“尚古”而终成“泥古”之风的自扰与反叛。

“古”和“今”的问题，是琴学的基本问题。关于这一问题的争论，从未停息过。可以预见，未来也不会停息。因为无论在哪个时代，世界总是存在两种力量。一种回望过去，一种探寻未来。古琴，自从姓了“古”，“慕古”“拟古”“行古”似也就天经地义。而在古琴的语汇里，“古”与“圣”又往往紧密联系在一起。那些圣贤们似乎只活在历史的记忆里，随着时间的流动，被人们用石头一块块地垒起来，而愈加高大。我们顶礼在他们的影子里，追随着他们的思想与行为，却也渐渐忽略了那显而易见的事实——虽然“今”由“古”来，但“古”却也只能依“今”而活。所有的古曲都是经由那个活着的魂灵在弹奏。“古”当于“当下”而重生，圣心当于凡体中显现。

杨宗稷在其《流水（简明谱）》重修说明中说得甚好，所谓“此曲音节谓非古人之声不可也，皆古人之声亦不可也”。不正是古今、凡圣关系的圆融阐述吗？何为你的样子？琴有很多样子。有人喜欢“伏羲”，有人喜欢“仲尼”。有人生性侠义，有人志在泉林。每个人的心之所向都不一样。但凡你所取，便是你心。因此随你心念一动，那“伏羲”便不再是“伏羲”，“仲尼”也不再是“仲尼”，而全都随了“你”。虽然是从远古就一直流传下来的，但此刻因你的识取，融于“你”的身心而复活了，那便是你的样子。你活在当下，“古圣贤”便也就化成了当下“你”的样子。

2. 赤子之心

蔡邕说：“昔伏羲氏作琴，所以御邪僻，防心淫，以修身理性，反其天真也。”因嫌什么“邪僻”呀、“心淫”呀，对孩子们讲起来既说不清道不明，又涉嫌恐吓，于是便自作主张换了这个。可是究竟什么是“赤子之心”呢？记得当时脑海里直接浮现出来的，便是正在自得其乐踩水坑的小猪佩奇。我制作 PPT 征求意见的时候，罗乐说“不必太迎合”；艺书说从她的经验来看，十一二岁的孩子对这只“猪”已经无感了。而我还是坚持将这只“猪”放了上去，可是刚一站上讲台就有些后悔了。的确，小猪佩奇是时下我们这些成年的“社会人”的宠爱，而那些正倚在门首张望着、渴望着快些跻身于“社会人”行列的孩子们，却已经不爱她了。

追溯“天真”的源头，讲过“真者，所以受于天也，自然不可易也”的《庄子》，虽然引述过《老子》的“能婴儿（儿子）乎”，但却并没有直接建立起“天真”与“婴儿”之间的关联。《老子》虽然提出了“含德之厚，比于赤子”，然而其比，也并非专指于“心”。明确提出“赤子之心”的是孟子，所谓“大人者，不失其赤子之心者也。”这一论述，深刻影响后世千年。一直到了清代，袁枚和王国维还在翻版着学说“诗人[1]（词人[2]）者，不失其赤子之心也”。乃至于在道门内部，清代高道

1. 袁枚．随园诗话［M］．王英志，校点．南京：江苏古籍出版社，2000: 55.
2. 王国维．人间词话［M］．太原：山西古籍出版社，2001: 8.

李涵虚亦以此语解《道德经》，“怀德厚者，真人也。真人之心，不失赤子之心。”[1]按着这个句法，依样画葫芦，我们还可以说出许多“不失其赤子之心”的“社会人”来。总之非独政治家、文艺家和修行人，一切领域的至人达者，无不皆因“不失其赤子之心”而有所成。可见以“赤子之心”等“天真”，也并非完全出自我个人的臆想，而是历来皆有的一种看法和态度。

然而自那堂课以后，一个巨大的问号却一直在我内心深处盘桓。看着那些懵懂的孩子，站在那里张望着、渴求着，分明想要快些进入成年人的世界。而成年的人们却在彷徨着、迷离着，想要回到他们或比他们更早的世界里去。长大的孩子是永远不屑于与那些小孩儿们为伍的，“赤子的世界”正被他们丢弃着、鄙夷着。即便你告诉他，他们所正在丢弃的是人生的瑰宝，总有一天他们会想要去再捡回来的，但这一刻他们还是注定了要先丢弃。如果这“丢弃”之于人生中的此一阶段是注定了的，那么我们能说这“丢弃”就是失了“天真”吗？反过来，我们又能说这一刻的“不丢弃”就是守住了“天真”吗？答案显然是否定的。因此，相应地，“反天真”是不是回到“婴儿”那里去也就成了问题！

“反天真”是不是回到“赤子之心”那里去？蔡邕怎么想的我不知道。李涵虚为什么将“真人之心”与“赤子之心”联系起来，我也不知道。就我个人而言，之所以会生出“赤子之心”等于“天真”的想法，我想大概还是因为我们所受的通识教育里，这“世网尘劳”与那“天真”“赤子”的对立吧。中国传统文化里各门各教的理论思想本来各不相同，但在这个问题的基础教育上却是有相当的一致性。无论孟子的“人性本善”、老庄的“抱朴守真”，还是禅宗的“去垢重光”，乃至后来到了王阳明弟子罗近溪的“善自觉悟”，都有一个人在发展成长过程中对“初心”与“真”“善”的背离的假设前提。正是“世网尘劳”令那一颗本来纯净的“心”迷失或蒙尘了，故而蔡邕论琴使一“反”字。设若时光倒流，顺着人生的轨迹倒退回去，那自然是回到婴儿的时代了。然而在我看来，二者是否能够画等号，现在却真的存有相当的疑问。

其实《庄子》所说，清清楚楚，明明白白，所谓“真者，所以受于天也，自然不可易也”。既然人同万物一样，皆是自然造化的一部分，那人生四季亦同花开花落。赤子是天真，青春少壮亦是天真，耄耋老者亦各皆天真。或云心本是一样的心，

---

1. 李涵虚．《道德经》注释（《东严正义》）：第五十五章［EB/OL］．（2016-11-06）［2020-07-15］．向死而生hl265w. 360 个人图书馆．

真也是同样的真，只是人受后天社会习气的染着熏习而有所迷失，故有所别。然人之有社会性，不是自然本来化育如此吗？天真又不是只有一种姿势！作为自然之子的人创造了社会，却又由社会挑动着人的喜怒哀乐、七情六欲，沉浮迷悟不断上演，这本来也是十分的天真！我近来闲翻《黄帝内经》，读到《上古天真论》中“女子七岁肾气盛，齿更发长。二七而天癸至，任脉通，太冲脉盛，月事以时下，故有子……七七任脉虚，太冲脉衰少，天癸竭，地道不通，故形坏而无子也。丈夫八岁肾气实，发长齿更。二八肾气盛，天癸至，精气溢泻，阴阳和，故能有子……七八肝气衰，筋不能动，天癸竭，精少，肾脏衰，形体皆极。八八则齿发去。”[1]体悟竟与上同。自然孕育而出的人的生命轨迹变化如此，人生不同阶段沉浮迷悟的心灵轨迹，想来也是本该如此吧。迷亦天真，就像小孩子不知边界，总要摔得鼻青脸肿一样。摔着摔着也就清醒了，俗语所谓开窍了、灵光了。但是算来人生百年，对普通的常人而言，要有所醒豁，总也是到老的事情了。所谓“老还小”，便是自然的规律、“天真”的规律。这个，你讲不讲，知道不知道，它都在那里。人生的轨迹就是朝着那里去的。“赤子”抑或“赤子之心”只是过来人写的一个道理在那里，好使我们这些后来人可以提前知晓，懂得辨识。那都是一个比喻，但世人却总是常常执着于比喻。正如佛家以手指月，讲的不是指头，而是月亮。但人人都曾经追寻着那指头，至于什么时候才能看见月亮，就只有各人各自寻去。

所以“赤子之心”不等于“天真”，但以“赤子之心”喻“天真”却是一般人易于接受的。人们也常常困于“赤子”的柔善与良纯，而忘了“赤子”的至阳与至盛。这至阳与至盛当然是包含欲望的。人从一生下来便开始摄受，欲望便开始增长。只是“赤子”不懂得掩盖，想要什么，就认真地伸出手去。而成年的人们却学会了掩盖，尤其是读过万卷书以后，明明内心里想要得不得了，却偏偏装出一副无所求的样子来。这或者才是修“赤子”行的人们最应该学习和思考的吧？关于这些，清代莲峰禅师评座山狮林和尚的一段写得十分有趣：“力担重担，杰立丛林，丈夫之胆，赤子之心，灭瞎驴眼，脱太白针，见佛便杀，逢虎便擒，簸土扬尘十有载，座山顶上龙高吟，窃却文钱买履去，高山流水不知音”[2]。话到此，也算是尽了。

1. 王冰．黄帝内经［M］．北京：中医古籍出版社，2011: 9-10.
2. 清素，说，性深，等，编．莲峰禅师语录［EB/OL］//CBETA 电子佛典集成．台北：中华电子佛典协会．

3. 文人琴

文人琴是讲琴一般都会谈到的关于琴的基本特质。由于历史上从圣贤名流到一般读书人，从大文豪到大画家，不少人都是琴的拥趸，他们不仅自己弹琴，有的还创作琴曲，同时历史遗留下来的诸多文学经典与人文故事也成为琴曲的创作题材，形成了琴的文人传统。因此，“文人琴”也常被一般琴人们骄傲地挂在嘴边，并每以“位列‘琴棋书画’四艺之首”而自居。然而当代文人琴的式微却是不争的事实。

有观点认为，文人琴的式微与文人群体的消失，特别是文人精神的丧失有关。其中，最显著的又是“独立思考意识与能力”的丧失。过去我也认同这一观点，但今天有了一些变化。近来重读《百年孤独》，深感每一个人的灵魂都是孤独的，人格都是独立的，即使是在再艰难的环境下，“独立思考”的精神有可能被潜藏，但都不会消失。

什么是文人精神？这实在是一个非常复杂的课题，三言两语也讨论不清。但说“独立思考的意识与能力”是文人精神的重要构成部分，我想大多数人还是会认可的。而“独立思考的意识与能力”在当代社会人群中虽然稀缺，但也绝不至于丧失殆尽。特别是弹琴、爱琴之人，多有特立独行、见解独到之辈。作为一个整体，琴人群体的一些思想行为往往与众不同，出离于社会世俗以外。其中，虽然不落前人窠臼、能推陈出新者的确也是少数，但社会结构本来是金字塔形的，无论哪一群体，都是追随跟从者众，而创新引领者稀。琴人群体也不例外。因而说“这一群体独立思考意识与能力集体丧失”的依据并不充分，自然将之归结为文人琴日渐式微的原因也就值得商榷。

那么，文人琴日渐式微，或者说琴的文人特性日渐衰弱的真正原因又是什么呢？依我个人的看法，是形成并涵养琴的文人特性的两大体系的断流。回到开篇的话题，琴的文人特性因文人的传习参与与创作参与而形成，但现在这两个方面的参与显然都濒临断流或存在结构性的问题。

先来看“文人的传习参与”这个方面。现在的习琴、弹琴者中，多有琴棋书画四艺皆通之人，甚而亦多琴道、茶道、香道、花道，道道皆全之辈，貌似文气鼎盛，并无断流之虞。然而放到群体的金字塔结构体系里来看，这个结构体系显然是极不完整的。放眼整个琴史，除三皇五帝、历代圣贤以外，触目皆是陶渊明、王摩诘、柳宗元、白居易、欧阳修、苏东坡这样的文化巨擘，一直延续到明清，也还不乏刘基、张岱、陶宗仪、文震亨、陈继儒、纳兰性德这样的文化大家。这些不同时代文化圈层的标志性人物，他们除习琴、弹琴，以琴入诗文、入绘画外，有的还直接参与论琴、制曲、纂谱的工作，推动着古琴音乐的发展。然而现当代以来，这样的传统显然中断了。现在，你几乎找不出文化大家懂琴、善琴的案例来，更遑论由他们直接参与和推动的理论建设与创作实践？本来对琴道的修习而言，追慕名人的光环是十分可笑的，但之于“教门”的壮大与繁荣，这极少数的光环却是群体的灯塔。当一个时代的顶级代表性文人不再参与琴的传承与创造，时代的星火也就失去了汇集的焦点。不知从什么时候起，琴失去了对顶级文人的吸纳能力？并不只是作为生命个体的某个具体的人及其名号，是否融汇进来的问题。与之相随，时代的人文精神与思想，也不再透过琴来显现！所谓的“文人琴”只剩下“消费先贤”的臭皮囊。而这具皮囊，如果没有新鲜血液的供给，总有一天也会在那些逝去的先贤们的注视下化为乌有吧？

再来看“文人的创作参与”方面。前文已经谈到，历代的文化大家有直接参与论琴、作曲和纂谱工作的情况。其实这还只是比较小的一部分，特别是琴曲创作，毕竟具备音乐创作能力的顶级文人还是少数。但是这并不妨碍他们的作品汇流到琴曲创作中来。比如李白的诗文，在他以后的各个时代，均有持续不断的创作再现。到明清之季，还有琴人将自己朋友圈的诗文谱入琴曲的案例。虽然这些诗文琴曲、琴歌的传播面并不广，影响力也十分有限，但那是另外一个话题，与作者本身文学、琴学两方面的造诣及其影响力有关。“文学作品谱入琴曲”的文人传统还一直延续着。然而现当代以来，新制琴曲的总量都并不算多，更何况音乐性与文学性兼具的佳品。新世纪以来，新制琴曲的创作活跃度虽有所回升，但多集中于对流行音乐、影视音乐、心灵音乐等的移植与创作上。文学作品直接入琴的传统还基本没有续上，将具有时代标志性的作品谱入琴曲的案例就更是不可见。这于现代社会，或许会遭遇版权问题的制约，但首要的问题还是创作的意愿。现在的一些琴人、琴家还在为现代体诗文适不适合谱入琴曲而争论不休。其实这只是一个伪命题。当宋词出现的时候，其有别于唐诗的长短句形式又适不适合谱入琴曲呢？这还是严重的观念制约。不突破这种制约，文人琴曲的创作就难以复苏。设若以“文学作品谱入琴曲”的传统一直不曾中断，无论是小文人自己的低流行度作品，还是大文豪的知名作品都汇集起来，涌现出来，那么随着量的增长，再随着跨地域、跨时代、跨琴人类型的多维度持续打磨，也就有机会催生出传世的佳作来。

今天的文人，热衷于消费那些曾经读过的很多书，热衷于消费中国传统文化中那些熠熠生辉的历代先贤。今天的琴人更热衷于复刻那些经典的文化品位与生活趣味，常把“四艺之首”挂在嘴边。其实哪有什么“首”不“首”？不过是并列的语序和一句话节奏与韵律的组合而已。在明代，施耐庵《水浒传》里说“琴棋书画”，吴承恩《西游记》就说“书画琴棋”。到清代，曹雪芹《红楼梦》说“琴棋书画”，蒲松龄《聊斋俚曲集》、李渔《闲情偶寄》、袁枚《随园诗话》都说“书画琴棋”。甚至李汝珍《镜花缘》，一会儿“琴棋书画”，一会儿“书画琴棋”，谁又和谁究竟有着什么样的“首尾”呢？要我说，谈琴的“文人性”，“文”自然是底色，“书”自然是关键。“书”也是起点。对那些以“文人琴”自居的琴人，失去了“文”的鉴赏力、创造力、传播力，就并不能在琴的“文人性”传承与发展上做出多少贡献。琴本来是文人与职业音乐人双轮驱动，相互传递、相互激励、相互完善、相互演绎而不断发展向前的。文人们在自己的地盘里失去了能力与活力，还看不得音乐人在音乐的领域里先具有了适应时代发展需要的能力与活力。看不得别人的地盘越来越大，只好搬出那些已经逝去的老仙人板板们来吓人，这就失了“文”格。不如斩了那个“首”去，踢到二线、三线、十八线，或者终将迎来人文复苏、创作兴盛、枝繁叶茂的那一天。

4. 琴禁

“琴之言禁也，君子守以自禁也”是东汉桓谭在其《新论·琴道》里提出的观点。稍后班固在《白虎通》中进一步阐释为“琴者，禁也，所以禁止淫邪，正人心也”，成为深刻影响后世近两千年的琴学理论基础。前述蔡邕“御邪僻，防心淫”之论，亦可见其影响。早些年，对于这一理论思想，我是十分反感的。我认为琴为心声，是心的自然流露，以琴自况的文人多性情中人，哪里又是一个“禁”字，可以禁得住的呢？

比起“琴禁”来，过去我更认同明李贽的“琴心”思想，“琴者，心也，琴者，吟也，所以吟其心也”（《焚书·琴赋》），以及清庄臻凤的“鸣琴乃除忧来乐之意”（《琴学心声谐谱》）。2020 年 3 月新冠肺炎疫情禁足期间，收到胡老分享的一篇《北京青年报》对琵琶演奏家刘德海先生的专访，读后便又觉出些“琴禁”的可爱来，因而有了些改变。

刘德海先生说他的琵琶生涯“我整个的过程是在变化的。最初的创作是非常叛逆的，我就感觉到老曲子很多我要‘改变’它，做了很多过激的东西。那时候我是年轻人，把传统的东西也改头换面了很多”。

“而我晚年从激进转化为保守，过去‘保守’是贬义词，其实保守要看你保什么。”

“琵琶现在的脾性很躁，受到娱乐化的影响和虚无主义无调性的影响。”

“我觉得有调性的作品都创作不过来，可他们却感到有调性结束了，追求不和谐音，这是错上加错。现在的社会对乱弹也鼓掌，正着弹《春江花月夜》却没掌声，观众的耳朵被惯坏了，不习惯听这些了。那些无调性的东西听多了，其实那些是‘三无产品’，没有风格，没有国籍，没有技巧。”[1]

刘德海先生从年少到耄耋，从激进到保守，所经历的转变，大约是每个人都会走过的历程吧？但所谓“保守”，也只有经历了年轻时的“激进”，到了一定的岁数，才能够真的“守”得住吧？年轻的时候，看着书上写着很多的“禁止”呀、“回归”呀、“传统”呀什么的，所记住的多是一些名象而已，真实的意涵少有人能真切体会，所以都要出去跑一圈才回来的。明明是要跑出去的年纪，却被那个名象拴在那里，自己都不知道守什么，所守的大约也只有“魂不守舍”了。人人打小都是这样过来的，所以过来人也十分可爱。他们心知肚明，知道你这些后生娃子总有一天要回来，于是就把个“禁”字写在那里，然后睁一只眼闭一只眼，任你野马般跑去，只是那根线却紧紧攥在他手中。没有疯过的少年，到老了才疯去，还能不能归来？归来又还是不是少年呢？

以前觉得，老仙人们给你画的那个“禁”，圈圈是很小的，逼窄得让人喘不过气来。就像孙悟空给唐三藏画的那一个。再大些，也顶多一间私塾教室从门到窗子的距离。其实那都是不明事理的孩子，自己给自己想象出来的束缚。人家的话说得很活泛，“禁淫邪，正人心”“君子守以自禁”。你不过光屁股小孩一个，哪里够得上什么君子？再回到“禁淫邪，正人心”的终极目的“返天真”，光屁股的年纪就应该去掏鸟蛋，那是属于你那个年纪的“正”，根本就不是什么“淫邪”。明明是掏鸟蛋的年纪，却非要学着做一个君子的样子，怕也是早已背离了君子之道了吧？

“淫邪”这东西就是个鬼鬼祟祟的影子，照镜子的时候，突然在门口一晃而过，你就怕得要死。他就是那样的影影绰绰，没有具体的形象，让你内心惶惶不安，来

1. 伦兵．刘德海：琵琶现在的脾性很躁［N/OL］．北京：北京青年报，2016-01-23（15）．

考验你。如果你那一刻本来心是“正”的，是“安”的，他也就魂飞魄散了，那么也就不存在什么“淫邪”，“禁”也就破了。

现在想起来，其实圣贤者们最是通晓世事人心的，对于你这三五个小猴儿的心思全都清清楚楚、明明白白。制个“禁”在那里的好处至少有两个，一是进行人物的筛选，二是给具备一定条件的人指引道路。“禁”对学众的利益是多层次的。在这一道符前，循规蹈矩和聪利跳脱之人立判。对于循规蹈矩之人，就给他一个前人的经验和规范，让他们老老实实、规规矩矩地走去；而对于那些聪利跳脱的人，则让他先自由奔放，然后再牵着他们的鼻子回来。在对前者的循循善诱中，传统的根基持续巩固。而在对后者的一放一收中，创造出新的顺应时代的东西，并再经沉淀，最终汇入传统的洪流。传统也就如流水不腐，而奔流向前，充满活力了。

突然没来由地想起了小时候，与一班兄弟姐妹们被外婆押着睡午觉。大家商量着假装眯着眼睛睡觉，等哄过外婆就出去逮“丁丁猫儿”。等我们睡下一会儿后，外婆总要透过窗玻璃往里望一望。等外婆转身一去，自个儿也睡下了，哥哥姐姐们就跑出去了，而小不点儿妹妹却总是真的睡着了。我们在野地里疯跑着，被正午的太阳炙烤着，汗流浃背，很是开心。那一刻，外婆也一定在一个人偷偷地笑吧？其实都是老仙人们凭空画的一把锁，由着你们的天性闹去，就看你有没有勇气推开那扇门。

2020 年 7 月 15 日

于重庆江津

七 《存见古琴曲谱辑览》统计观察

（一）观察缘起

《存见古琴曲谱辑览》是查阜西先生在新中国成立之初，耗费大量时间跟心血编纂的一部琴学巨著。其对当代琴学的价值贡献无疑是巨大的。书中所涉材料，在各类当代琴学活动中被普遍使用。笔者自身也在长期使用这些材料的过程中受益良多。

本次观察，因一个偶然的机缘而起。2018 年下半年，因做另一课题研究的需要，笔者开始着手建立历代琴曲、琴谱的电子数据库。在对《存见古琴曲谱辑览》一书的材料查阅与使用过程中，笔者偶然发现其中存在着一些数据误差问题。笔者出发点是想就某个与个人研究相关的数据，找出误差的原因，并由此获得准确的答案。但刚好这个数据是并非孤立的，而是与书中其他版块的数据有着这样或那样的联系，从而牵引着笔者深入其中，并最终完成了本次旷日持久的观察。

本来作为一部汇典性质的工具书，数据统计并非《存见古琴曲谱辑览》一书的核心内容，其主体价值在于对历代存见琴曲、琴谱材料的汇集、整理和如实呈现。然而统计数据的生成却是依材料的汇集、整理所产生的结果，因而也与其材料处理、汇成的科学性、准确性、完整性息息相关。在对全书进行系统、全面的观察后笔者发现，如果跳出我们习以为常的对书中某个具体材料使用的微观层面，从整体结构和材料信息分类处理的角度进行观察，则《存见古琴曲谱辑览》一书可以为我们带来全新的视野和收获。这是一般读者或研究者很少会触及的对历史遗存琴学材料进行统计学研究的领域。但这一领域的开启，对于更加系统而深入地认识和利用好这些历史材料，或也具有其独特的意义。本次观察，只是这方面工作的一次粗浅的尝试。笔者将观察结果汇呈于此，并为此道中探索之始。

（二）观察说明

1. 观察对象

（1）对象名称：查阜西编纂《存见古琴曲谱辑览》全书。

（2）版本说明：本次对《存见古琴曲谱辑览》一书的观察，所使用的版本为“人民音乐出版社 1958 年 9 月北京第 1 版，2001 年 8 月北京第 2 次印刷”本。

2. 观察目的

（1）发现误差，检核误差：本次观察因偶然发现书中存在的数据误差而起，因此发现误差、检核误差亦是本次观察的最初目的。

（2）探寻成因，总结经验：《存见古琴曲谱辑览》是一部内容极为丰富的存见琴曲、琴谱资料的汇典，其所涉材料信息多达数千条。对如此庞大的材料信息的处理，在成书的那个年代是前所未有的。笔者通过对其材料分类处理方法及其数据误差成因的探寻，可以总结出历史遗存琴学材料的统计学经验，为未来的研究提供参考和借鉴。

3. 观察内容

《存见古琴曲谱辑览》按其“内容提要”所述，是一部有关古琴曲传谱、解题、歌词三方面材料的汇典。全书有明确统计数据汇总的，包括“编纂时所掌握的谱集”“存见传曲”“存见传谱”“存见琴曲解题和后记”，以及“存见琴曲歌词”五个方面的指标。因此，本次观察虽然是建立在对《存见古琴曲谱辑览》全书的整体观察之上，但基于前述观察目的，观察的内容也主要集中在由统计数据汇成的这五个方面。

据《存见古琴曲谱辑览》目次，全书共包括十个方面的内容（详见表 1），本次观察的核心内容共涉及其中第三、五、七、八、九、十，共六个版块。

另，为方便行文，本观察报告有述及各部分内容名称者，除特别说明外，均按表 1 中的“行文简称”进行指称。编制统计观察表时，为节省篇幅，亦有直接标注为“字母代码”的情况。

表 1 《存见古琴曲谱辑览》目次及其在本观察报告中的行文简称对照表

序号	目次全称	行文简称	字母代码
一	叙	叙	
二	本编材料内容和检用方法说明	检用说明	
三	本编传谱部分所据谱集、谱本一览表	据谱一览表	
四	本编未收和不收的谱集、谱本一览表	未收谱集一览表	
五	存见有谱古琴曲总表内各琴曲的索引	琴曲索引	

续表

序号	目次全称	行文简称	字母代码
六	别名、异名琴曲检查表	别异名琴曲表	
七	存见有谱古琴曲总表	存见琴曲总表、总表	Z
八	存见古琴谱集及其所收琴曲的提要	谱集收曲提要、提要	T
九	存见琴曲解题辑览	解题辑览、辑览	J
十	存见琴曲歌词辑览	歌词辑览、辑览	G

4. 观察参考

由于笔者本身并未掌握查阜西先生编纂《存见古琴曲谱辑览》时的原始材料，但前述几个核心观察内容所在的版块，都不同程度地存在基础材料及其数据讹漏的问题，通常表现为不同版块间或同一版块前后文间的材料信息矛盾和统计数据误差，因此当两个以上版块的同一指标出现材料信息和数据不能对榫时，引入了《存见古琴曲谱辑览》以外的其他材料进行参考观察。这个引入的其他材料便是同为查阜西先生所主持编纂的大型古琴曲谱集资料汇编——《琴曲集成》。

查阜西先生编纂《琴曲集成》的正式动议是始于 1960 年[1]。从时间上来看，其是在 1958 年《存见古琴曲谱辑览》正式出版后不久即将《琴曲集成》的编纂提上了议事日程的。由此观之，其在编纂《存见古琴曲谱辑览》时的据谱，应该都收入了《琴曲集成》一书。但查氏编纂《琴曲集成》一书旷日持久。按《新版琴曲集成》之说明，其第一辑编成于 1962 年，而第二辑则是到了 1975 年才定稿。而且全书定稿后，由于种种原因一直未能全套出齐。《新版琴曲集成》首次正式全套面世已是 2010 年 6 月，其时据当初的动议发起已过去了半个世纪。在这个漫长的期间里，至少两个方面的变化会导致《新版琴曲集成》所收谱集与《存见古琴曲谱辑览》据谱之间的关系，未经考证难以确定。一是原始谱集收藏单位的变动；二是同一谱集更优版本的发现及汇入。由于笔者以个人之力并不能准确掌握这些可能存在的藏本与版本的变动情况，因此本观察虽对《琴曲集成》的材料有所参考，但并未将之等同于《存见古琴曲谱辑览》的据谱来加以运用。总体来看，本观察对《琴曲集成》所提供的材料运用是谨慎的，仅仅将其作为旁证来综合参详。只有当《存见古琴曲谱辑览》各版块间存在材料与数据的差异，而《琴曲集成》所提供的材料又与《存见古琴曲谱辑览》中至少一个版块的内容相对应时，才将其作为判断的参考。

1. 查阜西. 《传统古琴曲谱集成》编辑计划 [M] // 黄旭东，伊鸿书，程源敏，等. 查阜西琴学文萃：下. 杭州：中国美术学院出版社，1995：566.

5. 观察方法

本观察主要围绕《存见古琴曲谱辑览》全书所涉之统计数据而展开，因此所使用的观察方法也主要是建立在文本精读基础之上的统计观察法，即以统计方法对全书所涉数据及其材料进行系统的梳理和分析观察，发现问题并探寻答案。

由于对原始材料占有的缺乏，本次观察未能以原始材料的比对为基础而展开，这是一个不得不面对的现实的遗憾。然而《存见古琴曲谱辑览》全书本身的结构体系，却为从其内部各版块间的材料信息比对和数据统计分析入手、展开观察提供了可能。

具体的工作方法包括材料信息比对、数据库建立、数据统计分析、统计指标及分类方法研究等。

6. 观察准则

由于《存见古琴曲谱辑览》所涉材料信息数据量巨大，当初编纂时又并非以求得统计结果为目的，因此虽然其汇成了统计结果，但这些统计结果多有偏差。其背后均不同程度地存在着除统计过程中不可避免的人工误差因素外的技术性误差。比较典型的例子是指标分类标准界定不清的问题，并由指标分类标准的摇摆，导致不同版块或同一版块前后文间的数据分类处理矛盾。

笔者以统计结果为线索观察全书，遭遇这些统计技术矛盾时，多有需要分析、研判，乃至定夺者。为尊重原作原意，尽可能少地受到个人观察过程中的主观干预，根据前述观察目的、观察内容、观察方法等，确定本次观察的三项基本准则如下：

（1）基准确立：《存见古琴曲谱辑览》全书各版块中，鉴于“谱集收曲提要”是对各谱集及其所录琴曲的各项指标记录最为详尽和完整的，“解题辑览”和“歌词辑览”是对其中所涉单项指标的具体材料罗列；而“据谱一览表”中的全书据谱情况，以及“存见琴曲总表”中的各琴曲传谱情况均可在“谱集收曲提要”中找到与之对应的依据，故本次观察绝大部分内容是以“谱集收曲提要”所提供的材料和数据为基准组。只有一个例外，那就是关于存见古琴曲的曲目数统计。由于“谱集收曲提要”是对存见古琴曲谱的详列，其中并不包括对这些存“谱”合并同类项、归并为“曲”的过程和结论，所以对存见琴曲的观察是以“存见琴曲总表”中所列曲目为基准组的。

（2）误差定断：由于观察对象所涉除“据谱一览表”外的其他版块（包括两个基准组在内），均不同程度地存在数据讹漏问题，并导致统计误差，故其误差的定断及处理依以下准则进行。

①同一指标在两个及以上的组别间存在信息和数据差异不能定断者，以《琴曲集成》所提供的材料为依据。即与《琴曲集成》所提供的材料信息相符的为正，不相符的为误。受藏本或版本差异影响，《琴曲集成》不能提供材料的，以基准组为正，非基准组为误。

②同一指标在两个及以上的组别间虽然信息和数据不存在差异，可以对榫，但依然存在双误或全误可能性的，虽《琴曲集成》能够提供其有可能双误或全误的材料，仍不以《琴曲集成》为准，本次观察自动默认为两书间藏本或版本的差异，仍以《存见古琴曲谱辑览》本身所提供的材料信息为准。

（3）标准统一：本次观察最大限度地尊重编纂者原始的编纂逻辑与意图。由于满足“从统计方法上提供参考和借鉴”的研究目的需要，虽后文中对全书统计方法的分析，不可避免地涉及对其材料信息分类处理方式方法的科学性和合理性的探讨，但对材料信息和统计数据本身的复检与处理，均不涉及对原书的编纂逻辑与意图进行变更。较特殊的情况是，同一指标在两个及以上的组别间，材料与数据的处理标准不统一时，本研究默认以基准组的处理方式为准。基准组本身存在前后处理方式不一致的，综合其他版块的处理方式予以定夺。

7. 观察步骤

（1）预观察阶段：2018 年 9 月—2018 年 12 月，主要通过对全书所涉内容的初步观察，发现可能存在的统计误差和统计问题，并据此设计进一步的观察方案。

（2）观察数据库建立阶段：2018 年 12 月—2019 年 4 月，建立观察数据库，对所涉数据进行预录入，发现观察方案及数据库设计中存在的问题，适时动态调整，并完成录入。

（3）正式观察阶段：2019 年 4 月—2019 年 11 月，对全书展开系统、全面的统计观察，其间因观察过程中不断有新的问题发现，因此观察方案和观察数据库也几经调整，直至最终观察完成。

（4）观察报告撰写：2019 年 5 月—2020 年 2 月，伴随正式观察，笔者同步开始撰写观察报告，但由于观察过程中方案和数据库的不断调整，观察报告亦几经改题，至 2019 年 11 月统计观察完成，方最终明确报告意图与撰写方向，并于 2020 年 2 月完稿。

（三）观察结果

1. 观察结果综述

《存见古琴曲谱辑览》是一部关于古琴曲传谱、解题、歌词三方面材料的汇典。编纂时所掌握的古琴谱集，及全书所汇集到的琴曲、传谱、解题和歌词数量，在其“叙”中有一个明确的交代，即“144个谱集、658个不同的传曲、3 365个不同的传谱（略去重复后）、1 771条琴曲解题和后记、336篇琴曲歌词”。本次观察以这五个指标为线索深入全书，得出主要观察结果摘要如下：

（1）关于“144个谱集”：统计结果正确无误，且不同版块间指标口径统一，数据信息分类处理无矛盾。稍有遗憾之处是同一谱集名称存在前后不一致的情况，如《琴书千古》在“存见琴曲总表”中有时名为《琴书千古》，有时又写作《琴谱千古》。

（2）关于“658个传曲”：统计结果正确无误，但各版块间和同一版块前后文间多有指标口径不统一，以及数据信息分类处理矛盾的情况存在。“存见琴曲总表”和“琴曲索引”中均存在数据讹漏现象。部分琴曲分判的合理性有待讨论。

（3）关于“3 365个不同的传谱（略去重复后）”：这一统计结果本身是有误的，且所有涉及这一指标的版块均不同程度地存在数据讹漏现象，因此单就各版块所提供的材料信息进行统计汇总所得之结论均存在误差。经“谱集收曲提要”与“存见琴曲总表”相互比对后得出数据结论为存见传谱3 538个，与“叙”中所述保持同一口径，“略去重复后”[1]应为3 413个，误差率1.43%。对成书当时所采用的人工统计手段而言，这个误差率还是比较小的，但对以资料汇典为目的的《存见古琴曲谱辑览》而言，更为重要的是各版块中不同程度的材料讹漏，以及指标口径不统一和数据信息分类处理矛盾问题。

（4）关于“1 771条琴曲解题和后记”[2]：这一统计结果亦不准确，单就各版块所提供材料信息进行统计汇总所得之结论亦均存在误差。经“谱集收曲提要”与“解题辑览”相互比对，全书所录见于据谱谱集中的解题类材料应为1 973条（略去重复后为1 920条），另录有《太平御览》《乐府诗集》等非据谱谱集的相关材料164条，合计2 137条。即使以1 920条计，“叙”中所述的统计结果，其误差率也达8.41%，

1. 指《谱集收曲提要》中删略未录的《黄士达太古遗音》之于《谢琳太古遗音》，《徽言秘旨订》之于《徽言秘旨》，《卧云楼琴谱》之于《琴谱析微》完全相同的125谱。后文如无特殊说明，均指此。
2. 由于这部分内容含有解题、后记、分段标题三部分材料，后文中多对其概括称为“解题类材料”。

各版块间数据讹漏现象较为突出。造成这一指标统计结果数据误差较大的原因，除“据谱以外其他材料的增益”及“单纯的材料漏录”因素外，还包括“材料分类处理标准不统一”的问题，如“重复曲谱”“一题多谱”“佚谱”和“非琴谱”，这些材料如何处理，是否计数等。

（5）关于“336篇”琴曲歌词：首先，这个概念的界定并不清晰。所谓“336篇”，是就“琴曲索引”中列有歌词的琴曲而言，即存见的658个传曲中有336曲是有词的，而并非相对于3 000多个存见传谱中有词的“篇”数。其次，即使就“琴曲索引”中的有词琴曲数而言，这个数据也应为“335”曲。经“谱集收曲提要”与“歌词辑览”相互比对，相对于3 000多个存见传谱中的存见歌词篇数应为907篇。

以上部分为对五项观察内容之观察结果的总体概述，下面就具体各项内容的观察情况展开说明。

2. 关于144个谱集

《存见古琴曲谱辑览》一书编纂时查阜西先生所掌握的古琴谱集总数，按“叙”和“检用说明”中所说是144个。这个谱集数由两部分构成：一是“据谱一览表”和“谱集收曲提要”中所列的109个据谱谱集；二是“未收谱集一览表”中所列的35个未纳入编纂的参谱谱集。二者合计为144个。也就是说，这144个谱集是查阜西先生编纂《辑览》一书时所掌握的谱集总数，实际《辑览》一书中所依据的谱集只有109个。谱集观察摘要见表2。

表2 谱集观察摘要

观察指标	《存见古琴曲谱辑览》编纂时掌握的谱集
数据出处	“叙”
观察对象	基准组：“谱集收曲提要”
	对证组：“据谱一览表”“未收谱集一览表”
	参考组：“检用说明”
观察方法	文本观察、统计观察
观察结果	指标概念界定清晰
	统计数据结果正确
	分类处理标准统一
数据说明	144个掌握谱集＝109个据谱谱集+35个未收谱集

这个数据是本次观察所涉5个指标中唯一不仅统计结果完全准确，而且其相关各版块间不存在统计标准矛盾，数据关系也是清晰无误的。

3. 关于658个存曲

《存见古琴曲谱辑览》所录琴曲的数量，按“叙”中自述为658曲，而“存见琴曲总表”和“琴曲索引”中实际所列却分别为657曲和659曲。经组列间互检，“叙”中所述“658曲”是准确的。“存见琴曲总表”因漏录《四大景》一曲[1]，而少一曲；“琴曲索引”因将同曲异名琴曲《夷旷吟》和《怀古吟》分列为两曲[2]，而多出一曲。存见传曲观察摘要见表3。

表3 存见传曲观察摘要

观察指标	存见传曲
数据出处	“叙”
观察对象	基准组：“存见琴曲总表”
	对证组：“琴曲索引”
	参考组：“据谱一览表”“别异名琴曲表”“谱集收曲提要”“解题辑览”“歌词辑览”
观察方法	文本观察、统计观察
观察结果	指标概念界定清晰
	“叙”中所述统计数据结果正确，但“琴曲索引”与“存见琴曲总表”数据有误
	材料分类处理标准不统一，主要涉及旧曲重订、同题新作、同词异题、词牌琴曲如何处理四个方面的问题
数据说明	658首存见传曲是编纂者对全部存见传谱进行分判后而得出的结果。分判的总体思路是以题名为纲，题名相同、相近或依据充分的异名琴曲归为同曲，存有争议的异名琴曲各自保留存异

针对以上统计数据和观察结果进行分析，此项指标所涉的不同组列间的差值虽然极小，却并非仅只是因统计过程中的人工误差而引起的。“琴曲索引”所产生的统计数据误差，隐含着较显著的不同版块间材料分类处理标准不统一的问题，具体如下。

按“别异名琴曲表”，《怀古吟》为《夷旷吟》之异名，二者实为一曲[3]，且在本指标的观察基准组“存见琴曲总表”中二者亦是合为一曲并录的[4]，而“琴曲索引”

1.“琴曲索引”（29页）、“谱集收曲提要”之《张鞠田琴谱》（[总204]162页）《琴学丛书》（[总236]194页）、“歌词辑览”（[总1079]555页）均可见有《四大景》一曲，而“存见琴曲总表”中却漏列此曲。根据《存见古琴曲谱辑览》的编辑原则，此曲在“存见琴曲总表”中的排列序位应在[总41]41页《五瓣梅》之后。
2.“琴曲索引”中《夷旷吟》和《怀古吟》分录于第29页和39页。
3. 见“别异名琴曲表”（44页）。
4. 见“存见琴曲总表”（[总17]17页）

中《夷旷吟》和《怀古吟》则分为两曲。虽然《怀古吟》曲条中有注明“并《夷旷吟》”，但其由于单列了《夷旷吟》曲条，客观上造成了统计结果的偏差。

事实上从全书的角度来看,《夷旷吟》和《怀古吟》究竟是分为两曲还是合为一曲，在多个版块中均存在标准不统一之处。除“琴曲索引”外，“解题辑览”中也是将二者分列为两个曲条来处理的[1]。但“别异名琴曲表”和“存见琴曲总表”却是将二者合为一个曲条的。

与此类似的情况在“存见传曲数”的统计分类及数据形成过程中并非个案。由于“存见传曲数”是在全书所录3 000多个“存见传谱”的基础上进行归并、分判而形成的，其归并、分判的过程不可避免地带有一定的主观性，因之其归并、分判方法也就非常值得讨论。

笔者认为，总体来看，《存见古琴曲谱辑览》一书在进行“存见传曲”的归并、分判时所遵循的一些基本原则还是十分合理的。查阜西先生改变了周庆云在编纂《琴操存目》时所使用的“以琴曲形式及其存见状态”[2]为分类标准，以及“不归并同曲异名琴曲”的方式，而采用了新的“以题名为纲”的琴曲分类方法，即将题名相同、相近者归为同一曲。那些虽然历来就存在多种名称，但归并依据充分的异名琴曲也归并为同一琴曲。而对于那些曲谱内容大致相同但曲名不同，或曲名相近但曲谱内容却不相同的琴曲，如《秋水》与《神化引》、《水仙操》与《水仙曲》等，则选择了“一律存异”。 古琴音乐是典型的文人音乐，许多琴曲都历史传承久远，在其漫长的传播过程中难免会遇到后人不同程度的重订和修改，甚至发生题名和主题内容的分化。面对这种音乐本身复杂而多变的情况，选择以题名和渊源为依据，对琴曲进行归并、分判，符合古琴音乐自身的特点，具有合理性。对此，笔者十分认同。然而这一原则，在具体操作时还是面临着一些问题。这些问题，从统计学的角度来看，在《存见古琴曲谱辑览》一书的编纂中并未能得到有效的解决。一些类似前述的分类矛盾问题，不仅关乎统计标准的合理性，也最终影响着统计结果的形成。笔者对这些问题的观察和讨论，有助于我们未来在琴曲分类研究这一领域工作的深入与优化。

这些问题主要反映在以下四个方面：

（1）对已经存在的传统琴曲进行改编、校订的曲目，是归并于传统琴曲还是另立新曲条?

1. 见“解题辑览”（[总417]173页、[总462]218页）。
2. 周庆云《琴操存目》将历代琴曲共分为“谱辞俱逸”“有辞无谱”“有谱无词”“有辞有谱”四类。

众所周知，传统琴曲在其漫长的流播过程中，不同历史时期、不同流派的传承者往往对其会有不同程度的校订或改编（不仅包括对曲谱内容的改订，也包括对音调和弦法等的改订）。所以，某种程度上也可以说，我们今天所见的琴曲曲谱多是历代琴家不断改订、沉淀、固化的结果。对于在已有传统曲目基础上进行改编、重订的曲谱，《存见古琴曲谱辑览》总体上是将其归并于已有的传统琴曲曲条之中，而不另立新曲条。但也出现了一个例外，那就是《鄂公祠说琴》之《校正古怨》。所谓《校正古怨》即对姜白石《白石道人歌曲》之《古怨》一曲的校正。对于这个传统曲目的校订谱本，《存见古琴曲谱辑览》在不同版块间的处理方式是不统一的。按"琴曲索引"和"存见琴曲总表"，《校正古怨》是独立于《古怨》之外的新曲条[1]，而在"解题辑览"和"歌词辑览"中，其却又与《古怨》归并于同一曲条[2]。

考察《琴曲集成》第28册之《鄂公祠说琴》，这个曲目的曲名就是《古怨》，所谓《校正古怨》是因其前有《校正姜白石琴谱》的总题，而为《存见古琴曲谱辑览》编纂时所另拟。比较《校正古怨》与《古怨》之内容，前者就是对后者的重新订正。虽然这种订正不仅涉及了曲谱内容的改订，还涉及了关于琴曲定调的新说，但这两种情况在传统琴曲的传承流变过程中都并不鲜见。琴曲曲谱内容改编较大的如《阳春》《白雪》，琴曲定调争论、改订较多者如《离骚》。这些传统曲目，无论后来者如何改订，都被归并入传统曲目同一曲条。或云《校正古怨》因有明确的改订者[3]而被单列，但以此为分判依据其理由亦不充分。存见古琴谱集中后人改订前人之作而注明改订者的亦不在少数，如《杨伦伯牙心法》之《汉宫秋月》"罗岐山校增"[4]、《琴苑心传全编》之《高山》"益都杨五修校谱"[5]、《和文注音琴谱》之《相思曲》"东皋懒衲订正"[6]、《裛露轩琴谱》之《广陵真趣》"中声手订"[7]、《十一弦馆琴谱》之《广陵散新谱》"大兴张瑞珊补正"等[8]，这些订正谱均无一另立新曲条。故知《存见古琴曲谱辑览》对于传统琴曲的后人订正谱，其整体编纂逻辑是并入传统曲目而不另立新曲条的。《校正古怨》与《古怨》，关系明确、渊源清楚，尽管二者在基准组"存见琴曲总表"中被分判为两个不同的曲条，而各自纳入了计数统计，

1. 见"琴曲索引"（29页、33页）、"存见琴曲总表"（[总1]1页、[总43]43页）。
2. 见"解题辑览"（[总249]5页）、"歌词辑览"（[总528]4）。
3. 即《鄂公祠说琴》之著者，清人朱启连。
4. 见"谱集收曲提要"（[总108]66页）。
5. 见"谱集收曲提要"（[总133]91页）。
6. 见"谱集收曲提要"（[总141]99页）。
7. 见"谱集收曲提要"（[总186]144页）。
8. 见"谱集收曲提要"（[总235]193页）。

其分判是否合宜却见仁见智，颇值得讨论。

（2）与已经存在的传统琴曲曲名、题材相同或相近的新制琴曲，是与旧传琴曲归并于同一曲目还是另立新曲条？

传统古琴曲的一个重要特点是题材、内容具有典型的中国传统人文特性。一些脍炙人口、流传千古的题材，为一代又一代文人、琴人所喜爱，而经久不衰。这样，流传的过程中多有后人依古题再拟新作的情况（也包括传统流传下来就是同题异作的情况）。其新作的曲名与传统琴曲完全相同或相近，如《西麓堂琴统》之《凤求凰》（10 段本）[1]、《张鞠田琴谱》之《阳关曲》[2]、《双琴书屋琴谱集成》之《小普庵咒》[3]、《律话》中所收录《佩兰》（又谱，自制曲）与《搔首问天》（又谱，自制曲）[4]，以及《枯木禅琴谱》所录之《怀古曲》（新谱）[5]等。对于这类琴曲的分类处理，《存见古琴曲谱辑览》的标准也是不统一的，下面即对以上琴曲在基准组"存见琴曲总表"中的处理情况展开说明。

首先来看《凤求凰》。在"存见琴曲总表"中，《凤求凰》一题共列有两个曲条，一是单列的《西麓堂琴统》之《凤求凰》（10 段本）[6]，二是以《风宣玄品》《琴书千古》《琴学韧端》等为代表的 1—3 段通行本《文君操（凤求凰 / 文凤求凰）》[7]。但有一个情况是，通行本《文君操（凤求凰 / 文凤求凰）》曲条的传谱详列中亦列有《西麓堂琴统》之谱本。查"谱集收曲提要"，《西麓堂琴统》中并没有两个《凤求凰》谱本[8]，所以这里应该是对同一琴曲传谱的重复记录。对此，可以认为是数据处理时的讹漏，也可以认为是编者遵循以题名为纲的原则而做出的"并存"的处理。综合分析来看，笔者倾向于前者。因为在单列的《西麓堂琴统》10 段本《凤求凰》曲条中对其单列的理由说得很明白，即"按此为十段大谱与《文君操》不同"。的确，两相比较，二者在段数、定调和弦法等方面的差异都是十分明显的。由此也可以认为，"存见琴曲总表"对这一题所涉之《西麓堂琴统》10 段本《凤求凰》，是按同题异曲的主导思想，将其与传统通行本分为两曲来处理的。

1. 见"谱集收曲提要"（[总 75]33 页）。
2. 此曲"琴曲索引"（34 页）和"存见琴曲总表"（[总 41]41 页）均作《阳关》，"谱集收曲提要"（[总 203]161 页）作《阳关曲》，参《琴曲集成》第 23 册《张鞠田琴谱》所录为《阳关曲》，故本文从"谱集收曲提要"，记写为《阳关曲》。
3. 见"谱集收曲提要"（[总 225]183 页）。
4. 见"谱集收曲提要"（[总 197]155 页）。
5. 见"谱集收曲提要"（[总 231]189 页）。
6. 见"存见琴曲总表"（[总 22]22 页）。
7. 见"存见琴曲总表"（[总 15]15 页）。
8. 见"谱集收曲提要"（[总 67]25 页—[总 76]34 页）。

再来看《张鞠田琴谱》之《阳关曲》。“存见琴曲总表”中《阳关》一题共分列了3个曲条。先说其中两个。一个是以通行的3段本为主体的《阳关三叠（阳关）》曲条[1]，以《重修真传琴谱》《文会堂琴谱》等所录为代表；另一个是以9段本为主体的《阳关曲（阳关 / 大阳关 / 阳关操）》曲条[2]，以《发明琴谱》《五音琴谱》等所录为代表。这两个系列曲谱的源头均是在可见琴谱集的早期就有所收录，而一直流传下来，且均未脱离王维《渭城曲》的内容主题，但因段数差异而导致显著的音乐性上的差异，“存见琴曲总表”是将其分列为两曲来处理的[3]。而还有一个单列的《张鞠田琴谱》之《阳关曲》为5段本，与前两者相比，不仅音乐形式不同，歌词内容也脱离了王维《渭城曲》的系统，“存见琴曲总表”即因其“实即《紫钗记·阳关》昆曲谱编入琴曲”[4]而同样选择了将其另立为新曲条。由此观之，在《阳关》一题上，“存见琴曲总表”对历史上形成的题材相同而音乐差异较大的异本，以及同题新制琴曲的分判原则，也是另立新曲条来处理的。

另外，除以上《凤求凰》和《阳关》两个题系外，还有一个题系所涉琴曲的分判也值得关注，那就是《普庵咒》。《普庵咒》即《释谈章》，现今可见最早在明代《三教同声》中即有所记录，历代流传甚广[5]。《普庵咒》有《释谈章》《释谈》《悉昙章》《仙曲》等多种异名。对于这部分异名琴曲，“存见琴曲总表”的分判思路是清晰的，即全部归并入同一曲条。由于《普庵咒》巨大的传播力和影响力，到晚清又出现了同题的近名之作《小普庵咒》，见录于《双琴书屋琴谱集成》和《十一弦馆琴谱》两个谱集[6]。《小普庵咒》之于《普庵咒》，从题名、内容及大量用“撮”的音乐表现手法来看属于有一定渊源关系的同题再作。对于这个后人效前人而新创作的作品，“存见琴曲总表”亦选择了将其作为新曲条来处理。

通过以上三题所涉之案例，我们似乎有理由相信，对于与已经存在的传统琴曲曲名、题材相同或相近的新制琴曲，《存见古琴曲谱辑览》的处理意见就是另立新

1. 见“存见琴曲总表”（[总12]12页）。
2. 见“存见琴曲总表”（[总14]14页）。
3. 这两个系列所涉传谱之间的关系十分复杂。以《阳关三叠（阳关）》曲条为例，其共录存20个谱本，其中紧五弦的3段通行本是主体，但亦有《浙音释字琴谱》《希韶阁琴谱》等4个谱本是7段以上的大曲。同时在3段本内部，还存在着“紧五弦”与“紧二五弦”的弦法差异。至于《阳关曲（阳关 / 大阳关 / 阳关操）曲条所涉，虽然多数是9段以上的大曲，但亦出现了《谢琳太古遗音》《东皋琴谱》这样的1段小曲。对于这两个曲条系列内部各谱本之间的差异，以及某个具体谱本的分判归属是否合理，本篇暂不展开讨论。本篇在此所关注的是总体特征的比较。这两个曲条系列所录各谱本间，虽然在定调、弦法、段数等琴曲指标上存有一定的离散性，但具有趋同性的传谱还是占多数，因而其各自的主体特征也是明确的。本篇在此即通过其趋同的主体特征间的比较，对“存见琴曲总表”最终实际形成的分判结果进行讨论。
4. 见“存见琴曲总表”（[总41]41页）。
5. 见“存见琴曲总表”（[总27]27页）。
6. 见“存见琴曲总表”（[总43]43页）。

曲条，然而其实又有所不然。与之相反的最具代表性的例子，是收录于《律话》中的两首拟古自制曲《佩兰》和《搔首问天》。这两个题名，本身有流传既久且广的传统琴曲，《律话》中亦收录了其相应的传统琴曲谱本[1]。对于《律话》的这两首自制曲，“存见琴曲总表”是未将其单列曲条，而是并于同题的传统琴曲曲条之中的[2]。

与之相似的例子还有一个颇值得讨论，那就是《枯木禅琴谱》所录之《怀古曲》。按此曲后记，是释空尘“乙亥暮春游白下，挂锡莫愁湖。会诸旧雨新联，同登胜棋楼，沦茗清谈，抚今思昔，感慨系之。因随手挥弦，谱成斯曲……”，故此曲为释空尘的新制琴曲无疑[3]。然而“存见琴曲总表”“解题辑览”“歌词辑览”均是将其并入早有流传的《夷旷吟（怀古吟 / 怀古引 / 怀古）》曲条来处理的。虽然这一曲在《存见古琴曲谱辑览》各版块间的分判思路一致，但其作为新制琴曲，与前述《张鞠田琴谱》之《阳关曲》、《双琴书屋琴谱集成》之《小普庵咒》等的分类处理原则却截然相反。同时，参考“别异名琴曲表”[4]及“存见琴曲总表”，《夷旷吟》一曲的别异名只有《怀古吟》《怀古引》《怀古》，《怀古曲》并未归入《夷旷吟》的别异名。由此可以理解为，《怀古曲》之于传统的《夷旷吟（怀古吟 / 怀古引 / 怀古）》就是不同的两曲。然而“存见琴曲总表”对此却做了归并处理，充分显示了其在新制琴曲这个问题上，统计分类原则的不一致性。

（3）两种《赤壁赋》还是三种《赤壁赋》？

《赤壁赋》是北宋大文豪苏东坡的传世名作，因其游览及写作时间的不同而有前、后二赋之别。就文学范围而言，一般来说，如题名未直接区分前、后而只名《赤壁赋》者，多指《前赤壁赋》。

《赤壁赋》一题谱之琴曲由来已久，目前可见最早的版本是载于明代黄士达之《太古遗音》中。由于题名及内容的不同，“存见琴曲总表”针对这一题共分列了3个曲条，分别是《赤壁赋》《前赤壁赋》和《后赤壁赋》。而后面的“解题辑览”和“歌词辑览”版块却都只有《前赤壁赋》和《后赤壁赋》，而没有《赤壁赋》这一曲条。“存见琴曲总表”中《赤壁赋》所涉传谱的相关内容，在后两个版块均被归入了《前赤壁赋》之中[5]。

1. 见“谱集收曲提要”（[总 196]154 页、[总 197]155 页）。
2. 见“存见琴曲总表”（[总 17]17 页、[总 37]37 页）。
3. 见“解题辑览”（[总 462]218 页）。
4. 见“别异名琴曲表”（44 页）。
5. 见“琴曲索引”（29 页、32 页、33 页）、“存见琴曲总表”（[总 14]14 页、[总 28]28 页）、“解题辑览”（[总 396]152 页—[总 397]153 页）、“歌词辑览”（[总 807]283 页—[总 810]286 页）。

通过三个版块的详细比对，并结合“谱集收曲提要”所列的各谱内容摘要可知，“存见琴曲总表”在这一题上，是按忠实于传谱题名的思路而分为三曲的。但《赤壁赋》之文辞实只有前、后两种，而并无第三种。《赤壁赋》曲条所涉传谱之文辞对应的均是《前赤壁赋》，故“解题辑览”和“歌词辑览”又只归为两条。

另外，尚有一点还需特别说明。按“存见琴曲总表”，其《前赤壁赋》曲条共列 11 个传谱，其中也是将《赤壁赋》曲条所列 3 谱完全重复计录了的。这一情况，与前述《凤求凰》的曲条记录呈现方式一致。然而，这也仅是个案。《存见古琴曲谱辑览》的编纂，有“存异”的思想，因而也存在跨曲条曲谱重复“并存”的现象，但其并非贯穿全书始终的原则。比如《文会堂琴谱》所录《阳关》，在“存见琴曲总表”中是列在《阳关三叠（阳关）》曲条中的，而并未同时列入《阳关曲（阳关 / 大阳关 / 阳关操）》曲条。事实上，还有很多曲谱是没有“并存”的。通览全书、详加比较，就会愈加清晰地呈现出《存见古琴曲谱辑览》在这些关系复杂的琴曲的分类处理问题上的不确定性和游离性。

（4）同一词牌的不同填词琴曲是归并为同一曲条还是分为多个曲条？

这一问题主要反映在《松风阁抒怀操》《松声操》等依词谱曲的琴歌较为集中的谱集中，如《临江仙》《满江花》《沁园春》《卜算子》《减字木兰花》等。这些词牌琴歌在同一谱集中往往都是一牌多谱[1]。众所周知，词牌名是对一类词律格式的统称。因此相同词牌的作品，也只意味着名称和词格相同，而内容却可能完全不同。这些依词谱曲形成的古琴琴歌谱，从文词内容到音乐形式都完全不同。但《存见古琴曲谱辑览》一书的编纂，仍然坚持“同题归并”的原则，将之纳入同一琴曲进行汇总。对此，笔者认为并不十分合理，于此提出，以供讨论。

综合以上四个方面的问题分析，《存见古琴曲谱辑览》一书，在存见琴曲的归集和数量统计上存在统计方法问题和统计误差。本观察述其“叙”中所说存见“658 曲”是准确的，是指按其在基准组“存见琴曲总表”中所自有的分类处理逻辑形成的统计结果而言。然而如前面分析中所列举之种种，“存见琴曲总表”对存见琴曲的分类处理逻辑与全书其他版块显然有思路不统一之处，其内部亦存在一些相同曲目类型处理方式却不一的矛盾。因此，所谓存见“658 曲”，放之于全书又是不完全准确的。那么，全书所汇成的准确的存见琴曲数究竟应该是多少呢？这个非统一分类处理方

1. 见“存见琴曲总表”（总 [36]36 页）。

案而不可得。对于琴曲分判这样带有较强主观性的指标，笔者不是编纂者，不能妄下结论，更不能代为统一，只能列出所观察到的现象与结果，以供参详。

4. 关于 3 365 个传谱

由于存见古琴曲中相当一部分曲目都有悠久的历史传承，所以很多琴曲于不同历史时期、在不同地域都形成了数量不等、差异不等的传谱。关于《存见古琴曲谱辑览》一书所录琴曲的传谱总数，按“叙”中所说是略去重复后共得“3 365 个”。这一数据来自“谱集收曲提要”各谱集简介中对其各自所录曲谱数的汇总，但是这一统计结果并不正确。存见传谱观察摘要见表 4 。

表 4　存见传谱观察摘要

观察指标	存见传谱
数据出处	“叙”
观察对象	基准组：“谱集收曲提要”
	对证组：“存见琴曲总表”
	参考组：“据谱一览表”“解题辑览”“歌词辑览”
观察方法	文本观察、统计观察
观察结果	指标概念界定不完全清晰，局部存在曲与谱的概念不清问题
	“叙”中所述统计数据结果不正确，且据基准组及对证组实录存见传谱情况各自进行统计汇总，亦皆不准确，说明本指标所涉各版块普遍存在数据遗漏和计数错误的问题
	材料分类处理标准不统一，主要涉及重复曲谱、同题多谱、佚谱和非琴谱如何处理四个方面的问题
数据说明	“叙”中所述“3 365 个存见传谱（略去重复后）”数据来源于《谱集收曲提要》各谱集简介中对其收录曲谱数的汇总，但这个数据是不准确的。经基准组和对证组数据互检，全书所录存见传谱应为 3 538 个，略去重复后应为 3 413 个

《存见古琴曲谱辑览》一书，共有三个版块涉及“存见传谱”的材料信息，分别是“据谱一览表”“存见琴曲总表”和“谱集收曲提要”。其中“谱集收曲提要”所录的 109 个据谱，除各谱集实列曲谱外，还在各自的简介中对其所录曲谱数分别进行了统计汇总说明。因此，全书共有四组数据可供对“存见传谱数”的对比观察。但是从篇末表 17 所列各组的统计结果来看，这四组数据是并不能相互对隼的，且互有讹漏，全部都不正确。具体如下：

首先，来看“谱集收曲提要”中各谱集简介对其各自所录曲谱数的统计汇总。按这一组列，109 个据谱所录存的存见传谱数为“3 490 个”。与“叙”中所述口径不同，该组列是包含了《黄士达太古遗音》《徽言秘旨订》《卧云楼琴谱》相较于

《谢琳太古遗音》《徽言秘旨》《琴谱析微》完全相同之125个曲谱的[1]。减去相同的125谱，即得“3 365”谱。因此可以判定，这一组列的统计汇总结果就是“叙”中所述“3 365个传谱（略去重复后）”的来源。但是这一结果本身并不准确，最明显的误差来自对《西麓堂琴统》存见曲谱数的统计。按谱集简介中的说明，《西麓堂琴统》是“6至25卷计收琴曲138曲”[2]，而其后的谱集收曲实录却是共有170个曲谱。对比发现，谱集简介中的“138曲”是只计了6至21卷，漏计了22至25卷共32谱所致。因而，“叙”中所说，出自此的“3 365”之数，自然也就不准确。

其次，来看一下“谱集收曲提要”各谱集实列曲谱数的统计汇总结果。这一组列与“叙”中所述口径一致，除进行整体说明外，并未实际列出《黄士达太古遗音》《徽言秘旨订》《卧云楼琴谱》三谱略去重复的曲谱。按这一组列，其汇总结果是存见“3 409谱”。这一统计结果既不与前述谱集简介的汇总数相等，也不与“叙”中所述相等，也是不正确的。显见的误差如对《天闻阁琴谱》存见曲谱数的统计，其谱集收曲实列数为“142谱”，而谱集简介中的汇总数和“据谱一览表”的统计均为“145谱”。详细过录其在“谱集收曲提要”中的实列曲谱可知，数据误差因漏录《洞天春晓》《阳春》《和阳春》三谱所致。

接下来，再观察一下“存见琴曲总表”。这个版块与前两者不同，不是以“109个据谱谱集”为纲，而是以“658个存见传曲”为纲。其中“传谱存见的谱集或谱本”一列，是对“658曲”存见传谱的详列说明。由于这一版块中所列谱本是依存见传曲的口径而分散的，不可如前两者一样直接对存见传谱进行计数，因此笔者据此重新编制了数据库对其进行统计而得出结果[3]，这个结果是“3 474”谱。这一结果，因部分含有《黄士达太古遗音》《徽言秘旨订》《卧云楼琴谱》略去重复的曲谱，因而与前两者及“叙”中所述的结论，统计口径是不一致的。同时，虽然这个数据是几个组列中的最大值，但其统计也并不完全，同样涉及数据遗漏的问题。如《琴学丛书》所录《文字谱幽兰》共有3谱[4]，而其却只录存了其中两谱[5]。类似的情况还有很多，具体详见篇末表18。

最后，再来看一看“据谱一览表”。此表中有一列是对109个据谱谱集“谱内

1. 据“谱集收曲提要”：《黄士达太古遗音》（总[58]16）重复35谱（原文误为33谱）+《徽言秘旨订》（总[152]110）重复60谱 +《卧云楼琴谱》（总[162]120页）重复30谱 = 125谱。
2. 见“谱集收曲提要”（[总68]26）。
3. 统计观察表详见表5，数据库因篇幅所限不列。
4. 见“谱集收曲提要”（[总236]194、[总237]195）。
5. 见“存见琴曲总表”（[总1]1）。

所收曲数”的统计。按其组列名称，该组列似对各谱集所收“曲数”的汇总，而非“存谱”汇总，与前三者存在指标概念界定上的差异。但详细观察就会发现，其虽名义指“曲”，实际收纳却并未完全剔除“谱”的概念。据该组列的统计结果，其汇总数为“3 376”。将该组列中各谱集所列数与“谱集收曲提要”中“谱集简介”所列数一一比对，不难发现，前者基本为后者数据的过录。其中有一部分的确如组列名称所界定，剔除了“一曲多谱”，未进行谱本复计，如《琴谱谐声》之《平沙》10 谱并计 1 曲。然而也有相当一部分保留了“一曲多谱”，进行了谱本复计，如《天闻阁琴谱》的《高山》3 谱、《佩兰》3 谱、《关雎》2 谱、《平沙》7 谱等。事实上，“谱集收曲提要”之《天闻阁琴谱》简介，对其所收录的存见传谱数亦述其为“共收琴曲 145 曲”。这个“145 曲”显然是包含了上述“一曲多谱”谱本复计的“存见传谱”概念。这是《存见古琴曲谱辑览》一书对“曲”和“谱”的概念未全然分开，造成指标界定上含混不清的一个很典型的例子。这一现象普遍地存在于全书各版块中，有时曲即是谱、谱即是曲，有时曲和谱又是两个不同的概念。综合分析全书各版块及各指标的关系后，笔者认为，除对应于“658 曲”之“曲”以外的其他“曲”的概念，实际都是“曲谱”概念的缩略指称，意即“谱”。因而，“据谱一览表”中所列之“曲数”，亦应视为“谱数”而纳入观察。显然，这一组列因指标界定本身的含混，数据汇总并不完整，其统计结果自然也不正确。另外，还有一点需要说明。在是否“略去重复”这一点上，该组列的口径亦是混乱的。通过对篇末表 17，第 10 条、48 条和 54 条各组列的对比观察可知，其《黄士达太古遗音》和《卧云楼琴谱》是计了“重复”之数的，而《徽言秘旨订》却未计。

综合以上，本指标所涉的四组数据，其统计汇总结果均不正确。究其原因，既有人工统计误差的问题，也有统计方法的问题。为了更好更深入地观察，形成对全书“存见传谱”统计方法的经验总结，本次观察以“谱集收曲提要”各谱集实列曲谱数为基准组，“存见琴曲总表”为对证组，对相关数据进行了全方位的详细观察比对。其具体观察步骤、方法及观察结果如下：

第一步，编制统计观察表。

由于本指标的观察数据量大，基准组和对证组各以“109 个存见谱集”和“658 首存见传曲”为纲，统计分类标准并不一致，故本次观察综合二者的数据情况，重新编制了统计观察见表 5。

表5　存见传谱统计观察

序号	序号	1	2	3	…	109	合计
序号	谱集 / 琴曲	碣石调幽兰	白石道人歌曲	事林广记	…	沙堰琴编	
1	文字谱幽兰（倚兰）						
2	姜夔琴曲古怨						
3	黄莺吟						
…	…						
658	泣颜回						
合计							

第二步，数据录入。

将“谱集收曲提要”各谱集实列曲谱数和“存见琴曲总表”的相关数据按表5分别录入。横行代表某曲的存见传谱情况，纵列代表某谱集的曲谱收录情况。录入值为阿拉伯数字，1即1谱，2即2谱，3即3谱，以此类推。

由于“谱集收曲提要”各谱集实列曲谱数的汇呈情况比较复杂，录入过程中，对两个方面的基本问题进行了录入方案的统一。一是凡实列曲谱中列有正式曲条的，无论其为全谱、残谱或佚谱，均全部录入。反之未列正式曲条，只在谱集简介中或以其他注、记及附文方式加以说明的，一律不录。二是一曲多谱的，无论“多谱”是分列曲条，还是并录于同一曲条，均按“多谱”实际谱数录入。

第三步，对比观察。

重新编制“谱集收曲提要”与“存见琴曲总表”存见传谱数据对比观察见表6。

表6　“提要”与“总表”存见传谱数据对比观察

序号	曲名	传谱			观察说明	问题编码
		提要	总表	观察		
1	文字谱幽兰（倚兰）					
2	姜夔琴曲古怨					
3	黄莺吟					
…	…	…	…	…	…	…
658	泣颜回					
合计						

将按表5数据录入后形成的“提要”和“总表”各自分曲目的传谱合计数转录于表6，进行对比观察，并在此基础上整理出各自的讹漏处加以说明并进行问题分类。

最终求得相对准确的“存见传谱数”观察值，具体详见篇末表18。

为便于对发现的问题进行统计，并加以分析，本次观察对存见“传谱”“解题类材料”及“歌词”三个方面所涉及的统计问题均进行了问题编码。编码为四位英文字母码，第一位码代表材料所属版块；第二位码代表材料所属类别；第三位码代表统计问题类型；第四位码代表数据观察修订应增、应减情况，具体详见表7[1]。

表7 本观察报告所用四位问题编码解读

一位码	二位码	三位码	四位码
	C＝传谱	C＝重复计数	
		D＝多谱一解	
	F＝分段标题	F＝分段增录	
G＝歌词辑览	G＝歌词	G＝归类错误	
	H＝后记		
J＝解题辑览	J＝解题		J＝减除
		L＝漏录材料	
		P＝谱外材料	
		Q＝其他计数	
		S＝删略同谱	
T＝谱集收曲提要			
		W＝误增材料	
		Y＝佚失计数	
Z＝存见琴曲总表			Z＝增补

通过对篇末表18的分析，得出观察结果如下。

（1）“谱集收曲提要”各谱集实列曲谱数为3 409谱，统计结果存在误差。

（2）“存见琴曲总表”各曲条所列传谱存见的谱集或谱本为3 474谱，统计结果亦存在误差。

（3）据篇末表18所列问题编码，汇总而成表8，观察到《存见古琴曲谱辑览》全书，对存见传谱的汇录共存在6个方面的问题（见表8第三位码）。

表8 存见传谱统计问题分析

“谱集收曲提要”存见传谱统计问题分析						
四位编码	一位码	二位码	三位码	四位码	数量	比例
TCLZ	T= 谱集收曲提要	C= 传谱	L= 漏录材料	Z= 增补	16	10.46%
TCQJ			Q= 其他计数	J= 减除	1	0.65%
TCSZ			S= 删略同谱	Z= 增补	125	81.70%
TCYJ			Y= 佚失计数	J= 减除	11	7.19%

1. 本表所列问题编码通用于本观察报告全篇，于后相关内容不再重述。

续表

“谱集收曲提要”存见传谱统计问题分析						
四位编码	一位码	二位码	三位码	四位码	数量	比例
合计					153	100.00%

“存见琴曲总表”存见传谱统计问题分析						
四位编码	一位码	二位码	三位码	四位码	数量	比例
ZCCJ	Z= 存见琴曲总表	C= 传谱	C= 重复计数	J= 减除	17	12.14%
ZCLZ			L= 漏录材料	Z= 增补	97	69.29%
ZCQJ			Q= 其他计数	J= 减除	1	0.71%
ZCSZ			S= 删略同谱	Z= 增补	5	3.57%
ZCWJ			W= 误增材料	J= 减除	12	8.57%
ZCYJ			Y= 佚失计数	J= 减除	8	5.71%
合计					140	100.00%

第一类：重复计数（C）。该类问题表现为同名、近名及别异名琴曲在不同琴曲条目中的重复计数。其只存在于“存见琴曲总表”中，未出现于“谱集收曲提要”中。典型的例子，如《和文注琴谱》之《箕山操》在《遁世操（箕山操）》曲条[1]和《箕山操》曲条[2]中的重复记录，《琴苑心传全编》之《神品姑洗意》在《神品姑洗意》曲条[3]和《姑洗意（姑洗调考、清商调）》曲条[4]中的重复记录，《藏春坞琴谱》之《赤壁赋》在《前赤壁赋》曲条[5]和《赤壁赋》曲条[6]中的重复记录等。造成这一情况的原因既有对某一曲谱琴曲条目归属的误判，如前述《神品姑洗意》；也有在全书整体编辑思路指导下对别异名琴曲在不同琴曲条目中的“有意”并存。然而，如果说出于“尽可能忠实地再现原始材料”的目的，对别异名琴曲在不同琴曲条目中采取“重复录存”方式进行处理，是符合《存见古琴曲谱辑览》一书的“材料汇典”性质的话，那么据此在进行存见传谱数的计数统计时却是应该剔除重复，只计其一。

第二类：漏录材料 (L)。这一问题包含三种子类型。第一种是单纯数据漏录。第二种是异名同曲曲谱的漏录。如“谱集收曲提要”中《琴谱正传》实录《梅花三弄》《梅花引》各 1 谱[7]，按 658 曲存见琴曲的分类，《梅花三弄》与《梅花引》属同曲，故其统计应计为两谱，但“存见琴曲总表”却只计为 1 谱，漏 1 谱[8]。第三种是同题多

1. 见“存见琴曲总表”（[总 2]2）。
2. 见“存见琴曲总表”（[总 35]35）。
3. 见“存见琴曲总表”（[总 10]10）。
4. 见“存见琴曲总表”（[总 12]12）。
5. 见“存见琴曲总表”（[总 14]14）。
6. 见“存见琴曲总表”（[总 28]28）。
7. 见“谱集收曲提要”（[总 64]22）。
8. 见“存见琴曲总表”（[总 4]4）。

谱的漏录。如《平沙》一曲，“谱集收曲提要”之《琴学尊闻》实录此曲两谱[1]、《天闻阁琴谱》实录此曲 7 谱[2]、《双琴书屋琴谱集成》实录此曲 10 谱[3]，而“存见琴曲总表”则分别计为 1 谱、6 谱和 9 谱[4]，均各漏录 1 谱。以上三种情况，第一种是数据录入时的人工误差所致，这在统计工作中是不可避免的，而第二种和第三种却包含着《存见古琴曲谱辑览》全书数据处理时的矛盾与纠结。这种矛盾与纠结反映于此，主要就是一曲多谱是只计一谱还是按实际存录谱数复计。对此，前面在对“据谱一览表”的情况进行观察说明时已有所涉及，这里再就“谱集收曲提要”和“存见琴曲总表”试举两例，以提供进一步的观察参考。比较集中和典型的如《律音汇考》之《关雎》《鹿鸣》等 12 个《诗经》曲谱，按“谱集收曲提要”其均有转弦变调之又谱[5]，应共为 24 谱。对此“谱集收曲提要”是只做备注说明，未单列曲目条，而“存见琴曲总表”中相关曲目则均只计为 1 谱，转弦变调之又谱全部未录。反过来看同样性质的《平沙》，前述《天闻阁琴谱》7 谱及《双琴书屋琴谱》10 谱中多有变调之作，其中虽有个别漏录，但“谱集收曲提要”和“存见琴曲总表”总体上还是对这些变调谱按实际谱数进行录存了的。

第三类：其他计数 (Q)。存见古琴谱集中有一部分琴谱集是琴瑟谱并录的，如《松风阁琴瑟合谱》《范氏琴瑟合璧》《琴学丛书》等。在这些古琴谱集中，瑟谱多是并入琴谱，以琴瑟合谱的形式而存在。这样的情况，因为与古琴谱并列，纳入存见古琴曲谱的统计是合理的，但其中有一个例外，那就是“松风阁琴瑟合谱”的《大雅》两谱中，有一个单列的纯瑟谱[6]。这个谱本，无论“谱集收曲提要”还是“存见琴曲总表”均纳入了计数统计。在这一点上，《存见古琴曲谱辑览》一书的数据分类处理原则是一致的，并无矛盾。笔者之所以在此将其作为问题提出来，主要是基于对存见古琴曲谱统计工作中可能会遭遇的问题备忘，并提供相类工作以观察参考。当然，从概念的界定上，既然是对存见古琴曲谱的统计，笔者总体上还是倾向于“非古琴谱”应该被剔除，即使其录存于古琴谱集之中。

第四类：删略同谱 (S)。这一类型即是对“叙”中所言“略去重复”之《黄士达太古遗音》《徽言秘旨订》《卧云楼琴谱》相较于《谢琳太古遗音》《徽言秘旨》《琴

1. 见“谱集收曲提要”（[总 207]165）。
2. 见“谱集收曲提要”（[总 215]173、[总 217]175、[总 218]176）。
3. 见“谱集收曲提要”（[总 224]182 — [总 227]185）。
4. 见“存见琴曲总表”（[总 32]32）。
5. 见“谱集收曲提要”（[总 197]155）— [总 198]156），原谱为“太簇、夹钟均，慢三弦一徽，用夷则、南吕均作”，后注明“又大吕均紧五弦一徽，用林钟均作，十二曲同上”。
6. 见“谱集收曲提要”（[总 145]103 页）。

谱析微》完全相同之125谱的增补。通过对篇末表18的观察可知，总体来看，《存见古琴曲谱辑览》一书，对于这部分曲谱的数据处理指导思想，是应将其纳入存见传谱数统计汇总的。“存见琴曲总表”对于这125谱录存了120谱，只漏录了5谱，显然这只是人工统计误差所致。至于“谱集收曲提要”，虽然《黄士达太古遗音》《徽言秘旨订》《卧云楼琴谱》三个谱集对于这重复的125谱均未单列曲条，但均在谱集简介中进行了说明。可见“叙”中所谓的“略去重复”只是叙述时提出的非完整统计口径，并不是说对于存见传谱数的汇总就应该略去这125谱，不纳入计数。况且，认真分析起来，这个“略去重复”的口径概念界定也不是十分清晰，并未能得到完全有效的执行。显在的例子是《太音大全集（朱权本）》。按照《存见古琴曲谱辑览》所录，《太音大全集》有“袁均哲”和“朱权”两个版本，而朱权本“内容与袁均哲太音大全集几乎完全相同，只有极微小的删补。和袁均哲太古遗音一样，共收五曲”。在“谱集收曲提要”该谱集的所收曲谱详录中，其所录5个曲谱条目后都分别专门注明了是“同袁本”[1]。这一谱集的性质完全符合“叙”中所谓“略去重复”的统计标准，应该要将其剔除，但“3 365”存见传谱数的汇总却没有将其剔除，而是重复计算了“袁均哲本”和“朱权本”两个谱集的数据。其实，再往深一层探究，由于古琴传谱中大量存在谱本相同的情况，所谓“重复”实非仅止于以上几者，“叙”中所谓的“略去重复”，只是因谱集间本身的渊源关系而被编者选择了“略去”，但其他一百多个谱集中也还有相当数量的相同曲谱存在。这些相同的曲谱实际是难以被剔除，也是不能被剔除的。所以，所谓“略去重复”对于古琴传谱数的统计是一个“难以尽括”的标准，完整的统计口径还是当以不略去重复为准则。

第五类：误增曲谱（W）。这一问题也是只存在于“存见琴曲总表”中，皆是人工统计疏漏所致。其问题表现也比较单纯，就是将某谱集中本没有的曲谱，误录于“存见琴曲总表”中，详情可参阅篇末表18，在此不再展开详述。

第六类：佚谱计数（Y）。这是另一个比较典型的数据分类处理标准不统一问题的集中反映。所谓“佚谱”，即谱本完全佚失，只有存目的情况。存有部分段落的“残谱”不在此列[2]。谱集编纂时的思路本身就只是琴曲存目性质而未录曲谱的也不在此列[3]。对于“佚谱”，“谱集收曲提要”和“存见琴曲总表”两个版块，不仅彼此间

1. 见“辑览”[总48]6页。
2. 残谱在“辑览”中是列出了材料，并进行了计数的，这一部分的材料编辑及统计思路是明确的、统一的。
3. 如《太音大全集》，其在宫、商、角、徵、羽五调意后均录有各调的琴曲目录，但谱集内并未收录这些琴曲的曲谱。像这样的情况，《存见古琴曲谱辑览》的材料编辑及统计思路也是明确的、统一的，没有将其纳入存见曲谱的计数统计。

存在数据分类处理标准的矛盾，其各自内部也存在数据处理的不统一之处。首先来看“谱集收曲提要”，在109个据谱谱集中共有5个谱集涉及这一问题，它们分别是《绿绮新声》《义轩琴经》《松风阁琴谱》《琴谱析微》和《琴剑合谱》，其中《松风阁琴谱》[1]和《琴剑合谱》[2]各自实录及其简介中所述的收录曲谱数均未含佚谱，而另外三个谱集《绿绮新声》[3]《义轩琴经》和《琴谱析微》[4]则包含了佚谱。其中《义轩琴经》的情况比较典型，据“谱集收曲提要”该谱集简介称，其“共收33曲”[5]，后实录曲谱数亦为33个，但其中《商意》《思贤操》《徵意》《蕤宾意》4谱均注明为“原谱佚去”，因此实存曲谱应为29谱。而从篇末附表17的汇总情况来看，该谱集是按包含佚谱，即33谱来计的。但若以“存见琴曲总表”进行对证，则会发现《商意》《徵意》《蕤宾意》3曲的载录谱集均录有《义轩琴经》，而《思贤操》1曲则未有该谱集见录[6]，充分反映出《存见古琴曲谱辑览》一书在这一问题上分类处理的矛盾性。再来看“存见琴曲总表”，除前述《义轩琴经》所涉相关曲谱外，其他谱集的“佚谱”处理也存在矛盾，如《琴谱析微》的两个“佚谱”，《秋鸿》和《羽化登仙》均未见录于“存见琴曲总表”[7]，而《绿绮新声》的4个“佚谱”——《胡笳》《欸乃歌》《陌上桑》和《四思歌》却在“存见琴曲总表”均有录存[8]。综合观察，笔者认为既然是对存见传谱的统计，佚谱因其不可见，自然是不应计数的。道理同前，其数据信息作为材料存录可以，但作为统计汇总，却应该被剔除。

（4）综合以上，按表8对前述六类问题在“谱集收曲提要”及“存见琴曲总表”中的频数分布进行分别观察可知，“谱集收曲提要”共涉及讹漏曲谱153个，但其中125个都是因“删略同谱”而引起的需进行琴谱“增补”的计数问题。如前所述，这125个曲谱，虽然在“谱集收曲提要”中未单列曲条，但在相关谱集简介中是进行了说明的。篇末表18所反映出来的差值只是因数据录入原则的设计而产生的技

1.“谱集收曲提要”（[总142]100），《松风阁琴谱》实录11谱，其简介亦述称“原序载称十三曲，今仅存十一曲”，从篇末附表17的汇总情况来看，该谱集是按不含佚谱，即11谱计的。
2.“谱集收曲提要”（[总170]128），《琴剑合谱》实录11谱，其简介亦述称“谱目内载二十三曲，谱中实存仅十一曲”，从篇末附表17的汇总情况来看，该谱集是按不含佚谱，即11谱计的。
3.“谱集收曲提要”（[总100]58—[总101]59），《绿绮新声》实录13谱，但《胡笳》《欸乃歌》《陌上桑》《四思歌》4.谱注明是“原书仅见目录，谱本已佚，但另见于琴适”，在该谱集的简介中亦述称“收琴曲共十三曲，但此丛书本，仅存第一、二两卷，共九曲，余四曲另见琴适（参看琴适）”，但从篇末附表17的汇总情况来看，该谱集却是按含佚谱，即13谱计的。
4. 谱集收曲提要”（[总152]110—[总154]112），《琴谱析微》实录32谱，但《羽化登仙》《秋鸿》两谱注明谱“佚”，在该谱集的简介中亦述称“谱内共收三十二曲（内羽化、秋鸿两曲佚，实存三十曲）”，从篇末附表17的汇总情况来看，该谱集是按含佚谱，即32谱计的。
5. 见“谱集收曲提要”（[总126]84 – [总128]86）。
6. 见“存见琴曲总表”（[总1]1、[总2]2、[总11]11、[总15]15）。
7. 见“存见琴曲总表”（[总10]10、[总33]33）。
8. 见“存见琴曲总表”（[总8]8、[总21]21、[总28]28）。

术漏录，严格意义上来说并不能算是《存见古琴曲谱辑览》一书本身的统计误差。减除这125个，在剩余的28个讹漏曲谱中，有16个是因“漏录材料”引起的，其中绝大部分是因“同题多谱”的分类处理标准不统一而导致的矛盾；有11个是因“佚谱”的分类处理标准不统一而引起；还有1个是因“非琴谱”的计数而引起。可见《存见古琴曲谱辑览》一书，在“谱集收曲提要”这一版块的数据完整性还是非常高的。而“存见琴曲总表”则刚好与之相反，人工统计误差较为突出，减除因统计标准不统一而导致的技术误差，人工误差量接近问题总量的50%。但放到整个传见的3 000多个传谱中来看，其人工误差量仍然很低。相较于此，因分类标准不统一而导致的技术误差更应该引起观察者的关注和重视。

（5）至于《存见古琴曲谱辑览》一书所录得的“存见传谱数”究竟是多少，通过“谱集收曲提要”和“存见琴曲总表”的相互比对，相对更准确的数据是“3 538谱”。若与“叙”中所述保持口径一致，“略去重复”后应为“3 413谱”，“叙”中所述“3 365”之数，误差率为1.43%。但必须强调的是这个所谓的“更准确”也只是“相对”的，是相对于“谱集收曲提要”和“存见琴曲总表”以及“叙”中所述而言，因为即使扣除仍然可能存在的人工统计误差，还有诸如“佚谱”“瑟谱”是否计数一类的问题，都建立在本次观察的观察者主观判断的基础上做了处理，并不一定符合查阜西先生编纂《存见古琴曲谱辑览》一书时的思想准则，所以不敢妄断，只可说是“相对”地提供观察参考。

5. 关于1 771条琴曲解题和后记

在历史遗存下来的众多传统琴曲中，不少曲谱都附有对琴曲历史、内容及演奏方法等进行说明、阐释的材料。这些材料形式多样，包括各种形式的解题、序、赋、前记、后记、分段标题、眉批、题下注、分段注、随谱注等。对于这些材料，《存见古琴曲谱辑览》一书设“解题辑览”专章进行了汇列，集中录存了其中数量最多、占比最大的解题、后记和分段小标题三部分内容。其录存材料总数，按编末附表19的统计汇总，为1 775条。“叙”中所述的共得“1 771条琴曲解题及后记”即是来源于此。二者之间的差数“4”是因为“解题辑览”中，《梅花三弄》和《鸥鹭忘机》两曲之《琴学初津》谱，均是两条后记并例一条[1]；《平沙》之《双琴书屋琴谱》两谱解题、两谱后记也均是两条材料并于一条[2]所致。“叙”中所述是按“解题辑览”

1. 见“解题辑览”（[283]39、[288]44）。
2. 见“解题辑览”（[490]246、[492]248）。

所列材料的条目数进行汇总的，而篇末所附表19则是按实际所列材料数进行录入和统计汇总的。

关于“解题辑览”所录存的这些材料还有三点情况需要说明。

一是其所录存的材料并非存见的此类材料的全部。其所录材料只包括解题、后记、分段小标题三个部分，虽然一些较好归类的材料，如序、前记等也纳入了进来，间或也有少量题下注、眉批等其他材料混列于其中，但从整体上来看，其编纂时的录存思路是不包含眉批、题下注、分段注、随谱注这一类材料的[1]。

二是其录存材料的来源并非仅局限于《存见古琴曲谱辑览》一书编纂所据的109个据谱谱集，还有相当一部分来源于历史遗存下来的古琴谱集以外的其他典籍，如《琴操》《古今注》《北堂书钞》《初学记》《乐府古题要解》《太平御览》《琴史》《乐府诗集》《通志》等。

三是即使只限定于解题、后记、分段小标题三项材料的范围，“解题辑览”所录列的材料也是不完整的，其中存在着较多的材料讹漏情况，因此据此而汇总出来的数据，无论是“1 775”还是“1 771”也都是不准确的。

那么，这方面材料存见情况相对准确的数据是多少呢？“谱集收曲提要”中对各曲谱情况的详细记录可以提供给我们另一个答案。两相比对，可以求得相对准确的数据。为此，笔者按以下步骤、方法展开了观察，并求得观察结果。

第一步，编制统计观察表。

由于“谱集收曲提要”中各琴曲传谱的相关信息是分散的，为了便于统计汇总，在本次观察前编制了观察摘要表（表9）和统计观察表（表10），对“谱集收曲提要”所录109个谱集中的3 000多个传谱的解题类材料进行逐条采录。

表9　解题类材料观察摘要表

观察指标	存见解题、后记、分段标题
数据来源	“叙”
观察对象	基准组：“谱集收曲提要”
	对证组：“解题辑览”
	参考组：“琴曲集成”
观察方法	文本观察、统计观察

1. 理由有二：一是“解题辑览”中涉及解题、后记、分段小标题三项以外的其他材料共6条，但全部都是归类于解题、后记、分段小标题三个组列之中，未做任何形式的说明，应属人工分类处理错误；二是混录于解题、后记、分段小标题各组中的题注、眉批、段下注均属个案，多数材料是没有采录的，如在“谱集收曲提要”中注明“题下有注”的《琴谱析微》之《佩兰》（[153]111）；“有眉批”的《天闻阁琴谱》之《高山》（[213]171）《梅花三弄》（[214]172）；“分段下有注”的《希韶阁琴谱》之《胡笳十八拍》《洞天春晓》《雁过衡阳》《箕山秋月》（[223]181）等，“解题辑览”对这些材料均未采录。

续表

观察结果	基准组和对证组统计口径不一致，对证组较基准组增录了《太平御览》《乐府诗集》等非《存见古琴曲谱辑览》一书据谱谱集的相关材料
	指标概念界定不完全清晰，指标名称为“解题”，但按“解题辑览”所录，该版块内容实际涉及解题、后记及分段小标题三个方面，同时还混录有少量眉批等其他材料，然而这些其他材料的录入并不完整
	“叙”中所述统计数据结果不正确，且据基准组及对证组实录材料情况各自进行统计汇总，亦皆不准确，说明本指标所涉版块普遍存在数据遗漏和计数错误的问题
	材料分类处理标准不统一，主要涉及多谱共用一解、眉批等其他材料是否记数、分段材料如何定性及计数三个方面的问题
数据说明	“叙”中所述“1 771 条琴曲解题及后记”数据来源于“解题辑览”实列各琴曲解题、后记及分段小标题之和，但这个数据是不准确的。经基准组和对证组数据互检，全书所录见于据谱谱集中的相关材料应为 1 973 条，略去重复后为 1 920 条，另录有《太平御览》《乐府诗集》等非据谱谱集的相关材料 164 条，总计 2 137 条

表 10　“谱集收曲提要”存见传谱解题类材料统计观察表

谱集序号	谱集名称	琴曲名称	解题	分段标题	后记	合计
1	影旧钞卷子本碣石调幽兰	幽兰（文字谱）				
2	白石道人歌曲	古怨				
3	纂图增类事林广记	开指黄莺吟				
3	纂图增类事林广记	宫调				
…	…	…				
109	沙堰琴编	潇湘水云				
109	沙堰琴编	离骚				
合计						

第二步，数据录入。

为了便于与“解题辑览”进行对比观察，表 10 对“谱集收曲提要”中的相关数据进行采录时，只保留了与“解题辑览”口径相同的部分。即只录入了解题、后记、分段小标题三部分相关材料，而其余的眉批、题下注、分段注等均未采录。

同时由于“谱集收曲提要”并未如“解题辑览”一样，录入据谱谱集以外的其他解题类材料，故表 10 的录入也不涉及这部分内容。

录入的方法是按“谱集收曲提要”实际所列，以阿拉伯数字录入，对应于解题、后记、分段小标题三个组列，1 即 1 则，2 即 2 则，3 即 3 则，以此类推。

第三步，对比观察。

由于“解题辑览”的解题类材料是以“658 首存见传曲”为纲进行录列的，为了便于比对，本观察在表 10 基础上编制表 11“谱集收曲提要”与“解题辑览”解题类材料数据对比观察表。

表 11 “谱集收曲提要”与“解题辑览”解题类材料数据对比观察表

序号	曲名	解题			后记			分段标题			合计			观察说明	问题编码
		提要	辑览	观察	提要	辑览	观察	提要	辑览	观察	提要	辑览	观察		
1	文字谱幽兰（倚兰）														
2	姜夔琴曲古怨														
3	黄莺吟														
…	…														
658	泣颜回														
合计															

将表 10 所录“谱集收曲提要”3 000 多个存见传谱的解题类材料按“658 首存见传曲”的口径重新计数后转录于表 11 之“提要”列，并将“解题辑览”所列材料，按其实列数统计汇总于同表“辑览”列，进行对比观察[1]。

对于两组数据有异、不能互证的，引入第三方材料——《琴曲集成》作为旁证，进而整理出各自的讹漏处加以说明，并编制问题编码进行问题分类，最终求得相对准确的存见解题类材料观察值，具体详见篇末表 19。

根据篇末表 19，得出观察结果如下（由于“谱集收曲提要”和“解题辑览”均未对《黄士达太古遗音》《徽言秘旨订》《卧云楼琴谱》略去重复”的材料进行明确的逐条实际录列，为便于观察比对和统计，本部分结论所涉数据非特明说明均不含“略去重复”的部分）：

（1）“谱集收曲提要”所录全部曲谱中共存有解题 857 条、后记 671 条、分段标题 416 条[2]，合计 1 944 条，统计结果存在误差。

（2）“解题辑览”实录琴曲解题 1 010 条、后记 414 条、分段标题 351 条，合计 1 775 条，统计结果亦存在误差。

（3）两相比对，并引入《琴曲集成》作为旁证，求得相对准确的统计结果为，解题 856 条、后记 648 条、分段标题 416 条，合计 1 920 条；《黄士达太古遗音》和《卧云楼琴谱》略去重复的曲谱，包括解题 33 条、后记 15 条，分段标题 5 条，合计 53 条；《徽言秘旨订》略去重复的曲谱均无解题类材料（表 21），二者合计 1 973 条。另，“解题辑览”中录有《太平御览》《乐府诗集》等 109 个据谱谱集以外的其他材料 164 条。

1.“解题辑览”本身是以“658 首存见琴曲”为纲进行材料录列的。
2. 对分段琴曲来说，无论是每段均有标题，还是只是其中一段有标题均计为 1 条。

因此，若与“解题辑览”保持相同口径，《存见古琴曲谱辑览》全书录存解题、后记、分段标题三类材料的总和应为 2 137 条。“解题辑览”的数据讹漏情况较为突出。

（4）据篇末表 19 所列问题编码，汇总而成表 12，观察到《存见古琴曲谱辑览》全书，对解题类材料的汇录共存在 9 个方面的问题（见表 12 三位码所示）。

表 12 存见解题类材料统计问题分析表

“谱集收曲提要”解题类材料统计问题分析						
四位编码	一位码	二位码	三位码	四位码	数量	比例
TFLZ	T= 谱集收曲提要	F= 分段标题	L= 漏录材料	Z= 增补	9	10.00%
TFWJ			W= 误增材料	J= 减除	9	10.00%
THFJ		H= 后记	F= 分段增录	J= 减除	28	31.11%
THLZ			L= 漏录材料	Z= 增补	9	10.00%
THWJ			W= 误增材料	J= 减除	4	4.44%
TJDJ		J= 解题	D= 多谱一解	J= 减除	3	3.33%
TJDZ			D= 多谱一解	Z= 增补	3	3.33%
TJLZ			L= 漏录材料	Z= 增补	12	13.33%
TJQJ			Q= 其他计数	J= 减除	5	5.56%
TJWJ			W= 误增材料	J= 减除	7	7.78%
TJYJ			Y= 佚失计数	J= 减除	1	1.11%
合计					90	100.00%
“解题辑览”解题类材料统计问题分析						
四位编码	一位码	二位码	三位码	四位码	数量	比例
JFCJ	J= 解题辑览	F= 分段标题	C= 重复计数	J= 减除	2	0.27%
JFGJ			G= 归类错误	J= 减除	1	0.13%
JFLZ			L= 漏录材料	Z= 增补	73	9.69%
JFQJ			Q= 其他计数	J= 减除	2	0.27%
JFWJ			W= 误增材料	J= 减除	3	0.40%
JHGJ		H= 后记	G= 归类错误	J= 减除	25	3.32%
JHGZ			G= 归类错误	Z= 增补	89	11.82%
JHLZ			L= 漏录材料	Z= 增补	190	25.23%
JHPJ			P= 谱外材料	J= 减除	12	1.59%
JHQJ			Q= 其他计数	J= 减除	2	0.27%
JHWJ			W= 误增材料	J= 减除	6	0.80%
JJDJ		J= 解题	D= 多谱一解	J= 减除	5	0.66%
JJDZ			D= 多谱一解	Z= 增补	1	0.13%
JJGJ			G= 归类错误	J= 减除	88	11.69%
JJGZ			G= 归类错误	Z= 增补	25	3.32%
JJLZ			L= 漏录材料	Z= 增补	71	9.43%
JJPJ			P= 谱外材料	J= 减除	152	20.19%
JJQJ			Q= 其他计数	J= 减除	2	0.27%
JJWJ			W= 误增材料	J= 减除	4	0.53%
合计					753	100.00%

第一类：重复计数（C）。即同一材料重复录列于不同琴曲。此种情况只见于“解题辑览”，如《风宣玄品》之《阳关三叠（阳关）》[1]与同谱集之《阳关操》[2]重复录存相同分段小标题。

第二类：多谱一解（D）。即不同的琴曲共用同一解题。如《高山》《流水》，《长清》《短清》之类。关于这类问题，《存见古琴曲谱辑览》一书的处理并不统一。对于同一材料，“谱集收曲提要”与“解题辑览”间既有处理相同者，也有互异处。如，《杏庄太音补遗》之《短清》，“谱集收曲提要”注明“与《长清》共一解题”[3]，“解题辑览”未录[4]。而《玉梧琴谱》之《沧浪吟》与《欸乃歌》共一解题，“解题辑览”又有录[5]，但“谱集收曲提要”却又未录[6]。对这类问题的处理，本观察在进行比对分析时做了标准的统一，即琴曲题下有“与某曲同一解题”或“意见某曲”之类的说明时即予计数，如无任何说明则不予计数。

第三类：分段增录（F）。即将一则材料按其段数计为两则、三则，或更多者。这类情况只出现于“谱集收曲提要”中，又集中反映于对《琴苑心传全编》的后记处理上。经查验“琴曲集成”，这类材料一则数段，虽各段间内容多有不同，但亦并无确切的依据可以判定为多则，况“解题辑览”中的记录亦未说明为多则，故本观察分析均做一则处理。

第四类：归类错误（G）。即将解题误为后记，后记误为解题之类。这类情况只存在于“解题辑览”中，最集中的反映是《西麓堂琴统》各曲的后记，基本都误录为解题。

第五类：漏录材料（L）。即对可以明确判定为“有”的材料未予录存。这是本版块中最多的问题，无论是在“谱集收曲提要”还是“解题辑览”中，其都占最大比重。

第六类：谱外材料（P）。即“存见古琴曲谱辑览”109个据谱谱集之外的其他材料信息。由于这些材料只见于“解题辑览”中，为了便于与“谱集收曲提要”的比对，故本观察在进行数据处理时对其进行了减除。减除总数就是这部分材料的总数。这样既可以提供单独的数据观察，也可以与其他数据进行合并观察。

---

1. 见“解题辑览”（[总369]125）。
2. 见“解题辑览”（[总394]150）。
3. 见“谱集收曲提要”（[总79]37）。
4. 见“解题辑览”（[总292]48）。
5. 见“解题辑览”（[总463]219）。
6. 见“谱集收曲提要”（[总93]51）。

第七类：其他计数（Q）。即解题、后记、分段标题以外的眉批、题注、分段注等其他材料计数。这类问题的情况前已有述，在此不再重复。

第八类：误增材料（W）。即可以明确判定为“无”的材料予以误录。这类情况在“谱集收曲提要”和“解题辑览”中均存在，判定的信息来源主要是依据“琴曲集成”。

第九类：佚失计数（Y）。即已经明确是佚谱的，但对其解题材料进行了相应的计数。这类情况只存在于“谱集收曲提要”中，且只有一条，即《浙音释字琴谱》之《樵歌》[1]。

（5）通过对表 12 的统计分析可知，对于存见解题类材料的数量统计，产生误差的原因绝大部分是各类人工统计误差。在分类方法上值得探讨的只有“多谱一解”和“分段增录”两种情况，前已有述，此不再赘述。

6. 关于 336 篇琴曲歌词

琴歌是传统琴曲的重要表现形式。虽然各个历史时期琴人对琴歌的态度不一，但历代均有琴歌材料的遗存。《存见古琴曲谱辑览》辟“歌词辑览”专章对这些流传下来的琴歌歌词进行了汇列。关于歌词材料的数量，“叙”中所说是共得“336 篇”。这个数据的来源是“琴曲索引”中列有歌词的琴曲条目数，即相对于存见的“658”个传曲中有词琴曲的数量，而并非相对于 3 000 多个存见传谱实际有词的琴谱“篇”数。而且，这个“336”之数也是不准确的。“琴曲索引”实列的有词琴曲数是“335”曲，与“叙”中所述小有出入。至于实际存见的有词琴谱数，“谱集收曲提要”与“歌词辑览”均有说明和材料录列，但两者数据互有讹漏，且皆不准确。为了求得相对准确的数据，笔者按与前述解题类材料观察相似的步骤与方法展开了观察，并编制了存见歌词观察摘要表（表 13）。

表 13　存见歌词观察摘要表

观察指标	存见歌词
数据来源	“叙”
观察对象	基准组：“谱集收曲提要”
	对证组：“歌词辑览”
	参考组：“琴曲集成”
观察方法	文本观察、统计观察
观察结果	“叙”中所述“有词琴曲数”与“歌词辑览”所列“有词曲谱数”不是同一概念

1. 见“谱集收曲提要”（[总 53]11）。

续表

观察结果	“歌词”本身的概念是清晰明了的，但由于不同历史时期琴坛对有词琴歌的态度差异，导致琴曲歌词并不总是随谱而附，对于那些非随谱附词的歌词是否纳入统计计数有待讨论。同时对于部分“歌词”材料的认定也有待讨论
	基准组和对证组的数据互有讹漏，但问题类型比较单一，主要集中于“漏录材料”和增补“删略同谱”两个方面
数据说明	“叙”中所述“336篇琴曲歌词”是就“琴曲索引”中列有歌词的琴曲而言，即存见的“658”个传曲中有“336”曲是有词的（此数据也有误，实际应为335曲），而并非相对于3 000多个存见传谱中有词琴谱的篇数。经基准组与对证组的比对，实际存见有词琴谱篇为907篇

第一步，编制统计观察表。

与解题类材料观察相同，首先编制“谱集收曲提要”有词曲谱统计观察表，对109个据谱谱集所收录的3 000多个琴曲曲谱进行歌词材料的逐条采录计数。

第二步，数据录入。

按“谱集收曲提要”实际所列，对注明有歌词的曲谱即对应录以阿拉伯数字1。琴曲歌词中没有同一曲谱附多则歌词的情况。

第三步，对比观察。

由于“歌词辑览”的材料是以“658首存见传曲”为纲进行录列的，为了便于比对，本观察在表14的基础上编制表15“谱集收曲提要”与“歌词辑览”歌词材料数据对比观察表。

表14 “谱集收曲提要”存见传谱歌词材料统计观察表

谱集序号	谱集名称	琴曲名称	歌词
1	影旧钞卷子本碣石调幽兰	幽兰（文字谱）	
2	白石道人歌曲	古怨	
3	纂图增类事林广记	开指黄莺吟	
3	纂图增类事林广记	宫调	
…	…	…	
109	沙堰琴编	潇湘水云	
109	沙堰琴编	离骚	
合计			

表15 “谱集收曲提要”与“歌词辑览”歌词材料数据对比观察表

序号	曲名	歌词			观察说明	问题编码
		提要	辑览	观察		
1	文字谱幽兰（倚兰）					
2	姜夔琴曲古怨					
3	黄莺吟					
…	…	…	…	…		
658	泣颜回					
合计						

将表14所录“谱集收曲提要”3 000多个存见传谱的歌词材料，按“658首存见传曲”的口径重新计数后转录于表15之“提要”列，并将“歌词辑览”所列材料，按其实列数统计汇总于同表“辑览”列，进行对比观察。

对以上两方面材料不能对榫者，引入第三方材料——“琴曲集成”作为旁证，进而整理出各自的讹漏处加以说明，并进行问题分类，最终求得相对准确的存见歌词材料观察值，具体详见篇末表20。

根据篇末表20，得出观察结果如下：

（1）“谱集收曲提要”所录全部曲谱中共存有“歌词”845篇，统计结果存在误差。

（2）“歌词辑览”实录琴曲歌词849篇，统计结果也存在误差。

（3）“两相比对，并引入《琴曲集成》作为旁证，求得相对准确的观察值为907篇。歌词的数据讹漏情况较为突出。

（4）据篇末表20汇总而成表16存见歌词材料统计问题分析表，观察到《存见古琴曲谱辑览》全书对歌词材料的汇录共存在6个方面的问题（见表16“三位码”所示）。

表16 存见歌词材料统计问题分析表

“谱集收曲提要”歌词材料统计问题分析						
四位编码	一位码	二位码	三位码	四位码	数量	比例
TGLZ	T=谱集收曲提要	G=歌词	L=漏录材料	Z=增补	17	25.00%
TGSZ			S=删略同谱	Z=增补	48	70.59%
TGWJ			W=误增材料	J=减除	3	4.41%
合计					68	100.00%
《歌词辑览》歌词材料统计问题分析						
四位编码	一位码	二位码	三位码	四位码	数量	比例
GGCJ	G=歌词辑览	G=歌词	C=重复计数	J=减除	1	1.22%
GGGJ			G=归类错误	J=减除	2	2.44%
GGGZ			G=归类错误	Z=增补	2	2.44%
GGLZ			L=漏录材料	Z=增补	55	67.07%
GGPJ			P=谱外材料	J=减除	3	3.66%
GGSZ			S=删略同谱	Z=增补	13	15.85%
GGWJ			W=误增材料	J=减除	6	7.32%
合计					82	100.00%

第一类：重复计数（C）。即同一歌词材料的重复计数。此种情况只见于“歌词辑览”，且只见于《三教同声》之《释谈章》[1]。

1. 见“歌词辑览”（[总945]421[总949]425）。

第二类：归类错误（G）。即将本属于某琴曲的歌词归入其他琴曲之中。这一问题也是仅见于“歌词辑览”，数量较少，仅涉及两份材料。一是将《校正古怨》的歌词归入《古怨》之中[1]。虽然二者实是同曲，但据658首存见琴曲的分判，《校正古怨》是单列了曲条的，相关歌词材料自然也以分列为宜。二是将《范氏琴瑟合璧》所录《汉宫秋》歌词列入到《汉宫秋月》曲条中[2]，同样《汉宫秋》也是658首存见琴曲中的单列曲条，而“歌词辑览”未列此曲条。这个问题从658首存见琴曲的分判开始就遗留下来了，导致全书多个版块相关问题的矛盾。本次观察只将基准组和对证组两个组别间有矛盾的材料提取出来，对组别间无矛盾的材料未观察，但其中仍存在不同版块间分判不一的可能性。

第三类：漏录材料（L）。即对可以明确判定为“有”的材料未予录存。这是“歌词辑览”中最多的问题，占比近七成。在“谱集收曲提要”中出现的比例也不少，达25.37%。通过对这一问题的细分观察可知，除单纯因人工误差导致的材料漏录外，其中还隐含着诸多显见的技术问题。依本次观察所见，至少涉及以下三种。一种是由于不同历史时期琴坛对有词琴歌的态度不同，导致古琴谱中的歌词并不总是随谱而附的，比如《琴谱正传》就既有随谱而附的歌词，也有独立于琴曲之外列在卷首的歌词。对于那些非随谱而附的歌词是否进行材料录列和计数，“谱集收曲提要”和“歌词辑览”的态度是不一致的。对于《琴谱正传》所涉之材料，前者均进行了“有词”的说明，而后者则均未进行材料的录列。对此，本观察在数据参订时以“提要”为基准，只要是曲词俱全的，虽分散各列亦纳入统计。二种是一首琴曲中只有部分段落，乃至只有一段的数句有歌词的极端情况，例如《西麓堂琴统》之《古交行》，“提要”注明“第八段中部分注有歌词”[3]，而“歌词辑览”则未录[4]。对于这种情况，本次观察的数据亦是从“提要”参订的。三是对于一些歌词材料的判定颇值得讨论，比较典型的例子是《沙堰琴编》。该谱集中有三首琴曲是有“段前词”作为各段内容指引的，分别是《阳春》《醉渔唱晚》和《离骚》。此三曲的“段前词”，“谱集收曲提要”均记为歌词，而“歌词辑览”则漏录了《离骚》的相关材料。从尊重原作原意的角度，本观察参订时对“歌词辑览”进行了《离骚》一曲的增补计数，但这些材料的性质是否为歌词却非常值得讨论。依笔者之见，其就是诗词形式的“分

1. 见“歌词辑览”（[总528]4）。
2. 见“歌词辑览”（[总962]438）。
3. 见“谱集收曲提要”（[总69]27）。
4. 见“琴曲索引”28页。

段注”，应归入解题类材料。对此，至少有一点可以供我们参考，那就是同样收录于《沙堰琴编》中的《雁度衡阳》，该曲各段均有注，其四至十三段的“分段注”中多有“诗曰”“赋曰”，对于这则材料，“谱集收曲提要”和“歌词辑览”都未将其计入歌词的。

第四类：谱外材料（P）。即《存见古琴曲谱辑览》109个据谱谱集之外的其他材料信息。这一问题，在“歌词辑览”中存在，但数量也比较少，只涉及一个《事林广记》异本（日刻本）和两个谱集归类不详的师传谱。具体详见篇末附表20，在此不详述。

第五类：删略同谱（S）。如前面对存见传谱数的统计观察中所述，由于“谱集收曲提要”中对一些谱集间完全重复的材料是未详细记录的，故此类问题就是对这些被删略的材料进行增补。主要涉及《黄士达太古遗音》同《谢琳太古遗音》的被删略谱词，以及《律音汇考》中同题变调再作曲之谱词未录两方面问题；《琴谱析微》的有词曲谱漏录只涉及《清商调》一谱，而《徽言秘旨》则没有歌词材料，详见后附表21，在此不再详述。

第六类：误增材料（W）。即对可以明确判定为“无”的材料予以误录。这类情况在“谱集收曲提要”和“歌词辑览”中均存在，虽然数量很少，但除人工误差外仍有两点技术问题值得讨论。一是“歌词辑览”所录《天闻阁琴谱》和《希韶阁琴谱》之《乐极吟》歌词[1]属“只有词而无曲”的情况，对此“谱集收曲提要”并未采录[2]，而在“歌词辑览”中却进行了录列，二者之间的材料处理原则是有矛盾的。参考《琴谱正传》，其卷二前所列《文君操文》《陋室铭文》《湘妃怨文》等多则歌词材料也均属有词无曲的情况，对于这部分材料，“谱集收曲提要”和“歌词辑览”均未采录。因此可以推知《存见古琴曲谱辑览》一书，对于这些材料的处理总体思路应是不纳入录存与计数的。故本次观察在数据参订时，对此类误增的材料进行了减除。二是《五知斋琴谱》所录《佩兰》并无歌词，只是解题中有“辞曰”，其“辞曰”的内容为辞赋体。对此，“谱集收曲提要”并未作为“歌词”认定，而是将其与其他琴谱集所录该曲的相类材料一样，归入解题类材料之中[3]，然而“歌词辑览”却将其录为“歌词”[4]，这也是并不合理的。

1. 见“歌词辑览”（[总908]384）。
2. 见“谱集收曲提要”（[总213]171－[总219]177、[总221]179－[总224]182）。
3. 见“谱集收曲提要”（[总160]118）。
4. 见“歌词辑览”[总891]367）。

（四）观察结语

自2018年9月起，历时1年半，本次观察终于能够得以顺利完成。其间从未间断，其他有关古琴的相关工作也多告暂停。回顾以往，更能深刻体会到查阜西先生当年编撰此书的个中艰难。面对如此庞大而散乱的数据信息量，我们今天有发达的电脑技术可以利用尚且如此，放在编撰此书的20世纪50年代又面临着怎样的局面呢？

本次观察因一些统计错误的发现而起，最初的想法是想要为这样一部现代琴学的基石之作澄清这些错误，得到一个更准确的结果，现在看来这并不具有多大的实际意义。因为《存见古琴曲谱辑览》一书并不是一部以“统计”为主旨的书。“统计”只是一个副产品。而且再准确的“统计结果”，也只能是相对于很久以前的“当时”那个特定的时间点所能够掌握的材料而言。今天看来，随着新的材料不断被发现，这个历史的“结果”事实上终会刷新。更何况任何统计工作都会存在误差，今天即使有电脑技术的支持也不例外。同时，还由于笔者并未掌握查阜西先生当年编撰这部书时的原始材料，一些疑问无法最终查实、核订，从而使本次观察的这种数据澄清行为，最终有可能也是“澄而不清”。所以，这些通过对全书内部版块间材料数据的比对观察所获得的“统计结果”更新，除了以一种严肃的态度来对待这样一部琴学巨著，并向先贤致敬以外，确没有多少实用之处。但是，本次观察又确有其价值。

首先，《存见古琴曲谱辑览》一书的核心价值是对历史材料的汇列。通过本次观察，初步发现并系统梳理出了其中存在的诸多材料漏列和误增。特别是像“解题辑览”“歌词辑览”版块，材料的讹漏问题还比较突出。观察所得的这些问题，对引起使用者的注意、加强材料使用的准确性和有效性都是有益的。

其次，更具意义的是“统计结果”以外的其他观察所得。应该来说，对历史遗留下来的琴学材料的统计学研究，是盘清古琴这一文化遗产家底的基础工作。查阜西先生的《存见古琴曲谱辑览》一书是具有划时代意义的。虽然其中的“统计学”方向还并不完全明确，但其已开创了有别于历史的，更具现代性的此方面工作的先河。其中很多思路和方法，从今天的观察来看，依然是非常可取的。当然，这一部书并不是古琴统计学的专著，统计思想只是朦胧地隐含于其中。因其不明确，故有不足。对这些统计问题的发现，如“同异名琴曲如何判定、分类”“词牌琴曲分还是合”“解题材料的形式界定”“歌词材料的形式界定”等，无疑均是可以引发思考，甚而推动专项研究的深入，并有助于一个“目标明确、内容系统、方法成熟、结果准确”

的琴学统计系统的建立。

最后，本次观察对笔者个人来说也无异于一次全新的洗礼。《存见古琴曲谱辑览》是笔者最常使用的琴学研究工具书，但过去一直停留在对具体某个琴曲材料查阅与使用的微观层面。我们说，古琴作为非物质文化遗产有着数千年的发展史，是文化的瑰宝，是民族的骄傲。但是，只有当一个人走进如此浩繁的历史遗存的系统而整体的层面去，才会深刻而真切地感受历史的伟大与冲击。这丰富、复杂而又多样的材料，对观察者既是考验，也是身心的洗礼。那么，就以这十余万字枯燥乏味的数据表格向历史致敬吧，并以此作为见证未来的导引。

表 17 《存见古琴曲谱辑览》据谱谱集录存存见传谱数统计观察表

谱集序号	谱集名称	撰刊时期	据谱一览表	谱集收曲提要		存见琴曲总表
			谱内收曲数	各谱集简介汇总数	各谱集实列曲谱数	传谱存见的谱集或谱本
1	影旧钞卷子本碣石调幽兰	唐	1	1	1	1
2	白石道人歌曲琴曲古怨	南宋	1	1	1	1
3	事林广记抚琴要略	元	6	6	6	6
4	太音大全集（袁均哲）	明	5	5	5	5
5	太音大全集（朱权）	明	5	5	5	5
6	神奇秘谱	明	63	63	63	62
7	五声琴谱	明	5	5	5	5
8	浙音释字琴谱	明	39	40	40	38
9	谢琳太古遗音	明	35	35	35	35
10	黄士达太古遗音	明	38	38	3	36
11	新刊发明琴谱	明	24	24	24	24
12	风宣玄品	明	101	101	101	101
13	琴谱正传	明	71	71	71	70
14	西麓堂琴统	明	138	138	170	169
15	步虚仙琴谱	明	15	15	15	14
16	杏庄太音补遗	明	72	72	72	70
17	杏庄太音续谱	明	38	38	38	38
18	五音琴谱	明	31	37	37	36
19	重修真传琴谱	明	101	101	101	101
20	玉梧琴谱	明	52	52	52	52
21	琴书大全	明	62	62	62	61
22	三教同声	明	4	4	4	4
23	文会堂琴谱	明	68	68	69	68
24	绿绮新声	明		13	13	13

25	藏春坞琴谱	明	66	66	66	68
26	三才图绘续集鼓琴图	明	5	6	6	6
27A	杨抡太古遗音	明	34	34	34	34
27B	杨抡伯牙心法	明	29	29	29	30
28	太古正音琴谱	明	52	52	52	52
29	燕闲四适 · 琴适	明	14	13	13	13
30	松弦馆琴谱	明	28	28	28	27
31	理性元雅	明	72	72	72	70
32	思齐堂琴谱	明	11	11	11	11
33	乐仙琴谱	明	35	35	35	32
34	古音正宗	明	50	50	50	49
35	徽言秘旨	明	60	60	60	60
36	义轩琴经	明	33	33	33	33
37	陶氏琴谱	明	9	9	9	9
38	愧庵琴谱	清	22	22	22	22
39	琴学心声	清	14	14	14	14
40	琴苑心传全编	清	80	80	80	83
41	大还阁琴谱	清	32	31	32	32
42	和文注琴谱	清	37	37	38	40
43A	松风阁琴谱	清	11	11	11	11
43B	抒怀操	清	37	37	37	35
44A	琴瑟谱	清	13	13	13	13
44B	松声操	清	45	45	45	44
45	澄鉴堂琴谱	清	37	37	37	37
46	德音堂琴谱	清	36	36	36	36
47	范氏琴瑟合璧	清	4	4	4	5
48	徽言秘旨订	清	13	73	13	70
49	琴谱析微	清	30	32	32	31

续表

谱集序号	谱集名称	撰刊时期	据谱一览表	谱集收曲提要		存见琴曲总表
			谱内收曲数	各谱集简介汇总数	各谱集实列曲谱数	传谱存见的谱集或谱本
50	蓼怀堂琴谱	清	33	33	33	33
51	诚一堂琴谱	清	36	36	36	36
52	琴学正声	清	12	12	12	12
53	五知斋琴谱	清	33	33	33	33
54	卧云楼琴谱	清	32	32	2	32
55	存古堂琴谱	清	20	20	20	20
56	立雪斋琴谱	清	16	16	16	16
57	琴书千古	清	24	24	24	24
58	治心斋琴学练要	清	26	30	30	30
59	春草堂琴谱	清	28	28	32	32
60	大乐元音	清	6	6	6	6
61	琴剑合谱	清	11	11	11	12
62	颖阳琴谱	清	12	12	12	12
63	兰田馆琴谱	清	44	44	44	44
64	琴香堂琴谱	清	38	38	38	38
65	研露楼琴谱	清	20	20	20	19
66	东皋琴谱	清	15	15	15	14
67	自远堂琴谱	清	93	93	90	90
68	裛露轩琴谱	清	88	88	86	85
69	萧立礼琴说	清	1	1	1	1
70	小兰琴谱	清	12	13	13	13
71	琴谱谐声	清	26	32	37	35
72	指法汇参确解	清	11	11	11	11
73	峰抱楼琴谱	清	16	16	16	15
74	琴学韧端	清	34	35	35	32
75	邻鹤斋琴谱	清	16	16	16	16

76	二香琴谱	清	30	30	30	30
77	律话	清	11	11	13	13
78	律音汇考	清	24	12	12	12
79	悟雪山房琴谱	清	46	50	50	49
80	槐荫书屋琴谱	清	8	8	8	8
81	行有恒堂录存琴谱	清	8	8	8	8
82	张鞠田琴谱	清	26	26	26	25
83	一经庐琴学	清	15	15	15	14
84	稚云琴谱	清	19	19	19	19
85	琴学尊闻	清	13	18	18	14
86	琴学入门	清	20	20	20	20
87	蕉庵琴谱	清	32	32	32	34
88	琴瑟合谱	清	8	8	8	8
89	以六正五之斋琴谱	清	21	21	21	21
90	天闻阁琴谱	清	145	145	142	130
91	天籁阁琴谱	清	30	30	36	37
92	响雪斋琴谱	清	15	15	15	14
93	希韶阁琴谱	清	44	44	44	43
94	双琴书屋琴谱集成	清	39	39	39	36
95	绿绮清韵	清	10	10	10	9
96	琴旨申邱	清	2	2	2	1
97	希韶阁琴瑟合谱	清	16	16	16	16
98	枯木禅琴谱	清	42	32	32	32
99	琴学初津	清	50	50	50	48
100	鄂公祠说琴	清	2	2	2	2
101	鸣盛阁琴谱	清	12	12	12	12
102	十一弦馆琴谱	清	8	8	8	7
103	琴学丛书	清	32	36	36	33

续表

谱集序号	谱集名称	撰刊时期	据谱一览表	谱集收曲提要		存见琴曲总表
			谱内收曲数	各谱集简介汇总数	各谱集实列曲谱数	传谱存见的谱集或谱本
104	雅斋琴谱丛集	清		30	30	29
105	诗梦斋琴谱	民国	20	20	20	17
106	山西育才馆讲义	民国	12	12	12	12
107	梅庵琴谱	民国	14	14	14	13
108	今虞琴刊	民国	2	2	2	2
109	沙堰琴编	民国	13	13	13	13
合计			3 376	3 490	3 409	3 474
数据来源说明			据“据谱一览表”谱内收曲统计原数。原书漏计《绿绮新声》和《雅斋琴谱丛集》，本表亦未计。	据“谱集收曲提要”各谱集简介中的收曲汇总数。原书未明确汇总数的《玉梧琴谱》《琴适》《松弦馆琴谱》和《律音汇考》四个谱集均按各谱集实列曲谱数补齐。	据“谱集收曲提要”各谱集实列曲谱数进行计数。同一曲条并录多谱的，按所列明的谱数计数。未列曲条，只做说明的，未计数。	按“存见琴曲总表”利用各曲条所列传谱存见的谱集或谱本建立数据库分类统计所得。

注：表中灰色区域代表存在问题的数据项，下同。

表 18　“谱集收曲提要”与“存见琴曲总表”存见传谱数据对比观察详表

序号	曲名	传谱				
		提要	总表	观察	观察说明	问题编码
1	文字谱幽兰（倚兰）	4	3	4	“提要”（［总 236］194［总 237］195）《琴学丛书》实录《幽兰》减字谱、双行谱、琴镜四行谱共 3 谱，“总表”（［总 1］1）录 2 谱，漏 1 谱。	ZCLZ
2	姜夔琴曲古怨	2	2	2		
3	黄莺吟	1	1	1		
4	宫调	2	2	2		
5	商调	2	2	2		
6	角调	2	2	2		
7	徵调	2	2	2		
8	羽调	2	2	2		
9	宫意（宫意考）	13	13	13		
10	商意（商意考）	15	15	14	“提要”（［总 127］85）《义轩琴经》录有《商意》1 谱，但注明“原谱佚去”，应减除；“总表”（［总 1］1）亦录有此谱，应减除。	TCYJ、ZCYJ
11	角意（角意考）	14	14	14		
12	徵意（徵意考）	19	18	18	“提要”（［总 127］85）《义轩琴经》录有《徵意》1 谱，但注明“原谱佚去”，应减除；“总表”（［总 2］2）亦录有此谱，应减除。又，“提要”（［总 50］8）《神奇秘谱》实录《徵意》1 谱，“总表”（［总 1］1）漏录。	TCYJ、ZCYJ、ZCLZ
13	羽意（羽意考）	17	16	17	“提要”（［总 77］35）《步虚仙琴谱》实录《羽意》1 谱，“总表”（［总 2］2）漏录。	ZCLZ
14	遁世操（箕山操）	5	6	5	“总表”（［总 2］2）此曲录有《和文注琴谱》1 谱，并注明“作箕山操”，该谱在“总表”（［总 35］35）之《箕山操》曲条中已录，此为重复计数。	ZCCJ
15	广陵散（聂政刺韩王曲、广陵真趣）	17	16	17	“提要”（［总 225］183）《双琴书屋琴谱集成》实录《广陵散》1 谱，“总表”（［总 2］2）漏录。	ZCLZ
16	华胥引	5	5	5		
17	古风操	4	4	4		
18	高山	43	43	44	《徽言秘旨订》同《徽言秘旨》之《高山》1 谱，“总表”（［总 2］2）见录，“提要”（［总 152］110）删略未录。又，“提要”（［总 208］166）《琴学尊闻》实录《高山》2 谱（并列同一曲条），“总表”（［总 2］2）录为 1 谱，漏 1 谱。	TCSZ、ZCLZ
19	流水	31	31	32	《徽言秘旨订》同《徽言秘旨》之《流水》1 谱，“总表”（［总 2］2）见录，“提要”（［总 152］110）删略未录。又，“提要”（［总 240］198、［总 241］199）《雅斋琴谱》实录《流水》2 谱，“总表”（［总 2］2）录为 1 谱，漏 1 谱。	TCSZ、ZCLZ

续表

序号	曲名	传谱				
		提要	总表	观察	观察说明	问题编码
20	阳春（龙门桃浪引）	29	30	31	《徽言秘旨订》同《徽言秘旨》之《阳春》1谱，“总表”（［总3］3）见录，“提要”（［总152］110）删略未录。又，“总表”（［总3］3）录有此曲《天闻阁琴谱》1谱，“提要”（［总213］171）漏录。又，“提要”（［总120］78）《乐仙琴谱》实录《阳春》1谱，“总表”（［总3］3）漏录。	TCSZ、TCLZ、ZCLZ
21	玄默（坐忘）	3	3	3		
22	招隐	4	4	4		
23	酒狂	5	5	5		
24	获麟（谨微、获麟操、获麟解）	9	10	9	“提要”（［总105］63—［总108］68）《杨伦伯牙心法》未录此谱，“总表”（［总3］3）误增。	ZCWJ
25	秋月照茅亭	5	5	5		
26	山中思友人（山中思故人、忆故人、山中思友、空山忆故人）	6	6	6		
27	小胡笳	5	5	5		
28	颐真（颐真操）	6	6	6		
29	神品宫意	9	9	9		
30	广寒游（清都引）	12	13	13	《徽言秘旨订》同《徽言秘旨》之《广寒游》1谱，“总表”（［总3］3）见录，“提要”（［总152］110）删略未录。	TCSZ
31	梅花三弄（梅花、梅花曲、梅花引、玉妃引、王妃引）	45	44	46	《黄士达太古遗音》同《谢琳太古遗音》之《梅花曲》1谱，“总表”（［总4］4）及“提要”（［总58］16）均删略未录。又，“提要”（［总64］22）《琴谱正传》实录《梅花三弄》《梅花引》各1谱，“总表”（［总4］4）录为1谱，漏1谱。	TCSZ、ZCSZ、ZCLZ
32	神品商意	7	7	7		
33	神品古商意	3	3	3		
34	慨古	3	3	3		
35	忘机（鸥鹭忘机、海鸥忘机、忘机引、鸥鹭）	42	42	43	《徽言秘旨订》同《徽言秘旨》之《鸥鹭忘机》1谱，“总表”（［总4］4）见录，“提要”（［总152］110）删略未录。又，“提要”（［总189］147）《琴谱谐声》实录《鸥鹭忘机》2谱（并列同一曲条），“总表”（［总4］4）录为1谱，漏1谱。	TCSZ、ZCLZ

36	隐德	4	3	4	“提要”（［总69］27）《西麓堂琴统》（［总95］53）《琴书大全》各录《隐德》1谱，“总表”（［总4］4）均漏录。又，“提要”（［总109］67—［总111］69）《太古正音》未录此谱，“总表”（［总4］4）误增。	ZCLZ、ZCLZ、ZCWJ
37	广寒秋	3	3	3		
38	天风环佩（碧天秋思）	8	8	8		
39	神游六合（骑气、六合游、骥气）	8	7	8	“提要”之《天闻阁琴谱》此曲实录《六合游》（［总216］174）《骥气》（［总218］176）各1谱，“总表”（［总5］5）录为1谱，漏1谱。	ZCLZ
40	长清	8	8	8		
41	短清	5	5	5		
42	白雪	31	31	32	《徽言秘旨订》同《徽言秘旨》之《白雪》1谱，“总表”（［总5］5）见录，“提要”（［总152］110）删略未录。又，“提要”（［总192］150）《琴学轫端》实录《白雪》1谱，“总表”（［总5］5）漏录。	TCSZ、ZCLZ
43	鹤鸣九皋	8	9	9	《黄士达太古遗音》同《谢琳太古遗音》之《鹤鸣九皋》1谱，“总表”（［总5］5）见录，“提要”（［总58］16）删略未录。	TCSZ
44	猗兰（漪兰、猗兰操）	32	33	34	《黄士达太古遗音》同《谢琳太古遗音》之《漪兰操》1谱，“总表”（［总5］5）见录，“提要”（［总58］16）删略未录。又，《徽言秘旨订》同《徽言秘旨》之《猗兰》1谱，“总表”（［总5］5）见录，“提要”（［总152］110）删略未录。又，“提要”之《天闻阁琴谱》实录《漪兰》（［总217］175）《猗兰》（［总218］176）各1谱，“总表”（［总5］5）录为1谱，漏1谱。	TCSZ、TCSZ、ZCLZ
45	神品角意	7	7	7		
46	凌虚吟（凌虚引）	12	13	13	《徽言秘旨订》同《徽言秘旨》之《凌虚引》1谱，“总表”（［总5］5）见录，“提要”（［总152］110）删略未录。	TCSZ
47	列子御风（御风行、列子）	32	34	34	《徽言秘旨订》同《徽言秘旨》之《列子御风》1谱，“总表”（［总6］6）见录，“提要”（［总152］110）删略未录。又，《卧云楼琴谱》同《琴谱析微》之《列子御风》1谱，“总表”（［总6］6）见录，“提要”（［总162］120）删略未录。	TCSZ、TCSZ
48	神品徵意	8	8	8		
49	山居吟	40	41	42	《徽言秘旨订》同《徽言秘旨》之《山居吟》1谱，“总表”（［总6］6）见录，“提要”（［总152］110）删略未录。又，《卧云楼琴谱》同《琴谱析微》之《山居吟》1谱，“总表”（［总6］6）见录，“提要”（［总162］120）删略未录。又，“提要”（［总217］175、［总218］176）《天闻阁琴谱》实录《山居吟》2谱，“总表”（［总6］6）录为1谱，漏1谱。	TCSZ、TCSZ、ZCLZ

续表

序号	曲名	传谱				
		提要	总表	观察	观察说明	问题编码
50	禹会涂山（上国观光、观光、涂山）	33	34	35	《徽言秘旨订》同《徽言秘旨》之《禹会涂山》1谱，“总表”（［总6］6）见录，“提要”（［总152］110）删略未录。又，《卧云楼琴谱》同《琴谱析微》之《涂山》1谱，“总表”（［总6］6）见录，“提要”（［总162］120）删略未录。又，“提要”（［总79］37）《杏庄太音补遗》实录《禹会涂山》1谱，“总表”（［总6］6）漏录。	TCSZ、TCSZ、ZCLZ
51	樵歌（归樵）	49	50	51	《徽言秘旨订》同《徽言秘旨》之《樵歌》1谱，“总表”（［总6］6）见录，“提要”（［总152］110）删略未录。又，《卧云楼琴谱》同《琴谱析微》之《樵歌》1谱，“总表”（［总6］6）见录，“提要”（［总162］120）删略未录。又，“提要”（［总53］11）《浙音释字琴谱》实录《樵歌》1谱（残谱），“总表”（［总6］6）漏录。	TCSZ、TCSZ、ZCLZ
52	神品羽意	7	7	7		
53	雉朝飞	34	37	37	《黄士达太古遗音》同《谢琳太古遗音》之《雉朝飞》1谱，“总表”（［总7］7）见录，“提要”（［总58］16）删略未录。又，《徽言秘旨订》同《徽言秘旨》之《雉朝飞》1谱，“总表”（［总7］7）见录，“提要”（［总152］110）删略未录。又，《卧云楼琴谱》同《琴谱析微》之《雉朝飞》1谱，“总表”（［总7］7）见录，“提要”（［总162］120）删略未录。	TCSZ、TCSZ、TCSZ
54	乌夜啼	27	28	29	《徽言秘旨订》同《徽言秘旨》之《乌夜啼》1谱，“总表”（［总7］7）见录，“提要”（［总152］110）删略未录。又，《卧云楼琴谱》同《琴谱析微》之《乌夜啼》1谱，“总表”（［总7］7）见录，“提要”（［总162］120）删略未录。又，“提要”（［总54］12）《浙音释字琴谱》实录《乌夜啼》1谱，“总表”（［总7］7）漏录。	TCSZ、TCSZ、ZCLZ
55	神品无射意	3	3	3		
56	黄云秋塞	5	5	5		
57	龙朔操（昭君怨、昭君引、龙翔操、明妃曲）	24	25	25	《黄士达太古遗音》同《谢琳太古遗音》之《昭君怨》1谱，“总表”（［总7］7）见录，“提要”（［总58］16）删略未录。	TCSZ
58	大胡笳（胡笳十八拍、胡笳、十八拍）	35	35	35	《卧云楼琴谱》同《琴谱析微》之《胡笳十八拍》1谱，“总表”（［总8］8）见录，“提要”（［总162］120）删略未录。又，“提要”（［总101］59）《绿绮新声》录有《胡笳》1谱，但注明“谱本已佚”，应减除；“总表”（［总8］8）亦录有此谱，应减除。又，“提要”（［总177］135）《研露楼琴谱》实录《胡笳十八拍》1谱，“总表”（［总8］8）漏录。	TCSZ、TCYJ、ZCYJ、ZCLZ
59	大雅	37	38	37	《徽言秘旨订》同《徽言秘旨》之《大雅》1谱，“总表”（［总8］8）见录，“提要”（［总152］110）删略未录。又，“总表”（［总8］8）“提要”（［总145］103）《琴瑟谱》均录有《大雅》2谱，但其1为瑟谱，应减除。	TCSZ、TCQJ、ZCQJ
60	神品碧玉意	3	3	3		

61	八极游（扶仙游、神游八极）	14	15	15	《徽言秘旨订》同《徽言秘旨》之《八极游》1谱，“总表”（［总8］8）见录，“提要”（［总152］110）删略未录。	TCSZ
62	神品蕤宾意（金羽意）	7	7	7		
63	泛沧浪	6	6	6		
64	潇湘水云	49	51	51	《徽言秘旨订》同《徽言秘旨》之《潇湘水云》1谱，“总表”（［总9］9）见录，“提要”（［总152］110）删略未录。又，《卧云楼琴谱》同《琴谱析微》之《潇湘水云》1谱，“总表”（［总9］9）见录，“提要”（［总162］120）删略未录。	TCSZ、TCSZ
65	神品凄凉意（楚商意）	6	6	6		
66	神品楚商意	2	2	2		
67	泽畔吟	11	11	11		
68	离骚（离骚操、骚意）	35	37	37	《徽言秘旨订》同《徽言秘旨》之《离骚》1谱，“总表”（［总9］9）见录，“提要”（［总152］110）删略未录。又，《卧云楼琴谱》同《琴谱析微》之《离骚》1谱，“总表”（［总9］9）见录，“提要”（［总162］120）删略未录。	TCSZ、TCSZ
69	神品商角意	6	6	6		
70	神化引（蝶梦游、蝶梦吟、神化吟、神化）	27	29	29	《徽言秘旨订》同《徽言秘旨》之《神化引》1谱，“总表”（［总9］9）见录，“提要”（［总152］110）删略未录。又，《卧云楼琴谱》同《琴谱析微》之《神化引》1谱，“总表”（［总9］9）见录，“提要”（［总162］120）删略未录。	TCSZ、TCSZ
71	庄周梦蝶（蝴蝶梦、梦蝶）	37	39	39	《徽言秘旨订》同《徽言秘旨》之《庄周梦蝶》1谱，“总表”（［总10］10）见录，“提要”（［总152］110）删略未录。又，《卧云楼琴谱》同《琴谱析微》之《庄周梦蝶》1谱，“总表”（［总10］10）见录，“提要”（［总162］120）删略未录。	TCSZ、TCSZ
72	楚歌	13	14	14	《黄士达太古遗音》同《谢琳太古遗音》之《楚歌》1谱，“总表”（［总10］10）见录，“提要”（［总58］16）删略未录。	TCSZ
73	神品姑洗意（清商）	7	7	7		
74	飞鸣吟	17	17	17		
75	秋鸿	30	29	29	“提要”（［总154］112）《琴谱析微》录有《秋鸿》1谱，但注明“佚”，“总表”（［总10］10）此谱减除未录，“提要”亦应减除。	TCYJ
76	春雨	1	1	1		
77	汶阳	1	1	1		
78	仙山月	2	2	2		
79	鸿飞	1	1	1		
80	盟鸥	1	1	1		

续表

序号	曲名	传谱				
		提要	总表	观察	观察说明	问题编码
81	关雎曲（关雎、关雎传、关雎章）	54	55	57	《黄士达太古遗音》同《谢琳太古遗音》之《关雎曲》1谱，“总表”（［总11］11）见录，“提要”（［总58］16）删略未录。又，《徽言秘旨订》同《徽言秘旨》之《关雎》1谱，“总表”（［总11］11）见录，“提要”（［总152］110）删略未录。又，“提要”（［总198］156）《律音汇考》之《关雎》注明有转弦变调之又谱，“提要”“总表”均只录一谱，应增补。又，“提要”（［总113］71）《松弦馆琴谱》实录《关雎》1谱，“总表”（［总11］11）漏录。	TCSZ、TCSZ、TCLZ、ZCLZ、ZCLZ
82	南薰歌	4	4	4		
83	天台引（武陵游）	8	7	8	“提要”（［总185］143）《裛露轩琴谱》实录《天台引》1谱，“总表”（［总11］11）漏录。	ZCLZ
84	思舜（文王思舜）	5	5	5		
85	师贤	2	2	2		
86	蕤宾意（蕤宾意考、金羽调、金羽意）	7	8	6	“提要”（［总128］86）《义轩琴经》录有《蕤宾意》1谱，但注明“原谱佚去”，应减除；“总表”（［总11］11）亦录有此谱，应减除。又，“总表”（［总11］11）此曲录有《琴苑心传全编》1谱，参“提要”（［总137］95）其所录为《神品蕤宾意》，且此谱在“总表”（［总8］8）之《神品蕤宾意》曲条中已录，此为重复计数。	TCYJ、ZCYJ、ZCCJ
87	渔歌调（极乐吟）	2	2	2		
88	渔歌（山水绿、欸乃歌）	41	40	42	《徽言秘旨订》同《徽言秘旨》之《渔歌》1谱，“总表”（［总11］11）见录，“提要”（［总152］110）删略未录。又，“提要”（［总216］174、［总217］175、［总218］176）《天闻阁琴谱》实录《渔歌》3谱，“总表”（［总11］11）录为1谱，漏2谱。	TCSZ、ZCLZ、ZCLZ
89	商角意	9	9	9		
90	姑洗意（姑洗调考、清商调）	4	5	4	“总表”（［总12］12）此曲录有《琴苑心传全编》1谱，参“提要”（［总138］96）《琴苑心传全编》所录为《神品姑洗意》，且此谱在“总表”（［总10］10）之《神品姑洗意》曲条中已录，此为重复计数。	ZCCJ
91	黄钟意（黄钟意考）	8	9	8	“总表”（［总12］12）此曲录有《藏春坞琴谱》1谱，参“提要”（［总103］61）《藏春坞琴谱》所录为《神品黄钟调》，且此谱在“总表”（［总26］26）之《神品黄钟意》曲条中已录，此处为重复计数。	ZCCJ
92	凄凉意（凄凉意考、凄凉调、楚商调）	6	7	6	“总表”（［总12］12）此曲录有《琴苑心传全编》1谱，参“提要”（［总136］94）其所录为《神品凄凉意》（“总表”备注其“作凄凉调”有误，该谱集中“凄凉调”是琴曲分类标题名，不是曲名），且此谱在“总表”（［总9］9）之《神品凄凉意》曲条中已录，此处为重复计数。	ZCCJ

93	屈原问渡	12	13	12	“提要”（［总126］84—［总128］86）《义轩琴经》未录此谱，“总表”（［总12］12）误增。	ZCWJ
94	阳关三叠（阳关）	20	20	20		
95	南风歌（南风操）	5	6	6	《黄士达太古遗音》同《谢琳太古遗音》之《南风歌》1谱，“总表”（［总12］12）见录，“提要”（［总58］16）删略未录。	TCSZ
96	思亲操（思亲引、思亲）	7	10	8	《黄士达太古遗音》同《谢琳太古遗音》之《思亲操》1谱，“总表”（［总12］12）见录，“提要”（［总58］16）删略未录。又，“提要”（［总141］99）《和文注音琴谱》（［总178］136）《东皋琴谱》各录有《思亲引》1谱，此2谱在“总表”（［总35］35）之《思亲引》曲条均已录，此处为重复计数。	TCSZ、ZCCJ、ZCCJ
97	湘妃怨（二妃思舜）	13	14	14	《黄士达太古遗音》同《谢琳太古遗音》之《湘妃怨》1谱，“总表”（［总12］12）见录，“提要”（［总58］16）删略未录。	TCSZ
98	岐山操	5	6	6	《黄士达太古遗音》同《谢琳太古遗音》之《岐山操》1谱，“总表”（［总12］12）见录，“提要”（［总58］16）删略未录。	TCSZ
99	拘幽操	4	5	5	《黄士达太古遗音》同《谢琳太古遗音》之《拘幽操》1谱，“总表”（［总13］13）见录，“提要”（［总58］16）删略未录。	TCSZ
100	文王操（文王思士、文王、吕望兴周）	9	10	10	《黄士达太古遗音》同《谢琳太古遗音》之《文王操》1谱，“总表”（［总13］13）见录，“提要”（［总58］16）删略未录。	TCSZ
101	尅商操	2	3	3	《黄士达太古遗音》同《谢琳太古遗音》之《尅商操》1谱，“总表”（［总13］13）见录，“提要”（［总58］16）删略未录。	TCSZ
102	文王曲	1	2	2	《黄士达太古遗音》同《谢琳太古遗音》之《文王曲》1谱，“总表”（［总13］13）见录，“提要”（［总58］16）删略未录。	TCSZ
103	越裳操（秋水弄）	6	7	7	《黄士达太古遗音》同《谢琳太古遗音》之《越裳操》1谱，“总表”（［总13］13）见录，“提要”（［总58］16）删略未录。	TCSZ
104	履霜操	6	7	7	《黄士达太古遗音》同《谢琳太古遗音》之《履霜操》1谱，“总表”（［总13］13）见录，“提要”（［总58］16）删略未录。	TCSZ
105	将归操	6	8	8	《黄士达太古遗音》同《谢琳太古遗音》之《将归操》1谱，“总表”（［总13］13）见录，“提要”（［总58］16）删略未录。又，《徽言秘旨订》同《徽言秘旨》之《将归操》1谱，“总表”（［总13］13）见录，“提要”（［总152］110）删略未录。	TCSZ、TCSZ
106	龟山操	3	4	4	《黄士达太古遗音》同《谢琳太古遗音》之《龟山操》1谱，“总表”（［总13］13）见录，“提要”（［总58］16）删略未录。	TCSZ
107	亚圣操（亚圣、颜回）	7	7	8	《黄士达太古遗音》同《谢琳太古遗音》之《亚圣操》1谱，“总表”（［总13］13）见录，“提要”（［总58］16）删略未录。又，“提要”（［总120］78）《乐仙琴谱》实录《亚圣操》1谱，“总表”（［总13］13）漏录。	TCSZ、ZCLZ
108	残形操	2	3	3	《黄士达太古遗音》同《谢琳太古遗音》之《残形操》1谱，“总表”（［总13］13）见录，“提要”（［总58］16）删略未录。	TCSZ

续表

序号	曲名	传谱				
		提要	总表	观察	观察说明	问题编码
109	别鹄操（别鹄、别鹤操）	2	3	3	《黄士达太古遗音》同《谢琳太古遗音》之《别鹄操》1谱，“总表”（[总13]13）见录，“提要”（[总58]16）删略未录。	TCSZ
110	蔡氏五弄	3	4	4	《黄士达太古遗音》同《谢琳太古遗音》之《蔡氏五弄》1谱，“总表”（[总13]13）见录，“提要”（[总58]16）删略未录。	TCSZ
111	八公操	3	4	4	《黄士达太古遗音》同《谢琳太古遗音》之《八公操》1谱，“总表”（[总13]13）见录，“提要”（[总58]16）删略未录。	TCSZ
112	黄钟调	1	2	2	《黄士达太古遗音》同《谢琳太古遗音》之《黄钟调》1谱，“总表”（[总13]13）见录，“提要”（[总58]16）删略未录。	TCSZ
113	归去来辞	25	26	26	《黄士达太古遗音》同《谢琳太古遗音》之《归去来辞》1谱，“总表”（[总13]13）见录，“提要”（[总58]16）删略未录。	TCSZ
114	思归引	3	3	4	《黄士达太古遗音》同《谢琳太古遗音》之《思归引》1谱，“总表”（[总14]14）见录，“提要”（[总58]16）删略未录。又，“提要”（[总133]91）《琴苑心传全编》实录《思归引》1谱，“总表”（[总14]14）漏录。	TCSZ、ZCLZ
115	风入松歌（风入松）	8	9	9	《黄士达太古遗音》同《谢琳太古遗音》之《风入松歌》1谱，“总表”（[总14]14）见录，“提要”（[总58]16）删略未录。	TCSZ
116	听琴赋	2	3	3	《黄士达太古遗音》同《谢琳太古遗音》之《听琴赋》1谱，“总表”（[总14]14）见录，“提要”（[总58]16）删略未录。	TCSZ
117	伯牙吊子期（吊子期）	5	6	6	《黄士达太古遗音》同《谢琳太古遗音》之《伯牙吊子期》1谱，“总表”（[总14]14）见录，“提要”（[总58]16）删略未录。	TCSZ
118	阳关曲（阳关、大阳关、阳关操）	7	7	8	《黄士达太古遗音》同《谢琳太古遗音》之《阳关曲》1谱，“总表”（[总14]14）及“提要”（[总58]16）均删略未录。	TCSZ、ZCSZ
119	春江曲（春江）	7	8	8	《黄士达太古遗音》同《谢琳太古遗音》之《春江曲》1谱，“总表”（[总14]14）见录，“提要”（[总58]16）删略未录。	TCSZ
120	双清传（猿鹤双清）	18	18	19	《黄士达太古遗音》同《谢琳太古遗音》之《双清传》1谱，“总表”（[总14]14）见录，“提要”（[总58]16）删略未录。又，“提要”（[总98]56）《文会堂琴谱》实录《双清》1谱，“总表”（[总14]14）漏录。	TCSZ、ZCLZ
121	正气歌	2	3	3	《黄士达太古遗音》同《谢琳太古遗音》之《正气歌》1谱，“总表”（[总14]14）见录，“提要”（[总58]16）删略未录。	TCSZ
122	古秋风	1	2	2	《黄士达太古遗音》同《谢琳太古遗音》之《古秋风》1谱，“总表”（[总14]14）见录，“提要”（[总58]16）删略未录。	TCSZ
123	前赤壁赋	9	11	9	“提要”（总103]61）《藏春坞琴谱》（[总111]69）《太古正音琴谱》各录有《赤壁赋》1谱，此2谱在“总表”（[总28]28）之《赤壁赋》曲条均已录，此处为重复计数。	ZCCJ、ZCCJ
124	后赤壁赋	4	4	4		

125	客窗夜话	24	24	24		
126	思贤（思贤操、颜回）	22	20	21	“提要”（［总127］85）《义轩琴经》录有《思贤操》1谱，但注明“原谱佚去”，“总表”（［总15］15）未录此谱，“提要”亦应减除。又，“提要”（［总118］76）《新传理性元雅》实录《思贤操》1谱，“总表”（［总15］15）漏录。	TCYJ、ZCLZ
127	秋江晚钓	5	6	6	《徽言秘旨订》同《徽言秘旨》之《秋江晚钓》1谱，“总表”（［总15］15）见录，“提要”（［总152］110）删略未录。	TCSZ
128	盛德颂	1	1	1		
129	十八学士登瀛洲（瀛洲、学士登瀛）	3	3	3		
130	圯桥进履（进履、圯桥三进履、圯桥授书、圯上进履）	35	34	35	“提要”（［总208］166）《琴学尊闻》实录《圯上进履》2谱（并列同一曲条），“总表”（［总15］15）录为1谱，漏1谱。	ZCLZ
131	一撒金	1	1	1		
132	雪窗夜话（雪窗）	6	6	6		
133	文君操（凤求凰、文凤求凰）	15	16	15	“提要”（［总75］33）《西麓堂琴统》实录《凤求凰》1谱，但为十段大曲，且该谱在“总表”（［总22］22）之《凤求凰》曲条中已录，此处为重复计数。	ZCCJ
134	陋室铭	12	12	12		
135	捣衣曲（捣衣、秋水弄、秋杵弄、秋杵吟、秋院捣衣）	23	24	24	《徽言秘旨订》同《徽言秘旨》之《秋杵弄》1谱，“总表”（［总16］16）见录，“提要”（［总152］110）删略未录。又，“提要”（［总137］95）《琴苑心传全编》实录《秋杵弄》1谱，“总表”（［总16］16）漏录。又，“提要”（［总121］79）《乐仙琴谱》实录《捣衣》1谱，“总表”（［总16］16）录为2谱，误增1谱。	TCSZ、ZCLZ、ZCWJ
136	归耕（归耕操）	1	1	1		
137	大明一统	2	2	2		
138	醉翁亭（醉翁操）	4	4	4		
139	风雷引（风雷）	37	39	39	《徽言秘旨订》同《徽言秘旨》之《风雷引》1谱，“总表”（［总16］16）见录，“提要”（［总152］110）删略未录。又，《卧云楼琴谱》同《琴谱析徽》之《风雷引》1谱，“总表”（［总16］16）见录，“提要”（［总162］120）删略未录。	TCSZ、TCSZ
140	古交行	16	17	18	《徽言秘旨订》同《徽言秘旨》之《古交行》1谱，“总表”（［总16］16）见录，“提要”（［总152］110）删略未录。又，《卧云楼琴谱》同《琴谱析徽》之《古交行》1谱，“总表”（［总16］16）见录，“提要”（［总162］120）删略未录。又，“提要”（［总69］27）《西麓堂琴统》实录《古交行》1谱，“总表”（［总16］16）漏录。	TCSZ、TCSZ、ZCLZ

续表

序号	曲名	传谱				
		提要	总表	观察	观察说明	问题编码
141	李陵思汉	2	2	2		
142	昭君出塞	1	1	1		
143	雁过衡阳（雁渡衡阳、雁度衡阳）	21	20	21	“提要”之《天闻阁琴谱》实录《雁过衡阳》（［总215］173）《雁度衡阳》（［总216］174）各1谱，“总表”（［总16］16）只录1谱，漏1谱。。	ZCLZ
144	渭滨吟	10	10	11	《徽言秘旨订》同《徽言秘旨》之《渭滨吟》1谱，“总表”（［总17］17）见录，“提要”（［总152］110）删略未录。又，“提要”（［总84］42）《五音琴谱》实录《渭滨吟》1谱，“总表”（［总16］16）漏录。	TCSZ、ZCLZ
145	佩兰	40	41	42	《徽言秘旨订》同《徽言秘旨》之《佩兰》1谱，“总表”（［总17］17）见录，“提要”（［总152］110）删略未录。又，《卧云楼琴谱》同《琴谱析微》之《佩兰》1谱，“总表”（［总17］17）见录，“提要”（［总162］120）删略未录。又，“提要”（［总80］38）《杏庄太音补遗》实录《佩兰》1谱，“总表”（［总17］17）漏录。	TCSZ、TCSZ、ZCLZ
146	寄情操	1	1	1		
147	孤芳吟	2	2	2		
148	夷旷吟（怀古吟、怀古引、怀古）	18	18	18		
149	石上流泉	19	19	20	《徽言秘旨订》同《徽言秘旨》之《石上流泉》1谱，“总表”（［总17］17）见录，“提要”（［总152］110）删略未录。又，“提要”（［总120］78）《乐仙琴谱》实录《石上流泉》1谱，“总表”（［总17］17）漏录。	TCSZ、ZCLZ
150	幽风歌（耕歌）	1	1	1		
151	奇品商意	1	1	1		
152	鹤舞洞天	15	15	16	《徽言秘旨订》同《徽言秘旨》之《鹤舞洞天》1谱，“总表”（［总17］17）见录，“提要”（［总152］110）删略未录。又，“提要”（［总217］175）《天闻阁琴谱》实录《鹤舞洞天》2谱（并列同一曲条），“总表”（［总17］17）录为1谱，漏1谱。	TCSZ、ZCLZ
153	复古调（复古调考）	2	2	2		
154	南风畅	7	7	7		
155	吊屈原	1	1	1		
156	断金吟	2	2	2		
157	妙品清商意	2	2	2		
158	清虚吟	3	4	4	《徽言秘旨订》同《徽言秘旨》之《清虚吟》1谱，“总表”（［总18］18）见录，“提要”（［总152］110）删略未录。	TCSZ

159	九疑吟（九嶷引）	3	3	3		
160	刍牧吟	2	2	2		
161	牧歌	12	13	13	《徽言秘旨订》同《徽言秘旨》之《牧歌》1谱，“总表”（［总18］18）见录，“提要”（［总152］110）删略未录。	TCSZ
162	尽善吟	2	2	1	“提要”（［总81］39）“总表”（［总18］18）《杏庄太音续谱》录有《尽善吟》1谱，但均注明“佚”，应减除。	TCYJ、ZCYJ
163	箫韶九成凤凰来仪（神凤引）	5	5	5		
164	清夜闻钟（泣麟悲凤）	14	15	15	《徽言秘旨订》同《徽言秘旨》之《清夜闻钟》1谱，“总表”（［总18］18）见录，“提要”（［总152］110）删略未录。	TCSZ
165	扣角歌（扣角吟）	8	8	8		
166	秋风	3	3	3		
167	篝灯吟	2	2	2		
168	调弦品	1	1	1		
169	修禊吟	7	9	9	《徽言秘旨订》同《徽言秘旨》之《修禊吟》1谱，“总表”（［总18］18）见录，“提要”（［总152］110）删略未录。又，《卧云楼琴谱》同《琴谱析微》之《修禊吟》1谱，“总表”（［总18］18）见录，“提要”（［总162］120）删略未录。	TCSZ、TCSZ
170	康衢谣	1	1	1		
171	冲和吟	8	10	9	《徽言秘旨订》同《徽言秘旨》之《冲和吟》1谱，“总表”（［总19］19）见录，“提要”（［总152］110）删略未录。又，“提要”（［总119］77—［总121］79）《乐仙琴谱》未录此谱，“总表”（［总19］19）误增。	TCSZ、ZCWJ
172	谷口引	3	4	4	《徽言秘旨订》同《徽言秘旨》之《谷口引》1谱，“总表”（［总19］19）见录，“提要”（［总152］110）删略未录。	TCSZ
173	达观吟	1	1	1		
174	流觞	1	1	1		
175	幽兰	7	8	8	《徽言秘旨订》同《徽言秘旨》之《幽兰》1谱，“总表”（［总19］19）见录，“提要”（［总152］110）删略未录。	TCSZ
176	飞电吟	1	1	1		

续表

序号	曲名	传谱				
		提要	总表	观察	观察说明	问题编码
177	胶漆吟	3	3	4	《徽言秘旨订》同《徽言秘旨》之《胶漆吟》1谱，“总表”（［总19］19）及“提要”（［总152］110）均删略未录。	TCSZ、ZCSZ
178	赓扅歌（商歌）	1	1	1		
179	忆颜回	1	1	1		
180	杏坛（杏坛吟）	5	5	5		
181	长侧	1	1	1		
182	短侧	1	1	1		
183	清夜吟	4	4	5	《徽言秘旨订》同《徽言秘旨》之《清夜吟》1谱，“总表”（［总19］19）见录，“提要”（［总152］110）删略未录。又，“提要”（［总205］163）《一经庐琴学》实录《清夜吟》1谱，“总表”（［总19］19）漏录。	TCSZ、ZCLZ
184	江月白	2	2	2		
185	春江晚眺	1	1	1		
186	瀛洲	1	1	1		
187	一叶知秋	1	1	1		
188	梅梢月	1	1	1		
189	蘧栩吟	1	1	1		
190	蒙棘引	1	1	1		
191	苍梧怨	13	14	14	《卧云楼琴谱》同《琴谱析微》之《苍梧怨》1谱，“总表”（［总19］19）见录，“提要”（［总162］120）删略未录。	TCSZ
192	掇蜂吟	1	1	1		
193	击壤歌	1	1	1		
194	襄陵操	1	1	1		
195	子猷访戴	2	2	2		
196	列女引	1	1	1		
197	采真游	1	1	1		
198	角徵羽意	1	1	1		
199	卿云歌	1	1	1		

200	会同引	5	6	6	《徽言秘旨订》同《徽言秘旨》之《会同引》1谱，“总表”（［总20］20）见录，“提要”（［总152］110）删略未录。	TCSZ
201	洞庭秋思	20	22	22	《徽言秘旨订》同《徽言秘旨》之《洞庭秋思》1谱，“总表”（［总20］20）见录，“提要”（［总152］110）删略未录。又，《卧云楼琴谱》同《琴谱析微》之《洞庭秋思》1谱，“总表”（［总20］20）见录，“提要”（［总162］120）删略未录。	TCSZ、TCSZ
202	醉渔唱晚（醉渔晚唱、醉渔）	18	18	18		
203	静极吟	2	2	2		
204	龙归晚洞	2	2	2		
205	霜夜鸿	1	1	1		
206	玉树临风	8	9	9	《卧云楼琴谱》同《琴谱析微》之《玉树临风》1谱，“总表”（［总20］20）见录，“提要”（［总162］120）删略未录。	TCSZ
207	春晓吟	18	20	20	《徽言秘旨订》同《徽言秘旨》之《春晓吟》1谱，“总表”（［总20］20）见录，“提要”（［总152］110）删略未录。又，《卧云楼琴谱》同《琴谱析微》之《春晓吟》1谱，“总表”（［总20］20）见录，“提要”（［总162］120）删略未录。	TCSZ、TCSZ
208	谋父诓君（祈招诗）	1	1	1		
209	鸡鸣度关	1	1	1		
210	瑶天笙鹤	1	1	1		
211	春思	1	1	1		
212	太簇意	1	1	1		
213	定慧引（弃瓢吟）	1	1	1		
214	凌云吟	1	1	1		
215	欸乃	20	21	20	《徽言秘旨订》同《徽言秘旨》之《欸乃歌》1谱，“总表”（［总21］21）见录，“提要”（［总152］110）删略未录。又，“提要”（［总101］59）“总表”（［总21］21）均录有《绿绮新声》之《欸乃歌》1谱，但据“提要”“谱本已佚”，亦减除。	TCSZ、TCYJ、ZCYJ
216	夷则意	1	1	1		
217	处泰吟	1	1	1		
218	远游	1	1	1		
219	无射意	1	1	1		
220	忆关山	1	1	1		

续表

序号	曲名	传谱				
		提要	总表	观察	观察说明	问题编码
221	汉宫秋（秋扇吟、汉宫秋怨）	30	32	31	《徽言秘旨订》同《徽言秘旨》之《汉宫秋》1谱，“总表”（［总21］21）见录，“提要”（［总152］110）删略未录。又，“总表”（［总21］21）此曲录有《天籁阁琴谱》1谱，参“提要”（［总220］178）《天籁阁琴谱》所录为《汉宫秋月》，且此谱在“总表”（［总29］29）之《汉宫秋月》曲条中已录，此处为重复计数。	TCSZ、ZCCJ
222	大吕意	1	1	1		
223	崆峒引	4	3	4	“提要”（［总214］172）《天闻阁琴谱》实录《崆峒引》1谱，“总表”（［总22］22）漏录。	ZCLZ
224	崆峒问道	1	1	1		
225	夹钟意	1	1	1		
226	越裳吟	1	1	1		
227	仲吕意	1	1	1		
228	逍遥吟	1	1	1		
229	逍遥游	1	1	1		
230	林钟意	1	1	1		
231	神人畅	1	1	1		
232	南吕意	1	1	1		
233	应钟意	1	1	1		
234	汉节操（苏武思君）	7	7	7		
235	慢商意	1	2	1	“提要”（［总132］90—［总138］96）《琴苑心传全编》未录此谱，（［总137］95）所录“慢商调”非琴曲，而是琴曲分类标题，“总表”（［总22］22）误增此谱。	ZCWJ
236	慢商品	1	1	1		
237	宋玉悲秋	7	7	7		
238	复古意	2	2	2		
239	历山吟	1	1	1		
240	虞舜思亲	1	1	1		
241	无媒意	1	1	1		
242	临邛引	1	1	1		

243	凤求凰	1	1	1		
244	孤馆遇神	1	1	1		
245	碧玉意	1	1	1		
246	秋夜吟	1	1	1		
247	秋宵步月	1	1	1		
248	玉女意	1	1	1		
249	仙佩迎风	4	4	4		
250	泉鸣意	1	1	1		
251	鸣凤吟	1	1	1		
252	凤翔千仞（凤云游）	1	1	1		
253	孤竹君	1	1	1		
254	间弦意	1	1	1		
255	明君	1	1	1		
256	清羽意	1	1	1		
257	桃源春晓（桃园春晓）	3	3	3		
258	忘忧	1	1	1		
259	嘉遯吟	2	3	3	《徽言秘旨订》同《徽言秘旨》之[illegible]吟》1谱，“总表”（［总23］23）见录，“提要”（［总152］110）删[illegible]	TCSZ
260	思归吟	1	1	1		
261	资益吟	1	1	1		
262	滕六吟	1	1	1		
263	君子吟	1	1	1		
264	昭昭吟	1	1	1		
265	纯一吟	1	1	1		
266	霜夜吟	1	1	1		
267	风波吟	1	1	1		
268	湘江吟	1	1	1		

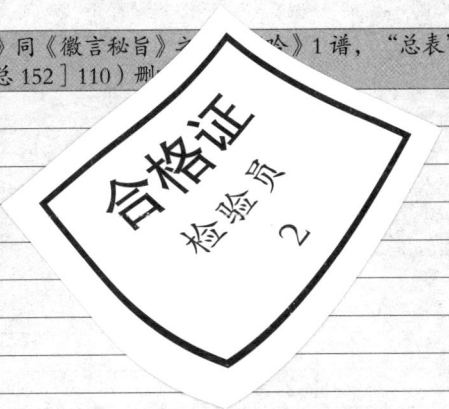

续表

序号	曲名	传谱				
		提要	总表	观察	观察说明	问题编码
269	感怀吟	1	1	1		
270	亲善吟	1	1	1		
271	物感吟	1	1	1		
272	秋塞吟（搔首问天）	7	8	7	“总表”（［总24］24）此曲录有《希韶阁琴谱》1谱，参“提要”（［总222］180）《希韶阁琴谱》录有《搔首问天》1谱（后注明又名《秋塞吟》），但此谱在“总表”（［总37］37）之《搔首问天》曲条中已录，此处为重复计数。	ZCCJ
273	乐极吟（渔歌调、极乐吟）	7	8	8	《卧云楼琴谱》同《琴谱析徽》之《乐极吟》1谱，“总表”（［总24］24）见录，“提要”（［总162］120）删略未录。又，“提要”（［总110］68）《太古正音琴谱》实录《乐极吟》1谱，“总表”（［总24］24）漏录。又，“总表”（［总24］24）此曲录有《希韶阁琴谱》1谱，参“提要”（［总222］180）《希韶阁琴谱》实录为《渔歌》1谱（十八段大曲），《极乐吟》为其谱后所附歌词，并非曲谱，且此谱在“总表”（［总11］11）之《渔歌》曲条中已录，此处为重复计数。	TCSZ、ZCLZ、ZCCJ
274	耕莘吟	2	2	2		
275	耕歌（幽风歌）	13	15	15	《徽言秘旨订》同《徽言秘旨》之《耕歌》1谱，“总表”（［总24］24）见录，“提要”（［总152］110）删略未录。又，“总表”（［总24］24）此曲录有《裛露轩琴谱》2谱，“提要”（［总186］144）《裛露轩琴谱》只录有“又谱”，漏1谱。	TCSZ、TCLZ
276	浮海吟	1	1	1		
277	怀佳人吟	1	1	1		
278	忧时吟	1	1	1		
279	飞琼吟	2	2	2		
280	渔樵问答(金门待漏、金门待诏、渔樵)	41	36	42	《徽言秘旨订》同《徽言秘旨》之《渔樵》1谱，“总表”（［总24］24）及“提要”（［总152］110）均删略未录。又，“提要”（［总83］41）《五音琴谱》实录《渔樵问答）1谱，“总表”（［总24］24）漏录。又，“提要”之《悟雪山房琴谱》实录《金门待漏》（［总199］157）《渔樵问答》（［总200］158）各1谱，“总表”（［总24］24）录为1谱，漏1谱。又，“提要”之《天闻阁琴谱》实录《金门待漏》1谱（［总215］173）《渔樵问答》2谱（［总216］174），“总表”（［总24］24）录为2谱，漏1谱。又，“提要”之《希韶阁琴谱》实录《金门待漏》《渔樵问答》各1谱（［总222］180），“总表”（［总24］24）只录1谱，漏1谱。又，“提要”之《双琴书屋琴谱集成》实录《金门待漏》《渔樵问答》各1谱（［总225］183），“总表”（［总24］24）只录1谱，漏1谱。	TCSZ、ZCSZ、ZCLZ、ZCLZ、ZCLZ、ZCLZ、ZCLZ
281	沉璧吟	1	1	1		

282	九畹吟	1	1	1		
283	知幾吟	1	1	1		
284	正器吟	1	1	1		
285	玉斗	1	1	1		
286	幽怀吟	1	1	1		
287	龙马吟	1	1	1		
288	石床枕易	1	1	1		
289	高明吟	1	1	1		
290	天文	1	1	1		
291	博厚吟	1	1	1		
292	地理	1	1	1		
293	三才吟（三才引）	2	2	2		
294	人物	1	1	1		
295	万象吟	1	1	1		
296	物类	1	1	1		
297	静观吟（静观音）	38	35	39	《徽言秘旨订》同《徽言秘旨》之《静观吟》1谱，“总表”（［总25］25）及“提要”（［总152］110）均删略未录。又，“提要”（［总189］147）《琴谱谐声》（［总215］173、［总217］175）《天闻阁琴谱》所录《静观吟》均为2谱，“总表”（［总25］25）均录为1谱，各漏1谱。又，“提要”（［总234］192）《琴学初津》实录《静观吟》1谱，“总表”（［总25］25）漏录。	TCSZ、ZCSZ、ZCLZ、ZCLZ、ZCLZ
298	水仙曲（搔首问天）	7	7	7	“提要”（［总221］179）《响雪斋琴谱》实录《水仙曲》1谱，“总表”（［总25］25）漏录。又，“总表”（［总25］25）此曲录有《希韶阁琴瑟合谱》1谱，参“提要”（［总229］187）《希韶阁琴瑟合谱》所录为《水仙操》，且“总表”（［总40］40）有单列之《水仙操》曲条，此处为误增。	ZCLZ、ZCWJ
299	襄阳歌	2	2	2		
300	瑞龙吟	1	1	1		
301	遇仙吟	1	1	1		
302	浩浩歌	2	2	2		
303	金陵吊古	1	1	1		
304	大学章句（圣经）	5	5	5		

续表

序号	曲名	传谱				
		提要	总表	观察	观察说明	问题编码
305	前出师表	2	1	2	“提要”（［总118］76）《新传理性元雅》实录《前出师表》1谱，“总表”（［总26］26）漏录。	ZCLZ
306	后出师表	1	1	1		
307	陈情表	1	1	1		
308	牡丹赋	1	1	1		
309	醒心集	3	4	3	“提要”（［总83］41—［总84］42）《五音琴谱》未录此谱，“总表”（［总26］26）误增。	ZCWJ
310	相思曲（古琴吟）	6	5	6	“提要”（［总232］190）《琴学初津》实录《古琴吟》1谱，“总表”（［总26］26）漏录。	ZCLZ
311	滕王阁	3	3	3		
312	对月吟	1	1	1		
313	圣德颂	1	1	1		
314	慢角意（碧玉意、无媒意）	1	1	1		
315	秋江送别	1	1	1		
316	清江引	1	1	1		
317	水龙吟	11	11	11		
318	神品黄钟意	2	2	2		
319	朝会吟	3	3	3		
320	沧浪吟	2	2	2		
321	神品慢宫意	2	2	2		
322	神品复古意	2	2	2		
323	冲虚吟（步蟾宫）	1	1	1		
324	读书吟	1	1	1		
325	怀水仙	6	6	6		
326	飞珮吟	1	1	1		
327	鹤猿祝寿	1	1	1		

328	醉翁吟	2	2	2		
329	琴诗	1	1	1		
330	妙品黄钟意	1	1	1		
331	消忧吟	1	1	1		
332	明德引	1	1	1		
333	孔圣经	1	1	1		
334	释谈章（普庵咒、悉昙章、释谈、仙曲）	41	37	42	《卧云楼琴谱》同《琴谱析微》之《释谈章》1谱，“总表”（［总27］27）见录，“提要”（［总162］120）删略未录。又，“提要”（［总120］78）《乐仙琴谱》（［总122］80）《古音正宗》（［总242］200）《诗梦斋琴谱》各录《释谈章》1谱，“总表”（［总27］27）均漏录。又，“提要”(［总185］143)《裛露轩琴谱》（［总214］172、［总216］174）《天闻阁琴谱》均实录《释谈章》《普庵咒》各1谱，“总表”（［总27］27）均只录为1谱，各漏1谱。	TCSZ、ZCLZ、ZCLZ、ZCLZ、ZCLZ、ZCLZ
335	清净经	1	1	1		
336	调弦入弄（仙翁操）	3	3	3		
337	泛音入弄	1	1	1		
338	五徽调弄	1	1	1		
339	寻芳吟	2	1	2	“提要”（［总109］67）《太古正音琴谱》实录《寻芳吟》1谱，“总表”（［总27］27）漏录。	ZCLZ
340	开指鲁商意	1	1	1		
341	双鹤听泉（听泉吟）	11	12	12	《卧云楼琴谱》同《琴谱析微》之《听泉吟》1谱，“总表”（［总28］28）见录，“提要”（［总162］120）删略未录。	TCSZ
342	桃源吟	9	10	10	《徽言秘旨订》同《徽言秘旨》之《桃源吟》1谱，“总表”（［总28］28）见录，“提要”（［总152］110）删略未录。	TCSZ
343	苍梧引	4	5	5	《徽言秘旨订》同《徽言秘旨》之《苍梧引》1谱，“总表”（［总28］28）见录，“提要”（［总152］110）删略未录。	TCSZ
344	会宾吟	1	1	1		
345	屈原	1	1	1		
346	清商意（清商调）	2	3	2	“总表”（［总28］28）此曲录有《琴谱析微》1谱（其后注明“作清商调”），参“提要”（［总154］112）《琴谱析微》实录《清商调》1谱，但此谱在“总表”（［总30］30）之《清商调》曲条已录，此处为重复计数。	ZCCJ

续表

序号	曲名	传谱				
		提要	总表	观察	观察说明	问题编码
347	陌上桑	3	3	2	“提要”（［总101］59）“总表”（［总28］28）《绿绮新声》均录有《陌上桑》1谱，但均注明“佚”，均应减除。	TCYJ、ZCYJ
348	四思歌	2	2	1	“提要”（［总101］59）“总表”（［总28］28）《绿绮新声》均录有《四思歌》1谱，但均注明“佚”，均应减除。	TCYJ、ZCYJ
349	和气吟	1	1	1		
350	洞天春晓	26	29	29	《徽言秘旨订》同《徽言秘旨》之《洞天春晓》1谱，“总表”（［总28］28）见录，“提要”（［总152］110）删略未录。又，《卧云楼琴谱》同《琴谱析微》之《洞天春晓》1谱，“总表”（［总28］28）见录，“提要”（［总162］120）删略未录。又，“总表”（［总28］28）录有此曲《天闻阁琴谱》1谱，“提要”（［总213］171—［总219］177）漏录此谱。	TCSZ、TCSZ、TCLZ
351	溪山秋月（箕山）	8	9	9	《徽言秘旨订》同《徽言秘旨》之《溪山秋月》1谱，“总表”（［总28］28）见录，“提要”（［总152］110）删略未录。	TCSZ
352	凤翔宵汉	6	6	6		
353	赤壁赋	2	3	2	“提要”（总182］140）《自远堂琴谱》录有《赤壁赋》1谱，备注为“前”，其在“总表”（［总14］14）《前赤壁赋》曲条已录，此处为重复计数。	ZCCJ
354	神品慢角意	1	1	1		
355	神游八极	2	2	2		
356	复圣操	6	6	6		
357	听琴吟	4	4	4		
358	秋声赋（秋声）	8	8	8		
359	汉宫秋月	17	18	17	“总表”（［总29］29）此曲录《范氏琴瑟合璧》1谱，参“提要”（［总151］109）《范氏琴瑟合璧》所录为《汉宫秋》，且此谱在“总表”（［总21］21）之《汉宫秋》曲条已录，此处为重复计数。	ZCCJ
360	墨子悲歌（墨子悲丝、墨子、悲丝）	32	33	33	《徽言秘旨订》同《徽言秘旨》之《墨子》1谱，“总表”（［总29］29）见录，“提要”（［总152］110）删略未录。	TCSZ
361	客窗新语	1	1	1		
362	箕山秋月（箕山月）	16	17	17	《卧云楼琴谱》同《琴谱析微》之《箕山秋月》1谱，“总表”（［总29］29）见录，“提要”（［总162］120）删略未录。	TCSZ
363	闺怨操（凤凰台上忆吹箫）	1	1	1		

364	塞上鸿	32	33	33	《徽言秘旨订》同《徽言秘旨》之《塞上鸿》1谱，“总表”（［总29］29）见录，“提要”（［总152］110）删略未录。	TCSZ
365	沧海龙吟（沧江夜雨、苍江夜雨、龙吟）	23	23	24	《徽言秘旨订》同《徽言秘旨》之《沧江夜雨》1谱，“总表”（［总30］30）见录，“提要”（［总152］110）删略未录。又，“提要”（［总120］78）《乐仙琴谱》实录《沧海龙吟》1谱，“总表”（［总30］30）漏录。	TCSZ、ZCLZ
366	古神化引（古神化）	4	4	4		
367	清商调（清商曲）	2	4	3	《卧云楼琴谱》同《琴谱析微》之《清商调》1谱，“总表”（［总30］30）见录，“提要”（［总162］120）删略未录。又，“提要”（［总132］90—［总138］96）《琴苑心传全编》未录此谱，（［总137］95）所录“清商调”非琴曲，而是琴曲分类标题，“总表”（［总30］30）误增。	TCSZ、ZCWJ
368	中秋月	3	5	5	《徽言秘旨订》同《徽言秘旨》之《中秋月》1谱，“总表”（［总30］30）见录，“提要”（［总152］110）删略未录。又，《卧云楼琴谱》同《琴谱析微》之《中秋月》1谱，“总表”（［总30］30）见录，“提要”（［总162］120）删略未录。	TCSZ、TCSZ
369	秋江夜泊（秋江晚泊）	23	25	24	《卧云楼琴谱》同《琴谱析微》之《秋江夜泊》1谱，“总表”（［总30］30）见录，“提要”（［总162］120）删略未录。又，“提要”（［总207］165—［总208］166）《琴学尊闻》未录此谱，“总表”（［总30］30）误增。	TCSZ、ZCWJ
370	良宵引（良宵吟）	33	31	35	《徽言秘旨订》同《徽言秘旨》之《良宵吟》1谱，“总表”（［总30］30）见录，“提要”（［总152］110）删略未录。又，《卧云楼琴谱》同《琴谱析微》之《良宵引》1谱，“总表”（［总30］30）见录，“提要”（［总162］120）删略未录。又，“提要”（［总191］149）《峰抱楼琴谱》实录《良宵引》1谱，（［总192］150）《琴学轫端》实录《良宵引》2谱（并列同一曲条），“总表”（［总30］30）均漏录。又，“提要”（［总207］165）《琴学尊闻》实录《良宵引》3谱（并列同一曲条），“总表”（［总30］30）录为1谱，漏2谱。又，“提要”（［总170］128）《琴剑合谱》未录此谱，“总表”（［总30］30）误增。	TCSZ、TCSZ、ZCLZ、ZCLZ、ZCLZ、ZCLZ、ZCLZ、ZCWJ
371	鹿鸣（鹿鸣章、鹿鸣操）	7	6	8	《律音汇考》之《鹿鸣》有转弦变调之又谱，“提要”（［总198］156）“总表”（［总30］30）均应增补。又，“提要”之《琴学丛书》实录《鹿鸣操》（［总236］194）《鹿鸣》（［总239］197）各1谱，“总表”（［总30］30）只录1谱，漏1谱。	TCLZ、ZCLZ、ZCLZ
372	杜将军歌	1	1	1		
373	四朝元（风云会）	1	1	1		
374	把酒问月	1	1	1		
375	有回行	1	1	1		
376	梅花十五弄	1	1	1		
377	三癖操	1	1	1		
378	结客少年场	1	1	1		

续表

序号	曲名	传谱				
		提要	总表	观察	观察说明	问题编码
379	将进酒	1	1	1		
380	妾薄命	1	1	1		
381	茶歌	1	1	1		
382	过义士桥	1	1	1		
383	手挽长河行	1	1	1		
384	饮中八仙歌	1	1	1		
385	春江送别	2	2	2		
386	孝顺歌	1	1	1		
387	白头吟	1	1	1		
388	王明君吟	1	1	1		
389	东飞伯劳吟	1	1	1		
390	相逢行	1	1	1		
391	蓼莪	1	1	1		
392	兵车行	1	1	1		
393	西铭	1	1	1		
394	四愁诗	1	1	1		
395	渔父辞	1	1	1		
396	蜀道难	3	3	3		
397	独乐园	1	1	1		
398	接舆歌	1	1	1		
399	水调歌头	6	6	6		
400	塞上曲	2	2	2		
401	浪淘沙	3	3	3		
402	秋思	3	3	3		
403	静乐吟	1	1	1		
404	历苦衷言	1	1	1		

405	秋水（神化曲、神化引）	4	5	5	《徽言秘旨订》同《徽言秘旨》之《秋水》1谱，“总表”（［总32］32）见录，“提要”（［总152］110）删略未录。	TCSZ
406	大学序	1	1	1		
407	悼旧吟	1	1	1		
408	雁落平沙（平沙落雁、平沙）	101	99	103	《徽言秘旨订》同《徽言秘旨》之《雁落平沙》1谱，“总表”（［总32］32）见录，“提要”（［总152］110）删略未录。又，《卧云楼琴谱》同《琴谱析微》之《平沙落雁》1谱，“总表”（［总32］32）见录，“提要”（［总162］120）删略未录。又，“提要”之《琴学尊闻》实录此曲2谱（［总207］165）、《天闻阁琴谱》实录此曲7谱（［总215］173、［总217］175、［总218］176）、《双琴书屋琴谱集成》实录此曲10谱（［总224］182、［总225］183、［总226］184、［总227］185），“总表”（［总32］32）分别计为1谱、6谱和9谱，各漏录1谱。又，“提要”（［总235］193）《十一弦馆琴谱》实录《平沙落雁》1谱，“总表”（［总32］32）漏录。	TCSZ、TCSZ、ZCLZ、ZCLZ、ZCLZ、ZCLZ
409	中和吟	1	1	1		
410	宗雅操	1	1	1		
411	养生操	1	1	1		
412	碧天秋思（天风佩环）	14	14	14		
413	悲秋（秋闺）	3	3	3		
414	鸾凤吟	2	2	2		
415	羽化登仙	19	18	18	“提要”（［总154］112）《琴谱析微》录有《羽化登仙》1谱，但注明“佚”，“总表”（［总33］33）未录此谱，“提要”亦应减除。	TCYJ
416	岳阳三醉	10	11	10	“提要”（［总209］167—［总211］169）《蕉庵琴谱》未录此谱，“总表”（［总33］33）误增。	ZCWJ
417	挟仙游（神游八卦、神游八极、八极游）	9	8	9	“提要”（［总244］202）《梅庵琴谱》实录《挟仙游》1谱，“总表”（［总33］33）漏录。	ZCLZ
418	秋闺怨	1	1	1		
419	冷玉词	1	1	1		
420	太平奏	1	1	1		
421	禹鉴龙门	1	1	1		
422	梨云春思（梨云、草堂关）	5	5	5		
423	瑶岛问长生	2	2	2		

续表

序号	曲名	传谱				
		提要	总表	观察	观察说明	问题编码
424	早朝吟	1	1	1		
425	空山磬	4	4	4		
426	修竹留风（修竹流风）	3	3	3		
427	临河修禊	1	1	1		
428	八公还童	2	2	2		
429	云中笙鹤	2	2	2		
430	钧天逸响	2	2	2		
431	栩栩曲	1	1	1		
432	梧叶舞秋风	23	21	23	“提要”（［总228］186）《绿绮清韵》（［总241］199）《诗梦斋琴谱》各录《梧叶舞秋风》1谱，“总表”（［总34］34）均漏录。	ZCLZ、ZCLZ
433	松下观涛（松下观泉）	7	7	7		
434	来凤引	2	2	2		
435	万壑松涛（万壑松风）	3	3	3		
436	和阳春	9	11	11	《卧云楼琴谱》同《琴谱析微》之《和阳春》1谱，“总表”（［总34］34）见录，“提要”（［总162］120）删略未录。又，“总表”（［总34］34）录有此曲《天闻阁琴谱》1谱，“提要”（［总213］171—［总219］177）漏录此谱。	TCSZ、TCLZ
437	炎凉操	2	2	2		
438	清平乐	6	6	6		
439	东风齐着力	1	1	1		
440	大哉引	1	1	1		
441	秋风辞（北风词）	3	3	3		
442	子夜吴歌	2	2	2		
443	幽涧泉	2	2	2		
444	久别离	1	1	1		
445	八声甘洲	1	1	1		
446	瑞鹤仙	1	1	1		

447	凤凰台上忆吹箫	1	1	1		
448	太平引	1	1	1		
449	鹤冲霄	2	1	2	“提要”（［总178］136）《东皋琴谱》实录《鹤冲霄》1谱，“总表”（［总35］35）漏录。	ZCLZ
450	南浦月	1	1	1		
451	梅花（瑞芳引）	1	1	1		
452	偶成	1	1	1		
453	离别难	2	2	2		
454	华清引	2	2	2		
455	霹雳引	1	1	1		
456	月当斤	1	1	1		
457	忆王孙	2	1	2	“提要”（［总178］136）《东皋琴谱》实录《忆王孙》1谱，“总表”（［总35］35）漏录。	ZCLZ
458	草堂吟	1	1	1		
459	长相思	5	5	5		
460	竹枝词	2	2	2		
461	小操	2	2	2		
462	箕山操	1	1	1		
463	熙春操	1	1	1		
464	思亲引	2	2	2		
465	安排曲	1	1	1		
466	九还操	3	3	3		
467	乐山隐	3	3	3		
468	春山听杜鹃（春山杜鹃）	6	6	6		
469	万年欢	2	2	2		
470	沁园春	5	5	5		
471	满江红	4	4	4		

续表

序号	曲名	传谱				
		提要	总表	观察	观察说明	问题编码
472	彩云归	2	2	2		
473	摊破浣溪沙	1	1	1		
474	减字木兰花	6	6	6		
475	意难忘	4	3	4	“提要”（［总143］101、［总144］102）《松风阁抒怀操》实录《意难忘》3谱，“总表”（［总36］36）录为2谱，漏1谱。	ZCLZ
476	卖花声	1	1	1		
477	羽仙歌	1	1	1		
478	渔家傲	3	3	3		
479	忆余杭	2	2	2		
480	卜算子	4	4	4		
481	鹧鸪天	3	2	3	“提要”（［总242］200）《诗梦斋琴谱》实录《鹧鸪天》1谱，“总表”（［总36］36）漏录。	ZCLZ
482	点降唇	1	1	1		
483	忆秦娥	1	1	1		
484	柳梢青	2	2	2		
485	法曲献仙音	2	2	2		
486	临江仙	6	6	6		
487	两同心	2	2	2		
488	玉楼春	2	2	2		
489	越溪春	3	2	3	“提要”（［总182］140）《自远堂琴谱》实录《越溪春》1谱，“总表”（［总36］36）漏录。	ZCLZ
490	汉宫春第一体	1	1	1		
491	高山流水	2	2	2		
492	松风引	1	1	1		
493	舒怀吟	1	1	1		
494	小重山	1	1	1		
495	渔父家风	1	1	1		

496	画堂春	1	1	1		
497	潇湘夜雨	4	3	4	“提要”（[总144]102）《松风阁抒怀操》实录《潇湘夜雨》1谱，“总表”（[总37]37）漏录。	ZCLZ
498	千秋岁	1	1	1		
499	千秋岁引	1	1	1		
500	玉堂春	1	1	1		
501	洞仙歌	1	1	1		
502	中兴乐	1	1	1		
503	秋蕊香	1	1	1		
504	偷声木兰花	1	1	1		
505	杏花天	2	1	2	“提要”（[总147]105）《松声操》实录《杏花天》2谱，“总表”（[总37]37）录1谱，漏1谱。	ZCLZ
506	御街行	1	1	1		
507	贺圣朝第一体	1	1	1		
508	武林春（武陵春）	2	2	2		
509	搔首问天（搔首问青天、秋塞吟、水仙曲）	16	16	16		
510	归来曲（耍罢歌）	8	8	8		
511	夏峰歌	4	3	4	“提要”（[总223]181）《希韶阁琴谱》实录《夏峰歌》1谱，“总表”（[总37]37）漏录。	ZCLZ
512	春怨	2	2	2		
513	苏门长啸（苏门啸）	6	6	6		
514	烂柯行	3	3	3		
515	秋怨	1	1	1		
516	参同歌（参同契）	4	4	4		
517	安乐窝（安乐窝歌）	5	4	5	“提要”（[总219]177）《天闻阁琴谱》实录《安乐窝》1谱，“总表”（[总38]38）漏录。	ZCLZ
518	据梧吟	1	1	1		
519	鲁风	4	4	4		

续表

序号	曲名	传谱				
		提要	总表	观察	观察说明	问题编码
520	敲爻歌	1	1	1		
521	梧桐夜雨	5	5	5		
522	万国来朝	5	5	5		
523	琴书乐道	3	3	3		
524	养生主	3	3	3		
525	神化曲	1	1	1		
526	汉宫春	5	5	5		
527	金菊	1	1	1		
528	壶中天	1	1	1		
529	百字令	1	1	1		
530	锦园春	1	1	1		
531	国香	1	1	1		
532	天香	1	1	1		
533	九声诵	1	1	1		
534	读书引	1	1	1		
535	舞雩春咏	1	1	1		
536	湘灵鼓瑟	1	1	1		
537	西山操	1	1	1		
538	大风唱	1	1	1		
539	水仙	1	1	1		
540	银钮丝	1	1	1		
541	韦编	1	1	1		
542	虚明吟	1	1	1		
543	易春操（暮春操）	2	1	2	“提要”（［总 217］175）《天闻阁琴谱》实录《暮春操》1 谱，“总表”（［总 39］39）漏录。	ZCLZ

544	读易（秋夜读易、孔子读易）	6	5	6	“提要”之《天闻阁琴谱》实录《孔子读易》（［总214］172)《读易》(［总217］175）各1谱，“总表”（［总39］39）只录1谱，漏1谱。	ZCLZ
545	知止吟	2	2	2		
546	精忠词	1	1	1		
547	屈子天问	2	2	2		
548	伐檀章（伐檀）	5	4	5	“提要”（［总236］194、［总239］197）《琴学丛书》实录《伐檀》2谱，“总表”（［总39］39）录1谱，漏1谱。	ZCLZ
549	桃李园（桃李园序、桃李春风）	5	5	5		
550	汉宫春晓（汉宫春怨）	2	2	2		
551	北塞上鸿	1	1	1		
552	南塞上鸿	1	1	1		
553	读经	1	1	1		
554	四牡章	2	2	3	《律音汇考》之《四牡章》有转弦变调之又谱，“提要”（［总198］156）“总表”（［总39］39）均应增补。	TCLZ、ZCLZ
555	鹊巢章	2	2	3	《律音汇考》之《鹊巢章》有转弦变调之又谱，“提要”（［总198］156）“总表”（［总39］39）均应增补。	TCLZ、ZCLZ
556	越裳歌	1	1	1		
557	沧浪歌	1	1	1		
558	操缦（仙翁操）	1	1	1		
559	寄隐者	1	1	1		
560	水仙操	12	11	12	“提要”（［总222］180）《希韶阁琴谱》（［总229］187）《希韶阁琴瑟合谱》各录《水仙操》1谱，“总表”（［总40］40）均漏录。又，“提要”（［总210］168—（［总211］169））《蕉庵琴谱》未录此谱，其（［总210］168）所录为《水仙曲》，且其在“总表”（［总25］25）之《水仙曲（搔首问天）》曲条中已录，此处为重复计数。	ZCLZ、ZCLZ、ZCCJ
561	秋山木落	1	1	1		
562	打番儿（边情密赚）	1	1	1		
563	琴中琴	1	1	1		

续表

序号	曲名	传谱				
		提要	总表	观察	观察说明	问题编码
564	花宫梵韵	1	1	1		
565	太和吟	2	2	2		
566	云门	1	1	1		
567	采真	1	1	1		
568	春景	1	1	1		
569	调弦仙翁指南	1	1	1		
570	碧涧流泉	2	2	2		
571	孔子吊季札	1	1	1		
572	太极游	1	1	1		
573	孤猿啸月	3	3	3		
574	皇华	1	1	2	《律音汇考》之《皇华》有转弦变调之又谱，“提要”（［总 198］156）“总表”（［总 40］40）均应增补。	TCLZ、ZCLZ
575	鱼丽	3	2	4	《律音汇考》之《鱼丽》有转弦变调之又谱，“提要”（［总 198］156）“总表”（［总 40］40）均应增补。又，“提要”（［总 228］186）《琴旨申邱》实录《鱼丽》2 谱，“总表”（［总 40］40）录为 1 谱，漏 1 谱。	TCLZ、ZCLZ、ZCLZ
576	南有嘉鱼	1	1	2	《律音汇考》之《南有嘉鱼》有转弦变调之又谱，“提要”（［总 198］156）“总表”（［总 40］40）均应增补。	TCLZ、ZCLZ
577	南山有台	1	1	2	《律音汇考》之《南山有台》有转弦变调之又谱，“提要”（［总 198］156）“总表”（［总 40］40）均应增补。	TCLZ、ZCLZ
578	葛覃	1	1	2	《律音汇考》之《葛覃》有转弦变调之又谱，“提要”（［总 198］156）“总表”（［总 40］40）均应增补。	TCLZ、ZCLZ
579	卷耳	1	1	2	《律音汇考》之《卷耳》有转弦变调之又谱，“提要”（［总 198］156）“总表”（［总 40］40）均应增补。	TCLZ、ZCLZ
580	采蘩	1	1	2	《律音汇考》之《采蘩》有转弦变调之又谱，“提要”（［总 198］156）“总表”（［总 40］40）均应增补。	TCLZ、ZCLZ
581	采蘋	1	1	2	《律音汇考》之《采蘋》有转弦变调之又谱，“提要”（［总 198］156）“总表”（［总 40］40）均应增补。	TCLZ、ZCLZ
582	金风落叶（梧叶舞秋风）	2	2	2		

583	和弦	1	1	1		
584	阳关	1	1	1		
585	冥判	1	1	1		
586	写本	1	1	1		
587	板桥道情	1	1	1		
588	跌落	1	1	1		
589	劈破玉	1	1	1		
590	五瓣梅	1	1	1		
591	四大景	2	1	2	“提要”（[总204]162）《张鞠田琴谱》实录《四大景》1谱，“总表”（[总41]41）漏录。	ZCLZ
592	花鼓	1	1	1		
593	四美具	1	1	1		
594	傍妆台	1	1	1		
595	东皋舒啸	1	1	1		
596	立廉缦	1	1	1		
597	小洞天	1	1	1		
598	羽音双清	1	1	1		
599	郢中歌	1	1	1		
600	云鹤游天	1	1	1		
601	清角遗音	1	1	1		
602	闲情引	1	1	1		
603	玉玲珑	1	1	1		
604	风云际会	2	2	2		
605	摩诃般若波罗蜜多心经	1	1	1		
606	黄帝阴符经	1	1	1		
607	耕莘钓渭	3	3	3		
608	孤儿行	1	1	1		

续表

序号	曲名	传谱				
		提要	总表	观察	观察说明	问题编码
609	怀仙操	1	1	1		
610	化蝶	1	1	1		
611	双鹤沐泉	1	1	1		
612	宫音初调	1	1	1		
613	鼻仙歌	1	1	1		
614	商音初调	1	1	1		
615	角音初调	1	1	1		
616	云竹榻	1	1	1		
617	徵音初调	1	1	1		
618	望云思亲	1	1	1		
619	羽音初调	1	1	1		
620	桐叶惊秋	1	1	1		
621	溪山夜月	1	1	1		
622	寻芳引	1	1	1		
623	野鹤唳云	1	1	1		
624	凯歌	1	1	1		
625	徵音谱诗	1	1	1		
626	九霄环佩	2	2	2		
627	赏荷	1	1	1		
628	猿啼秋峡	1	1	1		
629	南湖秋雁	1	1	1		
630	独鹤与飞	1	1	1		
631	云水吟	1	1	1		
632	枯木吟	1	1	1		
633	那罗法曲	1	1	1		

634	莲社引	1	1	1		
635	雨中秋	1	1	1		
636	雪夜吟	1	1	1		
637	乐天操	1	1	1		
638	腊鼓引	1	1	1		
639	校正古怨	1	1	1		
640	代徵招	1	1	1		
641	小普庵咒	2	2	2		
642	天籁	1	1	1		
643	升平春色	1	1	1		
644	鸾凤和鸣	1	1	1		
645	凤鸣丹山	1	1	1		
646	七月	2	2	2		
647	昭和乐章	1	1	1		
648	雍和乐章	1	1	1		
649	熙和乐章	1	1	1		
650	渊和乐章	1	1	1		
651	昌和乐章	1	1	1		
652	德和乐章	1	1	1		
653	关山月	1	1	1		
654	秋风词	1	1	1		
655	秋夜长	1	1	1		
656	玉楼春晓	1	1	1		
657	长门怨	1	1	1		
658	泣颜回	1	1	1		
合计		3 409	3 474	3 538		

表 19 “谱集收曲提要”与“解题辑览”解题类材料数据对比观察详表

序号	曲名	解题			后记			分段标题			合计			观察说明	问题编码
		提要	辑览	观察	提要	辑览	观察	提要	辑览	观察	提要	辑览	观察		
1	文字谱幽兰（倚兰）	2	1	2	1		1				3	1	3	“提要”（[总 236]194、[总 237]195）《琴学丛书》所录《幽兰》“双行谱”注明“有解题”，“琴来室刻减字本”注明“曲有后记”，“解题辑览”（[总 248]4）均未录，参《琴曲集成》第 30 册，“解题辑览”漏录，应增补。	JJLZ、JHLZ
2	姜夔琴曲古怨	3	3	3	2	1	2				5	4	5	“提要”（[总 197]155）《律话》所录《古怨》注明“后附释文”，“解题辑览”（[总 249]5）未录，参《琴曲集成》第 21 册，“解题辑览”漏录，应增补。	JHLZ
3	黄莺吟														
4	宫调														
5	商调														
6	角调														
7	徵调														
8	羽调														
9	宫意（宫意考）	5	2	5	1	4	1				6	6	6	“提要”([总 105]63）《杨抡太古遗音》（[总 109]67）《太古正音》（[总 119]77）《乐仙琴谱》所录该谱均注明“有解题”，“解题辑览”（[总 250]6）均归入“后记”，参《琴曲集成》第 7 册《杨抡太古遗音》未录此曲、《太古正音》此曲既无解题也无后记、第 8 册《乐仙琴谱》此曲所录为解题，按“观察准则”应从“提要”，“解题辑览”均应更正。	JHGJ、JHGJ、JHGJ、JJGZ、JJGZ、JJGZ
10	商意（商意考）	6	2	6	1	4	1				7	6	7	“提要”([总 86]44[总 87]45)《重修真传琴谱》所录《商意》两谱均注明“有解题”，“解题辑览”([总 250]6) 只录 1 谱，参《琴曲集成》第 4 册，“解题辑览”漏录，应增补。又，“提要”([总 105]63)《杨抡太古遗音》([总 109]67)《太古正音》([总 119]77)《乐仙琴谱》所录该谱均注明“有解题”，“解题辑览”([总 250]6）均归入“后记”，参《琴曲集成》第 7 册《杨抡太古遗音》所录为解题、《太古正音》此曲既无解题也无后记、第 8 册《乐仙琴谱》所录为解题，按“观察准则”应从“提要”，“解题辑览”均应更正。	JJLZ、JHGJ、JHGJ、JHGJ、JJGZ、JJGZ、JJGZ
11	角意（角意考）	5	2	5	1	4	1				6	6	6	“提要”（[总 105]63）《杨抡太古遗音》（[总 109]67）《太古正音》（[总 119]77）《乐仙琴谱》所录该谱均注明“有解题”，“解题辑览”（[总 251]7）均归入“后记”，参《琴曲集成》第 7 册《杨抡太古遗音》所录为解题、《太古正音》此曲既无解题也无后记、第 8 册《乐仙琴谱》所录为解题，按“观察准则”应从“提要”，“解题辑览”均应更正。	JHGJ、JHGJ、JHGJ、JJGZ、JJGZ、JJGZ

12	徵意（徵意考）	6	6	6	2	2	2				8	8	8		
13	羽意（羽意考）	5	5	5	2	2	2				7	7	7		
14	遁世操（箕山操）	3	5	3	2	2	2	5	5	5	10	12	10	“解题辑览”([总 253]9、[总 254]10) 此曲录有《琴操》《琴史》两条解题，非琴谱集内材料，观察统计减除。	JJPJ、JJPJ
15	广陵散（聂政刺韩王曲、广陵真趣）	2	4	2	7	13	7	5	6	6	14	23	15	“提要”([总 74]32、[总 75]33)《西麓堂琴统》所录《广陵散》两谱均注明“有后记”，“解题辑览”([总 256]12) 只录 1 条，且归入解题，参《琴曲集成》第 3 册，“解题辑览”有误，应更正并增补。又，“提要”([总 229]187)《希韶阁琴瑟合谱》所录《广陵散》注明“有后记”，“解题辑览”([总 256]12) 录为解题，参《琴曲集成》第 26 册，“解题辑览”有误，应更正。又，“解题辑览”（[总 258]14、[总 263]19）录《琴学丛书》后记、分段标题各 1 条，“提要”（[总 237]195、[总 238]196）《琴学丛书》所录《广陵散》为两谱，且均注明有“后记”，未说明有“小标题”，参《琴曲集成》第 30 册，10 段本有后记无小标题，45 段本有后记也有小标题，“提要”应增录分段标题 1 条，“解题辑览”应增录后记 1 条。又，“解题辑览”([总 258]14—[总 262]18) 此曲后记录有《桐乡冯水广陵散谱》《琴操》《北堂书抄》《太平御览》《琴史》《通志》《潜确居类书》等材料共计 10 条，非琴谱集内材料，观察统计减除。	JJGJ、JHGZ、JHLZ、JJGJ、JHGZ、TFLZ、JHLZ、JHPJ、JHPJ、JHPJ、JHPJ、JHPJ、JHPJ、JHPJ、JHPJ、JHPJ、JHPJ
16	华胥引	4	4	4				2	2	2	6	6	6		
17	古风操	2	2	2	1	1	1				3	3	3		

续表

序号	曲名	解题			后记			分段标题			合计			观察说明	问题编码
		提要	辑览	观察	提要	辑览	观察	提要	辑览	观察	提要	辑览	观察		
18	高山	13	11	13	16	15	15	4	4	4	33	30	32	“提要”（[总133]91）《琴苑心传全编》该谱注明“有后记二则”，“解题辑览”（[总266]22）只录1条，参《琴曲集成》第11册，《琴苑心传全编》该谱后记为一则两段，“提要”应减除。又，“提要”（[总159]117）《五知斋琴谱》该谱注明“有后记”，“解题辑览”（[总266]22—[总268]24）未录，参《琴曲集成》第14册，“解题辑览”漏录，应增补。又，“提要”（[总166]124）《治心斋琴学练要》该谱注明“有后记”，“解题辑览”（[总266]22）录为解题，参《琴曲集成》第18册，“解题辑览”有误，应更正。又，“提要”（[总213]171）《天闻阁琴谱》所录《高山（许荔樯谱）》注明“有解题”，“解题辑览”（[总267]23）录为后记，参《琴曲集成》第25册，“解题辑览”的误，应更正。又，“提要”（[总222]180）《希韶阁琴谱》该谱注明“有后记”，“解题辑览”（[总266]22—[总268]24）未录，参《琴曲集成》第26册，“解题辑览”漏录，应增补。又，“提要”（[总245]203）《沙堰琴编》该谱注明“有前后记”，“解题辑览”（[总268]24）录为后记两则，参《琴曲集成》第29册，“解题辑览”有误，应更正。又，“提要”（[总230]188）《枯木禅琴谱》该谱注明“有解题”，“解题辑览”（[总267]23）归入后记，参《琴曲集成》第28册，“解题辑览”有误，应更正。	THFJ、JHLZ、JJGJ、JHGZ、JHGJ、JJGZ、JHLZ、JHGJ、JJGZ、JHGJ、JJGZ
19	流水	10	10	9	6	3	4	6	5	6	22	18	19	“提要”([总49]7)、“解题辑览”（[总269]25）《神奇秘谱》该谱均注明“与高山共一解题”，参《琴曲集成》第1册，《神奇秘谱》该谱无任何形式解题，故观察统计减除。又，“提要”（[总68]26）《西麓堂琴统》该谱注明“谱有后记”，“解题辑览”（[总269]25）录为解题，参《琴曲集成》第3册，“解题辑览”有误，应更正。又，“提要”([总133]91)《琴苑心传全编》该谱注明“有后记二则”，“解题辑览”（[总270]26）只录1条，参《琴曲集成》第11册，《琴苑心传全编》该谱后记为一则两段，“提要”应减除。又，“提要”([总190]148)《指法汇参确解》该谱注明“各段有小标题”，“解题辑览”([总271]27)未录，参《琴曲集成》第21册，“解题辑览”漏录，应增补。又，“提要”([总213]171)《天闻阁琴谱》该谱注明“有解题”，“解题辑览”([总269]25—[总270]26)未录，参《琴曲集成》第25册，“解题辑览”漏录，应增补。又，“提要”([总245]203)《沙堰琴编》注明“有前后记”，“解题辑览”（[总270]26）只录解题1篇，未录后记，参《琴曲集成》第29册，“提要”有误，应减除。	TJDJ、JJDJ、JJGJ、JHGZ、THFJ、JFLZ、JJLZ、THWJ

20	阳春（龙门桃浪引）	10	10	10	5	2	5	7	6	7	22	18	22	“提要”([总64]22)《琴谱正传》该谱注明“分段有小标题”,“解题辑览”([总273]29)未录，参《琴曲集成》第2册，“提要”误录，应减除。又，“提要”（[总68]26）《西麓堂琴统》该谱注明“有后记”，“解题辑览”（[总272]28）归入解题，参《琴曲集成》第3册，“解题辑览”有误，应更正。又，“提要”（[总114]72）《新传理性元雅》该谱注明“分段有小标题”，“解题辑览”（[总273]29）未录，参《琴曲集成》第8册，“解题辑览”漏录，应增补。又，“解题辑览”（[总273]29）录有《天闻阁琴谱》该谱分段标题，“提要”（[总213]171）《天闻阁琴谱》漏录该谱，参《琴曲集成》第25册，“提要”漏录，应增补。又，“提要”（[总223]181）《希韶阁琴谱》该谱注明“有解题，有后记”，“解题辑览”（[总272]28—[总273]29）均未录，参《琴曲集成》第26册，二者谱本不同，按“观察准则”，从“提要”，“解题辑览”应增补。又，“提要”（[总245]203）《沙堰琴编》该谱注明“有前后记”，“解题辑览”（[总271]27—[总273]29）均未录，参《琴曲集成》第29册，“解题辑览”漏录，应增补。又，“解题辑览”([总272]28)录有《乐府古题要解》材料，非琴谱集内材料，观察统计予以减除。	TFWJ、JJGJ、JHGZ、JFLZ、TFLZ、JJLZ、JHLZ、JJLZ、JHLZ、JJPJ
21	玄默（坐忘）	2	2	2				1	1	1	3	3	3		
22	招隐	3	5	3				1	1	1	4	6	4	“解题辑览”（[总274]30）录有《乐府古题要解》《通志》两条材料，非琴谱集内材料，观察统计予以减除。	JJPJ、JJPJ
23	酒狂	4	4	4				2	2	2	6	6	6		
24	获麟（谨微、获麟操、获麟解）	6	6	6	1		1	6	5	6	13	11	13	“提要”([总74]32)《西麓堂琴统》所录《谨微》注明“谱有后记”，“解题辑览”([总276]32)归入解题，参《琴曲集成》第3册，“解题辑览”有误，应更正。又，“提要”（[总86]44）《重修真传琴谱》所录《获麟》注明“有解题，分段有小标题”，“解题辑览”（[总276]32）均未录，参《琴曲集成》第4册，“解题辑览”漏录，应增补。	JJGJ、JHGZ、JJLZ、JFLZ
25	秋月照茅亭	4	4	4				2	2	2	6	6	6		
26	山中思友人（山中思故人、忆故人、山中思友、空山忆故人）	4	4	4	1	1	1	2	2	2	7	7	7		
27	小胡笳	4	4	4				4	4	4	8	8	8		
28	颐真(颐真操)	4	4	4				2	3	3	6	7	7	“解题辑览”（[总280]36)录有《天闻阁琴谱》该谱分段小标题，“提要”([总216]174)未录，参《琴曲集成》第25册，“提要”漏录，应增补。	TFLZ
29	神品宫意				1	1	1				1	1	1		

续表

序号	曲名	解题			后记			分段标题			合计			观察说明	问题编码
		提要	辑览	观察	提要	辑览	观察	提要	辑览	观察	提要	辑览	观察		
30	广寒游（清都引）	2	4	3	1		1	3	3	3	6	7	7	“提要”（[总68]26）《西麓堂琴统》所录《广寒游》注明“谱有后记”，“解题辑览”（[总280]36）录为解题，参《琴曲集成》第3册，“解题辑览”有误，应更正。又，“解题辑览”（[总280]36）录有《杏庄太音补遗》之《广寒游》解题，“提要”（[总78]36）未录，但其前一条《清虚吟》有说明“与下曲同一解题”，参《琴曲集成》第3册，《杏庄太音补遗》该谱所录解题为“意见上”，按“观察准则”，从“解题辑览”，“提要”应增补。	JJGJ、JHGZ、TJDZ
31	梅花三弄（梅花、梅花曲、梅花引、玉妃引）	12	13	12	12	10	12	13	12	13	37	35	37	“提要”（[总57]15）《谢琳太古遗音》所录《梅花曲》注明“除首段外均有小标题”，“解题辑览”（[总284]40—[总286]42）未录，参《琴曲集成》第1册，“解题辑览”漏录，应增补。又，“提要”（[总68]26）《西麓堂琴统》所录《梅花三弄》注明“谱有后记”，“解题辑览”（[总281]37）录为解题，参《琴曲集成》第3册，“解题辑览”有误，应更正。又，“提要”（[总183]141）《裛露轩琴谱》所录《梅花三弄》注明“有后记”，“解题辑览”（[总283]39—[总284]40）未录，参《琴曲集成》第19册，“解题辑览”漏录，应增补。	JFLZ、JJGJ、JHGZ、JHLZ
32	神品商意														
33	神品古商意				1		1				1		1	“提要”（[总133]91）《琴苑心传全编》该谱注明“有后记”，“解题辑览”未录此曲条，参《琴曲集成》第11册，“解题辑览”漏录，应增补。	JHLZ
34	慨古	2	2	2							2	2	2		
35	忘机（鸥鹭忘机、海鸥忘机、忘机引、鸥鹭）	8	7	8	15	13	15	3	3	4	26	23	27	“提要”([总212]170)《以六正五之斋琴谱》所录《鸥鹭忘机》注明“有解题，分段有小标题”，“解题辑览”([总286]42—[总289]45)均未录，参《琴曲集成》第26册，“解题辑览”漏录，应增补。又，“提要”（[总189]147）《琴谱谐声》所录《鸥鹭忘机》两谱均注明“有后记”，“解题辑览”（[总288]48）只录1条，参《琴曲集成》第20册，“解题辑览”漏录，应增补。又，“提要”([总222]180)《希韶阁琴谱》所录《鸥鹭忘机》注明“有后记”，“解题辑览”([总287]43—[总288]44)未录，参《琴曲集成》第26册，二者谱本有异，按“观察准则”，从“提要”，“解题辑览”应增补。又，“解题辑览”（[总289]45）录有《五知斋琴谱》分段小标题，“提要”（[总159]117）未录，参《琴曲集成》第14册，“提要”漏录，应增补。	JJLZ、JFLZ、JHLZ、JHLZ、TFLZ

36	隐德	1	2	1					1		1	3	1	“解题辑览”([总 289]45) 录有《重修真传琴谱》解题与分段小标题，然在《存见琴曲总表》及《谱集收曲提要》中，《重修真传琴谱》均未见录《隐德》一曲。但《歌词辑览》（据［总 589]65）却又录有《重修真传琴谱》之《隐德》歌词。参《琴曲集成》第 4 册，该谱确有题解和歌词。对比版本，《琴曲集成》为“汪孟舒旧藏万历乙酉金陵三山街富春堂原刊初印本”，而《存见古琴曲谱辑览》所据为“中央音乐学院民族音乐研究所藏万历乙酉金陵三山街富春堂刊本”，二者所录解题及歌词皆有些微差异，故按版本不同处理。据“观察准则”，从“提要”，“解题辑览”应减除。	JJWJ、JFWJ
37	广寒秋	1	1	1							1	1	1		
38	天风环佩（碧天秋思）	2	2	2							2	2	2		
39	神游六合（骑气、六合游、骥气）	4	5	4	2	1	2				6	6	6	“提要”（［总 68]26）《西麓堂琴统》所录《骑气》注明“谱有后记”，“解题辑览”（［总 290]46）归入解题，参《琴曲集成》第 3 册，“解题辑览”有误，应更正。	JJGJ、JHGZ
40	长清	3	4	3	1	1	1	4	4	4	8	9	8	“解题辑览”([总 291]47) 录有《西麓堂琴统》解题，“提要”([总 69]27) 未录，唯其后《短侧》曲条有说明“以上四曲（即长清、短清、长侧、短侧）同一后记”，参《琴曲集成》第 3 册，该谱本身无任何解题与后记说明，按“观察准则”从“提要”，“解题辑览”应减除。	JJDJ
41	短清	2		1				3	3	3	5	3	4	“提要”（［总 50]8）《神奇秘谱》该谱注明“与长清同一解题”，“解题辑览”（［总 292]47）未录，参《琴曲集成》第 1 册，该谱本身无任何解题与后记说明，按“观察准则”从“解题辑览”，“提要”应减除。又，“提要”（［总 79]37）《杏庄太音补遗》所录《短清》注明“同上（长清）共一解题”，“解题辑览”（［总 292]47）未录，参《琴曲集成》第 3 册，该谱解题略为“又见上”，按“观察准则”，从“提要”，“解题辑览”应增补。	TJDJ、JJDZ
42	白雪	9	13	9	4	2	4	6	4	6	19	19	19	“提要”（［总 50]8）《神奇秘谱》该谱注明“二、五、六段有小标题”，“解题辑览”（［总 294]50—［总 295]51）未录，参《琴曲集成》第 1 册，“解题辑览”漏录，应增补。又，“提要”([总 68]26)《西麓堂琴统》该谱注明“分段中二、五、六有小标题，谱有后记”，“解题辑览”([总 292]48) 只记录有解题 1 条，参《琴曲集成》第 3 册，“解题辑览”有误，应更正、增补。又，“提要”（［总 245]203）《沙堰琴编》该谱注明“有前后记”，“解题辑览”（［总 292]48—［总 295]51）均未录，参《琴曲集成》第 29 册，“解题辑览”漏录，应增补。又，“解题辑览”（［总 293]49 —［总 294]50）录有《乐府诗集》《通典》《通志》解题 4 条，非琴谱集内材料，观察统计予以减除。	JFLZ、JJGJ、JHGZ、JFLZ、JJLZ、JHLZ、JJPJ、JJPJ、JJPJ、JJPJ

续表

序号	曲名	解题			后记			分段标题			合计			观察说明	问题编码
		提要	辑览	观察	提要	辑览	观察	提要	辑览	观察	提要	辑览	观察		
43	鹤鸣九皋	3	3	3	1		1	5	5	6	9	8	10	“解题辑览”（[总295]51）录有《神奇秘谱》分段标题，“提要”（[总50]8）未录，参《琴曲集成》第1册，“提要”漏录，应增补。又，“提要”([总69]27)《西麓堂琴统》该谱注明“分段有小标题，谱有后记”，“解题辑览”([总295]51—[总296]52)均未录，参《琴曲集成》第3册，“解题辑览”漏录，应增补。	TFLZ、JFLZ、JHLZ
44	猗兰（漪兰、猗兰操）	9	17	9	7	2	6	3	3	3	19	22	18	“提要”([总69]27)《西麓堂琴统》该谱注明“谱有后记”，“解题辑览”([总296]52)录为解题，参《琴曲集成》第3册，“解题辑览”有误，应更正。又，“提要”（[总168]126)《春草堂琴谱》该谱注明“有曲评”，“解题辑览”（[总296]52—[总299]55）未录，参《琴曲集成》第18册，该谱有后记，“解题辑览”应增补。又，“提要”（[总195]153）《二香琴谱》该谱注明“有后记”，“解题辑览”（[总298]54）未录，参《琴曲集成》第23册，“解题辑览”漏录，应增补。又，“提要”（[总196]154）《律话》该谱注明“后附释文”，“解题辑览”（[总297]53）录为解题，参《琴曲集成》第21册，为后记，“解题辑览”应更正。又，“提要”（[总133]91）《琴苑心传全编》该谱注明“有后记二则”，“解题辑览”（[总298]54）录为一则两段，参《琴曲集成》第11册，实为一则两段，“提要”应减除。又，“解题辑览”([总297]53—[总298]54)录有《琴操》《初学记》《太平御览》《琴史》《乐府诗集》《通志》解题6条，非琴谱集内材料，修订予以减除。	JJGJ、JHGZ、JHLZ、JHLZ、JJGJ、JHGZ、THFJ、JJPJ、JJPJ、JJPJ、JJPJ、JJPJ、JJPJ
45	神品角意				1	1	1				1	1	1		
46	凌虚吟（凌虚引）	5	5	5	2	2	2	1	1	1	8	8	8		
47	列子御风（御风行、列子）	9	10	9	6	4	5	7	7	7	22	21	21	“提要”（[总70]28）《西麓堂琴统》所录《列子御风》注明“谱有后记”，“解题辑览”（[总300]56）归为解题，参《琴曲集成》第3册，“解题辑览”有误，应更正。又，“提要”（[总134]92）《琴苑心传全编》所录《御风行》注明“有后记二则”，“解题辑览”（[总301]57）录为1则，参《琴曲集成》第11册，该谱后记为一则两段，“提要”有误，应减除。	JJGJ、JHGZ、THFJ
48	神品徵意														
49	山居吟	13	12	13	6	5	6	4	3	4	23	20	23	“提要”（[总218]176）《天闻阁琴谱》所录《山居吟（唐松仙谱）》注明“有解题”，“解题辑览”（[总304]60）归入后记，参《琴曲集成》第25册，“解题辑览”有误，应更正。又，“提要”（[总217]175）《天闻阁琴谱》所录《山居吟(治心斋谱)》注明“有小标题”，“解题辑览”([总304]60)未录，参《琴曲集成》第25册，“解题辑览”漏录，应增补。又，“提要”（[总190]148）《指法汇参确解》[总196]154《二香琴谱》所录《山居吟》均注明“有后记”，“解题辑览”（[总304]60）均未录，参《琴曲集成》第20册、第23册，“解题辑览”均漏录，应增补。	JHGJ、JJGZ、JFLZ、JHLZ、JHLZ

50	禹会涂山（上国观光、观光、涂山）	8	7	8	3	2	3	5	3	4	16	12	15	“提要”（[总71]29）《西麓堂琴统》所录《观光》注明“谱有后记”，“解题辑览”（[总305]61）归入解题，参《琴曲集成》第3册，“解题辑览”有误，应更正。又，“提要”（[总79]37）《杏庄太音补遗》所录《禹会涂山》注明“有解题”，“解题辑览”（[总305]61）未录，参《琴曲集成》第3册，“解题辑览”漏录，应增补。又，“提要”（[总88]46）《重修真传琴谱》所录《禹会涂山》注明“有解题，分段有小标题”，“解题辑览”（[总305]61—[总306]62）均未录，参《琴曲集成》第4册，“解题辑览”均漏录，应增补。又，“提要”（[总206]164）《稚云琴谱》所录《禹会涂山》注明“分段有小标题”，“解题辑览”（[总306]62）未录，参《琴曲集成》第23册，该谱无分段标题，“提要”应减除。	JJGJ、JHGZ、JJLZ、JJLZ、JFLZ、TFWJ
51	樵歌（归樵）	14	12	12	16	14	16	11	10	10	41	36	38	“提要”（[总53]11）《浙音释字琴谱》该谱注明“有解题，佚”。“解题辑览”（[总306]62）未录，参《琴曲集成》第1册，该谱仅存“五至十一段”，解题佚，不应计数，“提要”应减除。又，“提要”（[总67]55）《琴谱正传》该谱注明“分段有小标题”，“解题辑览”（[总309]65—[总310]66）未录，参《琴曲集成》第2册，“提要”误增，应减除。又，“提要”（[总71]29）《西麓堂琴统》该谱注明“有后记”，“解题辑览”（[总306]62）归入解题，参《琴曲集成》第3册，“解题辑览”有误，应更正。又，“提要”（[总173]131）《兰田馆琴谱》该谱注明“有后记”，“解题辑览”（[总308]64—[总309]65）未录，参《琴曲集成》第16册，“提要”误增，应减除。又，“提要”（[总207]165）《稚云琴谱》所录《樵歌》注明“分段有小标题”，“解题辑览”（[总309]65—[总310]66）未录，参《琴曲集成》第23册，“解题辑览”漏录，应增补。又，“解题辑览”（[总309]65）录有《以六正五之斋琴谱》后记，“提要”（[总213]171）未录，参《琴曲集成》第26册，“提要”漏录，应增补。又，“提要”（[总245]203）《沙堰琴编》该谱注明“有前后记”，“解题辑览”（[总306]62—[总309]65）均未录，参《琴曲集成》第29册，“解题辑览”漏录，应增补。又，“解题辑览”（[总310]66）录有《蓼怀堂琴谱》此曲分段小标题，“提要”（[总154]112—[总156]114）《蓼怀堂琴谱》未收此曲，参《琴曲集成》第13册，该谱亦未收此曲，“解题辑览”应减除。又，“提要”（[总186]144）《裛露轩琴谱》该谱注明“有前记”，“解题辑览”（[总306]62—[总307]63）未录，参《琴曲集成》第19册，“提要”误增，应减除。	TJYJ、TFWJ、JJGJ、JHGZ、THWJ、JFLZ、THLZ、JJLZ、JHLZ、JFWJ、TJWJ
52	神品羽意														

续表

序号	曲名	解题			后记			分段标题			合计			观察说明	问题编码
		提要	辑览	观察	提要	辑览	观察	提要	辑览	观察	提要	辑览	观察		
53	雉朝飞	10	19	11	8	4	7	5	3	4	23	26	22	“提要”（[总72]30）《西麓堂琴统》该谱注明“有后记”，“解题辑览”（[总311]67）归入解题，参《琴曲集成》第3册，“解题辑览”有误，应更正。又，“提要”（[总106]64）《杨抡太古遗音》该谱注明“有小标题”，“解题辑览”（[总314]70）未录，参《琴曲集成》第7册，“解题辑览”漏录，应增补。又，“提要”（[总135]93）《琴苑心传全编》该谱注明“有标题，有后记二则”，“解题辑览”（[总311]67、[总313]69）录有其解题、后记各一则，未录小标题，参《琴曲集成》第11册，该谱有解题，无分段标题，后记为一则两段，故“提要”应补解题，并减除小标题和后记一则。又，“提要”（[总153]111）《琴谱析微》（[总161]119）《五知斋琴谱》该谱均注明“有后记”，“解题辑览”（[总313]69）均未录，参《琴曲集成》第13册、第14册，“解题辑览”均漏录，应增补。又，“解题辑览”（[总311]67）录有《琴操》《古今注》《初学记》《乐府古题要解》《太平御览》《乐府诗集》《通志》解题7条，非琴谱集内材料，观察统计减除。	JJGJ、JHGZ、JFLZ、TJLZ、TFWJ、THFJ、JHLZ、JHLZ、JJPJ、JJPJ、JJPJ、JJPJ、JJPJ、JJPJ、JJPJ
54	乌夜啼	6	12	6	1		1	6	4	6	13	16	13	“提要”（[总50]8）《神奇秘谱》（[总65]23）《琴谱正传》该谱均注明“第七段有小标题争巢”，“解题辑览”（[总316]72）均未录，参《琴曲集成》第1册、第2册，“解题辑览”漏录，应增补。又，“提要”（[总189]147）《琴谱谐声》该谱注明“有后记”，“解题辑览”（[总316]72）未录，参《琴曲集成》第20册，“解题辑览”漏录，应增补。又，“解题辑览”（[总315]71）录有《初学记》《乐府古题要解》《乐府诗集》《通典》《通志》《通考》解题6条，非琴谱集内材料，观察统计减除。	JFLZ、JFLZ、JHLZ、JJPJ、JJPJ、JJPJ、JJPJ、JJPJ、JJPJ
55	神品无射意				1	1	1				1	1	1		
56	黄云秋塞	3	3	3				2	2	2	5	5	5		

57	龙朔操（昭君怨、昭君引、龙翔操、明妃曲）	8	13	9	1		1	7	7	7	16	20	17	“提要”（[总74]32）《西麓堂琴统》所录《昭君怨》注明“有后记”，“解题辑览”（[总317]73）归入解题，参《琴曲集成》第3册，“解题辑览”有误，应更正。又，“解题辑览”（[总318]74）录有《重修真传琴谱》解题，“提要”（[总89]47）未录，参《琴曲集成》第4册，“提要”漏录，应增补。又，“提要”（[总111]69）《太古正音》所录《昭君怨》注明“有解题”，“解题辑览”（[总317]73—[总320]76）未录，参《琴曲集成》第7册，谱本不同，按“观察准则”从“提要”，“解题辑览”应增补。又，“解题辑览”（[总318]74）录有《琴操》《琴史》《乐府诗集》《乐府古题要解》解题4条，非琴谱集内材料，观察统计减除。	JJGJ、JHGZ、TJLZ、JJLZ、JJPJ、JJPJ、JJPJ、JJPJ
58	大胡笳（胡笳十八拍、胡笳、十八拍）	6	7	6	10	9	10	10	8	10	26	24	26	“提要”（[总73]31）《西麓堂琴统》所录《胡笳》注明“有后记”，“解题辑览”（[总321]77）归入解题，参《琴曲集成》第3册，“解题辑览”有误，应更正。又，“提要”（[总223]181）《希韶阁琴谱》所录《胡笳十八拍》、（[总231]189）《枯木禅琴谱》所录《胡笳》均注明“有解题”，“解题辑览”（[总321]77）均未录，参《琴曲集成》第26册、第28册，“解题辑览”均漏录，应增补。又，“提要”（[总219]177）《天闻阁琴谱》所录《胡笳十八拍》只注明“有眉批”，未注明“有后记”，“解题辑览”（[总323]79）录有后记，参《琴曲集成》第25册，“解题辑览”将眉批归入后记，按“观察准则”从“提要”，“解题辑览”应减除。又，“提要”（[总189]147）《琴谱谐声》所录《胡笳十八拍》注明“有后记”，“解题辑览”（[总323]79）未录，参《琴曲集成》第20册，“解题辑览”漏录，应增补。又，“提要”（[总177]135）《研露楼琴谱》所录《胡笳十八拍》、（[总183]141）《裛露轩琴谱》所录《胡笳》均注明“分段有小标题”，“解题辑览”（[总323]79—[总324]80）均未录，参《琴曲集成》第16册、第19册，“解题辑览”均漏录，应增补。又，“解题辑览”（[总322]78）录有《琴史》《乐府诗集》解题2条，非琴谱集内材料，观察统计减除。	JJGJ、JHGZ、JJLZ、JJLZ、JHQJ、JHLZ、JFLZ、JFLZ、JJPJ、JJPJ
59	大雅	9	9	9	11	9	10	8	8	8	28	26	27	“提要”（[总136]94）《琴苑心传全编》该谱注明“有后记二则”，“解题辑览”（[总326]82）录为一则，参《琴曲集成》第11册，此曲后记为一则两段，“提要”应减除。又，“提要”([总197]155)《律话》该谱注明“后附释文”，“解题辑览”([总326]82) 未录，参《琴曲集成》第21册，“解题辑览”漏录，应增补。	THFJ、JHLZ
60	神品碧玉意														

续表

序号	曲名	解题			后记			分段标题			合计			观察说明	问题编码
		提要	辑览	观察	提要	辑览	观察	提要	辑览	观察	提要	辑览	观察		
61	八极游（扶仙游、神游八极）	5	6	5	6	2	5	1	1	1	12	9	11	“提要”([总 73]31)《西麓堂琴统》该谱注明“有后记”，“解题辑览”（[总 327]83）归入解题，参《琴曲集成》第 3 册，“解题辑览”有误，应更正。又，“提要”（[总 137]95）《琴苑心传全编》该谱注明“有后记二则”，“解题辑览”（[总 328]84）只录一则，参《琴曲集成》第 11 册，所录为一则两段，“提要”应减除。又，“提要”（[总 174]132）《兰田馆琴谱》、（[总 196]154）《二香琴谱》该谱均注明“有后记”，“解题辑览”（[总 328]84—[总 329]85）均未录，参《琴曲集成》第 16 册、第 23 册，“解题辑览”漏录，应增补。	JJGJ、JHGZ、THFJ、JHLZ、JHLZ
62	神品蕤宾意（金羽意）														
63	泛沧浪	3	3	3				1	1	1	4	4	4		
64	潇湘水云	12	12	12	15	10	15	6	6	6	33	28	33	“提要”（[总 73]31）《西麓堂琴统》该谱注明“有后记”，“解题辑览”（[总 330]86）归入解题，参《琴曲集成》第 3 册，“解题辑览”有误，应更正。又，“提要”（[总 245]203）《沙堰琴编》该谱注明“有前后记”，“解题辑览”（[总 330]86—[总 332]88）只录有后记，未录解题，参《琴曲集成》第 29 册，“解题辑览”漏录，应增补。又，“提要”（[总 154]112）《琴谱析微》、（[总 157]115）《诚一堂琴谱》、（[总 174]132）《兰田馆琴谱》、（[总 196]154）《二香琴谱》该谱均注明“有后记”，“解题辑览”（[总 331]87—[总 332]88）均未录，参《琴曲集成》第 13 册、第 16 册、第 23 册，“解题辑览”均漏录，应增补。	JJGJ、JHGZ、JJLZ、JHLZ、JHLZ、JHLZ、JHLZ
65	神品凄凉意（楚商意）					1						1		“解题辑览”([总 333]89) 录有《玉梧琴谱》后记，“提要”([总 93]51) 未录，参《琴曲集成》第 6 册，该谱无后记，“解题辑览”误将释调录为后记，应减除。	JHWJ
66	神品楚商意														
67	泽畔吟	7	7	7	1	1	1	6	7	7	14	15	15	“解题辑览”（[总 334]90）录有《杏庄太音补遗》分段小标题，“提要”（[总 80]38）未录，参《琴曲集成》第 3 册，“提要”漏录，应增补。	TFLZ

68	离骚（离骚操、骚意）	11	10	11	10	3	10	11	10	11	32	23	32	“提要”([总 75]33)《西麓堂琴统》该谱注明“有后记”，“解题辑览”([总 335]91) 归入解题，参《琴曲集成》第 3 册，“解题辑览”有误，应更正。又，“提要”（[总 245]203）《沙堰琴编》该谱注明“有前后记”，“解题辑览”（[总 334]90—[总 337]93）未录，参《琴曲集成》第 29 册，“解题辑览”漏录，应增补。又，“提要”（[总 104]62）《藏春坞琴谱》、（[总 234]192）《琴学初津》该谱均注明“有解题”，“解题辑览”（[总 334]90—[总 336]92）未录，参《琴曲集成》第 6 册、第 28 册，“解题辑览”均漏录，应增补。又，“提要”（[总 139]97）《大还阁琴谱》、（[总 174]132）《兰田馆琴谱》、（[总 196]154）《二香琴谱》、（[总 237]195[总 238]196）《琴学丛书》所录两谱，各均注明“有后记”，“解题辑览”（[总 336]92—[总 337]93）均未录，参《琴曲集成》第 10 册、第 16 册、第 23 册、第 30 册，“解题辑览”均漏录，应增补。又，“提要”（[总 156]114）《蓼怀堂琴谱》该谱注明“分段有小标题”，“解题辑览”（[总 337]93—[总 339]95）未录，参《琴曲集成》13 册，“解题辑览”漏录，应增补。又，“解题辑览”（[总 335]91）录有《琴史》解题，非琴谱集内材料，观察统计减除。	JJGJ、JHGZ、JJLZ、JHLZ、JJLZ、JJLZ、JHLZ、JHLZ、JHLZ、JHLZ、JHLZ、JFLZ、JJPJ
69	神品商角意					1						1		“解题辑览”（[总 339]95）录有《琴苑心传全编》后记一则，“提要”（[总 137]95）该谱注明“无后记”，参《琴曲集成》第 11 册，“解题辑览”误将《神品古商意》后记误录于此，应减除。	JHWJ
70	神化引（蝶梦游、蝶梦吟、神化吟、神化）	9	10	10	5	4	5	2	2	2	16	16	17	“解题辑览”([总 339]95) 录有《神奇秘谱》之《神化引》解题，“提要”([总 51]9) 未录，参《琴曲集成》第 1 册，“提要”漏录，应增补。又，“提要”（[总 174]132）《兰田馆琴谱》所录《神化引（9 段本）注明“有后记”，“解题辑览”（[总 340]96—总 341]97）未录，参《琴曲集成》第 16 册，“解题辑览”漏录，应增补。	TJLZ、JHLZ

续表

序号	曲名	解题			后记			分段标题			合计			观察说明	问题编码
		提要	辑览	观察	提要	辑览	观察	提要	辑览	观察	提要	辑览	观察		
71	庄周梦蝶（蝴蝶梦、梦蝶）	11	11	11	8	3	8	3	3	3	22	17	22	“提要”([总70]28)《西麓堂琴统》所录《庄周梦蝶》注明“有后记”，“解题辑览”([总341]97)归入解题，参《琴曲集成》第3册，“解题辑览”有误，应更正。又，“提要”（[总161]119）《五知斋琴谱》所录《庄周梦蝶》注明“有解题，有后记”，“解题辑览”（[总341]97—[总343]99）均未录，参《琴曲集成》第14册，“解题辑览”漏录，应增补。又，“提要”（[总173]131）《兰田馆琴谱》、（[总195]153）《二香琴谱》均注明“有后记”，“解题辑览”（[总342]98）均未录，参《琴曲集成》第16册、第23册，“解题辑览”漏录，应增补。又，“提要”（[总245]203）《沙堰琴编》所录《梦蝶》注明“有前后记”，“解题辑览”（[总342]98）只录有解题，未录后记，参《琴曲集成》第29册，“解题辑览”漏录，应增补。	JJGJ、JHGZ、JJLZ、JHLZ、JHLZ、JHLZ、JHLZ
72	楚歌	6	7	6	1		1	8	8	9	15	15	16	“提要”([总75]33)《西麓堂琴统》该谱注明“谱有后记”，“解题辑览”([总344]100)归入解题，参《琴曲集成》第3册，“解题辑览”有误，应更正。又，“解题辑览”([总345]101)录有《杏庄太音补遗》该谱分段小标题，“提要”（[总80]38）未录，参《琴曲集成》第3册，“提要”漏录，应增补。又，“提要”（[总184]142）《裛露轩琴谱》该谱注明“分段有小标题”，“解题辑览”（[总344]100—[总345]101）未录，参《琴曲集成》第19册，“解题辑览”漏录，应增补。	JJGJ、JHGZ、TFLZ、JFLZ
73	神品姑洗意（清商）														
74	飞鸣吟	8	8	8	1		1	1	1	1	10	9	10	“提要”（[总138]96）《琴苑心传全编》该谱注明“有解题，有后记”，“解题辑览”（[总346]102）只录解题，未录后记，参《琴曲集成》第11册，“解题辑览”漏录，应增补。	JHLZ
75	秋鸿	9	9	9	5	2	3	18	18	18	32	29	30	“提要”([总73]31)《西麓堂琴统》该谱注明“有后记”，“解题辑览”([总347]103)归入解题，参《琴曲集成》第3册，“解题辑览”有误，应更正。又，“提要”（[总224]182）《希韶阁琴谱》该谱注明“有解题”，“解题辑览”（[总346]102—[总348]104）未录，参《琴曲集成》第26册，谱本不同，未录《秋鸿》，按“观察准则”从“提要”，“解题辑览”应增补。又，“提要”（[总138]96）《琴苑心传全编》该谱注明“有后记三则”，“解题辑览”（[总348]104）录为一则，参《琴曲集成》第11册，该谱后记为一则三段，“提要”应减除。	JJGJ、JHGZ、JJLZ、THFJ、THFJ
76	春雨														
77	汶阳														

78	仙山月				2	2	2				2	2	2		
79	鸿飞														
80	盟鸥														
81	关雎曲（关雎、关雎传、关雎章）	16	14	15	11	6	11	6	5	6	33	25	32	“提要”（[总71]29）《西麓堂琴统》该谱注明“分段有小标题，谱有后记”，“解题辑览”（[总353]109、[总357]113）归入解题，分段小标题未录，参《琴曲集成》第3册，“解题辑览”有误，应更正、增补。又，“提要”（[总164]122）《立雪斋琴谱》该谱注明“有解题”，“解题辑览”（[总355]111）归入后记，参《琴曲集成》第18册，“解题辑览”有误，应更正。又，“提要”（[总115]73、[总117]75）《新传理性元雅》所录两谱均注明“有解题”，“解题辑览”（[总354]110）只录其一，参《琴曲集成》第8册，“解题辑览”漏录，应增补。又，“提要”（[总214]172）《天闻阁琴谱》所录《关雎（春草堂谱）》注明“有解题”，“解题辑览”（[总353]109—[总355]111）未录，参《琴曲集成》第25册，“提要”将该谱“眉批”计入解题，按“观察准则”应减除。又，“提要”（[总113]71）《松弦馆琴谱》、（[总135]93）《琴苑心传全编》、（[总160]118）《五知斋琴谱》、（[总170]128）《大乐元音》、（[总189]147）《琴谱谐声》该谱均注明“有后记”，“解题辑览”（[总355]111—[总356]112）均未录，参《琴曲集成》第8册、第11册、第14册、第16册、第20册，“解题辑览”漏录，应增补。	JJGJ、JHGZ、JFLZ、JHGJ、JJGZ、JJLZ、TJQJ、JHLZ、JHLZ、JHLZ、JHLZ、JHLZ
82	南薰歌	3	3	3				2	2	2	5	5	5		
83	天台引（武陵游）	3	3	3				1	2	2	4	5	5	“解题辑览”（[总359]115）录有《浙音释字琴谱》该谱分段小标题，“提要”（[总53]11）未录，参《琴曲集成》第1册，“提要”漏录，应增补。又，“提要”（[总210]168）《蕉庵琴谱》该谱注明“有解题”，“解题辑览”（[总358]114）未录，参《琴曲集成》第26册，“解题辑览”漏录，应增补。又，“解题辑览”（[总358]114）录有《琴学初津》该谱解题，“提要”（[总232]190）未录，参《琴曲集成》第28册，该谱有后记，无解题，但其内容与“解题辑览”所录有异，谱本不同，按“观察准则”从“提要”，“解题辑览”应减除。	TFLZ、JJLZ、JJWJ
84	思舜（文王思舜）	3	3	3				3	3	3	6	6	6		
85	师贤	2	2	2				2	2	2	4	4	4		
86	蕤宾意（蕤宾意考、金羽调、金羽意）	3	3	3							3	3	3		
87	渔歌调（极乐吟）	2	2	2							2	2	2		

续表

序号	曲名	解题			后记			分段标题			合计			观察说明	问题编码
		提要	辑览	观察	提要	辑览	观察	提要	辑览	观察	提要	辑览	观察		
88	渔歌（山水绿、欸乃歌）	12	12	11	11	5	11	6	6	6	29	23	28	“提要”（[总72]30）《西麓堂琴统》所录《渔歌》注明“有后记”，“解题辑览”（[总362]118）归入解题，参《琴曲集成》第3册，“解题辑览”有误，应更正。又，“提要”（[总216]174—[总218]176）《天闻阁琴谱》录《渔歌》3谱，其中“春草堂谱”和“琴苑谱”均注明“有解题”，“解题辑览”（[总363]119）只录有“琴苑谱”解题1则，参《琴曲集成》第25册，“提要”将“春草堂谱”之“眉批”计入“解题”，按“观察准则”应减除。又，“提要”（[总231]189）《琴学初津》所录《渔歌》注明“有后记二则”，“解题辑览”（[总364]120）录为1则，参《琴曲集成》第28册，该谱有后记1则，但内容与“解题辑览”所录有异，谱本不同，按“观察准则”从“提要”，“解题辑览”应增补。又，“提要”（[总168]126）《春草堂琴谱》、（[总173]131）《兰田馆琴谱》、（[总189]147）《琴谱谐声》、（[总236]194）《琴学丛书》所录《渔歌》均注明“有后记”，“解题辑览”（[总363]119—[总364]120）均未录，参《琴曲集成》第16册、第18册、第20册、第30册，“解题辑览”漏录，应增补。	JJGJ、JHGZ、TJQJ、JHLZ、JHLZ、JHLZ、JHLZ、JHLZ
89	商角意	2	3	2	1		1				3	3	3	“提要”（[总105]63）《三才图绘续集鼓琴图》该谱注明“有后记”，“解题辑览”（[总366]122）归入解题，参《琴曲集成》第6册，“解题辑览”有误，应更正。	JJGJ、JHGZ
90	姑洗意（姑洗调考、清商调）	2	2	2							2	2	2		
91	黄钟意（黄钟意考）	4	2	3							4	2	3	“提要”（[总89]47）《重修真传琴谱》该谱注明“有解题”，“解题辑览”（[总366]122）未录，参《琴曲集成》第4册，“解题辑览”漏录，应增补。又，“提要”（[总110]68）《太古正音琴谱》该谱注明“有解题”，“解题辑览”（[总366]122）未录，参《琴曲集成》第7册，“提要”误增，应减除。	JJLZ、TJWJ
92	凄凉意（凄凉意考、凄凉调、楚商调）	3	3	3							3	3	3		
93	屈原问渡	5	6	5	1		1	4	3	4	10	9	10	“提要”（[总75]33）《西麓堂琴统》该谱注明“有后记”，“解题辑览”（[总367]123）归入解题，参《琴曲集成》第3册，“解题辑览”有误，应更正。又，“提要”（[总184]142）《裛露轩琴谱》该谱注明“分段有小标题”，“解题辑览”（[总367]123）未录，参《琴曲集成》第19册，“解题辑览”漏录，应增补。	JJGJ、JHGZ、JFLZ

94	阳关三叠（阳关）	7	7	7	3	2	3	5	4	5	15	13	15	“提要”（[总208]166）《琴学入门》该谱注明“有后记”，“解题辑览”（[总369]125）未录，参《琴曲集成》第24册，“解题辑览”漏录，应增补。又，“提要”（[总111]69）《太古正音琴谱》、（[总184]142）《裛露轩琴谱》该谱均注明“分段有小标题”，“解题辑览”（[总369]125）均未录，参《琴曲集成》第7册、第19册，“解题辑览”漏录，应增补。又，“解题辑览”（[总369]125）录有《风宣玄品》该谱分段标题，内容与（[总394]150）同谱集之《阳关操》分段标题完全相同，应属重复录入，考虑到此为九段本大曲，故应计入《阳关操》，于此应减除。	JHLZ、JFLZ、JFLZ、JFCJ
95	南风歌（南风操）	1	4	1	1		1				2	4	2	“提要”（[总170]128）《大乐元音》该谱注明“有后记”，“解题辑览”（[总370]126）未录，参《琴曲集成》第16册，“解题辑览”漏录，应增补。又，“解题辑览”([总370]126)此曲录有《琴史》《乐府诗集》《通考》解题3则，非琴谱集内材料，观察统计减除。	JHLZ、JJPJ、JJPJ、JJPJ
96	思亲操（思亲引、思亲）	4	8	4	3	1	2				7	9	6	“提要”（[总71]29）《西麓堂琴统》该谱注明“有后记”，“解题辑览”（[总370]126）归入解题，参《琴曲集成》第3册，“解题辑览”漏录，应更正。又，“提要”（[总135]93）《琴苑心传全编》该谱注明“有后记二则”，“解题辑览”（[总371]127）录为1则，参《琴曲集成》第11册，该谱后记为一则两段，按“观察准则”，“提要”应减除。又，“解题辑览”（[总371]127）录有《琴操》《琴史》《乐府诗集》解题3则，非琴谱集内材料，观察统计减除。	JJGJ、JHGZ、THFJ、JJPJ、JJPJ、JJPJ
97	湘妃怨（二妃思舜）	6	7	6				3		3	9	7	9	“提要”（[总111]69）《太古正音琴谱》该谱注明“有解题”，“解题辑览”（[总371]127—[总372]128）未录，参《琴曲集成》第7册，“解题辑览”漏录，应增补。又，“解题辑览”（[总372]128）录有《琴学韧端》解题，“提要”（[总193]151）未录，参《琴曲集成》第20册，该谱无解题，“解题辑览”所录为其首段标题下的注，按“观察准则”从“提要”，“解题辑览”应减除。又，“提要”（[总87]45）《重修真传琴谱》、（[总114]72）《新传理性元雅》、（[总193]151）《琴学韧端》该谱均注明“分段有小标题”，“解题辑览”（[总372]128）均未录，参《琴曲集成》第4册、第8册、第20册，“解题辑览”漏录，应增补。又，“解题辑览”（[总372]128）录有《乐府诗集》解题1则，非琴谱集内材料，观察统计减除。	JJLZ、JJQJ、JFLZ、JFLZ、JFLZ、JJPJ
98	岐山操	3	10	3	2	1	2				5	11	5	“提要”（[总74]32）《西麓堂琴统》该谱注明“有后记”，“解题辑览”（[总373]129）归入解题，参《琴曲集成》第3册，“解题辑览”有误，应更正。又，“解题辑览”（[总373]129—[总374]130）录《琴操》《初学记》《太平御览》《琴史》《乐府诗集》《通志》解题6则，非琴谱集内材料，观察统计减除。	JJGJ、JHGZ、JJPJ、JJPJ、JJPJ、JJPJ、JJPJ、JJPJ

续表

序号	曲名	解题			后记			分段标题			合计			观察说明	问题编码
		提要	辑览	观察	提要	辑览	观察	提要	辑览	观察	提要	辑览	观察		
99	拘幽操	3	9	3							3	9	3	“解题辑览”（[总374]130—[总376]132）录有《琴操》《初学记》《太平御览》《琴史》《乐府诗集》《通志》解题6则，非琴谱集内材料，观察统计减除。	JJPJ、JJPJ、JJPJ、JJPJ、JJPJ、JJPJ
100	文王操（文王思士、文王、吕望兴周）	2	5	2	1		1				3	5	3	“提要”（[总71]29）《西麓堂琴统》所录《文王思士》注明“有后记”，“解题辑览”（[总376]132）未录，参《琴曲集成》第3册，“解题辑览”漏录，应增补。又，“解题辑览”（[总376]132）此曲录有《琴操》《太平御览》《琴史》解题3则，非琴谱集内材料，观察统计减除。	JHLZ、JJPJ、JJPJ、JJPJ
101	尅商操	2	5	2							2	5	2	“解题辑览”（[总377]133）录有《太平御览》《琴史》《乐府诗集》解题3则，非琴谱集内材料，观察统计减除。	JJPJ、JJPJ、JJPJ
102	文王曲	1	1	1							1	1	1		
103	越裳操（秋水弄）	2	8	2	1		1				3	8	3	“提要”（[总74]32）《西麓堂琴统》该谱注明“有后记”，“解题辑览”（[总378]134）未录，参《琴曲集成》第3册，“解题辑览”漏录，应增补。又，“解题辑览”（[总378]134）录《琴操》《初学记》《太平御览》《琴史》《乐府诗集》《通志》解题6则，非琴谱集内材料，观察统计减除。	JHLZ、JJPJ、JJPJ、JJPJ、JJPJ、JJPJ、JJPJ
104	履霜操	3	10	3	1		1	1	1	1	5	11	5	“提要”（[总70]28）《西麓堂琴统》该谱注明“有后记”，“解题辑览”（[总379]135）归入解题，参《琴曲集成》第3册，“解题辑览”有误，应更正。又，“解题辑览”（[总379]135—[总380]136）录《琴操》《初学记》《太平御览》《琴史》《乐府诗集》《通志》解题6则，非琴谱集内材料，观察统计减除。	JJGJ、JHGZ、JJPJ、JJPJ、JJPJ、JJPJ、JJPJ、JJPJ

105	将归操	2	8	2							2	8	2	“解题辑览”（[总381]137—[总382]138）录《琴操》《初学记》《太平御览》《琴史》《乐府诗集》《通志》解题6则，非琴谱集内材料，观察统计减除。	JJPJ、JJPJ、JJPJ、JJPJ、JJPJ、JJPJ
106	龟山操	2	9	2							2	9	2	“解题辑览”（[总382]138—[总383]139）录《琴操》《北堂书钞》《初学记》《太平御览》《琴史》《乐府诗集》《通志》解题7则，非琴谱集内材料，观察统计减除。	JJPJ、JJPJ、JJPJ、JJPJ、JJPJ、JJPJ、JJPJ
107	亚圣操（亚圣、颜回）	3	4	3							3	4	3	“提要”（[总69]27）《西麓堂琴统》所录《亚圣操》注明“后记附《忆颜回》后”，“解题辑览”（[总384]140）归入解题，参《琴曲集成》第3册，《西麓堂琴统》之《亚圣操》无解题、无后记，《忆颜回》录有后记，二曲属共一解题，按“观察准则”“解题辑览”应减除。	JJDJ
108	残形操	2	7	2							2	7	2	“解题辑览”([总384]140—[总385]141)录《琴操》《初学记》《琴史》《乐府诗集》《通志》解题5则，非琴谱集内材料，观察统计减除。	JJPJ、JJPJ、JJPJ、JJPJ、JJPJ
109	别鹄操（别鹄、别鹤操）	2	11	2							2	11	2	“解题辑览”（[总385]141—[总386]142）录《琴操》《古今注》《北堂书钞》《初学记》《乐府古题要解》《太平御览》《琴史》《乐府诗集》《通志》解题9则，非琴谱集内材料，观察统计减除。	JJPJ、JJPJ、JJPJ、JJPJ、JJPJ、JJPJ、JJPJ、JJPJ、JJPJ
110	蔡氏五弄	2	5	2				3	2	3	5	7	5	“提要”（[总57]15）《谢琳太古遗音》该谱注明“分段各有小标题”，“解题辑览”（[总388]144）未录，参《琴曲集成》第1册，“解题辑览”漏录，应增补。又，“解题辑览”（[总387]143）录《琴史》《乐府诗集》解题共3则，非琴谱集内材料，观察统计减除。	JFLZ、JJPJ、JJPJ、JJPJ

续表

序号	曲名	解题			后记			分段标题			合计			观察说明	问题编码
		提要	辑览	观察	提要	辑览	观察	提要	辑览	观察	提要	辑览	观察		
111	八公操	2	4	2							2	4	2	“解题辑览”（[总388]144）录《琴史》《乐府诗集》解题2则，非琴谱集内材料，观察统计减除。	JJPJ、JJPJ
112	黄钟调	1									1			“提要”（[总57]15）《谢琳太古遗音》该谱注明“有解题”，“解题辑览”未录此曲条，参《琴曲集成》第1册，“提要”误增，应减除。	TJWJ
113	归去来辞	8	7	8	4	1	4	5	3	5	17	11	17	“提要”（[总110]68）《太古正音琴谱》该谱注明“有解题，分段有小标题”，“解题辑览”（[总389]145—[总390]146）均未录，参《琴曲集成》第7册，“解题辑览”漏录，应增补。又，“提要”([总183]141)《裛露轩琴谱》该谱注明“分段有小标题”，“解题辑览”([总390]146)未录，参《琴曲集成》第19册，“解题辑览”漏录，应增补。又，“提要”([总168]126)《春草堂琴谱》、([总204]162)《张鞠田琴谱》、([总209]167)《琴学入门》该谱均注明“有后记”，“解题辑览”（[总390]146）均未录，参《琴曲集成》第18册、第23册、第24册，“解题辑览”漏录，应增补。	JJLZ、JFLZ、JFLZ、JHLZ、JHLZ、JHLZ
114	思归引	3	9	3	1	1	1				4	10	4	“解题辑览”（[总391]147）录《琴操》《乐府古题要解》《太平御览》《琴史》《乐府诗集》《通志》解题6则，非琴谱集内材料，观察统计减除。	JJPJ、JJPJ、JJPJ、JJPJ、JJPJ、JJPJ
115	风入松歌（风入松）	3	3	3	1		1				4	3	4	“提要”（[总188]146）《琴谱谐声》该谱注明“有后记”，“解题辑览”（[总393]149）未录，参《琴曲集成》第20册，“解题辑览”漏录，应增补。	JHLZ
116	听琴赋	1	1	1							1	1	1		
117	伯牙吊子期（吊子期）	2	3	2	1		1	1		1	4	3	4	“提要”（[总72]30）《西麓堂琴统》该谱注明“有后记”，“解题辑览”（[总393]149）归入解题，参《琴曲集成》第3册，“解题辑览”有误，应更正。又，“提要”（[总87]45）《重修真传琴谱》该谱注明“有小标题”，“解题辑览”（[总393]149）未录，参《琴曲集成》第4册，“解题辑览”漏录，应增补。	JJGJ、JHGZ、JFLZ
118	阳关曲（阳关、大阳关、阳关操）	2	2	2				2	2	2	4	4	4	“提要”([总106]64)《杨抡太古遗音》所录《阳关操》注明“有解题”，“解题辑览”([总394]150)未录，参《琴曲集成》第7册，“解题辑览”漏录，应增补。又，“解题辑览”（[总394]150）录有《续通典》解题1则，非琴谱集内材料，观察统计减除。	JJLZ、JJPJ
119	春江曲（春江）	3	4	3	1		1	1	1	1	5	5	5	“提要”（[总69]27）《西麓堂琴统》该谱注明“有后记”，“解题辑览”（[总394]150）归入解题，参《琴曲集成》第3册，“解题辑览”有误，应更正。	JJGJ、JHGZ

120	双清传（猿鹤双清）	8	9	8	1		1	4	3	4	13	12	13	“提要”（[总 70]28）《西麓堂琴统》所录《猿鹤双清》注明“有后记”，“解题辑览”（[总 395]151）归入解题，参《琴曲集成》第 3 册，“解题辑览”有误，应更正。又，“提要”（[总 185]143）《裛露轩琴谱》所录《猿鹤双清》注明“分段有小标题”，“解题辑览”（[总 396]152）未录，参《琴曲集成》第 19 册，“解题辑览”漏录，应增补。	JJGJ、JHGZ、JFLZ
121	正气歌	1	1	1							1	1	1		
122	古秋风	1									1			“提要”（[总 57]15）《谢琳太古遗音》该谱注明“有解题”，“解题辑览”未列此曲条，参《琴曲集成》第 1 册，“提要”误增，应减除。	TJWJ
123	前赤壁赋	7	6	7				3	1	3	10	7	10	“提要”([总 115]73)《新传理性元雅》所录《前赤壁赋》注明“有解题”，“解题辑览”([总 397]153) 未录，参《琴曲集成》第 8 册，“解题辑览”漏录，应增补。又，“提要”（[总 111]69）《太古正音》所录《赤壁赋》注明“分段有小标题”，“解题辑览”（[总 397]153）未录，参《琴曲集成》第 7 册，二者谱本有异，按“观察准则”从“提要”，“解题辑览”应增补。又，“提要”（[总 183]141）《裛露轩琴谱》所录《前赤壁赋》注明“分段有小标题”，“解题辑览”（[总 397]153）未录，参《琴曲集成》第 19 册，“解题辑览”漏录，应增补。	JJLZ、JFLZ、JFLZ
124	后赤壁赋							1	1	1	1	1	1		
125	客窗夜话	8	7	8	2	1	2	7	4	7	17	12	17	“提要”（[总 134]92）《琴苑心传全编》该谱注明“有后记”，“解题辑览”（[总 398]154）未录，参《琴曲集成》第 11 册，“解题辑览”漏录，应增补。又，“提要”（[总 110]68）《太古正音》该谱注明“有解题，分段有小标题”，“解题辑览”（[总 398]154）均未录，参《琴曲集成》第 7 册，“解题辑览”漏录，应增补。又，“提要”（[总 184]142）《裛露轩琴谱》该谱注明“分段有小标题”，“解题辑览”（[总 398]154）未录，参《琴曲集成》第 19 册，“解题辑览”漏录，应增补。又，“提要”（[总 58]16）《黄士达太古遗音》该谱注明“分段有小标题”，“解题辑览”（[总 398]154）未录，参《琴曲集成》第 1 册，未录此谱，此与“提要”不符，按“观察准则”从“提要”，“解题辑览”应增补。	JHLZ、JJLZ、JFLZ、JFLZ、JFLZ

续表

序号	曲名	解题			后记			分段标题			合计			观察说明	问题编码
		提要	辑览	观察	提要	辑览	观察	提要	辑览	观察	提要	辑览	观察		
126	思贤（思贤操、颜回）	7	8	8	4	3	3	5	3	5	16	14	16	“提要”（[总69]27）《西麓堂琴统》所录《思贤操》注明“后记附《忆颜回》后”，“解题辑览”（[总399]155）归入解题，参《琴曲集成》第3册，《西麓堂琴统》之《思贤操》无解题、无后记，《忆颜回》录有后记，二曲属共一解题，按“观察准则”“解题辑览”应减除。又，“提要”（[总102]60）《藏春坞琴谱》所录《思贤操》注明“有解题”，“解题辑览”（[总399]155）未录，参《琴曲集成》第6册，“解题辑览”漏录，应增补。又，“解题辑览”（[总399]155）录有《枯木禅琴谱》解题，“提要”（[总231]189）未录，参《琴曲集成》第28册，“提要”漏录，应增补。又，“提要”（[总133]91）《琴苑心传全编》所录《思贤操》注明“有后记二则”，“解题辑览”（[总399]155）录为一则，参《琴曲集成》第11册，后记为一则两段，“提要”应减除。又，“提要”（[总110]68）《太古正音》、（[总184]142）《裛露轩琴谱》所录《思贤操》均注明“分段有小标题”，“解题辑览”（[总400]156）均未录，参《琴曲集成》第7册、第19册，“解题辑览”漏录，应增补。	JJDJ、JJLZ、TJLZ、THFJ、JFLZ、JFLZ
127	秋江晚钓	2	2	2				2	1	2	4	3	4	“提要”（[总185]143）《裛露轩琴谱》该谱注明“分段有小标题”，“解题辑览”（[总401]157）未录，参《琴曲集成》第19册，“解题辑览”漏录，应增补。	JFLZ
128	盛德颂														
129	十八学士登瀛洲（瀛洲、学士登瀛）							1	1	1	1	1	1		
130	圯桥进履（进履、圯桥三进履、圯桥授书、圯上进履）	8	7	8	9	7	9	5	3	4	22	17	21	“提要”（[总68]26）《西麓堂琴统》该谱注明“分段有小标题，谱有后记”，“解题辑览”（[总401]157、[总403]159）录有解题，未录分段小标题，参《琴曲集成》第3册，“解题辑览”有误，应更正、增补。又，“提要”（[总222]180）《希韶阁琴谱》、（[总230]188）《枯木禅琴谱》该谱均注明“有解题”，“解题辑览”（[总403]159）均归入后记，参《琴曲集成》第26册、第28册，“解题辑览”有误，均应更正。又，“提要”（[总172]130）《兰田馆琴谱》该谱注明“分段有小标题，谱有后记”，“解题辑览”（[总403]159）均未录，参《琴曲集成》第16册，该谱有后记，无分段标题，“解题辑览”应增补后记，“提要”应减除分段标题。又，“提要”（[总189]147）《琴谱谐声》、（[总209]167）《琴学入门》该谱均注明“有后记”，“解题辑览”（[总403]159）均未录，参《琴曲集成》第20册、第24册，“解题辑览”漏录，应增补。	JJGJ、JHGZ、JFLZ、JHGJ、JJGZ、JHGJ、JJGZ、JHLZ、TFWJ、JHLZ、JHLZ
131	一撮金							1	1	1	1	1	1		

132	雪窗夜话（雪窗）	2	3	2	1		1	4	3	4	7	6	7	“提要”（[总70]28）《西麓堂琴统》该谱注明“谱有后记”，“解题辑览”（[总404]160）归入解题，参《琴曲集成》第3册，“解题辑览”有误，应更正。又，“提要”（[总67]25）《琴谱正传》该谱注明“分段有小标题”，“解题辑览”（[总405]161）未录，参《琴曲集成》第2册，“解题辑览”漏录，应增补。	JJGJ、JHGZ、JFLZ
133	文君操（凤求凰、文凤求凰）	4	5	4	2	2	2	1			7	7	6	“提要”（[总115]73）《新传理性元雅》所录《凤求凰》注明“分段有小标题”，“解题辑览”（[总406]162）未录，参《琴曲集成》第8册，“提要”误增，应减除。又，“提要”([总204]162)《张鞠田琴谱》所录《凤求凰》注明“有后记”，“解题辑览”（[总405]161）归入解题，参《琴曲集成》第23册，“解题辑览”有误，应更正。又，“解题辑览”（[总406]162）录有《乐府诗集》后记1则，非琴谱集内材料，观察统计减除。	TFWJ、JJGJ、JHGZ、JHPJ
134	陋室铭	2	1	2	1	1	1				3	2	3	“提要”([总111]69)《太古正音》该谱注明“有解题”，“解题辑览”([总406]162)未录，参《琴曲集成》第7册，“解题辑览”漏录，应增补。	JJLZ
135	捣衣曲（捣衣、秋水弄、秋杵弄、秋杵吟、秋院捣衣）	6	5	6	6	1	5				12	6	11	“提要”（[总224]182）《希韶阁琴谱》所录《捣衣》注明“有解题”，“解题辑览”（[总407]163）未录，参《琴曲集成》第26册，未录《捣衣》，版本不同，按“观察准则”从“提要”，“解题辑览”应增补。又，“提要”（[总174]132）《兰田馆琴谱（项尹周传本）》、（[总196]154）《二香琴谱》、（[总197]155）《律话》所录《捣衣》均注明“有后记（释文）”，“解题辑览”（[总407]163）均未录，参《琴曲集成》第16册、第21册、第23册，“解题辑览”漏录，应增补。又，“提要”（[总137]95）《琴苑心传全编》所录《秋杵弄》注明“有后记二则”，“解题辑览”（[总407]163）未录，参《琴曲集成》第11册，该谱后记为一则两段，按“观察准则”，“解题辑览”应增补1则，“提要”应减除1则。	JJLZ、JHLZ、JHLZ、JHLZ、JHLZ、THFJ
136	归耕（归耕操）		4									4		“解题辑览”([总407]163)录有《琴操》《太平御览》《潜确居类书》《琴史》解题4则，非琴谱集内材料，观察统计减除。	JJPJ、JJPJ、JJPJ、JJPJ
137	大明一统	1	1	1							1	1	1		
138	醉翁亭（醉翁操）														

续表

序号	曲名	解题			后记			分段标题			合计			观察说明	问题编码
		提要	辑览	观察	提要	辑览	观察	提要	辑览	观察	提要	辑览	观察		
139	风雷引（风雷）	8	7	9	9	7	10	2	2	2	19	16	21	“提要”（[总69]27）《西麓堂琴统》该谱注明“有后记”，“解题辑览”（[总408]164）归入解题，参《琴曲集成》第3册，“解题辑览”有误，应更正。又，“解题辑览”（[总409]165）录《五知斋琴谱》解题、后记各一则，“提要”（[总159]117）只录后记，未录解题，参《琴曲集成》第14册，“提要”漏录，应增补。又，“提要”（[总223]181）《希韶阁琴谱》该谱注明“有解题，有后记”，“解题辑览”（[总408]164—[总410]166）均未录，参《琴曲集成》第26册，未录《风雷引》，版本不同，按“观察准则”从“提要”，“解题辑览”应增补。又，“提要”（[总205]163）《张鞠田琴谱》、（[总230]188）《枯木禅琴谱》该谱均注明“有解题”，“解题辑览”（[总408]164）均未录，参《琴曲集成》第23册、28册，“解题辑览”均漏录，应增补。又，“提要”（[总185]143）《裛露轩琴谱》该谱注明“有后记”，“解题辑览”（[总409]165—[总410]166）未录，参《琴曲集成》第19册，“解题辑览”漏录，应增补。又，“解题辑览”（[总409]165）录有《律话》后记，“提要”（[总197]155）未录，但注明“分段间有注释文”，参《琴曲集成》第21册，该谱段间有注，并后附《风雷引释》，“提要”所录应为“分段间有注，后附释文”之误，故应增补。	JJGJ、JHGZ、TJLZ、JJLZ、JHLZ、JJLZ、JJLZ、JHLZ、THLZ
140	古交行	4	4	4	2	1	2				6	5	6	“提要”（[总69]27）《西麓堂琴统》该谱注明“有后记”，“解题辑览”（[总411]167）未录，参《琴曲集成》第3册，“解题辑览”漏录，应增补。	JHLZ
141	李陵思汉		1		1		1	2	2	2	3	3	3	“提要”（[总72]30）《西麓堂琴统》该谱注明“有后记”，“解题辑览”（[总411]167）归入解题，参《琴曲集成》第3册，“解题辑览”有误，应更正。	JJGJ、JHGZ
142	昭君出塞		2					1	1	1	1	3	1	“解题辑览”（[总411]167—[总412]168）录《通典》《通志》解题2则，非琴谱集内材料，观察统计减除。	JJPJ、JJPJ

143	雁过衡阳（雁渡衡阳、雁度衡阳）	6	4	6	5	3	5	5	5	5	16	12	16	“提要”（[总72]30）《西麓堂琴统》该谱注明“有后记”，“解题辑览”（[总412]168）归入解题，参《琴曲集成》第3册，“解题辑览”有误，应更正。又，“提要”（[总223]181）《希韶阁琴谱》该谱注明“有解题，有后记”，“解题辑览”（[总413]169）均未录，参《琴曲集成》第26册，未录该谱，版本不同，按“观察准则”从“提要”，“解题辑览”应增补。又，“提要”（[总230]188）《枯木禅琴谱》该谱注明“有解题”，“解题辑览”（[总413]169）归入后记，参《琴曲集成》第28册，“解题辑览”有误，应更正。又，“提要”（[总160]118）《五知斋琴谱》该谱注明“有后记”，“解题辑览”（[总412]168）未录，参《琴曲集成》第14册，“解题辑览”漏录，应增补。又，“提要”（[总245]203）《沙堰琴编》该谱注明“有前后记”，“解题辑览”（[总413]169）只录有后记，未录解题，参《琴曲集成》第29册，该谱有前后记，“解题辑览”将其解题录为后记，而后记漏录，“解题辑览”应更正、增补。	JJGJ、JHGZ、JJLZ、JHLZ、JHGJ、JJGZ、JHLZ、JHGJ、JJGZ、JHLZ
144	渭滨吟	1	1	1							1	1	1		
145	佩兰	9	9	8	14	7	13	1	1	1	24	17	22	“提要”（[总72]30）《西麓堂琴统》该谱注明“有后记”，“解题辑览”（[总414]170）归入解题，参《琴曲集成》第3册，“解题辑览”有误，应更正。又，“提要”（[总215]173）《天闻阁琴谱》所录《佩兰（春草堂谱）》注明“有解题”，“解题辑览”（[总414]170）未录，参《琴曲集成》第25册，“提要”将首段眉批计入，按“观察准则”应减除。又，“提要”([总135]93)《琴苑心传全编》该谱注明“有后记二则”，“解题辑览”([总415]171)录一则，参《琴曲集成》第11册，此谱后记为一则三段，“提要”应减除。又，“提要”（[总153]111）《琴谱析微》、（[总160]118）《五知斋琴谱》、（[总192]150）《琴学轫端》、（[总196]154）《二香琴谱》、《律话》所录该谱均注明“有后记（释文）”，“解题辑览”（[总415]171—[总416]172）均未录，参《琴曲集成》第13册、第14册、第20册、第21册、第23册，“解题辑览”均漏录，应增补。	JJGJ、JHGZ、TJQJ、THFJ、JHLZ、JHLZ、JHLZ、JHLZ、JHLZ
146	寄情操														
147	孤芳吟	1	1	1							1	1	1		
148	夷旷吟（怀古吟、怀古引、怀古）	3	4	3	3	2	3				6	6	6	“提要”（[总133]91）《琴苑心传全编》所录《怀古吟》注明“有后记”，“解题辑览”（[总417]173、[总462]218）均未录，参《琴曲集成》第11册，“解题辑览”漏录，应增补。又，“解题辑览”（[总417]173）录有《以六正五之斋琴谱》解题，“提要”([总212]170)未录，参《琴曲集成》第26册，“解题辑览”误将首段注录为解题，据“观察准则”应减除。	JHLZ、JJQJ
149	石上流泉	6	7	6	2	1	2	2	2	2	10	10	10	“提要”([总71]29)《西麓堂琴统》该谱注明“有后记”，“解题辑览”([总417]173)归入解题，参《琴曲集成》第3册，“解题辑览”有误，应更正。	JJGJ、JHGZ

续表

序号	曲名	解题			后记			分段标题			合计			观察说明	问题编码
		提要	辑览	观察	提要	辑览	观察	提要	辑览	观察	提要	辑览	观察		
150	幽风歌（耕歌）														
151	奇品商意														
152	鹤舞洞天	2	2	2	3	3	3	2	1	2	7	6	7	“提要”（[总186]144）《裛露轩琴谱》该谱注明“分段有小标题”，“解题辑览”（[总419]175）未录，参《琴曲集成》第19册，“解题辑览”漏录，应增补。	JFLZ
153	复古调（复古调考）	1	1	1							1	1	1		
154	南风畅	3	4	3	1		1				4	4	4	“提要”（[总71]29）《西麓堂琴统》该谱注明“有后记”，“解题辑览”（[总420]176）归入解题，参《琴曲集成》第3册，“解题辑览”有误，应更正。	JJGJ、JHGZ
155	吊屈原														
156	断金吟	1	1	1							1	1	1		
157	妙品清商意														
158	清虚吟	1	1	1							1	1	1		
159	九疑吟（九巍引）	1	1	1							1	1	1		
160	刍牧吟	1	1	1							1	1	1		
161	牧歌	1	1	1	1	1	1				2	2	2		
162	尽善吟														
163	箫韶九成凤凰来仪（神风引）		3		1		1				1	3	1	“提要”（[总238]196）《琴学丛书》该谱注明“有后记”，“解题辑览”（[总421]177）未录，参《琴曲集成》第30册，“解题辑览”漏录，应增补。又，“解题辑览”（[总421]177）此曲录有《琴操》《太平御览》《乐府诗集》解题3则，非琴谱集内材料，观察统计减除。	JHLZ、JJPJ、JJPJ、JJPJ
164	清夜闻钟（泣麟悲风）	3	3	3	4	1	4				7	4	7	“提要”（[总156]114）《诚一堂琴谱》、（[总183]141）《裛露轩琴谱》、（[总204]162）《张鞠田琴谱》该谱均注明“有后记”，“解题辑览”（总422]178）均未录，参《琴曲集成》第13册、第19册、第23册，“解题辑览”漏录，应增补。	JHLZ、JHLZ、JHLZ
165	扣角歌（扣角吟）	2	2	2							2	2	2		
166	秋风	1	2	1	1		1	1	1	1	3	3	3	“提要”（[总70]28）《西麓堂琴统》该谱注明“有后记”，“解题辑览”（[总422]178）归入解题，参《琴曲集成》第3册，“解题辑览”有误，应更正。	JJGJ、JHGZ
167	篝灯吟	1	1	1							1	1	1		
168	调弦品														

169	修禊吟														
170	康衢谣		1		1		1				1	1	1	“提要”（[总68]26）《西麓堂琴统》该谱注明“有后记”，“解题辑览”（[总423]179）归入解题，参《琴曲集成》第3册，“解题辑览”有误，应更正。	JJGJ、JHGZ
171	冲和吟	4	4	4	1	1	1				5	5	5		
172	谷口引	1	2	1	1		1	1	1	1	3	3	3	“提要”（[总68]26）《西麓堂琴统》该谱注明“有后记”，“解题辑览”（[总424]180）归入解题，参《琴曲集成》第3册，“解题辑览”有误，应更正。	JJGJ、JHGZ
173	达观吟														
174	流觞		1		1		1				1	1	1	“提要”（[总68]26）《西麓堂琴统》该谱注明“有后记”，“解题辑览”（[总424]180）归入解题，参《琴曲集成》第3册，“解题辑览”有误，应更正。	JJGJ、JHGZ
175	幽兰	2	2	2	1		1				3	2	3	“提要”（[总68]26）《西麓堂琴统》该谱注明“有后记”，“解题辑览”（[总425]181）未录，参《琴曲集成》第3册，“解题辑览”漏录，应增补。	JHLZ
176	飞电吟														
177	胶漆吟														
178	庚庱歌（商歌）		2		1		1				1	2	1	“提要”（[总69]27）《西麓堂琴统》该谱注明“有后记”，“解题辑览”（[总425]181）归入解题，参《琴曲集成》第3册，“解题辑览”有误，应更正。又，“解题辑览”（[总425]181）录有《乐府诗集》解题，非琴谱集内材料，观察统计减除。	JJGJ、JHGZ、JJPJ
179	忆颜回		1		1		1				1	1	1	“提要”（[总69]27）《西麓堂琴统》该谱注明“有后记”，“解题辑览”（[总425]181）归入解题，其内容实录于[总384]140《亚圣操》内，参《琴曲集成》第3册，《西麓堂琴统》之《思贤操》《亚圣操》《忆颜回》3谱并一解题，录于《忆颜回》之后，应计数于此曲谱内，“解题辑览”应更正。	JJGJ、JHGZ
180	杏坛（杏坛吟）	3	4	3	3	1	2	1		1	7	5	6	“提要”（[总69]27）《西麓堂琴统》该谱注明“第六段有小标题，谱有后记”，“解题辑览”（[总425]181）归录解题，未录分段标题，参《琴曲集成》第3册，“解题辑览”有误，应更正、增补。又，“提要”（[总133]91）《琴苑心传全编》该谱注明“有后记二则”，“解题辑览”（[总426]182）录一则，参《琴曲集成》第11册，实为一则两段，“提要”应减除。	JJGJ、JHGZ、JFLZ、THFJ
181	长侧														
182	短侧		1		1		1				1	1	1	“提要”([总69]27)《西麓堂琴统》该谱注明“有后记”，“解题辑览”([总426]182)归入解题，参《琴曲集成》第3册，“解题辑览”有误，应更正。	JJGJ、JHGZ

续表

序号	曲名	解题			后记			分段标题			合计			观察说明	问题编码
		提要	辑览	观察	提要	辑览	观察	提要	辑览	观察	提要	辑览	观察		
183	清夜吟							1		1	1		1	“提要”（[总70]28）《西麓堂琴统》该谱注明“分段有小标题”，“解题辑览”未录此曲条，参《琴曲集成》第3册，“解题辑览”漏录，应增补。	JFLZ
184	江月白	1	2	1	1		1	1	1	1	3	3	3	“提要”（[总70]28）《西麓堂琴统》该谱注明“有后记”，“解题辑览”（[总426]182）归入解题，参《琴曲集成》第3册，“解题辑览”有误，应更正。	JJGJ、JHGZ
185	春江晚眺		1		1		1	1	1	1	2	2	2	“提要”（[总70]28）《西麓堂琴统》该谱注明“有后记”，“解题辑览”（[总427]183）归入解题，参《琴曲集成》第3册，“解题辑览”有误，应更正。	JJGJ、JHGZ
186	瀛洲		1		1		1	1	2	1	2	3	2	“提要”（[总70]28）《西麓堂琴统》该谱注明“有后记”，“解题辑览”（[总427]183）归入解题，参《琴曲集成》第3册，“解题辑览”有误，应更正。又，“解题辑览”（[427]183）录有《风宣玄品》分段小标题，其又在“解题辑览”（[总401]157）《十八学士登瀛洲》中重复列录，“解题辑览”应减。	JJGJ、JHGZ、JFCJ
187	一叶知秋		1		1		1	1	1	1	2	2	2	“提要”（[总70]28）《西麓堂琴统》该谱注明“有后记”，“解题辑览”（[总427]183）归入解题，参《琴曲集成》第3册，“解题辑览”有误，应更正。	JJGJ、JHGZ
188	梅梢月		1		1		1				1	1	1	“提要”（[总70]28）《西麓堂琴统》该谱注明“有后记”，“解题辑览”（[总428]184）归入解题，参《琴曲集成》第3册，“解题辑览”有误，应更正。	JJGJ、JHGZ
189	蘧栩吟														
190	蒙棘引														
191	苍梧怨	1	2	1	3	2	3	1	2	1	5	6	5	“提要”（[总70]28）《西麓堂琴统》该谱注明“有后记”，“解题辑览”（[总428]184）归入解题，参《琴曲集成》第3册，“解题辑览”有误，应更正。又，“解题辑览”（[总429]185）录有《五知斋琴谱》分段小标题，“提要”（[总160]118）未录分段标题，但注明“分段下有注”，参《琴曲集成》第14册，“解题辑览”误将“段下注”列为小标题，应减除。	JJGJ、JHGZ、JFQJ
192	掇蜂吟														
193	击壤歌		1		1		1				1	1	1	“提要”（[总70]28）《西麓堂琴统》该谱注明“有后记”，“解题辑览”（[总429]185）归入解题，参《琴曲集成》第3册，“解题辑览”有误，应更正。	JJGJ、JHGZ

194	襄陵操		2		1		1				1	2	1	“提要”（[总 71]29 ）《西麓堂琴统》该谱注明“有后记”，“解题辑览”（[总 429]185 ）未录，参《琴曲集成》第 3 册，“解题辑览”漏录，应增补。又，“解题辑览”（[总 429]185 ）录有《琴史》《乐府诗集》解题 2 则，非琴谱集内材料，观察统计减除。	JHLZ、JJPJ、JJPJ
195	子猷访戴		1		1		1				1	1	1	“提要”（[总 71]29 ）《西麓堂琴统》该谱注明“有后记”，“解题辑览”（[总 429]185 ）归入解题，参《琴曲集成》第 3 册，“解题辑览”有误，应更正。	JJGJ、JHGZ
196	列女引		2		1		1				1	2	1	“提要”（[总 71]29 ）《西麓堂琴统》该谱注明“有后记”，“解题辑览”（[总 430]186 ）归入解题，参《琴曲集成》第 3 册，“解题辑览”有误，应更正。又，“解题辑览”（[总 430]186 ）录有《通志》解题，非琴谱集内材料，观察统计减除。	JJGJ、JHGZ、JJPJ
197	采真游		1		1		1				1	1	1	“提要”（[总 71]29 ）《西麓堂琴统》该谱注明“有后记”，“解题辑览”（[总 430]186 ）归入解题，参《琴曲集成》第 3 册，“解题辑览”有误，应更正。	JJGJ、JHGZ
198	角徵羽意														
199	卿云歌		1		1		1				1	1	1	“提要”（[总 71]29 ）《西麓堂琴统》该谱注明“有后记”，“解题辑览”（[总 430]186 ）归入解题，参《琴曲集成》第 3 册，“解题辑览”有误，应更正。	JJGJ、JHGZ
200	会同引	1	1	1							1	1	1		
201	洞庭秋思				3	2	3				3	2	3	“提要”（[总 197]155 ）《律话》该谱注明“后附释文”，“解题辑览”（[总 430]186 ）未录，参《琴曲集成》第 21 册，“解题辑览”漏录，应增补后记。	JHLZ
202	醉渔唱晚（醉渔晚唱、醉渔）	4	4	4	8	5	8	6	2	6	18	11	18	“提要”（[总 71]29 ）《西麓堂琴统》该谱注明“有后记”，“解题辑览”（[总 431]187 ）归入解题，参《琴曲集成》第 3 册，“解题辑览”有误，应更正。又，“提要”（[总 245]203 ）《沙堰琴编》该谱注明“有前后记，分段有小标题”，“解题辑览”（[总 431]187—[总 432]188 ）均未录，参《琴曲集成》第 29 册，“解题辑览”漏录，应增补。又，“提要”（[总 160]118 ）《五知斋琴谱》该谱注明“有后记”，“解题辑览”（[总 431]187 ）未录，参《琴曲集成》第 14 册，“解题辑览”漏录，应增补。又，“提要”（[总 155]113 ）《蓼怀堂琴谱》、（[总 215]173 ）《天闻阁琴谱》、（[总 220]178 ）《天籁阁琴谱》该谱均注明“分段有小标题”，“解题辑览”（[总 432]188 ）均未录，参《琴曲集成》第 13 册、第 21 册、第 25 册，“解题辑览”漏录，应增补。	JJGJ、JHGZ、JJLZ、JHLZ、JFLZ、JHLZ、JFLZ、JFLZ、JFLZ
203	静极吟														

续表

序号	曲名	解题			后记			分段标题			合计			观察说明	问题编码
		提要	辑览	观察	提要	辑览	观察	提要	辑览	观察	提要	辑览	观察		
204	龙归晚洞	1	2	1	1		1	1	1	1	3	3	3	“提要”（[总72]30）《西麓堂琴统》该谱注明“有后记”，“解题辑览”（[总432]188）归入解题，参《琴曲集成》第3册，“解题辑览”有误，应更正。	JJGJ、JHGZ
205	霜夜鸿														
206	玉树临风				2	2	2				2	2	2		
207	春晓吟				4	3	4				4	3	4	“提要”（[总190]148）《琴谱谐声》该谱注明“有后记”，“解题辑览”（[总433]189）未录，参《琴曲集成》第20册，“解题辑览”漏录，应增补。	JHLZ
208	谋父诓君（祈招诗）		1		1		1	1			2	1	1	“提要”（[总72]30）《西麓堂琴统》该谱注明“分段有小标题，有后记”，“解题辑览”（[总433]189）归录解题，未录分段标题，参《琴曲集成》第3册，该谱录有后记，无分段小标题，“提要”应减除“分段标题”，“解题辑览”应更正。	TFWJ、JJGJ、JHGZ
209	鸡鸣度关		1		1		1	1	1	1	2	2	2	“提要”（[总72]30）《西麓堂琴统》该谱注明“有后记”，“解题辑览”（[总433]189）归入解题，参《琴曲集成》第3册，“解题辑览”有误，应更正。	JJGJ、JHGZ
210	瑶天笙鹤		1		1		1				1	1	1	“提要”（[总72]30）《西麓堂琴统》该谱注明“有后记”，“解题辑览”（[总434]190）归入解题，参《琴曲集成》第3册，“解题辑览”有误，应更正。	JJGJ、JHGZ
211	春思		1		1		1	1	1	1	2	2	2	“提要”（[总72]30）《西麓堂琴统》该谱注明“有后记”，“解题辑览”（[总434]190）归入解题，参《琴曲集成》第3册，“解题辑览”有误，应更正。	JJGJ、JHGZ
212	太簇意														
213	定慧引（弃瓢吟）							1	1	1	1	1	1		
214	凌云吟														
215	欸乃	3	5	3	4	2	4	2	2	2	9	9	9	“提要”（[总73]31）《西麓堂琴统》该谱注明“有后记”，“解题辑览”（[总434]190）归入解题，参《琴曲集成》第3册，“解题辑览”有误，应更正。又，“提要”（[总196]154）《二香琴谱》所录《欸乃歌》注明“有后记”，“解题辑览”（[总435]191）归入解题，参《琴曲集成》第23册，“解题辑览”有误，应更正。	JJGJ、JHGZ、JJGJ、JHGZ
216	夷则意														
217	处泰吟														

218	远游		1		1		1	1	1	1	2	2	2	“提要”（[总73]31）《西麓堂琴统》该谱注明“有后记”，“解题辑览”（[总436]192）归入解题，参《琴曲集成》第3册，“解题辑览”有误，应更正。	JJGJ、JHGZ
219	无射意														
220	忆关山														
221	汉宫秋（秋扇吟、汉宫秋怨）	4	5	4	6	4	6				10	9	10	“提要”（[总73]31）《西麓堂琴统》所录《汉宫秋》注明“有后记”，“解题辑览”（[总436]192）归入解题，参《琴曲集成》第3册，“解题辑览”有误，应更正。又，“提要”（[总188]146）《琴谱谐声》所录《汉宫秋》注明“有后记”，“解题辑览”（[总437]193）未录，参《琴曲集成》第20册，“解题辑览”漏录，应增补。	JJGJ、JHGZ、JHLZ
222	大吕意														
223	崆峒引														
224	崆峒问道		1		1		1	1	1	1	2	2	2	“提要”（[总74]32）《西麓堂琴统》该谱注明“有后记”，“解题辑览”（[总437]193）归入解题，参《琴曲集成》第3册，“解题辑览”有误，应更正。	JJGJ、JHGZ
225	夹钟意														
226	越裳吟														
227	仲吕意														
228	逍遥吟														
229	逍遥游		1		1		1	1	1	1	2	2	2	“提要”（[总74]32）《西麓堂琴统》该谱注明“有后记”，“解题辑览”（[总438]194）归入解题，参《琴曲集成》第3册，“解题辑览”有误，应更正。	JJGJ、JHGZ
230	林钟意														
231	神人畅		3		1		1				1	3	1	“提要”（[总74]32）《西麓堂琴统》该谱注明“有后记”，“解题辑览”（[总438]194）归入解题，参《琴曲集成》第3册，“解题辑览”有误，应更正。又，“解题辑览”（[总438]194）录有《琴史》《乐府诗集》解题2则，非琴谱集内材料，观察统计减除。	JJGJ、JHGZ、JJPJ、JJPJ
232	南吕意														
233	应钟意														
234	汉节操（苏武思君）	3	4	3	1		1	3	2	3	7	6	7	“提要”（[总74]32）《西麓堂琴统》所录《汉节操》注明“有后记”，“解题辑览”（[总438]194）归入解题，参《琴曲集成》第3册，“解题辑览”有误，应更正。又，“提要”（[总184]142）《裛露轩琴谱》所录《苏武思君》注明“分段有小标题”，“解题辑览”（[总439]195）未录，参《琴曲集成》第19册，“解题辑览”漏录，应增补。	JJGJ、JHGZ、JFLZ

续表

序号	曲名	解题			后记			分段标题			合计			观察说明	问题编码
		提要	辑览	观察	提要	辑览	观察	提要	辑览	观察	提要	辑览	观察		
235	慢商意														
236	慢商品														
237	宋玉悲秋		1		1		1				1	1	1	“提要”（[总 75]33）《西麓堂琴统》该谱注明“有后记”，“解题辑览”（[总 440]196）归入解题，参《琴曲集成》第 3 册，“解题辑览”有误，应更正。	JJGJ、JHGZ
238	复古意														
239	历山吟														
240	虞舜思亲		1		1		1	1	1	1	2	2	2	“提要”（[总 75]33）《西麓堂琴统》该谱注明“有后记”，“解题辑览”（[总 440]196）归入解题，参《琴曲集成》第 3 册，“解题辑览”有误，应更正。	JJGJ、JHGZ
241	无媒意														
242	临邛引														
243	凤求凰		1		1		1				1	1	1	“提要”（[总 75]33）《西麓堂琴统》该谱注明“有后记”，“解题辑览”（[总 440]196）归入解题，参《琴曲集成》第 3 册，“解题辑览”有误，应更正。	JJGJ、JHGZ
244	孤馆遇神		1		1		1	1	1	1	2	2	2	“提要”（[总 75]33）《西麓堂琴统》该谱注明“有后记”，“解题辑览”（[总 440]196）归入解题，参《琴曲集成》第 3 册，“解题辑览”有误，应更正。	JJGJ、JHGZ
245	碧玉意														
246	秋夜吟														
247	秋宵步月		1		1		1	1	1	1	2	2	2	“提要”（[总 76]34）《西麓堂琴统》该谱注明“有后记”，“解题辑览”（[总 441]197）归入解题，参《琴曲集成》第 3 册，“解题辑览”有误，应更正。	JJGJ、JHGZ
248	玉女意														
249	仙佩迎风	1	2	1	2	1	2	1	1	1	4	4	4	“提要”（[总 76]34）《西麓堂琴统》该谱注明“有后记”，“解题辑览”（[总 441]197）归入解题，参《琴曲集成》第 3 册，“解题辑览”有误，应更正。	JJGJ、JHGZ
250	泉鸣意														
251	鸣凤吟														

252	凤翔千仞（凤云游）		1		1		1				1	1	1	“提要”（[总 76]34）《西麓堂琴统》该谱注明“有后记”，“解题辑览”（[总 442]198）归入解题，参《琴曲集成》第 3 册，“解题辑览”有误，应更正。	JJGJ、JHGZ
253	孤竹君		1		1		1				1	1	1	“提要”（[总 76]34）《西麓堂琴统》该谱注明“有后记”，“解题辑览”（[总 442]198）归入解题，参《琴曲集成》第 3 册，“解题辑览”有误，应更正。	JJGJ、JHGZ
254	间弦意														
255	明君				1		1				1		1	“提要”（[总 76]34）《西麓堂琴统》该谱注明“有后记”，“解题辑览”未列此曲条，参《琴曲集成》第 3 册，“解题辑览”漏录，应增补。	JHLZ
256	清羽意														
257	桃源春晓（桃园春晓）	1	2	1	2	1	2				3	3	3	“提要”（[总 76]34）《西麓堂琴统》该谱注明“谱有后记”，“解题辑览”（[总 442]198）归入解题，参《琴曲集成》第 3 册，“解题辑览”有误，应更正。	JJGJ、JHGZ
258	忘忧		1		1		1				1	1	1	“提要”（[总 76]34）《西麓堂琴统》该谱注明“有后记”，“解题辑览”（[总 443]199）归入解题，参《琴曲集成》第 3 册，“解题辑览”有误，应更正。	JJGJ、JHGZ
259	嘉遯吟	1	1	1							1	1	1		
260	思归吟	1	1	1							1	1	1		
261	资益吟	1	1	1							1	1	1		
262	滕六吟	1	1	1							1	1	1		
263	君子吟	1	1	1							1	1	1		
264	昭昭吟	1	1	1							1	1	1		
265	纯一吟	1	1	1							1	1	1		
266	霜夜吟	1	1	1							1	1	1		
267	风波吟	1	1	1							1	1	1		
268	湘江吟		1	1								1	1	“解题辑览”（[总 444]200）录《杏庄太音补遗》解题，注明“义见渔歌”，“提要”（[总 79]37）未录解题，但亦注明“义同下”，参《琴曲集成》第 3 册，该谱解题注明“义见下”，按“观察准则”从“解题辑览”，“提要”应增补。	TJDZ
269	感怀吟	1	1	1							1	1	1		
270	亲善吟	1	1	1							1	1	1		
271	物感吟	1	1	1							1	1	1		

续表

序号	曲名	解题			后记			分段标题			合计			观察说明	问题编码
		提要	辑览	观察	提要	辑览	观察	提要	辑览	观察	提要	辑览	观察		
272	秋塞吟（搔首问天）	4	2	4	5	5	5				9	7	9	“提要”([总 212]170)《以六正五之斋琴谱》所录《秋塞吟》、([总 222]180)《希韶阁琴谱》所录《搔首问天》均注明“有解题”，“解题辑览”([总 445]201) 均未录，参《琴曲集成》第 26 册，“解题辑览”漏录，应增补。又，“提要”（[总 188]146）《琴谱谐声》所录《秋塞吟》注明“有后记”，“解题辑览”（[总 445]201）未录，参《琴曲集成》第 20 册，“解题辑览”漏录，应增补。又，“解题辑览”（[总 445]201）录《诗梦斋琴谱》后记，“提要”（[总 242]200）未录，《琴曲集成》未收该谱，按“观察准则”从“提要”，“解题辑览”应减除。	JJLZ、JJLZ、JHLZ、JHWJ
273	乐极吟（渔歌调、极乐吟）	1	2	1	1		1				2	2	2	“提要”([总 242]200)《诗梦斋琴谱》收录《乐极吟》注明“有后记”，“解题辑览”([总 446]202) 归入解题，《琴曲集成》未收该谱，按“观察准则”从“提要”，“解题辑览”应更正。	JJGJ、JHGZ
274	耕莘吟	1	1	1							1	1	1		
275	耕歌（幽风歌）	4	4	4	1		1				5	4	5	“提要”（[总 135]93）《琴苑心传全编》该谱注明“有后记”，“解题辑览”（[总 446]202）未录，参《琴曲集成》第 11 册，“解题辑览”漏录，应增补。	JHLZ
276	浮海吟	1	1	1							1	1	1		
277	怀佳人吟	1	1	1							1	1	1		
278	忧时吟	1	1	1							1	1	1		
279	飞琼吟	1	1	1							1	1	1		
280	渔樵问答（金门待漏、金门待诏、渔樵）	12	12	12	2	2	3	4	3	5	18	17	20	“提要”（[总 110]68）《太古正音》所录《渔樵问答》注明“有解题，分段有小标题”，“解题辑览”（[总 448]204）均未录，参《琴曲集成》第 7 册，“解题辑览”漏录，应增补。又，“解题辑览”（[总 448]204）录有《天闻阁琴谱》之《金门待漏（王仲山谱）》解题，“提要”（[总 215]173）未录，参《琴曲集成》第 25 册，“解题辑览”误增，应减除。又，“提要”（[总 189]147）《琴谱谐声》所录《渔樵问答》注明“有后记”，“解题辑览”（[总 449]205）未录，参《琴曲集成》第 20 册，“解题辑览”漏录，应增补。又，“解题辑览”（[总 449]205）录有《琴学初津》之《渔樵问答》后记，“提要”（[总 232]190）未录，参《琴曲集成》第 28 册，“提要”漏录，应增补。又，“提要”（[总 185]143）《裛露轩琴谱》所录《渔樵问答》注明“分段有小标题”，“解题辑览”（[总 449]205）未录，参《琴曲集成》第 19 册，“解题辑览”漏录，应增补。又，“解题辑览”（[总 449]205）录有《杨抡太古遗音》之《渔樵问答》分段标题，“提要”（[总 106]64）未录，参《琴曲集成》第 7 册，“提要”漏录，应增补。	JJLZ、JFLZ、JJWJ、JHLZ、THLZ、JFLZ、TFLZ

281	沉壁吟	1	1	1							1	1	1		
282	九畹吟	1	1	1							1	1	1		
283	知幾吟	1	1	1							1	1	1		
284	正器吟	1	1	1							1	1	1		
285	玉斗	1	1	1				1	1	1	2	2	2		
286	幽怀吟	1	1	1				1		1	2	1	2	“提要”（[总82]40）《杏庄太音续谱》该谱注明“有小标题”，“解题辑览”（[总450]206）未录，参《琴曲集成》第3册，“解题辑览”漏录，应增补。	JFLZ
287	龙马吟	1	1	1				1	1	1	2	2	2		
288	石床枕易	1	1	1				1	1	1	2	2	2		
289	高明吟	1	1	1							1	1	1		
290	天文	1	1	1				1	1	1	2	2	2		
291	博厚吟	1	1	1							1	1	1		
292	地理	1	1	1				1	1	1	2	2	2		
293	三才吟（三才引）	1	1	1							1	1	1		
294	人物	1	1	1				1	1	1	2	2	2		
295	万象吟	1	1	1							1	1	1		
296	物类	1	1	1				1	1	1	2	2	2		
297	静观吟（静观音）	6	6	6	11	4	11		1		17	11	17	“提要”([总168]126)《春草堂琴谱》、([总173]131)《兰田馆琴谱》、([总196]154)《二香琴谱》、([总209]167)《琴学入门》该谱均注明“有后记”，“解题辑览”([总455]211)均未录，参《琴曲集成》第16册、第18册、第23册、24册，“解题辑览”均漏录，应增补。又，“提要”（[总189]147）《琴谱谐声》录《静观吟》2谱（并于同1曲条），注明“有后记”，“解题辑览”（[总455]211）未录，参《琴曲集成》第20册，《琴谱谐声》所录《静观吟》2谱均各有后记，“解题辑览”应增补。又，“提要”([总234]192）《琴学初津》所录《静观吟》注明“有后记二则”，“解题辑览”（[总455]211）只录1则，参《琴曲集成》第28册，该谱后记只有1则，但其与“解题辑览”所录内容不同，版本有异，按“观察准则”从“提要”，“解题辑览”应增补。又，“解题辑览”（[总455]211）录《五知斋琴谱》之《静观吟》分段标题，“提要”（[总159]117）未录，参《琴曲集成》第14册，“解题辑览”将其“分段注”归入，按“观察准则”从“提要”，“解题辑览”应减除。	JHLZ、JHLZ、JHLZ、JHLZ、JHLZ、JHLZ、JHLZ、JFQJ

续表

序号	曲名	解题			后记			分段标题			合计			观察说明	问题编码
		提要	辑览	观察	提要	辑览	观察	提要	辑览	观察	提要	辑览	观察		
298	水仙曲（搔首问天）	1	1	1	1		1				2	1	2	“提要”《兰田馆琴谱》（[总173]131）《水仙曲》注明“有后记”，“解题辑览”（[总455]211）未录，参《琴曲集成》第16册，“解题辑览”漏录，应增补。	JHLZ
299	襄阳歌	1	1	1							1	1	1		
300	瑞龙吟														
301	遇仙吟	1	1	1				1	1	1	2	2	2		
302	浩浩歌	2	2	2				2	2	2	4	4	4		
303	金陵吊古	1	1	1				1	1	1	2	2	2		
304	大学章句（圣经）				1	1	1	1	1	1	2	2	2		
305	前出师表	2	2	2				1	1	1	3	3	3		
306	后出师表	1	1	1				1	1	1	2	2	2		
307	陈情表	1	1	1				1	1	1	2	2	2		
308	牡丹赋	1	1	1							1	1	1		
309	醒心集	2	2	2				1	1	1	3	3	3		
310	相思曲（古琴吟）	2	2	2	2	2	2	1			5	4	4	“提要”（[总115]73）《新传理性元雅》所录《相思曲》注明“分段有小标题”，“解题辑览”（[总460]216）未录，参《琴曲集成》第8册，“提要”误增，应减除。	TFWJ
311	滕王阁	3	2	3				2	2	2	5	4	5	“提要”（[总110]68）《太古正音》该谱注明“有解题”，“解题辑览”（[总460]216）未录，参《琴曲集成》第7册，“解题辑览”漏录，应增补。	JJLZ
312	对月吟	1	1	1				1	1	1	2	2	2		
313	圣德颂	1	1	1				1	1	1	2	2	2		
314	慢角意（碧玉意、无媒意）														
315	秋江送别	1	1	1				1	1	1	2	2	2		
316	清江引														
317	水龙吟	5	5	5				1			6	5	5	“提要”（[总115]73）《新传理性元雅》所录《水龙吟》注明“分段有小标题”，“解题辑览”（[总462]218）未录，参《琴曲集成》第8册，“提要”误增，应减除。	TFWJ
318	神品黄钟意														

319	朝会吟														
320	沧浪吟		1	1								1	1	“解题辑览”（[总463]219）录有《玉梧琴谱》解题，“提要”（[总93]51）未录，参《琴曲集成》第6册，该谱所录“又见下”（指后曲《欸乃歌》），按“观察准则”从“解题辑览”，“提要”应增补。	TJDZ
321	神品慢宫意														
322	神品复古意					1						1		“解题辑览”([总463]219) 录有《玉梧琴谱》之《神品复古意》后记，“提要”([总93]51) 未录，参《琴曲集成》第6册，“解题辑览”误增，应减除。	JHWJ
323	冲虚吟（步蟾宫）														
324	读书吟														
325	怀水仙	1	1	1	1	1	1				2	2	2		
326	飞珮吟														
327	鹤猿祝寿														
328	醉翁吟														
329	琴诗														
330	妙品黄钟意														
331	消忧吟														
332	明德引														
333	孔圣经														
334	释谈章（普庵咒、悉昙章、释谈、仙曲）	10	6	11	7	6	7	3	2	3	20	14	21	“提要”（[总232]190）《琴学初津》所录《普安咒》注明“有解题二则”，“解题辑览”（[总463]219—[总464]220）未录，参《琴曲集成》第28册，“解题辑览”漏录，应增补。又，“解题辑览”([总463]219) 录有《新传理性元雅》之《释谈章》解题，“提要”([总114]72) 未录，参《琴曲集成》第8册，“提要”漏录，应增补。又，“提要”([总131]89)《琴学心声》、([总204]162)《张鞠田琴谱》所录《释谈章》均注明“有解题(序)”，“解题辑览”([总463]219—[总464]220) 均未录，参《琴曲集成》第12册、第23册，“解题辑览”漏录，应增补。又，“提要”（[总111]69）《太古正音琴谱》所录《释谈章》注明“有解题，分段有小标题”，“解题辑览”（[总463]219—[总465]221）均未录，参《琴曲集成》第7册，“解题辑览”漏录，应增补。又，“提要”（[总165]123）《琴书千古》所录《释谈章》注明“各段有小标题”，“解题辑览”（[总465]221）未录，参《琴曲集成》第15册，“解题辑览”漏录，应增补。又，“提要”（[总242]200）《诗梦斋琴谱》所录《释谈章》注明“有后记”，“解题辑览”（[总465]221）误归入分段标题，《琴曲集成》未收该谱，按“观察准则”从“提要”，“解题辑览”应更正。	JJLZ、JJLZ、TJLZ、JJLZ、JJLZ、JJLZ、JFLZ、JFLZ、JFWJ、JHLZ

续表

序号	曲名	解题			后记			分段标题			合计			观察说明	问题编码
		提要	辑览	观察	提要	辑览	观察	提要	辑览	观察	提要	辑览	观察		
335	清净经														
336	调弦入弄（仙翁操）														
337	泛音入弄	1		1							1		1	“提要”([总97]55)《文会堂琴谱》该谱注明“有说明”，“解题辑览”未录此曲条，参《琴曲集成》第6册，该谱有解题，“解题辑览”漏录，应增补。	JJLZ
338	五徽调弄														
339	寻芳吟														
340	开指鲁商意														
341	双鹤听泉（听泉吟）				3	2	3				3	2	3	“提要”（[总153]111）《琴谱析微》所录《听泉吟》注明“有后记”，“解题辑览”（[总465]221）未录，参《琴曲集成》第13册，“解题辑览”漏录，应增补。	JHLZ
342	桃源吟				1	1	1				1	1	1		
343	苍梧引	1	1	1							1	1	1		
344	会宾吟														
345	屈原														
346	清商意（清商调）														
347	陌上桑	1	5	1							1	5	1	“解题辑览”（[总466]222)录有《古今注》《乐府古题要解》《通志》《通考》解题4则，非琴谱集内材料，观察统计减除。	JJPJ、JJPJ、JJPJ、JJPJ
348	四思歌														
349	和气吟	1	1	1							1	1	1		

350	洞天春晓	3	2	2	8	2	8	3		3	14	4	13	“提要”（[总 101]59）《藏春坞琴谱》该谱注明“有解题”，但前条《和气吟》又注明“与《洞天春晓》共一解题”，“解题辑览”（[总 467]223）两谱皆录有解题，参《琴曲集成》第 6 册，《藏春坞琴谱》所录《和气吟》和《洞天春晓》实共一解题，其列于《和气吟》之前，按“观察准则”应只计一次，“提要”与“解题辑览”于此均应减除。又，“提要”（[总 245]203)《沙堰琴编》该谱注明“有前后记”，“解题辑览”([总 468]224) 均未录，参《琴曲集成》第 29 册，“解题辑览”漏录，应增补。又，“提要”([总 138]96)《大还阁琴谱》、([总 153]111)《琴谱析微》、([总 159]117)《五知斋琴谱》、([总 189]147)《琴谱谐声》该谱均注明“有后记”，“解题辑览”([总 468]224) 均未录，参《琴曲集成》第 10 册、第 13 册、第 14 册、第 20 册，“解题辑览”均漏录，应增补。又，“提要”([总 223]181)《希韶阁琴谱》该谱注明“有后记”，“解题辑览”([总 468]224) 未录，参《琴曲集成》第 26 册，未录此谱，版本不同，按“观察准则”从“提要”，“解题辑览”应增补。又，“提要”（[总 154]112）《蓼怀堂琴谱》、（[总 172]130）《兰田馆琴谱》、（[总 182]140）《裛露轩琴谱》该谱均注明“分段有小标题”，“解题辑览”（[总 468]224）均未录，参《琴曲集成》第 13 册、第 16 册、第 19 册，“解题辑览”均漏录，应增补。	TJDJ、JJDJ、JJLZ、JHLZ、JHLZ、JHLZ、JHLZ、JHLZ、JHLZ、JFLZ、JFLZ、JFLZ
351	溪山秋月（箕山）	1	1	1	7	3	3	1	1	1	9	5	5	“提要”（[总 134]92）《琴苑心传全编》该谱注明“有后记五则”，“解题辑览”（[总 468]224）录为一则，参《琴曲集成》第 11 册，此谱后记为一则五段，“提要”应减除。	THFJ、THFJ、THFJ、THFJ
352	凤翔宵汉							1	1	1	1	1	1		
353	赤壁赋														
354	神品慢角意														
355	神游八极	1	1	1							1	1	1		
356	复圣操	2	2	2	1	1	1	1		1	4	3	4	“提要”（[总 184]142）《裛露轩琴谱》该谱注明“分段有小标题”，“解题辑览”（[总 470]226）未录，参《琴曲集成》第 19 册，“解题辑览”漏录，应增补。	JFLZ
357	听琴吟	1	1	1				1		1	2	1	2	“提要”([总 183]141)《裛露轩琴谱》该谱注明“分段有小标题”，“解题辑览”([总 470]226) 未录，参《琴曲集成》第 19 册，“解题辑览”漏录，应增补。	JFLZ
358	秋声赋（秋声）	2	2	2				2		2	4	2	4	“提要”（[总 106]64）《杨抡太古遗音》、（[总 185]143）《裛露轩琴谱》该谱均注明“有小标题”，[总 471]227“解题辑览”均未录，参《琴曲集成》第 7 册、第 19 册，“解题辑览”漏录，应增补。	JFLZ、JFLZ

续表

序号	曲名	解题			后记			分段标题			合计			观察说明	问题编码
		提要	辑览	观察	提要	辑览	观察	提要	辑览	观察	提要	辑览	观察		
359	汉宫秋月	7	4	7	6	1	6	3	2	3	16	7	16	“提要”（[总106]64）《杨抡太古遗音》、（[总108]66）《杨抡伯牙心法》该谱均注明“有解题”，“解题辑览”（[总471]227）只录其一，参《琴曲集成》第7册，“解题辑览”漏录，应增补。又，“提要”（[总224]182）《希韶阁琴谱》该谱注明“有解题、有后记”，“解题辑览”（[总471]227)均未录，参《琴曲集成》第26册，未录此谱，版本不同，按“观察准则”从“提要”，“解题辑览”应增补。又，“提要”（[总245]203）《沙堰琴编》该谱注明“有前后记”，“解题辑览”（[总471]227)均未录，参《琴曲集成》第29册，“解题辑览”漏录，应增补。又，“提要”（[总160]118）《五知斋琴谱》、（[总171]129）《颖阳琴谱》、（[总173]131）《兰田馆琴谱》该谱均注明“有后记”，“解题辑览”（[总471]227）均未录，参《琴曲集成》第14册、第16册，“解题辑览”均漏录，应增补。又，“提要”（[总186]144）《裛露轩琴谱》该谱注明“分段有小标题”，“解题辑览”（[总472]228）未录，参《琴曲集成》第19册，“解题辑览”漏录，应增补。	JJLZ、JJLZ、JHLZ、JJLZ、JHLZ、JHLZ、JHLZ、JHLZ、JFLZ
360	墨子悲歌（墨子悲丝、墨子、悲丝）	8	7	7	11	7	10				19	14	17	“提要”（[总204]162）《张鞠田琴谱》所录《墨子》注明“有解题”，“解题辑览”（[总472]228）未录，参《琴曲集成》第23册，“提要”误增，应减除。又，“提要”（[总228]186）《绿绮清韵》所录《墨子悲丝》注明“有后记二则”，“解题辑览”（[总473]229）录为一则，参《琴曲集成》第27册，此谱后记为一则两段，“提要”应减除。又，“提要”（[总159]117）《五知斋琴谱》、（[总172]130）《兰田馆琴谱》、（[总185]143）《裛露轩琴谱》所录《墨子悲丝》均注明“有后记”，“解题辑览”（[总473]229—[总474]230）均未录，参《琴曲集成》第14册、第16册、第19册，“解题辑览”漏录，应增补。	TJWJ、THFJ、JHLZ、JHLZ、JHLZ
361	客窗新语	1	1	1							1	1	1		
362	箕山秋月（箕山月）	3	4	4	3	3	3				6	7	7	“解题辑览”（[总475]231）录有《杨抡伯牙心法》该谱解题，“提要”（[总107]65）未录，参《琴曲集成》第7册，“提要”漏录，应增补。	TJLZ
363	闺怨操（凤凰台上忆吹箫）	1	1	1							1	1	1		
364	塞上鸿	9	8	9	8	4	8				17	12	17	“提要”（[总171]129）《颖阳琴谱》该谱注明“有解题”，“解题辑览”（[总476]232)未录，参《琴曲集成》第16册，“解题辑览”漏录，应增补。又，“提要”（[总160]118）《五知斋琴谱》、（[总189]147）《琴谱谐声》、（[总196]154）《二香琴谱》、（[总212]170）《以六正五之斋琴谱》该谱均注明“有后记”，“解题辑览”（[总477]233）均未录，参《琴曲集成》第14册、第20册、第23册、第26册，“解题辑览”均漏录，应增补。	JJLZ、JHLZ、JHLZ、JHLZ、JHLZ

365	沧海龙吟（沧江夜雨、苍江夜雨、龙吟）	7	6	7	8	2	7				15	8	14	“提要”（[总223]181）《希韶阁琴谱》该谱注明“有解题，有后记”，“解题辑览”（[总478]234）均未录，参《琴曲集成》第26册，“解题辑览”漏录，应增补。又，“提要”（[总188]146）《小兰琴谱》该谱注明“有后记二则”，“解题辑览”（[总478]234）录为一则，参《琴曲集成》第19册，实为一则两段，“提要”应减除。又，“提要”（[总160]118）《五知斋琴谱》、（[总169]127）《春草堂琴谱》、（[总188]146）《琴谱谐声》、（[总237]195）《琴学丛书》该谱均注明“有后记”，“解题辑览”（[总478]234）均未录，参《琴曲集成》第14册、第18册、第20册、第30册，“解题辑览”均漏录，应增补。	JJLZ、JHLZ、THFJ、JHLZ、JHLZ、JHLZ、JHLZ
366	古神化引（古神化）	3	3	3	5	2	2				8	5	5	“提要”（[总137]95）《琴苑心传全编》该谱注明“有后记四则”，“解题辑览”（[总479]235）录一则，参《琴曲集成》第11册，实为一则四段，“提要”应减除。	THFJ、THFJ、THFJ
367	清商调（清商曲）	1	1	1							1	1	1		
368	中秋月														
369	秋江夜泊（秋江晚泊）				2	1	2	1		1	3	1	3	“提要”（[总241]199）《雅斋琴谱丛集》该谱注明“有后记”，“解题辑览”（[总480]236）未录，《琴曲集成》未收该谱，据“观察准则”从“提要”，“解题辑览”应增补。又，“提要”（[总183]141）《裛露轩琴谱》该谱注明“分段有小标题”，“解题辑览”（[总480]236）未录，参《琴曲集成》第19册，“解题辑览”漏录，应增补。	JHLZ、JFLZ
370	良宵引（良宵吟）	1	1	1	9	7	8	1	1	1	11	9	10	“解题辑览”（[总481]237）录有《雅斋琴谱丛集》该谱后记，“提要”（[总239]197—[总241]199）并未收录该谱，按“观察准则”从“提要”，“解题辑览”应减除。又，“解题辑览”([总481]237)录《琴学初津》之《良宵引》后记二则，“提要”([总231]189)只录其一，参《琴曲集成》第28册，该谱有后记一则，但内容与“解题辑览”均不同，据“观察准则”从“提要”，“解题辑览”应减除一则。又，“提要”([总160]118)《五知斋琴谱》该谱注明“有后记”，“解题辑览”([总481]237)未录，参《琴曲集成》第14册，“提要”误增，应减除。又，“提要”([总189]147)《琴谱谐声》、([总195]153)《二香琴谱》、([总207]165)《琴学尊闻（本音前调）》该谱均注明“有后记”，“解题辑览”([总481]237)均未录，参《琴曲集成》第20册、第23册、第24册，“解题辑览”漏录，应增补。	JHWJ、JHWJ、THWJ、JHLZ、JHLZ、JHLZ
371	鹿鸣（鹿鸣章、鹿鸣操）	1	3	1	1		1				2	3	2	“提要”（[总170]128）《大乐元音》该谱注明“有后记”，“解题辑览”（[总482]238）未录，参《琴曲集成》第16册，“解题辑览”漏录，应增补。又，“解题辑览”（[总482]238）录有《琴操》《太平御览》解题2则，非琴谱集内材料，观察统计减除。	JHLZ、JJPJ、JJPJ
372	杜将军歌	1	1	1							1	1	1		

续表

序号	曲名	解题			后记			分段标题			合计			观察说明	问题编码
		提要	辑览	观察	提要	辑览	观察	提要	辑览	观察	提要	辑览	观察		
373	四朝元（风云会）	1	1	1							1	1	1		
374	把酒问月	1	1	1							1	1	1		
375	有回行	1	1	1							1	1	1		
376	梅花十五弄	1	1	1				1	1	1	2	2	2		
377	三癖操	1	1	1							1	1	1		
378	结客少年场	1	1	1							1	1	1		
379	将进酒	1	1	1							1	1	1		
380	妾薄命		1									1		“解题辑览”（[总484]240）录有《乐府古题要解》解题，非琴谱集内材料，观察统计减除。	JJPJ
381	茶歌	1	1	1							1	1	1		
382	过义士桥	1	1	1							1	1	1		
383	手挽长河行	1	1	1							1	1	1		
384	饮中八仙歌		1	1								1	1	“解题辑览”（[总485]241）录有《新传理性元雅》该谱解题，“提要”（[总116]74）未录，参《琴曲集成》第8册，“提要”漏录，应增补。	TJLZ
385	春江送别	1	1	1				1	1	1	2	2	2		
386	孝顺歌	1	1	1							1	1	1		
387	白头吟	1	1	1							1	1	1		
388	王明君吟	1	1	1							1	1	1		
389	东飞伯劳吟	1	1	1							1	1	1		
390	相逢行	1	1	1							1	1	1		
391	蓼莪	1	1	1							1	1	1		
392	兵车行	1	1	1							1	1	1		

393	西铭	1	1	1							1	1	1		
394	四愁诗	1	1	1							1	1	1		
395	渔父辞	1	1	1							1	1	1		
396	蜀道难	1	1	1	2	2	2				3	3	3	“提要”《琴学丛书》([总238]196)该谱注明“有后记”，“解题辑览”([总488]244)未录，参《琴曲集成》第30册，“解题辑览”漏录，应增补。又，“解题辑览”([总488]244)录有《乐府古题要解》后记，非琴谱集内材料，观察统计减除。	JHLZ、JHPJ
397	独乐园	1	1	1							1	1	1		
398	接舆歌		1	1								1	1	“解题辑览”([总488]244)录有《新传理性元雅》该谱解题，“提要”([总118]76)未录，参《琴曲集成》第8册，“提要”漏录，应增补。	TJLZ
399	水调歌头	1	1	1							1	1	1		
400	塞上曲							1	1	1	1	1	1		
401	浪淘沙														
402	秋思	1	1	1	2	1	2				3	2	3	“提要”([总134]92)《琴苑心传全编》该谱注明“有后记”，“解题辑览”([总489]245)未录，参《琴曲集成》第11册，“解题辑览”漏录，应增补。	JHLZ
403	静乐吟														
404	历苦衷言							1		1	1		1	“提要”([总119]77)《思齐堂琴谱》该谱注明“分段有小标题”，“解题辑览”([总489]245)未录此曲条，参《琴曲集成》第9册，“解题辑览”漏录，应增补。	JFLZ
405	秋水(神化曲、神化引)	1			2	2	2				3	2	2	“提要”([总216]174)《天闻阁琴谱》该谱注明“有解题”，“解题辑览”([总489]245)归入后记，参《琴曲集成》第25册，该谱无解题、后记，但首段有眉批，按“观察准则”，“提要”和“解题辑览”均应各自减除。又，“提要”([总189]147)《琴谱谐声》该谱注明“有后记”，“解题辑览”([总489]245)未录，参《琴曲集成》第20册，“解题辑览”漏录，应增补。	TJQJ、JHQJ、JHLZ
406	大学序	1	1	1							1	1	1		
407	悼旧吟	1	1	1							1	1	1		

续表

序号	曲名	解题			后记			分段标题			合计			观察说明	问题编码
		提要	辑览	观察	提要	辑览	观察	提要	辑览	观察	提要	辑览	观察		
408	雁落平沙（平沙落雁、平沙）	16	6	15	30	24	29	2	2	2	48	32	46	“提要”（[总204]162）《张鞠田琴谱》、（[总210]168）《蕉庵琴谱》、（[总223]181）《希韶阁琴谱》、（[总229]187）《希韶阁琴瑟合谱》、（[总230]188）《枯木禅琴谱》所录《平沙落雁（平沙）》均注明“有解题”，“解题辑览”（[总491]247—[总493]249）均录为后记，参《琴曲集成》第23册、第26册、第28册，“解题辑览”有误，均应更正。又，“提要”（[总217]175）《天闻阁琴谱》所录《平沙落雁（唐松仙谱）》注明“有解题”，“解题辑览”（[总492]248）录为后记，参《琴曲集成》第25册，“解题辑览”有误，应更正。又，“提要”([总166]124)《治心斋琴学练要》之《平沙落雁（黄钟均宫调）》注明“有解题”，“解题辑览”([总490]246)未录，参《琴曲集成》第18册，“提要”误增，应减除。又，“提要”（[总171]129）《颖阳琴谱》、（[总213]171）《以六正五之斋琴谱》所录《平沙落雁》均注明“有解题”，“解题辑览”（[总490]246）均未录，参《琴曲集成》第16册、第26册，“解题辑览”漏录，应增补。又，“提要”（[总187]145）《萧立礼琴说平沙谱写本》所录《平沙落雁》注明“有解题”，“解题辑览”（[总490]246、[总491]247）录解题2则、后记1则，参《琴曲集成》第20册，该谱录有解题、后记各1则，“提要”应增后记1则，“解题辑览”应减解题1则。又，“提要”（[总225]183）《双琴书屋琴谱集成》所录《平沙落雁（春草堂谱）》（“提要”误为“角调宫音”谱）注明“有解题”，“解题辑览”([总490]246)未录，参《琴曲集成》第27册，“提要”误增，应减除。又，“解题辑览”（[总490]246、[总492]248）录有《双琴书屋琴谱集成》之《平沙落雁（角调宫音谱）》解题、后记，“提要”（[总226]184）此谱只注明“有后记”，参《琴曲集成》第27册，“提要”由于此谱与“春草堂谱”所录信息互混致误，应增补。又，“提要”（[总224]182、[总226]184）《双琴书屋琴谱集成》所录《平沙落雁》“中浙兼常熟派谱”及“戴源深谱”均注明“有小序”，“解题辑览”([总490]246)均未录，参《琴曲集成》第27册，“解题辑览”均漏录，应增补。又，“提要”（[总134]92）《琴苑心传全编》、（[总227]185）《绿绮清韵》所录《平沙落雁》均注明“有后记二则”，“解题辑览”（[总490]246、[总492]248）均录为一则，参《琴曲集成》第11册、27册，此二谱后记均为一则两段，“提要”均应减除。又，“提要”（[总168]126、[总169]127）《春草堂琴谱》所录“中吕均宫音谱”“戴兰崖填制黄钟均宫音谱”均注明“有后记”，“解题辑览”（[总490]246—[总495]251）均未录，参《琴曲集成》第18册，“解题辑览”均漏录，应增补。又，“提要”（[总188]146—[总189]147）《琴谱谐声》所录《平沙落雁》“宫调”“变宫调”“独弦宫调”“两弦平沙”4谱均注明“有后记”，“解题辑览”（[总490]246—[总495]251）均未录，参《琴曲集成》第20册，“解题辑览”均漏录，应增补。又，“提要”（[总161]119）《五知斋琴谱》、（[总164]122）《琴书千古》、（[总195]153）《二香琴谱》、([总202]160)《槐荫书屋琴谱》、（[总203]161）《行有恒堂琴谱》所录《平沙落雁》均注明“有后记”，“解题辑览”（[总490]246—[总495]251）均未录，参《琴曲集成》第14册、第15册、第23册，“解题辑览”均漏录，应增补。	JHGJ、JJGZ、JHGJ、JJGZ、JHGJ、JJGZ、JHGJ、JJGZ、JHGJ、JJGZ、JHGJ、JJGZ、TJWJ、JJLZ、JJLZ、THLZ、JJWJ、TJWJ、TJLZ、JJLZ、JJLZ、THFJ、THFJ、JHLZ、JHLZ、JHLZ、JHLZ、JHLZ、JHLZ、JHLZ、JHLZ、JHLZ、JHLZ、JHLZ、

409	中和吟														
410	宗雅操														
411	养生操														
412	碧天秋思（天风佩环）	2	2	2	7	3	6				9	5	8	“提要”（[总232]190）《琴学初津》该谱注明“有后记二则”，“解题辑览”（[总495]251）录为一则，参《琴曲集成》第28册，“提要”误增，应减除。又，“提要”（[总173]131）《兰田馆琴谱》、（[总189]147）《琴谱谐声》、（[总199]157）《悟雪山房琴谱》该谱均注明“有后记”，“解题辑览”（[总495]251）均未录，参《琴曲集成》第16册、第20册、第22册，“解题辑览”均漏录，应增补。	THWJ、JHLZ、JHLZ、JHLZ
413	悲秋（秋闺）				2	2	2				2	2	2		
414	鸾凤吟														
415	羽化登仙	4	4	4	8	4	8				12	8	12	“提要”（[总157]115）《诚一堂琴谱》、（[总161]119）《五知斋琴谱》、（[总222]180）《希韶阁琴谱》、（[总237]195）《琴学丛书》该谱均注明“有后记”，“解题辑览”（[总497]253）均未录，参《琴曲集成》第13册、第14册、第26册、第30册，“解题辑览”均漏录，应增补。	JHLZ、JHLZ、JHLZ、JHLZ
416	岳阳三醉	1		1	5	3	5	1	1	1	7	4	7	“提要”（[总245]203）《沙堰琴编》该谱注明“有前后记”，“解题辑览”（[总498]254）只录有后记，参《琴曲集成》第29册，“解题辑览”将前记误录为后记，而后记漏录，应更正、增补。又，“提要”（[总189]147）《琴谱谐声》、（[总209]167）《琴学入门》该谱均注明“有后记”，“解题辑览”（[总498]254）均未录，参《琴曲集成》第20册、第24册，“解题辑览”均漏录，应增补。	JHGJ、JJGZ、JHLZ、JHLZ、JHLZ
417	挟仙游（神游八卦、神游八极、八极游）	1		1	5	4	5				6	4	6	“提要”[总208]166《琴学入门》所录《挟仙游》注明“有前后记”，“解题辑览”（[总499]255）仅录有后记，参《琴曲集成》第24册，“解题辑览”漏录前记，应增补。又，“提要”（[总169]127）《春草堂琴谱》所录《挟仙游》注明“有后记”，“解题辑览”（[总499]255）未录，参《琴曲集成》第18册，“解题辑览”漏录，应增补。	JJLZ、JHLZ
418	秋闺怨														
419	冷玉词														
420	太平奏	1		1							1		1	“提要”（[总131]89）《琴学心声》该谱注明“有序”，“解题辑览”未录此曲条，参《琴曲集成》第12册，“解题辑览”漏录，应增补。	JJLZ
421	禹鉴龙门	1		1				1	1	1	2	1	2	“提要”（[总131]89）《琴学心声》该谱注明“有小引”，“解题辑览”（[总499]255）未录，参《琴曲集成》第12册，“解题辑览”漏录，应增补。	JJLZ

续表

序号	曲名	解题			后记			分段标题			合计			观察说明	问题编码
		提要	辑览	观察	提要	辑览	观察	提要	辑览	观察	提要	辑览	观察		
422	梨云春思（梨云、草堂关）	2	1	2	2	2	3	4	2	4	8	5	9	“提要”（[总132]90）《琴学心声》该谱注明“有序”，未注明有后记，“解题辑览”（[总500]256）只录有后记，参《琴曲集成》第12册，该谱有序、有后记，“提要”与“解题辑览”均应增补。又，“提要”（[总195]153）《二香琴谱》该谱注明“分段有小标题，有后记”，“解题辑览”（[总500]256）均未录，参《琴曲集成》第23册，“解题辑览”漏录，应增补。又，“提要”（[总216]174）《天闻阁琴谱》该谱注明“分段有小标题”，“解题辑览”（[总500]256）未录，参《琴曲集成》第25册，“解题辑览”漏录，应增补。	THLZ、JJLZ、JHLZ、JFLZ、JFLZ
423	瑶岛问长生	1		1							1		1	“提要”（[总132]90）《琴学心声》该谱注明“有序”，“解题辑览”未录此曲条，参《琴曲集成》第12册，“解题辑览”漏录，应增补。	JJLZ
424	早朝吟	1		1							1		1	“提要”（[总132]90）《琴学心声》该谱注明“有序”，“解题辑览”未录此曲条，参《琴曲集成》第12册，“解题辑览”漏录，应增补。	JJLZ
425	空山磬	1		1	1	1	1				2	1	2	“提要”（[总132]90）《琴学心声》该谱注明“有序”，“解题辑览”（[总500]256）未录，参《琴曲集成》第12册，“解题辑览”漏录，应增补。	JJLZ
426	修竹留风（修竹流风）	1		1	2	1	2				3	1	3	“提要”（[总132]90）《琴学心声》该谱注明“有序”，“解题辑览”（[总500]256）未录，参《琴曲集成》第12册，“解题辑览”漏录，应增补。又，“提要”（[总184]142）《裛露轩琴谱》该谱注明“有后记”，“解题辑览”（[总500]256）未录，参《琴曲集成》第19册，“解题辑览”漏录，应增补。	JJLZ、JHLZ
427	临河修禊	1		1							1		1	“提要”（[总132]90）《琴学心声》该谱注明“有序”，“解题辑览”未录此曲条，参《琴曲集成》第12册，“解题辑览”漏录，应增补。	JJLZ
428	八公还童	1		1				2	1	2	3	1	3	“提要”（[总132]90）《琴学心声》该谱注明“有序”，“解题辑览”（[总500]256）未录，参《琴曲集成》第12册，“解题辑览”漏录，应增补。又，“提要”（[总183]141）《裛露轩琴谱》该谱注明“分段有小标题”，“解题辑览”（[总500]256）未录，参《琴曲集成》第19册，“解题辑览”漏录，应增补。	JJLZ、JFLZ
429	云中笙鹤	1		1	2	1	2				3	1	3	“提要”（[总132]90）《琴学心声》该谱注明“有序”，“解题辑览”（[总501]257）未录，参《琴曲集成》第12册“解题辑览”漏录，应增补。又，“提要”（[总183]141）《裛露轩琴谱》该谱注明“有后记”，“解题辑览”（[总501]257）未录，参《琴曲集成》第19册，“解题辑览”漏录，应增补。	JJLZ、JHLZ

430	钧天逸响	1		2	2	1	2				3	1	4	“提要”（[总132]90）《琴学心声》该谱注明“有序”，“解题辑览”（[总501]257）未录，参《琴曲集成》第12册，该谱有序2则，“提要”与“解题辑览”均应增补。又，“提要”（[总184]142）《裛露轩琴谱》该谱注明“有后记”，“解题辑览”（[总501]257）未录，参《琴曲集成》第19册，“解题辑览”漏录，应增补。	TJLZ、JJLZ、JJLZ、JHLZ
431	栩栩曲														
432	梧叶舞秋风	1	1	1	8	8	9	1		1	10	9	11	“提要”（[总209]167）《琴学入门》该谱注明“有后记”，“解题辑览”（[总501]257—[总502]258）未录，参《琴曲集成》第24册，“解题辑览”漏录，应增补。又，“解题辑览”（[总502]258）录有《蕉庵琴谱》后记，“提要”（[总210]168）未录，参《琴曲集成》第26册，“提要”漏录，应增补。又，“提要”（[总241]199）《诗梦斋琴谱》该谱注明“第三段有小标题”，“解题辑览”（[总502]258）未录，《琴曲集成》未收该谱，按“观察准则”从“提要”，“解题辑览”应增补。	JHLZ、THLZ、JFLZ
433	松下观涛（松下观泉）	1	1	1	2	1	2	1	1	1	4	3	4	“提要”([总156]114)《诚一堂琴谱》所录《松下观泉》注明“有后记”，“解题辑览”([总502]258)未录，参《琴曲集成》第13册，“解题辑览”漏录，应增补。	JHLZ
434	来凤引	2	1	2	3	1	1				5	2	3	“提要”（[总135]93）《琴苑心传全编》该谱注明“有后记三则”，“解题辑览”（[总503]259）录为1则，参《琴曲集成》第11册，该谱后记为一则三段，“提要”应减除。又，“提要”（[总218]176）《天闻阁琴谱》该谱注明“有解题”，“解题辑览”（[总503]259）未录，参《琴曲集成》第25册，“解题辑览”漏录，应增补。	THFJ、THFJ、JJLZ
435	万壑松涛（万壑松风）	1	2	2	1	2	2				2	4	4	“解题辑览”（[总503]259、[总504]260）录《琴苑心传全编》该谱解题、后记各1则，“提要”（[总136]94）均未录，参《琴曲集成》第11册，“提要”漏录，应增补。	TJLZ、THLZ
436	和阳春				4	3	4				4	3	4	“提要”（[总223]181）《希韶阁琴谱》该谱注明“有后记”，“解题辑览”（[总504]260）未录，《琴曲集成》第26册，未录该谱，版本不同，按“观察准则”从“提要”，“解题辑览”应增补。	JHLZ
437	炎凉操														
438	清平乐														
439	东风齐着力														
440	大哉引														
441	秋风辞（北风词）				1	1	1				1	1	1		
442	子夜吴歌														

续表

序号	曲名	解题			后记			分段标题			合计			观察说明	问题编码
		提要	辑览	观察	提要	辑览	观察	提要	辑览	观察	提要	辑览	观察		
443	幽涧泉		1		1	1	1				1	2	1	“解题辑览”（[总 504]260）录有《潜确居类书》解题，非琴谱集内材料，观察统计减除。	JJPJ
444	久别离														
445	八声甘州														
446	瑞鹤仙														
447	凤凰台上忆吹箫														
448	太平引														
449	鹤冲霄														
450	南浦月														
451	梅花（瑞芳引）														
452	偶成														
453	离别难														
454	华清引														
455	霹雳引		5									5		“解题辑览”（[总 505]261）录有《琴操》《初学记》《太平御览》《乐府诗集》《通志》解题 5 则，非琴谱集内材料，观察统计减除。	JJPJ、JJPJ、JJPJ、JJPJ、JJPJ
456	月当厅														
457	忆王孙														
458	草堂吟														
459	长相思														
460	竹枝词														
461	小操														
462	箕山操														
463	熙春操	1		1							1		1	“提要”（[总 141]99）《和文注音琴谱》该谱注明“有解题”，“解题辑览”未录此曲条，参《琴曲集成》第 12 册，“解题辑览”漏录，应增补。	JJLZ
464	思亲引														
465	安排曲														

466	九还操	1	1	1	1		1	1	2	1	3	3	3	“提要”([总145]103)《琴瑟谱》该谱注明“有后记”，参《琴曲集成》第12册，“解题辑览”([总506]262)误将后记录为分段标题，“解题辑览”应更正。	JFGJ、JHGZ
467	乐山隐					1	1					1	1	“解题辑览”（[总506]262）录有《琴瑟谱》后记，“提要”（[总145]103）未录，参《琴曲集成》第12册，“提要”漏录，应增补。	THLZ
468	春山听杜鹃（春山杜鹃）				2	1	2				2	1	2	“提要”[总209]167《琴学入门》该谱注明“有后记”，“解题辑览”（[总506]262）未录，参《琴曲集成》第24册，“解题辑览”漏录，应增补。	JHLZ
469	万年欢														
470	沁园春														
471	满江红														
472	彩云归														
473	摊破浣溪沙														
474	减字木兰花														
475	意难忘														
476	卖花声														
477	羽仙歌														
478	渔家傲														
479	忆余杭														
480	卜算子														
481	鹧鸪天														
482	点降唇														
483	忆秦娥														
484	柳梢青														
485	法曲献仙音														
486	临江仙														
487	两同心														
488	玉楼春														
489	越溪春														
490	汉宫春第一体														
491	高山流水														
492	松风引				1	1	1				1	1	1		
493	舒怀吟				1	1	1				1	1	1		
494	小重山														
495	渔父家风														

续表

序号	曲名	解题			后记			分段标题			合计			观察说明	问题编码
		提要	辑览	观察	提要	辑览	观察	提要	辑览	观察	提要	辑览	观察		
496	画堂春														
497	潇湘夜雨				1	1	1				1	1	1		
498	千秋岁														
499	千秋岁引														
500	玉堂春														
501	洞仙歌														
502	中兴乐														
503	秋蕊香														
504	偷声木兰花														
505	杏花天														
506	御街行														
507	贺圣朝第一体														
508	武林春（武陵春）														
509	搔首问天（搔首问青天、秋塞吟、水仙曲）	1	1	1	4	2	4				5	3	5	“提要”（[总196]154）《二香琴谱》、（[总197]155）《律话》该谱均注明“有后记（释文）”，“解题辑览”（[总507]263）均未录，参《琴曲集成》第21册、第23册，“解题辑览”漏录，应增补。	JHLZ、JHLZ
510	归来曲（耍罢歌）				2	1	2				2	1	2	“提要”（[总194]152）《二香琴谱》所录《归来曲》注明“有后记”，“解题辑览”（[总508]264）未录，参《琴曲集成》第23册，“解题辑览”漏录，应增补。	JHLZ
511	夏峰歌														
512	春怨														
513	苏门长啸（苏门啸）				2	2	2				2	2	2		
514	烂柯行														
515	秋怨														
516	参同歌（参同契）														
517	安乐窝（安乐窝歌）														
518	据梧吟														
519	鲁风				1	1	1				1	1	1		
520	敲爻歌														

521	梧桐夜雨				2	1	2				2	1	2	“提要”([总183]141)《裛露轩琴谱》该谱注明“有后记”，“解题辑览”([总508]264) 未录，参《琴曲集成》第19册，“解题辑览”漏录，应增补。	JHLZ
522	万国来朝	1	1	1							1	1	1		
523	琴书乐道				2	1	2				2	1	2	“提要”([总214]172)《天闻阁琴谱》该谱注明“有后记”，“解题辑览”([总509]265）未录，参《琴曲集成》第25册，“解题辑览”漏录，应增补。	JHLZ
524	养生主														
525	神化曲				1		1				1		1	“提要”（[总157]115）《诚一堂琴谱》该谱注明“有后记”，“解题辑览”未录此曲条，参《琴曲集成》第13册，“解题辑览”漏录，应增补。	JHLZ
526	汉宫春				1		1				1		1	“提要”（[总158]116）《琴学正声》该谱注明“有后记”，“解题辑览”未录此曲条，参《琴曲集成》第14册，“解题辑览”漏录，应增补。	JHLZ
527	金菊				1		1				1		1	“提要”（[总158]116）《琴学正声》该谱注明“有后记”，“解题辑览”未录此曲条，参《琴曲集成》第14册，“解题辑览”漏录，应增补。	JHLZ
528	壶中天				1		1				1		1	“提要”（[总158]116）《琴学正声》该谱注明“有后记”，“解题辑览”未录此曲条，参《琴曲集成》第14册，“解题辑览”漏录，应增补。	JHLZ
529	百字令				1		1				1		1	“提要”（[总158]116）《琴学正声》该谱注明“有后记”，“解题辑览”未录此曲条，参《琴曲集成》第14册，“解题辑览”漏录，应增补。	JHLZ
530	锦园春				1		1				1		1	“提要”（[总158]116）《琴学正声》该谱注明“有后记”，“解题辑览”未录此曲条，参《琴曲集成》第14册，“解题辑览”漏录，应增补。	JHLZ
531	国香				1		1				1		1	“提要”（[总158]116）《琴学正声》该谱注明“有后记”，“解题辑览”未录此曲条，参《琴曲集成》第14册，“解题辑览”漏录，应增补。	JHLZ
532	天香				1		1				1		1	“提要”（[总158]116）《琴学正声》该谱注明“有后记”，“解题辑览”未录此曲条，参《琴曲集成》第14册，“解题辑览”漏录，应增补。	JHLZ
533	九声诵							1		1	1		1	“提要”（[总164]122）《立雪斋琴谱》该谱注明“有小标题”，“解题辑览”未录此曲条，参《琴曲集成》第18册，“解题辑览”漏录，应增补。	JFLZ
534	读书引							1	1	1	1	1	1		
535	舞雩春咏							1	1	1	1	1	1		
536	湘灵鼓瑟							1	1	1	1	1	1		
537	西山操							1	1	1	1	1	1		
538	大风唱		1					1	1	1	1	2	1	“解题辑览”（[总510]266）录有《乐府诗集》解题，非琴谱集内材料，观察统计减除。	JJPJ
539	水仙														
540	银钮丝														
541	韦编														

续表

序号	曲名	解题			后记			分段标题			合计			观察说明	问题编码
		提要	辑览	观察	提要	辑览	观察	提要	辑览	观察	提要	辑览	观察		
542	虚明吟				1	1	1				1	1	1		
543	易春操（暮春操）				1	1	1				1	1	1		
544	读易（秋夜读易、孔子读易）	1			3	3	3	2	1	2	6	4	5	“提要”（[总214]172）《天闻阁琴谱》所录《孔子读易（张孔山谱）》注明“有解题”，“解题辑览”（[总511]267）未录，参《琴曲集成》第25册，该谱无解题，但首段有眉批，按“观察准则”从“解题辑览”，“提要”应减除。又，“提要”([总217]175)《天闻阁琴谱》所录《读易（治心斋谱）》注明“分段有小标题”，“解题辑览”([总511]267)未录，参《琴曲集成》第25册，“解题辑览”漏录，应增补。	TJQJ、JFLZ
545	知止吟				1	1	1				1	1	1		
546	精忠词				1	1	1				1	1	1		
547	屈子天问				1		1				1		1	“提要”（[总168]126）《春草堂琴谱》该谱注明“有后记”，“解题辑览”未录此曲条，参《琴曲集成》第18册，“解题辑览”漏录，应增补。	JHLZ
548	伐檀章（伐檀）		2		4	1	4				4	3	4	“提要”（[总168]126）《春草堂琴谱》、（[总208]166）《琴学尊闻》、（[总236]194）《琴学丛书》该谱均注明“有后记”，“解题辑览”（[总512]268）均未录，参《琴曲集成》第18册、第24册、第30册，“解题辑览”均漏录，应增补。又，“解题辑览”（[总512]268）录有《琴操》、《太平御览》解题2则，非琴谱集内材料，观察统计减除。	JHLZ、JHLZ、JHLZ、JJPJ、JJPJ
549	桃李园（桃李园序、桃李春风）				1		1				1		1	“提要”（[总172]130）《兰田馆琴谱》所录《桃李春风》注明“有后记”，“解题辑览”未录此曲条，参《琴曲集成》第16册，“解题辑览”漏录，应增补。	JHLZ
550	汉宫春晓（汉宫春怨）				1	1	1				1	1	1		
551	北塞上鸿				1	1	1				1	1	1		
552	南塞上鸿				1	1	1				1	1	1		
553	读经														
554	四牡章				1		1				1		1	“提要”（[总170]128）《大乐元音》该谱注明“有后记”，“解题辑览”未录此曲条，参《琴曲集成》第16册，“解题辑览”漏录，应增补。	JHLZ
555	鹊巢章				1		1				1		1	“提要”（[总170]128）《大乐元音》该谱注明“有后记”，“解题辑览”未录此曲条，参《琴曲集成》第16册，“解题辑览”漏录，应增补。	JHLZ
556	越裳歌				1		1				1		1	“提要”（[总170]128）《大乐元音》该谱注明“有后记”，“解题辑览”未录此曲条，参《琴曲集成》第16册，“解题辑览”漏录，应增补。	JHLZ

557	沧浪歌														
558	操缦（仙翁操）														
559	寄隐者														
560	水仙操	3	10	3	3	2	3				6	12	6	“提要”（［总 194］152）《二香琴谱》该谱注明“有后记”，“解题辑览”（［总 513］269）归入解题，参《琴曲集成》第 23 册，“解题辑览”有误，应更正。又，（［总 513］269—［总 514］270）“解题辑览”录有《琴操》《初学记》《乐府古题要解》《太平御览》《琴史》《通志》解题 6 则，非琴谱集内材料，观察统计减除。	JJGJ、JHGZ、JJPJ、JJPJ、JJPJ、JJPJ、JJPJ、JJPJ
561	秋山木落														
562	打番儿（边情密赚）														
563	琴中琴														
564	花宫梵韵							1		1	1		1	“提要”（［总 185］143）《裛露轩琴谱》该谱注明“各段有小标题”，“解题辑览”未录此曲条，参《琴曲集成》第 19 册，“解题辑览”漏录，应增补。	JFLZ
565	太和吟							2		2	2		2	“提要”（［总 183］141）《裛露轩琴谱》、（［总 220］178）《天籁阁琴谱》该谱均注明“分段有小标题”，“解题辑览”（［总 515］271）未录此曲条，参《琴曲集成》第 19 册、第 21 册，“解题辑览”漏录，应增补。	JFLZ、JFLZ
566	云门				2	1	1				2	1	1	“提要”（［总 187］145）《小兰琴谱》该谱注明“有后记二则”，“解题辑览”（［总 515］271）录为一则两段，参《琴曲集成》第 19 册，实为一则两段，“提要”应减除。	THFJ
567	采真				1		1				1		1	“提要”（［总 189］147）《琴谱谐声》该谱注明“有后记”，“解题辑览”未录此曲条，参《琴曲集成》第 20 册，“解题辑览”漏录，应增补。	JHLZ
568	春景														
569	调弦仙翁指南				1		1				1		1	“提要”（［总 192］150）《琴学轫端》该谱注明“有后记”，“解题辑览”未录此曲条，参《琴曲集成》第 20 册，“解题辑览”漏录，应增补。	JHLZ
570	碧涧流泉														
571	孔子吊季札														
572	太极游														
573	孤猿啸月				3	3	3				3	3	3		
574	皇华														

续表

序号	曲名	解题			后记			分段标题			合计			观察说明	问题编码
		提要	辑览	观察	提要	辑览	观察	提要	辑览	观察	提要	辑览	观察		
575	鱼丽														
576	南有嘉鱼														
577	南山有台														
578	葛覃														
579	卷耳														
580	采蘩														
581	采蘋														
582	金风落叶（梧叶舞秋风）	1	1	1							1	1	1		
583	和弦														
584	阳关														
585	冥判														
586	写本														
587	板桥道情														
588	跌落														
589	劈破玉														
590	五瓣梅														
591	四大景														
592	花鼓							1	1	1	1	1	1		
593	四美具														
594	傍妆台														
595	东皋舒啸														
596	立廉缦														
597	小洞天														
598	羽音双清														
599	郢中歌														
600	云鹤游天														
601	清角遗音														
602	闲情引	1	1	1							1	1	1		
603	玉玲珑														
604	风云际会	1	1	1							1	1	1		

605	摩诃般若波罗蜜多心经														
606	黄帝阴符经														
607	耕莘钓渭				1	1	1				1	1	1		
608	孤儿行				1	1	1				1	1	1		
609	怀仙操														
610	化蝶														
611	双鹤沐泉	1	1	1							1	1	1		
612	宫音初调	1	1	1							1	1	1		
613	鼻仙歌	1	1	1							1	1	1		
614	商音初调	1	1	1							1	1	1		
615	角音初调	1	1	1							1	1	1		
616	云竹榻	1	1	1		1	1				1	2	2	“解题辑览”（[总519]275）录有《天闻阁琴谱》后记，“提要”（[总216]174）未录，参《琴曲集成》第25册，“提要”漏录，应增补。	THLZ
617	徵音初调	1	1	1							1	1	1		
618	望云思亲	1	1	1							1	1	1		
619	羽音初调	1	1	1							1	1	1		
620	桐叶惊秋														
621	溪山夜月														
622	寻芳引														
623	野鹤唳云							1		1	1		1	“提要”（[总220]178）《天籁阁琴谱》该谱注明“分段有小标题”，“解题辑览”未录此曲条，参《琴曲集成》第21册，“解题辑览”漏录，应增补。	JFLZ
624	凯歌														
625	徵音谱诗	1	1	1							1	1	1		
626	九霄环佩														
627	赏荷														
628	猿啼秋峡	1	1	1	1	1	1	1	1	1	3	3	3		
629	南湖秋雁														
630	独鹤与飞														
631	云水吟														
632	枯木吟														
633	那罗法曲				1	1	1				1	1	1		
634	莲社引														

续表

序号	曲名	解题			后记			分段标题			合计			观察说明	问题编码
		提要	辑览	观察	提要	辑览	观察	提要	辑览	观察	提要	辑览	观察		
635	雨中秋				1	1	1	1	1	1	2	2	2		
636	雪夜吟				1	1	1				1	1	1		
637	乐天操														
638	腊鼓引				1	1	1				1	1	1		
639	校正古怨														
640	代徵招				1	1	1				1	1	1		
641	小普庵咒														
642	天籁														
643	升平春色				1	1	1	1	1	1	2	2	2		
644	鸾凤和鸣														
645	凤鸣丹山														
646	七月				1		1				1		1	“提要”（[总238]196）《琴学丛书》所录《七月》注明“曲后有记”，“解题辑览”未录此曲条，参《琴曲集成》第30册，“解题辑览”漏录，应增补。	JHLZ
647	昭和乐章														
648	雍和乐章														
649	熙和乐章														
650	渊和乐章														
651	昌和乐章														
652	德和乐章														
653	关山月		2		1	1	1				1	3	1	“解题辑览”（[总524]280）录有《乐府古题要解》《乐府诗集》解题2则，非琴谱集内材料，观察统计减除。	JJPJ、JJPJ
654	秋风词														
655	秋夜长														
656	玉楼春晓														
657	长门怨		2									2		“解题辑览”（[总525]281）录有《乐府古题要解》《乐府诗集相和歌辞楚调曲》解题2则，非琴谱集内材料，观察统计减除。	JJPJ、JJPJ
658	泣颜回				1	1	1				1	1	1		
	合计	857	1 010	856	671	414	648	416	351	416	1 944	1 775	1 920		

表 20 “谱集收曲提要”与“歌词辑览”歌词材料数据对比观察详表

序号	曲名	歌词			观察说明	问题编码
		提要	辑览	观察		
1	文字谱幽兰(倚兰)	0	0	0		
2	姜夔琴曲古怨	2	3	2	“歌词辑览”([总528]4)含《鄂公祠说琴》所录《校正古怨》，由于《辑览》658曲统计中有独立的《校正古怨》曲条，故此处应减除。	GGGJ
3	黄莺吟	1	2	1	“歌词辑览”([总528]4)录有日本所刻《事林广记》此曲谱词，“提要”([总46]4)对谱集的说明中提到了日刻本，但其并未单列谱集，不在109个据谱谱集范围内，故“歌词辑览”应减除。	GGPJ
4	宫调	1	1	1		
5	商调	1	1	1		
6	角调	1	1	1		
7	徵调	1	1	1		
8	羽调	1	1	1		
9	宫意(宫意考)	6	6	6		
10	商意(商意考)	8	8	8	存见658曲中无独立的《古商意》曲条，“总表”([总1]1)将其并入本曲条。故“提要”与“歌词辑览”计数均含《乐仙琴谱》之《古商意》词。	
11	角意(角意考)	6	6	6		
12	徵意(徵意考)	7	7	7		
13	羽意(羽意考)	6	6	6		
14	遁世操(箕山操)	1	1	1		
15	广陵散(聂政刺韩王曲、广陵真趣)	0	0	0		
16	华胥引	2	2	2		
17	古风操	0	0	0		
18	高山	3	2	2	“提要”([总107]65)《伯牙心法》该谱注明有词，“歌词辑览”([总538]14—[总541]17)未录，参《琴曲集成》第7册，无词，“提要”应减除。	TGWJ
19	流水	2	1	1	“提要”([总107]65)《伯牙心法》该谱注明有词，“歌词辑览”([总541]17—[总543]19)未录，参《琴曲集成》第7册，无词，“提要”应减除。	TGWJ
20	阳春(龙门桃浪引)	6	5	6	“提要”([总64]22)《琴谱正传》所录《阳春》注明“另附曲词”，“歌词辑览”([总543]19—[总558]34)未录，参《琴曲集成》第2册，该谱未随曲附词，但在卷首单列歌词《阳春文》，“歌词辑览”应增补。	GGLZ
21	玄默(坐忘)	1	1	1		
22	招隐	1	1	1		
23	酒狂	3	3	3		

续表

序号	曲名	歌词			观察说明	问题编码
		提要	辑览	观察		
24	荻麟(谨微、获麟操、获麟解)	2	2	2		
25	秋月照茅亭	2	2	2		
26	山中思友人(山中思故人、忆故人、山中思友、空山忆故人)	2	2	2		
27	小胡笳	3	3	3		
28	颐真(颐真操)	3	3	3		
29	神品宫意	0	0	0		
30	广寒游(清都引)	1	1	1		
31	梅花三弄(梅花、梅花曲、梅花引、玉妃引、王妃引)	8	7	9	"歌词辑览"([总574]50)录有《黄士达太古遗音》之《梅花曲》谱词,"提要"([总57]15)未录《黄士达太古遗音》同《谢琳太古遗音》谱,应增补。又,"提要"([总64]22)《琴谱正传》所录《梅花引》注明"另附曲词","歌词辑览"([总574]50—[总587]63)未录,参《琴曲集成》第2册,该谱未随曲附词,但在卷首单列歌词《梅花文》,"歌词辑览"应增补。又,"提要"([总174]132)《兰田馆琴谱》所录《梅花引》一曲注明有词,"歌词辑览"([总574]50—[总587]63)未录,参《琴曲集成》第16册,未录《梅花引》,谱本有异,按"观察准则",从"提要","歌词辑览"应增补。	TGSZ、GGLZ、GGLZ
32	神品商意	0	0	0		
33	神品古商意	0	0	0		
34	慨古	0	2	0	"歌词辑览"([总587]63)录有"龚光表、俞味莼"所传《慨古吟》谱词,二人所传并不在《存见古琴曲谱辑览》109个据谱体系范围内,对于二人所传的来源,"歌词辑览"中也并未进行具体说明,参"提要"录有该曲的《神奇秘谱》([总50]8)《风宣玄品》([总61]19)《杏庄太音续谱》([总82]40)3谱均无词,"歌词辑览"应减除。	GGPJ、GGPJ
35	忘机(鸥鹭忘机、海鸥忘机、忘机引、鸥鹭)	3	3	3		

36	隐德	0	1	0	“歌词辑览”（[总589]65）录有《重修真传琴谱》该谱词，然在《存见琴曲总表》及“谱集收曲提要”中，《重修真传琴谱》均未见录《隐德》一曲，参《琴曲集成》第4册，其《重修真传琴谱》确录有《隐德》一曲，并有题解和歌词。对比版本，《琴曲集成》为“汪孟舒旧藏万历乙酉金陵三山街富春堂原刊初印本”，《存见古琴曲谱辑览》所据为“中央音乐学院民族音乐研究所藏万历乙酉金陵三山街富春堂刊本”。二者所录题解与歌词皆有些微差异，故按版本不同处理。据“观察准则”，从“提要”，“歌词辑览”应减除。	GGWJ
37	广寒秋	0	0	0		
38	天风环佩（碧天秋思）	0	0	0		
39	神游六合（骑气、六合游、骥气）	0	0	0		
40	长清	0	0	0		
41	短清	0	0	0		
42	白雪	3	3	3		
43	鹤鸣九皋	3	3	4	“歌词辑览”（[[总596]72）录有《黄士达太古遗音》该谱词，“提要”([总57]15)未录《黄士达太古遗音》同《谢琳太古遗音》谱，应增补。又，“提要”([总64]22)所录《琴谱正传》之《鹤鸣九皋》（九段本）注明“谱旁附有歌词”，“歌词辑览”（[总596]72—[总598]74）未录，参《琴曲集成》第2册，该谱有词，“歌词辑览”应增补。	TGSZ、GGLZ
44	猗兰(漪兰、猗兰操)	5	6	6	“歌词辑览”([总599]75)录有《黄士达太古遗音》该谱词，“提要”([总57]15)未录《黄士达太古遗音》同《谢琳太古遗音》谱，应增补。	TGSZ
45	神品角意	0	0	0		
46	凌虚吟（凌虚引）	1	1	1		
47	列子御风(御风行、列子)	4	4	4		
48	神品徵意	0	0	0		
49	山居吟	3	4	4	“歌词辑览”（[总611]87）录有《浙音释字琴谱》该谱词，“提要”（[总53]11）未录，参《琴曲集成》第1册，有词，“提要”应增补。	TGLZ
50	禹会涂山（上国观光、观光、涂山）	2	3	3	“歌词辑览”（[总613]89）录有《浙音释字琴谱》该谱词，“提要”（[总53]11）未录，参《琴曲集成》第1册，有词，“提要”应增补。	TGLZ
51	樵歌（归樵）	6	5	6	“提要”([总67]25)《琴谱正传》所录《樵歌》注明“另附歌词”，“歌词辑览”([总619]95—[总627]103)未录，参《琴曲集成》第2册，该谱未随曲附词，但在卷首单列歌词《樵歌文》，“歌词辑览”应增补。	GGLZ
52	神品羽意	0	0	0		
53	雉朝飞	6	7	7	“歌词辑览”([总631]107)录有《黄士达太古遗音》该谱词，“提要”([总57]15)未录《黄士达太古遗音》同《谢琳太古遗音》谱，应增补。	TGSZ
54	乌夜啼	2	2	2		
55	神品无射意	0	0	0		
56	黄云秋塞	2	2	2		

续表

序号	曲名	歌词			观察说明	问题编码
		提要	辑览	观察		
57	龙朔操（昭君怨、昭君引、龙翔操、明妃曲）	9	9	10	“歌词辑览”（[总639]115）录有《黄士达太古遗音》之《昭君怨》谱词，“提要”([总57]15)未录《黄士达太古遗音》同《谢琳太古遗音》谱，应增补。又，“提要”([总66]24)《琴谱正传》所录《昭君引》注明“另附曲词”，“歌词辑览”([总637]113—[总643]119)未录，参《琴曲集成》第2册，该谱未随曲附词，但在卷首单列歌词《昭君文》，“歌词辑览”应增补。	TGSZ、GGLZ
58	大胡笳（胡笳十八拍、胡笳、十八拍）	8	8	8		
59	大雅	2	2	2		
60	神品碧玉意	0	0	0		
61	八极游（扶仙游、神游八极）	1	1	1		
62	神品蕤宾意（全羽意）	0	0	0		
63	泛沧浪	1	1	1		
64	潇湘水云	1	1	1		
65	神品凄凉意（楚商意）	0	0	0		
66	神品楚商意	0	0	0		
67	泽畔吟	2	2	2		
68	离骚(离骚操、骚意)	5	4	5	“提要”（[总245]203）《沙堰琴编》之《离骚》注明“小标题下附有歌词”，“歌词辑览”（[总663]139—[总670]146）未录，参《琴曲集成》第29册，其题下附词应为分段题意而非歌词。但同谱《阳春》《醉渔唱晚》相类材料“歌词辑览”均有录，故从“提要”，“歌词辑览”应增补。	GGLZ
69	神品商角意	0	0	0		
70	神化引（蝶梦游、蝶梦吟、神化吟、神化）	2	2	2		
71	庄周梦蝶(蝴蝶梦、梦蝶)	2	2	2		
72	楚歌	6	7	7	“歌词辑览”（[总675]151）录有《黄士达太古遗音》该谱词，“提要”([总57]15)未录《黄士达太古遗音》同《谢琳太古遗音》谱，应增补。	TGSZ
73	神品姑洗意(清商)	0	0	0		
74	飞鸣吟	2	2	2		

75	秋鸿	6	6	7	“歌词辑览”([总689]165)录有《风宣玄品》该谱词，“提要”([总63]21)未录，参《琴曲集成》第2册，有词，“提要”应增补。又，“提要”([总224]182)《希韶阁琴谱》该谱注明“其后并附歌词”，“歌词辑览”（[总682]158—[总703]179）未录，参《琴曲集成》第26册，谱本不同，按“观察准则”，从“提要”，“歌词辑览”应增补。	TGLZ、GGLZ
76	春雨	0	0	0		
77	汶阳	0	0	0		
78	仙山月	0	0	0		
79	鸿飞	0	0	0		
80	盟鸥	0	0	0		
81	关雎曲（关雎、关雎传、关雎章）	9	10	12	“歌词辑览”（[总705]181）录有《黄士达太古遗音》之《关雎》谱词，“提要”([总57]15)未录《黄士达太古遗音》同《谢琳太古遗音》谱，应增补。又，“歌词辑览”（[总708]184）录有《西麓堂琴统》之《关雎》谱词，“提要”([总71]29)未录，参《琴曲集成》第3册，有词，“提要”应增补。又，“提要”（[总198]156）“歌词辑览”（[总713]189）均录《律音汇考》之《关雎》谱词1则，但据“提要”，《律音汇考》所录各曲均有太簇夹钟均和大吕均两谱，故“提要”与“歌词辑览”均应相应增补谱词1则。又，“提要”（[总166]124）《治心斋琴学练要》之《关雎》注明有词，“歌词辑览”（[总703]179—[总713]189）未录，参《琴曲集成》第18册，有词，“歌词辑览”应增补。	TGSZ、TGLZ、TGSZ、GGSZ、GGLZ
82	南薰歌	4	4	4		
83	天台引（武陵游）	2	2	2		
84	思舜（文王思舜）	2	3	3	“歌词辑览”（[总718]194）录有《浙音释字琴谱》该谱词，“提要”（[总53]11）未录，参《琴曲集成》第1册，有词，“提要”应增补。	TGLZ
85	师贤	1	2	2	“歌词辑览”([总722]198)录有《浙音释字琴谱》该谱词，“提要”（[总53]11）未录，参《琴曲集成》第1册，有词，“提要”应增补。	TGLZ
86	蕤宾意(蕤宾意考、金羽调、金羽意)	2	2	2		
87	渔歌调（极乐吟）	2	2	2		
88	渔歌（山水绿、欸乃歌）	6	6	6		
89	商角意	3	3	3		
90	姑洗意(姑洗调考、清商调)	1	1	1		
91	黄钟意(黄钟意考)	2	2	2		
92	凄凉意(凄凉意考、凄凉调、楚商调)	2	2	2		
93	屈原问渡	6	6	6		

续表

序号	曲名	歌词			观察说明	问题编码
		提要	辑览	观察		
94	阳关三叠（阳关）	18	16	19	“歌词辑览”（[总750]226）录有《文会堂琴谱》之《阳关》谱词，“提要”（[总99]57）未录，参《琴曲集成》第6册，有词，“提要”应增补。又，“提要”（[总122]80）《古音正宗》（[总164]122）《琴书千古》（[总227]185）《绿绮清韵》之《阳关三叠》均注明有词，“歌词辑览”（[总746]222—[总759]235）均未录，参《琴曲集成》第9册、第15册、第27册，均有词，“歌词辑览”应增补。	TGLZ、GGLZ、GGLZ、GGLZ
95	南风歌（南风操）	3	4	4	“歌词辑览”（[总759]235）录有《黄士达太古遗音》该谱词，“提要”([总57]15)未录《黄士达太古遗音》同《谢琳太古遗音》谱，应增补。	TGSZ
96	思亲操（思亲引、思亲）	5	6	6	“歌词辑览”（[总760]236）录有《黄士达太古遗音》该谱词，“提要”([总57]15)未录《黄士达太古遗音》同《谢琳太古遗音》谱，应增补。	TGSZ
97	湘妃怨(二妃思舜)	13	13	14	“歌词辑览”（[总761]237）录有《黄士达太古遗音该谱词，“提要”([总57]15)未录《黄士达太古遗音》同《谢琳太古遗音》谱，应增补。又，“提要”（[总164]122）《琴书千古》该谱注明有词，“歌词辑览”（[总761]237—[总762]238）未录，参《琴曲集成》第15册，有词，“歌词辑览”应增补。	TGSZ、GGLZ
98	岐山操	3	4	4	“歌词辑览”([总762]238)录有《黄士达太古遗音》该谱词，“提要”([总57]15)未录《黄士达太古遗音》同《谢琳太古遗音》谱，应增补。	TGSZ
99	拘幽操	4	5	5	“歌词辑览”([总762]238)录有《黄士达太古遗音》该谱词，“提要”([总57]15)未录《黄士达太古遗音》同《谢琳太古遗音》谱，应增补。	TGSZ
100	文王操(文王思士、文王、吕望兴周)	3	4	4	“歌词辑览”（[总763]239）录有《黄士达太古遗音》该谱词，“提要”([总57]15)未录《黄士达太古遗音》同《谢琳太古遗音》谱，应增补。	TGSZ
101	尅商操	2	3	3	“歌词辑览”（[总763]239）录有《黄士达太古遗音》该谱词，“提要”([总57]15)未录《黄士达太古遗音》同《谢琳太古遗音》谱，应增补。	TGSZ
102	文王曲	1	2	2	“歌词辑览”（[总764]240）录有《黄士达太古遗音》该谱词，“提要”([总57]15)未录《黄士达太古遗音》同《谢琳太古遗音》谱，应增补。	TGSZ
103	越裳操（秋水弄）	4	5	5	“歌词辑览”（[总765]241）录有《黄士达太古遗音》该谱词，“提要”([总57]15)未录《黄士达太古遗音》同《谢琳太古遗音》谱，应增补。	TGSZ
104	履霜操	5	6	6	“歌词辑览”（[总766]242）录有《黄士达太古遗音》该谱词，“提要”([总57]15)未录《黄士达太古遗音》同《谢琳太古遗音》谱，应增补。	TGSZ
105	将归操	5	5	6	“歌词辑览”（[总766]242）录有《黄士达太古遗音》该谱词，“提要”([总57]15)未录《黄士达太古遗音》同《谢琳太古遗音》谱，应增补。又，“提要”（[总87]45）《重修真传琴谱》该谱注明有词，“歌词辑览”（[总766]242—[总767]243）未录，参《琴曲集成》第4册，有词，“歌词辑览”应增补。	TGSZ、GGLZ
106	龟山操	3	4	4	“歌词辑览”（[总767]243）录有《黄士达太古遗音》该谱词，“提要”([总57]15)未录《黄士达太古遗音》同《谢琳太古遗音》谱，应增补。	TGSZ

107	亚圣操(亚圣、颜回)	5	5	6	“歌词辑览”（[总767]243）录有《黄士达太古遗音》该谱词，“提要”([总57]15)未录《黄士达太古遗音》同《谢琳太古遗音》谱，应增补。又，“提要”（[总122]80）《古音正宗》之《赵氏遗珍亚圣操》注明有词，“歌词辑览”（[总767]243—[总772]248）未录，参《琴曲集成》第9册，有词，“歌词辑览”应增补。	TGSZ、GGLZ
108	残形操	2	3	3	“歌词辑览”（[总772]248）录有《黄士达太古遗音》该谱词，“提要”([总57]15)未录《黄士达太古遗音》同《谢琳太古遗音》谱，应增补。	TGSZ
109	别鹄操（别鹄、别鹤操）	2	3	3	“歌词辑览”（[总772]248）录有《黄士达太古遗音》该谱词，“提要”([总57]15)未录《黄士达太古遗音》同《谢琳太古遗音》谱，应增补。	TGSZ
110	蔡氏五弄	2	3	3	“歌词辑览”（[总773]249）录有《黄士达太古遗音》该谱词，“提要”([总57]15)未录《黄士达太古遗音》同《谢琳太古遗音》谱，应增补。	TGSZ
111	八公操	3	4	4	“歌词辑览”（[总774]250）录有《黄士达太古遗音》该谱词，“提要”([总57]15)未录《黄士达太古遗音》同《谢琳太古遗音》谱，应增补。	TGSZ
112	黄钟调	1	2	2	“歌词辑览”（[总775]251）录有《黄士达太古遗音》该谱词，“提要”([总57]15)未录《黄士达太古遗音》同《谢琳太古遗音》谱，应增补。	TGSZ
113	归去来辞	21	22	23	“歌词辑览”（[总775]251）录有《黄士达太古遗音》该谱词，“提要”([总57]15)未录《黄士达太古遗音》同《谢琳太古遗音》谱，应增补。又，“歌词辑览”（[总777]253）录有《山西育才馆雅乐讲义》谱词，“提要”（[总243]201）未录，但注明为“自远堂本”，此曲《自远堂琴谱》本有词，“提要”应增补。又，“提要”([总168]126)《春草堂琴谱》（[总229]187）《希韶阁琴瑟合谱》所录该谱均注明有词，“歌词辑览”（[总775]251—[总777]253）均未录，参《琴曲集成》第18册、第26册，均有词，“歌词辑览”应增补。又，“歌词辑览”（[总776]252）录有《治心斋琴学练要》谱词，“提要”（[总166]124—[总167]125）《治心斋琴学练要》未收此曲，参《琴曲集成》第18册，无此曲，“歌词辑览”应减除。	TGSZ、TGLZ、GGLZ、GGLZ、GGWJ
114	思归引	2	3	3	“歌词辑览”（[总777]253）录有《黄士达太古遗音》该谱词，“提要”([总57]15)未录《黄士达太古遗音》同《谢琳太古遗音》谱，应增补。	TGSZ
115	风入松歌(风入松)	7	8	8	“歌词辑览”（[总777]253）录有《黄士达太古遗音》该谱词，“提要”([总57]15)未录《黄士达太古遗音》同《谢琳太古遗音》谱，应增补。	TGSZ
116	听琴赋	2	3	3	“歌词辑览”（[总778]254）录有《黄士达太古遗音》该谱词，“提要”([总57]15)未录《黄士达太古遗音》同《谢琳太古遗音》谱，应增补。	TGSZ
117	伯牙吊子期（吊子期）	5	6	6	“歌词辑览”（[总780]256）录有《黄士达太古遗音》该谱词，“提要”([总57]15)未录《黄士达太古遗音》同《谢琳太古遗音》谱，应增补。	TGSZ
118	阳关曲（阳关、大阳关、阳关操）	6	7	7	“歌词辑览”（[总782]258）录有《黄士达太古遗音》该谱词，“提要”([总57]15)未录《黄士达太古遗音》同《谢琳太古遗音》谱，应增补。	TGSZ
119	春江曲（春江）	2	3	3	“歌词辑览”（[总791]267）录有《黄士达太古遗音》该谱词，“提要”([总57]15)未录《黄士达太古遗音》同《谢琳太古遗音》谱，应增补。	TGSZ
120	双清传(猿鹤双清)	7	8	8	“歌词辑览”（[总792]268）录有《黄士达太古遗音》该谱词，“提要”([总57]15)未录《黄士达太古遗音》同《谢琳太古遗音》谱，应增补。	TGSZ
121	正气歌	2	3	3	“歌词辑览”（[总806]282）录有《黄士达太古遗音》该谱词，“提要”([总57]15)未录《黄士达太古遗音》同《谢琳太古遗音》谱，应增补。	TGSZ

续表

序号	曲名	歌词 提要	歌词 辑览	歌词 观察	观察说明	问题编码
122	古秋风	1	2	2	"歌词辑览"（[总807]283）录有《黄士达太古遗音》该谱词，"提要"([总57]15)未录《黄士达太古遗音》同《谢琳太古遗音》谱，应增补。	TGSZ
123	前赤壁赋	9	7	9	"提要"（[总115]73）《新传理性元雅》所录《前赤壁赋》注明有词，"歌词辑览"（[总807]283—[总809]285）未录，参《琴曲集成》第8册，有词，"歌词辑览"应增补。又，"提要"（[总93]51）《玉梧琴谱》所录《赤壁赋》注明有词，"歌词辑览"（[总807]283—[总809]285）未录，参《琴曲集成》第6册，《玉梧琴谱》所录《赤壁赋》有词，词为《前赤壁赋》，"歌词辑览"应增补。另，《赤壁赋》在"解题辑览"中未单列曲条，其相关谱词均列于此曲条。由于全书各版块中《赤壁赋》《前赤壁赋》《后赤壁赋》三曲的归类多互有不同，即使"提要"中也存在问题，故此处为便于计数，从"歌词辑览"，《赤壁赋》相关谱词皆归于此。	GGLZ、GGLZ
124	后赤壁赋	4	4	4		
125	客窗夜话	17	15	17	"提要"（[总92]50）《玉梧琴谱》（[总102]60）《藏春坞琴谱》所录《客窗夜话》均注明有词，"歌词辑览"（[总810]286—[总834]310)均未录，参《琴曲集成》第6册，均有词，"歌词辑览"应增补。	GGLZ、GGLZ
126	思贤(思贤操、颜回)	18	16	19	"提要"（[总92]50）《玉梧琴谱》（[总102]60）《藏春坞琴谱》（[总133]91）《琴苑心传全编》所录《思贤操》均注明有词，"歌词辑览"（[总835]311—[总857]333）均未录，参《琴曲集成》第6册、第11册，均有语，"歌词辑览"应增补。又，"歌词辑览"（[总852]328）录有《松声操》之《思贤操》谱词（实应为《琴瑟谱》），"提要"（[总145]103）未录，参《琴曲集成》第12册，有词，"提要"应增补。	GGLZ、GGLZ、GGLZ、GGLZ、TGLZ
127	秋江晚钓	3	3	3		
128	盛德颂	1	1	1		
129	十八学士登瀛洲(瀛洲、学士登瀛)	3	3	3		
130	圯桥进履（进履、圯桥三进履、圯桥授书、圯上进履）	2	2	2		
131	一撒金	1	1	1		
132	雪窗夜话（雪窗）	3	2	3	"提要"（[总67]25）《琴谱正传》所录《雪窗夜话》注明"另附歌词"，"歌词辑览"（[总872]348—[总877]353）未录，参《琴曲集成》第2册，该谱未随曲附词，但在卷首单列歌词《雪窗夜话文》，"歌词辑览"应增补。	GGLZ
133	文君操（凤求凰、文凤求凰）	11	11	12	"提要"（[总224]182）《双琴书屋琴谱集成》所录《凤求凰》注明有词，"歌词辑览"（[总877]353—[总879]355）未录，参《琴曲集成》第27册，有词，"歌词辑览"应增补。又，"歌词辑览"（[总878]354）录有《理性元雅》之《凤求凰》谱词，"提要"（[总115]73）未录，参《琴曲集成》第8册，有词，"提要"应增补。	GGLZ、TGLZ
134	陋室铭	10	9	10	"提要"（[总167]125）《治心斋琴学练要》该谱注明有词，"歌词辑览"（[总879]355—[总880]356）未录，参《琴曲集成》第18册，有词，"歌词辑览"应增补。	GGLZ

135	捣衣曲（捣衣、秋水弄、秋杵弄、秋杵吟、秋院捣衣）	7	7	8	“歌词辑览”([总 883]359) 录有《律话》之《捣衣》谱词，“提要”（[总 197]155）未录，参《琴曲集成》第 21 册，该谱未随曲附词，但曲后单列有歌词，“提要”应增补。又，“提要”（[总 224]182）《希韶阁琴谱》所录《捣衣》注明有词，“歌词辑览”（[总 880]356—[总 885]361）未录，参《琴曲集成》第 26 册，谱本不同，未录《捣衣》，按“观察准则”从“提要”，“歌词辑览”应增补。	TGLZ、GGLZ
136	归耕（归耕操）	1	1	1		
137	大明一统	1	1	1		
138	醉翁亭（醉翁操）	4	4	4		
139	风雷引（风雷）	0	0	0		
140	古交行	1	0	1	“提要”（[总 69]27）《西麓堂琴统》该谱注明“第八段中部分注有歌词”，“歌词辑览”未列此曲条，参《琴曲集成》第 3 册，有词，“歌词辑览”应增补。	GGLZ
141	李陵思汉	1	1	1		
142	昭君出塞	1	1	1		
143	雁过衡阳（雁渡衡阳、雁度衡阳）	0	0	0		
144	渭滨吟	0	0	0		
145	佩兰	0	1	0	“歌词辑览”（[总 891]367）录有《五知斋琴谱》该谱词，“提要”（[总 160]118）未录，参《琴曲集成》第 14 册，《五知斋琴谱》所录《佩兰》无随文歌词，但曲前题解中有“辞曰”，对此“提要”是将其作为“解题”来认定的，据“观察准则”从“提要”，“歌词辑览”应减除。	GGWJ
146	寄情操	0	0	0		
147	孤芳吟	0	0	0		
148	夷旷吟（怀古吟、怀古引、怀古）	1	1	1		
149	石上流泉	0	0	0		
150	幽风歌（耕歌）	0	0	0		
151	奇品商意	0	0	0		
152	鹤舞洞天	1	1	1		
153	复古调(复古调考）	0	0	0		
154	南风畅	1	0	1	“提要”（[总 71]29)《西麓堂琴统》所录《南风畅》注明“第四段谱旁部分附歌词”，“歌词辑览”未列此曲条，参《琴曲集成》第 3 册，有词，“歌词辑览”应增补。	GGLZ
155	吊屈原	0	0	0		
156	断金吟	0	0	0		
157	妙品清商意	0	0	0		
158	清虚吟	0	0	0		

续表

序号	曲名	歌词			观察说明	问题编码
		提要	辑览	观察		
159	九疑吟（九嶷引）	0	0	0		
160	刍牧吟	0	0	0		
161	牧歌	0	0	0		
162	尽善吟	0	0	0		
163	箫韶九成凤凰来仪（神凤引）	0	0	0		
164	清夜闻钟（泣麟悲凤）	0	0	0		
165	扣角歌（扣角吟）	0	0	0		
166	秋风	0	0	0		
167	篝灯吟	0	0	0		
168	调弦品	0	0	0		
169	修禊吟	0	0	0		
170	康衢谣	0	0	0		
171	冲和吟	1	0	0	“提要”（[总107]65）《伯牙心法》该谱注明有词，“歌词辑览”未录此曲条，参《琴曲集成》第7册，无词，“提要”应减除。	TGWJ
172	谷口引	0	0	0		
173	达观吟	0	0	0		
174	流觞	0	0	0		
175	幽兰	0	0	0		
176	飞电吟	0	0	0		
177	胶漆吟	0	0	0		
178	赓歌（商歌）	1	1	1		
179	忆颜回	1	1	1		
180	杏坛（杏坛吟）	4	4	4		
181	长侧	0	0	0		
182	短侧	0	0	0		
183	清夜吟	0	0	0		
184	江月白	1	1	1		
185	春江晚眺	0	0	0		
186	瀛洲	0	0	0		

187	一叶知秋	0	0	0		
188	梅梢月	0	0	0		
189	蘧栩吟	0	0	0		
190	蒙棘引	0	0	0		
191	苍梧怨	0	0	0		
192	掇蜂吟	0	0	0		
193	击壤歌	0	0	0		
194	襄陵操	0	0	0		
195	子猷访戴	0	0	0		
196	列女引	0	0	0		
197	采真游	0	0	0		
198	角徵羽意	0	0	0		
199	卿云歌	1	1	1		
200	会同引	0	0	0		
201	洞庭秋思	0	0	0		
202	醉渔唱晚（醉渔晚唱、醉渔）	1	1	1		
203	静极吟	0	0	0		
204	龙归晚洞	0	0	0		
205	霜夜鸿	0	0	0		
206	玉树临风	0	0	0		
207	春晓吟	0	0	0		
208	谋父诓君(祈招诗）	1	1	1		
209	鸡鸣度关	0	0	0		
210	瑶天笙鹤	0	0	0		
211	春思	0	0	0		
212	太簇意	0	0	0		
213	定慧引（弃瓢吟）	0	0	0		
214	凌云吟	0	0	0		
215	欸乃	0	1	1	“歌词辑览”([总 900]376) 录有《琴适》该谱词，“提要”（[总 112]70）未录，参《琴曲集成》第 8 册，有词，“提要”应增补。	TGLZ
216	夷则意	0	0	0		

续表

序号	曲名	歌词			观察说明	问题编码
		提要	辑览	观察		
217	处泰吟	0	0	0		
218	远游	0	0	0		
219	无射意	0	0	0		
220	忆关山	0	0	0		
221	汉宫秋（秋扇吟、汉宫秋怨）	1	0	1	“提要”([总 151]109)《范氏琴瑟合璧》所录《汉宫秋》注明有词，“歌词辑览”未列此曲条，而是将其归入了（[总962]438）《汉宫秋月》曲条中，“歌词辑览”应增补。	GGGZ
222	大吕意	0	0	0		
223	崆峒引	0	0	0		
224	崆峒问道	0	0	0		
225	夹钟意	0	0	0		
226	越裳吟	0	0	0		
227	仲吕意	0	0	0		
228	逍遥吟	0	0	0		
229	逍遥游	0	0	0		
230	林钟意	0	0	0		
231	神人畅	0	0	0		
232	南吕意	0	0	0		
233	应钟意	0	0	0		
234	汉节操(苏武思君)	2	2	2		
235	慢商意	0	0	0		
236	慢商品	0	0	0		
237	宋玉悲秋	0	0	0		
238	复古意	0	0	0		
239	历山吟	0	0	0		
240	虞舜思亲	0	1	1	“歌词辑览”（[总 908]384）录有《西麓堂琴统》该谱词，并注明“全曲九段仅第五段有附词”，“提要”（[总75]33）未录，参《琴曲集成》第 3 册，第五段有词，“提要”应增补。	TGLZ
241	无媒意	0	0	0		
242	临邛引	0	0	0		
243	凤求凰	1	0	1	“提要”（[总 75]33)《西麓堂琴统》该谱注明“第三、八两段谱旁注有歌词”，“歌词辑览”未单列此曲条，且《文君操》曲条（[总 877]353—[总 879]355）亦未录此谱词，参《琴曲集成》第 3 册，该谱有词，“歌词辑览”应增补。	GGLZ
244	孤馆遇神	0	0	0		

245	碧玉意	0	0	0		
246	秋夜吟	0	0	0		
247	秋宵步月	0	0	0		
248	玉女意	0	0	0		
249	仙佩迎风	0	0	0		
250	泉鸣意	0	0	0		
251	鸣凤吟	0	0	0		
252	凤翔千仞(凤云游)	0	0	0		
253	孤竹君	0	0	0		
254	间弦意	0	0	0		
255	明君	0	0	0		
256	清羽意	0	0	0		
257	桃源春晓（桃园春晓）	0	0	0		
258	忘忧	0	0	0		
259	嘉遯吟	0	0	0		
260	思归吟	0	0	0		
261	资益吟	0	0	0		
262	滕六吟	0	0	0		
263	君子吟	0	0	0		
264	昭昭吟	0	0	0		
265	纯一吟	0	0	0		
266	霜夜吟	0	0	0		
267	风波吟	0	0	0		
268	湘江吟	0	0	0		
269	感怀吟	0	0	0		
270	亲善吟	0	0	0		
271	物感吟	0	0	0		
272	秋塞吟(搔首问天)	0	0	0		
273	乐极吟（渔歌调、极乐吟）	3	5	3	“歌词辑览”（[总 908]384）录有《天闻阁琴谱》和《希韶阁琴谱》之《乐极吟》谱词，“提要”（[总 213]171—[总 219]177、[[总 221]179—总 224]182）均未录，参《琴曲集成》第 25 册、第 26 册，二者均是与《渔歌》词同附于《渔歌》一曲之后，并无其曲，按“观察准则”从“提要”，“歌词辑览”应减除。	GGWJ、GGWJ

续表

序号	曲名	歌词			观察说明	问题编码
		提要	辑览	观察		
274	耕莘吟	0	0	0		
275	耕歌（幽风歌）	0	0	0		
276	浮海吟	0	0	0		
277	怀佳人吟	0	0	0		
278	忧时吟	0	0	0		
279	飞琼吟	1	1	1		
280	渔樵问答（金门待漏、金门待诏、渔樵）	10	11	10	“歌词辑览”（[总929]405）录有《徽言秘旨》之《渔樵》谱词，“提要”（[总125]83）未录，参《琴曲集成》第10册，无词，“歌词辑览”应减除。	GGWJ
281	沉壁吟	0	0	0		
282	九畹吟	0	0	0		
283	知幾吟	0	0	0		
284	正器吟	0	0	0		
285	玉斗	0	0	0		
286	幽怀吟	0	0	0		
287	龙马吟	0	0	0		
288	石床枕易	0	0	0		
289	高明吟	0	0	0		
290	天文	0	0	0		
291	博厚吟	0	0	0		
292	地理	0	0	0		
293	三才吟（三才引）	1	1	1		
294	人物	0	0	0		
295	万象吟	0	0	0		
296	物类	0	0	0		
297	静观吟（静观音）	0	0	0		
298	水仙曲(搔首问天）	0	0	0		
299	襄阳歌	1	1	1		
300	瑞龙吟	0	0	0		
301	遇仙吟	1	1	1		
302	浩浩歌	2	2	2		

303	金陵吊古	1	1	1		
304	大学章句（圣经）	4	4	4		
305	前出师表	2	2	2		
306	后出师表	1	1	1		
307	陈情表	1	1	1		
308	牡丹赋	1	1	1		
309	醒心集	3	3	3		
310	相思曲（古琴吟）	5	4	6	“歌词辑览”（[总932]408）录有《理性元雅》之《相思曲》谱词，“提要”([总115]73)未录，参《琴曲集成》第8册，有词，“提要”应增补。又，“提要”([总208]166)《琴学入门》([总232]190)《琴学初津》所录《古琴吟》均注明有词，“歌词辑览”（[总932]408）均未录，参《琴曲集成》第24册、第28册，有词，“歌词辑览”应增补。	TGLZ、GGLZ、GGLZ
311	滕王阁	3	3	3		
312	对月吟	1	1	1		
313	圣德颂	1	1	1		
314	慢角意（碧玉意、无媒意）	1	1	1		
315	秋江送别	1	1	1		
316	清江引	1	1	1		
317	水龙吟	4	4	4		
318	神品黄钟意	0	0	0		
319	朝会吟	0	0	0		
320	沧浪吟	0	0	0		
321	神品慢宫意	0	0	0		
322	神品复古意	0	0	0		
323	冲虚吟（步蟾宫）	0	0	0		
324	读书吟	0	0	0		
325	怀水仙	0	0	0		
326	飞珮吟	0	0	0		
327	鹤猿祝寿	1	1	1		
328	醉翁吟	2	2	2		
329	琴诗	1	1	1		
330	妙品黄钟意	0	0	0		
331	消忧吟	0	0	0		
332	明德引	1	1	1		

续表

序号	曲名	歌词			观察说明	问题编码
		提要	辑览	观察		
333	孔圣经	1	1	1		
334	释谈章（普庵咒、悉昙章、释谈、仙曲）	18	17	21	“提要”（[总97]55）《三教同声》所录《释谈章》注明有词，“歌词辑览”（[总945]421、[总949]425）重复录列两次，参《琴曲集成》第6册，《三教同声》所录《释谈章》只有1谱，“歌词辑览”应减除。又，“提要”([总122]80)《古音正宗》([总155]113)《蓼怀堂琴谱》所录《释谈章》均注明有词，“歌词辑览”（[总945]421—[总950]426）均未录，参《琴曲集成》第9册、第13册，均有词，“歌词辑览”应增补。又，“提要”（[总159]117）《五知斋琴谱》录有《释谈章》《普庵咒》各一谱，均注明有词，“歌词辑览”（[总945]421—[总950]426）均未录，参《琴曲集成》第14册，均有词，“歌词辑览”应增补。又，“提要”（[总239]197）《雅斋琴谱》所录《释谈章》注明“谱旁注普庵咒偈”，“歌词辑览”（[总945]421—[总950]426）未录，《琴曲集成》未收录《雅斋琴谱》，按“观察准则”从“提要”，“歌词辑览”应增补。又，“歌词辑览”（[总949]425）《治心斋琴谱》《兰田馆琴谱》（[总950]426）《天闻阁琴谱》均录有《释谈章（普庵咒）》谱词，“提要”（[总167]125、[总173]131、[总214]172）均未录，参《琴曲集成》第16、第18册、第25册，均有词，“提要”应增补。	GGCJ、GGLZ、GGLZ、GGLZ、GGLZ、GGLZ、TGLZ、TGLZ、TGLZ
335	清净经	1	1	1		
336	调弦入弄(仙翁操)	3	2	3	“提要”（[总97]55）《文会堂琴谱》所录《调弦入弄》注明有词，“歌词辑览”（[总951]427—[总952]428）未录，参《琴曲集成》第6册，有词，“歌词辑览”应增补。	GGLZ
337	泛音入弄	1	0	1	“提要”（[总97]55）《文会堂琴谱》该谱注明有词，“歌词辑览”未列此曲条，参《琴曲集成》第6册，有词，“歌词辑览”应增补。	GGLZ
338	五徽调弄	1	0	1	“提要”（[总97]55）《文会堂琴谱》该谱注明有词，“歌词辑览”未列此曲条，参《琴曲集成》第6册，有词，“歌词辑览”应增补。	GGLZ
339	寻芳吟	0	0	0		
340	开指鲁商意	0	0	0		
341	双鹤听泉(听泉吟)	0	0	0		
342	桃源吟	0	0	0		
343	苍梧引	0	0	0		
344	会宾吟	0	0	0		
345	屈原	0	0	0		
346	清商意（清商调）	0	0	0		
347	陌上桑	2	2	2		
348	四思歌	1	1	1		
349	和气吟	0	0	0		

350	洞天春晓	0	0	0		
351	溪山秋月（箕山）	0	0	0		
352	凤翔宵汉	1	1	1		
353	赤壁赋	0	0	0		
354	神品慢角意	0	0	0		
355	神游八极	0	0	0		
356	复圣操	5	5	5		
357	听琴吟	3	3	3		
358	秋声赋（秋声）	5	5	5		
359	汉宫秋月	3	4	3	“歌词辑览”（[总962]438）录有《范氏琴瑟合璧》之《汉宫秋》谱词，《汉宫秋》是存见658曲中的单列曲条，故其谱词在本曲条中亦应减除。	GGGJ
360	墨子悲歌（墨子悲丝、墨子、悲丝）	0	0	0		
361	客窗新语	1	1	1		
362	箕山秋月(箕山月）	1	1	1		
363	闺怨操（凤凰台上忆吹箫）	1	1	1		
364	塞上鸿	0	0	0		
365	沧海龙吟（沧江夜雨、苍江夜雨、龙吟）	0	0	0		
366	古神化引(古神化）	0	0	0		
367	清商调（清商曲）	2	1	3	“提要”（[总154]112）《琴谱析微》所录《清商调》注明“谱前有歌词”，“歌词辑览”（[总966]442）未录，参《琴曲集成》第13册，有词，“歌词辑览”应增补。同时“提要”与“歌词辑览”均应增补《卧云楼琴谱》同《琴谱析微》该谱歌词。	GGLZ、GGSZ、TGSZ
368	中秋月	0	0	0		
369	秋江夜泊（秋江晚泊）	0	0	0		
370	良宵引（良宵吟）	2	2	2		
371	鹿鸣（鹿鸣章、鹿鸣操）	5	4	6	“提要”（[总236]194[总239]197）《琴学丛书》录有《鹿鸣操》和《鹿鸣》各一谱，均注明有词，“歌词辑览”（[总969]445）只记1则，参《琴曲集成》第30册，均有词，“歌词辑览”应增补。又，“提要”（[总197]155）“歌词辑览”（[总969]445）均录有《律音汇考》之《鹿鸣》谱词1则，但据“提要”，《律音汇考》所录各曲均有太簇夹钟均和大吕均两谱，故“提要”与“歌词辑览”均应相应增补删略谱词。	GGLZ、TGSZ、GGSZ
372	杜将军歌	1	1	1		

续表

序号	曲名	歌词			观察说明	问题编码
		提要	辑览	观察		
373	四朝元（风云会）	1	1	1		
374	把酒问月	1	0	1	“提要”（[总 115]73）《新传理性元雅》该谱注明有词，“歌词辑览”未录此曲条，参《琴曲集成》第 8 册，有词，“歌词辑览”应增补。	GGLZ
375	有回行	1	1	1		
376	梅花十五弄	1	1	1		
377	三癖操	1	1	1		
378	结客少年场	1	1	1		
379	将进酒	1	1	1		
380	妾薄命	1	1	1		
381	茶歌	1	1	1		
382	过义士桥	1	1	1		
383	手挽长河行	1	1	1		
384	饮中八仙歌	1	1	1		
385	春江送别	1	1	1		
386	孝顺歌	1	1	1		
387	白头吟	1	1	1		
388	王明君吟	1	1	1		
389	东飞伯劳吟	1	1	1		
390	相逢行	1	1	1		
391	蓼莪	1	1	1		
392	兵车行	1	1	1		
393	西铭	1	1	1		
394	四愁诗	1	1	1		
395	渔父辞	1	1	1		
396	蜀道难	3	3	3		
397	独乐园	1	1	1		
398	接舆歌	1	1	1		
399	水调歌头	6	5	6	“提要”（[总 118]76）《新传理性元雅》该谱注明有词，“歌词辑览”（[总 994]470—[总 995]471）未录，参《琴曲集成》第 8 册，有词，“歌词辑览”应增补。	GGLZ
400	塞上曲	2	1	2	“提要”（[总 118]76）《新传理性元雅》该谱注明有词，“歌词辑览”([总 1071]547—[总 1073]549) 未录，参《琴曲集成》第 8 册，有词，“歌词辑览”应增补。	GGLZ

401	浪淘沙	3	3	3		
402	秋思	0	0	0		
403	静乐吟	0	0	0		
404	历苦衷言	1	1	1		
405	秋水（神化曲、神化引）	0	0	0		
406	大学序	1	1	1		
407	悼旧吟	0	0	0		
408	雁落平沙（平沙落雁、平沙）	4	4	4		
409	中和吟	1	1	1		
410	宗雅操	1	1	1		
411	养生操	0	0	0		
412	碧天秋思（天风佩环）	0	0	0		
413	悲秋（秋闺）	0	0	0		
414	鸾凤吟	0	0	0		
415	羽化登仙	0	0	0		
416	岳阳三醉	0	0	0		
417	挟仙游(神游八卦、神游八极、八极游）	0	0	0		
418	秋闺怨	1	1	1		
419	冷玉词	0	0	0		
420	太平奏	1	1	1		
421	禹鉴龙门	0	0	0		
422	梨云春思（梨云、草堂关）	4	4	4		
423	瑶岛问长生	1	1	1		
424	早朝吟	1	1	1		
425	空山磬	0	0	0		
426	修竹留风（修竹流风）	0	0	0		
427	临河修禊	1	1	1		

续表

序号	曲名	歌词			观察说明	问题编码
		提要	辑览	观察		
428	八公还童	1	1	1		
429	云中笙鹤	0	0	0		
430	钧天逸响	0	0	0		
431	栩栩曲	1	1	1		
432	梧叶舞秋风	0	0	0		
433	松下观涛（松下观泉）	0	0	0		
434	来凤引	0	0	0		
435	万壑松涛（万壑松风）	0	0	0		
436	和阳春	0	0	0		
437	炎凉操	0	0	0		
438	清平乐	5	5	5		
439	东风齐着力	1	1	1		
440	大哉引	1	1	1		
441	秋风辞（北风词）	4	4	4		
442	子夜吴歌	2	2	2		
443	幽涧泉	2	1	2	“提要”（[总167]125）《治心斋琴学练要》该谱注明有词，“歌词辑览”（[总1028]504）未录，参《琴曲集成》第18册，有词，“歌词辑览”应增补。	GGLZ
444	久别离	1	1	1		
445	八声甘州	1	1	1		
446	瑞鹤仙	1	1	1		
447	凤凰台上忆吹箫	1	1	1		
448	太平引	1	1	1		
449	鹤冲霄	2	2	2		
450	南浦月	1	1	1		
451	梅花（瑞芳引）	1	1	1		
452	偶成	1	1	1		
453	离别难	2	1	2	“歌词辑览”（[总1031]507）《和文注音琴谱》录该谱歌词1则，但“提要”（[总141]99）该谱所录《离别难》两曲均有词，参《琴曲集成》第12册，均有词，“歌词辑览”应增补。	GGLZ

454	华清引	2	2	2		
455	霹雳引	1	1	1		
456	月当厅	1	1	1		
457	忆王孙	2	2	2		
458	草堂吟	1	1	1		
459	长相思	5	5	5		
460	竹枝词	2	2	2		
461	小操	2	2	2		
462	箕山操	1	1	1		
463	熙春操	1	1	1		
464	思亲引	2	2	2		
465	安排曲	1	1	1		
466	九还操	2	2	2		
467	乐山隐	3	3	3		
468	春山听杜鹃（春山杜鹃）	0	0	0		
469	万年欢	2	2	2		
470	沁园春	5	5	5		
471	满江红	4	4	4		
472	彩云归	2	2	2		
473	摊破浣溪沙	1	1	1		
474	减字木兰花	6	6	6		
475	意难忘	4	4	4		
476	卖花声	1	1	1		
477	羽仙歌	1	1	1		
478	渔家傲	3	3	3		
479	忆余杭	2	2	2		
480	卜算子	4	4	4		
481	鹧鸪天	1	1	1		
482	点绛唇	1	1	1		
483	忆秦娥	1	1	1		
484	柳梢青	2	2	2		
485	法曲献仙音	2	2	2		

续表

序号	曲名	歌词			观察说明	问题编码
		提要	辑览	观察		
486	临江仙	6	6	6		
487	两同心	2	2	2		
488	玉楼春	2	2	2		
489	越溪春	3	3	3		
490	汉宫春第一体	1	1	1		
491	高山流水	2	2	2		
492	松风引	1	1	1		
493	舒怀吟	1	1	1		
494	小重山	1	1	1		
495	渔父家风	1	1	1		
496	画堂春	1	1	1		
497	潇湘夜雨	2	2	2		
498	千秋岁	1	1	1		
499	千秋岁引	1	1	1		
500	玉堂春	1	1	1		
501	洞仙歌	1	1	1		
502	中兴乐	1	1	1		
503	秋蕊香	1	1	1		
504	偷声木兰花	1	1	1		
505	杏花天	2	2	2		
506	御街行	1	1	1		
507	贺圣朝第一体	1	1	1		
508	武林春（武陵春）	1	1	1		
509	搔首问天（搔首问青天、秋塞吟、水仙曲）	0	0	0		
510	归来曲（耍罢歌）	8	8	8		
511	夏峰歌	4	3	4	“提要”([总223]181)《希韶阁琴谱》该谱注明“分段后附歌词”，“歌词辑览”([总1059]535—[总1060]536)未录，参《琴曲集成》第26册，谱本不同，未录《夏峰歌》，按“观察准则”，从“提要”，“歌词辑览”应增补。	GGLZ
512	春怨	0	0	0		

513	苏门长啸(苏门啸)	0	0	0		
514	烂柯行	0	0	0		
515	秋怨	0	0	0		
516	参同歌(参同契)	0	0	0		
517	安乐窝(安乐窝歌)	4	3	4	“提要”([总224]182)《希韶阁琴谱》所录《安乐窝》注明“分段后附歌词”，“歌词辑览”([总1061]537—[总1062]538)未录，参《琴曲集成》第26册，其所录谱本与《存见古琴曲谱辑览》据谱谱本不同，未录《安乐窝》，按“观察准则”从“提要”，“歌词辑览”应增补。	GGLZ
518	据梧吟	0	0	0		
519	鲁风	0	0	0		
520	敲爻歌	0	0	0		
521	梧桐夜雨	0	0	0		
522	万国来朝	0	0	0		
523	琴书乐道	0	0	0		
524	养生主	0	0	0		
525	神化曲	0	0	0		
526	汉宫春	1	1	1		
527	金菊	1	1	1		
528	壶中天	1	1	1		
529	百字令	1	1	1		
530	锦园春	1	1	1		
531	国香	1	1	1		
532	天香	1	1	1		
533	九声诵	1	1	1		
534	读书引	1	1	1		
535	舞雩春咏	1	1	1		
536	湘灵鼓瑟	1	1	1		
537	西山操	1	1	1		
538	大风唱	1	1	1		
539	水仙	0	0	0		
540	银钮丝	0	0	0		
541	韦编	0	0	0		
542	虚明吟	0	0	0		

续表

序号	曲名	歌词			观察说明	问题编码
		提要	辑览	观察		
543	易春操（暮春操）	0	0	0		
544	读易（秋夜读易、孔子读易）	0	0	0		
545	知止吟	0	0	0		
546	精忠词	1	1	1		
547	屈子天问	0	0	0		
548	伐檀章（伐檀）	5	3	5	“提要”（[总168]126）《春草堂琴谱》所录《伐檀章》注明有词，“歌词辑览”（[总1077]553—[总1078]554）未录，参《琴曲集成》第18册，有词，“歌词辑览”应增补。又，“提要”（[总236]194、[总239]197）《琴学丛书》录有《伐檀》两谱，均注明有词，“歌词辑览”（[总1078]554）只记1则，参《琴曲集成》第30册，《琴学丛书》所录两谱均有词，“歌词辑览”应增补。	GGLZ、GGLZ
549	桃李园（桃李园序、桃李春风）	2	2	2		
550	汉宫春晓（汉宫春怨）	0	0	0		
551	北塞上鸿	0	0	0		
552	南塞上鸿	0	0	0		
553	读经	0	0	0		
554	四牡章	1	1	2	“提要”（[总198]156）“歌词辑览”（[总1078]554）均录有《律音汇考》之《四牡》谱词1则，但据“提要”，《律音汇考》所录各曲均有太簇夹钟均和大吕均两谱，故“提要”与“歌词辑览”均应相应增补删略谱词。	TGSZ、GGSZ
555	鹊巢章	1	1	2	“提要”（[总198]156）“歌词辑览”（[总1079]555）均录有《律音汇考》之《鹊巢》谱词1则，但据“提要”，《律音汇考》所录各曲均有太簇夹钟均和大吕均两谱，故“提要”与“歌词辑览”均应相应增补删略谱词。	TGSZ、GGSZ
556	越裳歌	0	0	0		
557	沧浪歌	1	1	1		
558	操缦（仙翁操）	1	1	1		
559	寄隐者	1	1	1		
560	水仙操	0	0	0		
561	秋山木落	0	0	0		
562	打番儿（边情密赚）	1	0	1	“提要”（[总184]142）《裛露轩琴谱》该谱注明有旁词，“歌词辑览”未列此曲条，参《琴曲集成》第19册，有词，“歌词辑览”应增补。	GGLZ
563	琴中琴	1	0	1	“提要”（[总184]142）《裛露轩琴谱》该谱注明有旁词，“歌词辑览”未列此曲条，参《琴曲集成》第19册，有词，“歌词辑览”应增补。	GGLZ
564	花宫梵韵	0	0	0		
565	太和吟	0	0	0		

566	云门	0	0	0		
567	采真	0	0	0		
568	春景	1	1	1		
569	调弦仙翁指南	0	0	0		
570	碧涧流泉	0	0	0		
571	孔子吊季札	1	1	1		
572	太极游	1	1	1		
573	孤猿啸月	0	0	0		
574	皇华	1	1	2	“提要”（[总198]156）“歌词辑览”（[总1081]557）均录有《律音汇考》之《皇华》谱词1则，但据“提要”，《律音汇考》所录各曲均有太簇夹钟均和大吕均两谱，故“提要”与“歌词辑览”均应相应增补删略谱词。	TGSZ、GGSZ
575	鱼丽	1	1	2	“提要”（[总198]156）“歌词辑览”（[总1081]557）均录有《律音汇考》之《鱼丽》谱词1则，但据“提要”，《律音汇考》所录各曲均有太簇夹钟均和大吕均两谱，故“提要”与“歌词辑览”均应相应增补删略谱词。	TGSZ、GGSZ
576	南有嘉鱼	1	1	2	“提要”（[总198]156）“歌词辑览”（[总1082]558）均录有《律音汇考》之《南有嘉鱼》谱词1则，但据“提要”，《律音汇考》所录各曲均有太簇夹钟均和大吕均两谱，故“提要”与“歌词辑览”均应相应增补删略谱词。	TGSZ、GGSZ
577	南山有台	1	1	2	“提要”（[总198]156）“歌词辑览”（[总1082]558）均录有《律音汇考》之《南山有台》谱词1则，但据“提要”，《律音汇考》所录各曲均有太簇夹钟均和大吕均两谱，故“提要”与“歌词辑览”均应相应增补删略谱词。	TGSZ、GGSZ
578	葛覃	1	1	2	“提要”（[总198]156）“歌词辑览”（[总1083]559）均录有《律音汇考》之《葛覃》谱词1则，但据“提要”，《律音汇考》所录各曲均有太簇夹钟均和大吕均两谱，故“提要”与“歌词辑览”均应相应增补删略谱词。	TGSZ、GGSZ
579	卷耳	1	1	2	“提要”（[总198]156）“歌词辑览”（[总1083]559）均录有《律音汇考》之《卷耳》谱词1则，但据“提要”，《律音汇考》所录各曲均有太簇夹钟均和大吕均两谱，故“提要”与“歌词辑览”均应相应增补删略谱词。	TGSZ、GGSZ
580	采蘩	1	1	2	“提要”（[总198]156）“歌词辑览”（[总1084]560）均录有《律音汇考》之《采蘩》谱词1则，但据“提要”，《律音汇考》所录各曲均有太簇夹钟均和大吕均两谱，故“提要”与“歌词辑览”均应相应增补删略谱词。	TGSZ、GGSZ
581	采蘋	1	1	2	“提要”（[总198]156）“歌词辑览”（[总1084]560）均录有《律音汇考》之《采蘋》谱词1则，但据“提要”，《律音汇考》所录各曲均有太簇夹钟均和大吕均两谱，故“提要”与“歌词辑览”均应相应增补删略谱词。	TGSZ、GGSZ
582	金风落叶（梧叶舞秋风）	0	0	0		
583	和弦	0	0	0		
584	阳关	1	1	1		
585	冥判	1	1	1		
586	写本	1	1	1		
587	板桥道情	1	1	1		
588	跌落	1	1	1		
589	劈破玉	1	1	1		

续表

序号	曲名	歌词			观察说明	问题编码
		提要	辑览	观察		
590	五瓣梅	1	1	1		
591	四大景	1	1	1		
592	花鼓	1	1	1		
593	四美具	0	0	0		
594	傍妆台	0	0	0		
595	东皋舒啸	0	0	0		
596	立廉缦	0	0	0		
597	小洞天	0	0	0		
598	羽音双清	0	0	0		
599	郢中歌	0	0	0		
600	云鹤游天	0	0	0		
601	清角遗音	0	0	0		
602	闲情引	0	0	0		
603	玉玲珑	0	0	0		
604	风云际会	0	0	0		
605	摩诃般若波罗蜜多心经	1	1	1		
606	黄帝阴符经	1	1	1		
607	耕莘钓渭	0	0	0		
608	孤儿行	1	1	1		
609	怀仙操	0	0	0		
610	化蝶	0	0	0		
611	双鹤沐泉	0	0	0		
612	宫音初调	0	0	0		
613	髯仙歌	0	0	0		
614	商音初调	0	0	0		
615	角音初调	0	0	0		
616	云竹榻	0	0	0		
617	徵音初调	0	0	0		
618	望云思亲	0	0	0		

619	羽音初调	0	0	0		
620	桐叶惊秋	0	0	0		
621	溪山夜月	0	0	0		
622	寻芳引	0	0	0		
623	野鹤唳云	0	0	0		
624	凯歌	0	0	0		
625	徵音谱诗	1	1	1		
626	九霄环佩	0	0	0		
627	赏荷	1	1	1		
628	猿啼秋峡	0	0	0		
629	南湖秋雁	0	0	0		
630	独鹤与飞	0	0	0		
631	云水吟	0	0	0		
632	枯木吟	0	0	0		
633	那罗法曲	0	0	0		
634	莲社引	1	1	1		
635	雨中秋	0	0	0		
636	雪夜吟	0	0	0		
637	乐天操	0	0	0		
638	腊鼓引	0	0	0		
639	校正古怨	1	0	1	“歌词辑览”（[总528]4）将《鄂公祠说琴》所录之《校正古怨》谱词列于《古怨》曲条内，由于存见658曲中有独立的《校正古怨》曲条，故计数应将其自《古怨》中减除，增录于此。	GGGZ
640	代徵招	0	0	0		
641	小普庵咒	0	0	0		
642	天籁	0	0	0		
643	升平春色	1	1	1		
644	鸾凤和鸣	0	0	0		
645	凤鸣丹山	0	0	0		
646	七月	2	1	2	“提要”（[总238]196[总239]197）《琴学丛书》录有《七月》二谱，均注明有词，“歌词辑览”（[总1096]572）只记1则，参《琴曲集成》第30册，《琴学丛书》所录为两谱，“歌词辑览”应增补。	GGLZ
647	昭和乐章	1	1	1		
648	雍和乐章	1	1	1		
649	熙和乐章	1	1	1		
650	渊和乐章	1	1	1		

续表

序号	曲名	歌词			观察说明	问题编码
		提要	辑览	观察		
651	昌和乐章	1	1	1		
652	德和乐章	1	1	1		
653	关山月	0	0	0		
654	秋风词	0	0	0		
655	秋夜长	0	0	0		
656	玉楼春晓	0	0	0		
657	长门怨	0	0	0		
658	泣颜回	0	0	0		
合计		845	849	907		

表21 《黄士达太古遗音》《徽言秘旨订》《卧云楼琴谱》略去与《谢琳太古遗音》《徽言秘旨》《琴谱析微》同谱材料详表

谱集	曲序	琴曲	题解／序／赋	分段标题	后记	歌词	说明
太古遗音（谢琳）	1	南风歌	1			1	
太古遗音（谢琳）	2	思亲操	1			1	
太古遗音（谢琳）	3	湘妃怨	1			1	
太古遗音（谢琳）	4	岐山操	1			1	
太古遗音（谢琳）	5	拘幽操	1			1	
太古遗音（谢琳）	6	关雎曲	1			1	
太古遗音（谢琳）	7	文王操	1			1	
太古遗音（谢琳）	8	尅商操	1			1	
太古遗音（谢琳）	9	文王曲	1			1	
太古遗音（谢琳）	10	越裳操	1			1	
太古遗音（谢琳）	11	履霜操	1			1	
太古遗音（谢琳）	12	鹤鸣九皋	1			1	
太古遗音（谢琳）	13	漪兰操	1			1	
太古遗音（谢琳）	14	将归操	1			1	
太古遗音（谢琳）	15	龟山操	1			1	
太古遗音（谢琳）	16	亚圣操	1			1	

续表

谱集	曲序	琴曲	题解 / 序 / 赋	分段标题	后记	歌词	说明
太古遗音（谢琳）	17	残形操	1			1	
太古遗音（谢琳）	18	别鹤操	1			1	
太古遗音（谢琳）	19	雉朝飞	1			1	
太古遗音（谢琳）	20	楚歌	1	1		1	
太古遗音（谢琳）	21	蔡氏五弄	1	1		1	
太古遗音（谢琳）	22	八公操	1			1	
太古遗音（谢琳）	23	昭君怨	1			1	
太古遗音（谢琳）	24	黄钟调				1	“提要”（[总57]15）该谱注明“有解题”，《解题辑览》未录，参《琴曲集成》第1册，“提要”误增，应减除。
太古遗音（谢琳）	25	归去来辞	1			1	
太古遗音（谢琳）	26	梅花曲	1	1		1	
太古遗音（谢琳）	27	思归引	1			1	
太古遗音（谢琳）	28	风入松歌	1			1	
太古遗音（谢琳）	29	听琴赋	1			1	
太古遗音（谢琳）	30	伯牙吊子期	1			1	
太古遗音（谢琳）	31	阳关曲	1			1	
太古遗音（谢琳）	32	春江曲	1			1	

太古遗音（谢琳）	33	双清传	1			1	
太古遗音（谢琳）	34	正气歌	1			1	
太古遗音（谢琳）	35	古秋风				1	“提要”（[总57]15）该谱注明“有解题”，《解题辑览》未录，参《琴曲集成》第1册，“提要”误增，应减除。
小计			33	3		35	
《徽言秘旨》60谱均无解题、后记、分段标题及歌词材料							
琴谱析微	1	洞天春晓			1		
琴谱析微	2	和阳春					
琴谱析微	3	修禊吟					
琴谱析微	4	听泉吟			1		
琴谱析微	5	释谈章					
琴谱析微	6	古交行					
琴谱析微	7	风雷引			1		
琴谱析微	8	秋江夜泊					
琴谱析微	9	中秋月					
琴谱析微	10	箕山秋月			1		
琴谱析微	11	苍梧怨			1		
琴谱析微	12	良宵引			1		
琴谱析微	13	列子御风					
琴谱析微	14	涂山			1		
琴谱析微	15	樵歌		1	1		
琴谱析微	16	山居吟					
琴谱析微	17	洞庭秋思					
琴谱析微	18	佩兰			1		
琴谱析微	19	雉朝飞			1		

续表

谱集	曲序	琴曲	题解 / 序 / 赋	分段标题	后记	歌词	说明
琴谱析微	20	乌夜啼					
琴谱析微	21	玉树临风			1		
琴谱析微	22	春晓吟			1		
琴谱析微	23	羽化登仙（佚谱）					
琴谱析微	24	神化引					
琴谱析微	25	庄周梦蝶			1		
琴谱析微	26	平沙落雁					
琴谱析微	27	胡笳十八拍		1	1		
琴谱析微	28	秋鸿（佚谱）					
琴谱析微	29	潇湘水云			1		
琴谱析微	30	乐极吟					
琴谱析微	31	离骚					
琴谱析微	32	清商调				1	
小计				2	15	1	
合计			33	5	15	36	

2020 年 2 月 22 日
完稿于重庆江津

叁

竹山艺事

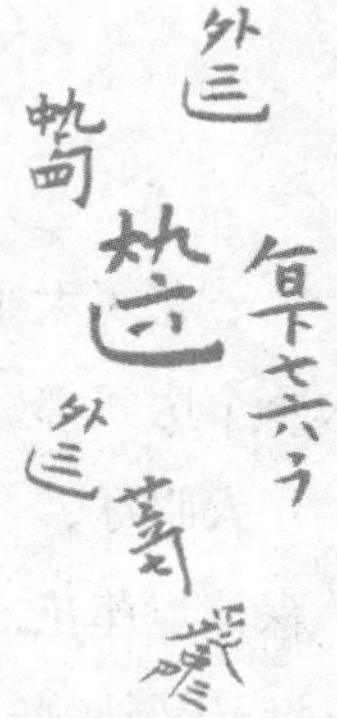

一　2014 年 8 月 23 日 净土莲
二　2014 年 12 月 20 日 竹映青衫
三　2015 年 3 月 15 日 一张琴
四　2015 年 3 月 16 日 两幅床板画
五　2015 年 4 月 20 日 竹林七“闲”
六　2015 年 7 月 27 日 红尘内外
七　2015 年 9 月 13 日 秋之茎
八　2015 年 11 月 23 日 竹里馆森林广播
九　2015 年 12 月 26 日 伐竹歌
十　2017 年 1 月 21 日 溪山已远
十一　2017 年 6 月 4 日 绣球花会
十二　2017 年 10 月 7 日 空中楼阁
十三　2018 年 9 月 10 日 时间的堆叠
十四　2018 年 11 月 20 日 挥不去的风雪
十五　2019 年 4 月 11 日 《飞鸿雪泥》序
十六　2020 年 6 月 1 日一个人的绣球花会

一 2014年8月23日 净土莲

花了大半天的工夫，这整一面墙的莲花终于峥然而出了。放下笔的那一瞬间，整个房间都好像被光彩点亮了一样。不过是两朵莲花，数尾锦鲤，但这巨幅的画面，夺人眼球，令原本了无生趣的空间，瞬间便生动了起来。大自然本是最为有趣的，森林与莲花，各有其空间，但它们却在这里意外相逢了。室外是森林，室内是莲花。谁又是外物？谁又是内心呢？

一直以来都想在竹山建一个琴禅堂，这也是当日来到这里的初衷。画这一幅壁画，便是整个琴禅堂改造计划的开始。我自己是不会画的，所以只好请了封胜和老尹来，经由他们的手，令这原本粗陋的山野村居放射出不一样的光芒。从此，朋友们也就多了一个谈琴说艺、清净身心的地方。

听筱琰说，内江莲师的宝刹名莲初寺。这真是一个极好的名字，净如莲，且终不敢忘了那本来的初心。

二 2014年12月20日 竹映青衫

父亲找来了老邓，在他们的共同努力下，终于如我所愿，把琴禅堂背后那一片坍塌已久的废墟清理了出来，并在原址上重新建起了一座茶亭。这是我对整个琴禅堂规划得极重要的一部分，名为“竹映青衫”。青衫者，学子之布衣也。阳光、竹影、青衫客。往来无论琴、茶、经、墨，皆不过一袭青袍。父亲说：“惜无字。”无字又何惜？闲坐于斯，人便入画，流光便作字！又几人能知？

后闲来无事，对境抚《高山》一曲。见手影光移，忽知竹影亦皆樊篱。跳出红尘外，便堕青山里。去不得！去不得！又几人能知？又几人能定？

这次一并交给老邓改造的还有禅堂，全部以竹片贴墙，今也一并完工了。从蒲田迎回的地藏王菩萨亦已入山，只待腊八安位、挂红。想起数年前的那一个雨夜，与筱琰共迎一纸地藏菩萨小像入山，竟无处安身。那时，现在的禅堂还是三间彼此分隔的工人房与杂物间。菩萨亦只能暂且寄放在工人房里。至后半夜，工人休息的床突然自己垮了，于是便定下这里作为禅堂。冥冥之中，总以为是菩萨自己的选择。如今，三间房打通连成一气，大幅的玻璃窗将外面的青山迎进来，阳光洒在竹墙上，也可以说是旧貌换新颜了。不过我向来是一个行动力极差的人，这一次如果没有父亲的鼎力支持，恐怕再过10年，这个法喜充满的所在也定还是建不起来的！

2015年3月15日
三 一张琴

自上次画完“净土莲”以后，又是半年过去了。今日始得再有机会，邀得老尹与封胜一起入山，为我再画琴房。

这次选的题材是山水，依然是封胜来主笔。不过他并未严格按照我选的素材来画，只是略微参考了一下，便随意画了起来。甚至与上一次相比，连起初的线条勾勒也没有，直接就以布作笔，蘸着黑色的颜料画了开去。这样随意的画法，似乎倒也更符合山水本来的气质。虽然传统的宣纸换成了白色的墙壁，作画的墨汁也换成了西洋画常用的丙烯，然而那种天地之间怆然的感觉却也依然一样是令人感动的。

整个画面出来，左下与右上对称的两角间是大幅的留白。右上是远山，左下为近岸临水的一小丛树林，留白处正好用来挂琴。可是那一整面墙壁啊，却只容得下一张琴。因为那山水间，透出来的是一个人独来独往的心影。多了，倒成了琴行的展示墙了。

听说蜀中斫琴师张勇，其所斫琴有品牌名“一张琴”。这名儿真好，甚合我意。一个人，一张琴，便是这梦里乾坤。无他。

四　2015年3月16日　两幅床板画

趁着刚画完琴房的余兴，我又翻出两张破床板来，请尹、封二位作画。令我意想不到的是，他们竟然不约而同地画出两张与琴曲有关的画来。

封胜的一张画的是一幅条幅，床板长1 920 mm，宽584 mm。他以床板上残留的木疖子为山石，让流水从中倾泻而下，画成了一幅瀑布。画的顶部是苍翠的河谷，底部是水雾弥漫的深潭，中间则是陡峭的山石和飞泻的瀑布。沿山石而上还有悬空的栈道和面向潭渊的草亭。这幅画让我想起了《流水》的某些章节，于是请封胜题为《白云泉》，并题写了白居易的那首诗，算是成全了《琴路》中《论〈流水〉的英雄主义》所写过的那一段因缘。

老尹的正好与封胜的相反，画的是一幅横幅。床板长1 899 mm，宽340 mm，画的是一派秋水长天的景象。这幅画以床板自然的纹理为沙洲和云纹，只是纯以黑白的颜料在上面极细致地描写了些树林。这是一幅并未完成的画，也许永远也不会完成。用老尹自己的话来说，就是隔段时间上来，想起了就又再来补两笔。这样很好，因为随着岁月的变幻，那些沙洲上的树丛本来是可浓可淡、可增可减的。这幅画的意境让我想起了《秋鸿》，虽然上面并没有大雁，但留白的地方总是让人有所期待。他们刚刚离去，或正在到来。无论老尹将来对这幅画会做出怎样的补充，我都希望他永远不要去加入大雁。一幅没有大雁的《秋鸿》，但他就是《秋鸿》。

这两幅画都是以丙烯颜料绘就的。没有预先的安排，但都暗合我意。感谢尹、封二师的创意，送给我值得永久珍藏的惊喜！

五　2015年4月20日　竹林七『闲』

在老尹的组织下，竹林艺术第一季得以如期举行。因为此前我们在竹林实施的“让知识生长”系列，近来在艺术圈引起了一些关注，所以这一季也不再是我们几个的“独角戏”。受邀参与的艺术家在总体控制的前提下，数量上亦有所增加。

本次竹林艺术季，老尹策划的主题是“风骨”，并以“竹林七贤”与“魏晋风度”为契子和语境，要探讨的内容实际包括历史与现实、环境与态度、思想与行为、原生与流变、风骨与消费等多重维度。关于此，老尹有引文一篇——《文化嬗变与场景生成》，可为本次活动主旨之解读。

本次竹林艺术季参与的艺术家共7人，共完成作品7件，包括老尹的《设界》、封胜的《笑脸》等。因全部作品均以竹林为背景完成，又正好巧合“七贤”之数，故而艺术家们便笑称自己为“竹林七闲”，甚为有趣，倒也是本次活动的一段美谈。

此次活动，我亦学做习作一件。作品为将废弃的单人床刷成白色后移至户外，并在上面堆土种花，希望从中可以看到自己亲手种下的对于这一片竹山的理想，随着四季的更迭而变幻，因之名为《白日梦》。开始的已经开始，而未来究竟会是什么样的结局，就只有到时间的终点去寻找答案了。

附：2015年谷雨，竹林艺术季第一季创作纪实

（一）时间：2015年4月17日—2015年4月19日

（二）地点：重庆万盛黑山竹里馆艺术营

（三）主题：风骨

（四）策划：尹瑞林

（五）实施：知生堂语境实验室

（六）文案：尹瑞林、李劲松

（七）摄影：李劲松、吴野

（八）摄像：赵鹏

（九）艺术家：尹瑞林、封胜、杨西、吴野、杜磊、殷劲疾、李劲松

（十）创作存目：

1. 尹瑞林：设界（装置、行为）

2. 封胜：笑脸（装置）

3. 杨西：织竹（装置）

4. 吴野：风箫（装置）

5. 殷劲疾：林间小路（油画写生）

6. 杜磊：和平年代（装置、行为）

7. 李劲松：发廊（装置）

（十一）其他参与：唐梅林、陶伍健、冷永霞、周嘉红、张毅

（十二）特别鸣谢：鲁蹄侠辣卤卤味

（十三）活动纪实：

1. 2015 年 4 月 17 日

● 下午 4 点，晴：创作组成员抵达艺术营，勘察场地，自由呼吸。

● 晚 8 点，大风：艺术夜聊斋——风与风骨、风在林间自由穿行。

2. 2015 年 4 月 18 日

● 上午 9 点，晴：创作实施——李劲松《发廊》、尹瑞林《设界》、封胜《笑脸》、杨西《织竹》。

● 下午 3 点，晴：创作实施——尹瑞林《设界》、封胜《笑脸》、吴野《风箫》、杜磊《和平年代》、唐梅林《白日梦》。

● 晚 8 点，冰雹转暴雨：艺术夜聊斋——血腥与美丽、艺术生与死。

3. 2015 年 4 月 19 日

● 上午 8 点，雨：创作实施——唐梅林《白日梦》。

● 上午 10 点，阴：禅堂琴会——唐梅林《孤馆遇神》《流水》《心经》。

● 下午 3 点，阴：再见，艺术营。

六 红尘内外

2015年7月27日

《设界》是老尹在竹山完成的第二件装置艺术作品。其以几组并行的红色尼龙绳缠绕、穿行于竹林间，形成一个曲折的围合空间。红绳所过之处两侧，竹林本来是浑然一体的，但却因红绳的介入，产生了对空间的切割。但这种切割并不是密闭的隔离，而是以线性的迂回，形成一种似断还连、似连却断的界限。经由这个作品，你可以想到很多关联的意象，比如警戒线、迂回的蛇、穿行的风，甚至还可以联想到电影里常见的红外线、激光防盗系统，或某种高科技的由极细金属丝构成的隐形杀人暗器。但艺术家似乎并不愿受制于这些象形的关联联想。作者给这个作品命名为《设界》，使其具有了多维关联的张力。

我喜欢老尹的这件作品，不仅是因为它有着很深的思想性，更因为它是一件难得的有着极强参与性与互动性的作品。这个作品，红色尼龙绳穿行、围合起来的空间中心，是一组原有的几近于荒废的石桌与石凳。这就使得每个来到这里的观者几乎无一例外地都会走入其中坐下来，并产生一系列的动作和行为。由于观者的性别、年龄、职业等身份背景完全不同，所以他们在这个空间中的活动自然也完全不同。这就意味着这是一件随着时间的推移会不断自我翻新的作品。老尹当初只是完成了他对原始空间的创作，而后来每一个步入其中的观者都是新的创作合作者。他们带着各自的信息而来，和老尹以及这一片森林发生新的交互关系。从这个意义上来说，这也是一件一直持续在创作中，而始终未被完成的作品。一件作品能够在时间的流逝中不断更新，而这些在时间断面上所呈现出来的点，又始终支持着一个共建的整体，这是一件多么有趣的事情。

我自己便是这个空间里的常客。我时常会来到这里，弹琴、诵经、阅读，又或者只是静默、枯坐。老尹也时常在这里产生一些新的行为，比如深呼吸或打一套达摩十八式。那时候，无论是夏天的蝉鸣，或山道上偶尔飘来的一阵汽车喇叭声，都会被吸纳进这个空间里，成为这流逝中的艺术品的一部分。声音本来是流逝的，生活也是，人的身体、思想和行为也是，一切皆是。人们流逝在流逝里，仿佛进入了一个巨大的黑洞。

说到“流逝”，传统琴曲中令人最先想到的具有这种特质的，恐怕就要数《流水》了。《流水》具有一种无可挽回的，却又勇往直前的气质，因此也是我最喜爱的琴曲之一。日常的生活中，有时候忙起来，没有时间弹琴，很多曲目都放忘记了，只有《流水》是常在手边的。如果数日之中只有一小会儿时间可以弹琴，那一定是它。如果在这个作品中弹琴，我第一要弹的也一定是它。5月的时候，胡老和艺书来，我弹的也是它。那日，风轻轻地从竹间、从指间穿过。那水的流动，与风与光的流动是完全一体的。

其实流逝的不仅是《流水》，当日艺书弹《风雷》，胡老弹《梅花》皆如此。花开花谢是流逝。风雷骤起又散尽，亦如是。更可喜胡老所带来的一张清代老琴，他本身超越于这个空间一二百年以外，好像一个穿越时空的使者，把一种久远以前的声音带到这里。中间漫长的时间被省略了，他却像一个休止符一样，一瞬间就穿越而来。这琴声和他所激起的意涵，于这流逝的空间里别具意义。

今天，多年前的老同事T君夫妇来访。恰遇我和老尹在做一场另类的布展。也是利用这个作品所形成的空间，再叠加上新的作品。我们把这个空间当成一个画廊，在那些红色的尼龙绳上挂上老尹新完成的竹叶画系列作品（老尹自创的一种用细竹枝叶为笔作的画）。阳光温柔地洒落在灰色的画布上，随着时间的流动而漫步着。这一种流逝也是不可被复制的。结束的时候虽然画作还在，但那个被阳光抚摸的瞬间之作，已经永远地消失在时间的流逝里了。

这一天，我们聊了很多十年前与十年后的事情。告别的时候，我再次奏响了《流水》。滚拂之际，突然看到落日余晖中染成金红的《设界》，想起来的这里的朋友也不总是为艺术而来。一些朋友来到这里，只是单纯地借用这个空间，做一些随心所欲的日常，比如喝个啤酒、啃个鸡爪什么的。于是我给这件作品起了另一个名字——《红尘内外》。

七 秋之茎

2015年9月13日

应我之约，草根琴人会于竹山。许是路程远了些的缘故吧，当年常聚一处的琴友，今日得闲来者并不多，只龚老师、罗乐、语典、赵刚数人。多年未与龚老师相见，此次见面，老人家身体虽健朗，但毕竟年事已高，想来精力有限，故这些年也很少参与“草根”的聚会了。可是当年，它却是我们唯一的去处啊！

询及琴课诸事，方知老人家仍教学不辍。“草根”的力量正在于近乎倔强的生命力！孔子谓兰，不以无人而不芳。惜兰已登堂入室，而草却仍滋于荒野。

算起来，兰也应该是草吧！一切的草花皆可以归之于草。只是世间人多沉迷于颜色，而往往忽略了它本来原始质朴的气质。想想小时候，官司草、狗尾草、金鱼草、蛇泡儿、指甲花、地雷花……带给我们多少乐趣。而人一旦长大，这些就都变成无相无品的存在了。

我曾多次于个案中建言甲方使用这些遍地可见的野花，惜无知音，不能为用。当然这也并不能怪甲方眼拙，连我自己也不能完全安于这样的荒野。在竹山的景观改造中，为了追求所谓的可观赏性和四季均衡性，我也不停地尝试着更换栽种绣球、彼岸花、孔雀草、石竹、牵牛、凤仙，甚至格桑花等各种园林品种，而置山中本有的扁竹根、野棉花、虎尾花、五节芒于不顾。当然其中也有不懂得怎样驯化野生品种使其可成片繁殖的缘故。但这也是中了旅游业界所谓“花开成海，量大成景”的毒。山野本来是丰富的，为什么一定要千篇一律地造成一个单一品种的景观花园呢？

然而这些原生的野草确实做到了不以我的不顾而不芳。而那些引进的园林品种，有的已证明是注定要被这片山野所吞没的。有的虽然已经暂时站住了脚，但并不属于这片山野。所以我们总在说我们追求美在自然，师法自然，但其实人人都不可逃脱地选择了雕饰。这或者也可以算作是文明教化的一种副作用吧，就像药的副作用一样。文明本来是来熏陶和教化我们的，但我们接受了这文明的熏陶与教化，却放不下这文明，再也回不到那文明背后所指的本来的真！总有一天，我要回到这山野里纯然的虎尾花和五节芒的世界中去。那是这一片山野真正的美与力量！

对于龚老师和草根琴社的琴人，我觉得他们像极了四处飞舞、落地而生的野草、野花。遂取陶罐两枚、斗笠一盏、凤仙一束、孔雀草一丛，供竹书《金刚经》，喜与诸草生。

昨夜雅集，余奏《高山》、罗乐奏《洞庭》《秋水》、语典鼓《流水》《潇湘》。张毅从綦江来，抚《鸥鹭》一曲。最难忘与杨朗《神人畅》琴鼓相合，又语典夫妇歌《天空之城》，尽兴而散。

八 2015年11月23日 竹里馆森林广播

我突然地就对在线广播着了迷，便迅速在“荔枝”App开了一个电台，把早前录好的《流水》和《白雪》放了上去。我并没有什么太过强烈的期待，不过是随浪的沉浮里又一个突然掀起的念头而已。像这样突然掀起的念头往往消退得也快。明知这于己并不是一件可以久为的事情，却还是做了。我也不知道自己为何而做，大约是平静的外表下始终还残留着一些成功学的毒吧。就像这满世界无处不在的化学残留，于我们的身心总难以肃清。

有人说：“梦想还是要有的，万一实现了呢？”说实话，我讨厌成功学。但是真的讨厌还是假的讨厌，这个就有些说不清楚了。记不清是谁说过其实你最讨厌的那个人的样子才是最真实的你。也是，这大约就是深藏于我们内心深处的“恶之花”。

至少从表面来看，我开设这个电台的思想宗旨是反成功学的。虽然缺乏营销，谈不上影响多少人，但却可以固化自我。所以我给这个电台取名为“竹里馆森林广播”，希望能够用即时的声音形式记录下这些来竹里馆的朋友们于漫步、创作，乃至瞎侃中所流露出来的真实瞬间。因为是在森林里的创作，所以我把它定义为“荒野之声”，大家漫游在森林，一起侃艺术。“这些声音，如果真的无人听，那么播给这些花花草草来听也是可以的”，我对自己说。其中也许早就预设好了一个永不会成功的人留给自己就坡下驴的退路。

记得很多年前，胡老和一帮师兄弟到访竹里馆，那天小兰姐给大家出了一个题目，请大家用一个词来说出自己对森林的看法。我说的是“回家”。森林于我就像回家一样惬意、轻松。后来小兰姐说，那就是我们各自对死亡的态度。看来，我对死亡还真是有一点儿“视死如归”的精神呢。但却说不清，这“视死如归”究竟是自我的放逐呢，还是被迫流浪？断除业流是困难的！很少有人具备那样的能力。我总觉得我们很多人看起来的样子实际是他被迫成为的样子。就像这反成功学的潮流中，有多少人是因为看到自己永远不会成功了，才高喊着对成功学的仇恨而回到了森林呢？可是森林啊，那是一座坟场。它可以向地狱，也可以向天堂。佛家说“一念之间”，然而这“一念”却是汹涌翻滚的。我们只是随浪沉浮的一个摇摆的人，在这摇摆的不定期发作里，地狱、天堂轮转无际。

森林并没有变，坟场还是坟场，它只是照见。所以一直想做一件作品，在竹里馆院坝的石桌上放置一个只有框架的废弃窗框。你坐在那里，对面可能是一片森林；你坐在那里，对面也有可能是一只狗。一个男人坐在那里，他的对面可能是另一个女人。我把它叫作“镜子”，它照见的是我们非真实的自我和无数意念与幻相的沉浮。可是这一件本来很简单的作品，至今也没有做出来。工人们给我的理由是，山里的风大，不好固定，要不了多久这个“镜子”就会被吹跑的。这是个什么理由啊？我的天！而我居然自己也没有动手，也懒得再追问。大约艺术于我终是可有可无之事，一念之间想到了就好，做不做得出来倒无关紧要了。

这意念升起来了，便带动着气也跟着升起来。汉语的词汇里，有一个词叫“意气”，比如“意气风发”“意气相投”“意气用事”，词典解释为“意志、气概”“志趣”以及“情绪”等。然而分开来将“意”与“气”作为相续相行的一对人体机能来理解，则可能更容易让人明了为什么会这样。所谓“心动则意起，意生则气随”，这大约于太极拳家才会有更真切的体会吧。

意生则气随，这气如不能归藏则需要疏泄，但疏泄的尺度却各人因事不一。就像山中的风，有时短暂有时绵长，有时狂躁有时和缓。比如那件叫“镜子”的作品，于我是想到了“气”也就出完了，所以不需要实物的呈现也可以。可是这“竹里馆森林广播”的开设却完全不是这样，明知无力久为，却还是无时无刻不挂念，耗散着我的心血来管理它。然而又有什么办法呢？这一口气不出完，便再也停不下来。于是今天，乘着这“气”势又录了两首即兴琴曲，配上星云大师的《晨起祈愿文》和《睡前祈愿文》，行游于欢喜人间，绵延这好因好缘。

九 伐竹歌

2015年12月26日

这注定了是一届完全不同于以往的艺术季。杀青夜诗会的那一个晚上，当刘陈第一个站出来开始朗诵他那首《仇人啊，你为何出现在我梦里》的诗时，我就知道这一次他们将跑出老尹所谓的“迂回”与“曲折”之外了。一个自由的灵魂永远也不可能禁锢自己的内心。在人迹罕至的山林，当夜晚来临的时候，他们就会跑出来肆意“嚎叫”。然而这嚎叫却是那样的软弱无力。只有冬夜的篝火激发着他们的愤怒。当他们游荡到那曲折山路的尽头时，一触碰到门前通往人群中喧嚣的马路，就又全都会缩了回来，把自己装进灰色的上衣和冬日的雾霾里。金斯堡（一般指艾伦·金斯伯格，美国诗人，代表作《嚎叫》，故以下皆用“嚎叫”）毕竟只有一个。他敢于在他那个时代，赤身裸体地跳上酒吧的桌子，咆哮出那些狂乱而直击人心的诗句。

倒回去20年，我是迷恋金斯堡的，即便是现在，也依然喜欢。但对于身边的这群艺术家，有时候就真的只能在极端克制的心情下去努力适应。这可能是文字与现场的差异吧。金斯堡式“嚎叫”着的文字，是有力量的，但他引起的只是思想的澎湃，并不曾真正在你耳边嚎叫。而一个“嚎叫”着的现场，却让人感到混乱与爆裂。这也严重影响了我对一部分当代艺术作品的审美。那些让人仿佛置身暴力现场中心的作品，总是让人生起一种手足无措的巨大恐慌，从而产生一种想要逃跑的感觉。即便是金斯堡本尊在场，我想我也是难于融入那“嚎叫”中去的。

其实逃跑的远不止我一个。事实证明，以传统审美的眼光来看，那种嚎叫着的爆裂的当代艺术的确难以被普遍接受。几个谈得来的琴朋友，之前对这次具有文化冲撞性质的野外艺术活动充满期待，吵着要来，原定计划是要全程参与的。结果当天晚上，当篝火燃起，“嚎叫”的夜宴开始后不久，他们就被“吓”得落荒而逃了。当他们逃走的时候，那些像鬼一样在他们身后晃动着的竹影，究竟在他们心里留下了多大面积的阴影我不得而知。而对于那些正在“嚎叫”着的当代艺术家们，这几只“和静清远”的羔羊大约从来就不曾在现场出现过。

时间正是中国传统二十四节气的冬至节，之后紧接着便是西方的圣诞节假期。这一次的主题定为“杀青”。之所以选择在这样一个时间做这样一个题目，按老尹的说法是“冬至是伐竹的最佳季节，这时候砍的竹子不易生虫。而‘杀青’则是古时制作竹简的必备工序”。我并不确知透过这种时间的暗合，老尹究竟想要表达些什么，只是朦胧地感觉其中藏着多维的隐喻。也许是题目中带了一个“杀”字吧，使这一次的氛围明显与春日那一次的不同，多了一种黑森森的“杀气腾腾”的感觉。

正式创作的第一天，陈镪就用“杀”下来的一截竹子做了一件乐器，取名“竹鬼”。平安夜的晚上，他们临时组了一个竹鬼乐队，用钢琴、吉它、鼓与竹鬼琴配合，后期再加以电子音乐的处理，创作完成了《山竹鬼曲》《隆冬的骨头》和《万虫曲》三首即兴曲目。昨天，当老尹把他们的创作成果分享给我的时候，着实让我大吃了一惊，甚至用令人毛骨悚然、心生恐怖来形容也不为过。我没有听完就断然终止了。那实在是有一种《倩女幽魂》里黑山老妖娶亲的感觉。此刻，我有些庆幸，我并没有留在竹山过平安夜，而是提前“逃跑”下山了。否则，他们一定会拉着我这个“馆主”把琴也加进去的，而那完全超出了我可以接受的古琴当代发展与先锋探索的底线。

但我必须承认，他们的确是有才华的一群艺术家，而且他们的作品也有洞见和穿透力。有一些东西，受众的逃跑本身就能说明一切。但艺术的成功与否，真的很难用受众的反映来评价。它在那里，不因围观与否而改变，也不因你的沉浸、喜悦或冷漠、反感、厌恶而改变。这大约也可以算是“不增不减，不生不灭”吧？

与此同时，我所创作的琴曲是《伐竹歌》。第一天早上大家一起砍竹子的时候，听到伐竹的声音，我仿佛听到了智闲禅师抛瓦击竹的那一声脆响。竹因其性空有节，是佛家讲禅的重要关目。但南宋梁楷画慧能，却偏画了《六祖伐竹图》。管他什么自在与性空，我只一樵子，统统都砍去。

创作的时候，我借鉴了《神人畅》和《大胡笳》密集用“掩”的技法，用来拟写伐竹的声音，混音的时候更将现场的砍伐声加了进去。最后我连同自己那一声“放倒一棵”的吆喝也融入曲子里，听来还真是畅快。

这一季与上一季的确不同，除了让人逃遁的“嚎叫”外，还有音乐作品的丰富，与这圣、鬼、人、竹相逢一笑吧？

附：2015 年冬至，竹林艺术季第二季创作纪实

（一）时间：2015 年 12 月 22 日（冬至）—2015 年 12 月 26 日

（二）地点：重庆万盛黑山竹里馆艺术营

（三）主题：杀青

（四）策划：尹瑞林

（五）实施：知生堂语境实验室

（六）文案：尹瑞林

（七）学术支持：天乙

（八）声音指导：刘东旭

（九）艺术家：尹瑞林、刘陈、张羽、陈铿、封胜、杨西、杜磊

（十）创作存目：

1. 陈铿：竹鬼琴（装置）、竹中仙（雕塑）、他们不相信这个竹林里有……（影像）

2. 杜磊：物合之众（装置）

3. 封胜：食肉者谁（装置）

4. 刘陈：网（装置）

5. 杨西：祈福（装置）

6. 尹瑞林：竹语者（行为、装置）

7. 张羽：寻巫：夜郎竹林的回音（声音与行为）、竹林魔法书（行为、装置、观念）

8. 唐梅林：伐竹歌（古琴曲）

（十一）其他参与：张毅、王晓莱

（十二）特别鸣谢：华西酒业

（十三）活动纪实：

1. 2015 年 12 月 22 日

●下午，首批创作组成员抵达艺术营。

●杀青夜诗会：刘陈《仇人啊，你为何出现在我梦里》、张羽《沙溪鸟人》、陈铿《鼻子》。

2. 2015 年 12 月 23 日

●上午，集体伐竹。

●陈铿作品：《竹鬼琴》《他们不相信这个竹林里有……》

●刘陈作品：《网》

●尹瑞林作品：《竹语者》

●张羽作品：《寻巫：夜郎竹林的回音》

●晚，陈铿“挑灯看剑”艺术讲座，分享动画作品《悬城》与《割离》。

3. 2015 年 12 月 24 日

● 陈铿作品：《竹中仙》

● 杜磊作品：《物合之众》

● 封胜作品：《食肉者谁》

● 杨西作品：《祈福》

● 唐梅林作品：《伐竹歌》

● 张羽作品：《竹林 · 魔法书》

● 晚，平安音乐狂欢夜，组建竹鬼乐队：陈镭（竹鬼、钢琴）、张羽（人声）、尹瑞林（鼓）、刘陈（吉它），即兴创作《山竹鬼曲》《隆冬的骨头》《万虫曲》。

4. 2015 年 12 月 25 日

● 上午，艺术家离营。

● 下午，鹅岭尹瑞林工作室，张羽艺术讲座《行吟怒江——走向荒野的艺术》。

5.2015 年 12 月 26 日

● 上午，自由活动后，本次艺术季结束。

伐竹歌

1＝F 作曲：唐梅林

第一段

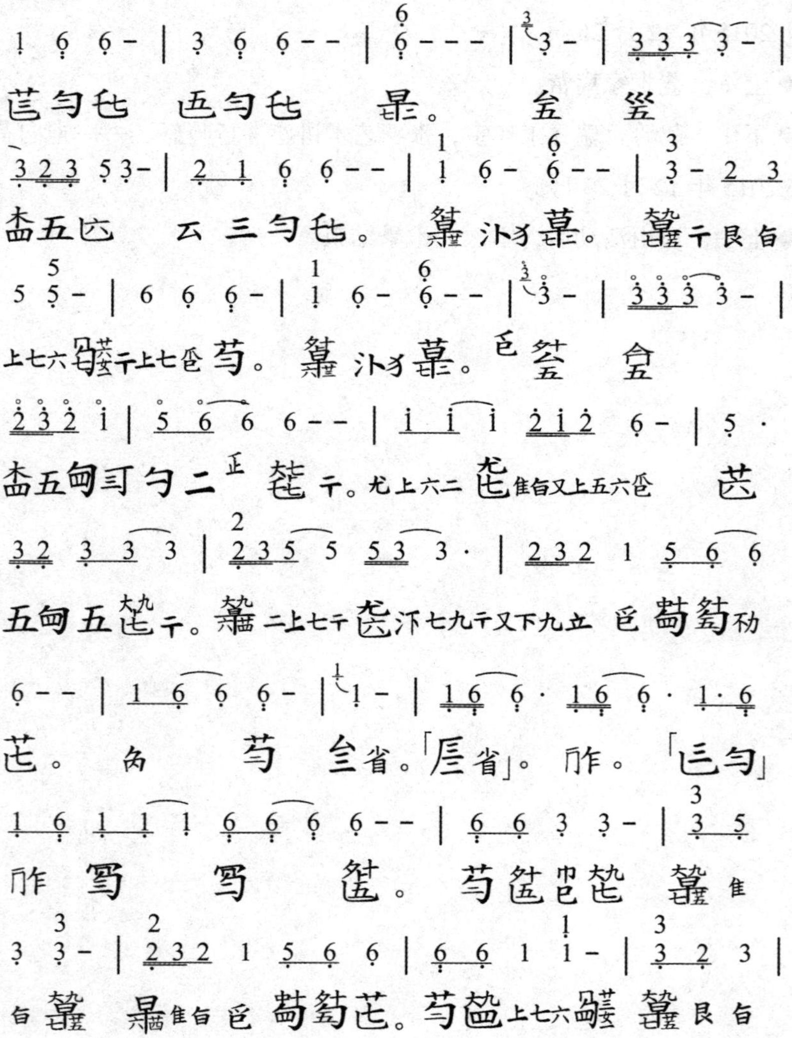

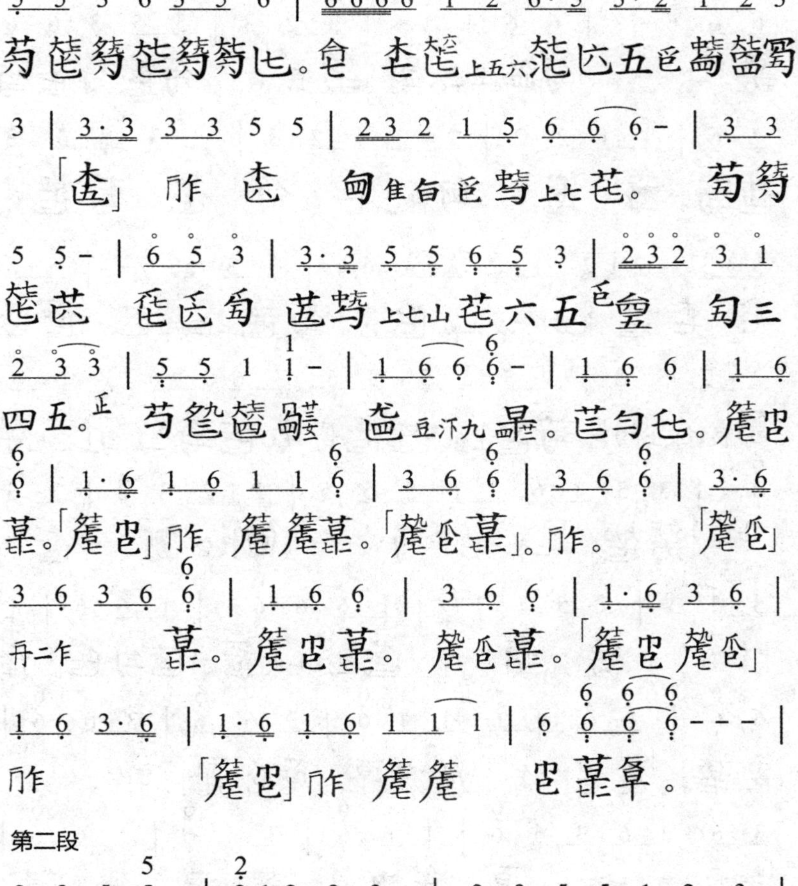

第二段

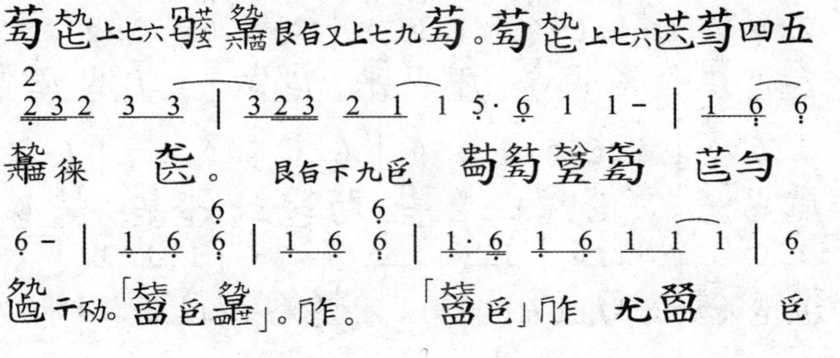

十 溪山已远

2017年1月21日

说不清我是带着一种怎样沮丧的心情回到家的。去之前，我对画展开幕式的随意和嘈杂已有些心理准备，但现场“水琉璃”出来的声音竟然那样的乖戾，却让人始料未及。还是同一面湖水，学琴之初曾在这里抚《醉渔》，如痴如醉。那时，以为自己也随着这山水荡漾在前人的时光里，而今天独奏一曲《流水》，却好像掉进了城市排水沟翻滚的浊浪里。

今天展出老尹的《溪山已远》系列画作，大部分是在竹山完成的，或至少是用了竹山的材料和得益于从竹山来的灵感启发。其中有一组黑白的抽象布面丙稀画作，全部是以在竹山采伐的带竹叶的细竹枝代笔完成的。这是此次画展很亮眼的部分。那些变幻的线条与形状，组合起来的只是一些或可识或不可识的符号，并不是什么具象的事物，却天然具有一种隐喻。如果你走进了看，甚而放大了来看，进入那竹叶一笔笔勾画出来的微观世界，在那规律的线条和形状的阵列中，生长着的依然是不屈的、自由的灵魂。这大约就是老尹在竹林艺术季第一季中提出的，这些年一直孜孜以求的所谓的“风骨”吧！

另一组画作则是以传统山水画为外在表现形式，但画面中却意外闯入了挖掘机、飞机、火车、桥梁等现代工业文明元素。相较前一组，这一组更接近一般人对山水画的认知，我个人的观感也较直白，即现代工业文明对传统山水、人文的侵占与破坏。批评家田萌的现场述评，却又道出了另一番新意。他认为那是一种对复制品的批判与呈现。赝品是文人们所深恶的，现在物化的、精神的赝品却充斥着我们的生活。老尹自己也说：“现实的山水残破，作为文化形态的‘山水’提供了逃逸的路径，成为幻想的温床。当现实与文化——这两种山水重叠的时候，催生出一种真实的审美幻象，存在于我们的观看之中，这或许就是‘溪山已远’呈现给我们的提示：是时候离开温床重新出发了。”

而我们将从哪里出发呢？黑白的竹叶抽象画中，你看不到山水，但山水却在灵魂里；彩色的山水批判中，你满眼都是山水，但他却像幻象一样验证着、像赝品一样拷问着我们的精神与生活。

老尹的画离开了竹山，在这宝圣湖畔，山水似远未远。而我的琴声离开了竹山，漂浮于这家门口的水云间，却愈加枯索。

其实老尹这次展出的作品，我最喜欢的，并不是这两组画，而是一件绘在白色陶瓷洗脸台盆底座上的山水。当那里面插满乱蓬蓬的已然枯萎的竹叶的时候，无论是在老尹幽暗的画室里，还是在光影变幻的山中，那感觉都像一场生与死的对话。云卷云舒，千帆过尽。

我也曾建言他去将那马桶拿来，在底座上也画上一幅。可惜一直未曾找到适用的器物。或者也是没有用心去找。所以一个人在山中，也只能依旧独坐于那“清泉石上”，看日升日落，想到城市的燥热，处处如炮烙，实令人难以入座。而这石上清泉……一不小心，回过神来，却早被流水打湿了衣衫。

实远，实远。难安，难安。山水无关，念即一种病。

十一 2017年6月4日 绣球花会

去年停了一年，今年老尹已在筹划新一届的竹林艺术季。

这一次吸取了前次的经验教训，决定将琴会与当代艺术活动分开。老尹他们的活动计划要到七八月去了，琴的雅集便定在了6月。因为正是绣球花盛放的时节，故美其名曰“绣球花会”。不仅绣球花，今年三晴两雨的天气特别适宜，杜鹃、萱草、野百合也全都撞在一起开了。蓝绣球、红杜鹃、白百合、金萱草，彼此呼拥着，于青葱的竹林里绽放，那景象也是这么多年我在竹山从未见过的。

若依着我的初衷，雅集的正期要定在每年的儿童节，无奈人人皆有工作要做，故只能左右迁延至周末。昨夜雅集于庭前，罗乐以一曲《扣钟偈》始，后继之以《阳春》《潇湘》《鸥鹭》《平沙》诸曲。三巡而后有歌，最喜语典之《皂罗袍》。煞尾，尺八、吉它与鼓亦乘兴加入，杨朗、语典、张毅共和《月半小夜曲》而终。

次日，尹强老师与唐荣伟老来。唐老留“琴道”墨宝。尹师欲写绣球，却一时竟找不到生宣置于何处，只好勉为其难，于熟宣上随写一幅。“墨绣球”褪尽铅华，自然、随性。爱煞！爱煞！

老尹曾经问我，艺术季每一季的创作都不一样，而古琴的雅集回回都是那些曲目，不令人厌倦吗？我想厌倦偶尔还是会有的，所以《皂罗袍》一唱起、吉它一弹起、鼓声一响起，大家便都兴奋起来。但相对于这一时的兴奋，更多的时候，我们还是更愿意沉浸于那仿佛生生世世重叠的情感印记中。雅集并非创作，它只是在重温旧梦。那旧梦中藏着人生的真谛。当然艺术创作也是在探寻人生的真谛。但创作是以“造新”的方式去寻找，而雅集则是以“温旧”的方式去发现。二者殊途同归，真谛它就在那里，并不是被谁创造出来的，只是各自不同地因机而现。新与旧、创造与重复，都只是不同的眼目。创造者日复一日地重复着他的创造，怀旧者年复一年地重复着他的怀旧，大家都掉在自我复刻的旋涡里。而终极的目标都是挣脱，或谓之突破，谓之升华，谓之觉悟。重复则是证得这果的唯一路径。

琴有道，道又何能唾手可得？在这条“道”上，无数的人来来去去。前人证得是前人的。证得的人或留下只言片语，或什么也没留下，似去非去，不来不去。不明白的人却在轮回中继续打转。一本没读懂的好书需要反反复复地去读，没有修通的道法自然也要一而再、再而三地去用心体会。那些亘古以来、代代相传积攒起来的情感与精神，流淌在琴人们的血液里，引领着、感召着……我们重复于其中，笑了、哭了、梦了、醒了、痴了、醉了、聪明了、糊涂了，忽然间或也就豁然了了了。

2017 绣球花会雅集存目

序号	演奏	曲目
1	琴：罗乐	扣钟偈
2	琴：唐梅林	阳春
3	琴：冯语典	潇湘水云
4	琴：张敏	良宵引
5	琴：张毅	卧龙吟
6	琴：杨莉	湘妃怨
7	琴：王晓菜	鸥鹭忘机
8	琴：罗乐	秋风词
9	琴：冯语典	关山月
10	琴：张敏	高山
11	琴：唐梅林	白雪
12	琴：张毅	流水
13	琴：杨莉	忆故人
14	琴：罗乐	平沙落雁
15	琴：张毅	梅花三弄
16	琴：杨莉	梧叶舞秋风
17	琴歌：罗乐	武陵春
18	琴歌：冯语典	皂罗袍
19	琴歌：唐梅林	心经
20	吉它：张毅；鼓：杨朗	天空之城
21	琴：王晓菜；鼓：杨朗	神人畅
22	吉它/歌：杨朗；尺八：冯语典；鼓：张毅	月半小夜曲

十二 2017年10月7日 空中楼阁

严格意义上说起来，虽然上一次艺术季过去了已经快两年的时间，但我还是没有能从上次的“逃跑”中走出来。所以这一次艺术季，当老尹邀我也一起参加的时候，我便找了个理由婉拒了。

但竹山的大门永远是向艺术家们打开的，这一次的活动在老尹的组织下也变得更加开放。整个艺术季横跨7—9月，所有的艺术家在这期间都可以自由选择时间，前往基地创作，或离去，或又再回来继续创作。所以老尹把这一季的主题定为“流水”，首先指向的便是这类似于传统“流水席”或现代化“流水作业”的创作方式。当然老尹的诉求也并非仅止于此。在他的语境里，“流水”不仅是生产方式和管理模式，同时也具有一种文化的维度。“流水是活水，而活水不腐，代表着一种恒久的时间力量和智慧。它既是击穿传统的当下，也是摧毁当下的传统。它能带领我们脱离和回归母语世界。”

本次艺术季还特别推出了“艺术创作观察”活动。观察者可以通过预约，从艺术创作的局外人变身为艺术创作的亲历者与参与者。这本来是一个很好的开放性的构思，但从实际结果来看，申请参与其中的基本还是艺术家的亲友和艺术圈内人。而我，可能是唯一真正的旁观者吧！

虽然由于我的“逃离”，这一次古琴并未直接参与其中，但这些年我与老尹的相互感染，琴的文化却也对他浸润不少。除了“流水”的题目外，此次他更专程创作了装置艺术作品《广陵散——空中楼阁》，不少琴友反馈说看到了杀气或自由。比起这个来，我更喜欢他的另一件作品《于竹林抚摸阳光》，那种温和的伤感和炽烈的渴求，其实更具杀伤力。我总有一种错觉，琴中《孤馆遇神》讲的也不出这个左右吧。

其他，张羽的《一次声音的地理飘移》和老焦的《一立方》均令人印象深刻。只是张羽的“声音”从碧罗雪山飘来，在竹山飘一飘便又飘走了，而老焦的“一立方”

还在继续与它的母体——群山对视，最新的消息是于他们之间开出了红色的彼岸花。

附：2017 年夏，竹林艺术季第三季创作纪实

（一）时间：2017 年 7—9 月

（二）地点：重庆万盛黑山竹里馆艺术营

（三）主题：流水

（四）策划：尹瑞林

（五）实施：知生堂语境实验室

（六）文案：尹瑞林

（七）艺术家：尹瑞林、焦振予、刘陈、张羽、王向东、陈莉

（八）学术观察：天乙、田萌、溥玲、倪昆、杨立

（九）作品存目：

1. 尹瑞林：广陵散——空中楼阁（装置）、时光之翼（行为、影像）、牵引（行为、影像）、竹林巡视（行为、影像）

2. 王向东：幻影（装置）、直流消逝 · 被肢解的文字（装置）

3. 刘陈：造梦（行为）、倒退（行为、影像）、发声（行为、影像）

4. 张羽：一次声音的地理漂移（影像）

5. 焦振予：一立方（装置）

十三 2018年9月10日 时间的堆叠

这一堆废纸堆在那个角落里已经好久了。明知在此之前已经分检过了好几次，肯定是不会再有漏网之鱼的，可还是习惯性地又再翻了翻，果然都是些画废了的画和朋友们在山中闲来无事随手写的字。然而幸得是又再翻了翻，这一次还真就有所得。

倒不是发现了什么被遗漏的作品，而是随着时间的介入，那些原本信手涂鸦的东西，几乎全都发生了惊人的改变。有的甚而可以说是一件真正的作品了，让人不忍丢弃。

改变主要有两种。一种是一堆废弃物在其长期被遗忘和陈化腐坏的过程中，必然要发生的改变，包括水渍、虫痕、毁损等。这些改变，若是对于一件精心保存的作品，定是要全力防范的。然而对于一堆废弃物，它们却可以长驱直入、自由自在地介入，不会遇到任何抵抗。也恰恰是这种自由的介入，漫不经心地晕染、滋养，使其得以再造、重生，并由此绽放出一种令人始料未及的美来。

另一种则是出自人为的堆叠。先前别人随手练习的一页字，被后来者拿来反复再利用。有继续练字的，有记事的、记账的、涂鸦的，甚而还有抄经的。比起那些刻意的创作，这些前赴后继的率性而为，还真是别开生面、极富趣味。这些不同时期，出自毫不相关的不同人的书写，虽本来都不是什么作品，但它们层层叠加重新构建起来的关系，却极富艺术性，叫人好生感叹，又怎忍心割舍？

所以时间才是最伟大的艺术家。你写了千字，画了千笔，抵不过它悄无声息的一笔。而时间创造美的手法，大约始终都离不开他者的介入，并由此而令原作不断地发生改变，或可得一二于其中，迎来摧枯拉朽的重生与升华吧？

然而千百年来琴曲的流传，令一部分琴人、琴师，长期耿耿于怀的似乎也正是这个。尽管这一切事实上每天都在客观地发生着，不管你喜不喜欢、赞不赞成、害不害怕、恐不恐惧，它始终一刻不停地在改变。传播的广度和保持“血统”的纯一是一个悖论。影响力越大、传播面越广、弹的人越多，他者的介入也就越多，而他者的介入必然导致传承性的变异。不要说是与原系统毫无关联的他者，即使是在原系统内部，他者介入的流传性改变都无可避免。以宋明之际的琴坛“旗帜”——浙派为例，今天我们从《琴谱正传》等所谓徐门正传的谱集中可以看到，有一些曲子就直接标注了“徐诸公订润”“瓢翁秋山翁再订”之类的题注，充分反映了即使是在其直系亲缘关系的传习过程中，也存在多次被改订的事实。或者我们也可以这样发问，发生了这些改变，瓢翁、秋山翁就悖祖离宗了吗？浙派的血统就不纯一了吗？设若没有这些改变，浙派还能不能于宋明之际门庭光大、纵横江湖几百年呢？对于这样的“灵魂之问”，各人有各人的看法，永远不会有统一的答案。但有一点似乎可以肯定，那就是追求“血统”纯一的代价，必然是走向衰落。这于自然法则和历史经验都可以找到许多的印证。

当然，改变也并不意味着不衰落，变异也不一定会赢来更多的审美认同。影响广泛响应和持久响应的因素是多方面的。对于道的本体或是历史的进程而言，你改不改变，陨不陨落，它都不在乎。但之于系统，琴的系统或是流派的系统，要想生命长青，就应该承认于发展中做出某些改变的合理性。然而更终极的问题是，改变是不是必然导致远离起点？而远离起点究竟是离“道”越来越远，还是越来越近？你是在找寻自己还是在追逐仙人们尚未腐化的遗风？关于这些问题，天上的星星们可能会笑一笑。死去的人可能本身并不拘束，一切都只是活着人的自我桎梏而已。且弹琴去。

十四　挥不去的风雪 2018年11月20日

周末，归竹山。录《白雪》《玄默》。到得山中，已是深夜。其时尚有些许期待与热情。遂于子时，伴夜雨呢喃而试录之。各三五遍而已略有可取者。

次日清晨，伴天光早起。欲觅鸟声，奏入琴中。奈何人比鸟忙。虽不过卯时，山路已多车来车往，马达轰鸣，喇叭惊起。欲见缝插针，逮得六七分钟清静，亦不可得。不得已而止之。待入夜，山林复归平静。

戌时复录，事后欲返城，数十遍而无一中意者。又时逢夜寒徒起，衣不胜寒，冻入骨髓。乃至气凝指冷，所奏多滞顿。但泛音却意外清冽，故虽于绝处而未止之。又各录数遍，终有可取。

归来较之，初录虽于子时，又夜雨不绝，却意气蓬勃，出音多温暖。后录虽车停雨歇，但心怀去意，故徘徊辗转，反复不可得。饥寒相交至极处，始反转，寒从指下生，乃成凛冽。吾有心向温暖，又以为《白雪》正当极寒，应为清冷、凛冽之声，故不能决。求之于玉升、艺书，二人皆取温暖。

艺书谓，先录者色彩丰富而多趣味，故取先录。玉升又说，先录之音虽中部略有沉重，但起止皆愉悦。如雪花飘飘洒洒、自由自在。虽冷，却是应时而生。而后录之音却是始觉沉重，后转愉悦。若人与大雪相伴，叹冬夜慢慢，虽终归于愉悦，但那希望的火光似有些微弱。

玉升非第一个作此说者，昔小杨所转师长之评即是此意。可见累生累世潜藏之识，刻痕如此根深蒂固。虽经数载，力修欢喜，而苦寒之气仍不能去。更要命者，已现温暖欢喜，又遇苦寒冤魂来相逗引，竟又重燃爱意，欲罢不能，而不可舍离、决绝。业力强大，诚如地藏之语“南阎浮堤众生，其性刚强，难调难伏”[1]。才出火坑，又落险道。虽屡经菩萨接引，而不能解脱。

1. 唐于阗国三藏沙门实叉难陀，译．地藏菩萨本愿经 [M] // 乾隆大藏经编委会．乾隆大藏经：第 62 册．北京：宗教文化出版社，2010：670.

玉升说，我选先录之音，而我知你是欲选后录之音的，因为那才是你。知我者玉升也。奈何！奈何！“譬如有人将导众人游行旷野，经过丛林极大饥渴，见彼林中有诸美果而弃舍之，取于毒果食已命终。”[1]不能放下，便须提起。既不舍凛冽，就只能于此风雪极寒中，再走一圈轮回。

1. 姚秦罽宾三藏佛陀耶舍，译. 虚空藏菩萨经 [M] // 乾隆大藏经编委会. 乾隆大藏经：第 22 册. 北京：宗教文化出版社，2010：565.

十五 2019年4月11日《飞鸿雪泥》序

西蜀的首张录音合集——《飞鸿雪泥》制作完成在即，罗乐约我写个序。虽然觉得东坡先生早已在他的诗里把该说的都说尽了，自己再写完全就是多余，但一张专辑总得有几句文案，于是便提笔写了数百字。

写完交与罗乐，他却说好，“东坡先生是东坡先生的，你写的是我们自己的”，未做任何改动便采用了，这篇命题作文也就算是顺利地交卷了。我也安慰自己说：“文案嘛，本来是东坡先生的题目，自然也只有依了他的诗句来敷衍成文。”可是又有多少正儿八经的文字，不是在重复前人早已说过的话呢？

这样想着就愈加烦闷起来。救我于水火的是某师发的一条朋友圈：“真传一页纸，假传万卷书。”此话过去也曾听过，一直觉得哪里不对，却说不出来哪里不对。今天恰好借着一个人散不开的闷气与他怼了怼。真假本来与万一不相干。明明万法归一，可是佛还不是拉拉杂杂、不厌其烦地讲了那许多。

突然转念，人生不过生老病死、爱恨情仇几件事，喜怒哀乐、酸甜苦辣诸情味。人人皆不过如此。因之写来写去自然也都是一样的。只不过各人吃各人的饭，各自穿各自的衣，而略显出些各自的不同来罢了。所以桥段再老，看戏的人还是会流下泪来。而自己的历程，再平淡亦会自我感动于其中。

佛家教人“当下一念”，有人画蛇添足演为“去者不留”“过后即放”。殊不知“昔日重现”的那一刻亦是“当下”。“当下”即在念中，“当下”念念相续。人这一辈子总有些事是值得纪念的，一路上也免不了向前看、向后看。有人越看越茫然，有人却越看越开心。比如苏家这两兄弟，苏辙起首“共道长途怕雪泥”，末了还在“无方骓马但鸣嘶”。而苏轼只一句“往日崎岖还记否？路长人困蹇驴嘶！”一路艰辛便都作笑谈了。

附：《〈飞鸿雪泥〉序》原文

突然地，琴馆决定要做这一次录音，为这十余年来走过的路以及即将画上句号的琴刊做另一种形式的记录。

很难说时间是否真的可以被复制，但至少现代的录音技术的确可以帮我们记录下一些关于时间的信息。如果仔细聆听，这些被记录下来的也不仅是声音，还有那时的心意，以及背后的故事。这些都被刻录在一段时间的轨迹上封存起来。多年以后，当我们再打开，是否还会认得？

这两张专辑是以2017年“弦上春风”和“白雪阳春”两场雅集的演出曲目为底本，再由各人分别于2018年、2019年重录完成。所以这时光本身是倒流的。我们在2019年以这样一种形式来纪念已经流逝的2017年，而2017年当下的那一刻，却是为着琴馆成立15周年的纪念。今天，我们又即将和琴刊告别。

“夫天地者，万物之逆旅；光阴者，百代之过客。”这是我们共同唱过的歌。17年来，阳春白雪周而复始，我们亦更迭其中。鸿雁飞过了，水波不会再记得他的身影。春风吹来的时候，积雪自然会消融。有些花开了又开，但已不是当时的模样。时间堆叠、错落，我们彼此拥抱，又各自游离，猛然间抬头才发现，原来早已是万化满山。虽然飞鸿雪泥，一切都不过是偶然的指爪，但幻化归一，于这生机盎然的瞬间，我们或能觅共同的根源。

岁月流转，时光荏苒，这一次记录唯一可以记录下的是我们曾经这样走来，并一起开心过。我们始终坚守着这一份信念，面向未来，开心生活，开心弹琴。

十六 2020年6月1日 一个人的绣球花会

因为疫情的缘故，师友们并没有如约而至，只有我一个人于这山中，与这些绣球花相会。

一个人的雅集，只抚琴一曲，便是去岁一班同门共作之《蜀山九畅》。我在此山，师友们各在彼山。琴声一起，却又仿佛共聚一处了。

此曲实有众山皆响之趣，这也是这一向以来，我独偏爱于它的原因。记得前一次录音，恰遇清晨鸟鸣。啼鸟报春，岁岁年年。青山不改，谁知今岁竟遇这许多波折。

绣球没有以前好，落地梅却依然遍布满地。这花儿本来是极轻贱的，于园中、于石缝、于林下、于溪涧、于荒丛，凡阴湿处均落地而生，生长繁盛，仿佛厚厚的黄色地毯，铺就林间，温暖而有力。那黄色的小花，早前我并不爱它，可是我痴想着的却又总不成个模样。这一座山，曾经总想着要将它装扮起来。然而凌霄开过一次，便不再开；紫藤腾挪三回也总不见花。大约本不是侍花客，却偏要去扮作个什么惜花鬼，抑或是从未曾真正读懂过这山吧。

性本爱丘山，爱的到底是个什么山？虽自比山客，心里装着的却无一时不是画里诗文模样。对于这山的野性，明明在眼前，却假装不见。直到天光一变，它本来的生命力，就这样源源不断地涌现出来，挡也挡不住它，才陡然惊见原来它竟是那样美。

在这荒野的面前，所有的“笔法”都是稚嫩的。自以为学了些“渔樵问答”，便可以去策杖荒野。殊不知你妄想着去驯化它，却终将被它野化。

是了，是了。或可以去再探一探，那些诗文水墨里“丘山”的模样，究竟是前人在哪里做成的呢？真正回归荒野的人又会怎样去说呢？

是了，是了，是时候了。晚归的鸟儿们又闹将起来。今年的绣球花开得稀落，落地梅却灿若云霞。绣球花会落幕了，绣球花的野化或是它真正美的开始。

肆

古琴信札

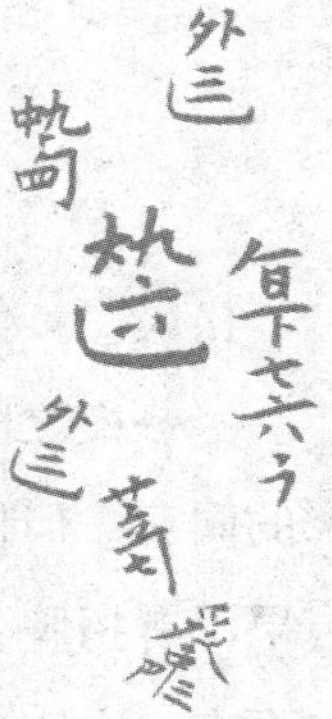

2017年清明寄「松风」

“松风”：你好！

一夜之间，你便从一张琴变成了一块招牌。请原谅我，事先并未曾就此征得你的同意。但作为一个营业场所，是一定要有一块招牌的。派出所的郑警官说了，如果没有招牌，就不能上传资料，更不用说实地检查，审核通过。如此，则证照办不下来，山庄也将无法正常营业。想来想去，与其花钱去做一块招牌，还不如就在你身上写几个字了事，既简单，又有自己的特色。所以只好让你再牺牲一次，在将来，就要站到接待室的门口，干那我们自己并不情愿干的迎来送往的工作去了。在此，我要向你深表歉意与谢意！

想来也真是奇怪，怎么“人间雨琴禅社”莫名其妙地就要变成一处营业场所了呢？在我本来的想法里，琴禅社不过是竹山的一个驻留社团。而整个竹山，那么多的闲置物业，是尽可以去开门迎客，把这一片山林给养起来的，可惜事与愿违。回想上山这数年，虽也曾另立过一些旗号去做经营的事情，却并未曾正式申报过从业资格与行政许可，所以一直都经营得有些偷偷摸摸。再加上自己内心从未真正放下过，并不情愿去随顺就俗。这样的结果，自然是亏损累累、入不敷出的了。

然而，已发的心愿却不可以退回。虽然举步维艰，却也只有努力寻求改变。今年随着政策管理的进一步加强，以及内外各种因素的变化，为山庄取得一个正式的合法资格，成了必须要解决的问题。但在核名的过程中，我们往返工商行政管理部门多次，原来所想的几个名字却一个也未能审核通过。后来，我有些负气地说道：“那就叫‘人间雨琴禅社休闲度假山庄’嘛。‘人间雨琴禅社’是一个社团，这些物业都是它的附属设施。”谁知负责办理的工作人员却说可以了，只是嫌名字太长，要求改为“人间雨琴禅社民宿”。我想了想，虽然这个名字实在不伦不类，不成个样子，但也只能这样，先报了再说，将来使用的过程中再来做调整吧。谁知批下来却不见了“民宿”，只剩下 “人间雨琴禅社”。这也算是歪打正着，不过毕竟十分好笑。

想想自我发心成立“琴禅社”以来，已经快十个年头，但过去一直都是一个“三无”琴社，无场所、无社员、无雅集。现在经由这一番折腾，总算有了一个固定的场所。我似乎也应该感谢，冥冥之中这命运的安排。

说实话，“松风”，我并不知道这件事情到来的意义。这会不会把我们推向另一条道路，从一个极端到另一个极端，令原本清静的山林变得成天闹哄哄的。我原本的想法，这一片山林就是我和朋友们的一个修习与创作的基地，在旅游旺季时做一些接待工作，不过是维持山庄的日常开支而已。这一点，从过去看来，并没有如我所愿。清静倒是清静的，可是由于不肯向世俗低头，经营也真的可以说是门可罗雀，收入甚微。而现在，“人间雨琴禅社”的牌子就要正式立起来了。作为一个“琴禅社”，除了商业接待以外，不去做些与琴禅有关的事情，是不是也显得有些“不务正业”？然而，让我在世俗的逢迎以外，还要再去忙活另一场所谓“雅好”的热闹，却也实非我所愿意。这不成了双倍的劳心？如此，我的心灵将找不到一个可以平息的出口。或者，写好自己的文章，搞好自己的创作，就已经对得起这块招牌了，也算是名实相符。我只能这样坚定地攥紧信念，因为命运给我的逻辑，我不可能回头。

又或者，从一开始就注定这是一条纠缠不清的道路。因为那日上山的初衷，是因对清静的贪求而起的。当时不知，其实那是严重的虚幻。现在虽略有所感，却亦在颠倒中不能自已。因缘未尽，放弃并不能获得解脱。业流未断，行到哪里都是一样的天旋地转。也许这颠倒正是修行处，如无幻梦便无须用药！

细想起来，这一份因缘倒与我和你的十分相似。当时到琉璃厂去请你，亦是因贪恋而起。所以这次再次请你出来，也算是缘分使然。因为你是个“假古董”，怎么用都不足为惜，怎么用都算是物尽其用。只是有些对不起你，上次已经卸了你的琴弦，挂在客房的墙上，给客人扮了两年陶渊明笔下的“无弦琴”。这次又要你来站岗，做一个门童，或是终将成为守护这一方净土的“韦陀菩萨”。我不知道，当昨天凌晨，筱琰把你写完的那一刻，你究竟是已经死去了，还是从此获得了新生？我真的不知道。不过，我还是更愿意相信你终究是会新生的。因为你如此虚幻，又如此真实，如此坚持，又如此随顺。虽然你是个“假古董”，却从未失去过真性情。

过完清明节，你就要去给山庄或者说是琴禅社站岗了。也好，如果过去已经死去，清明就是你的祭日。每年的清明，我都会想起你来。因为当下一个春天到来时，你可能已经获得了重生！

祝未来工作顺利。

门楣高低，无所挂碍，依缘随喜！

唐梅林

2017 年 4 月 4 日清明

于竹山

二 2017年夏至寄「飞来」

亲爱的“飞来”：

自去年底给你换了丝弦，又送你上山以来，转眼又过去好久未曾静下来与你一起聊聊天了。今日夏至，先祝夏安！

今天想起来给你写这封信，是关于给你刻琴款的事情。本来和刘源说好，等“水琉璃”和“大寒”回来，就送你去成都的，但现在我却改变了主意，不想再送你去刻那些“乱七八糟”的字了。关于刻琴款这件事儿，过去几个月以来，我一直处于摇摆不定中，今天终于下定了决心。“止止”“水琉璃”和“大寒”他们仨刻了就刻了吧，从你开始，以后就不再刻了。为什么不刻了？说来惭愧！大约还是因为在琴的思考与实践中遇到一些问题，近来情绪比较沮丧，因而觉得这些事都毫无意义吧。

“飞来”，你是我的第一张琴。正是因为你的到来，才提前开启了我的琴路。所以与你的这一份琴缘，一直以来也是我特别珍视的。尽管以寻常的“声音道”来说，你的音色真的是够“烂”，但我一直没有放弃，每每试着想要去了解你、读懂你。但严格意义上来说，至今我也没有读懂。

那天，和刘源聊天。他说他这一两年在做的事情，就是致力于对所学琴曲的标准化和固化。上次雅集，他以一张完全陌生的琴弹《离骚》，弹得挥洒自如，获得大家的好评，按他自己的说法就是拜了这种长期固化之功。也就是经由固化的定格式设计与长期的标准化训练，使每一次的演奏均尽可能地朝他所需的方向靠拢。因为这种固化，可以使琴器与空间的差异对演奏所产生的影响减至最小，从而获得一种演奏的稳定性。这让我想起了高罗佩向关仲航学琴偷测节拍的故事。对职业演奏家来说，稳定与精准大概应是必备的技能与素养。

然而我所追求的却正好与之相反。这些年，在做打谱和琴曲创作的过程中，我常常会感到，不同的琴、不同的时间跟地点，会对我音乐的走向产生不同的影响。

有时候，一段明明已经固化得很好，也弹得很顺的乐句，换一张琴试奏，就觉得前面的气息与音乐承接不对，需要重新考虑。开始时我还以为这种不一样，是打谱或创作过程中本身未完全确定的音乐走向所带来的摇摆。但后来我越来越觉得，有些摇摆就是琴器和时空的差异导致的。

近来我的确时常会感受到，这种不同琴器的不同音声和气息带给我的不同的指引。即使是那些早已弹熟了的旧曲，还是会因琴声的不同而令我的每一次演奏都会有些许变化。这种变化主要是节奏和气息上的，有时候也有轻重上的。我沉迷并陶醉于这种变化，就像是回到了青春年少时的那一场痴恋。不由自主地，无比痴迷地，追随着某人的脚步与呼吸，想要与之一起走进去又走出来。因此我愈加觉得琴不是一个琴人的附属品。它是一个独立的存在，一个天地间与我们一样，有血有肉、会说话、会呼吸的存在。弹琴不仅是弹琴，而且是呼吸的应合。也不是像刘源所正在努力的那样，通过标准的设定，改造"他"来应合"我"。也不是如"高山流水"般两个彼此倾心、彼此欣赏的独立体之间，平等的、心心相印的契合。而是要放下琴人心中的"我"，以一种谦逊的姿态，去激发和鼓动琴本身的气息。因为我个人认为，如果真有大道寄之于器的话，唯以我心入他心，器乃可尽，而可修身，而能返其天真也。虽然人、琴俱为天地造化之一种，且人贵为万物之灵，琴也是人造出来的，奈何红尘染着，设使他心印我心，则五色愈盛；而以我心入他心，则可随顺入于正流。器之一道，不觉则谜。琴虽人为，却能为师，于人施引、济之事。

然而这在实践中却遇到了很大的问题。从我的几张琴来看，"水琉璃"和"止止"，我都能很顺利地走入他们的呼吸里去。唯独你，我无法走进！但你却是我的最初！我再也回不到我的最初，你说我该有多沮丧啊！"飞来"，因为你本身斫琴时的一些先天缺陷，这些年来我没有少折腾你。早些年不懂得尊重世间万物本身的独特性，以至于一次又一次无休止地想要改造你，以期能达到我所认为的一个好的标准。这几年好不容易想通了，实践中却又遇到一大堆问题。我真的很沮丧。"飞来"，说实话，当初计划刻款时把你纳进去，本来也很勉强，只是一念不忍，心有不舍。舍不得你就此"死去"。所谓"气息"即一个人的生命。我走不进你的气息，就再也走不进你的生命！我们的生命将再也不会发生呼吸的共振！你只能被冷冰冰地挂在墙上，成为一段没有呼吸的过去。你说我该有多沮丧！这半年来，我一直没有走出这种沮丧，也一直在继续努力，总希望能够突然有一天，我们又能很好地彼此应合，可惜你始终没有给我回应。不过还好，事情在前两天有了些转机，使我开始思考可能是我的观念出了些问题，琴我之间的道理还有待进一步理清。

那天和“大寒”聊天，他的音声是随季候和环境变化最大、最明显的。前两天他的声音又变了，变得非常难以入耳，但韵长却没有什么变化。由此我突然想到，你的韵虽然非常短（那也是按照通常的标准，你饱受诟病，被称为“烂琴”的最重要因素之一），但那并不是我不能走进你的真正原因。事实上我非常安然于你的韵短。哪怕连续的走音没有一点儿发出来，我依然可以心平气和地走进你的呼吸里。真正令我狂躁的是你的音色，就像这一次“大寒”变声后一样。“飞来”，你初来时上的是一副钢弦。因为你面板薄，虽然声音有些空洞，但作为练习琴来说也还算清亮。你最大的问题是“涩”！对，就是“干涩”！这对以“润”为上的琴乐审美来说，是很大的“病”。去年试着给你换了副“丝弦”，初听还可以，比先前有所改观。但我本来对丝弦说不上有多喜欢，而且又不能平静地面对丝弦跑弦所引发的一系列演奏问题，所以弹丝弦时我反而更难平静，不容易找准气息，遇到问题也更容易焦躁。好了，这样下来，你的问题出得更多了！不仅“涩”“干”，而且后来还又“沙”又“木”起来，以至于我的气息完全崩溃，当然无法走进你！

说起来还是我的问题。我执着于走进你，却没想到继续改造你。潜意识里，我总以为经我手之改造，你便不再是你了！而且如前面琴我之说，既然我所追求的是以“我心入你心”，我不能接受你的沙哑和干涩，反而升起一种厌恶的情绪，自然是我的修行不够了。不能“等观”，不能放下“我”之执着，不能欢喜、包容、心生赞叹，当然不能走进你。设若我来变你，就等于我放弃了目标，改变了原则，岂不是叶公好龙？思想一套，行为一套！则与“以他应我”何异？其实不然。给你写信的这一刻，忽然有些开朗。琴本来是不离人为的！正如合于琴的呼吸一样，发现呼吸是走进呼吸的前提。探索并激发出一张琴最美的音声，是“等观”的一部分，也是“以我心入他心”。并不是因为有了我的改造，他就变成了我。他还是他，我只是发现了他的美，而且尽可能地激发出了他的美。是的，虽然修身修心的路上，器为出离迷途之引领，但器不离人为！因为琴本来是琴体与琴弦的组合。所谓呼吸亦不离音声。相匹配的合体，才算是一张琴真正的诞生。而一张已诞生的琴才有生命的意义，才可施引、济之事。况八万四千法门，果然还是拼颜值的红尘。若无音声相合，则相对死寂，亦无呼吸可以进入也。圣贤之道，本无差别。“等观”已属不易，况真诚地欢喜、赞叹，那定是上善之人可操控与驾驭的吧！时间会改变很多东西。今天虽然不舍，说不定明天就不得不舍了。因此我要为你换一副新弦，重新找回我们久违了的关系！冰弦怎么样？试试冰弦吧！你还没有试过这一套新装！

这是一种什么样的关系？比自己远，比朋友近，比圣贤可亲，比亲人知己。虽自人为，却可为人师。不是自己，但又好像是自己身体里长出来的、血脉相通的一部分。我想所谓的"人琴合一"，大概就是这样一种呼吸与共的命运共同体吧！

你知道吗，"飞来"！我要告诉你一个秘密。年初计划要去给你刻款的时候，我曾想过给你改一个名字——"非来"。我还专门为此而写了个偈子："曾经'飞来'今非来，来来去去弦上音。非来非去真如意，翻作红尘浪里行。"怎么样？现在看起来是不是很好笑？与当初的"从来处来，到去处去！"相比，简直就是画蛇添足！自以为懂你，却至今未读懂你！所以那些字都是写给别人看的自己，如此又有何意义？所以我放弃对你以及今后一切琴的命名权！因为琴不是"我"的附属品！琴是一个独立而又与我共生的存在。虽出于我，但亦为我师。

"飞来"，你是一张练习琴。练习的意义在于发现。从这个意义上来说，你是一位了不起的导师，引我于归途。

这是一个新的起点。感谢有你相伴，"飞来"。祝夏安！

唐梅林
2017 年 6 月 21 日夏至
于江津

三 2018年白露寄『水琉璃』

“水琉璃”君：

我自崂山返渝已有月余了。此次北行，在崂山北九水，看到了像你一样青天色的字。那些字刻在溪谷中的巨石上，一水、一潭、一瀑皆是道家内容，比如“齐物”“养生”“逍遥”“无极”“俱化”诸般。认真说起来，青岛的天气，阳光本来是很好的。天蓝之下，水蓝之上，粼粼的波光泛在石头上，仿佛石头也流动了起来。那些蓝色的字，也如粼粼的波光，闪耀于这天地山水间，应是十分和谐才对。然而于我却只有乍看之下的新鲜，越行至后水，就越觉得不及。有几个瞬间，经由这些蓝色，我仿佛听到了那山外大海的回声，而内心有所触动。但当再行至九水，看到用传统的红色填的“空潭泻春”几个大字时，就坚定地认为还是传统的更好了。

水琉璃君，你的刻款也是蓝色。与北九水的石刻一样，没有让我觉得特别的为之动容，当然也没有严重到令人反感的地步。就像一壶没有烧开的水，算是一种无可无不可的感觉吧。关于这件事儿，我一直没好意思跟刘源说。因为当初他问我究竟要填什么颜色时，是我全权委托他帮忙定夺的。我于这些细致的把玩的确是没有什么心得，比如什么刀法、笔触、漆色之类，一概不懂。所以既然交给了他，我也就乐得全然拜托，不管不问了。但总的来说，我对刘源的审美还是十分信任的。“止止”和“大寒”都是全权交给他处理，我也一点儿没有过问，出来的效果却是十分令人满意。只有你，“水琉璃”君，刻完后第一眼看到的时候，竟然觉得有些违和。

关于这一点，我一直觉得很奇怪。蓝色是我的幸运色。二十多岁时给自己取定了个网名叫“blueway”（那是一条牛仔裤的名字），一直沿用至今。在所有的颜色中，我也一向比较钟爱蓝色。然而刘源并不知晓这些，他给你选定蓝色，事前也没有知会我。其实就算是他事前告诉我，以我对蓝色的偏爱，当时我也一定会觉得欣喜的。果然是自家兄弟！背靠背地盲选，竟然会暗合我的心意！可又谁知，这一次出来的结果却是那暗合于心的也并不那么合眼了！究竟为何？我亦不得其解。无论如何，这次算是个意外。不过好在，因为本身对“水琉璃”这个名字和蓝色的偏爱，对你的款识用色虽然不太满意，但也没有十分讨厌，只能算是想到心里去却走出心坎外了。都说心眼相通，但看来虽相通亦各有所别时。

说到款识，水琉璃君，你的是仅次于“飞来”，较早定下来的，也是最终刻成款后，除了名字，还完整保留了对句的。当初因为练《流水》至七十二滚拂，唯你可出颗粒清晰饱满、磊磊落落之声，所以给你取名“水琉璃”，并有“激浪奔雷，道证菩提；野火春风，涅盘金刚”之句。乃取于人生进取中修行之意。转眼这么多年过去了，我竟然欣喜地发现，当初的这一份心居然还没有完全被红尘所消磨，于是便成全了你有此今日之款识。但刻款时却遇到了问题，没有人来写字！“止止”和“大寒”因是辛叔叔所斫，所以就请胡老题了。而你却找不到合适的人。身边倒是有一些书家朋友，但总也不好意思开口向人家去讨。本来说电脑上随便找个看得过去的手写字体刻上去就行了，刘源却严重抗议，说我太草率。正好朋友圈里有个靠买字为生的人，于是便找了他。他的名字叫“墨客”，你应该记住他，感谢他。

你的题款竟然是我花若干银子向一个穷书生买的！不知你作何感想？反正我倒觉得十分有趣，仿佛瞬间穿越回到了古代，在一条熙来攘往的大街上，一个不会写字的“文盲”和一个靠买字为生的“穷秀才”相遇。个中的辛酸啊，穿越几千年都未曾变过。也许再过几千年，也仍然不会变！这你不会怪我吧。之所以选择把你的题款交给他，除了明码实价、财字两清，免却了许多人情世故的麻烦外，更重要的当然是他的字我还看得起！对于刻字这件事儿，我本来没有什么执着。我向来不懂字，这你是知道的。不仅不会写，甚至连欣赏可能也是个问题！什么是好？什么是不好？我也看不出来。别人说好的，我常常觉得不好。我觉得好的，一些习书之人却又总说不好。可是那被专业人士认为好的呀，又往往多是让我喘不过气来的。你看他写得好好的，或者很端正，或者很狂放，或者很清丽，或者很潇洒，但在他们面前，我就是觉得气紧，像是被人扼住了喉咙一样。一种被那几千年累积起来的“道法”和“礼法”给牢牢捆掷住了的感觉，着实让人喘不过气来。就像一个苟延残喘地将要死去的人。可是我又不敢说。因为我不懂呀！我自己又不会写。我是那样的茫然无知！其实琴声中也很多这样被所谓“琴道”捆掷住了的情况。虽然我习琴十余年，但我也还是不太敢说，因为这个嘛……你懂的！

其实，我的想法很简单。我以为美的书画和美的琴声一样，都是能让人呼吸畅快的。关于这个，昨天深夜还和右林一起聊天来着。当时我们正聊一些哲学和美学书籍的话题，她突然问起我的艺术美学是否可由几个中心词汇来概括。说实话，她还真把我问住了。关于此，我还真没有系统地思考过。但突然脑海里冒出来一个词，那就是“自然”。今天我又认真想了想，是的，如果我还有什么美学体会的话，那就是“自然”。所谓“自然”，并不是指自然物象之表达，而是自然的律动与应合，也就是胡老常说的“呼吸相应”。“自然”并无所谓美丑，而是个体间律动的差别，以及彼此间应合程度的不同而产生了美丑，还有观感上美的等级。艺术作品是艺术家气息的自然律动与流露，不同的欣赏者对同一件作品之所以会产生不同程度的美感，是因为欣赏者与作者的律动应合程度不同。右林所称审美概念之下的节奏和专注，我以为大意亦是指向于此。她认为宇宙是规律的，万物皆有节奏。动静都是节奏，一件事是否成了，就是节奏是否恰好的结果。关于古琴的节奏，胡老也常说，一代代传下来的就是呼吸，就是心跳。所以美就是这种律动的契合。

其中还有两个问题可以探讨。一个是美的终极，一个是美的社会性。其实“自然”本身就是美的终极。因为“自然”本无所谓美丑，万物皆与自然应合，因而大美无言，大美不争，大美利他，这就是美的终极。道家讲大美无言，佛家讲同体大悲，其意有相类处。若心无差别，与万物相应，等观、悲悯，便至于道，便至菩提。可惜人往往做不到，但可以以此为追求的目标。所以宗教艺术总是能给人一种巨大的安和力，这可以称为一种美的力量。无论是佛教的、道教的还是基督教的，都是这样。当然宗教造像中也有所谓“怒身”一说，但站在那些“怒身”面前，我从来不会感到厌恶或恐怖，内心里充满的也总是一种凛然和威仪。而反观当代艺术中也充斥着大量愤怒之作，我不喜欢他们并不是因为他们的愤怒，而是在那愤怒的背后，很少能看到如宗教作品般的悲悯和救赎，在他们身上更多的是谩骂和撕裂。

其实，当我在对这些作品做出这样的评价时，已经进入了“自然”的第二义。美的终极，是“自然”的第一义，而个体与个体间律动的应合是“自然”的第二义。因此“自然”并非纯生理性的，它也必然打上时代与社会的烙印。比如琴乐审美中从“声多韵少”向“韵多声少”的转变。再比如所谓的“九德”“二十四况”之类，都是个体与时代、社会共同作用下形成的集体共识。时代与社会皆是自然的一部分，深刻地影响着个体。生理性的差别形成社会性的选择与聚集，而社会性加速了生理性差别的分化。作为时代与社会中的个体，很难超越这种“美”的共识。在中国的传统里，一个声音如果超越于共识，往往会被视为异类，而很少有人能够平等观之，更谈不上可以安住，久而久之便生波澜。关于此，我想称之为美的禁锢。我认为这在很大程度上是美的社会性导致的。我们受制于“标准”，禁锢于“雅”。然而书之为道、琴之为道、“自然”之道、美的终极，所要追寻的并不是这个。因为人的局限性，所以我们说出来并用来评判的“自然”，都是与“我”相应的“自然”。每个人都认为“我的”最“自然”，其实人家的也很自然。这使我们常常会掉进美的陷阱。如何跳出陷阱？由于人力所限，永不再历几乎是不可能的，只能施我以观念上时刻的警醒，以为进步的阶梯。

我们所能做的唯有承认“自然”的差别，而于“律动”有所选择和保持不同的距离。但是让我意想不到的是“律动”的不一，不仅存在于个体和个体间，也普遍存在于个体的不同时空轨迹和个体内部的不同组织上。比如发生在你身上的蓝色事件，就让我看到了自己心、眼之间的距离。它们并不总能丝丝入扣，完全吻合。我将之视为心理律动与生理律动的分裂。这是人的复杂性，也是“自然”律动的复杂性，当然它也决定了美的复杂性。但无论如何我都深爱着蓝色，我也深爱着你。

感谢你花费那么多时间，耐心听我讲述完这些自己都还没完全弄明白的事情。这些乱七八糟的话语，多少与你有些瓜葛，就当作是一次“律动”的调试吧。

其实我的要求真的很简单，看着顺眼、听着顺耳就行。我从来走不进太多的细节。我觉得“顺”就是最大的美了！没有把人咽着，就不至于死去。

唐梅林

2018 年 9 月 17 日白露后

于江津

四 2018年中秋寄熹公竹禅和尚

熹公竹禅和尚先德仁座：

请原谅我的冒昧打扰，于此先敬请法安。

此次给您来信，主要是因为日前于“美”之一门略有所思，但又遇若干问题不能究竟，其中多与教理有所牵连。忽听《忆故人》，想起公乃当年艺坛大家，法理圆融，琴书绘事金石诸般亦皆成就，因而想将这些思考和问题于您座下和盘托出，向您请益，还望上人指末学于迷途。

事情还得从入秋以后说起。我自今年以来，为了解决一喝茶就手指发麻的问题，开始习站太极桩。大半年下来，自我感觉身体素质已有明显的提高。肚子也瘦下去了，人也精神了，喝茶后的不适也减轻了许多。由于每天都能感受到自己身体的变化，所以一直以来都坚持得比较好。即使是在三伏天最热的日子里，也仍然每天早起坚持站40~50分钟。虽然大汗淋漓，但只觉身心畅快，从未出现过思想上的懈怠。然而入秋后这种情况就发生了明显的变化。随着天气的转凉，人渐渐地开始变得懒惰，每天开始找各种理由说服自己“今天就不要运动了”。每次运动前，都要经过一番“激烈”的思想斗争。即使开始了，中途也常常想要打退堂鼓。一开始我认为这是思想意志的问题，但最近我越来越发现，这是肌肉本身的问题。因为是肌肉本身的耐受力降低和疲累感引发的思想斗争。所以我觉得肌肉本身是有“惰性”的。然而从“自然”的角度，这似乎具有相当的合理性。四季的轮回是天地间大的时序节奏，古人讲应时而动，所谓“秋收冬藏”不正是说这个时候就应该收敛与闭藏吗？只是人的肌体不同于熊、蛇，不需要冬眠，但秋冬变懒也是再正常不过的事情。那么，我们说运动贵在坚持，是要用意志力来克服肌体的“惰性”。这种“克服”自然是逆“自然”而动的啰！那么，这是“反自然”的吗？那么这种经由“反自然”的行为所塑造出来的“美的肌体”还是“美”的吗？或者我们可以说，自然的法则本来是法无定法，因类不一。“意志力”也可以说是“自然法则”赋予人这种生物的“自然”

的一部分。这样的话人的“克服”与“抗逆”也就是顺应于自然的，那当然也是美的。但是这样的美却是虚幻的！如果我们问一问，在健身这件事情上，人们之所以能够坚持，背后的动因是什么？我想答案不外乎“健康的体魄”和“健美的身形”这两点。可是设若我们跳出一年四季，将之放大到更加整体的人的一生来看，则人的一生也如四季。中年以后本已入秋，但人们却在追求尽可能长久地停驻于青春或盛壮状态。事实上青春和盛壮是不可能永驻的。所以这样的“美”即使获得了，也是虚幻的。现实中，我们也时常可以看到七十岁的大爷身板儿练得比二十岁小伙儿还精壮的个案。你问我这美不美？我以为美是美的。健康的体魄、健美的身形到哪个年龄段都是美的。但这美只是“好像”，而不是“实际”！其实，面对这样的老年健美先生，到底美不美？人们的看法可能并不一律。即使像我一样认为这是美的，大家也通常会说：“这大爷身材真好，跟二十岁小伙似的。”这个“似的”就只是“好像”，而并不代表“就是”。他所呈现的只是一种不老的幻象，而事实却是他已经老了。当然，有的人会说，我为什么要在意别人的看法？我健身只要觉得自己好就行！是的，思想和行为本来是这样。但现在我们在讨论的是“美”，审美活动是离不开审美主体的。“人们”是审美活动的主体。当然，“自己”也可以成为审美活动的主体。那么，这种情况下，当一个人观照到自己客观存在的美的肌体的时候，这样的美究竟是虚幻的还是真实的呢？还有刚才我们谈到的是跨时序和跨阶段的美的幻象问题，那么，如果是就在此时此地，当下存在的美呢？比如二十岁小伙儿本来精壮的身体。这样的美是虚幻的还是真实的呢？其实疑问远不止于此。前面我所观察到的只是基于我的个案和运动健身的单一类型。而美的类型必然是极为丰富的。在全部美的类型中，美是虚幻的还是真实的呢？因为这许多的疑问，所以我掉入了一个深渊。尽管正如那天右林所问：“你系统地读过美学的书籍吗？”我只能老实回答其实是没有。严格说起来，除了当初读书时学了一本《美学概论》外，其他的美学专著我可能真的连一本也没有读过。但我这个人生性爱幻想，又喜欢刨根问底。所以虽然于美之一门，连皮毛之学都谈不上，却开始胆大妄为地去开始整理起自己对于美的认识来了。

因为美是一门学科，只有系统地认识，才能更好地回答它究竟是真实还是虚幻的问题。所以我再三回顾了那天与右林的对话及与“水琉璃”的通信。我像着了魔一样，纠结于美的虚幻性，决定从回答什么是美以及美有哪些类型入手，来初步探寻一下美的性质。

首先，美是什么？前次与右林讨论时，直觉冒出来的概念是“美是自然”。这个当然是对的，但今天我想修正一下。我认为美是万物间律动的感知与应合。从自然科学的角度，万物的律动就是自然。万物的律动是自然法则所赋予的，所以说“美是自然”是对的。但这容易引起争议与思维的混乱。一是一般意义上所理解的“自然”是狭义的“自然”，即自然界中各种自然现象之“自然”。而人的律动显然是具有深刻社会性的。我认为人的社会性也是我所说的“自然”的一部分。即自然法则本身就赋予了人以社会性。这或者可以称为广义的“自然”，若不加区别是很容易引起混乱的。设若每次阐述都要再三解释，那也是很麻烦的事情。二是道家有所谓“道法自然”的道学观，而且广为大众所熟知。因此在社会科学领域，“自然”已经是一个具有比较明确的意涵指向的名词。但作为审美主体的世间之人，其信仰与价值取向却各不相一。尽管在“道法自然”这样的终极层面，虽然不同宗教与不同哲学思想各自的表达各不相同，而其实质却可能是相通的。但要想用一个有着明确指向性的概念来涵盖全部，就几乎是不可能的事情。所以我退而求其次，舍弃了在终极层面的界定，而选择了一种更具兼容性，也更容易被感知与捕捉的现象性描述，即“律动”。万物皆有“律动”，这应该是大家都可以普遍接受的吧。即使是无生命体，它也可以被视为有生命体律动的物化显现，比如绘画、音乐；或者是无生命体与无生命体之间相互塑造的结果，这也是一种律动。比如石头的美是风化的结果，峡谷的美是山与水相互律动的结果。至于后面的成因与推力，您可以认为他是佛教的，也可以认为是道教的，或基督教的，甚至对无神论者而言，就是物质化的自然法则和宇宙真理。总之无论您信仰或不信仰什么都可以，这个我就暂时不去做倾向性的界定了。尽管我个人的审美有着很明确的宗教倾向性，但对于概念的界定，我应该尽量避免掉入某种单一的倾向。

需要说明的是，我说舍弃终极层面的界定，只是就概念厘清而言，并不意味着万物的律动，或者说美不包含终极问题。事实上终极问题是美的至关重要的问题，也是层次很高的问题。我只是不将美界定为某种宗教或某种哲学思想体系之下的延伸物。事实上，具体的审美是必然会受到某种或某几种宗教与哲学思想的影响的。只是无论您信仰什么，“律动”都存在，并在人的可感知范围内。所以说美是万物间律动的感知与应合，这律动背后是各自所认同的或宗教或哲学或科学的驱动力。而这种或宗教或哲学或科学的驱动力也是美的终极。我认为美的终极是人所不能达到的，它只是一种追求和理想，是我们修行和进步的方向。人可以无限接近，但永远也不能到达。设若某人到了，则他已超越于人之外，乃至圣人之外，而至于天道、菩萨道或佛道。所以回过头来理解，我认为谈美应该有一个前提、有一个边界。那就是宗教所谓的“道界”的边界，以及要以生物学所谓的物种视角为前提。比如蛆虫以粪尿坑为美，而人是不会以之为美的。所以跨越物种的美很难成立。但这并不影响不同道界、不同物种间的跨界、跨物种审美。但那已是从审美主体的视角出发，被审美主体的律动感知为符合审美主体所在道界、所在物种的一种律动了。庄、惠间关于“子非鱼安知鱼”的问答，大约有点儿这个意思吧？那么，跨物种、跨道界的美真的不存在吗？关于这个，我深信它是存在的。佛家讲六道轮回。人、天、阿修罗、地狱、饿鬼、畜生各有其道，各道的善恶、美丑、取舍各不相同。但是佛家又讲万物皆出于一心，在这一心上万物是相通的。道家也是这样，所谓“道生一，一生二，二生三，三生万物”，如果我们倒回去，回到一乃至道，这样万物也就是相通的了。这就是万物的跨物种、跨道界的美。但是它却是人乃至六道一切众生皆不能到的。因为这个就是万物律动背后的成因与驱动力，就是美的终极，也是美的最高层级。这个最高层级的美是无善无恶、无丑无美的。佛家说不起分别心，道家说“天地不仁，以万物为刍狗”，我以为都是讲的这个。因此我想将这种美称为“至美”。至美可以成为包括人在内的六道一切众生共同的审美对象与追求目标，但在六道众生本来的境地是不能实现的。宋柴陵郁禅师说：“我有明珠一颗，久被尘劳关琐，今朝尘尽光生，照破山河万朵。”这个“尘尽光生”就是明心见性的过程。一旦“尘尽光生”，那便已经超越六道，离苦得乐、不堕轮回了。所以美的第一个分类是关于道界和种群的。跨道界与跨种群的审美是根据审美主体所在道界和种群的律动，来感知到的一种“好像”符合我意的他界与他群的律动，所以它是虚幻的。至于至尚的至美，它本身的客观存在超越于六道之外，六道众生对它的审美只是一种仰望的追求和理想。它的成果通过修为虽然可以最终实现，并产生道界的飞跃，但这个美之于六道众生却是虚幻的。而且它一旦成就，美与丑的概念也将被打破，也就无所谓美了。

所以，我们谈美只能回到人类种群的视觉来考虑。那么在人这个种群的视野内，美包括哪些类型呢？我最初的分类是按照美的等级与状态来分的，比如至美、童真、青春、力量、情绪等，但这样的分类太零碎，怎么分都感觉有说不尽之嫌。我想我的初衷是要探寻美的真实或虚幻的性质问题，所以后来我选择了更简便和更具概括性的分类方法。我把人类活动置于过去、现在、未来的时间轴上，在人与世界和社会的顺、逆、平三种关系中，从自觉和他觉两个角度来进行观察，这样就好归纳和总结得多了。以我现在能力所及的范围，我觉得这样大概就没有漏于其外的活动与事物了吧？

在开始对分类的剖析前，我还想先说明三点。这三点中有两点是美产生的前提，即“律动”和“感知”。二者相互依存，缺一不可。这就像人有父母一样，只有二者结合才能产生美。换句话说，美是律动对律动的感知。只有律动，没有感知，是不会产生美的。所以我认为美的本质是律动，但是只有律动，美不会降临。是感知让美降生人间，所以感知是美的母亲。另一个需要说明的是“应合”。“应合”是“感知”的进一步反应。应合的程度决定了主体所感知到的美的程度。即主客体之间的律动应合度越高越美。所以“应合”决定着美的层次与等级。

好，大德，接下来我想通过对美的分类剖析，向您汇报一下我对美的性质的认识。首先，在过去、现在和未来的时间轴上，关于过去和未来的，无论人与世界和社会是顺、逆、平哪种关系，无论是自觉还是他觉，人所感知到的美都不是审美当下正在发生的，所以我认为它们统统都是虚幻的。只有现在状态下的美需要深入讨论一下。我们知道审美活动是在审美主体与审美客体之间产生的。审美主体既可以是别人，也可以是自己。即所谓“他觉”和“自觉”。如果我自己是审美客体，别人觉得我很美，那是“他觉”。我自己觉得很美，那是“自觉”。如果是“他觉”，“他”是审美主体。虽然主体与客体间有律动的感知与应合，但审美客体的律动并不是发生在审美主体之身，审美主体只是通过自己的律动去感知另一种律动，所以审美主体感受到的美也是虚幻的，有时候甚至可以说是一种错觉。比如说“逆美”这件事儿。由于人类生存发展的不易，在几千年人类文明史和社会教育的熏陶下，我们常常把人在逆境中的抗争、奋斗等认为是美的。社会大众总是讴歌、赞叹并感动于这种美，但实际上这是因为这些逆境中的事儿并非发生于“我”身，而是发生于“他”身。轮到发生在自己身上的时候，人还会觉得美吗？我自己的经验是断然不会！佛家说“冷暖自知”，四川话讲“火蛇落到脚背上才晓得”都是这个意思。那都是别人塑造出来的。自己是不会以“逆”为美的。甚至“平”也很少有人会觉得美。所以“逆美”于“自觉”不成立，于“他觉”是“错觉”。只有“顺美”于“自觉”中到底是真实的还是虚幻的，这个我还真有些拿不定主意。以最开始我谈到的健美为例。如果是一个正当一二十岁年纪的人，自觉自己的风华正茂青春美，那他是真实的还是虚幻的呢？这使我进入了一个瓶颈。如果我硬要找一个理由来说他是虚幻的还是容易的。因为用佛家的理论这很好解释，比如“四大皆空”之类，但我不想这样。我想有更符合世俗逻辑的解释方案。我想了很久，只能勉强想到两点。一是当主体觉知的时候，被觉知那一刻的客体的美已经消失了。即当我观察到我自己美的时候，我所观察到的那一刻的自己的美已经无情地消失了。主体所沉醉其中的美是已经随时间变异或流逝了的虚幻。因为时间不间断的流逝性，以及主客体间律动的非同时性，这个从道理上是说得通的。正如我们在地球上观察到的星光并不是当下真实的星光一样。只是以自身为宇宙的观察更微观，这种变异与流逝快得惊人，几乎就是一念间的事情。语言或只能以“瞬间的瞬间的瞬间……”来形容。想到这里，我不仅心生悲凉。另一个让我觉得更有说服务力的理由是，觉知律动与肌体律动的不一律性。即主体感觉到的美与肌体本身的律动是不完全一致的。尽管这些都发生在己身一身，也还是肯定不一律。比如前次发生在水琉璃身上的“蓝色事件”就是典型的同一个体身上的心、眼不一。因为不一律，所以觉知到的美并非真实的，而是虚幻的。所以我们常常将这种自以为美的美称为“臭美”。“臭美”和“自恋”“盲目自信”等本身就包含了对真实的放大、扭曲和虚构。所以说我认为“顺美”也是虚幻的。

当然，还有一种特殊情况需要讨论。因为文化教育与生活阅历的关系，也有很多人会认为当下无论发生什么或不发生什么，处于什么状况都是好的。即当前世俗流行语所谓“一切都是最好的安排”，教人平静面对一切。虽然这种情况构不构成美还有待深入讨论，但为了阐述的方便，我还是将它暂时归入一种特殊的“平美”。因为这种情况产生美的前提是，顺应并安住于发生于己身的一切，不起波澜。好了，问题出来了。我以为认同这种态度，觉得这样的状态很好，和把不把这种状态感知为美是两回事。事实上，要达到“顺应”“安住”和“不起波澜”是非常难的事情。大多数人面对逆境时，可能都是一方面用这种理念来强力支撑起自己的精神，一方面又充满了内心的挣扎吧？而面对极美的“顺境”时，虽然表面上可以看似很平静，但还是忍不住内心的窃喜。这样就又回到了我在前面所分析的内容中去了。当然，也不排除确有“功力深厚”之人，已经修到在在处处、随时随地安住于一切，不起波澜。那我认为这样的人不是已经成佛就是已经入魔。成佛已无美丑，而入魔则大幻也。所以，我说美是虚幻的。然而万物之律动，各色各样，不一而足。尽管我啰里啰嗦说了那么多，但其实是很难将全部情况尽括其中，并予以合理解释的。不过思至此，我突然发现有一个观点，如果您认为它是成立的话，就可以把一切都说尽。那就是我前面谈到的主体律动与客体律动的非一致性。我们是否可以进而说觉知本来就是虚幻的？如果觉知是虚幻的，而美又不能离开觉知而存在，那美当然是虚幻的。说美是虚幻的，是就他的性质而言的。尽管他可能是过去真实发生、现在正在发生和将来可能发生的。但感知是虚幻的。感知产生美。所以我们或者可以将之理解为美是对真实或虚幻的虚幻感知与应合。

既然美是虚幻的，那么美是无用的吗？我不这样认为！我认为美是有用的。美的作用是教育，美的目标是进步。因为终极的美都是思想性、精神性的引领。我们常说的“陶冶”只是美的教育作用的很基础的一部分，美的目标不是这个。正如前次听一位老和尚讲法，他说念佛的目标是了生死而不是各种各样的祈福一样，祈福只是念佛的副产品。美也是一样，它的目标是引领人趋于“至境”，“陶冶”只是一个副产品。这个世界热热闹闹、纷争很多。本来在“至境”的层面，无论什么都是相通的，但教育的过程却总是充满了争吵。所以美不仅是虚幻的，也极具社会性。很多时候我们所能感受到的美，都是你所接受的社会教育所达成的共识的结果。如果你只能与自己达成共识，那也就注定了此生孤独。

美的教育作用要发挥，起点是美的吸引。美通过形与意来吸引人。有的人与形的律动应合强，有的则是与意的应合强，这没有什么好争论的，也没有什么对与不对的问题，也没有什么高下之分。所有的分别都是教育的结果。回归于个体，美的高下只取决于你与之律动的应合的强弱。当然一个人的律动必然受到社会教育的影响，但这种影响的强弱也取决于你向着社会教育的靠拢或离散。当然最理想的状态是形与意兼备。但什么是形与意兼备，如何兼备才是最完美的兼备，也取决于个体的感知。同样，这种个体的感知，也受到群体意识的影响。普遍的吸引，意味着一个客体可以与更多的主体发生律动的应合。这当然是美的社会性和教育所乐于看到的。所以，具有普遍的大众适应性的美，总是符合某种群体意识规范的。这是社会教育的结果。从教育的角度，能够与更多的人发生律动的应合是一种能力。它引领更多的人走向进步的阶梯。当然与极少数人的律动应合乃至最孤独的自我的应合也是一种能力。在这些浩瀚如恒河沙的孤独律动中，总有一些会越来越闪亮，成为美的灯塔，为人类照亮黑暗的夜空。这是孤独的美的意义。

既然美引领人类进步，那么美是善吗？我认为不总是。绝大多数时候美是善的。但由于美的社会性，其可以成为某种思想的服务工具。如果这种思想本身是恶的，那么美也随之而作恶。通常的情况是思想并不恶，而教门之流使之为恶。还有一些美具有极强的双重性。这样的美，它本来是要给人以启迪，引领人觉悟和进步的，但却也极易沦为一种令人麻醉的工具。对思想的禁锢、对进步的封锁是最大的恶。宗教也极容易堕入这种恶。由于宗教的特殊性，这种恶个体极难辨别。世间各种邪法中时常爆出的精神控制事件就是对世人最好的警醒。

大德，是我有什么问题吗？人们常说真、善、美相连。可是在我当前的观察里，这个美即非真，也不总是善。他的性质是虚幻的，他有时也助恶为恶。可我们却沉浸于这种虚幻，乐于其中，努力追寻着通往至真、至善、至美的法门。这或者就是佛家所说的“以幻修真”吧！不然地藏王菩萨将引我们去向哪里呢？在那累累的白骨与泛滥的脓血中，我们期待着火焰可以化为红莲。美是终极的慈悲与救赎！

熹公大德，感谢您耐心听完我这些纷乱冗长的倾诉。现在想起来，其实这些话题与您也没有什么关系。弹琴、绘画之于您，大约都是挥手即就的事情。何须考虑这许多说不清道不明、弯弯拐拐的道理。所以选择给您写信是对的。因为您是慈悲的，佛陀是慈悲的，知我于业力中流转纠缠无尽，便示我以些微，引我于正途。

再次感谢您的倾听。再请道安！顺祈法悦！

琴禅学人唐梅林至诚顶礼

2018 年 9 月 25 日中秋翌日

于江津

五 2019年立春寄「大寒」

亲爱的“大寒”：

今日立春，恰逢除夕，按照传统，晚上吃团年饭的时候是要先给家中已过世的老人请饭的。

我又想起我的母亲来，这已经是母亲离开我们的第14个年头了。母亲走的那一天，正好是“大寒”节气，每当这个时候，从“大寒”到春节，我都会情不自禁地深陷于回忆中。我总是会想起那一晚母亲还在，我的琴音借着院子里的蜡梅香升起来，虽然只是一小段泛音的练习，但真有一种人琴俱化的感觉。那一天，母亲并没有说什么，只是一个人待在角落里静静地听着。事实上，对于我的琴，母亲从未曾说过什么。我也不知道她究竟是喜欢还是不喜欢，又或是听不听得懂。但那些静静倾听、不发一言的画面，却深深地刻进了我的脑海里，或者我此生都终将难以忘怀。可惜这一切都再也回不去了。

回不去的，还有你的琴声。“大寒”，犹记得当初你刚来到我这里的时候，我是那样迷恋你的音声。然而正是这种迷恋，使我贪求，于你的声音想要好上加好，便自作主张给你换了丝弦。谁知于你却并不适宜。换了丝弦的你，不仅原本音色的特点全部丧失殆尽，还暴露出攋弦、刹音的毛病来。后来虽然很快给你换回了钢弦，但你的声音却再也回不去了。这些年反复折腾，尝试给你换过各种不同材质、不同品牌的弦，但你的音色始终再也无法回到原来的那种泠然与松沉。你的声音从此变得孤傲，甚至凄厉。这与你原来的泠然与松沉之间似乎只隔着一步之遥，然而这一步之遥却再难以跨越。我们真的再也回不去了，我亲爱的“大寒”！

后来有一次好友羊沙带一位筝友来访，当时只你在身边，应邀以你奏一曲，声音一出，当即“吓倒”二人。“这琴声还真是虐心啊！”同行筝友倒没说什么，羊沙老友的话却十分直截，令我备感沮丧，又十分困惑。这琴声究竟是出了什么毛病？原本“走心”的琴声，怎么好端端地就变成“虐心”了呢？究竟是琴的问题，还是我自己的问题？那时，是你声音最“黑暗”的时期，也是我最不甘心的时候。后来就这样一直伴着你，“虐心”地颠来倒去，一晃又是好多年。

前些天，再次给你换了一副弦，是乐圣的太和。据说这加粗加重的琴弦，可以有效降低琴面的振动。换上后，原本五弦的刹音问题果然得到了有效的解决，音色上也有所恢复，使我对你又重新燃起了一些重回过往的信心。然而现在我却不这样想了，因为有一些东西一旦逝去了就再也找不回来。母亲祭日的第二天，有学生来上课，不小心令你摔了一跤。你摔下去那一瞬间所发出的一声闷响，令我突然有所醒悟。其实，我从未曾真正想过要你重回过去，我只是希望你能呈现出一个更美好的将来！对过去的留恋只是一种幻觉。“自己明明已经随时间而改变了，却要求别人的脚步停留于昨天，并把这种停滞的脚步炮制为一种所谓原汁原味的幻影，这样的做法是我们所应摒弃的。”是的，就是这句话！在你摔下去的那一瞬间，我又突然想起了这句话。这是我自己曾经说过的一句话，但很长一段时间以来，我几乎忘记它了。

我说这句话的时候是在一次方案汇报完毕后的饭局上。当时汇报的项目是在一个与世隔绝的小山村。由于至今未通公路，村子里数十栋传统的夯土民居得以完整地保留了下来。这在我们今天这样一个飞速发展的社会是十分难得的。又由于这一带地处丹霞山区，当地老百姓建房都是就地取材，所以全部夯土房都是用红色的丹霞土筑成的。你可以想象一下，在连绵起伏的山间，头顶是蓝天，脚下是青田，远处是森林，近处有茶场，溪流、瀑布欢腾于其间、古山茶与野板蓝根花开遍山野，红色的夯土房随青田蜿蜒，这是一幅多么令人神往的画卷。当时前往考察的每一个人都爱上了这里，因为她身上那种独有的原始、质朴、自然与宁静的美，是我们这些忙忙碌碌的都市人已经失去却再也找不回来的。我们给她取了一个诗意的名字——“云上红村”，希望她来温暖我们久已荒凉的内心。那一湾青田、山冈，还有红土房，便是我们挥之不去的乡愁。

由于这个项目鲜明而独特的个性，初期的策划、规划工作推进得相当顺利。我们很快便与业主单位在一些关键问题上达成了共识。然而在规划的上报过程中，却与当地政府部门陷入了漫长的角力。争论的焦点主要有二，一是修不修通公路直通村里，二是究竟在多大的尺度和程度上保留原始农耕生产、生活面貌的问题。现在想起来，这归根结底其实是一个问题，即乡村旅游究竟是应该以美丽乡村的重建、发展与新面貌示人，还是固守传统，以一种伤逝的情怀来招徕游客。在这个问题上，我们的观点是旗帜鲜明的。乡村旅游不同于其他旅游产品，它的发展离不开乡民的活态。这完全不同于传统的自然风景区或历史文化景区。对于后者，乡民和景区的关系是一种地域和产业上的依附关系，即旅游目的地和旅游业起核心带动作用，乡民的生产、生活基本融入其中并受益于此。而乡村旅游却不是这样，乡民的生产、生活本身就是乡村旅游的产品核心。二者的关系更像是一种种子与作物之间的关系，没有种子就不会长出作物，因此我们更愿意将其称为一种生发关系。所以在乡村旅游中，农业产业本身才是根本，旅游业反倒是它的延伸。当然旅游业之于农业，也可以成为品牌推广、产业营销的助推器，但这也并不意味着它可以失去农业的根本而存活。如此，则道路的促通、生产方式的改良、生活面貌的更新几乎就是必然要发生和面对的事情。因为在现在这样一个社会，我们每一天的生活都在日新月异地变化着，人人都有追求生产便捷、生活进步的权利，那么又有谁可以说我有权利以怀旧之名，令你的时间停滞于过往，而来满足我内心的怀乡之情呢？可惜很多人并不能清晰地看到这一点，即使是在今天这样一个国家大力倡行“乡村振兴”的时代背景下，也依然有不少基层官员在错误地解读着“美丽乡村”与“乡愁”。

乡愁是什么？乡愁是对故乡的眷恋与怀念。那么我们究竟怀念故乡的什么呢？当然是故乡的真善美，并不是怀念她的落后与贫穷。乡愁之美，除了环境美还有人情的美。而人情的美是最复杂的。对离乡的人，他们的乡情定格在了他们生活于其中还尚未离开的时代。而对至今仍然生活于这片土地上的乡民们，他们的乡情却是与时代同呼吸共命运的。当然在时代的发展中，传统的精华可以被保留和继承下来，怀旧式的生产生活的确也可以投离乡游子所好，但这有一个尺度问题。那些今天仍然能够得以保留和继承的，一定也是切实于当下与未来时代发展洪流的，否则其就不具有普遍推行的条件与意义。比如我们这个项目，由于当地政府某主要领导受个人人生经历与乡土情怀的诱导和激发，力主要将这一片土地整体打造为一个活着的农耕文化博物馆。在他的构想里，不仅房子是老的，日常的耕作也要是老的，甚至生活场景一点一滴的展现都要是老的。他希望业主方能够把那些散落的、现已为数不多的，而且其中大部分都已年近古稀的各类乡村匠人聚集起来，把在他记忆中依然鲜活而今却即将断续的古法农耕生产与生活抢救下来、保护起来、推广起来，从而使这一片山乡成为一块继承古法农耕并展现其魅力的活化石。在他的思维链路里，因为时下消费者对原生态产品的渴求，古法农耕生产出来的农产品就可以获得市场的青睐，而这种依古法而呈现出来的原汁原味的生产生活状态亦有别于其他的乡村旅游景区，其极具话题性和差异性的卖点自然也可以成为旅游市场的宠儿。然而他却严重地忽略了这样一个事实，那就是在他所治理的这一片土地上，古法农耕的生产成本与生产效率根本不是单靠旅游业就可以消化的，亦不是当下他们所引进的这家企业可以承受的。那是一片近二十平方公里的广袤大地啊！即使“红村”核心区也有好几平方公里！仅耕地就数千亩，还不包括林下和水库可以形成的产能。古法农耕所产出的纯手作与原生态产品也往往意味着高价值。以传统上市场口碑早已爆棚的黑龙江五常大米为例，其依靠现代化生产种植出来大米也就 5~6 元 1 斤，而依古法生产出来的大米则高达 15~30 元 1 斤。这无论在基础农产品市场还是游客市场都是极高的价格了，也根本不是靠几个游客就可以消化的。对有着数千亩耕地和近 20 平方公里山林的这个项目来说，即使他做到国内一流景区的客流量，也未必能通过旅游商品的渠道就把这些产出全部消化掉，其必然要到常规的基础农产品市场去找出路，然而这样一来所涉及的渠道、营销、物流等一系列问题，也大大超出了业主单位当前可承受的尺度。诚然，企业可以有理想，有抱负。但在这条路上，它有可能还未走到天亮就已经死去。和它一同死去的还将会有当地的乡民和乡村经济。乡民不能受益，又何谈乡村振兴？失去了乡民的活态，乡土哪来的活力？哪还有什么乡愁、乡情可以品味呢？

至于另一个修路的问题，当地政府中那些反对者的思维与这个问题也如出一辙。他们认为随着公路的连通，必然使原本的生产、生活方式发生变异，现有的宁静和质朴将被打破，如此项目的个性与特色则将不复存在，从而导致其市场竞争力的丧失。这其实还是没有搞清楚乡村旅游中基础农业与旅游业之间的关系，同时对旅游业发展所需要素的认识也还不够深刻所致。毫无疑问，农业产业的兴旺发达是离不开道路的，即使是旅游业的发展也要建立在客流量的持续稳定健康增长之上，那么道路系统无论对于哪一个产业，都是带动地方经济发展的命脉。仅仅为了满足部分游客心目中对自己已逝去故乡的眷恋，而无视至今还生活于这片土地上的乡民们的发展所需，这是严重的本末倒置。那些认为仅靠怀旧梦就可以支撑起乡村旅游的发展，并带动起如此大片土地上的乡村振兴的人，也注定了只能是一厢情愿。因此，对于道路建设我们始终坚持要通进村里；而对于保留古法农耕，再现传统生产、生活风貌，则一直主张要控制在一个合理的度上。作为季节性的或局部空间的氛围渲染及旅游体验产品的丰富可以这样做，但要以此来整合与宣导整个这一方乡土的产业经济发展则无异于绠短汲深。其实就我个人而言，如果没有产业本身的可行性做支撑，甚至在旅游区内局部空间的古法再现我都并不认同。因为随着社会的发展，时代的进步，乡民们的生活已经不再是那样了，那只是为了招徕游客的做作和演戏，都是装出来的，做给游客看的，那是虚假的。如此虚情假意，本身就失去了所谓乡愁的真善美，也不符合乡村旅游的活态发展逻辑。所以我甚至固执地认为这样的做法也许一时可以招徕游客，成为话题，但并不具备可持续发展性，不可能有长久的生命力。试看时下古镇旅游中的各种民俗表演，诸如迎亲、开堂之类，其表演真可以用恶俗、拙劣来形容。因为群演们的生活已经不是那样，他们只是在上班，在应付游客。他们的心不在那里，所以也只能提供给游客违心的感受。虽然游客对此也早已审美疲劳，但大多数经营者似乎也无力创新，总觉得固守传统是安全的，其实危险早已潜藏于其中了。

正是在这种思维的驱动下，在那次方案汇报会后，我借着酒势说出了那番话。是的，我打心底里认为有一些东西逝去了就一去不回头了。人都要面对那些美好的，甚至是我们最珍视的东西的逝去。这是时间的法则，也是历史的法则。我们内心总是会对那些逝去的曾经生出无限的幻想和怀念，但故乡不仅是活在艺术家们的艺术作品里，她还真实地与生活在这里的父老乡亲们血肉相连。山冈本来是美的，青田本来是美的，红土房本来也是美的，然而失去了乡民们发自内心的灿烂的微笑，它们就都失去了血色。有一天，她终将会离我们远去。

其实“大寒”，在我的观念里，不唯乡土，将之放大到整个文化现象亦皆如此。在另一次讨论会上我也曾经谈到过，我认为文化是有生命的。我们应当承认一切文化现象都自有其生命周期，只是长短而已。那些适应时代与社会发展的、弹性大的，生命力就长久一些；反之弹性小的，生命力自然也就短一些。不是吗？试想一下，当我们今天来看三代及其以前的历史时，知道的人已经很少了，其中还有很多已经不再被认同为历史，而认为是神话在流传。所以很多东西就是这样一去不回头，如果我们只是在回顾、在眷恋，而无力再创造的话，那么它就真的离死不远了。我不管它眼前还能掀起多大的波澜，那也仅可看作临死前的回光返照而已。记得有一次我们西蜀人曾展开过一次关于琴器古今优劣的辩论。当时有观点认为，今法是不可能超越古法的。而我却坚定不移地相信，大道流转，循古法永无可能胜古，唯今法生而可存之、续之、越之，使其活之。

说真的，“大寒”，我很怀念你我初识时的那一段美好时光。我这十年来不停地折腾你，足可以证明，我多么想重回过往。但今天我却意识到我们之间的过去已经过去了。我可以怀念我们已经逝去的那一些美好，但我们却永无可能再回到那种美好。有一些事情是只可用来怀念的，比如和母亲在一起的日子。无论再怎么怀念，那逝去的一幕幕也不可能再发生于眼前。你我之间也是一样。如果我们相信古琴是一件灵物，它的声音是会随着时间的变化而变化的，就应当坦然地接受这种变化。甚而欣喜，无论它朝着哪个方向。就像朋友和夫妻之间，因为各自变化的不一律，只可找到最适合之当下，不可贪恋过往。因为两个人之间只剩下过往，彼此间也终将变得无话可说。

那么，请允许我再做一些调整。我们不再重回过去，我们努力面向未来，我们重新开始。亲爱的“大寒”，这是万象更新的时刻，明天就是新的一年，我在立春日向你告别。并祝母亲和过去的你在另一个世界安好！

再见，“大寒”！

再见，母亲！

唐梅林

2019 年 2 月 4 日除夕

于江津

六 2019年 小雪再寄「松风」

亲爱的“松风”：

你好！

真高兴你又回到了你该在的地方。看着你重新挂回到琴禅堂的客厅里，顿有一种光彩重生的感觉。

筱琰说，作为她的作品，不用再去门房站岗了，她也真的很开心。上周我们一家人在竹山，你一定也感受到了我们久违的欢愉吧！

借着你的归来，这半年来，我一直在忙于琴禅堂内部空间的改造。我的卧室搬了家，琴房也从三楼搬到了一楼，还专门开辟了一间仅供一个人独处的静室。父亲问：“一个人待在里面干什么呢？”我也不知道，或者想想过去、想想未来，又或者什么也不想，就这样任时光溜走。不过要真正做到什么也不想是困难的，人的脑海里总是一个浪头接一个浪头，一刻也停不下来。这次，随着你的归来，上一段颠倒也结束了，而新的妄逐又已经升起。人是没有办法的，起心动念皆是虚妄，只有在颠倒妄想中去修，去寻得解脱。

筱琰说，那些绣球花儿真好看。是啊！为了庆祝你的新生，我又对绣球花着了魔。光是满园子的绣球花还不够！我要那些墙绘也是绣球花的，窗帘也是绣球花的，桌布也是绣球花的，茶器也是绣球花的，甚至那大佛也要他坐在绣球花之中，总之一器一物都要是绣球花的……但是，当这些绣球花儿把整个空间都开满了，有一天我们会不会得眼盲症？

虽然明知如此，可我还是一刻也停不下来。刘源说得很对，美是DNA的自我复制。这些绣球花儿就是从我体内源源不断地流出来的，我的身体究竟是在哪儿开了一道口子呢？或者就是时间的划痕吧！时间年复一年地缠绕着，我们的身体便有了伤口，而灵魂却要以此为出口。

昨天，整理静室的时候，我又做了一件新的作品，将一颗石头关进鸟笼里，并置于阿弥陀佛的座前。那是我很久以来一直都想做的。本来请了一只四面佛关进去，但后来又恭恭敬敬地将他请了出来。毕竟现在的我，还没有“胆大妄为”到那个程度。

今天一觉醒来，突然觉得那花儿和那石头竟然一样，那山和那鸟笼也是一样，都不过作茧自缚的樊篱。那 DNA 还真是强大啊！那些绣球花儿从我的体内流出来，虽然从此决心再不为外境而开放，但其实也不是什么断舍离的觉悟，只不过拉着我们又堕回到了原地。重新回到自己熟悉的环境，不想再流转于无尽的陌生，所以便任它肆意横流。它不断地复制、不断地裂变、不断地强化，也不断地宣示。我们便在这宣示中继续不断地伪装！我们似乎终于找到了勇气，也终于获得了一件秘密武器，可以与那万丈红尘从此一刀两断。我们独立寒林，我们精神高洁。这是美的宣示，这是心的虚幻。可笑啊，可叹！明明一个走在万丈红尘中左右为难的人，却将了这些花儿来掩饰，其实内心惶恐地走不出也回不去。真是对不住啊，“松风”！你在外面风吹雨打这些年，并没有换来我们多少的进步。我们还是在原地踏步，不过换了一身装容。从开门迎客到闭门谢客，并不算一种觉悟！让你见笑了，“松风”！这森林里藏着多少堂吉诃德?

孔丘先生说“兰生幽谷，不以无人而不芳”。其实一切的草木，乃至万物，又何曾为谁而“芳”过呢？所有的生灭都是因缘的合和，是本来使然。在根本的法则里，哪有什么香臭？丘先生不过借此喻“君子修道立德，不以穷困而改节”。《淮南子》谓：“君子行义，不为莫知而止休”意皆如此。但流传至后世，却成为多少如我等愚痴者迷幻麻醉的借口。说好了“不改”“不休”，又哪关什么香臭、色无色！只是凡人玩不动，只能以这香臭、色无色为依持。这是世人的难行处！此是颠倒处，亦是修行处。

所以，对于你的归来，我是真正开心的。对于那些绣球花儿，我亦是希望它们也都尽皆开放起来。虽说是重新掉回了熟悉的幻境，但毕竟舍二归一。佛说八万四千法门，浩如烟海呀！如果不是在自己的沉沦里去修，又向何处去修呢？虽然此刻就在颠倒里，但我亦相信这习惯的沉沦的尽头，便是樊篱尽消处。

所以，我将那块心形的石头捉了进去，置于阿弥陀佛的座前，希望这满山的花儿皆可收束于此。这绣球花开满山坡，它可以竹影清风，可以招蜂引蝶，也可以悄无声息地自开自落。见者自见吧！“松风”，你终究还是回来做了这护花的“韦陀”。祈请你善加眷顾，让我们了却烦恼，自解枷锁，照见这满山的花儿它本来的喜乐！

唐梅林
2019 年 11 月 22 日小雪
于江津

七 2020年雨水寄查阜西先生

尊敬的查阜西先生：

您好！

在这个病毒肆虐的春天，我终于写完了那篇仿佛再也写不完了的报告。那是对您所编撰的《存见古琴曲谱辑览》一书的观察所得。从前年的9月份算起，至今已是一年半的光景，时间真的是拖得太长了。不过我还是相信，即使没有这被禁足的超长假期，我也一定会坚持去完成它的。因为在此之前，陷入那些浩繁数据的流沙，濒临死亡，已经不知多少回了，但每次我还是坚持走了过来。这一路上，似乎总有您和先辈们的光在为我照亮。谢谢您！谢谢你们！

很早以来我就一直想给您写这封信，查阜西先生。从什么时候开始的呢？我想想，大约是从第一次陷入那些数据的流沙，仿佛再也无力自拔的时候吧。在那以后，也不知过了多少死生的劫。每当绝望与孤寂时，我总会想起，想要对您说点儿什么，仿佛真能收到您的回应，而助我冲破那层层的关隘。现在回想起来，在您面前述说“这一路上那些不容易”是一件多么可笑的事情。在您主持编撰《存见古琴曲谱辑览》和《琴曲集成》的漫长岁月里，那样的年月，您所经历的困苦与艰难，一定比我们今天更多吧？您又向谁去诉说呢？谁又来为您照亮？

当然，我知道，这世间跋山涉水的人没有哪一个是为了“忆苦”而修此苦行的。但我想，的确也只有亲身走过一回的人，才真的懂得那是一场怎样的洗礼。那天，当报告终于写完以后，我又跑去看了一遍电影《大唐玄奘》。法师西行的路上，在沙漠里缺水、缺粮、缺少交通工具，九死一生。那种四顾无人，独自面对漫漫黄沙，几次昏死又不知何从醒来的感觉，我想这一次我还是多少有一些体会了。虽然我面对的不是那样真正的生死考验，但那庞大而多变的数据，却也像无尽的流沙一样。在那篇报告的结尾，我是这样写的：“古琴作为非物质文化遗产有着数千年的发展史，是文化的瑰宝，是民族的骄傲。但是，只有当一个人走进如此浩繁的历史遗存的系统而整体的层面里去，才会深刻而真切地感受到那‘历史’的伟大与冲击。”真的，查阜西先生，历史遗留给我们的，经由您摆在我们面前的那些材料实在是太丰富了。不仅丰富，而且很多都具有自己的个性。如何让标准的体系尽可能兼容这些个性是颇令人心力交瘁的事。如果说材料的庞大就像一望无边的沙漠一样，那么这些个性材料的处理就像隐藏的流沙或突然掀起的沙暴。明明就要看到边际了，却又被它无情地拽回到原地，甚至倒退回起点。那些材料和数据不仅是材料和数据，它们就像漩涡或风暴里的沙粒，笼罩你，席卷你，击溃你。在他们面前，曾经的观察者是如此的渺小。但走出去的人之所以最终能够走出去，除了坚持和信念，便别无他物。是坚持和信念，令那将死者死而复苏。是坚持和信念，让我懂得，希望藏身于冷静。在我无力的时候，坚持和信念，让我先静止下来，待到重新生起了一些力量，然后再小步小步地挪步向前。坚持和信念，就是您给予我的光。

今年春天，因为一场始料未及的疫情，整个中国的人们仿佛在一夜之间全都静止了下来。大街上没有了往日的人声鼎沸，也没有了车辆飞驰的声音。很多人都认为这是对快速发展的中国一次成长的洗礼。等到疫情过去以后，中国社会从产业经济到人文思想都必将发生诸多的变革。事实上，这变革已然催生。虽然马路上见不到一个行人，但网络上各种声音此起彼伏，引发全社会的思考。那一天，阳光正好的时候，我眺望着窗外浩浩荡荡流过的长江水，那江面一如既往地平静，但那江面滚动着历史的潮流，潮流的背后是各种力量的角力。

毫无疑问，这力量也必然影响到古琴。但这影响又会是什么样的呢？很遗憾，查阜西先生，我并不认为古琴会和其他一样，在这场疫情中受到洗礼。虽然这一次新冠肺炎疫情对中国社会的影响必然是深刻而全方位的，但古琴或者会成为其中为数不多的特异流吧。如无意外，它会继续膨胀，疫情和社会思潮的变革会成为它加速膨胀的助推器。当文化复兴成为国家战略，当全社会的反思来临，文化的根源性会促使原本早已高高在上的它更加高高在上。它将在神圣化的路上愈加神圣化，并登上神坛，在那神坛上发出虚幻的光。在自我意识和群体意识的哄抬下，它将整体上自我认知为在即将到来的社会思潮变革和文化复兴中施予人洗礼的那一部分。这是可怕的！无论对琴界还是全社会，一个仅仅是残存着古老记忆的婴儿，突然间却受到世俗社会与商业社会的顶礼膜拜，而这个世俗与商业的社会也只是刚刚醒来，在成长的边界徘徊不定的少年。不，全社会人文精神的觉醒与传统价值的回归，不会成为古琴的洗礼，或者商业社会的磨砺才是。在商业社会的猛烈冲击下，它的能量、它的价值、它的情操、它的道德、它的梦想、它的欲望、它的内核、它的边际、它的团结、它的分裂……所有这一切都将集中暴发起来，或者到那时才是它真正受到洗礼的时候来临了吧！

这一刻，显然还没有到来。这次疫情显然也不会是那个节点。我突然想起一件眼前的事情，查阜西先生。前些天听一位琴友说起，竟然有人跑到国家商标总局去把我们这个时代古琴大家的名号全部抢注了，从“大师”到“小师”，从演奏家到斫琴者，无一例外。主流的舆论认为，这是黑心商家昧了良心。诚然，谴责固然应该谴责，斗争更应该斗争。但独自一个人静下心来认真地想一想，难道它不更像我们这个时代琴坛的一面镜子？我们冠冕堂皇地从它面前走过，照见的却是一丝不挂的我们自己。我们是在怎样的洪流中啊！在你们那个时代，为之奋斗的，今天却以这样一种兴旺的势头“繁荣”了起来。想来这也一定超出了您的想象吧！不过，我也并不因此而悲观。阴晴圆缺之事，哪有什么无缺无憾。所谓“大成若缺，其用不弊”。所以我更相信，那是醒来的代价、重生的序曲。历史无法选择，时代无法选择。这就是我们的时代。数千年来，古琴之所以常青，它的自愈能力就在那些沉静而寂寞的精神里。那花开满树下定有一颗安静的种子。它全部的力量都蕴藏在那里。那是真正的火炬。它从历史的深处走来，照见未来，经由您和您那一辈琴人们传递到我们今天这个时代。每一代人都会有自己的春天，都会看到它灿烂的光华。

查阜西先生，今天向您倾诉了这么多，我真的很开心。不过有一件事情我还必须向您坦白。其实，这次对《存见古琴曲谱辑览》的观察，对我的洗礼不仅是琴学研究和工作上的，更是精神与心灵上的。初期的时候，支撑我走下去的是一些“私心”。总觉得既然发现了像您这样一位大家的这样一部巨著中存在的若干问题，如果能够在我这里得以澄清，自己也就可以跟着“扬名立威”了。就像武侠小说里，十大恶人总要争相杀掉雁南天雁大侠似的，是不是特别可笑！及至到了中后期，多次“死去活来”以后才真的有所转变。今天总结起来，这一次观察的结果是毫无意义的。因为它既不能改变过去，也不能改变未来，也不是能够为《存见古琴曲谱辑览》一书的使用者当下受用。然而这一路走来，于我个人却是一段极具价值的旅程。当这10余万言的观察报告，最终只浓缩为5个结果和几个待解决的问题时，我唯一值得庆幸的是，终于如您所愿，做了一个“严肃地对这一材料多提意见”的人。

那是历史的阶梯。感谢您和您的这部巨著，引领我们前行，并为我们照亮。再次感谢您，查阜西先生。在这个被禁足的春天，让我得满所愿。在这历史的转折点上，专注而一无所成。

恭祝琴安！

西蜀琴人唐梅林敬上

2020 年 2 月 26 日 雨水中

于江津

八 2020年六一寄喻绍泽先生

喻老：

您好！

明天就是“六一”了，此刻我在竹山给您写这封信。

山中的绣球已经进入了盛花期，但今年的花开得特别不好，只有去年的一半，还没有去年的鲜灵。不知是我去年冬天忘了修剪的缘故，还是今年年生本来如此？前次还和老师说起，今年不仅花开得少，来打尖的虫儿也少了很多，这倒也是一件怪事。

本来与老师和几位师兄弟约好，“六一”要上来看花的，但受疫情的影响，目前还并不适宜做长途的旅行，因此也只能作罢。

但是“六一”节还是要过的。记不清是从哪一年开始的了，因为这个季节，运气好的话，山里的绣球、杜鹃、野百合和落地梅会扎堆儿开放，故便将这一日择为了雅集之期，美其名曰“绣球花会”。但也不是年年都“会”。于我是一时兴起，便组织会一会，更多的时候，则也常常会感到十分的索然。这“绣球花会”也就会会停停、停停会会，若有似无地继续着。

今年，老师和一班师兄弟们不来，我也不想再约其他人，但心里又挂念着那些花儿，于是便决定自己一个人上山来，与这些花儿们会一会。

昨天上得山来，看到那些花儿没有往年的精神，一时心里竟有些伤感。今早起来，把过往的照片拿出来翻了翻，又拍了些新的照片，不仅有绣球花的，还有些绘着绣球花图案的器物的。发朋友圈的时候，我才发现自己真的“病”了。那些绣球花主题的器物，疯了一样地燃烧着，是他们燃尽了那些花儿的根吗？不不不，他们不是这一刻才燃起来的。甚至也不是去年冬天，“松风”回归时燃起来的。应该比这还要早吧！今天，当我独自一人来参加与这些花儿们的雅集时，才终于看到，或者从第一次“绣球花会”开始时，他们就已经在燃烧了。虽然，那时还并没有一件绣球花的器物，但他们的确在燃烧着。在那最隐秘的无人注意的角落里，跳动着仿佛再也燃不尽的宿世凶猛的业流。

今天，我必须承认，当初“绣球花会”的开始，并不如我一直所宣称的那样纯粹。什么“性本爱丘山”“与世无争”“自得其乐”都不是纯粹的。说它不纯粹，并不是说它不真实。只是那颗不争的“真心”里，还裹挟着另一颗更隐秘的“真心”，那便是“对抗”。一开始可能连我自己也不能察觉，或者即使是有所察觉也不愿正视，就这样掩耳盗铃般地自我催眠着，其实内心里还有一颗“拉起一面旗帜来，另立一个山头”的火焰在跳动。当时那小小的火苗潜伏着，等到他越燃越大，便一眼看见了。

我的朋友老尹，早在“绣球花会”之前，还是“竹林艺术季”的时期，就曾经宣示过他的态度，所谓“迂回的曲折”，不对抗、非暴力、不参与。关于这些，那时我未曾细想过，总觉得不过是一篇文章、一段文案的某种说法而已。一直以来，我们与当代艺术混迹于同一片竹林，但客观来说，传统艺术和当代艺术似乎是很难真正融合到一起的。即使“迂回”如老尹，我也还是常常会觉得他太“吵吵”了。现在他的话却突然莫名其妙地掉转头来，落在了我的身上，起初令人十分的诧异，继而又觉得这也完全就在意料之中。果然我与他完全不同的两种性格、两种人生、两种方向，还能做几十年的朋友是有道理的。虽然“迂回”，但骨子里还是“对抗”，这大约就是我们共同的“病”。

很遗憾，喻老。过去我总是说，在这山里，看见人来人往，便觉得乌烟瘴气。其实自己的生活与追求又何尝不是。这里是一片滋养的山林，但也曾经试图跻身为一座热闹的山头；那些美丽的绣球花儿是开在人间的精灵，但有时也难免沦为舞台的布景；精美的器物美好着我们的生活，瞬间也会化为沉沦的道具。所幸虽然沉沦，而我还依稀认得那些真诚和美好。

能及时发现这些，于我是幸运的，喻老。发现便是正视的开始，正视便是疗愈的起初。今天我把这些内心最隐秘的发现坦承于您，便是希望这曾经的孤岛能够早日潮水退尽，樊篱尽撤，显出他“高山”本来的面貌。

燃烧吧，让那些虚幻的速烬！

让那奔腾的驯服！

让那初夏的风唤醒根性的力！

好了，就先到这里了，喻老。烦您倾听。卸下这些，明天一个人的绣球花会，我可以安安静静地去弹琴了。弹什么好呢？《春山》已经忘了，但我希望杜鹃鸟不再啼血。

另外，随信附上今日完成小诗一首，遥问琴安。

感谢古琴一路相伴。感谢师长，感谢您。感谢那源源不断的浩然正流。

琴的心

在那丛八仙花的边边
蔷薇花开了又谢了
是谁拨响了第一声琴弦
在这春山之上
花开千年
年复一年
流水的奏鸣也年复一年
日复一日，去吧
在那山的那一边
去吧
在那云霞的那一边

在那雨的那一边
秋水究竟是一杯什么样的水?
杜鹃鸟还会不会啼血?
而当春光乍泄
白雪又将在哪一朵枝头绽放呢?
去吧，去那到得了和到不了的
地方，去吧
去那徘徊不定游弋不前的地方
去吧，去到那群山之巅
去那青草之上

那是阳长臂金龟倒下的地方

那是星星远去的地方
小蚂蚁爬上山冈
看见巨大的日影
想起去年
他曾和灶鸡子在这里吟唱
我要丢弃那铠甲，丢弃那铠甲
……
杜鹃鸟你莫要悲伤
你的心事已染遍山冈
明天不是晴天就是雨天
或者不晴不雨
年复一年
那所有的思议不思议
色无色
全都是血色

2020年5月31日
蜀琴弟子唐梅林
于竹山遥礼